MINGUO TONGSU XIAOSHUO
DIANCANG WENKU

魍魉世界

民国通俗小说典藏文库·张恨水卷

张恨水 ◎ 著

（上 册）

中国文史出版社

小说大家张恨水（代序）

张赣生

民国通俗小说家中最享盛名者就是张恨水。在抗日战争前后的二十多年间，他的名字真是家喻户晓、妇孺皆知，即使不识字、没读过他的作品的人，也大都知道有位张恨水，就像从来不看戏的人也知道有位梅兰芳一样。

张恨水（1895—1967），本名心远，安徽潜山人。他的祖、父两辈均为清代武官。其父光绪年间供职江西，张恨水便是诞生于江西广信。他七岁入塾读书，十一岁时随父由南昌赴新城，在船上发现了一本《残唐演义》，感到很有趣，由此开始读小说，同时又对《千家诗》十分喜爱，读得"莫名其妙的有味"。十三岁时在江西新淦，恰逢塾师赴省城考拔贡，临行给学生们出了十个论文题，张氏后来回忆起这件事时说："我用小铜炉焚好一炉香，就做起斗方小名士来。这个毒是《聊斋》和《红楼梦》给我的。《野叟曝言》也给了我一些影响。那时，我桌上就有一本残本《聊斋》，是套色木版精印的，批注很多。我在这批注上懂了许多典故，又懂了许多形容笔法。例如形容一个很健美的女子，我知道'荷粉露垂，杏花烟润'是绝好的笔法。我那书桌上，除了这部残本《聊斋》外，还有《唐诗别裁》《袁王纲鉴》《东莱博议》。上两部是我自选的，下两部是父亲要我看的。这几部书，看起来很简单，现在我仔细一想，简直就代表了我所取的文学路径。"

宣统年间，张恨水转入学堂，接受新式教育，并从上海出版的报纸上获得了一些新知识，开阔了眼界。随后又转入甲种农业学校，除了学习英文、数、理、化之外，他在假期又读了许多林琴南译的小说，懂得了不少描写手法，特别是西方小说的那种心理描写。民国元年，张氏的父亲患急症去世,家庭经济状况随之陷入困境,转年他在亲友资助下考入陈其美主持的蒙藏垦殖学校,到苏州就读。民国二年,讨袁失败,垦殖学校解散,张恨水又返回原籍。当时一般乡间人功利心重,对这样一个无所成就的青年很看不起,甚至当面嘲讽,这对他的自尊心是很大的刺激。因之,张氏在二十岁时又离家外出投奔亲友,先到南昌,不久又到汉口投奔一位搞文明戏的族兄,并开始为一个本家办的小报义务写些小稿,就在此时他取了"恨水"为笔名。过了几个月,经他的族兄介绍加入文明进化团。初始不会演戏,帮着写写说明书之类,后随剧团到各处巡回演出,日久自通,居然也能演小生,还演过《卖油郎独占花魁》的主角。剧团的工作不足以维持生活,脱离剧团后又经几度坎坷,经朋友介绍去芜湖担任《皖江报》总编辑。那年他二十四岁,正是雄心勃勃的年纪,一面自撰长篇《南国相思谱》在《皖江报》连载,一面又为上海的《民国日报》撰中篇章回小说《小说迷魂游地府记》,后为姚民哀收入《小说之霸王》。

1919年,五四运动吸引了张恨水。他按捺不住"野马尘埃的心",终于辞去《皖江报》的职务,变卖了行李,又借了十元钱,动身赴京。初到北京,帮一位驻京记者处理新闻稿,赚些钱维持生活,后又到《益世报》当助理编辑。待到1923年,局面渐渐打开,除担任"世界通讯社"总编辑外,还为上海的《申报》和《新闻报》写北京通讯。1924年,张氏应成舍我之邀加入《世界晚报》,并撰写长篇连载小说《春明外史》。这部小说博得了读者的欢迎,张氏也由此成名。1926年,张氏又发表了他的另一部更重要的作品《金粉世家》,从而进一步扩大了他的影响。但真正把张氏声望推至高峰的是《啼笑因缘》。1929年,上海的新闻记者团到北京访问,经钱芥尘介绍,张恨水得与严独鹤相识,严即约张撰写长篇小说。后来张氏回忆这件事的过程时说:"友人钱芥尘先生,介绍我认识《新闻报》的严独鹤先生,他并在独鹤先生面前极力推许我的小说。那时,《上海画报》(三日刊)曾转载了我的《天上人间》,独鹤先生若对我有认识,也就是这篇小说而已。他倒是没有什么考虑,就约我写一篇,而且愿意带一部分稿子走。……在那几年间,上海洋场章回小说走着两条路子,一条是肉感的,一条是武侠而神怪的。《啼笑因缘》完全和这两种不同。又除了新文艺外,那些长篇运用的对话并不是纯粹白话。而《啼笑因缘》是以国语姿态出现的,这也不同。在这小说发表起初的几天,有人看了很觉眼生，也有人觉得描写过于琐碎，但并没有人主张不向下看。载过两回之后，所有读《新闻报》的人都感到了兴趣。独鹤先生特意写信告诉我，请我加油。不过报社方面根据一贯的作风，怕我这里面没有豪侠人物，会对读者减少吸引力，再三请我写两位侠客。我对于技击这类事本来也有祖传的家话（我祖父和父亲，都有极高的技击能力），但我自己不懂，而且也觉得是当时的一种滥调，我只是勉强地将关寿峰、关秀姑两人写了一些近乎传说的武侠行动……对于该书的批评，有的认为还是章回旧套，还是加以否定。有的认为章回小说到这里有些变了，还可以注意。大致地说，主张文艺革新的人，对此还认为不值一笑。温和一点的人，对该书只是就文论文，褒贬都有。至于爱好章回小说的人，自是予以同情的多。但不管怎么样，这书惹起了文坛上很大的注意，那却是事实。并有人说，如果《啼笑因缘》可以存在，那是被扬弃了的章回小说又要返魂。我真没有料到这书会引起这样大的反应……不过这些批评无论好坏，全给该书做了义务广告。《啼笑因缘》的销数，直到现在，还超过我其他作品的销数。除了国内、南洋各处私人盗印翻版的不算，我所能估计的，该书前后已超过二十版。第一版是一万部，第二版是一万五千部。以后各版有四五千部的，也有两三千部的。因为书销得这样多，所以人家说起张恨水，就联想到《啼笑因缘》。"

不论张氏本人怎样看，《啼笑因缘》是他最有影响的作品，这一点毫无疑问，可以随便举出几件事来证明。《啼笑因缘》发表后，被上海明星公司拍成六集影片，由当时最著名的电影明星胡蝶主演，同时还被改编为戏剧和曲艺，在各地广泛流传；再有《啼笑因缘》被许多人续写，迫使张氏不得不改变初衷，于1933年又续写了十回，张氏在《我的写作生涯》中说："在我结束该书的时候，主角虽都没有大团圆，也没有完全告诉戏已终场，但在文字上是看得出来的。我写着每个人都让读者有点儿有余不尽之意，这正是一个处理适当的办法，我绝没有续写下去的意思。可是上海方面，出版商人讲生意经，已经有好几种《啼笑因缘》的尾巴出现，尤其是一种《反啼笑因缘》，自始至终，将我那故事整个地翻案。执笔的又全是南方人，根本没过过黄河。写出的北平社会真是也让人又啼又笑。许多朋友看不下去，而原来出版的书社，见大批后半截买卖被别人抢了去，也分外眼红。无论如何，非让我写一篇续集不可。"这种由别人代庖的续作，出书者至少有四种：惜红馆主《续啼笑因缘》、青萍室主《啼笑因缘三集》、康尊容《新啼笑因缘》和徐哲身《反啼笑因缘》。虽然远不如《红楼梦》续作之多，但在民国通俗小说中已经是首屈一指了。张氏在《我的小说过程》一文中还说："我这次南来，上至党国名流，下至风尘少女，一见着面便问《啼笑因缘》。这不能不使我受宠若惊了。"

《啼笑因缘》使张氏名声大振，约他写稿的报刊和出版家蜂拥而至，有的小报甚至谣传张氏在十几分钟内收到几万元稿费，并用这笔钱在北平买下了一所王府，自备一部汽车。这自然不是事实，但张氏当时收到的稿酬也有六七千元，的确不能算少。这样，他就可以去搜集一些古旧木版小说，想要作一部《中国小说史》。就在此时，日寇侵华的"九一八事变"爆发，张氏的希望随之化为泡影。作为一位爱国的作家，在国难当头的状况下自不会沉默，张恨水在 1931 至 1937 的几年间，先后写了《热血之花》《弯弓集》《水浒别传》《东北四连长》《啼笑因缘续集》《风之夜》等涉及抗敌御侮内容的作品。

1934 年，张恨水到陕西和甘肃走了一遭，此行使他的思想发生了很大的变化。张氏在《我的写作生涯》中说："陕甘人的苦不是华南人所能想象，也不是华北、东北人所能想象。更切实一点地说，我所经过的那条路，可说大部分的同胞还不够人类起码的生活。……人总是有人性的，这一些事实，引着我的思想起了极大的变迁。文字是生活和思想的反映，所以在西北之行以后，我不违言我的思想完全变了，文字自然也变了。"此后，他写了《燕归来》，以描写西北人民生活的惨状。

抗日战争全面爆发后，张恨水取道汉口，转赴重庆，于 1938 年初抵达，即应邀在《新民报》任职。抗战八年间，他除去写了一些战争题材的小说外，还有两种较重要的作品，即《八十一梦》和《魍魉世界》（原名《牛马走》），均先于《新民报》连载，后出单行本。抗战胜利，张氏重返北平，担任《新民报》经理，此后几年他写了《五子登科》等十来部小说，但均未产生重大影响。1948 年底，张氏辞去《新民报》职务。1949年夏，他患脑溢血，经过几年调治，病情好转，张氏便又到江南和西北去旅行。1959 年，张氏病情转重，至 1967 年初于北京去世，终年七十三岁。

张恨水一生写了九十多部小说，印成单行本的也在五十种左右。说到张氏作品的总特色，一般常感到不易把握，因为他总在不断地变。其实，这"变"就正是张恨水作品最鲜明的总特色。

张恨水是一个不甘心墨守成规的人，他好动不好静，敢于否定自己，这正是作为开创者必须具备的素质。读一读张氏的《我的写作生涯》，就会发现他总是在讲自己的变，那变的频繁、动因的多样，在民国通俗小说作家中实属仅见。……待到《金粉世家》《啼笑因缘》相继问世，张恨水的名声已如日中天，他在思想上的求新仍未稍解，他说："我又不能光写而不加油，因之，登床以后，我又必拥被看一两点钟书。看的书很拉杂，文艺的、哲学的、社会科学的，我都翻翻。还有几本长期订的杂志，也都看看。我所以不被时代抛得太远，就是这点儿加油的工作不错。"

追求入时，可说是张恨水的一贯作风，不仅小说的内容、思想随时而变，在文字风格上也不断应时变化。仅就内容、思想方面的变化而言，在民国通俗小说作家中也很常见，说不上是张氏独具的特色，但在文字风格上也不断变化，就不同于一般了。张氏在《我的写作生涯》中经常提到这方面的事例，譬如他曾提及回目格式的变化，他说："《春明外史》除了材料为人所注意而外，另有一件事为人所喜于讨论的，就是小说回目的构制。因为我自小就是个弄辞章的人，对中国许多旧小说回目的随便安顿向来就不同意。即到了我自己写小说，我一定要把它写得美善工整些。所以每回的回目都很经一番研究。我自己削足适履地定了好几个原则。一、两个回目，要能包括本回小说的最高潮。二、尽量地求其辞藻华丽。三、取的字句和典故一定要是浑成的，如以'夕阳无限好'，对'高处不胜寒'之类。四、每回的回目，字数一样多，求其一律。五、下联必定以平声落韵。这样，每个回目的写出，倒是能博得读者推敲的。可是我自己就太苦了……这完全是'包三寸金莲求好看'的念头，后来很不愿意向下做。不过创格在前，一时又收不回来。……在我放弃回目制以后，很多朋友反对，我解释我吃力不讨好的缘故，朋友也就笑而释之，谓不讨好云者，这种藻丽的回目，成为礼拜六派的口实。其实礼拜六派多是散体文言小说，堆砌的辞藻见于文内而不在回目内。礼拜六派也有作章回小说的，但他们的回目也很随便。"再譬如他在谈及《金粉世家》时说："以我的生活环境不同和我思想的变迁，加上笔路的修检，以后大概不会再写这样一部书。"诸如此类的变化不胜列举。

张氏的多变还体现在题材的多样化。他说："当年我写小说写得高兴的时候，哪一类的题材我都愿意试试。类似伶人反串的行为，我写过几篇侦探小说，在《世界日报》的旬刊上发表，我是一时兴到之作，现在是连题目都忘记了。其次是我写过两篇武侠小说，最先一篇叫《剑胆琴心》，在北平的《新晨报》上发表的，后来《南京晚报》转载，改名《世外群龙传》。最后上海《金刚钻小报》拿去出版，又叫《剑胆琴心》了。"第二篇叫《中原豪侠传》，是张氏自办《南京人报》时所作。此外，张氏还写过仿古的《水浒别传》和《水浒新传》，他说："《水浒别传》这书是我研究《水浒》后一时高兴之作，写的是打渔杀家那段故事。文字也学《水浒》口气。这原是试试的性质，终于这篇《水浒别传》有点儿成就，引着我在抗战期间写了一篇六七十万字的《水浒新传》。""《水浒新传》当时在上海很叫座。……书里写着水浒人物受了招安，跟随张叔夜和金人打仗。汴梁的陷落，他们一百零八人大多数是战死了。尤其是时迁这路小兄弟，我着力地去写。我的意思，是以愧士大夫阶级。汪精卫和日本人对此书都非常地不满，但说的是宋代故事，他们也无可奈何。这书里的官职地名，我都有相当的考据。文字我也极力模仿老《水浒》，以免看过《水浒》的人说是不像。"再有就是张氏还仿照《斩鬼传》写过一篇讽刺小说《新斩鬼传》。张恨水的一生都在不停地尝试，探寻着各色各样的内容及表达方式，他甚至也写过完全以实事为根据、类似报告文学的《虎贲万岁》，也写过全属虚幻的、抽象的或象征性的小说《秘密谷》，他的作风颇有些像那位既不愿重复前人也不愿重复自己的现代大画家毕加索。

张恨水写过一篇《我的小说过程》，的确，我们也只有称他的小说为"过程"才最名副其实。从一般意义上讲，任何人由始至终做的事都是一个过程，但有些始终一个模子印出来的过程是乏味的过程，而张氏的小说过程却是千变万化、丰富多彩的过程。有的评论者说张氏"鄙视自己的创作"，我认为这是误解了张氏的所为。张恨水对这一问题的态度，又和白羽、郑证因等人有所不同。张氏说："一面工作，一面也就是学习。世间什么事都是这样。"他对自己作品的批评，是为了写得越来越完善，而不是为了表示鄙视自己的创作道路。张氏对自己所从事的通俗小说创作是颇引以自豪的，并不认为自己低人一等。他说："众所周知，我一贯主张，写章回小说，向通俗路上走，绝不写人家看不懂的文字。"又说："中国的小说，还很难脱掉消闲的作用。对于此，作小说的人，如能有所领悟，他就利用这个机会，以尽他应尽的天职。"这段话不仅是对通俗小说而言，实际也是对新文艺作家们说的。读者看小说，本来就有一层消遣的意思，用一个更适当的说法，是或者要寻求审美愉悦，看通俗小说和看新文艺小说都一样。张氏的意思不是很明显吗？这便是他的态度！张氏是很清醒、很明智的，他一方面承认自己的作品有消闲作用，并不因此灰心，另一方面又不满足于仅供人消遣，而力求把消遣和更重大的社会使命统一起来，以尽其应尽的天职。他能以面对现实、实事求是的态度对待自己的工作，在局限中努力求施展，在必然中努力争自由，这正是他见识高人一筹之处，也正是最明智的选择。当然，我不是说除张氏之外别人都没有做到这一步，事实上民国最杰出的几位通俗小说名家大都能收到这样的效果，但他们往往不像张氏这样表现出鲜明的理论上的自觉。

张恨水在民国通俗小说史上是一位名副其实的大作家，他不仅留下了许多优秀的作品，他一生的探索也为后人留下了许多可贵的经验。

目　录

第一章

心理学博士所不解

本书开场的时候，正是抗战时期的重庆一个集会散场的时候。天空集结着第三天的浓雾，兀自未晴，整个山城，罩在漆黑一团的气氛里面。不过是下午三点钟，电灯已经发亮了。老远看着那电柱上的灯泡，作橘红色的光芒，在黑暗里挣扎出来。灯光四周，雾气映成黄色，由那灯光下照见一座半西式的大门里，吐出成群的人。门边小广场上，停着两辆汽车和四五乘藤轿。其中有一乘藤轿，椅座特别宽大，倒像乘凉的藤椅。轿杠有碗口粗，将蓝布缠了，杠头上缠着白布，相当地精致。三个健壮的汉子，各人的对襟褂子敞开胸面前一排纽扣，盘膝坐在地面石头上，都望着大门里吐出来的人群，看看其中有他们的主子没有。

他们的主人是极容易发现的人物，身体长可四尺六七，重量至少有二百磅。长圆的脸子，下巴颏微光，这也就显着他的两腮肥胖得向外凸出。在他脸腮上，也微泛出一线红晕。鼻梁上架着一副无框的眼镜。眼镜相当地小，和他那大面孔配合起来，是不怎么调和的。他穿着一套粗呢中山服，左胁夹了一只大皮包，右手拿着手杖，口里衔了大半截土雪茄，在人群后面，缓步地走了出来。

轿夫看到他出来，立刻站起。前面的人蹲在地上，肩扛着轿杠，横档后面的人，将轿杠扶起，站着放在肩上。另一个人站在轿边。主人泰然地坐上轿子，旁边那人两手捧着轿杠，让前面的轿夫伸直了腰。于是轿子四平八稳地放在两个轿夫肩上，立刻抬了走。轿夫照例是不开方步的，尽可能地快走，因为有个不走路的压着呢。剩下来的一个轿夫，跟在轿子后面跑。他第一轮该换着抬后杠的下来，他两手抄起轿杠，肩膀伸入了杠底。

原来抬着后杠的轿夫，趁此身子向下一蹲，离开了轿杠，喘着气，也在轿子边上跑，在裤带上扯下粗布手巾，擦着胸脯和颈子上的汗。他一面擦，还一面跑。他听到抬前杠的，也在喘气，正和轿上的人鼾声相应和，因为主人已被均匀的摇撼弄得睡熟了。于是这原来抬后面的人伸入座前轿杠，换下抬前面的人来。这三个轿夫，出着汗，喘着气，这样交替轮换，终于是把主人抬到了目的地了。

轿子一停，轿上的人自然地睁开眼了。那面一座巍峨的洋楼，代表着这里主人翁的身份，足以驱逐他的睡魔。他下了轿子，站着定了一定神，先把衣襟牵上两牵，然后从从容容走到大门里面去。左边一间门房，敞开了门，正有两位穿西服夹皮包的人，在和传达办交涉。这新来的人，只好站在门外等上一等。

等那两位西装朋友走开了，这位先生才含笑走了进去，在衣袋里掏出一张名片向那传达点了个头道："请见陆先生。"说毕，把名片递过去。那传达和他一般，穿了青呢短装，但态度比他傲慢得多。左手夹了一支烟卷放在嘴角里吸，右手接过名片去斜了眼睛看着。见上面印的官衔是×国××大学心理学博士，××会研究委员，姓名是西门德，字子仁，而籍贯是河北，远非主人同乡。便将名片随便向桌上一扔，爱理不理地道："今天公馆里请客，这时候没有工夫会客。"西门德道："是陆先生写了信，约我今天这时候来谈话的，并非我要来求见，我早料着有困难，信也带来了。"说着在衣袋里掏出一封信来。

这传达自然认得公馆里所发出去的信，接过来抽出信笺来看，见第一句称着"子仁先生雅鉴"，后面有主人签的字，"陆神洲"，不用看信里说的是什么事了，可见西门德是赴约而来。便依旧将信交还了他，脸上带了半分和气的样子，点了头道："请随我来。"于是他拿了那张名片在前面引路，西门德跟在他后面，走上了一层楼，到一个会客室里等着。

这会客室不怎么大，中间两张大餐桌接起来，面对面地放了椅凳，等着来宾。这里已有七八位客人坐着，低声谈天，并无茶水，更没有烟。桌子两头各放了一只烧料瓶子，里面插着一丛鲜花，大概这就算是款待客人的东西。西门德看看这些来宾中，恰没有一个熟人，只好在桌子尽头一张椅子上闷闷地坐下。坐到十分钟之后，颇感到有点儿无聊，抬头见墙上悬有两张地图，就反背了两手，向地图上查阅地名消遣。看了一阵，也不加增什么兴趣，依然坐到原来的椅子上去。

这时，门口来了个听差，举着名片问了一声："哪位是何先生？"一位穿着漂亮西装的朋友，有点儿受宠若惊的样子，立刻抢着站起来说了一声"有"，他回转头来向另一个西装朋友道："倒不想第一个传见的就是我。"于是笑嘻嘻地跟着那个听差去了。西门德看了，不由得微微地一笑。坐在附近的一位朋友，对他这一笑，有着相当的了解，也跟着一笑。接着低声道："陆先生见客，倒无所谓先后。"西门德借了这个机会，开始向那人接谈，因道："听说今天陆先生请客？"那人道："陆先生请客，那倒不耽误见客。记得民国十六七年北伐之后，有些人每天有三样事，忙得头疼，乃是开会忙，见客忙，吃饭忙。"西门德道："虽然抗战多年了，有些人还是这样。"

这问题引起了在这里等候传见的人一种兴趣，正要跟着这话头谈下去，却见一个穿西装的朋友走了进来；有两个人称他仰秘书，都站了起来。自然这种打趣要人的话，也就不能继续再谈。仰秘书向在屋子里的人看看，西门德含着笑向他点了个头，意思是要和他说什么；恰好他已找着一位在座的人谈话，不曾看见。西门德搭讪着轻轻咳嗽了两声，依然坐下。仰秘书和那人挨了椅子坐着，头就头地谈了一阵，然后站起来拍着那人肩膀，笑道："好，不成问题，就是这样，我替你办。"

西门德见是机会了，站起来预备打招呼，可是那仰秘书不曾停留，扭身就走。西门德只好大声叫了一声仰先生。仰秘书回转头来，西门德就迎上前递了一张名片给他。他接过名片看了一看，笑道："哦，西门博士。"西门德伸手向他握了一握，满脸是笑道："神交已久，总没有机会谈话。"仰秘书道："尊札我也看见过了。陆先生很同意，回头陆先生自会向你细谈，请稍坐，等一下。"说毕，他自走了。西门德虽没有和他谈话，但是已知道自己那封信，陆先生很同意。这个消息不坏，在无聊情景中，得了不少安慰，还是坐到原处去。

这时，在座的来宾已传见了四五位，那个拿名片传人的承启员，始终也不曾向他看一眼。虽然至少自己已在口袋里掏出表来看了六回，还是不免将表拿出来看看。已是五点半钟了，在会场上消磨了三四个钟点，到这里来又是两个钟点，提早吃的一顿午饭，这时已在肚子里消化干净。他觉得肚中那一份饥荒，渐渐逼迫，同时也因为过去在会场上说话太多，嗓子干燥，这样久没有茶水喝，也不易忍受，便二次再站到墙根去看地图。似乎这主人翁有意为难，直待把这屋子里候见的来宾一一都传见过了，最后，才轮到自己。当那承启员将自己的名片拿来在门外照一照，说声"请"的时候，掏表看看，已是六点三刻了。好在这个"请"字，也有强心针的作用，立刻精神一振，一面挺起胸脯，牵着衣襟，一面就跟了那位承启员来到了内会客室。承启员代推了门，让他进去。

那主人翁陆神洲，穿了件半新旧的灰哔叽袍子，微卷了袖子，露出里面的白里衣，口里衔了半截雪茄，正斜坐在沙发上，见有人进来，才缓缓起身伸手和他握了一握，让着在对面椅子上坐下。那主人翁面前有一张矮桌子，上面放了一叠印好的见客事由单子，在各项印字下，墨笔填就所见宾客姓名、身份、事由，及其来见的背景。陆神洲左手夹着雪茄，右手翻着那叠单子，找到了西门德来见的事由。先哦了一声，然后向他点了两点头道："西门先生，我很久仰。来信所提到的那个工厂计划，兄弟也仔细看过了。不过现在筹划大量的资本，不是一件易事，应当考量考量。就是资本筹足了，这类专门人才，恐怕也很费罗致。"西门德在他说话的当儿连称了几个"是"，这便答道："关于资本方面，自然要仰仗陆先生的大力量，至于人才方面，兄弟倒有办法，而且我也和这些专家谈过。他们都说，若是由陆先生出来主持，大家很愿意竭诚尽力，在陆先生领导之下做一点儿事业。"

这时，听差送来两玻璃杯茶，放在主客面前。陆神洲端起茶杯来先喝了一口，然后向西门德笑道："我是个喜欢做建设事业的人，以往成功的事不少，可是让专家把我这乘轿子抬上火焰山的，却也有几样，哈哈！"他一笑之后，又喝了一口茶。西门德听了这话很不高兴，心想怎么一见面，就把我当成抬轿的？陆神洲既这样说了，他却自不介意，接着笑道："笑话是笑话，真事是真事。假如有人才、有办法，筹划点儿资本，我倒也不十分为难。"正说到这里，有一个听差走向前来，垂手站立，低声报告道："那边客厅里酒席已经摆上了。"他哼了一声，然后向西门德笑道："真是对不起，赶上今天我自做主人，改日再谈吧。好在这件事，也不是三言两语可以解决得了的。"西门德听了这话，自然明了是主人逐客之意，只好站了起来告辞，主人只在客房门口点个头就算了。

西门德走出陆公馆，那三个轿夫各人拿了干烧饼在手上啃，便笑道："这很好，我饿到现在连水都没有喝一口，你们又吃点心了。"轿夫王老六把干烧饼由嘴里拖出来，手扶起轿杠，自言自语道："好大一乘轿子哟！不吃饱，朗格抬得动？不为要把肚子吃得饱，也不抬轿子！"西门德自也懒得和他们计较，饿得人有气无力，让他们抬了回家。他家住在一个高崖下，回家正要下着一道百余级的石坡。当轿子抬到坡正中的时候，恰好另有一乘滑竿绑了一只大肥猪在上面，由下面抬上来。那猪侧躺了身子，在一方篾架子上，绳子勒得紧紧的，连哼也不哼。倒是两个抬猪的轿夫，和抬西

4

门德的轿夫吵了起来。他道："你三个人抬一个，走的是下坡路。我两个人抬一个，走的是上坡路。你那乘轿子虽大，总没有我这肥猪重，你不让我，倒要我让你。一只猪值好多钱？你把猪撞下崖去了，你赔不起！"

西门德睡在轿子上，本也有点儿模糊，被那抬猪的轿夫吵醒，便喝道："你这混账东西，不会说话就少说话，你可以把人和猪拿到一处说话的吗？"他口里喝着，身子不免气得摇撼了几下，这二百多磅重的身体，加以摇撼，三个在坡子上立脚未定的轿夫，便有点儿支持不住，藤椅一侧，把西门德翻将出来。幸而轿子所翻的这面是石壁，而不是悬崖，轿子和人齐齐向那边一翻，被石壁给挡住了，未曾落到地上。西门德手膀子上，却擦破了一块皮。那个跟着轿子换班的轿夫，立刻伸手将轿杠抓住，才没有让轿椅翻了过去。西门德骂道："你们三个人抬我一个，真不如人家两个人抬一只猪。你们把我当主人吗？你们还没有把我当一只猪看待！"他坐在轿子上骂了一阵子，轿夫都没有作声，抬到他所住的屋子门口，他兀自骂着没有住口。

他这里是土库墙的半西式楼房，楼下住有一户人家，楼上是西门一家。他要上楼的时候，必须穿过楼下堂屋。这时，楼下姓区的人家，正围了一张大桌子吃饭。有的放了碗，有的还坐在桌子上。他们的家长区老太爷坐在堂屋边旧木椅子上，口里衔了一支旱烟袋，要吸不吸地抿了嘴，眼望屋梁上垂下来的电灯，只管出神。他见西门博士走了进来，就站起身来点了个头。西门德道："老太爷，你们二先生回来了吗？我要向他讨一点儿红药水，人在轿子上翻下来了，手膀子擦破一块皮。"区老太爷道："红药水家里有，用不着等他回来。他忙着要出门，在外面设法弄车子，忙得脚板不沾灰。亚男，去把屋里桌上的红药水拿来，还有纱布橡皮膏，一齐都拿了来。"随着这话，有一位十八九岁的姑娘，起身进屋去，把所说的东西拿了出来，都交给了西门德。他道过了谢，又向区老太爷敷衍了两句，笑道："回头到楼上来坐坐。"说毕，上楼去了。

西门德的夫人，已是中年以上的人，虽是旁人看来，确已半老，可是她在镜子里看着自己影子的时候，总觉自己很年轻。所以她除涂抹着脂粉而外，还梳着两条尺多长的辫子，由后脑勺倒垂到前面的肩头上来。穿一件花布长夹袍，两只短袖口，却也齐平胁窝。她正收拾整齐了，要出去看话剧，因为话剧团里送来的一张戏票，不用花钱，觉得这机会是不可失掉的。偏是西门德今天回来得特别晚，不便先走，只好等着共饭；而饭菜摆在桌上，全都冷了，西门先生才由大门口骂进来。话剧是七点开演，便是这个时候去，第一幕戏已经不能看到了。西门太太对于博士这次晚归，实在有些扫兴。然而他在大门口已经在骂轿夫了，必是所谋失败，且等他上楼，看了他的态度再做计较。

那西门德上得楼来，沉着两块胖脸腮，手上拿了药水瓶子和纱布。太太更不便生气，因道："你这是怎么样了？"西门德道："轿夫抬我下坡子，为了让两个抬猪的过去，他们竟把我由轿子上翻下来。不是石壁挡住了，要把我跌成肉饼。这都罢了，我也不去怪他。你猜他们说什么？他说饿了一天，老爷身体太重，他们当然抬不动。他们饿了一天，我并没有独自吃饭呀！"他一面埋怨着，一面掀起衣袖来，自己擦药水，扎纱布。西门太太道："那么，先吃饭吧。为什么忙到现时才回来呢？"

西门德见饭菜全摆在桌子上，便坐在桌子边，扶起摆得现成的筷子，夹了几根红烧黄豆芽尝尝，皱了眉道："冰冷的，而且是清淡的。"西门太太道："那只怪等得太久了。"西门德又夹了一筷子菠菜吃，嚼了两口便吐了。鼻子一耸，重重地哼了一声，因道："怎么这样重的菜油味？"西门太太道："素油煮菜，总是有点儿气味的，这都是依着你的营养计划买的菜。黄豆芽富于蛋白质，菠菜富于铁质。啰！新鲜萝卜，买不到！"说着，她的筷子在一碟泡菜里面拨了两拨，接着道："这腌萝卜总也是一样。这含着维他命几……我都说不上了，老实说，含着维他命A也好，B也好，没有一点儿荤菜，你实在吃不下饭去。而况这碗里又是你所说的，富有营养的糙米饭。"西门德含了富有淀粉的糙米饭，缓缓在嘴里咀嚼着，筷子只管在泡菜碗里拨着，翻了眼向她道："那么，你做管家太太的人，就应该想法子。"西门太太道："让我想法子去买肉吗？那怨你不曾和杀猪的屠户交朋友。"西门德道："家里有鸡蛋没有？"西门太太笑道："黄豆芽红烧豆腐干，这还不能代鸡蛋吗？据你所说的，这两样菜里面，都是富于蛋白质的。"西门德道："鸡蛋究竟是鸡蛋，豆腐干究竟是豆腐干，家里有，就和我去炒两个来吃。我今天受了一天的委屈了，开会，是瞎混了几个钟点；见人，又是瞎等了几个钟点，回来，又在轿子上碰破了一块皮。"西门太太笑道："好，既然如此，我们交换条件，我让老妈子到楼下区家去借两个鸡蛋来炒给你吃，你让我去看话剧，要不然，把这张剧票糟蹋了，也是怪可惜的。"西门德道："生活问题……"西门太太已经站起身来了，点着头道："少陪，少陪！生活问题，自然是要打算，娱乐也要享受。"她随了这话，走进卧室去了，出来时，见她脸上粉茸茸的，分明又扑了一次粉，手里夹着一个手提皮包，匆匆下楼去了。

她去了，女仆刘嫂由楼下上来，笑着说："区先生家里没有鸡蛋，我和先生到对门杂货摊子上买块臭豆腐乳来吃吧。"西门德皱了眉，只摆摆头。看看太太放下的饭碗里，还剩着小半碗饭，倒不觉叹了口气。

　　那区老太爷倒是应约而来，口里衔了那旱烟袋，缓缓走近桌子，伸头向菜碗里看看，笑道："博士也吃这样的菜？"西门德道："请坐请坐，女太太们总是这样不知死活，天天愁着开门七件事，还要去看戏。"区老太爷坐在下方椅子上道："这也难怪，她就不去看戏，整日在家里发愁，又能愁出个什么来呢？刚才你家刘嫂到我家去借鸡蛋……"说到这里，将椅子拉拢一点儿，低声笑道："实不相瞒，我家有半个多月没吃鸡蛋了。人口多的人家，买两三个鸡蛋，请问，给谁吃？若是想大家都可以吃两筷子……"他撅了胡子，又一笑道："那非二十个鸡蛋不可。乖乖隆的咚，这胜似当年一碗红烧鱼翅。我想还是少进点儿蛋白质吧！"西门德道："我倒不是一定要吃好的。抗战多年，我们有这碗青菜豆腐饭吃，祖先给我们遗留下来的产业，总算十分丰富。我们还有什么话说？不过这里面有一点儿不平。我们尽管是吃青菜豆腐，而吃肥鸡填鸭的，还是大有其人。"

　　他一面说着，一面到屋子里去拿出温水瓶来，向饭碗里倒下半碗开水，将水和饭用筷子一顿乱搅，然后稀里呼噜，连扒带吞，把饭向口里倒下去。放下碗，向区老太爷笑道："我这是填鸭的法子。不管口味，把肚子塞满了完事。"区老太爷笑道："我倒很久有一句话要问西门先生：自己没有孩子，两口子吃得有限，倒用上那三个轿夫，未免伙食太多。"西门德道："这也是不得已。我整天在外面跑，上坡下坡，一天到晚，要有无数次。没有轿子，我就成了无脚的螃蟹，一点儿不能活动。这问题我正在考量中，假使这个星期内，想不出办法，我就不坐轿子了。还是干我的老本行，去教书。"说着他又盛了一碗糙米饭，兑上开水。区老太爷道："西门先生，还想教书吗？我正有一件事来请教。我那第三个孩子，向来会开汽车，昨天弄到一张开车的执照，来信和我商量，要把中学里的课辞掉，打算改行开汽车。"说着，把眉皱了起来，接着道，"我觉着这有点儿斯文扫地。亲戚碰到了，不像话！"

　　西门德正扒着开水淘饭，听了这话，倒引起了兴趣，停了饭不吃，向他望着道："老太爷，凭你这种思想，漫说半个月没有吃鸡蛋，你半年不吃鸡蛋，也不足为奇。"区老太爷吸了两口旱烟袋，因道："我倒并不反对，不过所有家里的人，都像有一种……"说着，把手摸了两摸胡子。西门德道："你不要干涉他，他愿意干，你就让他干好了。但不知跑哪一条公路？"区老太爷道："当然是跑进出口。主人翁是个五金行老板，原来是他中学里的同学，还是天大的交情，才把这肥缺让给了他。"西门德道："主人既是旧日同学，那更好了，稍微多带一点儿私货，主人也不好说什么。"

正说到这里，区老太爷的大小姐来了，便是刚才拿红药水的亚男女士。她站在门框边，有点儿尴尬的样子，先笑了一笑。西门德笑道："大小姐，请进来坐，晚上无事，摆龙门阵。"亚男点着头笑了一笑，因道："我也正有一点儿事情要请教西门先生呢。"说着，坐在旁边椅子上，先对她父亲看了一看，因笑道："爸爸，我听到你谈起了三哥的事。"区老太爷道："你把你反对的理由，对西门博士谈一谈吧！"亚男回转头来，向西门德笑道："我知道西门先生是会赞成我的主张的。我今天听到西门先生的演讲词，主张抗战时候，各人把守自己的岗位，尤其是知识分子，站在领导民众的地位，不可将岗位离开了。自然，现在知识分子的生活，都是很苦的。唯其是很苦，还不肯离开，这才可以表示知识分子的坚忍卓绝，才不愧是受了教育的人，才不愧是国民中的优秀分子。我三哥不能说他有什么能耐，可是不能否认他是个知识分子，由此我相信西门先生会反对我三哥丢了书不教，去开长途汽车。"

西门德听了她的话，脸上带着微笑，因道："大小姐今天也在会场里？"亚男笑道："我还是专门去听西门先生的伟论呢。"区老太爷将旱烟袋嘴子点着亚男道："你猜的是适得其反。西门先生正是赞成你三哥改行呢。而且西门先生自己就为了要改行，才用了三个轿夫，昼夜抬着自己跑。"亚男听了这消息，自是有点儿惊讶，可又不便反诘西门德，于是坐在方凳子上，互扭着两只腿，只管摇撼，眼望他微笑道："不像是真的吧？"

西门德碗里的饭吃得只剩了一口，于是连饭带水齐齐地向口里倒去，好像是很忙的样子，没有工夫谈话。这样，他有了一两分钟的时间，把饭吃下去之后，才向亚男笑道："大小姐，我们是近邻，生活环境彼此都知道。在会上，我的话不能不那样说。至于令尊和我谈着，你三令兄的事，那是私话。既是私话，我就不能打官话来答复了。"区老太爷将手一拍大腿，笑道："这就对了。在会场上说的话，哪里句句都可以到会场外来实行？"亚男听到这些话，好像她受有很大的侮辱，将脸涨得通红，便向她父亲道："你老人家还是仔细考量一下的好。三哥若是当了汽车司机，第一个受打击的，还是他自己。密斯朱的性格我是知道的。知道了这事，必定要痛哭一场，甚至和三哥解除婚约，也未可知。"

西门德已经把开水淘饭倒了三碗下肚，进屋子去擦脸，却隔了屋子问

8

道："所谓'密斯朱'是令兄的爱人了。这个人应该是有知识的女子。她以为司机的地位，比中学教员的地位低吗？"亚男向屋子里笑道："西门先生对于某一部分妇女的心理，应该知道得比妇女自己还多。这还用得着问吗？"说到这里，那个刘嫂来收堂屋桌上的碗。亚男便操着川语向她笑道："刘嫂，你屋里老板是做啥子的？"刘嫂透着难为情，把头低下去，叹口气道："不要提起。"区老太爷道："这当然用不着问。她老板若是收入还可以，她又何必出来帮人家？"刘嫂已经走出堂屋门去了，听到这话，却回过头来道："他倒是可以赚石把米一个月。"亚男哼了一声道："能赚石把米的人，还不能养活你吗？"刘嫂道："他自己就要用一大半，剩下几个小钱做点儿啥子？"说着，她下楼去了。亚男摇摇头道："这里面有秘密，石把米的钱一个月，比我们兄妹挣得多之又多了。是个什么职业，还不能养活妻子呢？"

西门德手指里夹了一支土雪茄，笑着出来，因摇手道："没有秘密，她丈夫是拉黄包车的。本来他每天所入，应该能养活家口。可是中国的车夫轿夫，根本是一种人力的出卖，就我所知，刘嫂丈夫是拉近郊生意的，或者拉一天，休息一天，或者拉半天，休息半天。到了休息的时候，茶酒馆里一坐，四两大曲、一碗回锅肉，这不算是耗费，高兴，晚上还到茶馆里去听说书的说一段《施公案》。这种生活方式，怎么养得起家口？在他自己呢，总算出卖力气，一天工作也好，半天工作也好，似乎没有白吃。可是他所出的力气，只是和另一种人代步，对于国家社会生产，毫无补益啊！这话说出题外去了。刘嫂之不能不出来帮人家，这答案可以明白了。"亚男笑道："同时，她也代答了另一个问题，就是妇女们对于丈夫职业的高低，比收入多少更要重视些。假如刘嫂的丈夫是个中小学教职员，尽管收入少，她一定也自负地说，你不要看我帮人家，我丈夫还是个先生呢！"西门德笑道："事实不尽然。假如她丈夫是位教书先生，她就为了那长衫身份的顾虑，不出来佣工了。纵然出来佣工，她也不会把丈夫是先生的话说出。你没有听说过这个故事吗？有一位小公务员，白天到机关里去办公，天黑回家，把制服一脱，就在电灯所照不到的马路上拉车。这种人自然可予以同情，可是他那长衫观念，依然在作祟。既然是拉车了，为什么白天不能拉？他以为晚上拉车，是饱肚子，白天做公务员，是保留面子；用两重身份出现，可以说小小的名利双收。其实瞒着人卖苦力，白天在机关里暗想，自己是个车夫，晚上拉车，又暗想自己是个芝麻大的官，二十四小时吃苦，还是鬼鬼祟祟，内心更为痛苦。干脆拉车就拉车，工作时间拉长，多挣几个钱，心里也痛快。这年头，身份能做什么？"亚男笑道："怪不得西门先生不教书另找出路了。可是在您的文章上、在您的演讲词上，您并没有变更向来的主张。"西门德将右手依然夹着那截雪茄，左手抬起来搔着头发皮，微笑道："若是我的主张，要那样公开地表示变更，我的发财机会，就相距不远了。"亚男是反对三哥变更工作的。听西门德的话，显然是以发财为目的，其他在所不问。这话就不便向下说，微笑着默然坐了，打算找个机会下楼去。

就在这时，听到楼梯板上一阵皮鞋声，抬头看时，正是区老太爷第二个儿子亚英回来了。他没有戴着帽子，头发梳得溜光，一套浅灰色的西服，穿得笔挺。西门德看到，站起来和他握了一握手，笑道："亚英兄，一个星期没有回来了。"亚英笑道："所里太忙，实在分不开身来。博士也忙？"说着在对面椅子坐下。西门德吸着土雪茄，摇摇头坐着，因道："我这个忙是瞎忙，忙不到一个大铜板。"亚英两手提了提西装裤脚管，然后伸了脚，叹口气道："谁又不是忙得没一个铜板？"西门德道："我正有一句话要问你。现在有几个走运的医生，每天收入数千元，你老哥既是和人家帮忙，打个一折，每天也该有数百元收入，何以也和我们这穷措大一样，总是叫穷？"亚英道："博士所看到的是走运的医生，却没有看到倒霉的医生，更没有看到替医生做助手的倒霉蛋。"亚男将手指了他，从中插嘴道："怎么没有看见？这不就是！"大家都随了这一指，哈哈大笑。

区老太爷道："今天怎么回来得这样晚，没有等你吃饭了。"亚英摇了两摇头道："我不等汽车，早到家两小时了。站在汽车站上，等一车，又过一车，不是客满不停，就是挤不上去。后来索性车子不来了，候车的人走的走，改坐黄包车的坐黄包车，站上只剩了我一个人。又等二十分钟之久，还是没有车子来，不等了，开步向前走。巧啦，不到二三十步路，很漂亮的一辆公共汽车来了，而且车子上空荡荡，并没有人。可是我要转回去赶上车子，又来不及，终于是一步步走回来了。"西门德道："你若是抄小路坐轿子回来，到家也很快的。"亚英两手抖了抖西服领子，笑道："你不要看我西装穿得漂亮，在口袋里能掏出两元法币来，那就是你的。有钱坐轿子，我也不会和自己客气。在山城里，你若看到穿西装的朋友，以为就是有钱的人，那是一种错误。西门博士，你根据心理学研究研究，为什么市面上西服一套，值穷汉一年的粮食，而穿西装的人，身上会掏不出一个铜板来？"

西门德吸了两口雪茄烟，笑道："这个问题容易解答。因为西服是旧有的，而口袋里掏不出一个铜板来，却是现在的事。"亚英笑道："先生，这还是表面上的观察。请问既是西服很值钱，为什么不把西服变卖了，改做别的衣服？"西门德笑道："这又成问题吗？谁不爱个漂亮呢？"亚英摇摇头道："不是。"说着两手又抖着自己的衣服，笑道："我到现在，无论什么地方去找朋友，从不怯场，那全仗了它，这是一。我不断地托人介绍工作，也全仗它，这是二。有时候我们东方大夫，有什么宴会，分不开身来，派我去当代表，也为的是有它，这是三。第四，在外面跑马路，免遭许多无谓的白眼，也为的是有它。这原因就多了，有道是有力使力，无力使智，现在改了，应当是有实学混实学，无实学混西装。老实说，现在社会上不穿套西装，有许多地方混不出去，尤其是终日在外交际的人，非西装不可。所以我穿西装，绝非爱漂亮，你想，人到了终日打米算盘的时候，还要的什么漂亮呢？"

西门德吸着雪茄，把头后仰，枕在椅子靠背上，出了一会儿神，笑着摇摇头道："这番话，我怀疑。我终日在外找朋友，我终日忙宴会，我就穿的是这套粗哗叽短装，而且还有两个小补丁，我也并没有老兄那些顾虑。"亚英笑道："我假如有个博士头衔，我穿一套蓝布工人衣服，也不在乎。加之西门博士，又是社会知名之士，早混出去了，用不着西装。譬如说今天会场上，西门先生这样走上讲台去，事先经人一介绍，人家不但照样鼓掌欢迎，而且还要说朴实无华。若是我区亚英穿这身衣服上去，大家不知道我是什么人，少不得还有人这样说，怎么弄个收买破铜烂铁的人来讲演？"区老太爷笑道："这孩子说话，没轻没重。"西门德笑道："没关系，我自己看来，也和收买破铜烂铁的人差不多。不过当了我太太的面，可不能说这种话。"亚英究因西门德是个老前辈，不能过于开玩笑，也就哈哈一笑。

西门德道："今天亚英兄回来，牢骚满腹，似乎有点儿新感触？"亚英道："当然，我也并非一无所长的人，这样依人作嫁，是何了局？昨天遇到一个旧同学，是天上飞来的，在武汉撤守以前，我看他比我好也有限，一别两三年，他成了大富翁。他听说我光景不好，就劝我……"西门德笑道："又是一位要改行的。"区亚英摇摇头道："我倒不一定要改行，仍旧走本行就可以发财。不过有点儿问题，重筹划资本。"西门德道："那么，你是要自己开一家医院？"区老太爷抿嘴道："这年头有资本，还怕发不起财来吗？我只要有两万块钱，放在银行里做比期存款，十五天就捞一大笔利息回来，我躺在床上挣钱。现在我们所发愁的就是这'资本'两个字。良心一横，发财有道，何必开医院！"

11

亚英对他父亲的话，还未曾提出抗议，却听到楼梯上有人慢吞吞地踏着步子道："在家里问题解决不了，怎么闹到人家家里来了？"随着这话音，走来一个人，约莫有四十将近的年纪。黄瘦的面皮，尖削着腮，长满了胡楂子，口里落了一颗牙，未曾补上，说话露出个小窟窿。身上穿了件旧古铜色的绸夹袍子，半变了黑色，虽然人很健康，但在外表上，已带了三分病态了。西门德笑道："亚雄兄也来了，好，大家谈谈。"亚男笑道："大哥，我们在人家家里吵，你倒好意思也加入这辩论会吗？"亚雄正待在旁边椅子上坐下，听了这话，却又只好站了起来。西门德伸手扯了一扯他的衣襟，笑道："只管坐下，我没有一点儿事。"亚雄坐下来笑道："我在楼下，听到你们说改行的事，非常起劲，引动着我也要来谈谈。"区老太爷将嘴里旱烟袋拖出，将烟袋头指了他笑道："看你这样子，就是个十足的蹩脚小公务员，你也要改行？你这副神气，改做什么？"亚雄笑道："我这副神气怎么了？不为的是当年在南京少做两套西装吗？要不然，我用剃头刀自己刮刮脸，把西装披上，不也和老二一样有精神吗？"亚英笑道："好，你倒把我来做模范！你要改行，你准备改哪行？"

亚雄在身上掏摸了一阵，摸出指头粗细一支土雪茄，放在大腿上搓了几搓，很自然的样子，觉得这个问题提得很有兴趣，因微笑道："那也无非是经商。"西门德在胸前衣袋里掏出一盒火柴，交给他，问道："但不知你这老谋深算的人，要经营哪一项生意？"亚雄把土雪茄衔在嘴角里吸着，缓缓地道："我倒并没有伟大的计划，只打算摆个香烟摊子。"西门德笑道："亚雄兄一本正经地说着要经商，我以为你真要改行。"亚雄正色道："并非玩笑，同一纸烟摊子，有个大小不同。假如我凑得齐几千元资本，我决计去摆纸烟摊子。这并非什么幻想，有事实为证。我们科长有个穷同乡，常常无办法的时候，就住在他家里。是半年前的事，科长对他说，粮食这样贵，你平白地让我增加一个人的负担，于你又毫无发展的希望，彼此不利。不如一劳永逸，我借几百块钱给你去做小生意吧，于是给了他五百元钞票，劝他卖纸烟。他觉五百元，还不十分充足，又把洗脸盆、茶壶、茶杯、蓝布大褂四五项可省却的日用品，在街上一齐变卖了，买了几条纸烟回来。不想当日他就是一场重病，在我科长厨房里，偷着睡了十日。这就是《淮南子》举的例子，塞翁失马，安知非福。等他病好了，就在这几天之内，纸烟价钱涨了个对倍，他立刻有了一千余元的资本，加上自己勤快，每早在纸烟市买了货回来，遥远地跑出几十里，到价钱好的地方去摆摊子，居然每天有几百元的盈利。除了个人吃喝，颇有剩余。他又不肯把本钱闲着，有多少钱就贩多少货，于是由提烟篮变成摆小摊子，由小摊子变成大摊子，由大摊子变成纸烟杂货店。博士，你猜他每月的收入有多少？已经超过一个次长的薪水，或两个大学教授的束脩了！今天我还遇见他，穿了一套半新旧的西服，手上拿了斯的克，神气之至。我为什么不愿摆纸烟摊子？"

西门德将土雪茄夹在嘴里吸着，点点头道："我承认你说的这事是真的。"说着将雪茄放在茶几沿上，缓缓敲着烟灰，笑向亚男道："大小姐，我赞成你三令兄改行，加入运输界是不为无见吧？"亚男道："加入运输界，这包括得太广了，是做码头工人呢，还是驾飞机呢？"西门德笑道："何必说成这么一个两极端？他的朋友有车子跑国际路线，只要他出点儿力气，又不费一个本钱。我认为这个工作，可以将就。于今有力量的人，比有知识的人吃香得多。技术人才，比光卖力气的人又吃香得多。可惜我一点儿技术没有，而且还是一点儿力气没有。否则我也去开汽车，拉洋车的。"

亚男倒没想到一个心理学专家，竟是认为知识分子这样不值钱，正想问他为什么还坐轿子，却听到刘嫂在楼下嚷起来，她道："我是替太太转话，我不招闲，吼啥子？我怕你！"西门德便走到窗户口，把刘嫂叫上楼来，问是什么事。刘嫂上楼来，脸涨红了，她道："王老六这龟儿子，下辈子还要抬轿！平空白事，撅我一顿。我又不吃他们的饭！"西门德道："你怎么又和他们吵起来？每天至少有一次冲突，什么缘故？"刘嫂两手一撒道："哪个要跟他们吵吗？太太留下的话，叫他们去接。他们说我多事，我多啥子事？太太留下的话，我不能不跟他们说。"西门德道："他们的意思，轿子是抬我的，太太要坐就不能抬吗？"刘嫂道："他们还不是那意思吗？昨天打牙祭，他们没到，叽叽咕咕了一天。"说着她扭身去了，但口里还依旧在说着。当她快离开这屋子的时候，她还在说："连先生他们都不愿意抬了，哪里还愿抬太太？"

这两句话，不但西门德听到，便是所有在这屋子里的人也都听到。西门德点着头道："那很好，我也正愁着三个轿夫的薪工伙食，我没有那能力维持下去。他们不抬，明天就给我滚蛋！"亚男笑道："这用人合作问题，实在是件困难的事。许多人家，男女仆人用得太多的，总是天天争吵。其实都吃的是主子的饭，也都是为主子做事；老妈子的钱，轿夫挣不到，轿夫的钱，老妈子也挣不到，何必相持不下？"西门德道："这自然有原因。刘嫂是太太的人，替太太传达命令，理所当然。轿夫是认为只抬先生的，太太要他们做事，根本就不高兴。他们还不能公然反抗太太，就在刘嫂面前发怨声，刘嫂不受，就吵起来了。这点儿怨隙，轿夫要茶要水，甚至于吃饭的菜，权在刘嫂手上，她自然要报复一下。这样，就越发地成仇了。"刘嫂又来了，站在一边，板着脸道："抬轿的，啥子家私嘛？牛马，我伺候他！"说着转身走了。大家为之一笑。

亚英道："博士果然抓住了他们的心理。"博士道："心理学，现在又值几文？我因为身体太重，不能爬坡，不得已而坐轿。过两天，我把跑路的事情告一段落，决计不坐轿。我太太听戏去了，让他们去迎接一次，这也没有什么了不得。他们真的不去，太太回来了，又是一场啰唆。解散了他们也好。"亚英道："这些人也是想不通。假如博士自己去看戏，他们也能不抬吗？"西门德道："听戏在我一班朋友里，已是新闻了。因为大家不但没钱，也没有那份情绪。在北平和南京的时候，找两三个朋友花四五元，傍晚吃个小馆子，然后找点儿余兴，甚至单逛马路也好。于今吃小馆子的话，我不敢说……"说着将舌头一伸。

亚雄笑道："博士难道和我害了同一个毛病吗？小的时候为了怕看数目字，在学校里考算学，总是不及格，不想到于今离开算学课本二三十年，不但怕看数目字，而且怕听数目字了。听到一二三四五，仿佛就头痛。而博士更进了一步，还怕说数目字。博士，你说那是什么心理？难道又是个问号？"西门德道："仿佛唐高祖说过这么一句话，掩耳盗铃，我有点儿自骗自吧？哈哈哈！"他似乎有很大的感触，想要发表，而又无从发表，于是一笑了之。

亚男问道："今晚上博士似乎不至于要闷在家里摆龙门阵，不是有话剧票子可以去听戏吗？"西门德点点头道："现在又可以把话归入本题了。世界上只是两种人要找娱乐，一种是生活极安定的人，一种是生活极不安定的人。前者无须我说，后者是想穿了。反正过一日混一日，无须发愁，能娱乐就娱乐一下子。我当然不属于前者，可也没到后者那番地步，所以我就不想娱乐了。"区老太爷点点头道："这话极有理，还是博士的见解得到。"亚男笑道："我还要请教，西门太太可不肯失了娱乐的机会，她是属于哪一类的呢？因为是生活安定呢，还是极不安定呢？"西门德倒未想着有此一问，红了脸道："……她……她……她是浑蛋一个！"说完了这话，他似乎还有余恨，把土雪茄只管在茶几沿上敲着灰。博士夫妇未能志同道合，在一屋同居的人，当然知道。现在摆龙门阵，摆得博士生起太太的气来，做邻居的，竟有挑拨之嫌，这话自未便再向下说。大家又扯了几句谈话，告别下楼。

14

第二章

逼

　　初到重庆来的人，走在街市上都会注意到，小客店门口挂的纸灯架子上面，写了"未晚先投宿，鸡鸣早看天"十个字。久之，这"鸡鸣早看天"也就成了一般人的日常习惯。早上起来，推窗一望，好天气有好天气的打算，坏天气有坏天气的打算，所谓一日之计在于晨，至少是各人心里会有一点儿估计的。

　　区家父子兄妹，在楼上谈了半夜的话，并未解决任何一个问题。到了次日早上，依然各各要去为生活而挣扎。第一个起来的照例是这位无工作的区老太爷，起床之后，立刻推开窗子向外面张望一番。他这窗子外面，正对了起伏两层的小山峦，山外是一道小江，入秋以后，平常总是浓雾把江面隐藏起来的，有时把两层小山也都遮起来。今天这雾黑得像青烟一般，连窗子外一个小山坪也罩得沉沉不见。人在雾中过久了，对晴雨也有点儿习惯上的测验。雾若是白得像云团一般，便越浓越晴得快，尽管早晨九十点钟，伸手不见掌，而中午一定红日高升。雾若是黑的，便在一二日之内，没有晴的希望，更黑些，便要下雨了。但一阵雨之后，必定天晴，这也是屡试不爽的。区老太爷对于这种气象学，不但有生活的体验，而且逐日笔之于日记簿中。现在他看了天色一遍，断定今天是个阴雾天，从从容容，把衣服披着，一面扣纽扣，一面开大门，出去徘徊在大门外路上，只管向通大街的一头张望着。

　　几分钟后，一个送报的贩子来了。区老太爷正是等着他，迎上前去，接着一张报纸，赶快就展开来。一面看，一面向里走。因为不曾戴上老花眼镜，只好先看看报上的题目。头一道大题目，便是"鄂西大捷我毙敌逾

15

万"。另外一个副题是"我空军昨袭武汉，炸毁敌机五十架"。老头子一高兴，在大门口就喊起来："痛快，痛快！炸毁敌机五十架！"将报放到堂屋桌上，自己便进卧室去找老花眼镜。无如桌子上、床头边、破书架上，几个常放眼镜的所在，都没有找到，便高声问道："谁拿了我的眼镜？谁拿了我的眼镜？"口里这样说着，手不免抚在胸前，这却触到口袋里有些支架着的东西，索性伸手到衣袋里去一掏，眼镜可不是在这里收着吗？他哈哈地笑了一阵，戴上眼镜将报看起来。看了一遍，见亚雄走出来，便将报交给他。亚雄笑道："老太爷，我现在并不看报，我每天看的报，也许比你老人家要熟透几倍，每日在机关里的时间，都消耗在看报上。我何必忙着在家里和大家抢报看呢？我倒有一条更重要的消息，要报给你老人家，就是……"说着走近一步，低声向他微笑道："缸里米，不够今天中午一顿了。"

这里顺便交代一下：区家弟兄三人，只有亚雄有太太，并且已生了孩子。他又是个公务员，有平价米可领。所以全家日常吃的，几乎就是他领来的平价米。

却说区老太爷看到报上登着那胜利的消息，就非常高兴，满脸都是笑容，现在大儿子一说家里没有米，不由得把脸上的笑容完全收拾干净，因道："没有米，那有什么问题？去买就是了。"他说着这话，未免声音高了一点儿。亚雄皱了眉道："你老人家叫些什么？"亚男由屋子里答着话道："这是我们不好，把大哥弄回来的米都吃光了。那没有话说，这责任应当让我和二哥三哥同负，立刻筹一笔款子，买两斗米回来。"说着她右手扣纽襻，左手去理鬓发，慢慢地走出房子来。亚雄道："你不要多心，并不是说你们把我领得的平价米吃了，我就不高兴。事实上，我不能不预先告诉父亲一声。回头我们都走了，让他一人在家里着急。"亚男道："告诉了父亲，父亲就不着急吗？"亚雄道："那就表示我们已经知道了，既知道，当然我们会在外面想法子。"亚男道："我说实话，大哥把平价米拿出来让大家先吃了，已尽了义务，不能再要你想法子凑钱买米。今天买米是我们的事了。你不用过问，尽管安心去办公吧！"

大家一阵争论，把亚英也吵醒了，听到是说米的问题，便插嘴道："我前两天就注意到了，不成问题，今天的米归我去买。午饭可以煮得出来吗？"亚雄道："不但午饭可以煮出，便是晚饭也可以煮得出，刚才我是说得过于严重一点儿。"亚英道："那我更有腾挪的工夫了。在下午六点钟以前，我准扛一袋子米回来就是。"亚男道："我也应当去想点儿办法，

16

以防万一。"

大家正在堂屋里讨论这个问题，西门德却由二楼栏杆上伸着头向楼下看了一看，点着头笑道："昨晚上说得余兴未了，今天一大早又讨论起来。"区老太爷昂了头笑道："我们家里人口多，米的问题是最大的威胁。除了讨论这个，也没有比较更重的了。假如是问题很简单，米出在米店里，缸里的米还可以吃两餐，就不必费神，提早二十四小时来商量。"这时区老太太在屋子里面，隔了窗子伸出头来望着，笑了低声道："老太爷，洗脸吧，热水已是和你端来了。"老太爷已知道这老伙伴的用意，望着楼上摇了两摇头，叹了一口气，方才走开。

他这么一摇头，却让他第二个儿子注了意，正是那满头的头发，比入川以前，要白过一大半去。区老太爷今年六十五岁，在中国社会里是享受儿子供奉的时候了。虽然时代是转变了，儿子已不一定供奉父母，可是这老太爷却是一位温故而知新的人物。他对父母曾十分地孝顺过，反过来，他要解放家庭的封建制度，由自身做起，尽量让儿女们自由。亚英平常就这样想着，于今想起来，老太爷既丝毫未得着儿女们的供养，可也不要再叫他受儿女之累。老大得来的平价米，有父母妻子全份，家中所以不够，就全由多了兄妹三双筷子。方才老太爷这叹口气，虽不为了这三个儿女，却实在是三个儿女逼出来的。顷刻之间，他转了好几遍念头，便也就坚决地想着，今天一定去买一袋米回来。心里有事，纵然是个大雾天，也不想多贪一刻早睡，整理着西装，匆匆地便走出大门去了。

亚英第一个对象，便是他的老同学费子宜。因为他在生意上挣了一笔大钱，对于朋友方面，很肯帮忙，有时在马路上看到衣衫比较寒酸的人，便拖着问情形怎么样。假使真的有所困难，他就毫不犹豫地在身上掏出一卷钞票奉赠。这事虽未曾亲眼得见，但是大家都这样说了，也不能不略微相信。在马路上既是找着人送钱，那么，到他家里去想法子，就不会碰多大的钉子。如此想了，径直就向他家找来。

这费子宜住在一个半乡半城的所在，买了一所西式新屋住着。亚英轻易不到这地方来，所以也不曾特意来看看这位好友。今天为了借钱，才到这里来，多少有点儿尴尬，因之在路上一鼓作气地走着，还无所谓，到了这费公馆门口，便觉着有一点儿犹豫。同时，想着这向人借钱的话，却要怎样开口，才为妥当？心里打着主意，脚步就慢慢地有点儿移不动。到了大门外时，还想了一想，真的无缘无故，跑向人家去借钱吗？平常总不见面，见了面，就向人家借钱，这却不是交友之道。这么一踌躇，他就不便率然向前敲门了。

他站着，约莫也想过了五分钟，由不可冒昧，想到若是碰了钉子的话，那太不值得，再想到向来不和人家来往，一见面就借钱，这碰钉子有什么不可能？越想越胆小，只得掉转身来，向回头路上走。因为他已另得了一个主意，还是去找两个熟悉的朋友；纵然一个朋友借不到，找两三个朋友共同设法，大概没有问题。这样走着，心里倒坦然自得，大着步子走，较之刚才在费公馆门口进退两难的情形，就截然不同了。

区亚英还没有走到三五十步路，后面却有人连喊着："左手。"这是轿夫叫人让开的请求，也可以说是命令。在山城走路惯了的人，倒不以为是侮辱。但这几声"左手"，喊得异常猛烈，这里面绝无丝毫善意。回头看时，正是两个穿新蓝布衣裤的轿夫，藤椅高耸的，扛了一位西装朋友在肩上。轿子后，还跟了一名轿夫跑着换班，便知道这是有钱人自备的轿子，就闪开身子，让到一边。

那轿子上的人倒吃着一惊似的，咦了一声道："那不是亚英兄吗？"亚英回头看时，正是自己要去访问的费子宜。便点着头笑道："好久不见了，我正是来拜访你。"子宜道："那太不巧了，我要过江去接洽一件事情，两天可以回来，两天后请你到我家里来谈谈。早上九点钟以前，晚上九点钟以后，我大概都在家。"亚英见他坐在轿子上不下来说话，又是这样说了，绝没有谈话机会，只好答应道："好，改日我再来奉访。"费子宜在轿子上说了一声"改日再会"，那轿夫颠动轿杠，顷刻走远了。

亚英站着又呆了一呆，心想人家约了改日相见，这意思也不能说是坏，可是我今天等着借了钱去买米，怎么能等着几日？越想越没有意思，也就走得很慢，在经过一家店铺前，看到人家墙上挂的钟，已是九点半，这已到了自己开始服务的时候，不许可去想第二个找钱的法子了。匆匆忙忙地回到所里，先就看到候诊室里坐满了病人，医务主任和两个女护士都正在忙着。看那墙上的钟，恰是快了许多，已是十点半钟了。

走进医务室，医务主任手里拿了一卷橡皮带子，那白褂子的衣袋外面，也垂了两条橡皮管子。自己知道要碰钉子，便先笑道："今天有开刀的？"主任皱了眉道："事情越忙，你还越不按时间来，大家要都是这样办，我没有法子做'内暴地'（report 的译音，意思是报告），这碗饭大家吃不成。你不要以为西医也是技术人才，可是这在大后方，很不算奇，负有盛名的医生，都拥在重庆，要拿俏，最好到前方去。可是大家都怕死，都怕吃苦，那就没法子了。"亚英被他这样一顿连骂带损地说着，轻又不轻，重又不重，倒不好怎样回驳他，因道："今天请温先生原谅我，是借钱买米去了。"温主任道："谁不是为买米才昼夜这样忙着？你以为就是你家吃的米特别重要？"亚英老是被他说着，心里更加上了一层难受，而想到今日六点钟回家没米交代，那是很难为情的一回事，因之低头工作，什么话都不说。

熬到下午下班的时候，便放快步子，一连去找了两个熟朋友。恰是这两个朋友，手边都没有钱。八点钟的时候，一家的饭，还不曾想到法子，而自己的肚子又在要求装饭下去了。于是在马路上盘旋着打算找个最小的面馆，去胡乱混上一顿。忽然有个人拉了自己的手道："老区，你在找什么人家？"亚英看时，又是一位老同学，现在某机关当小公务员的边四平。他穿了一套浅青制服，光头没戴帽子，手上拿了一串麻绳拴的酸腌菜。便笑着叹了口气道："我知道你的境遇很清苦，同病相怜，对你说出来，是不要紧的。实不相瞒，我打了一天的饭算盘了。"因略约把经过的情形告诉了他。边四平笑道："你到我家去坐一会儿，保你晚饭有办法，而米也有个可求得的途径。"区亚英笑道："现在请朋友吃顿饭，这不是闹着玩的事。"边四平将手上提的酸腌菜，举了一举，笑道："就是这个，你以为我有肥鱼大肉请你吗？"说时，拉了亚英的手就走。亚英道："虽然你不办什么菜，可是款待我两碗饭，这价目亦复可观。"四平笑道："若是这样说，我们预备吃一年的树皮草根，省下来的米，也着实可卖一笔钱了。"说着，同到了四平家里。

边四平住在贫民窟里一幢木板竹片支架的三层楼上。这三楼，恰和屋后的悬岩相并，悬岩上搁了两块木板子，正好通到他的卧室门口。而悬岩突出去的一部，三层楼上的住户，便利用了它，用竹片支架了做厨房。却见边太太系着破烂围襟，在小灶上煮饭，一个七八岁的女孩，带了一个四五岁的男孩子，在灶后吃胡豆玩着。另有一个两三岁的小女孩，站在木笼车里，放在边太太身边。那屋梁上悬着一盏瓦壶植物油灯，风吹着，烟焰吐出来有上尺长，黄光晃晃的，照见边太太忙得满头是汗。

亚英一见这样子，心里就着实后悔，便道："老边，你太清苦了！"边太太将围襟擦着手臂，点点头道："区先生，难得来的呀，请屋里坐吧！"他随主人走进那屋子，周围也不过丈余见方，只有一张旧方桌，三只竹凳，一副铺板搭的床；此外是旧箱子、破网篮，乱塞在床下和床角，旧报纸书本，乱堆在桌上；泥夹壁上落了石灰，用报纸补着；另有个断脚茶几，塞在床角，也堆满了破烂东西。到底是知识分子，桌上也有一只盛泡菜的白黝瓦罐子，插了一束鲜花。

四平见他向屋子四周打量，便笑道："想起我们做学生时，家在北平，住着独门独院，院子里花木清阴，屋子里裱糊雪白，那真是天上！便是我们在南京当公务员的时候，住着城北新盖的那上海式弄堂房子，当年便嫌是住鸽子笼，究竟四围砖墙，地板平滑，玻璃窗通亮，比起这一人登梯、全楼震动的玩意儿，还是电影上的第七重天。"亚英道："你难道就找不到一所较好些的房子吗？"四平道："那固然是经济上不许可，同时，实在也找不到房子。房子也不是绝对没有，在离机关离防空洞不远、而买东西又方便的三原则之下，现在住的这摇台，就不易得。我声明：'摇'是'摇摆'之'摇'，并非'琼瑶'之'瑶'。"亚英倒是哈哈大笑了。

主人将竹凳子移出桌子外一点儿，请客人坐了，闲谈了一会儿。边太太捧了一只瓦罐进来，瓦罐上盖了盖子，上面放着碗筷和三个小碟子，一碟子咸蛋，一碟子涪陵辣榨菜，一碟子白糖。边太太将瓦罐里的食品盛出来，不是饭，也不是面，是糯米胡豆杂煮的粥。边太太笑道："区先生，你们老同学，本色一点儿的好，我们就不客气了。"亚英道："这吃法很新鲜。"四平道："这也是穷则变的一变。我的平价米，本够吃上两个星期，我岳母在乡下病了，我帮不了大忙，分了一斗米给我岳父，让他匀出买米的钱开发医药。就是这样不巧，这两天家中米成了问题。昨日在街上跑了半天，看到一个小山货店里，有糯米豆子出卖。一问价钱，糯米竟会比熟米还便宜一个零头。于是买了两升糯米、两升胡豆回来，就这样煮粥吃。下江人吃杂粮，是不会吃蚕豆的。这是到四川来学的乖。"说着，两人对面吃起来。边太太却下厨房去料理小孩的晚饭。四平笑道："叨在老友，你别客气，吃甜的就来点儿糖，吃咸的只有请你吃咸蛋了！"亚英道："我敢断言，你这咸蛋还是为了请我而添的。"四平笑道："实说了吧，岂但是咸蛋，这榨菜和糖也是添的。平常我们只吃点儿盐炒的辣椒末。"

亚英听了，心里着实感动，觉得他夫妇的生活，比自己苦得多，自己又何必愤愤不平。这粥里的胡豆，大概是先煮得稀烂，跟糯米粥一和，加上糖，倒有些莲子粥的味儿，不觉连吃了三碗。因笑道："四平，第一个难题解决了。第二个难题，请你告诉我怎么办？"四平对他身上的西服看了一看，将筷子指着道："你有穿这个的必要吗？"亚英低头看了一看，因道："人是衣装马是鞍，我们这在社会上没有地位的人，穿得太整脚了，有些地方走不通。"四平道："这样说，我就无法建议了。如其不然，你把这套衣服送到旧货行里去卖，依着现在的市价，够我半年以上的薪水。这旧货行里，我有熟人，你如等着钱用，还可由行里先垫付一部分，这岂不可以小救燃眉之急吗？"亚英笑道："假如我有这样的两套衣服，我为什么不把它卖了？无如我仅仅只有这一套。这竭泽而渔的手段，尽管对我目前不无微利，可是把衣服吃到肚子里去了以后，就没有法子再让它穿上身了。"四平笑道："既是你有穿西服之必要，那就不谈了。可是不妨回家去寻找寻找，假如有可以省着不穿的衣服、零碎物件，送到旧货店里去卖了，究竟比四处向人借钱来得干脆。"亚英听了他这计划，虽不无心动，可是想着，总还不至于走到这一步上去。饭后向他夫妇道谢一番，然后回家。

区亚英走到大门口，就想高声说没有弄到米，老远听到父亲和一个人说话，而那人的声音在耳膜里留下印象很深，正是可怕的房东。听到父亲说："我们在此，都是客边人，彼此要原谅一点儿才好。这个时候，要我找房子搬家，实在是件难事。"亚英站在门外，老远看到房东那张雷公脸上，一双转动如流的眼睛，只管看人，显示出他含有一肚子的主意。他嘴角上衔了大半截烟卷，将头微偏着，神气十足。他道："老太爷，你这句话，我听得进。大家是客边人，彼此要原谅一点儿。府上有许多人在外就事，还喊生活不易过，你看我也是一大家子，就靠我一个人，我实在也不能维持。实不相瞒，趁了这房价还俏的时候，把房子卖了，捞一笔现钱，移口就粮，另找地方去过活，还是无办法中的一个办法。我这房子，人家已经看好了，付了一点儿定钱，限两个星期交房，若是府上不肯搬，我这房子就卖不成了。而且疏散期间，这里虽是半城半乡的所在，究竟不是疏散区。府上也不必住在这里。"老太爷道："唉！我们还不愿意下乡吗？正是唯恐入乡不深。但是为了吃平价米的缘故，我们移动不得，而况孩子们的工作，都在这附近，家移走了，是城乡两处开支，那越发不得了。"那房东打了个哈哈，冷笑一声道："说来说去，府上总是不肯搬。那么，我这房子卖不成功，老太爷要负责任。什么东西都涨价，我这房钱还是去年下半年的价钱，已经太客气了，而你们还不知足。我的房产我有权变卖，佃客不能霸占我的！"

亚英听了这话，实在忍耐不住，就抢进堂屋里，向他道："房东，你说话要慎重一点儿，怎么连'霸占'两个字都说出来了！我知道，你在城里城外开铺子，囤棉纱，已经发了不少的国难财。你并不等着卖房子吃饭。你是嫌我们老佃客租金太轻，又没有法子加我们的钱，所以借卖房子为名，把我们驱逐走，你好租大价钱。——我们不搬！你去告我们吧，就说我们霸占房产！"房东听了这话，两手指夹了烟卷，气得发抖，指了亚英道："你们不搬房子，还说这些强横话！好吧，我就算让你住下去，你拿房钱来！"说着伸出了另一只手，只管摇撼。亚英道："我们前几天曾送房钱去，你为什么不收？"房东道："我这房子是论季佃的，说交一个月，破坏契约，我为什么收下？"

正争吵着，西门博士坐了他的三人轿子在大门外下来，手上拿了手杖，老远在空中摇着道："房东，又来催房子了。不成问题，我们找到房子就搬！"房东已是由堂屋里走出来，将一只手高高举起，指着天道："不怕你们厉害，自有讲道理的所在。我要没有法子收回自己房产，我也不能由夔门外跑进四川来。好，我们比比手段！"说着，大声嚷骂着走出大门去。

西门德站在堂屋里将手杖点了地道："这家伙有点儿神经吧？"亚英道："他有神经？这一年之间，他起码发了几十万元的财，比我们的脑筋清醒得多。"西门德一手撑住手杖，一手轻轻拍了亚英的肩膀，笑道："只要机会来了，这年头发个百十万的财，并不算什么。不要忙，我们总也会有那一天。"

亚英对于他这个大话，还没有答复，却见西门太太打扮得花枝招展地走下楼，花绸旗袍上罩了一件空花结绳小背心。她本是身体颇胖的人，那小背心成了小毛孩的围巾了。她梳了两个辫子，每根辫梢上扎了一束翠蓝辫花，手里抱着一只手皮包，脚踏红绿皮高跟皮鞋，走得如风摆柳似的摇撼。西门德对她周身上下看了一遍，笑问道："这样巧，我回来，你就出去？"西门太太站定了脚，向他道："这并不是巧，是我在楼上看到你回来，我才下楼来的。我已经等了半点钟以上了。"西门德道："那为什么？成心和我别扭？"西门太太将脸一沉道："笑话！我成心和你别扭做什么？你一大上午出去，这个时候才回来，我和你看门，看守到现在，还不可以出去一趟吗？"西门德道："现在已经快九点钟了，街上许多店铺快要关门，你去买什么？"西门太太道："韦太太约了我好几次，我都没有去，我要去看看她有什么事。"西门德道："那是一个牌鬼，你今天晚上去了，还能够回来吗？"西门太太站住了脚，向他瞪了眼道："难道为了韦太太喜欢打牌，我都不能到她家里去？"西门德皱了眉，挥了手道："你只管去，你只管去！"西门太太道："我为什么不去？你一天到晚在外交朋友，我就该憋在家里看门吗？"说着，她径直走出了大门。

博士站在堂屋里，未免呆了一呆，因为堂屋里区家全家人都望着自己，便笑道："老太爷，你看看，在中国社会里，新式妇女是这样的吗？还要说男女不平权，岂不冤枉？我忙了回家，还饿着呢，她出去打牌！"

老太爷笑道："她没有适当的工作，就是打个小牌消遣，也无所谓。同时，也是一种交际手腕。博士成天在外交际，这事恐也难免。"西门德道："我绝对外行。老麻雀牌还罢了，反正是理顺了四五六七八九就行，这新式麻雀，连'五族共和'的名义都弄上，什么'姊妹花''喜相逢'，实在让人不知所云。"

亚英也在旁笑着插嘴道："博士究竟不外行，还可以报告出两个名堂出来。"西门德笑道："就是这名堂，也是从太太口里学来的。其实她看戏也好，看电影也好，甚至打牌也好，我从没有干涉过她。可是她就干涉我在外面跑，花钱雇三个人抬着满街跑，这有什么意思？我有那个瘾吗？自有我的不得已苦衷在。"区老太爷道："也没有听到你太太说些什么呀。"西门德道："她若肯痛痛快快地说出来，那倒也无所谓，就因为她并不说什么，倒觉逼得厉害。"区老太爷道："你太太会逼你？"西门德叹口气道："清官难断家务事。"区老太爷是个老于世故的人，看他这样一再地埋怨太太，而理由又不曾说出来，透着这里面曲折必多，就没有再向下问。西门德叹了口气，也上楼去了。

亚英这才向父亲一拍手道："大话算我说过去了，米我可没有办到，明天早上这顿饭怎么办？"区老太爷道："反正明天也不至于不举火吧？亚杰下午回来了，看到家里闹着米荒，晚饭没有吃就出去了，大概……"这话不曾说完，就向大门口指着道："来了，来了！大概还有办法。"亚英看时，他三弟亚杰穿了套青的半旧西服，面红耳赤，肩上扛了一只布袋子回来。亚英立刻向前，将袋子接着，觉得沉甸甸的，抱着放在地上，笑道："还是老三有办法，居然弄了这些米回来。"亚杰在裤子袋里抽出一方布手巾，只管喘气擦头上的汗。老太爷道："在坡上你就雇乘轿子抬下来就是，又何必扛着回来，累成这个样子？"亚杰道："坡上只有两乘轿子，我刚说好两块钱抬这袋米回来，来了两个摩登太太，开口就出了五块钱，路还比我们少些，轿夫为什么不抬？我气不过，就自己扛了回来了。好在只有一斗米，我还扛得动。"亚英道："你总不能就是在坡上弄得的米，坡上那一截马路，你又是怎样走的呢？"亚杰笑道："那就相差得太远了，我坐汽车来的。"区老太爷道："什么？坐汽车来的？"

亚杰笑道："你以为这事奇怪吗？我那五金行老板的同学，介绍我和两位跑长途的司机见面，说我要丢了中学教员不当，也来干这个。他们十分欢迎，立刻要拉我吃小馆子。我想一个生朋友，怎好叨扰，当然辞谢。一个姓李的司机说，这无所谓，我们两个人，也要去找地方吃晚饭的。我同学也就一定要我去。我只好去了。在一家广东馆子里随随便便一吃，四个人没有多花，一百九十余元，那位李君掏出两张一百元的钞票，会了东，余钱算小费，丝毫没有感到吃力。另一个司机姓张，他知道我是张罗米出门的，便说，他家里有米，送我一老斗，于是同到他停车子的所在，搬了一斗米给我；他说他要开车子去配零件，益发连人带米，将我送到这对面坡上。生平和知识分子交朋友，借两三块钱，也许还要看时候。这样慷慨的人物，我算今天第一次遇着。我一路想着，无论朝哪一方面说，这都要愧死士大夫之流。"区老太爷笑道："这样更坚决了你改行的意志了？"亚杰道："若是不赞成我改行，就是大家赞成挨饿，我也没得话说。"亚英道："为什么不赞成？我若有那力气，也去拉黄包车抬轿，我简直愿意在码头上当一名挑夫，至少咱们不会每日去打着米算盘了。"

那区老太太看到这小儿子气喘吁吁，扛了一袋米回来，心里十分难过，又不知怎样安慰他好，在屋子里斟了一杯茶来，递到他手上，因向他周身上下打量着道："你这孩子，就是这脾气，轿子走了，你在坡上再等一会儿，不就有轿子来吗？喝一口水吧。"区老太太又道："好吧，去休息一会儿吧。"说着拉了亚杰到屋里去。

亚英在一旁看到，心里倒着实有点儿感慨。父母是一样培植儿女成人，而儿女之孝养父母，这就显然有个行不行。心里满腹牢骚，无从发泄，便想到楼上去找西门博士谈谈，以便一吐为快。恰在这时门口喧嚷着，西门太太坐轿子回来了，轿夫嚷道："官价也是一块二角钱，朗格把一块钱啰！"随了西门太太之后，直跟到屋子里来。西门太太在手提皮包里抓了一把角票，丢在地下，一声不言语，沉着脸走上楼去。亚英一看，这情形，分明是她在外面带了闲气回来，自不便跟了上楼去。跑了一下午，人也是有点儿疲倦，便悄悄溜到屋子里去睡觉。他和亚杰同睡一间屋子，两张竹片凉板，竹凳子架着，对榻而眠。床头边的窗台，也就一半代理小桌子的用途，上面放了零碎物件。

亚英在床头边摸着了火柴盒，待要擦火吸支烟，正有一阵风来，吹了一脸的细雨烟子，向窗子外看看，天色已漆黑如墨，便关上了窗子，和衣躺在床上，沉沉地想着心事。也不知经过了多少时候，忽然听到西门德在楼上大喊起来："你简直浑蛋！"随了这话，西门太太嘟哝一阵，声音低些，没有听出来说的是什么。西门德又喊道："好好！你不服我坐了这一乘专用的轿子，明天我就把轿夫辞退了。但是有一个条件，家里老妈子也得辞退，大家都凭自己血汗苦干，我没有话说！"自此开始，楼上争吵声，脚步奔走声，物件碰碎声，很热闹了一阵。随后西门德大声道："你以为我稀罕这个家庭？我马上可以离开！"随了这言语，已经走下楼来了。

亚英忍不住要看个究竟，走出屋来，却见自己父亲已将西门德拦住，同站在堂屋中间。西门德斜支了一支手杖，只管轻轻地顿脚。亚英道："怎么了？博士，太太不是刚才回来的吗？这凄凉的雨夜，有什么问题发生呢？"西门德道："凄凉的雨夜，哪能减少她这种人的兴致？国难当头，严重到有灭亡之虞，也不能减少她娱乐的兴致。"说着，又将脚在地面上顿了两顿。亚英看他这种态度，显系他夫人在娱乐问题上，与他发生了争执，这话就不能跟着向下追问，只好站在一边望着。西门德口里衔了半截雪茄，他微偏了头，只是出神。区老太爷看他这种情形，也只是默然相对。

这样有十来分钟之久，只听到楼梯板一阵响，西门太太一阵风似的跑到了堂屋里来。只看到那头上两个小短辫子，歪到肩膀前面来，不住摇摆，鼻子里呼吸，哧哧有声，在不明亮的电灯下看她，沉着脸，瞪着眼，向西门德望着。西门德道："你为什么还要追到楼底下来？这可是人家家里。"西门太太道："我晓得是人家家里，特来请你上楼，我们开始谈判。"

区老太爷站起来向她一抱拳头，笑道："西门太太，不是我多嘴，你们家两口子过日子，不愁吃，不愁穿，那是于今天上的神仙，点把小问题，又何必去介意？"西门太太道："不愁吃？不愁穿？你问问他，我为什么和他吵，不就是为了没有衣服穿吗？转眼天气就入冬了，毛绳衣服都旧得成了渔网，我不能不早为预备。刚才我在我朋友那里来，她有两磅蜜蜂牌的毛绳，可以转让给我。我回来和他一商量，他开口就给我一个钉子碰，说我是贵族生活。穿毛绳衣服，是贵族生活吗？"西门德道："你没有说要做短大衣？箱子里现成两件大衣放着，你倒另外想去做新的！"西门太太道："你也有眼睛，你到街上去看看，哪个穿我那种老古董？身量那样长，摆又那样窄。穿上街去，叫人笑话。我也不一定要做新的，还和你打着算盘呢，把两件大衣拿到西服店里凑合着改一改，有二百块钱工钱就够了。"西门德哼着冷笑一声道："不算多，连买毛绳，预备五六百块钱给你。"西门太太道："你少端那官架子，少坐那三个头的轿子，也就省钱多了。你满口人道，整天叫人和你当牛马，你完全是假面具！"她这两句话，未免说得太重了，西门德跳起来叫道："你浑蛋！"西门太太似乎也觉得她的言语太重，跟着争吵下去，却未见得这事与自己有利，便一扭身体，转回楼上去了。

区老太爷笑道："博士虽然研究心理学多年，对于妇女心理，似乎还不

25

曾摸着，尤其是在上海一带的妇女，那心理更与内地妇女心理不同。她尽管两顿饭发生问题，衣服是不肯落伍的。"西门德摇摇头道："我们冲突的原因，还不光为了她的衣服问题。"正说着，只见西门太太左手拿了手电筒，右手拿了手皮包，身上披着雨衣，很快地就向大门口走去。西门德只是瞪了两眼望着，却没有作声。

区老太爷看到这是个僵局，自己不能不出来做个调人，因立刻在天井里站着，两手伸开，拦着去路，一面道："这样夜深，西门太太哪里去？"她抢着身子一闪，便到了门边，一面开着门，一面道："我到什么地方去，这时不必说。明天自有我的朋友和我证明。"区老太爷道："这不大好，天既黑，路又滑，当心摔跤。"他倚恃着自己年老，便扯住她的雨衣。西门太太使劲将区老太爷一推，并无言语，就开门出去了。区老太爷身子晃了两晃，只好由她走去。西门德道："随她去吧！我知道她是到她女朋友家里去，没有话说，明天我找律师和她脱离眷属关系。"这句话倒让亚英听了，有些奇怪，怎么不说是离婚，而说是"脱离眷属关系"呢？

区老太爷口衔了旱烟袋，缓缓走回堂屋里来，因向西门德道："太太总算是让步了，她不愿和你吵，让开了你。"西门德笑道："老先生，你哪里知道这半新不旧的夫妻滋味？这种女人，无论就哪一方面说，也不能帮助我一丝一毫。她只管逼我，这国难期间，我不便和她决裂。"说着，昂头叹了一口气，回上楼去。区氏父子见他所说的话，都是含而不露的，自也未便再向下劝解，各人都有了心事，睡眠的瘾，也就格外大，各各掩上房门都去睡了。这一晚上，细雨阴凉天，大家睡得很安适。除非是做了油盐柴米的梦，颇是忙碌而已。

次日，第一个醒来的还是区老太爷。他第一件事情，还是打开大门去等报看。可是今天这项工作，不须他去工作，已经有人替他开了大门了。这楼上下向来没有人比他更起得早的。他不由得惊讶一声，叫了起来道："谁开的大门？"连问了两声，把全家人都惊醒起来，首先是亚杰，叫着道："房门也开了，不要是我们失窃了？"

接着这话，全家人是一阵乱。亚英由床上跳起来，伸手到床脚头衣夹子上去取西服裤子，却只见只空夹子挂在墙上，光了两半截腿子，穿了短脚裤子，只管跳起来道："糟了！糟了！我的西服被偷了！"亚杰这才注意起来，全屋一看，墙上挂的那件蓝布大褂也不知所在。亚男也在屋里披了一件旧灰色大褂出来，乱晃着两手，跳了脚道："怎么办？怎么办？我那小提箱也不见了，要穿的衣服，差不多都在那里面。"亚英光了两条腿子跑出来，又跑进去。区老太太道："亚英，床底下小箱子还在吗？"亚英穿了一条变成灰白色的粗呢裤子，重新出来，手上提了件皱纹结成碎玻璃似的青呢中山服，连连抖了几下道："这怎么穿得出去？最惨的是我。那件呢子大衣，搭在床头边的，也被狠心的贼偷去了。我就是这一套西服和一件大衣，他就把这最好的偷去了！"区老太爷倒很镇静，口衔了旱烟袋，缓缓地吸着烟，站在儿女当中，因道："孩子话！他不偷你最好的，还偷你最坏的吗？"

亚英只管将手上那件旧中山服抖着，连说倒霉。亚男已回到了屋子里去，窸窸窣窣地哭。亚杰摇了头道："女人总是女人，这样一点儿事，也值不得哭。"亚男将手绢揉着眼睛，站在房门口，望了堂屋里道："你说这事多气人！有金钱钞票的人家多得很，这贼全不去偷，就看中了我们这穿在身上、吃在肚里的人。"区老太爷坐在椅子上，手挥了旱烟袋道："不要乱，不要乱，大家把家里东西清理清理，看看还缺了些什么？"亚男道："除了我那只手提箱子而外，挂在墙钉上的两件汗衫，也不见了。今天想要出门的话，衣服就是问题。"

亚英把件皱纹布满了的旧中山服穿起，两手只管扯了衣底襟，口里也不住叹气。亚杰拍了手道："倒不是我的损失少些，我就说风凉话，把这最后几件衣服丢掉了，也好，这样丢得精光了，才可以破釜沉舟，下了决心去另找出路。"亚英坐在椅子上，伸长了两腿，将眼光望了脚上拖鞋尖，只是出神。亚男道："哟，二哥的皮鞋也丢了！"亚英淡笑道："可不是？现在叫我去买双新皮鞋，我已经没有这个力量。不买皮鞋穿，拖鞋也总不能出门。"

亚雄究比这年轻的兄妹沉着些，已经在各间屋子里仔细点验了一遍，向大家道："这是一个摸门贼，并非蓄意要偷我们。晚上经过我们这大门口，看到大门是开的，就顺手摸了些东西去。我们自己也不能不负责任，昨晚上大概没有关大门。"区老太爷啊哟了一声，顿了脚道："是的！昨晚上西门太太出去的时候，我忘了关大门。"区老太太在屋子里接嘴道："每天晚上总要谈天几小时，是非只为多开口，我就料着要出点儿祸事。如今只失落几件衣服，我倒认为是桩便宜事。"区老太爷口衔了旱烟袋嘴，微微摇着头，低了头笑道："谈天也有祸事！"亚英道："这些责任问题，谈也无用。大哥可还有旧布鞋子？请分一双我穿。"亚雄笑着，由屋子里掷出一双布鞋子在地上。亚英看那鲇鱼头鞋帮子，固然是青颜色变成了灰颜色，而厚的布鞋底，在鞋头前面翻了转来，他提起来看看，回头向亚雄问道："就是这个？"亚雄道："反正你也不穿那漂亮西服了。这鞋子和你那套碎玻璃版的衣服，却也相称。"亚英叹口气道："早知道我这套西服不免送给梁上君子，我倒不如拿到旧货铺里去卖了，还可以换几斗米吃吃，真害苦了我！"亚杰道："人家说家和万事兴，别人家闹家务，我们也不免受连累，这可见……"区老太爷两手乱摇，低声喝着"不要胡说"。却听到门口一阵喧哗，正是西门太太和两个女友一路坐着轿子回来。她大喊着："你们再闹，我就去叫警察！"照例，她又在和轿夫争吵轿价了。

第三章

穷 则 变

　　这一阵喧哗，把楼上的西门博士也惊动了。他由屋子里骂出来道："一百次坐轿子，就有一百次争吵着轿价，什么样子？今天我非……"随了这话，他伸出头来看了一看，只见另外有两个女宾陪伴了太太回来，便不曾把话说完，吓得将头向里一缩。西门太太只当没有听到他的言语，口里喊着："张太太、李太太，请随我来。"楼梯板擂鼓也似一阵响着上了楼去。

　　亚男由屋子里赶出来，却向这三位妇女的后影，呆看了一阵。虽然看不到这两位妇女是什么脸子，却见她们穿着花绸旗袍，短短地罩着淡黄或橘红的羊毛线短大衣，红绿色的高跟皮鞋，在光腿下越发引人注意。头发烫着麻花绞儿，脑后披着七八绺，这便是新自上海流窜入内地的装束。每人手上都有个朱红皮包，上面镶着白铜边，雪亮，打人眼睛。亚男等她们全上去了，然后冷笑一声道："这就是抗战时代的妇女！"亚英道："我真不解她们也是这样昼夜忙着，不知忙的是些什么！她们自己瞎忙不要紧，你知道要贻误别人多少事！假如不是她们这里面的分子晚上也要活动，我们就不会受到这种损失。"区老太爷皱了眉头，挥着旱烟袋道："这话无讨论的必要了。现在最要紧的，是各人检点着自己现在最需要补充的是什么？"亚英听到老太爷这个提议，并不感到什么烦恼，也没有答复，却昂起头来，张口哈哈大笑。老太爷口衔烟袋，望了他，倒有些莫名其妙。

　　亚杰道："不是我说话率直，事到如今，是个劝告的机会，我不能不说。我觉得二哥就是好讲虚面子，以至于有许多事，都不能去做。若说到虚面子，那套被偷的西服作祟最大。于今没有了这套漂亮的西服，走到马路上，根本不像个有钱或体面人，反正是不行了，有许多不肯干的事，如今不能不干。譬如说，你先前穿那套漂亮西服，要你在街上摆个香烟摊子，那就不大相称。以现在穿的这身衣服而论，倒无所谓，做小生意的人，尽管有比你穿得还好点儿的。"亚英道："真叫我去摆纸烟摊子？"亚杰道："譬方如此说，最好你是牺牲身份。论这身份，并卖不了多少钱一斤。"亚英低头坐着，好久没有作声，最后也突然把两只破鞋穿起来，一挺身子就出去了。区老太爷连叫了几声，他也没有答应。

亚杰道："他急了，少不得到朋友那里去想法子，随他去吧。我们还得继续奋斗。米是有了，早饭菜还没有，我去买菜吧！"说着，由厨房里拿出个空篮子来。老太爷道："买菜你有钱？"亚杰在衣袋里摸了一摸，抽出空手来，没有作声。老太爷到屋子里去，取出几张钞票来，交给区老太太道："这是前天留下来买烟叶子的钱。"老太太道："你的烟叶子，昨天就快完了，你不买烟？"老太爷道："还吸什么旱烟？我戒了吧，吸烟也当不了一顿饭。亚杰，拿这个去买菜！"亚杰转身走着道："我不忍。"只说了这三个字，嗓子就硬了，眼圈儿红了。老太太道："你不把菜钱拿去吗？"亚杰道："可怜老太爷什么嗜好没有了，吸袋叶子烟的钱，做儿女的也不忍分了他的。他是六十多岁的人了。"他一手揉着眼睛，低了头走出去。

老太太本无所谓，被第三个儿子这两句话说过，她想到这位老伴侣，做了一生的牛马，做"等因奉此"的老秘书，做每天改百十本卷子的国文教员，所有心血换来的钱，都做了这群儿女的教养费。抗战以来，索性把故乡破屋数椽、薄田数亩，一齐都丢了，不愿他儿女去受敌人的蹂躏，全家入川，他终于是为儿女吃苦。他要连叶子烟都不能抽了，少年夫妻老来伴，她比任何人要同情这位老伴侣。站着呆呆一想，心里一阵酸楚，益发抛沙般落下泪来。区老太爷当然明白区老太太是为了什么哭，便向她连连摇头。

亚雄由屋里出来，向父母摇着手道："好了，这件事不用再提了，丢了、破了、坏了的东西，回头也不用回头去看。要不，全家懊丧得半死不活，那偷衣服的贼，他也未必能把衣服给你送了回来。"这两句话，倒是老两口子听得进的，各自垂了头坐在堂屋椅子上，默然不语。

就在这时，手杖打得楼梯啪啪有声，西门博士走了下来。到了堂屋里，向外面叫道："老王，你们三个人都来。"三个轿夫由旁边厨房里走出。西门德道："我现在境况不好，玩不起轿班了。算算你们日期，差一个礼拜才满月。但我也照一个月的工钱给你们。我也不说你们占了便宜，省了一个礼拜的伙食，那钱也很可观。"说着在衣袋取出一叠钞票，分散着三个人的工钱。然后昂头长叹了一口气，在身后椅子上坐着，两手抱了那根手杖在怀里，默然不语。那三个轿夫拿着钱在天井里唧唧哝哝，合了一阵账。西门德道："扣除你们所预支的，还给了这些钱，少给了吗？"轿夫老王道："钱是对头的。今天歇工，我们不一定就找到活路，伙食垫不起，我们情愿抬满这一个礼拜。"西门德站在堂屋中间，抱了拳头向他一拱手，笑道："三位仁兄，对不住，从今天早上起，我不去抬人人家坐，所以我也不要你们抬我。我不到月，发给你们一个月工资，目的就是在省这一个礼拜的伙食。你们不走，我必得天天坐了轿子去找人。想了一晚上的计划，都要推翻，哪里办得到！"说着只是抱拳。轿夫见没有希望了，只好垂头丧气走去。西门德又坐下去，只是摇头。

区老太爷看到，便禁不住问道："怎么，博士突然改变办法，把轿夫开销了？"西门德道："实说，这是受到你们的影响。我看到你们为了这个'米'字，昼夜在想办法，我家里倒养着三个能吃的大肚汉，这一相形之下，我未免太不知道艰苦了。"区老太爷道："博士走不动路，坐轿子是为了工作，那也不能说是浪费。"西门德道："我坐轿子到处跑，也无非是把轿子抬人。我坐轿子得来的钱，恐怕不足养活抬我的轿夫。我为什么不把他们辞了？自今以后，我不要人家抬我，我也不去抬人。"区老太爷道："博士又在说气话。"西门德道："说什么气话？那是事实。我们念过两句书，而手无缚鸡之力的废物，就需要有力的壮汉来抬。同时，那无知识也无力气，但有权而又有钱的人，又需要我们知识分子去抬。我们借人的脚，做我们的脚，别人就借我们的脑筋，做他的脑筋。我看起来，我们还不如轿夫。轿夫只用杠子轿子抬着我们，我们抬人，看人的颜色做事，顺着人家口气说话，老实说一句，就混的是两个拍马钱。难道念书的人，他会不知道拍马是可耻的事？无如自己要花钱，另外还有人找着你要钱花，内外是双重的牛马！"西门德越说越气愤，嗓音随着格外提高了。

忽然楼栏杆边有人接了嘴道："双重的牛马！你烦厌了，不会不做吗？"那正是西门太太的声音。西门德将手杖在地面上用力顿着，叫道："我是不做了！我弄得这种狼狈，全是受你的连累。"西门太太道："你不惭愧，你自己没本事。"西门德道："你不但连累我，连邻居都受你的累，不是你昨晚三更半夜向外跑，楼下怎么会失窃？你说，你说！这是不是你的过？"西门德觉得这句话是得意之笔，一直追问着，走到天井里，昂头望了楼上。那西门太太果然无辞可措。可是她口不答复，借了别的东西来答复。哗啷一声，一只茶壶由楼上丢了下来，砸摔在西门德脚下，砸了他一身的泥点和水点。出于不意，他也吓得身子一抖颤。西门德道："好哇！你敢拿东西来砸我。你倒不怕犯刑事！"西门太太在楼上答道："犯刑事又怎么样？至多是离婚，我不在乎这个。你可以对我公然侮辱，我就可以把东西砸你！"西门德觉得隔了楼上下这样打架，实在不像话，而太太脾气来了，又不是可以理喻的，一言不发，就走出大门去。好在自己预备了走的，帽子和手杖都已带着，也不必怎样顾虑了。

楼下区家这家人，正为了生活而烦恼，偏偏是遇到楼上两口子吵架，大家反是默然坐着。大小姐区亚男，这时在旧蓝布大褂上罩了件母亲不用的青毛绳背心，就向外走。老太爷道："你也打算去想法子，补上失窃的损失吗？"亚男道："在家里也是烦人得很，出去找同学谈谈，心里也宽敞些。"老太爷道："吃了饭出去不好吗？"亚男道："我不在家里吃，向外面打游击去。"说着，就抢步走出门去。亚杰跟着走出来，只管喊叫，但亚男在路上回转头来，看到有很多邻居在外面，只看了看哥哥，却没有作声，径直走了。

他们家向外不远，就开始上坡，亚男心里有一种说不出所以然的气愤，走路也有了脚劲，往日上这三四百级的坡子，向来是看到就有点儿惧怯，走一截路，便得休息一阵。今天却是一口气就跑到了二百多层坡子。在坡子一转弯，略有平地的所在，身后却有人轻轻地叫了一声"区小姐"。回头看时，正是西门德坐在一块平石板上，两手抱了一支手杖在怀里，半弯了腰，只管喘气，面孔红红的，额角上冒了豌豆大的汗珠子，亚男便站住了，笑问道："老早我就看到西门先生出来了，现时还只走到这里。"西门德在衣袋里掏出一块手巾，擦了额上的汗，摇了两摇头道："真有点儿吃不消！"亚男道："博士，你不该把轿夫取消了。我说句不客气的话，你和轿夫分工合作的。"他笑着点头道："对极了。小姐。他们抬我，我又抬人，总而言之，大家是轿夫。不过我已不打算抬人了，所以也就不用合作。你把出门的衣服都丢了，这是受我家吵架之累。我很抱歉。"亚男道："想穿了倒也无所谓。我原来想找点儿工作，家父反对，现在也许不反对了。"说着又鼓了勇气，很快地上着坡子。西门德望了她的后影，心想，人生非受逼不可，不逼是不会奋斗的。我借了太太这一逼，大可奋斗一番了。

就在这时，山坡上有个人穿短夹袄裤，秃着和尚头，手臂上搭了件薄呢夹袍子，直冲下来。西门德看到这个人来得颇为匆促，便站了起来，手扶斯的克，向他望着。他走到了面前，向西门德望了一望，然后拱着两手道："西门先生，好久不见，几乎不认得了。"西门德道："哦，你是柴自明老板，自从宜昌分手以后，说话之间，便是三四年，现在生意好吗？"柴自明将手摸了和尚头道："还是这样胡混，我在报上常看到西门先生的大名。"说着，将手掩了半边嘴，对了西门德的耳朵，轻轻啾咕了两句，然后问道："这个人，先生认识吗？"

西门德忽然心里一动，这家伙是个生意经，向来就是个囤积家，如今是囤积发财年，岂肯白白地离开这发财的熟路？只因他缺乏政治头脑，商业要经过某一种路线的时候，就不免碰壁。他这一问，必有原因。虽然所提的那个人，不过是在会场上见过两面，并无交情可言，可是说是熟人，也不算欺骗，便点头笑道："那是极熟的人。"柴自明道："我想请回客，请他吃顿饭。西门先生可以和我代邀一下子吗？"

西门德这就用得着他的心理学了。心想，像他这种人，一钱如命，哪会无端请一个陌生的人？这里面大有问题，且再老他一宝，看他说些什么，因道："柴老板，现在请一顿客，你知道要多少钱？"柴自明笑道："我预备一千块钱请客。西门先生，你说要吃哪一家馆子吧？"西门德脑筋一转，更是明了，便笑道："既然如此，你必有所谓。你必须把真意思告诉了我，我才可以与你加以斟酌。"柴自明抱了拳笑道："没有站在路上说话之理，我来先小请一回客。"西门德心想，早上正没有吃饭，乐得扰他一餐，因道："我们慢慢走上这坡子吧。"柴自明向路边吊崖上一指道："不必上坡，就在这里吧。"

西门德看那里有一座半靠悬岩的木板吊楼，有两幢夹壁楼，都歪了。楼板上放了几张半新旧桌子，门口平坡上倒有几张支架布躺椅，夹了两张矮茶几，是个小茶馆。上下坡的轿夫，常在这里歇梢。这个地方，要他请什么客？不过有话要说，总不能站着了事，只好随着他走了过去。柴自明笑道："就在这布椅子上躺着，这里非常舒服。"于是给西门德要了一碗沱茶，自要了一碗白开水，夹了茶几坐下。他又知道西门德吸烟的，在烟摊子上买了两支老刀牌香烟，放在茶几上。西门德看到这种招待，心里颇不痛快，觉得你如何这样悭吝？好吧，你要托我做事，我要你大大地破费一番。便取了一支老刀牌烟吸着，并不理会他所托的话。柴自明喝了几口开水，忍耐不住了，伸了伸颈脖子，笑道："西门先生，你是知道的，我因为家乡出棉花，对于这路货物，比较地在行，现在手上有一点儿现货。"西门德道："现在行情好，你可以抛出一点儿去呀。"柴自明又摸了两摸和尚头，因道："我正为这事打主意呢。"

西门德假装不知他的用意，笑道："这打什么主意？拿出来卖就是了。"

柴自明又将手掌掩了半边嘴，伸到茶几这边来，向他低声笑道："这个日子卖出十包二十包棉纱去，那是惹人注意的事。我的现货，现存在乡下，若是大挑小担在街上走着，似乎不大好，非得……"眯了两眯眼睛，便坐下去，不继续说了。西门德道："你这意思，我有点儿明白了。莫非……"于是将茶碗盖舀起一些茶来，用食指蘸着茶，在茶几上写了三个字，笑道："柴老板，是不是这意思？"柴自明突然挺起身子来坐着，将手拍了大腿道："西门先生是聪明人，一猜就着。"西门德道："你打算卖出多少包？一百呢，二百呢？"柴自明笑道："也没有许多，卖个六七十包，先应用吧。"西门德笑道："柴老板好大口气，卖六七十包应用，你哪里有那么大的开销？据我估计，那些棉纱可以盖一座大洋楼了。"柴自明道："当然不是为了零用过日子要钱，上个比期，我又买进了一点儿别的货，现在要付钱给人家。"

西门德道："我本来不是做生意的人，对于这类事情，我也不感兴趣，不过为了我们的交情起见，我可以和你帮一点儿忙。"柴自明抱了拳道："事成之后，兄弟一定重谢。"西门德道："我不图你谢什么，将来你们新做什么生意的时候，让我加入一份股子，我就高兴得不得了。"柴自明听着，又拍了一下大腿道："你先生算是明白了，还是做生意可以碰碰运气。不过做生意也有许多困难，眼光不准，连本都会蚀光。"西门德笑道："贩西瓜遇到连阴天，那也只好说是命不好。"柴自明道："这靠天吃饭的事，当然不能作准，兄弟的生意，却是脚踏实地的。若是博士愿意帮兄弟这个忙，我愿送前途一万元酬劳。说的这个数目，并不包括西门先生的车马费。我这钱，并不是送礼，是做生意，先生要明白这一层。"西门德一想，他如果要卖出一批货的话，约莫有三五十万元的收入，拿出五十分之一二来做交际费，实在也就不算多。因道："好，我和你跑一趟，纵然不成功，也并不蚀本。"

柴自明会了茶东。西门德咬住了牙齿，将手杖点着石坡子，一步一步地向上爬着。他心里也曾想着，柴自明看到自己这样吃力，也许会替自己雇一乘轿子，却不想他依然搭了长衣服在手臂上，就向坡下走去了。西门德想道："这市侩，他肯出一万元做生意上的交际费，我这个跑路的人，他倒连轿钱也不肯出一文！"转念又想，天天到陆先生那里去听候消息，始终没有个着落，倒不如去另找一条路出来。柴自明说的这笔报酬，不大不小，有手段，硬把这一万元拿过来，颇也足够两三个月用途。不用说，太太也就要什么有什么，不会因所求不遂，就找了女朋友来麻烦。好在所要

34

见的这个人，在会场上也常见面，试着谈谈，能碰点儿机会，也未可知。

心里只管打着主意，不觉将坡子爬完，到了马路上，自己也没有了勇气还可以走路，只得向街边停的人力车试探一下车价。那车夫两手把车把抱在怀里，高高地举起，有一步没一步走着，想是累了，被人连叫了几声，车夫才回转头来，问声哪里。西门德告诉了他的地方，他拉了车子走着，随便答道："三块钱！"西门德听了，真是无话可说。他自是值不得还价，也无从还起，慢慢走了一截路，经过一个停人力车空场，向停着的车子问价钱时，至少的也要三块半，他于是下了最大的决心，还是走向目的地去。好在手上拿的这支手杖，还可以帮自己一点儿忙，于是走一步，将手杖在地面上点一下，慢慢地在马路上点着走。半小时的工夫，他终于走到了目的地。

这是新住宅区的一家洋式楼房，主人是蔺慕如，朋友一致恭维他，叫蔺二爷。自己也不知道主人翁肯不肯见，且向门房里投下名片。算是机会不错，蔺二爷家无客，见了名片，立刻把他引到客厅里相见。蔺慕如穿着灰哗叽袍子，全身没一点儿皱纹，长圆的脸上，架了玳瑁边眼镜，下蓄一撮小髭须，神气十足。见面一握手，便笑道："前天会场上的演讲词，非常之好。"宾主分在沙发上坐下，听差就敬着香港来的三五牌纸烟和北平来的好香片茶。西门德向这客厅周围一看，什么陈设不必计较，就是脚下踏着的这寸来厚地毯，也就是在战时首都的上等享受。当政客当到他这种样子，也就不可为而可为了。

这样想着，心里立刻有了很大的兴奋，谈了几句时局，又商谈了下星期开一次经济座谈会。蔺慕如笑道："博士，我这里没有官场架子，希望你常来谈谈。我有一个公司组织的规章，正在誊写中，明后天请你来看看。"西门德笑道："好的，我另外有件事想和蔺先生谈谈。这些时候，棉纱涨得可观。"蔺二爷正色道："那实在希望政治上发生效力，加以取缔。"西门德笑道："我的来意相反，不过与我也无干。我路上有一位朋友，并非商家，逃难带了些棉纱入川，因为是全家生命所托，原先没有卖掉，现在……"说到这里，正好听差送上茶杯来换茶，西门德顿了一顿，蔺二爷瞪了那听差一眼，听差便退去。西门德道："他们倒是想在眼前卖掉若干，只是公开地卖，他们为人胆小，怕招摇生事。"蔺二爷微笑道："想做黑市？这个博士外行呀。"西门德道："唯其如此，所以我来请教。听说二爷路上有两家纺织厂。"蔺二爷端起茶杯来，呷了一口茶，沉吟着道："我不便介绍。"沉吟了一会儿，又问道："但不知有多少货？"西门德道："大概要卖的话，总

35

在三十包以上。"蔺二爷笑道："我们到里面书房里去谈吧。顺便我还可以办点儿别的事情。"于是引着西门德同到里面屋子里去谈话。

好大一会儿，西门德口里衔了真正舶来品的雪茄走出来，那短褂子小口袋里，还另外揣了两支雪茄。蔺二爷笑嘻嘻地向他握手道："明天晚上，在舍下吃腊肉，你不可失信。"说着又握了握手，方才告别。西门德走出屋来，几乎疑心这事是在梦中。可是回头看看蔺公馆，房屋高大，是眼前很现实的富贵人家，怎能说是梦里所见？这时，心里是有所恃而不恐了，看到路边车子，便依了车夫所要的车价，坐车去找柴自明的寓所。到了寓所，却让西门德大吃一惊，他所住的是最大的一家旅馆，而房间又是旅馆中最大的一间。门牌上写着"合记"，不是顶头遇到他，几乎不敢敲门。西门德曾有一位坐飞机从远道来的朋友，在这里住过，问过房价，高得吓人。

柴自明将他引到屋子里坐下，见先有两个穿漂亮西装的朋友斜靠在沙发上吸纸烟。柴自明介绍一番，倒是真正这里的房主人，他们合开了房间接洽生意的。他们知道柴自明新近有两笔大买卖要做，也请他在这里接洽。这两位西装朋友，一位是钱尚富经理，做运输业；一位是郭寄从老板，做五金西药。听到西门德是一位博士，又对某方面谈得上交际，十分欢迎，立刻拿了一听三炮台纸烟放在茶几上，请西门德吸烟。他正想着，每支纸烟恐怕比战前一听烟还贵，他们却随便抽。这个想法没有完，那钱尚富在旁边屉桌里拿出两个盒子来，笑道："请西门先生喝点儿咖啡，也有巧克力糖，是真正来路货。"西门德笑道："一罐咖啡，现在要卖几百元了吧？"钱尚富笑道："没有，没有！我们是顺便带来的。"说着叫茶房来，将两罐子咖啡交给他去煮。

西门德一看他们这排场，就知道落进了财神爷旋涡里，对柴自明说话不免要另外装一些精神，便先提到对蔺二爷交涉之难办，再提到自己三说两说，他居然肯帮忙。不过那一万元的交际费，在往日不算少，在今天不算多。柴自明听了，便和钱、郭两位商量了一阵。郭寄从一抱拳头道："凡事仰仗，只要事情办得顺手，那我们就劝柴老板慷慨一点子。这回办顺了手，以后还少得了继续进行吗？"西门德道："那方面大致说好了，由兄弟介绍，向纺织厂交货，货价照市上行情打个九五折。不过有个好处，不问你有多少货，在本埠交钱，或在香港、仰光交钱，也无不可。"这句话，引起钱尚富极大的兴趣，站起来一拍手道："这太好了！柴兄，你看在可以得外汇分儿上，就把价格看松些吧。"西门德道："原来前途是要九折，经我再三说，才肯九五折。"他取了一支炮台烟，仰在沙发上吸起来，向半空里喷着烟，表示他很得意，而又很不在乎的样子。

　　郭寄从连连向柴自明丢了两个眼色，笑道："好，就此一言为定吧。我们去吃个小馆子去。"西门德道："那倒不必，我还有点儿琐事，只要一次交易成功，往后常共来往，叨扰的日子就多了。今天晚上我邀了前途小叙；本待邀三位共去，又怕不便。"钱尚富道："已经叫博士多费神了，岂有再要博士破钞之理？柴老板，你可先付出今天晚上的酒席费来。"柴自明究竟还是初次加入这个大刀阔斧的交易群中，口里连说"是，是"，却没有怎样见诸行动。

　　那钱尚富生怕他误了大事，立刻在身上一掏，掏出一卷钞票送到西门德手边茶几上，笑道："劳驾，劳驾！都请帮忙。如有不敷，自当补上。"西门德说声今天晚上要代请客，实在不过是多卖点儿白水人情，并无其他作用，钱尚富这个作风，倒叫他不知如何应付才好。因笑道："这倒不必，纵然花几文，请一回客，也算不了什么。"郭寄从道："西门先生，必须收下，不然，我们透着没有诚心了。"西门德心想，你们这些奸商，大发国难财，泥沙一般地用着。千百元在你们手上，正和我们三五元差不多，我不用，也是白不用了。你们还不是拿这钱狂嫖滥赌，胡吃胡花去，我落得用他这几个钱，便向钱尚富笑道："做生意的人，每文钱都是血本所关，我怎好慷他人之慨？"郭寄从道："博士为柴老板请客，怎说是慷他人之慨？还是请你收下吧。"

　　西门德虽向他们客气着，手上可捏住了那卷钞票，扶了手杖，待要站起。郭寄从笑道："西门先生不忙走呀，煮的咖啡还没有送来呢！"西门德听着，脸上倒不免一红，因笑道："何必这样客气？"柴自明尚未开口，在炮台烟听子里取出一支烟来举了一举道："这些东西，都是便车子带来的，他们平常就是这样用着。"西门德笑道："只要一回生意做成功，就是花钱买这些日用品，那也耗费得很有限。"郭寄从笑道："倒不是一定说来得便宜，在社会上交朋友，总要大家有福同享。我们常常向外面跑动的人，这些轻便易带的小玩意儿，总要带点儿回来，以便在重庆的朋友，尝个新鲜。不久我们有人到海防去，博士要什么东西，只要是好带的，我们一定从命。"西门德道："我倒不需要什么，除非内人要点儿化妆品。"钱、郭两人听说，异口同声地说一定带到。说着茶房送上四杯咖啡来，而且还是白瓷缸子盛了方块糖，送到客人面前，让客人自加。

　　西门德已经看出这两个商人，很是有钱，而且手面也很大，也就挑着愿意听的，和他们谈了十来分钟，然后告辞。钱尚富走向前和他握着手，紧紧地摇撼了几下，笑道："诸事拜托！"西门德看他们这情形，实在是倚重得很，将钞票揣在衣袋里，昂着头走出了旅馆的大门。看到有车子，也不问价钱，就坐上车子。车子到了岩上，又坐着轿子回家。上了楼，在堂屋里便听到卧室里微微的鼾呼声，正是太太打夜牌辛苦了，这时在补足睡眠。那且不去管她，便向对门屋子里坐着，将不曾打破的哑谜，赶快揭晓，掏出那叠钞票来数数有多少。当点数钞票的时候，恰是女仆刘嫂曾在房里经过一下，这也未曾予以留意，自己将带回来的雪茄擦着火柴吸了一支，昂头靠在椅子靠背上，便来默想这生活的转变问题。

忽然西门太太抢着走进屋子来，带了笑容问道："哪里来了一笔巨款？你在陆先生那里想得办法了？"西门德看到太太的笑容，就不免心软一半，只是在楼檐被砸一茶壶的事情，不容易立刻忘记，便向她淡笑一声道："你没有事了？"西门太太靠了门框站定，因道："问你话呢。你不要说得牛头不对马嘴。钱在哪里？拿出来我看看。"西门德依然昂了头吸他的雪茄，并未作声。西门太太走近，两手摇撼着他的身体道："多少钱？快拿出来给我看看。"西门德道："你不用问我多少钱！"西门太太道："哟！越说你越来劲啦。"说着将脸一板，两手抄在怀里，坐在旁边椅子上。西门德倒不怕她生气，有了钱哪里没吃饭睡觉之处！

夫妻默然对坐了一会儿，还是太太忍耐不住，她又站起来，手按了先生的肩头，瞧了他微笑道："真的，你拿了多少钱回来了？让我看看。"西门德昂头抽着雪茄，并不睬她。西门太太看到如此，就将两手乱搓博士肩上的肥肉，因道："你拿出来不拿出来？你再不拿出来，我就要胳肢你了！"说着右手抓了猴拳，送到嘴里呵上两口气。西门德最怕人胳肢，尤其是太太胳肢，啊哟一声，笑着站了起来，因道："这钱并不是我的，人家托我代为请客。"太太道："管他是谁的呢？反正我也不要你的，只是看看。你给我看了，前账一笔勾销。"说着猛可地伸手在他衣袋里一掏，手到擒来，将那卷钞票完全捏在手上。

她首先看到面上一张是百元的，立刻笑了。西门德伸手要夺时，她跑回到自己卧室里去，人伏在床上，将两手放在怀里，一张张地数，那钞票直数过了十六张，然后右手紧紧捏着，站起来向站在身后的西门德笑道："陆先生怎么给你这么多钱？"西门德道："你不要妙想天开了，这班大老官，无缘无故，他有整千的钱送人？我新认识了两个生意上人，他们因我介绍成了一笔买卖，拿出一笔款子来让我请客。"西门太太道："我不信！什么吃法，一千六百块钱吃一顿。"西门德道："自然吃不了许多，但也有别的用处。"西门太太道："我不管，这笔款子归我了。你要请客，你另外去想法子。"说着坐在床沿上向博士傻笑。西门德板了脸道："那不行啊……"西门太太已站起来将桌上泡着现成的茶，斟了一杯，两手捧着送到博士面前，笑道："好了，我和你正式道歉了。你还有什么话说呢！"博士道："哦，砸了我一茶壶，还是拿一杯茶我喝。"说着，扭转身去。西门太太将茶杯放在桌上，抓住他的手道："你接受不接受，假如不接受，我又要骼肢你了！"这句话，却吓得博士哧地一笑。

他们这里在笑，恰好楼底下也在哈哈大笑。西门太太倒吃了一惊，以为楼下人在讪笑自己向丈夫道歉，吓得将博士推了一把。西门德走到楼廊上，扶了栏杆向下看时，只见区亚杰已套上了一条青布工人裤，套住半截青布短袄子，头上戴顶鸭舌帽子，向后脑仰着，手上拿了一副黑眼镜。博士道："你们大笑些什么？"亚杰笑道："我刚才戴眼镜回来，我父亲竟不认识我，问我是找谁的。"西门德道："果然的，你为什么改成了这么一副装束？"亚杰道："我明天就开车子上云南了。"西门德道："你真改了行？那么学校里的那功课，交给谁呢？"亚杰道："这是我很对不住那些学生的，只好由校长临时去想办法了。"西门德听说，不是笑他，这才放了心，转身去和太太办交涉。

区老太爷还是坐在书屋椅子上，扶着旱烟袋吸烟，望了亚杰低声微笑道："楼上一幕武戏，似乎已经唱完了。据他们家刘嫂下来说，先生把一百元一张的钞票带了一大叠回来。有了这东西，夫妻还吵什么架？这话又说回来了，吃书本子饭，也未尝没有办法，博士头衔，还是可以拿整叠的百元钞票回家。"亚杰道："博士也说过了要改行的，他之带钱回家，焉知不是改行所得来的呢？"区老太爷道："我们别尽谈人家的事，亚英和亚男先后出门去了，到这时候还没回来。没有米吃，没有衣服穿，应当慢慢想法，也不是一天能解决的事。"亚杰道："其实，他们不应该急，米我已弄一大斗回来了，钱……"

说着，在工人裤袋里一掏，掏出一卷钞票来，因道："我向东家借了三百元路费，可以留下二百元来。"区老太爷道："这里到云南也有整个星期的路程，路上哪里就不用几个钱？"亚杰笑道："你老人家隔行如隔山。这条路上的同行，虽不见得个个都阔，可是一掏千百块钱，拿出来帮朋友的，真不算一回稀奇。我用中学教员的资格加入这个行当，倒还很得人家的同情。路上没有盘缠，和同行朋友借个一二百元，那还有什么问题？"区老太爷道："这话如真，就悔不当初了。当你教书的时候，向同事借一二十块钱，都不可能，你记得吗？"亚杰道："怎么不记得？可是那个环境里，一二十块钱，真比我现在这个环境里一二千块钱还要难些。"

这时亚英由大门口走下来，一路摇着头，走到堂屋中心，叹口气道："真是那话，一二十块钱，比一二千块钱还要难找。"区老太爷皱了眉道："你不要整天在外面瞎撞了。亚杰现在又可放二百元家里零用，眼前个把星期，家中生活没问题，你还是干你的去。"亚英本是两手插在裤子袋里，两脚好像有千斤重，缓缓走了来。这时，却站定了脚，拍着两手道："我还干什么？我们那位主任先生，见我又去晚了，做事也没有精神，把我免职了。我还有半个月的工资，兼管会计的事务员不在家，也没给我。"说着一歪身坐在旁边椅子上，抬起一只手来撑着茶几，托了自己的头。亚杰道："这是好消息呀！懊丧些什么？一点儿顾虑没有，你才好改行！"亚英道："我改什么行？拉人力车，我没有力气；摆香烟摊子，我没有本钱。"

西门德在楼上听了他这话，倒与他表示很大的同情，便口衔了雪茄，缓缓走下楼，笑道："昨日为了我们家的事，连累你府上失窃，我实在抱歉得很。这个问题，拖到现在，似乎还没有了结。贤昆仲所谈的，不就是这件事吗？"亚英道："我们谈的是改行问题，至于何以要改行，倒不是为了昨晚失窃，由于我们的衣食，根本发生了问题。"西门德将口里雪茄拿出来，两个指头夹着，另将三个指头敲了亚英的肩膀，笑道："老弟台，你若是要改行，我可以介绍你一条路，而且还相当地合适，不知道你肯不肯接受？"亚英道："我现在已失了业，无论什么糊口的工作，我都可以担任。就是一层，不能受人家的侮辱。"西门德笑道："受侮辱这句话，根本谈不上。我介绍你去的就是位商人的组织里面，他虽没有和我谈起，我知道他差着一位懂西药的帮手。因为我去找他的时候，他茶几上公开地放着一封信，要托朋友和他寻觅一位懂西医，而又不在行医的人和他合作。看他那意思，是要和这人一路到海口上去买药品，并借这人的力量，和医界取得联络。我当时就想到老弟台很有这份资格，只是我究属于私看人家的信，未便开口。若你真有意思肯就，我不妨探问探问他。"亚英道："果然有这么一个位置，我倒极愿相就。若能跑出海口去，无论弄点儿什么货物回来，就可以解决一下生活问题。但是一向不曾听到博士与商家有来往。"西门德笑道："我们还不是一样？我也是感到生活压迫，找不出个生财之道，也要走上做买卖的一条路。好在我不用掏资本，失败也就无所谓。"亚杰见西门德满脸是笑容，所吸的这支雪茄，香气很醇，绝不是土制，父亲说他带了整卷钞票回来的话，当非虚语。因道："我倒不相信博士会去做'康密兴爱

40

金第'（系英文 Commission agent 的译音，意思是捐客）"。他觉得直说"捐客"，似乎不大雅听，所以改说了一句英语。

西门德道："我所办的，居于委托公司与报关行两者之间。孔夫子说过，富而可求也，虽执鞭之士，吾亦为之。于今是个致富的社会，我只图找得着钱，就不问所干的是什么事了。"说着打了个哈哈笑起来。亚英拍手道："好好！就是这样说。我就跟着心理学……"西门德摇摇手道："不要又谈什么博士硕士，博士硕士并不值半文钱！于今要谈什么老板、什么经理，才让人心里受用。"

区老太爷衔着旱烟袋，坐在旁边，沉默了许久，把他们讨论的事听了下去。这时便插嘴笑道："西门先生抬出孔夫子的话来做论证一节，我不反对。孔夫子也曾说：'穷则变，变则通。'他老人家并不是'刻舟求剑'的人。自然，他老人家'愿为执鞭之士'的话，有点儿牢骚，也许就是'在陈绝粮'以后说的。"西门德吸了一口烟道："《论语》上的这句话，前后文并没有提到孔夫子受了刺激，我们怎能一定断言他是发牢骚？就如《论语》所载，他老人家打算出洋，在'乘桴浮于海'上面，还声明了'道不行'三个字。然而这'富而可求'上面，并没有如此交代一句，安贫无益，可见那是正言以出之了。干脆说，就是孔子既不愿做公务员，也不愿教书，要改行去发财。"亚杰笑道："这样说我，倒是对了。但不知执鞭之士，是哪一类人？"西门德两指夹了雪茄，另以三指搔着头皮，笑道："这倒是朱夫子注'四书'未能遥为证明。鞭子总是打马用的，孔夫子斯文人，跑不动路，不会去羡慕赶脚的，这必是指的马车夫而言。"而这亚杰听说，不由得笑着跳了起来，因道："博士究是博士，让我顿开茅塞。孔夫子想发财，不辞当马车夫，区区一个中学教员，为求财而开汽车，有何不可？爸爸，说儿子跟孔夫子学，绝不辱没你老人家那一肚子诗书吧？"说着望了区老太爷。他有何话说，也只好哈哈地笑起来了。

第四章

无力出力无钱出钱

在他们商量着改行有办法之下，区亚雄胁下夹着一个报纸包，有气无力地走进堂屋来了。区老太爷对于这样大年纪的儿子，依然还是舐犊情深，迎上前去问道："今天又是字写多了吧？"亚雄将那报纸卷儿放在桌上，深深地舒了一口气道："谁说不是？"说着在怀里一阵摸索，摸出来一小包皮丝烟。区家兄弟三人只有他有太太，虽然为此增加不少负担，却也换得了一些安慰。这时区大奶奶看到丈夫这样受累回来，便左手抱着一个孩子，右手提了一支水烟袋，放在桌上，并且已经燃好了一支纸煤儿夹在烟袋头子缝里。亚雄接过水烟袋，将皮丝烟按上，就坐着接连吸了三四袋烟。

西门德笑道："我看大先生这番情形，却被烟瘾得可以。"亚雄道："可不是吗？你看从上午八点钟办公事起，一直办到这个时候为止，虽说是等因奉此的玩意儿，但一封公事，有一封公事的理由，这理由不能说得圆转了，就不能交卷，颇也费点儿脑力。"西门德道："我是个外行，我就要发生疑问了。这公事稿子送到科长那里去，少不得要删改一番的，你又何必做得那样好？"亚雄笑道："博士，你以为那是教授先生改学生的卷子吗？科长看到你起草的公事，太不合口味，他可以把你叫去申斥一顿之外，再罚你重写。科员偷懒，是科员自找麻烦。"西门德道："原来如此，我们总听到公务员在公事房里不过是喝茶、抽烟、看报、摆龙门阵，照大先生如此说来，也不尽然了。"亚雄道："你说的那种人，不过是极少数，是战前的事。于今是喝白开水，抽烟没那回事，谁买得起纸烟？看报也不是人人可以到手的。谈话呢，尽是诉苦，办公室里简直是愁城。"西门德笑道："这回你两位令弟，都改行了，要不然，你也改一下行吧。"

这句话引得亚雄兴奋起来，将手拍了一下大腿道："博士，你可不可以找几位名人和我介绍一下，我要走小码头行医去了。"西门德道："行医？"亚雄道："实不相瞒，我看过些中医书，尤其《陈修园二十四种》，我看过一二十遍。我写得出许多汤头，虽不敢比名医，但普通中医所能的，我绝对能。在这个人口过剩的都市里，中医自然也是过剩，用不着我来插进一脚。可是内地小码头，就找不着一个普通医生。尤其异乡人疏散到内地去，对于医药发生极大的恐慌，若有下江医生，知道得他们的生活习惯，那是极欢迎的事。我就知道有一个瘸脚医生到内地去行医，单是每日门诊，就要收到四五十元，出诊是十元一次，轿子来、轿子去，又随捞四五十元，也毫不费力，因之每日所得，总在百元上下。我相信我的医道，绝不在他们以下。我若到内地去找几个知名之士，在报上登一则介绍广告，一定行得通。"西门德道："这事我可以尽力，但大先生有这副本领，为什么不早早改行呢？"亚雄道："这有两个原因：其一呢，我觉得拿薪水过日子，虽是极少，也有个把握。多年的道行，不愿丢了，不当以短期的困难，改变了固定的职业。其二呢，我究不信任我的医道高明，若有错误，是拿病人生命当儿戏的事。现在第一个原因，已不存在了。第二个原因，我想临诊慎重一点儿，遇到疑难杂症，让病家另请高明……"大奶奶道："另请高明？当医生的人，可以随便说这句话的吗？你一说另请高明，病家以为是没有了救星，要吓一跳的。"亚雄点头道："果然，做医生的人，谦逊不得，只有相当地冒险。"亚英道："我这西医，虽不高明，但我相信对于病症稍有困难，西医是绝不讳言棘手的。"

西门德笑道："中国社会上的传统习惯，父诏兄勉，总是劝子弟做官，经过这一番惨痛的教训，以后就应该有人转变了。"区老太爷笑道："博士的意思，以后父诏兄勉，应该是叫子弟做工。"西门德抽着雪茄，昂头想了一想，因道："做工当然最好，反正只要谋生有术，有种专门技术就成了。"区老太爷将嘴里旱烟袋拖出来，先指着亚英，回头又指着亚杰，笑道："只是他两人所学的是半瓶醋罢了。若说专门技术，他们也未尝不专门。"西门德搔搔头皮，点着头笑道："这是我错了。"亚雄将桌上放的那报纸卷儿打开，里面是信封信笺及一些公文稿纸。他清理着，口里道："若论专门技术，我这套'等因奉此'的学问，和一笔正楷字，难道还是极普通的本领不成？"

大奶奶还抱了孩子站在门边，便笑道："你那专门技术，就是换些信纸信封回来。"亚雄将手拍了报卷儿道："我不像别人，还真不糟蹋公家东西呢。我又没有什么朋友书信来往，拿许多信纸信封回来做什么？因为科长有几封私人信件，托我在家里办一下，所以带些信纸回来。"西门德笑道："你们科长的手段，也未免太残酷了。你办了一天的稿，回家来还不肯放松你。"亚雄道："我们这位科长，还总算客气的。对我说了一句请代办一下。他若是硬派你写，你也不敢违抗。你终日在他手下，若不受指挥，这事不能奈何你，他在别一件事上，找着你的错处，尽量折磨你一下，你还是不能驳回一个字的。偷一次懒，可要受无穷的气。"

区老太爷皱了眉道："废话！现在有工夫讨论这一类的问题吗？"亚雄笑着放下水烟袋，在屋子里拿出笔砚来，因道："我还要赶着把这信件写起来，晚上要过江到司长公馆里去一趟。"西门德笑道："除了科长，又是司长有私人信札要你办？"亚雄道："今晚是科长、参事、秘书在司长那里开一个聚餐式的小组会议。"大奶奶插嘴笑道："哦！你有一顿吃了。"亚雄将头一摆，冷笑一声道："一张纸，画一个鼻子，好大的面子。司长公馆里吃便饭，有我小科员的份儿？"大奶奶道："那么，你赶着去干什么？"亚雄道："算上司看得起我，约我去问问几件老公事的成例。"大奶奶道："当然，既没有饭吃，也不会有地方留你在那里过夜，到了深夜，你还要坐了白木船渡江回来……"亚雄皱了眉摇着手道："啰唆些什么，在我没有改行以前，我就得照着这样干下去。"说着在桌上摊开笔砚，就要坐下去写字。

亚杰道："我们在这里摆龙门阵，会分了你的心思，你到我那小屋子里去写吧。"亚雄也觉得是，便去搬文具。那大奶奶一手抱了孩子，也来帮他。西门德向区老太爷点头道："你们大先生，真是个忠厚分子，我看他实在太苦。他果然要走小码头行医的话，就由他去吧，我多少帮他一点儿忙。"区老太爷静静地吸着旱烟，然后摇了两下头道："这事恐怕不那么简单吧？登广告要钱，印传单要钱，出门川资要钱，到小码头去开码头租房子，布置家具，应酬应酬地方上人士，更要钱，岂是一个空身人所可去的吗？至少也得一千元上下的资本。"亚雄由那小屋窗户里伸出头来道："对呀！若有这一笔资本的话，我还困住在这里，等天上掉下馅儿饼来吗？"西门德心想：一千元的数目，在今日一部分人手上，真太不成问题。就像我，今日上午随便两句话，不就捞回一千六百元吗？

他低头沉思着，还没有答复这句话，只见西门太太又打扮得年轻十余岁，臂上搭了夹呢大衣，手上拿了手提包，满脸笑容，走下楼来。西门德道："该吃晚饭了，又上街去？"西门太太抬起一只脚来道："你看看我这皮鞋，还是老样子的，走上街去，都不好意思，该买一双新的了。"西门德心

44

想：什么不好意思，分明是那十六张一百元的钞票在作怪。太太见他沉思，便笑道："你能等我一会儿吃晚饭也好。我和你带些熏鱼卤菜回来。"西门德道："你吃了饭出去也可以呀。"太太笑着一扭脖子道："不，我去吃回西餐去，老早我就想吃回西餐了。"说着她已很快地走了出去，遥遥听到门外一片叫喊轿子声。

西门德叹了口气道："你看她钱烧得这样难受，晚饭都来不及吃，就走了。"区老太爷笑道："西门太太很天真。"西门德将脚在地上一顿道："什么天真！简直是浑蛋！"亚英笑道："博士自奉甚俭，赚了大批的钱来，不交给太太去花，在别人囤货狂的日子，博士只管将整卷的钞票存到银行里去，也太无味。"西门德笑道："你看我是能挣大批钞票回家的人吗？实不相瞒，今天我是带了一点儿钱回来，是代朋友做应酬用的，可是我在楼上听到你们为生活而烦躁，我就觉着我今天和你们是一个对比，所以我自动地愿和你介绍工作。"亚英道："那就好极了！博士出于正义感的行为，一定是诚恳的。我没有别的话说，自当竭力图报。"西门德口里衔了雪茄，站起来双手拱了两拱，笑道："你要这么说，我就不好有所举动了。我去看看晚饭预备到了什么程度，我今天糊里糊涂忙了一天，还不曾正式吃着一顿饭呢。"说毕，他就上楼去了。

亚英望了他的后影，倒有些后悔，彼此谈得好好的，约他介绍职业一句谦逊的话，倒把事情弄僵了。亚杰看了他为难的样子，扯扯他的衣襟，低声道："会演说的人，你相信许多做什么？今天晚上，我们东家和我饯行，约了我和几位开长途车子的见见面，顺便想和你找找机会，就是你闲住十天半月，也不要紧。家里有二百块钱，又有两斗米，每日开大门，暂无问题。你也不必过于焦虑。"说着向区老太爷道："要我带一点儿什么东西回来吗？"老太爷手扶了旱烟袋，两个手指伸入烟叶袋子里挖烟丝，他觉得里面是空虚的，至少是需要补充一点儿烟叶子，可是他依然摇着头道："我不要什么。不要喝醉了，早点儿回来吧。"区老太太接嘴道："真是的，明天你又要到云南去，这样山高水远的地方。"亚杰笑道："这样大的儿子，你还要关在家里养着吗？人家白发双亲送着壮年儿子去参军的，那又当怎么说呢？"他一面说着，一面向外面走去。

亚英回过头来，见母亲戴上了老花眼镜，正在数着一叠钞票，便笑问道："老三倒真有办法，车子没开出去，米有了，钱也有了。这里我倒有些疑问，他那张开长途车的执照，怎么会弄到手的？"老太爷道："他会开车，为什么弄不到执照？"亚英道："我说的是他拿不出领执照的那笔费用。"区老太爷道:"十几块钱,难道那有钱的五金行东家不肯和他代垫?"亚英倒没说什么,亚雄手上拿了正写着字的笔,匆匆地由屋子里抢了出来,笑道:"我以为亚杰这事未必成功,说着听听而已。现在真个要去,我倒也引为奇怪。你老人家知道这执照费需要多少?"说着将笔在手掌心里写了三个字伸给老太爷看道:"我就知道,有个熟人,弄到这样一张执照,人情世故,他虽然很深,还是花了这么多钱。"老太爷虽然是个极端庄重的人,看了这掌心里三个字,是"五千元",也不由得将舌头一伸,因道:"要耗费这样多的钱?战前可以买一部好的汽车了!亚杰的东家虽然有同学关系,也不会帮这样大的一个忙。等他回来,我倒要问问。"亚雄道:"他的东家果有此心,把那笔款子借给我们,我们来开个小百货店,兼卖点儿日用品,那是很像样的铺子了。"

正说着,亚男回来了,还不曾走过天井,手扶了大门框站着,就喘了一阵气。区老太太见她脸红红的,手上拿了小手绢,当着扇子拂着,便道:"你这孩子也不听话,有他两个出去想办法就是了,你又出去瞎忙些什么?"亚男笑道:"在外面走起来,无所谓,一个地方不对,又跑一个地方,只是回到家来……"说着笑了一笑,胁下夹了一个报纸包儿,一跛一拐地走上堂屋来。老太爷道:"那报纸包儿里是什么?"亚男道:"什么?是募捐本子。我到会里去找秦先生,她是我们常务理事,想托她找一点儿工作。秦先生看到我高兴得了不得,说是现在妇女界献金,分为十大队募集,让我做一个队长。这是最光荣的职务,我自然得担任下来。"老太太道:"那么,你找工作的话,没有和秦先生谈起了?"亚男道:"那我怎样好意思谈呢?我要说起来,倒好像我是推诿不肯干了。找工作的事,迟一两个礼拜再说吧。"

区老太太疼爱儿子,尤其疼爱这个女儿,她走近前来,伸手理着她的头发,又替她牵牵衣领和衣襟,微笑道:"好,依着你的话再过一两个星期。你爱国,出点儿小姐力吧。可是这一两个星期的米和钱,你打算出在哪里?"亚男道:"三哥不是送米回来了吗?"区老太太道:"算你饭有得吃了。你成天在外面跑着募捐,难道身上一个零钱也不带着?万一……"亚男拦着道:"哪有什么万一?在街上好好儿地走路,还会撞翻了人家的汽车不成?只要家里有米做饭,我吃饱了出去,就用不着花钱。"区大奶奶道:"妹妹回来了,大家吃饭吧,饭都凉了。"

她说着话,左手抱孩子,右手端了一碗黄豆芽,送到桌上。亚英也帮忙,端了饭甑出来,放在旁边木凳上,掀开甑盖,两手捧了一瓦钵子烧萝

46

卜放在桌上。那萝卜的颜色，略带微黄，上面夹杂了一些大蒜叶子。当这菜出甑的时候，倒有一股蒜叶香味。亚男伸头看了一看，笑道："这萝卜很好，色、香、味三个条件都有了。"大奶奶将碗放在茶几上，腾出不抱孩子的那只手，将木勺舀着饭到碗里去，一面笑道："妹妹这话，有点儿俏皮吧，今天没买酱油，萝卜白烧，颜色就是白的。妹妹，你知道吃酱油可是奢侈行为，于今一斤好酱油的钱，三年前我在南京要办一席鸡肉鱼虾的请客便饭啦！"

区老太爷道："你还看三年前的历书啦！你若再往前数，我们年轻的时候，二两八钱银子，要吃一桌八大八小的席。"亚英道："何必你老人家青年时候，前十几年，上海老半斋，徽州馆子，三块钱的壳子，就足够四五个人吃。你老人家不就带我去吃过一回吗？"区老太爷是到了五十非肉不饱之年了，他对于这家常饭，真不感兴趣，可是又不能不吃，手上拿了一碗饭，无精打采地靠了桌子边坐下，扶起筷子来，夹了两根豆芽，放到嘴里慢慢地咀嚼着。区老太太也盛了饭，坐在对面吃，因道："明天一大早，让亚英去买点儿肉来给老太爷煨点儿汤喝吧。"老太爷笑道："你是看到亚杰放下了二百元法币，觉得手头又宽余了。可是法币有限，日子无限，十天之后，这二百元光了，你又打算怎么办？"亚男道："我们的家用，要二十元一天？"她坐在老太爷手下，手扶了筷子碗，且不扒饭，偏头望了父亲。老太爷笑道："这还是说有这两斗米。"

亚男听了，心里便想着：我去教书，至多六十元的薪水，对家庭能有什么帮助？虽然说这种服务，也不过是挂一个名，并不用天天去，但没有这笔收入，对家庭也不会有什么影响，那是可以断言的。她想出了神，手扶筷子碗，好久不曾吃饭。老太太道："在外面跑了一天，你勉强吃一点儿吧，我那窗户台上瓦罐子里，还有几块榨菜，你拿来吃吧。那东西又辣又咸，足可以刺激你的味神经一下。"亚英笑道："想不到母亲也会有一些理论了。"区老太太道："这都是在你们舌根下听来的呀。以前每餐不断荤鲜，没听到你们说什么。如今餐餐吃萝卜豆芽了，吃饭的时候，就听到你们说什么滋养料了，维他命了，脂肪了，蛋白质了，葱蒜杀菌了，辣椒刺激味神经了。我也有两只耳朵，我就不懂一点儿吗？"亚男将筷子夹了一根黄豆芽，悬起在空中来，笑道："妈，我考你一考，这里面有些什么成分？"区老太太点点头道："有蛋白质，也有脂肪，可以及格吗？"这句话听得老太爷也哈哈大笑。

在这欢愉声中，大家把这顿萝卜豆芽饭吃过了。老太爷泡泡萝卜汤，仅仅吃了碗里所盛的那大半碗饭，弯了腰拿起靠在椅子背后的旱烟袋，正待休息，突然七八个童子军，拥了进来。前面一个年纪大些的，向区老太爷行了个童子军礼。区老太爷点头道："有何事见教？"那童子军经他一说话，站着对他脸上注意了一下，笑道："你是区老师，我叫萧国桢，你认识我吗？"区老太爷笑道："哦！你是南京自强中学附小的学生吧？"他道："是的，我们现在进中学了，今天学校里同学举行义卖献金，区老师销我们一点儿什么？"那些童子军听说这是萧国桢的老师，有了办法了，大家一拥而上，将老太爷包围住。

老太爷点点头道："我一定买，一定买。但是我买点儿什么呢？"他说着向各位童子军手上捧的义卖品打量着。有的是将托盆托了化妆品，有的是将木托盆盛了文具，有的是一只篮子装橘柑。心想自己身上虽有二百元法币，可怜，这是儿子省下来的川资，家庭数月来最大的一笔收入，至少要维持半月家用。以十元钱小菜一天计算，就还不够，哪有力量义买？然而这些天真的青年，根本就不容拒绝，何况人家还叫了一声老师？折中办法，出五元钞票吧。如此想着，他做了一件生平不大做的小气举动，不敢将钞票完全掏出来，只是伸手到袋里去摸索一阵，摸出一张钞票来，偏偏摸出一看，不是五元的而是十元的。因拿了钞票笑道："我拿五元钱买个橘柑吧，但这橘柑我也不要，依然奉赠各位再去卖给别人。"萧国桢又行了个礼，笑道："谢谢。"同阵的童子军又道："这是十元钞票呀！我们刚走第二家，只卖了一块五毛钱，找补不出来，怎么办呢？"一个最小的女童子军，将一支毛笔伸到老太爷面前，笑道："请再买我一支笔吧，区老师。老师一定比我们学生还要热心。"区老太爷笑道："好，我接受你的要求，这十元钞票你们拿去，毛笔我也不要，益发捐给你们了。"于是童子军接过那十元钞票，齐齐地行了个童子军礼，拿旗子的童子军奋勇争先，带了众人转过堂屋，蜂拥上楼去了。

区家人自去收拾饭后的桌椅，默然无人作声，却听到楼上刘嫂子叫道："做啥子？做啥子？先生太太都不在家！"接着楼上纷扰了一阵，才听到西门德的声音道："好啦，好啦！我出一块钱就是了。我倒不一定买什么，你们就放下一个橘子吧！"亚男听了，有些不服气，沉着脸道："我们这位博士，成天在外面公开演讲，劝人爱国，他出了一块钱，还一定要吃人家一个橘子！"老太爷坐在旁边椅子上抽旱烟袋，抽出烟袋嘴子来，微笑道："这么一来，你那出去募捐献金的勇气，应该也减低一点儿吧？告诉你一点儿消息，你还要不平呢，他自己就表示过了，今天带了一大批款子回来，比我们腰包里就充足多了。"

正说着，那群童子军拥下楼来，老太爷向亚男摇摇手，叫她不必再提。偏是那群童子军出门的时候，恰好一乘轿子歇在门口，正是西门太太回来了，除了她两只手都提了许多大小纸包而外，轿子上还有一只新藤篮，满满地装了一篮东西。她站在天井里，昂着头向楼上叫道："刘嫂，快下来拿东西上去！"区老太太道："让我们亚英和你送上去就是了。"那些童子军听这话音，知是楼上女主人，而且看到她这样大批地买东西，定是有钱的人，于是将她又包围着，请她义买一点儿东西。

西门太太道："你们没有上楼去义卖吗？"童子军道："卖了一个橘子，收入一块钱。"西门太太道："那就是了。现在的市价，顶好的橘子，一块钱可以买到一二十个，我这就尽了一点儿义务了，请各位再走他家！"那刘嫂被呼喊着下楼来了，在人丛中提着藤篮抢上了楼去。西门太太也就跟了后面一块儿走去。当他们由堂屋里经过的时候，一阵油鸡香肠和水果的香味，袭入鼻端。那个年长的童子军呆望了她后影道："大大小小的，这些纸包，怕不要值一二百元，替国家尽了几角钱义务……"区老太爷手捧了旱烟袋，向他们拱拱手，低声道："各位请吧。"

童子军去远了，那大奶奶才笑道："一句区老师，叫去了我们一天的小菜钱。"亚男道："这也没得抱怨的，我们就歇一天不吃小菜，吃一天白饭也没关系。前方将士打起猛烈的仗来，还不是几日几夜下不了火线，岂但是吃不到白饭？"大奶奶笑道："我不过自说一声，并不抱怨。我们大小姐真是热心，可是人世上就是这样平均支配，给了你一颗热心，就不给你一个铜板。那给了几千万家产的人，就不在他心上放出一点儿热气。"亚男笑道："这真是文穷而后工，嫂嫂也会说幽默话了。"大奶奶笑道："我知道这件事，老太太就十分不高兴，可是一说出来，全家都要把国家大题目压着她，她就受不了。"区老太太向他们笑道："你们都爱国，只有老太太是冷血动物。"

正说着，西门太太下楼来了，微嗦了嘴道："这些小孩子瞎胡闹，随便打发他们走了就是了。国家用钱，要都等着他们这些小孩子出来设法，那还了得啰。老太爷，这东西送着你下酒。"她手上端了一只瓷盘子，放在茶几上。老太爷看时，里面是腌板鸭与卤鸡，另外还有一条熏鲫鱼。老太爷坐着，啊哟了一声，站起来道："留着博士吃吧！这一盘子菜，还了得！比起我们全家一天小菜所用还要多得多吧？"西门太太笑道："管他呢，花吧，有钱留在手上，也不能在这流亡的时候盖着高楼大厦。"老太爷笑道：

"菜是很好，不瞒你说，我还得花一元钱……"正说着，西门德一手拿了茅台酒的瓦瓶子，一手拿了玻璃杯子，下楼来了，笑道："老太爷，真茅台，喝一杯，喝一杯。"说着，向杯子里倒满一杯送到茶几上来。

区老太爷本来在心里想着，无端地喝好酒吃好菜，生活程度这样贵，未免……他只想到这里，而玻璃杯子送来的茅台酒，已有一种强烈的香味，送入鼻端，这也只好接着杯，索性送到鼻尖闻了一闻，笑道："果然，是上好的茅台，现在是什么价钱了？"西门德道："棍子不怕贵，只要口味对。喝！不问价钱！我上楼喝去了。"说着，他拿了酒瓶子走。西门太太笑道："你看他，我说是上街去买点儿东西，他就嫌花钱。于今把东西买回来了，他也要吃要喝了。只要可以买得到，哪个又不愿去买呢？"她说话时，两个手指头，夹了个卤鸭翅膀，送到口里去咀嚼。又向老太爷道："酒还多着呢，喝完了，再上楼来倒。"说着，笑着去了。

亚男等她上楼去了以后，才瞪了一眼，低声道："他们这一顿吃，若是帮助那童子军一把，这数目就大有可观了。"区老太爷笑道："你倒没有忘记募捐征款这一类得意的杰作。你既领了那一叠子捐册来了，就该慢慢地去跑路了。"老太太看到有酒有菜，已经取了一双筷子，放在桌上，回转头来向老太爷笑道："可以坐下来舒服一下子了。他们公事也好，私事也好，你暂时……"亚英站在一边发呆得久了。这时将两只手在衣襟上摩擦，望着老太爷道："我有一句话想了好久，不好意思说出来，可是我终于要说出来了。那二百元法币，我倒想向你老人家募捐若干，再出门去想点儿办法。可是老三省下来做家用的钱，我又不好意思……"

老太爷正端玻璃杯子喝着一口茅台酒，他便放下了杯子，伸手在衣袋里摸出那叠钞票，分了两张交给他道："你尽管拿去用吧。不下食，也钓不到鱼。"亚英接着钱，见亚男望着他，便笑道："是十元，不是二十元。"说着将钞票一扬。亚男红了脸道："二哥，不是过于多心吗？我也并没有说什么，而况我虽没有拿三哥的钱用，三哥拿回来的米，我吃了，三哥的钱买小菜，我又吃了，我又怎敢笑二哥用了他的钱呢？"亚英道："好了，我一定……"他在"一定"之下，也没加着什么断语，揣起那十元钞票径自走了。亚男见把哥哥气走了，也没有说什么，到屋子里去梳梳头发，带了捐簿出去募捐。

区老太爷倒是"万事不如杯在手"，很自在地端了杯子抿酒。他这大半杯茅台，快要干了，却见西门德拿了酒瓶子，笑嘻嘻地走下楼，举起瓶子道："老太爷，再来一点儿，不用发愁，天下也绝不会饿死多少人。你们亚

50

英的事，交给我了。我在三天之内，一定和他找一个相当的职业。"说着，捞过他那只玻璃杯，便要向里面注酒。老太爷道："我不喝了，今天晚上，我还要写两封家信。"西门德道："写两封家信，也是平常的事，值得老太爷连酒都不敢喝。"老太爷道："现在我们写家信，不同往常了，连家中院子里长的几棵树，最近茂盛不茂盛，我们都爱问上一问。同时，在这边的生活情形，也都详详细细地写着。老弟兄多年不见面，我们只好借了纸笔来谈家常了。"西门德笑道："原来如此，我想这一类家书，必定很可流露些性情中语的。"区老太爷摇摇头道："那倒不然，我不打自招，我们常在信上撒着谎，除了说大家平安之外，还要说一套生活安定、儿辈都有相当职业的话。因为不如此，徒让家中人为我们挂念，事实上又丝毫无补，倒不如不把在这里受罪的情形告诉他们为妙。"西门德笑道："你又为孩子们的职业担忧了。我不是说了给亚英介绍一个职业吗？晚上他回来了，你让他到楼上来和我谈谈。你家再有一个人挣到二三百元，就可以敷衍了。"他说着话，把那玻璃杯子又斟上了大半杯酒，放到茶几上，扭转身要上楼去。

老太爷对于他的话，还是刚刚答复出来，接着道："若是靠拿死薪水过日子，'敷衍'这两个字，那是谈不上的。我们总是这样，上半个月列的预算表，到了下个月就要全盘推翻。我是反正在家里闲着的，把家事想着想着，就不觉地拿起纸笔列起预算表来。可是这总是白费精力，物价差不多天天在涨，从何处去预算起？"西门德笑道："我家向来不做预算，连决算也从来不办，每月到底用了多少钱，只有从这月收入多少钱都花光了一层上去推算出来。可是我们也没有饿死，这好在我有一位……"这时西门太太由楼上正走下来，他只好将话停止了。

西门太太道："老太爷，你们家三先生明天就要到昆明去吗？"老太爷道："大概是明后天走吧。现在是吃饭要紧，我也不反对他改行了。"西门太太笑道："他真走，我倒有点儿事托他，我想托他在仰光和我买两件衣料，买两三磅毛线，顺便也可以带点儿化妆品。"西门德哈哈笑了一声道："人家是运货，可不是贩货，哪有许多钱和你垫上！"西门太太道："不用他垫啦，我这里先付几百块钱就是了。"西门德站在一边，只管用眼睛向太太望着，意思是想阻止她向下说，可是她已经说出来了，也无从隐瞒，只好向区老太爷笑道："女人永久是女人，无论在什么环境之下，也忘不了她的衣料和化妆品。若是亚杰不感到什么困难的话，就请他给我们带一点儿来吧。我们虽没有多余的钱，太太一定要办的话，我便借债也要完成这个责任。"区老太爷道："大概买些化妆品的钱他垫得出，用不着先付款。"西门太太撩起长旗袍，露出裹腿的长筒丝袜，伸手在袜筒子里一抽，便抽出一小叠百元额的钞票，先数了三张，交给老太爷道："先存一部分在你这儿吧。你们三先生不带走，留在家里做家用也好。"

西门德苦笑道："看我太太这种手笔，袜筒子一抽，就是好几百元，好像我们有多大的家产。其实我全家的家产，大概是都在太太袜筒子里。真有的人，可是就不这样干的。"西门太太算是懂得这意思了，笑道："我们的家产，可不就是全在袜筒子里吗？老太爷，你不知道，现在女人的衣服没有小襟，安不上口袋，有几个钱只好放在袜筒里了。不知道的，倒以为我们有了用不完的钱呢。"老太爷自知他夫妇两人这般说话的用意，只是向他们微笑着，并没有接嘴向下说，至于愿否带东西回来，这是亚杰的事，等他回来再定妥，便收了那钱道："我先暖一暖腰吧，化妆品不成问题，也许衣料不大好带呢。"西门太太道："无论如何，毛线是非托三先生和我带两磅不可的。若是三先生明天一早就走的话，也许我们碰不着头，就请老太爷多多转托他了。"她一路叮嘱着，和西门德同回上楼去。老太爷少不得又有些新感慨，好在杯子里还有茅台酒，且坐下来慢慢呷着酒，想着心事。

这时，天色已大黑了，在偏僻的街道上，四周多是田园，很带些乡村意味，已是静悄悄的没有一点儿市声。区家小伙子们出去了，亚雄在里面屋子赶着写那几封代笔信，好去过江交卷。老太爷在堂屋里品酒，屋里也没有什么声息，除了听到楼上博士夫妇笑嘻嘻的低声谈话而外，却听哄咚哄咚遥远的有一种筑地声送了来。后来这声音，越来越近，连屋宇都仿佛有些震撼。老太爷手扶了酒杯，偏头听了一阵，因自言自语地道："什么？这晚上还有人大兴土木！"亚雄放了笔，也由屋子里跑出来，向四周张望着，自言自语道："果然的，有人大兴土木，我出去看看，吵得我头痛，简直没有法子写信了！"说着走向大门外去。老太爷还在品他的酒，并没有理会这些。

不多一会儿，亚雄走回来，后面跟着两个穿破烂短衣服的人，他们走到堂屋里，在灯光下向人点着头，叫道："老太爷，消夜？"老太爷看他们上身穿了蓝布短夹袄，敞了胸口衣襟，那短夹袄前后各破有五六个窟窿，下面穿了短的青布单裤，都露出了两条黄泥巴腿，赤着双脚。而他们头上又恰是围绕了一圈窄窄的白布，这表示着他们是十足的当地人。还未曾问他们的话，亚雄道："他们工作得口渴了，要向我们讨口茶喝。"老太爷道："这外面打得哄咚哄咚作响的，就是他们吗？"亚雄道："可不是？我原来以为他们是什么大户人家要盖洋楼过冬，其实不是，他们只是几个穷苦

52

劳动工人和朋友帮忙。我只好不说他们了。尤其是这两个人脸上都带着病容呢。"老太爷站起身来，向这两个人脸上看看，可不是就像涂了一层黄蜡一样吗？他们长长的脖颈子，尖削着两腮，都表现他们瘦到相当程度，因问道："你们是泥瓦匠吗？怎么这深夜还在动工？"一个人道："老太爷，哪里是呀，我们都是卖力气的人。这一阵子，天气不好，打摆子，轿子抬不动，家私也搬不动，在家里歇梢。"老太爷道："既然是休息，为什么又来做工？"他皱了眉道："老太爷，没有法子嘛！保长太婆儿过生日，没有送他的礼，保长不高兴，我们脾气又不好，和保长吵过架的。保上有了事，当摊我自然是摊我，不当摊我也是摊我。你要说是生病在家里歇梢，那更好，请你去出一身汗，病就好了。"

亚雄已拿了一壶茶、两只饭碗来放到桌上，笑向他们道："你们喝吧。我并不卖你们的钱。"这两人只管将茶倒了，两手捧了饭碗来喝。那个更瘦的人手里捧着碗，显然有些抖颤，口里喝了茶下去，呵出气来哈哈有声。老太爷看他越发抖得厉害，便问道："你这是怎么了？"另一个工人端了碗茶喝，冷眼看了他，淡淡地向老太爷答道："还不是脾寒又发了，夜摆子，硬是老火得很。"老太爷道："这个样子，怎样做工？你们保上有什么公事，我来和保长讲个情。"病工人颤着声音道："不用说情，老太爷，谢谢你，这个日子，有啥子活头吗？病死了算了吧。倒不是公事哟。"老太爷道："这就奇了，不是公事，你这样拼命去挣钱做什么？"那个不生病的工人道："哪里是啊，保长开的小店，地基坍了，每甲派两个人和他帮忙，好把这地基平起来，明天一大早就要完工，免得耽误保长家里做生意。我们是甲长派了来的，不完工就回去，连甲长保长一下都得罪了。公事倒好说情，你不做，再派一个人来补缺。现在是做人情，怎好意思说情？说情就是不讲交情了。"他两人说着话，竟把一壶热茶喝个干净。那病人点了头道："谢谢。"于是跟在那个没病的人后面走了。

区老太爷看了这情形，不免激起一片恻隐之心，便放下了杯筷，跟着他们后面走去，要看一个究竟。亚雄也跟了出去。出门一转弯，只在小巷子口上，见有一爿小杂货店，半截在平地上，半截木架支起，悬着屋脚立在陡坡上。正因这陡坡崩溃了一块，以致支架这吊楼的木柱，有两根不能着地，于是有七八个工人抬石垫土，在柱子四周赶筑着地基。那吊楼旁边正是倒垃圾所在，不但臭气熏人，而且踏着泥土乱滚，借着巷子口上一盏路灯的光，看有两个人影，远远地走进了这屋架下，这大概就是他们的工作地了，杂货店隔壁是一爿小茶馆，保长办公处向来就在这茶馆里面。这证明刚才那病人所说，并非假话。老先生慢慢地移步向前，看那些人工作十分紧张，连说话的工夫都没有，虽然屋檐下有人看热闹，也没有理会。

这时，在巷子对面来了个人，操着纯粹的土腔说："一天好几道公事，都是叫当保长的去做，做得好，说是应当的，老百姓哪个道谢过一声吗？格老子，叫保上老百姓办公，好像是替我保长办公，别个天天跑机关，见上司，磕头作揖，说好话，没得人看见，也没得人听见，老子真是冤枉！若是做坏了事，就是当保长的碰钉子，吃自己的饭，替公家做事，有啥子好处？跑坏了草鞋，也要论块钱一双。"他口里啰里啰唆地说着，慢慢来到路灯光下，看他穿了崭新的阴丹士林蓝布长衫，不知里面罩着长衣还是短衣，下面却打了一双赤脚。他似乎也嫌这垃圾堆和臭水沟会脏了他的脚，走到这里，就没有向前走，远远地由上风头吹来一阵酒气。大概是这位保长刚由酒店里消遣回来，把酒店里的气味都带到这垃圾堆边来了。

他叫道："杨老幺来了没得？"在人丛里有人答道："来倒是来了，他又在打摆子。"于是有个人迎上前，走到保长面前笑道："宗保长，我病了，不生关系，活路我还是做嘛！"那宗保长举起手上的手电筒，向杨老幺脸上照了一照，区老太爷一看，正是刚才去讨茶喝的那个人。他哼了一声道："有活路，你还是做？你知道不知道，有好几回摊你做事，你都没有来。要是中国人都像你这样，还打啥子国仗？你们不读书，又没有一点儿常识，这些话和你说，一辈子也说不清。后天本保要派十个人到仁寿场去，你也在内，你再不能推辞了！"杨老幺道："病好了，我自然会去。"宗保长道："你有啥子病？你是懒病！我告诉你，自己预备带一双筷子、一只碗、一床草席。"

杨老幺站在他面前，踌躇了一会子，并没有作声，可是他也不肯离开，似乎他有什么话要问保长似的。宗保长道："你有啥话说？"杨老幺道："到仁寿场要去好久？"宗保长道："我知道好久？又不是上前线，你管他要好久！"这杨老幺几乎是每问一句话，都要碰钉子，本待不向下问，而事关自己本身利害，又不能放下，因又踌躇了一会子，才道："不是别的，我身上的病实在没有好，若是去了，恐怕不会转来了。"宗保长喝了一声道："你把死吓哪个？我是奉有公事的，不怕你吓。"杨老幺道："宗保长，你不要生气，你听我说，真是病了，有医生的证明书，不就可以请替工吗？"

那宗保长听了这话，倒不问他有无证明书，却把手电筒打着亮向他周身又照了一遍，因问道："你有钱请替工？"杨老幺道："所以我问保长要去好久，若是不过两三天的话，我想法子也要寻几个钱来找替工，日子久了，恐怕我就担负不起。"宗保长道："就是两三天你也担负不起。你在我面前少弄些花样！你这是做啥子？越做越像！"他在说话时，这个杨老幺已是支持不住，便坐在地上了。宗保长道："现在又不要你走，为啥子立马就装出这样子来？我这里的活路，不在乎你一个人，你愿做就做，不愿做你赶快回家去睡瞌睡！"那杨老幺听了他这番话，竟是不能答言，只坐在地上哼着。那宗保长突然扭转身来，一面走着一面骂道："这都是些空话！"

亚雄在一边看得久了，实在忍耐不住了，便迎着叫了一声"宗保长"。宗保长在电灯底下蒙眬着两只醉眼，倒有点儿认得他。因为每次在家门左右遇着他时，总可以看到他胸前挂了一块证章，无论如何，他的身份比保长高得多。这种人叫他一声保长，立刻便让他胸里的酒意，先减低了两三分。因此站定了脚向他点着头道："区先生，消了夜了？"亚雄笑道："彼此邻居，我倒向来没有请托过你。我现在有点儿事相商。"宗保长道："好说，好说。有啥事，请指教。"亚雄道："我看这个杨老幺实在是病了。他说要请个替工，倒不是假话。不过宗保长体谅他，说他请不起替工，那也是真情。不知道要请几天替工？这笔款子我们倒可以帮他一点儿小忙。"宗保长笑道："那倒用不着哟！"

区老太爷在那路灯下，也看得久了，因道："亚雄，你什么时候来的？你不是说写了信要赶过江北去吗？怎么也跑出来了？"亚雄道："你看这路上黑得伸手难辨，我怕你老摔倒。"区老太爷笑道："你不要太不知足，我空手走路，你还怕我摔倒，我相信在那吊楼下和宗保长帮忙的人，就有比我年纪还大的呢！——宗保长，我要问一句不懂人事的话，这些保下的老百姓，都是你随时可以集合的了，要他们和你帮忙，白天不是一样吗？为什么要这样亮着灯火在黑夜里摸索着工作呢？"

宗保长见这贤乔梓双双追着来问，酒意又减退了两三分，因笑道："这是各位朋友的好意，他们要和我帮忙，我也没有法子。白天他们都有活路做，要卖力气吃饭，所以只好晚上来和我帮忙。"老太爷道："那我还是不大懂得。白天呢，他们要卖力气混饭吃，晚上呢，他们又要和保长帮忙，他们也不是什么三头六臂的人，怎么可以不分日夜地出气力？"宗保长听了这话，越发加了一层更深的误会，笑道："说得是嘛！我就不愿意他们这样辛苦。"说到这里，便听到杨老幺蹲在地上重重地哼了几声。亚雄道："还是依着我的提议，和这姓杨的讲个情，今天晚上让他先回去养病，明天有事要摊他去做的话，我们替他出这请替工的钱。若没有这个例子，我们不敢多事，既有这个例子，大家圆通圆通，也未尝不是助人助己的事。"宗

55

保长连连说着"要得，要得"，并说不出别句话来。

　　区老太爷看到身边正有一乘空轿子经过，便将轿夫喊住，停在杨老幺身边，给了轿夫两块钱，请他做点儿好事，把杨老幺抬走。有一个轿夫正认得杨老幺，将手上纸灯笼提起，对他脸上照了一照。杨老幺在地面上哼着道："老程，你做好事吧，有这位老爷出钱，你就把我抬了回去吧。"那老程依然将灯笼在他脸上照了一照，因道："你脸色都变了，是不能做活路了。我送你回去就是。我们都是一样的人，你病了抬一抬你，要啥子钱？这位老太爷给我的钱，转送给你买药吃吧。"说着，把钱塞到杨老幺怀里去，然后搀着他起来，半抱半扶地将他送到轿子里面去。当抬起轿子来时，还代病人说了一声："老太爷，多谢你。"这不但是区家父子看着呆了一呆，便是那位宗保长，也一时不曾说得一句话。区老太爷叹了口气道："唉！礼失而求诸野了。"亚雄道："我引你老人家回去吧。司长还等着我呢，天色不早了，我还得赶过江北。"

　　区老太爷这又添了不少的感慨，随着亚雄一路回来。那宗保长的酒意，差不多完全消失，还跟在后面道："我照了老太爷回去吧。"他按了手电筒在区家父子面前放着光。亚雄道："不必客气，保长请便吧。"他笑道："江北是哪个师长的公馆，是川军师长还是外省师长？"亚雄这才恍然他特别恭维之故，笑道："姓李的师长，他是打过仗升起来的。你宗保长若肯到前方去从军的话，一样可以升到那位置上去的。"宗保长不知怎样谦逊着才好，只是失惊地啊哟了一声。也唯其如此，他一直打着手电筒将区家父子送到大门口，方才回去。亚雄等他去远了，笑道："宗保长虽然有个长字头衔，但是最怕看长字上的官衔。"区老太爷道："你又何尝不怕？不然，这样星月无光之夜，你还赶着渡江去吗？"亚雄听了，也只好一笑了事。

第五章

两种疏散

　　雾季的天气，到了晚间八点钟，便漆黑如墨。在亚雄的笑声中，触起了区老太爷又一番舐犊之爱。他走向天井里，抬头对天空望了两回，因道："江北你是非去不可吗？"亚雄已把誊写的信札收拾齐整，将报纸卷了，夹在肋下，像个要走的样子。答道："上司的约会可以不到的吗？"老太爷道："不是那话，你看天气这样坏，过江怎样过？"亚雄道："这倒用不着你老人家介意。司长次长过江去以后，两岸都有自备的木划子等着。他们的命，比我这风尘小吏的命要高贵十倍。他们可以坦然来往，我自然无事。"说着已举步向外走。老太爷等他出门了，忽又追了出来，将他叫住，因道："假如回来太晚的话，你就不必回来，在江北找一家小旅馆随便过一晚吧。"亚雄见老父过于关怀，只好唯唯答应着。

　　区老太爷回来，桌上酒肴已尽，三个儿子都不在家，女儿是与她二哥闹着别扭，关门睡觉了。本来一家每天晚上在灯下要摆一回龙门阵的，今天算是不能举行了。楼底下突然清静，倒还觉得门外田里的虫声叽叽喳喳，只管阵阵送进门来。他原预备写家信的，现在头脑子昏沉沉的，却不能坐下来，只是捏了一支旱烟袋，两手背在身后，站在天井屋檐下面出神。区老太太也不惊动他，自在堂屋里将桌上酒肴收拾干净。老太爷也不感觉，依然站在屋檐下出神。老太太在屋子里捧了一碗热茶来，笑道："一个人喝那么些个茅台，不要是醉了？这里有新熬的沱茶，喝上一杯吧。"老太爷接着茶碗，笑道："真是'少年夫妻老来伴'，究竟还是老太婆留意着我。"说着，酒气像开了缸也似的，向人面上扑着。老太太笑道："我倒有句话要和你商量，你这样酒醉如泥，有话我又不敢说了。"老太爷喝了一口茶，道：

"我并不醉，有话尽管说。"老太太道："你坐下来吧，我取一样东西来。"老太爷以为她是去拿说话的材料，便坐下来等着。

区老太太由房里走出，却两手捧了一把热手巾，热气腾腾地递了过来。区老太爷站起来接着手巾道："你就说的是取这样东西给我，算是说话材料吗？"他擦着脸，望了老太太。她笑道："我让你醒醒酒，好把这要紧的话告诉你。"老太爷听说是要紧的话，果然把酒醒了一半，望了她只管搓手。老太太道："倒并没有什么了不得要紧的事，我说的是老三的事。"老太爷道："随他去好了。现在救穷要紧。"老太太道："并不是我不许他出门，是他本身发生一点儿小问题了。据亚男告诉我，那位朱小姐反对他改行，说是真要改行的话，他们的婚姻就要发生问题。亚男总想他们不至于交情破裂，便把这事按捺住，没有通知亚杰。这三天以来，亚杰去会她三次，都没有见面，写两封信给她，她也不回信。"老太爷笑道："老太婆，你这叫多余的费神！那朱小姐既不睬他，他自己应该知道。他既不作声，我们做父母的乐得不管。"老太太道："我也是这样说。不过老三明天一早要走，这个时候，还没回来，我猜他是找朱小姐开谈判去了。假如这事决裂了，会不会有新问题发生？我们已把老三的川资用去不少了，若是他不走的话，我们将什么钱退回人家？"老太爷笑道："知子莫若父。我就深知老三的个性，绝不会中途而废的。那位朱小姐若是不能打破面子观念，她也就不会是老三的配偶。他们决裂了也好。"

区老太太原是站着说话的，这时便坐下来，似乎是减掉了原来说话的锐气，低头想了一会儿。老太爷道："老太婆，你有什么心事？"老太太道："我看老太爷为人，现在是大变而特变了。以前你是不会说这种话的。朱小姐和老三有了三年以上的友谊了，我差不多就把她当了儿媳看待。若是决裂了，不但老三心里难受，我们也好像有一点儿缺憾。"老太爷道："唯其是朱小姐与老三有长久的友谊，不该不谅解他。朱小姐对老三本人，就不能谅解，对你这个第三者会有什么好感？你看这样夜黑如漆，亚雄还得奔波过江，去做他那工作以外的工作，凭什么我们不赞成改行？若说顾身份，我们现在也不见得有什么身份。当每天早上，你在菜市上和挑桶卖菜的人争着两毛三毛四两半斤的时候，和你平日为人相去很远，你也曾想到了什么身份问题吗？"区老太太还有一肚子议论，都被老先生的话完全挡了回去，默默地坐在堂屋里，只是望了老太爷出神。

就在这时，听到亚杰学了话片上唱的京调《马前泼水》，老远地唱了回来，他唱着："……正遇着寒风凛冽，大雪纷纷下，无可奈何转回家。你逼我休书来写下，从此后鸳鸯两分差，谁知我买臣洪福大，你看我，身穿大红，腰横玉带，足蹬朝靴，头戴乌纱，颤巍巍还有一对大宫花……"他必得将这一串朱买臣自夸之词唱完，方才停口，已是在大门外站着很久了。区老太太未曾等他敲门，便上前将门开了。亚杰站在门洞下，继续地又唱起来，"千差万差你自己差……"老太太笑着喝道："老三，你疯了？"亚杰这才停着没唱，走进来代母亲关闭了大门。因笑答道："这年头不疯不行，你老人家可相信这话？"他说着话走到堂屋正中，见老太爷口衔了旱烟袋，正端端地坐了，一语不发；那烟袋头上燃着的烟丝，烧出红焰，闪闪有光。这可见老父正在沉思着抽那烟，这就发动了自己心里一番感触，便肃然在他面前站着。

区老太爷又沉思了约莫两三分钟，这才向亚杰道："言者心之声，你唱着这'马前泼水'的戏词回来，我就知道你遭遇着一些什么。可是我得告诉你两句切实的话：男子汉大丈夫志在四方，却不必把这种儿女问题放在心上，更不必因此耽误自己的前程。"亚杰笑道："你老人家知道了就很好，免得我说了。我唱着这戏正是自宽自解，丝毫并不灰心，我还是干我的。明天一大早就走，你老人家有什么吩咐没有？"

这句话问得区老太爷心有所动，在端坐之时，却睁眼看了儿子一看，好像含住了一包眼泪似的，随着把眼皮又垂下了。因道："做生意买卖，我根本是外行，关起门来，说句不客气的话，这发国难财的玩意儿，我更是不会打算。我不说近墨者黑，说个近朱者赤吧，这一些临机应变的生财之道，让你跟着同行去实地练习，由你自己做主了。我所顾虑的，倒还是你自己的健康问题，这一路都是古人所认为瘴气最重的所在，现在我们知道是疟疾传染最严重的区域，万里投荒，你可要一切慎重……"他口里说着话，眼睛可不看儿子。

亚杰站着，把手笔直垂下，头也低着，有五分钟不能答复老父的话，突然抬起头来笑道："这条路现在是我们的后门，来往的人就多了。虽然去万里不远，可是说不上什么蛮荒。而况这一路现在有了卫生设备，可以说疟疾已不足介意。"区老太爷道："唯其如此，所以我再三地叮嘱你，天下唯有不足介意的所在，最容易出毛病。"亚杰道："是，您说的这些话，我紧记心上就是。"区老太爷不说什么了，只是将旱烟袋放在嘴里衔着，待吸不吸地过着烟瘾。亚杰默默站在他面前很久。区老太也是默然地坐在一边椅子上，看到他父子都不作声，而且也都带了三分酒意，便向前扯了亚杰的衣襟道："好了，你去休息吧，至于你那简单的行李，我早已和你收拾停当了。"亚杰道："我暂时不能睡，我等着二哥回来，有几句话和他商量。"老太道："我也是这样惦念着，这时候他还不回来，大概十点钟了。"亚杰默然了一会子，因道："其实他心里比哪个也难受、也着急，他并不是忘了回家，我就很不愿意用话去刺激他。"

亚男睡在屋里，并没有睡着，正在听他们说些什么，这最后一句话，觉得亚杰是对她自己而发。她为了亚杰明早就有远行，也没有敢回答，不过她心里想着，等亚英回来，却得和他交代一声，自己并非有意刺激他。谁知醒着躺在床上，直听到楼上西门家的钟打过十二点，也不见敲门声，如此也就无须再去等他了。

次日早上，第一个起来的换了老太太，点着灯火，便在厨房里生火烧水。于是亚男怜惜老母受累，也不能不跟了起来。这样地惊动了一家人起床，天色依然不曾大亮。区老太煮好了两大碗面，送到桌上，向老太爷笑道："你爷儿俩用些早点吧。"区老太爷又是在堂屋里坐着吸旱烟，只望了亚杰收拾行李，笑道："我吃什么早点？"亚杰笑道："母亲既是将面煮来了，我陪您吃一点儿。"区老太爷笑道："不管是谁陪谁吧，既然有得吃，就乐得吃上一饱。"他说着坐下来扶筷子时，第一句话便是："这还是肉汤煮的，哪里买着了肉？"区老太站在桌子面前，向老太爷道："设法子买一回两回，当然不难，还留着一点儿瘦的给你煨汤呢。"

亚杰勉强吃了半碗面，却在工人裤袋里掏出铁壳表来看了两回。老太太道："忙什么的，外面雾大得很，轮渡也不能开吧？"亚杰端起碗，喝了两口面汤，便站起来了，向老太爷道："爸爸，我要走了。大哥二哥都不在家，请您转告他们，忍耐一点儿就是。我不敢说一定会弄多少钱回来，但是我已经明了，无论环境怎样困难，只要有钱就可以解决。我一定在正当的路径上努力挣钱，别的什么高调，我一概不谈。"他说话时，手捏了拳头，在胸前半曲地举着，摇撼了几下，好像是很下决心的样子。老太爷放下碗筷也站了起来，因道："你用不着愤慨，你两个哥哥、一个妹妹，都还是抗战之一员。就是你加入运输业，也更为抗战工作上的重要部分。"

亚杰站着听了老父的话，将挂在壁钉上的鸭舌帽取下戴着，放在椅子上的两个行李袋，手挽了袋绳，背在肩上，然后对老太道："对您，我没多话说，做不动的事别做。家中儿女们抬也抬过去了，别惦记我，至多三个月准回来一趟。"老太太道："你忙什么，也擦把脸。"她抢着拧了一把热手巾来交给他。亚杰只好接着手巾，将嘴擦了，向亚男笑道："我有一句话,你会不爱听。我劝你,愿意找职业,就下乡到小学去教书,不愿意工作,就在家里帮着洗衣煮饭,代母亲分点儿劳。再请你转告朱小姐,时代变了,别太固执。这世界是一个大赌场,也是一个大骗局,我把事情看透了,才这样干……"老太爷摇了手道:"你是出门的人了,还发牢骚干什么!"亚杰最后笑向大奶奶道:"大嫂,一切偏劳了!"说完,这才背了旅行袋走去。全家人送出门来,见早雾正弥漫着,隐藏了高坡上的房屋。亚杰顺了门口向上的路走,渐渐走入雾里,大家在门口呆站了一会儿,方始回家。

老太太道:"这倒奇怪了,老二昨晚上不回来,老大也不回来。"老太爷道:"亚雄大概是为了半夜雾大,没有渡江回来。亚英拿了十块钱出去了,为什么不回来?恐怕是喝醉了,睡在哪个朋友家里。"亚男对于二哥之没回来,心里颇有点儿歉然,觉得他平常对一句话过于认真,可也不便说什么。不多大一会儿,日报送来了,亚男把报抢到手,先看看社会新闻,果然找到献金运动的消息,里面载明妇女队以庄女士领导的一分组,成绩最佳,并且积劳致疾,红十字会特地派人驾车送她回家,这是极大的荣誉。亚男心里立刻发生了不快之感,心想,凭着自己这点儿学问与经验,一切也不会在庄某人之下,何以她得着这样大的荣誉,而自己还没有开始工作。她把那件半旧的蓝布大褂在打了补丁的棉袍上罩着,自己唯一的那件蓝毛绳短外衣,已被梁上君子借光了,光穿着这件旧蓝布衫,总有点儿不好意思,依然把母亲那件青毛绳短大衣夹在肋下,匆匆地就向外走。区老太爷笑道:"你该忙着去募捐了。小姐,你为国勤劳,头脑清醒一点儿,你那募捐册子还没有带着吧?"亚男笑着进房去拿出捐册来。大奶奶拿了个菜篮子跟着道:"我去买菜,一路走吧。"

这时,身后又有个人接嘴道:"我们一路走吧。"但两人未听见,已出大门了。来的是西门太太,她穿得已很是整齐,枣红色绸旗袍上,罩了天蓝色细毛绳短褂子。老太爷便问道:"难道西门太太也要到菜市上去参观参观?"她笑道:"不,我们到广东馆子里吃早点去。人家都说广东馆子里早点花样很多,我们也应当去尝尝。送牛奶的总是假的多,我也要去喝杯真奶。"她在这里夸耀着,那西门德博士却是睡态惺忪地跟在后面走,由楼上下来,右手撑着手杖,左手不免揉着眼睛。他那件中山装的领扣,兀自不曾扣得整齐,其匆匆起床可知。他倒是先开口了,摇着头道:"我太太忽然高兴,要去吃早点,我是不能不奉陪的。老太爷有此雅兴吗?"区老太爷两手捧着报纸,连拱了两下道:"请便,请便!"西门太太早已走到门口去，大声叫着轿子。西门德竟不能再和老先生谦逊，跟着走了。

随后他们家女仆刘嫂也就拿了个菜篮子跳着下了楼来，笑道："不早了吧？菜市上割不到肉。"区老太爷被她问着，倒摘下眼镜来望了她，笑道："这样子说，你们先生给的菜钱一定很多。"她伸出两个指头来举着，笑道："今天硬是要得，太太拿出了五十块钱买菜。我们先生不晓得得了啥子好差事，我们太太高兴得不得了，一百块钱一张的票子，一卷一卷掏出来用。"老太爷笑道："那很好哇！主人家发财，你们用人也就可以沾光沾光了。"刘嫂道："你看我们先生是做了啥子官？我怕不是做官，是做生意。如今是做生意第一好，做官有啥子稀奇，你们下江人，几多在重庆做生意的哟！老太爷你朗格也不找一点儿生意做？"老太爷拱拱手笑道："足承美意，不过你还是赶快上菜市去的好，去晚了你买不到肉，你这五十块钱，怎样花？回头我们再摆龙门阵吧。"刘嫂被老太爷拒绝谈话，倒有点儿难为情，笑道："割不到肉，买腊肉回来吃，有钱还怕买不到好菜。"说完，她这才提着篮走了。老太爷点点头笑道："刘嫂却也天真。"

区老太太被他说话声引动着，走出来，因道："她有心告诉你，她家里今天要大吃特吃，你别睬她。"老太爷笑道："这就是我夸她天真之处了。大吃一回肉，这样高兴，其平常之不容易吃着肉，也就可知。"老太太笑道："你不要笑人家不容易吃着肉，人家夫妻双双到广东馆子吃早点去了，我们呢？"老太爷道："我们自然是不容易吃到肉，但是到了有钱买肉的时候，也不至于发狂。"老太太道："可是人家有办法，我们就没有办法。"说到这一层，老夫妻两人倒着实感慨系之。

一会子工夫，大奶奶和刘嫂先后回来。刘嫂在篮子面上放了一串鲜肉，大奶奶在篮子面上却放了一串红苕（番薯也）。刘嫂由天井里走着，笑道："我们在乡下吃红苕吃多了，一辈子也不想吃，多了的红苕喂猪。"大奶奶笑道："这女人太不会说话。"刘嫂回想着明白过来，羞得跑了。老太爷倒不怎么介意，只是拿一张报看。

半下午，邮差到门，直交了一封信到手上。他戴上老花眼镜，拆开看着，不由呀的一声诧异起来。老太太由厨房里也抢出来，问道："是有家信来了吗？"老太爷摘下老花眼镜和信一齐交给老太太，叹口气道："你去看吧，少年人好大闲气。"老太太戴上眼镜，将信看时，只见上面写着：

　　双亲大人膝下，接此信，请勿怪儿，儿已往渔洞溪矣。此间
盛出土产，负贩疏建区出售，足可糊口，有人曾如此做半年，已

积资数千元，另辟小肆做老板。儿见有轨道可循，遂来一试，至于资本，因朋友有着穿不下的新皮鞋一双，送与儿穿，儿当即出售，已得二百元。又在衣袋中摸得前年放下的自来水笔一支，亦售得百元。合此三百元，当破釜沉舟干上一番。以后遇有发展，当随时写信报告。请勿念。

儿　亚英拜禀

区老太太看了这信，心里就像刀挖了一样，眼角里泪水汪汪的像要流出眼泪来似的，望了老太爷道："你看，这件事怎么办？这里到渔洞溪多少路，我亲自去把他找了回来吧。"老太爷倒是很镇定坐着，吸了两袋旱烟，嘴里衔了烟袋嘴子，向老太太道："不要紧的。小孩子们让他吃吃苦，锻炼锻炼身体，未尝不是一件好事。"老太太道："据他这信上说，贩着土产去卖，少不得是自挑自背，这未免太苦了，怎能够不去理会他呢！"

老太爷还不曾对她这话加以答复，半空里呜呜地发出警报器的悲号声。他们家到防空洞还有相当的一截路，老太爷便抢着收拾了屋子里零碎，将各房门锁了，率领着在家中的人向防空洞跑去。老太太一手提着一只小旅行袋，一手提着一只旧热水瓶，颤巍巍地在老太爷后面跟了，因道："我们亚男满街跑着，也不知道这时到了城里哪里，找得着洞子没有。"老太爷道："她会比我们机警，你不用挂念。"老太太道："亚雄若是回到机关里，自不成问题，若在江北没回来呢，他可向来不爱躲洞子。亚杰该开着车子走了吧？亚英这孩子在乡下，我倒不挂念他了。"老太爷固然烦厌着她这一番啰唆，可是也无法劝阻她说。这里虽是极偏僻的几条小路，一望路上的人，成串地走着，奔向防空洞所在地。这种情形可以预想到防空洞内的拥挤。老太爷怕所带的老小会没有安顿之处，益发不敢停留，到了洞口以后，正因为自己一行全是老弱，那站在洞口的防护团与宪兵，尽先地让他们一家入洞。

早上下着云一般的雾，空气中的水分重了，都沉到了地面。这时，天空反而碧净无云。深秋的太阳，照得十分明亮。由亮处向暗处走来，洞里虽挂了两盏昏昏的菜油灯，却是乌黑一片。老太爷慢慢探着步子，在人丛中挤着，走到洞子深处，手扶了洞壁，慢慢地坐在矮板凳上，家中老小，也贴着他坐下。

这时，那人进洞的声浪，已突然停止，耳根立刻沉寂下来，但听到人语喁喁的，说敌机临空了，敌机临空了。区老太爷的两肘，撑住了弯着的膝盖，手掌托住了自己的下巴颏，虽是在黑洞中，也紧紧地闭上了双眼。猛然间一阵大风，由洞口拥入，菜油灯扑灭，洞外轰轰的响声和洞里的惊呼声，也随着哄然一阵，人浪向里一倒。区老太爷是相当镇定的，虽然脚上被人踩了两脚，身上被人压着，他并不移动一点儿。洞里本来就没有什么声息，这时更格外沉寂。老太爷可以将并坐一个男子短促的呼吸声，一下下听得清楚。这样有十来分钟，外面上下的轰击声一齐都没有了。觉得洞口上有个人说附近中弹了，于是洞里人声突起，人影乱动，又有着一阵小小的骚扰。有人轻轻喝着不许吵，似乎是军警在发号施令。

但到了这时，紧张的空气便松懈多了。黑暗中听到区老太低声问道："不是我们家吧？"老太爷道："这个时候问也无用，大可不管。"区老太虽依着他的话，没有再去理会，可是嘴里头倒接连着念了几声佛。洞里慢慢地有了说话声，这紧张空气越发松懈了。静静地坐着，也不知道经过了多少时候，洞内外又是哄然一声，但听到有人大声喊着解除了，立刻有几处手电筒发着光芒，照见了大奶奶抱了小孩子缩作一团，坐在矮板凳上。老太爷道："现在解除了，更不用忙，可以慢慢走着回家，这一刻工夫也不会有人抢了我们家。"

于是他们等洞里人走空了，洞口放出一线白光来时，方才陆续地随在人后面出来。到了洞口，全家人不由得同时啊哟一声，原来张眼一望，便看到自己家的房屋所在地，青烟夹着尘雾，腾跃起来，遮了半边天；一排有七八幢房子，全倒塌了。远远看到若干堵墙，秃立在空中，木料的屋架，七手八脚似的在烟尘里堆着。至于自己所住的那幢房屋，大致是在这排倒塌房屋的中间，情形如何，已是看不出来了。区老太对着这一丛烟焰，战战兢兢，只是自言自语地道："怎么办，怎么办！"大奶奶抱着孩子，一言不发，抢着直奔家门。老太爷也不说什么，随着老太太后面走。

到了家门口时，见那条路上纷纷地拥挤了人，救护队拿了皮条向烟头上注着水。军警布了岗，弹压着秩序。被难的老百姓，在倒塌的屋子里抢运东西，地面横倒的梁柱和零散的电线，纠缠成一团，拦住了去路。而且橡皮管子里的水又洒了遍地，像下过大雨，真是寸步难行。区家住的屋子，虽未直接中弹，屋顶上的瓦，却一片也没有，只有屋架了。而且坍了两堵墙，斜了一只屋角，楼是整个坍了。上面的木器家具和梁柱楼板，都压到楼下来。在外面，已把屋子里看得清清楚楚，里面全是断砖残瓦、木头竹屑，哪里还看得到家里的动用家具？大奶奶已由人丛中转身回来，迎着二老顿了脚道："怎么办？怎么办？全完了！"老太爷摇了两摇头，淡笑道："这有什么法子？完了也好，干干净净，只剩了这条身子，也好另做打算。"说着话，大家走近了倒塌完了的大门前。大奶奶把小孩子放在老太太身边，便在砖瓦堆上爬着钻进木板梁柱夹杂的缝里去。老太爷虽然在后面竭力招手地叫喊着，她绝对不理会。

就在这时，亚雄满头是汗，跑到面前来，先看到二老带了孩子站在路边，脸上还没有什么惨相，才喘着气道："您二位老人家受惊了！婉贞呢？"老太爷道："她到屋子里抢东西去了，我很怕屋子倒下来压着她，可是又拦她不住。"亚雄道："只要老小安全，东西损失了也没有什么了不得。"说着，他也站到破大门边竭力喊着婉贞。于是大奶奶滚了满身的灰尘，左手提了一只搪瓷盆，右手胁下夹了一条被，在地面上拖了出来。亚雄跳上前去将她接着，因道："东西要是毁了呢，也就毁了，若是不毁，明日慢慢掏取也还不迟。"大奶奶道："被条和箱子、洗脸盆，非拿出来不可呀！今天晚上怎么过呢？"亚雄举起手来将头发乱搔一顿，叹口气道："就是这样不巧，我们正短着人手的日子，就正需要着人力。"大奶奶道："今天晚上，我们还不知道在何处安身，这些砖瓦堆里的东西，若不趁天色还早掏了出来，明天就难免更有损失了。"亚雄听了这话，也就透着没有了主张，站在倒塌了的短墙脚下，向内外两面看着。

这时，老远地发生了一片尖锐的喧哗声音，正是西门德夫妇坐了两乘轿子，由人头上拥了回来。他们在破屋门前下了轿，西门德将手里的手杖，重重地在地面上顿了一下，骂道："浑蛋的日本！"西门太太却对了破屋指手画脚地骂道："我们这房子碍着日本鬼子什么事？毁得这样惨！喂！老德，我们的东西一点儿都没有了，怎么办？"西门德道："那有什么了不得？只要留着这口气，我们再来！"说时，他们家的刘嫂由人丛里跑了前来，迎着西门夫妇两手乱摇道："朗格做吗？家私炸得精光，龟儿！死日本鬼子！狗……"西门德摇摇手皱着眉道："现在不是骂大街的事，我们想法子雇几个工人来，在砖瓦堆里先清清东西。"他回头看到区家人，惨笑道："老太爷，我们成了患难之交了。你可想到善后之策？"

区老太爷迎近了他一步，拱拱手道："博士没有受惊吗？"西门德道："还好，我找了一所好洞躲的。洞在十丈悬崖之下，里面还有电灯茶水。我们只要生命安全，就可继续奋斗，身外之物，丝毫不足介意。"区老太爷道："只有如此想，才好筹善后之策，不然，我们把身体急坏了，也等于炸死，岂不是双重的损失？"西门太太道："善后又怎么善呢？午饭不知道在哪里吃，晚上也不知道在什么地方去找安身。身外之物不足介意？哼！你有多少钱置新的？"说着，她板了脸望着西门博士，分明是讨厌他夸下海口。西门德皱着眉发了苦笑道："遇到了轰炸，我们只……"他没有把话继续地说下去，因为他在说话时，太太的脸色已是红中变紫，实在很气了。

西门德突然点了点头，好像是解释的样子，说道："是的，是的，现在第一件大事，是抢救这破屋子里的东西，我去找几个人来。"说完，抽身走开了。亚雄抬头看了看天色，这时太阳偏西，云雾又在慢慢腾起，因向老太爷道："这个样子，我们也须冒险把东西抢出来。"老太爷道："那一百多块钱我还放在身上，就凭了这笔款子，我们可以找几个抬滑竿的人来专做这件事。"亚雄还没有答复，只见亚男跑了前来，后面倒跟了一群青年女子同跑着。她一直跑到面前，看到全家人都在这里，就站在她母亲面前，一手抓了母亲的衣袖，一手理头上披散下来的短发，喘着气道："还好，还好！大家都在这里。"她说着话，回头望了她同来的几位女伴。老太太看时，这里面有穿短装的，也有穿长衣的，年纪都在二十岁上下，少不了都是和亚男性情相同、行为仿佛的人。当那些人纷纷说着安慰之词的时候，老太却也不肯作那徒然懊丧的话，因道："我们逃难入川，也没有什么了不得的东西，炸了就炸了吧。只要人还在，就是好的。"亚男道："解除了警报，我还没有知道我们家被炸呢，我准备要去开会。是这位沈小姐得了消息，知道我们家附近被炸了才跑回来看的。"亚雄在旁不免淡淡地看了妹妹一眼。亚男对全家人看看，情形十分狼狈，也就没有敢作声。

这时，她同来的一位女同志，穿着草绿色的中山服，壮黑的皮肤，颇带几分精神，她看见亚雄的态度，知道他是不满意妹妹，便向亚男道："密斯区，你有什么事要我们帮忙？我看到大家都在搬东西出来，我们也去搬出一些东西来吧！都是些什么东西？你引着我们去拿。"说着，她向同来的几位女同志道："你们都来！"区老太爷认得她是密斯沈，便向她拱拱手道："不敢当！不敢当！"那沈小姐摇着头，连说"不要紧"，已由破墙上跳了进去，其余几位小姐，也都跟着去了。这样一来，亚雄夫妇就不好意思站着，也只得跳进破屋子里去搬取东西。

那西门博士却已带领几个力夫来，自己拿了一支手杖，站在墙头上，向屋子里指指点点。等到搬出一部分东西来的时候，便有好几拨朋友前来向西门德致着慰问。这些来慰问的朋友，有穿中山服的，有穿西服的，有穿长衣的，虽然所穿的不同，对西门德都相当客气。他也没有怎样减折他博士的架子。只是和人握手，说两句"还好，还好"。最后，来了一位穿漂亮西装的瘦子，头上斜戴丝绒帽，外套了细呢夹大衣，一乘轿子直抬到灾区中心，方才放下。西门德一见，扬起了手里的手杖，迎上前去，笑着点头道："不敢当！不敢当！钱先生也来了。"那钱先生点头道："我还没有猜着博士被灾了。我是听到说这里附近受了炸，特意跑来看看，不料就是府上。怎么样？损失不大吧？"西门德叹气道："完了，完了！半生的心血，一齐完了！干干净净，什么都没有了！"

这时，虽然他所雇的那几位力夫正在废土堆里向外搬着东西，但他并不去理会，却回过头来向太太道："玉贞，我和你介绍介绍，这就是我和你说的那位钱尚富经理，重庆市上的新商业闻人。"西门太太听说，便向来人深深地一鞠躬。钱先生回礼道："西门太太受惊了！"她说："这倒无所谓，我们由前方到后方，这种经验多了，只是这样一来，眼前连个安身的地方没有了，这可有点儿急人。"

钱经理回转头来向西门德道："暂住是不成问题，我们旅馆里长月开有两间房间，博士委屈一下子，在那里挤两天。至于迁居的话，我想若不一定住在城里，那还有法子可想。"西门德道："有了这个教训，家眷当然要疏散下乡去。"西门太太道："下乡去？那太偏僻了的地方，我可不去！"西门德笑道："既然疏散，当然是越偏僻越好。"钱尚富笑道："若是西门太太不嫌过江麻烦的话，我倒有个适宜地方。南岸一个外国使馆后面，有一幢洋楼，是一部分银行界人租下的，除了家具齐备，有电灯电话之外，而且还打有很好的防空洞。"西门太太笑道："那太好了，就请钱先生和我们想想法子。"钱尚富道："西门太太若是愿去的话，那屋子的几位主人翁，我们差不多是天天见面，都很容易介绍，我们也正有许多事要向西门先生请教，若是能住到一处，那就好极了。"西门太太道："钱先生也是住在南岸吗？"

钱尚富脸上似乎添了一番红晕，踌躇了一会儿，笑道："我有一部分家眷住在那里。"西门德道："有这样好的所在，那就好极了，不过现在还谈不到此。旅馆里那房间能转让给我们，却就是救苦救难，虽然每天多花几十块钱，那也说不得了。"钱尚富笑道："用不着转让，去住就是了。我们是整月付钱的，写一张支票交给旅馆账房，连小账都包括在内，若是让给你们名下住两天，你们少不得付出百余元，而我们所省有限，又要从新记起日子来，实在也透着麻烦。"西门德道："那我就谢谢了！"钱尚富伸手拍了西门德几下肩膀，笑道："唉！我们自己人嘛，怎么说这种话？大概还没有吃午饭吧？到河南馆子去吃瓦块鱼去！拿四两茅台给博士压惊。"西门德笑道："吃瓦块鱼，那了不得！什么价钱？现在是好几十元吧！"钱尚富又拍着他的肩膀道："没关系，没关系！我先去等着了。"说着才掀了帽子向西门夫妇点了个头，又说声"不可失信"，径自坐上原来的轿子走了。

西门太太道："一切东西都没有清理出来，我们哪有工夫去吃馆子？"西门德道："他们是实心实意来和我们压惊，若是不去的话，却大大地辜负了人家的盛意。"西门太太道："吃河南馆子很贵吧？一顿吃一千块钱也很平常，那又何必？"西门德道："吃早点的时候，我们会到的那个常先生，不是对我们说了吗，他这一批五金，赶上了重庆大兴土木，又赚了二百多万，一千块钱一顿，一个月也只吃得了他九万，你说算得了什么？我不能不去，你在这里看守一会儿，我去一趟。"西门太太把脸色沉下来，向了他道："我在这露天下闻硫黄味，给你看守东西，你去喝茅台酒吃瓦块鱼？"西门德赔笑道："我听你的口气不愿意去，所以这样说；你既愿意去，那就很好，我们一块儿去就是了。"西门太太道："那么，我们的东西谁来看守着呢？"西门德道："这不成问题，刘嫂在这里呢！区府上全家人都在这里，托老太爷给我们照应照应就是了。好在几口箱子都搬出来了，不过是些零碎，可以明天慢慢清理。吃完了饭，你径直向旅馆去，我回来搬运行李，你看好不好？"西门太太道："与其那样，我们不如先把箱子送到旅馆里去，回头再去吃饭，岂不省得你跑上一趟？"

西门德站着踌躇了一下，便走到区老太爷面前，抱着拳头拱了两拱，笑道："老先生，一点儿小事只好托重您了，我想先把箱子搬到旅馆里去。至于破屋子里那些零碎东西，今天只好由它，明天慢慢地来搬。我想今天晚上，府上一定有人在这里看守，附带的就请代我照应一点儿。"区老太爷道："大概我们全家都不会离开的，博士只管放心去吧。"西门德又道了两声"劳驾"，便跟在太太后面坐轿子走了。

区家全家人在那群小姐们鼓励之下，已在那砖瓦竹木堆里，将衣箱铺盖等没有压碎的东西，陆续地搬出来，堆在空地上。老太爷的旱烟袋所幸还保留在手里。他坐在一只破旧皮箱上，口角里衔了烟袋嘴子，似吸不吸的，只望了地面上那些零碎出神。亚雄还在那里整理东西，把被条上的泥点掸掉。老太爷道："暂时不必忙着这个，趁天色看得见，陆续到里面去寻些东西出来为妙。万一晚上下了雨，这屋架子有全部坍下来的

68

可能，便是东西还挖掘得出，你想水和泥一染，任何东西也没用了。"亚雄拍着两手的灰，又对天色看了一看，点头道："您这话是对的，这房子已经被震得体无完肤了，一遇到了雨，决计会变为泥团。"区老太在旁插嘴道："既是这样说，那是千万不能放在这破屋子里过夜的，我们抢着搬出来一些是一些。"亚雄拍着两只灰尘的手，望了那破屋子出上一回神，因道："那也好，反正我总可以请两天假，拼着出一天苦力，休息几天就是。"他接着又钻进破屋去搬。亚男更不会退让了，她和那几个女朋友继续地搬着东西。

可是雾季加着天阴，日子越发地短。这里电线断了，又没有一盏街灯，只是五点多钟，已黑得看不见走路。左右邻居，有的亮着灯笼挂在树上，有的亮着瓦质的油壶灯，系在长铁柄上，插在土墙缝里，有的将萝卜做墩子，插上一支土蜡烛，放在地面，都纷纷抢着整理东西。离这里不远，便是几百级坡子，爬到大街上去的。黑暗中，看不到坡与悬岩，但见若干点火光，在暗空里上下摇动，可想附近邻居们也正在搬东西走。

亚雄只管把动用家具陆续向破屋子外搬出，却未曾想到晚上搬东西走动的一层困难。这时，那些亚男的女友都走了，她见全家人一晚都不曾吃饭，便将破屋子里掏出来的白铁壶，在小茶馆里买了一壶开水来，另外又将旧报纸包了二三十个冷烧饼带回，一齐放到抢搬出来的一把木椅上。然后提了一只白纸圆灯笼，向自己家人团坐的所在，都照了一照，见大家分坐在铺盖卷或箱子上，因道："现在什么东西也不能搬出来了，妈和爸爸先吃一点儿烧饼，就去住小客店吧。这里的东西，只好由我和大哥看守着。天色漆黑，就是多出钱也找不到搬夫了。"亚雄在篮子里摸出一只缺口饭碗来，筛了开水，站着喝，因道："你一个姑娘家，怎好在露天里过夜？你们都去住小客店吧，有我一个人在这里看守着就够了。"大奶奶在黑暗里道："那也只好这样。不过我劝你把那件破灰布棉衣穿上，穿寒酸点儿，也没有什么人看见。"亚雄道："这个我知道，你也吃两个烧饼，晚上孩子没奶吃，也要吵得不得了。"说着，把那破饭碗送给大奶奶。于是亚男提着那只灯笼在手上，照着大家悄悄地吃烧饼，喝开水。

就在这时，有人叫道："不好了，下雨了。"那雨点声，随了这吆喝，滴答滴答打得地面直响。在这灾区的邻居，正还不少，立刻大人咒骂声、小孩啼哭声、东西移动声，闹成一片。老太爷在黑暗里没有主意，百忙里摸了一条被单，从头上向下披着，因跳脚道："这怎么办！这怎么办！"亚雄道："据我看来，你两位老人家，还是带着小孩子先走，趁石头坡子还没有泥浆，赶快上坡。不然雨下大了，坡子上有几处滑极了，这黑夜里爬不上去。"老太爷道："我们走了，你怎样呢？"亚雄道："我有办法，至少我也可以打一把雨伞，在雨里站一夜。亚男，快点儿，快点儿，雨下大了，快引他们走吧！"亚男道："大家跟我走吧！"老太太道："我们走了，让亚雄一个人在这里淋雨吗？"亚雄见那灯光闪照着雨丝，是一条条的黑影，像竹帘子般罩在人身上，便跳着脚道："大家为什么还不走？再不走，就真要爬都爬不上坡了！"正在这时，大奶奶抱着的那个孩子，被雨淋得哇一声哭了起来。老太爷虽然疼爱儿子，却知道小孙子更不能淋雨，便道："好，好！我先送着你们走，回头再来。"于是接过亚男手上的灯笼，就向上坡的路上走。亚男一只手提了口小箱子，一只手挽住了母亲的左臂，紧跟了这灯笼。

百忙中谁也没想到这灯笼是纸做的，大雨里淋着，把纸湿透了，益发地不经事。老太爷又忙着要早些达到目的地，步子走得沉着些，灯笼晃荡了两下，突然熄了。大家惊得一声啊哟，眼前猛可地乌黑起来。这个坡子两面，全是空地，没有人家的灯光，街灯又遥远地在半天里的坡上，看去好像是星点。这里黑得伸出手去，几乎看不清五指。在这步步上坡的地方，根本就不能不看着走，雨水在坡上一冲，石级上已浮起一层泥浆。大家穿的是薄皮底便鞋，但听到脚下践踏了叽叽喳喳地响，随时可能跌倒，谁又没有打着雨伞，戴着雨帽，雨丝尽管在身上注射着，雨点打在脸上，阵阵冰凉，水由颈脖子上淋到胸前去，却也不容停留。

老太太既害怕，心里又焦急，更吃不了这样的苦，一阵心酸，眼泪便纷纷滚下来。在这黑暗中，自然谁也看不见谁。这里是三分之一的坡路中间，抬头看看坡上，灯光相距甚远，大家在雨丝下淋着，一寸路走不得，也没有人理会老太太在哭。正在万分无奈中，坡下有两丛灯火拥上来，也是逃难的邻居，肩上扛了铺盖卷；手里打着灯笼，挨身过去。区家一家人如在大海中遇到了宝筏，哪肯放过，立刻跟了灯火走。其中有个人说："天也和敌人一样残暴，把我们灾民都变成鱼了！"这句话倒引起老太爷另一种感想：同一疏散，这个时候西门博士却在河南馆子里吃瓦块鱼呢。

第六章

一餐之间

区家几个人在雨淋中随了人家这一丛灯火走，既走不动，又怕走远了会离开人家的灯火，只好狠命地爬坡子。到了坡子半中间，有截平地，左右有几家木板支架的小店面，其中有爿小茶馆，半掩着门，里面露出灯火来。区老太爷道："不必冒着雨走了，我们在茶馆子里躲躲雨吧！"说着，便放弃了那有火的行人，向茶馆里走。区老太太巴不得这一声，首先进了屋檐下。这茶馆小得很，平常是把三张桌子放在门外平地上卖座。这时把桌凳都搬进屋子来，因之桌面上倒竖着桌子，前面一排三副座头，都不能安身。

大家也不问店内是否卖茶，直走入里面。脚上的泥、身上的水，把假楼的地板，倒淋湿了一片。屋梁上悬着一盏三个灯头的菜油灯，照见屋角落里坐着一个汉子，口里衔了旱烟袋，先是瞪了大眼望着，后来等大家走到里面来了，才起身摆了一只手道："不卖茶了。"区老太爷道："我晓得你们不卖茶了，我们是坡子底下被炸的难民。露天里站不住脚，到这里躲一躲雨。平日我们也常到这里吃茶，刘老板就不认得我了吗？"灯下另坐了一个女人，两手捧了一只线袜子在补底，听了这话，便点点头道："歇一下儿嘛，歇一下儿嘛！"

区老太爷走到屋里，又伸头到屋檐下去看了一看，皱了眉回来，向大家道："这样子，雨是不会就停，我们大家身上都打湿了，必须找个安身的地方，弄点儿火来烘烘衣服才好。"那茶馆老板衔着旱烟袋，走近前来，对他们看了一遍，因向门外指着道："再上一段坡子，那里有一座卖面的棚棚，是你们下江人，你到那里去想想法子吧。"区老太爷对他这个善意的建

71

议，还没有答应，却听得前排桌子角里有人插嘴道："别个要能走的话，他不会上坡去找旅馆，为啥到棚子里去？"

老太爷回头看时，原来是那桌子倒竖过来的桌腿，挡住了灯光，那里正有一个人躺在长板凳上呢。这时，那人坐起来了，看上去是个苦力模样，旧蓝布短袄，用带子拦腰一系，头上扎了一道白布圈子，脸上黄瘦得像个病人，也没有怎么介意。那人倒先失惊道："呀！原来是区家老太爷，你受惊了！我知道你公馆炸了，下去看了一趟，没有看到人，想是你们走了，朗格这时候冒了雨跳（读条，跑的意思）？"老太爷听他说出这串话，好像是熟人，却又不怎么认得。及至他走近，灯光照得更清楚点儿，这才想起来了，便是自己曾在宗保长面前替他讲过情的杨老幺。因问道："你病好了？"他道："得了老太爷那两块钱，买了几粒丸药吞，今天摆子没有来。五哥，这就是我告诉你的那个区老太爷，真是好人！"

那茶店老板听了这话，却两手捧了水烟袋，向区老太爷拱拱手道："这杨老板是我们老幺，昨天多谢老太爷救了他一命。"区老太爷上了岁数，多少知道社会上一点儿情形，在他们一个叫"五哥"一个叫"老幺"之下，已了解他们的关系，因道："那也值不得挂齿。我们也不过一时看着不平，帮个小穷忙而已。"杨老幺这时已走到了老板身边，轻轻说了两句，他点头道："就是嘛，就是嘛！"杨老幺向区老太爷道："老太爷，我和这位刘老板商量好了，雨大了，没得轿子叫，就在这里安歇，后面脚底下灶上，还有火，可以请到那里去把衣服烤烤干。"区老太爷道："那太好了。不过脱下衣服等着烤，究竟不方便，既是这里刘老板有这好意，让我们在这里停留，那我越发要求一下，请借把伞我用用，我下去搬口箱子上来。"杨老幺道："老太爷，你相不相信我？我去和你扛着箱子上来。"区老太爷哈哈一笑道："彼此熟人，我有什么不放心你？不过你也是有病在身的人。"杨老幺道："我们是贱命，歇一下梢，病就好了。就怕你们家里人不肯让我搬。"亚男道："这样吧，只要有伞，我不怕雨，我和这位杨老板下去，把东西搬来。同时也告诉大哥一声，我们在这里。"老太爷见大家淋得透湿，绝不能和衣围着煤灶烤火，也就答应了她这个办法。于是刘老板引着区家一门老少，到下一层屋子里去烤火。杨老幺打了灯笼，撑着雨伞，由亚男引着去搬箱子。在一小时内，区家全家人总算换上了干衣服，接着杨老幺给他们陆续地搬运东西，又搬了两捆行李卷上来。忙碌了半夜，大家便在茶馆里桌子上勉强安睡。

次日早上，算是雨住了，天色微明，老太爷就跑下坡去，看那再度遭劫的破家。到了那里，见自己家那所破门楼子下面，是雨点淋不到的五尺之地，亚雄和几个邻居，在那里堆了箱烂杂物，人都拥挤了缩成一堆，坐在衣箱或行李卷上打瞌睡。区老太爷走近时，见亚雄将一床破毡毯裹住了身子，人坐在墙角落里，两腿曲起，身子伏在膝盖上睡，竟是鼾声大作。老太爷见门楼屋檐下满地是泥浆，瓦檐上兀自滴着水点，门前几棵常绿树，炸剩下的一些残枝败叶，在晓风下只是抖颤着。便是睡了半晚的人，这时由坡上下来，也觉凄凉得很。亚雄在这凄风苦雨之中，守过一个黑夜，这辛苦何必细想。因之站在门槛外，对他呆看着，不觉心酸一阵，有两粒泪珠子，在脸腮上滚了下来。

自己抬起袖子来将眼睛揉擦着，又咳嗽了几声，这样，将坐而假寐的亚雄惊醒，他连忙站了起来说道："哟！你老人家这早就来了。"老太爷向他周身望着，然后问道："昨天夜里没有冻着吗？"亚雄道："冻是没有冻着，只是这场雨下得实在讨厌，那破屋子里的东西，不免都埋在泥浆里了。"老太爷道："大概细软东西，已运出了十分之五六，其余笨重的东西，只好学句大话：破甑不顾。现在无须顾虑这些。第一件事，我们要找个地方落脚，然后把这里东西搬走，不然今天再下一场雨，还让你在这风雨里坐守一夜不成？我来给你换个班，你可以到上面小茶馆子里去洗把脸，喝口热茶，你母亲和婉贞，都在惦记着你。"亚雄本不愿走，听了他父亲最后这句话，只得彼此换一换班。

区老太爷在这里约莫坐了一小时，只见亚男同杨老幺引着四五个力夫走向前来。亚男笑道："这位杨老板真肯帮忙，已经在小客店里和我们找好了两间房子，又找了几个人替我们搬东西。"区老太爷心想：真不料两块钱的力量，会发生这样大的效果。当时向杨老幺道谢一番，并说明所有搬力照付；就忙碌了大半天，总算把全家人抢救出来一些的应用物品，都囤在小客店里。客店虽开设在大街上，但是实在难于安身。下面是一爿小茶馆，上面两层楼，是客店。这屋子只有临街一面开着窗户，其余三面，全是竹片做底，外糊黄泥石灰的夹壁。区家所歇前后两间，是半截木板隔开的。后间只借着木板上半截通过来的一些余光，白天也黑沉沉的看不见。上楼梯的角落里，虽有一个窗户向后开着，那下面是尿池，带来一阵阵的尿臊。两旁夹壁漏了许多破洞，都用旧报纸糊住。前面屋子窗户格上，糊着白纸，关起来，屋子太暗；开着呢，马路天空上的风，向里面灌着，又十分阴凉。这里有一张木板架的床，一张桌面上有焦燜窟窿的桌子，两只歪脚的方凳，此外并无所有。但便是如此，屋子里已不许两个人转身。区家人将东西放在后屋子里，一家人全在前面坐着，仿佛拥挤在公共汽车里一样。而且每行一步，楼板摇撼着闪动了夹壁，夹壁又闪动了窗户，那窗户格上的纸，被震得呼呼有声。

区老太爷在这楼上坐不住，泡了一碗茶，终日在楼底下小茶馆里坐着。如此，他本已十分不耐了，而且衣袋的二百元钱，经这次灾难，花了一些搬家费，便将用个精光。就是这种小客店，不吃不喝，也要二三十元的开支。第二、三两个儿子都走了，大儿子是个奉公守法的小公务员，叫他有什么法子能挽救这个危局？他躺在茶馆里的竹椅上，只沉沉地想着，有时口衔了旱烟袋，站在茶馆屋檐下，只是看来往行人出神。忽见西门德家里的刘嫂，手里提了一只包裹，由面前经过，便叫住她问话。刘嫂抬头向楼上看看，因道："老太爷就住在这里？"区老太爷皱了眉道："暂住一两天吧，我也打算搬到乡下去。你们先生搬过南岸去没有？"刘嫂道："太太在旅馆里住得很安逸。她说不忙展（川语，搬的意思）。先把东西办齐备了，再展过南岸去。我们先生还问过老太爷呢！"说着，径自去了。

区老太爷想着，最近半月，西门德在经济上非常活动，认识了两位商家，很是活跃，他也曾说过，替亚英想点儿办法，现在亚英走了，何妨请他和我想点儿办法？自己虽是年到六旬的人，也并非不能做事，必须有了职业，才可以开口向人家借笔款子，必须有一笔款子，才可以重建这个破家。小客店里虽然住得下去，每日这两顿饭，就在小馆子里吃不起。早上，全家人吃一顿红苕和干烧饼，已是七八块钱了。他想着想着，更不能忍住，就顺路向西门德所住的旅馆里走去。只走到那门口，见停着一辆流线型的小轿车，就表现着这旅馆非同等闲，不免倒背了两手，低头看看身上衣服。好在这陪都市上，除了穿西服的人是表示他一种不穷的身份而外，穿长衣的人，倒很少穿绸缎。自己这件蓝布大褂，却也不破烂，总在水准线上，事到于今，也顾不得碰钉子与否，只好硬着头皮向旅馆里面走去。

正好西门德由里面走出来，手里撑了一根乌漆手杖，摇晃着身躯走路，顶头看到，便伸手来和老太爷握着，因道："这几日之间，我非常惦念，回想到我们做邻居的时候，每日晚间摆龙门阵，自也有其乐趣，现在搬到什么地方去住了？"区老太爷见他说话的情形，相当表示好感，便叹了一口气道："一言难尽。现在我全家都在'鸡鸣早看天'的小店里。"西门德道："那太委屈了。"区老太爷道："委屈？便是这种委屈的待遇，我们也担负不了。西门先生有工夫吗？我想和你谈谈。"西门德看了一看手表，因道："那很好，我可以和老先生谈半小时，请到我房间里坐。"于是他在前面引路，将区老太爷引到自己房间里来。区老太爷见四壁粉漆着水湖色，四沿画着彩漆，这在轰炸频仍的都市里，是绝对少有的点缀，这间屋子的高贵也就可想而知。踏着楼板上面的地毯，走到沙发椅子上坐下。西门德便在桌上取过一听炮台烟来敬客。老太爷原来就看到桌上这个绿纸金字的烟听子的，心想这未必装的是真烟，及至博士拿着烟敬客，他还看了看烟支上的字。西门德擦着火柴给他点上，笑道："我可买不起这个，这是那钱经理送来的。做商家的人，转到内地来，竟是比从前还要阔。"老太爷吸着烟，默然了一会儿，他真觉得有万语千言，不知从何说起。

西门德坐在他对面椅子上，因道："老太爷，我这几天虽没有去找你，但是我和内人谈起来，就想到这一个炸弹，府上最是受窘。亚雄兄是个忠厚人，亚杰走了，亚英又没回家，而且也失了业，剩下的全是老弱，这实在要赶快想法。我看城里住不得，你们还是下乡吧。反正在城里没有生财之道，住在城里，样样东西比乡下贵，第一是房子就没有办法。这是雾季，敌机就算不常来轰炸，将来雾季过去了，你府上一门老弱，逃警报也大有问题。战事知道还有多少年才能结束？应该早做个长久打算。我这话对吗？"说时，他望着客人的脸。区老太爷笑着点了两点头道："到底是老邻居，我的话还没有说出来，你已经猜着我的心事了。我这个家，城里固已无法安顿，便是疏散下乡，而这笔重建家庭的费用，也非借款不可……"西门德不等说完，便抢着道："可是我和府上一样同时被炸的。"区老太爷摇手道："我也不能那样不识时务，今天来向西门先生借钱。我现在想不服老，也出来找一点儿工作。这些日子，博士颇和商界人接近，可不可以和我做个介绍人呢？前几日西门先生曾慨然地答应给我家亚英找一个位置的。"

西门德听他如此说了，倒不觉哈哈笑了起来。见他手上夹住的那支纸烟已经是吸完了，于是又取了一支到他手上，因道："何至于此？暂时受点儿波折，不必介意。"区老太爷正了脸色向他望了望道："博士，我绝对不是笑话。自然这是暂时的波折。然而这暂时的波折，我就无法可以维持下去。假如我现在能找得一个职业，我就可以借这点儿职业做幌子，和亲戚朋友去借钱，人家也料着我有个还钱的机会。我那俩孩子都出门去了，而亚雄又是个寒酸小公务员，人家见我这样穷而无告的家，怕不肯借钱，因为那不是借钱，简直是告帮了。"

西门德听他如此说了，也取了一支纸烟在手，缓缓地擦了火柴，缓缓地点了纸烟，微偏了头望了窗户外的远山影子，口里莫名其妙地说了一声

"这个"。区老太爷看他这样子，是透着为难，便笑道："我也是这样一种幻想，若博士一时想不出办法，过两三日再谈吧。"西门德突然站了起来，将手连连摇着道："且慢，且慢！我有一点儿办法了，就不知道老太爷是不是愿意这个职务？"老太爷道："若不是拉包车、当大班轿夫，我都愿意。其实就是当车夫轿夫，只要有那种力气，我也是愿干的。"西门德笑道："老先生牢骚之至！我说的这个职务，还是与老先生身份极相合，是到人家家里去授家庭课。"老太爷道："这我倒优为之，但不知学生程度如何？若是初中程度的话，便是英文、算学我也能对付。"西门德道："不，就只教国文。程度倒都是高中毕业。"

区老太爷道："这么大的学生，还在家里念国文？"西门德道："这也是战时一种现象，就是这里钱先生的朋友当中，有三五个学生，屡考大学不取，事后把他们的考卷调查一下，平均分数不到三十分。据传说，再增加十来分，就有考取的希望。他们的父兄，也没有多大的希望，仅仅盼望他们能够爬上十分去。于是检讨一下，到底是哪样功课最差。除了一位算学是零分而外，其余有算学不成的，有英文不成的，而国文不行，却是最普通的现象。不仅是不行而已，一百多个字的语体文里面，竟可查出五个以上的别字。他们父兄一想，就算做买卖，开一张发票，闹上个把别字，这也是很严重的问题，就决定了不要这些青年考大学了，预备请一个懂教授法的国文先生，教他们一年国文。最后这一点儿是我的建议，因为补习国文，请教于头脑冬烘的老夫子，便抬出翰林院来，也是无用的。这些高中学生，根本不能接受'政者正也，德者得也'那种朱注式的讲解，必须用深入浅出的法子去教他们。这些学生的家长们听了我这话，很是赞成，可是有一件难事随着发生，今年中学的师资，根本发生恐慌，国文先生尤其缺乏。"

区老太爷道："那也不见得吧，譬如我自己还找不到这教书的门路呢。"西门德道："这就是一种很大的矛盾了。在未被炸以前，不但老先生自己无法教书，令郎现成的教书匠，都去改行了。不过若以老先生现在的环境而论，很需要找一种职业，这还是可以干的一件事。"区老太爷道："若照博士的说法，这个教书先生，我还可以当得过，就请博士替我举荐。主人在哪里？"西门德道："这些学生都是散住在各处的，但上课的地点，可以选定在南岸，也就是我所住的地方。这于我也有些好处，我们摆龙门阵的老友，还可以继续地摆龙门阵。关于待遇方面，我想他们会不在乎，现在我就可以去和钱先生商量商量，请你在我这屋子里宽坐片刻，我到隔壁屋子

76

去问问情形。"说毕，他立刻起身走了。

区老太爷坐在这屋子里静候着他的回信，不免又吸了他两支纸烟。少刻，西门德含着满脸笑容，走将进来，拍了手道："事情是极顺利地解决了。刚才我到隔壁屋子里去，正好有位学生家长也在这里。我介绍老先生当面和他谈一谈，老先生以为如何？"区老太爷起身道："这倒很好，以便这问题一言可决。"西门德见他很干脆，便引他到隔壁屋子里来。区老太爷随在他身后，走向那隔壁屋子，在座有三个人，那位钱经理自己是认得的，此外还有两位穿西服的朋友，架起了脚坐在沙发上吸纸烟。西门德走进来时，他们都已站起，便为他介绍着，一位是钱尚富先生，一位是郭寄丛先生，最后将他引到一人面前时，那人穿了红灰格子呢西服，拴着一条绿绸领带，不过他衣服虽然穿得这样漂亮，可是生着一张黄黑的长面孔，还有几个碎麻子，张开口来笑时，露出一粒黄澄澄的金质门牙，更带了几分俗气。西门德道："这是幕容仁经理，就是他的令郎，要补习功课。"

区老太爷听说又是一位经理，觉得这是转到富翁圈子里来了，便向着那人略拱了一拱手道："久仰，久仰！"他所谓"久仰"，本来是应酬之词，并也不曾有什么真的久仰，可是这位幕容仁经理，倒是居之不疑。手里拿了翡翠烟嘴，上面按了一支炮台烟，却点了不吸，像是拿一支毛笔似的捏着在空中画了圈圈，很为得意的样子，晃了头笑道："我这个双姓，重庆市上很少，所以提起我幕容仁来，差不多的人都知道。区先生前两天受惊了，请坐，请坐。"他这样寒暄了两句，倒不问人家是否坐下，他自己先坐到沙发上，将腿架了起来。区老太爷一见，心里就老大不高兴，为自己家里子弟请先生，维持师道尊严，应该多恭敬些，这个样子，恐怕不会怎样客气。西门德见他脸色有些不自然，便连连向他点头道："我们坐下来谈。"区老太爷自也无须多礼，坦然地坐下来。

西门德就把介绍的意思说了一番，又替两方各标榜了几句。幕容仁手扶翡翠烟嘴子喷了两口烟，头枕着沙发靠背，脸向了屋顶，因道："区老先生既是老教育家，又经博士的介绍，那绝错不了，我们非常欢迎。假使老先生愿意给我们教教孩子的话，食住都不成问题；南岸我们有很好的房子，那边我们雇有下江厨子，勉强也能做两样下江菜。待遇方面，现在人工是贵的，我们有个包袱提回家，叫个小孩子顺提了，自江边提上坡，从前给几分钱就行了，如今非五六角钱不提，我们请先生的报酬，自也不能太少。我们打算每月奉送法币三百元，博士你看这个办法如何？"

区老太爷听到他的话，不伦不类，觉得不能含糊答复，因笑道："十块钱一天的钟点费，这自然不能说少，因为东家是供给了膳宿的。不过请先生教子弟，这和其他一般雇工可有些不同。在前清科举时代，人家家里要请一位教书先生进门，那是件大事。"慕容仁笑道："我也没有把请先生当小事呀。啊！我想起来了，我应该请客。"说着他站了起来，向区老太爷微微点了个头道："我请老先生吃个小馆。"区老太爷道："这倒不必客气，果然我们有成约了，将来少不得有叨扰的时候。"说这话时，在屋子里的人都站起来了。

钱尚富倒是抱拳头向老太爷举了一举手，笑道："我也有个侄子要拜在门墙之下，今天我先来做个小东，这不算请先生，我们都要吃饭。一面谈话，一面吃饭，一举两得。如蒙俯允，将来自要正式请老师。"老太爷觉得这人的话倒还受听，为了西门德的关系，倒未便拒绝过深，只好说声太客气，随着他们一同走出旅馆。

约莫走了几十家店面，身旁有人叫了一声"老太爷"，回头看时，正是那个曾帮过忙的杨老幺，他肩上扛了一个篾篓子，在马路旁边站住，便向他点了两点头。他道："老太爷现在找到了房子没有？"他说着话，就走近了来。区老太爷道："很困难，如今还是住在那小客店里呢。"慕容仁正走在区老太爷后面，杨老幺扛了那篓子走过来，恰是看不到迎面来的人。慕容仁喝道："你向哪里走？"杨老幺抬眼一看，见他是个穿整齐西装的人，而且衣襟上还挂了有一方证章，这绝不是平常的先生们，立刻退后了两步。慕容仁将手上的手杖指了他的脸道："你看那张鬼脸，又黑又黄，衣服上的汗臭气，老早就熏着人作呕，你也不在尿桶里照照你那鬼像，大街上乱叫人！"杨老幺见他瞪了两眼，板着面孔，好像彼此之间有深仇似的，因道："这不是笑话吗？我又没有招你，又没有惹你，你骂我做啥子？"慕容仁道："你敢招我，你这狗……"杨老幺把肩上的篾篓子向地下一放，两手又住腰道："你开口就骂人，狗啥子，你敢骂我？你骂我，我就打你！"

慕容仁说出了那个"狗"字之后，也觉言语过于野蛮，因此"狗"字之下不便再续，顿了一顿，现在杨老幺倒谅着他不敢骂，他如何肯示弱！便瞪了眼道："你这狗才，我为什么不敢骂你？"杨老幺道："狗才？你看到我穿烂筋筋吧？你不要看你洋装穿起……"区老太爷拦在两人中间站着，向杨老幺摇摇手道："杨老板，你去做你的事，不用说了！"杨老幺见老太爷只管摆手，也就扛着篾篓子走了，但他依然不服气，一面走，一面咕噜着道："狗才？看哪个是狗才！你有钱穿洋装，好稀奇！下个月壮丁抽签，我自己去抽。你凶，你敢和我一路去打日本吗？"

区老太爷真没有想到这位慕容先生如此厉害，一个穷人和他同行的人说句话，他就这样大发雷霆，这种人如何可以和他共事？这餐饭更是不必去扰他。他这样一沉吟，步子走慢了，落后好几步。倒是西门德看清楚了他的意思，假使他不去吃馆子，掉身转去，这未免给慕容仁面子上下不来，因笑道："老太爷走不动，叫一辆车子吧。"钱尚富将手向街对过一指道："就是那家江苏馆子，到了，到了。"说是到了，老太爷倒不好意思拂袖而去，只得忍耐着不作声，和他们一路走向对街。

那江苏馆子，正是相当有名的一家，沿门前马路上一列停了好几部流线型新汽车。西门德指着一辆淡绿色的汽车道："咦，蔺二爷也在这里。"慕容仁笑道："是的，是的！博士好眼力，不看车牌子，就认得出来。"西门德笑道："揩油的车子，坐得太多了，哪有不认识之理？"慕容仁道："不知道他是来吃便饭呢还是请客？若是吃便饭，他遇到了我们，就不会要我们会东的。"说着，大家鱼贯入馆。

在楼梯口上，经过账房柜台的时候，那账房先生放了手上的笔，站了起来，连鞠躬带点头，笑道："钱经理来了。"慕容仁道："蔺二爷在楼上吗？是请客是吃便饭？"账房道："是别人请他。"慕容仁回头向西门德道："这我们倒不便走过去找他谈话了。"西门德道："我们吃我们的，又何必要去找他？"慕容仁已上了好几级楼梯，他竟等不得到楼上去交代，扶着梯子扶栏等西门德上前了，回过头来向他道："蔺二爷是个好热闹的人，他什么没有吃过，在乎我们请他？只是他要的是这份虚面子，觉得无论到什么地方来了，都有他的部下在活动。"西门德听说，倒不由得面色一红，因道："部下我可高攀不上。"慕容仁算碰了个橡皮钉子，就不再说了。

到了楼上，茶房见是一群财神，立刻引到一间大的房间里来。大家坐下，茶房笑嘻嘻地向钱尚富道："经理还等客人不等？"钱尚富道："就是这几个人，你和我们预备菜就是了。"茶房道："今天有大鱼，并且有新鲜虾子。"西门德不免笑道："新鲜虾子，这是很能引诱人的食品。你打算卖几张法币？"茶房望着他笑了一笑。西门德笑道："我是说一百元一张的法币。"区老太爷向钱尚富抱了一抱拳头，笑道："既是吃便饭，就简单一点儿好了。"钱尚富笑道："这里我常来，菜是应当怎样配合，他们大概知道，不至于多花钱的。"

他们在这里商量着酒菜，那位气焰逼人的慕容仁，却已不见，大家不曾去理会，区老太爷自更不必去问他。等着酒菜要上桌了，他又匆匆跑进房来，脸上带有几分笑容，又带有几分郑重的气色，却向钱尚富道："蔺二爷是赴银行界的约会，是无所谓的应酬，他听说西门博士在这里，非常高兴，约着一会儿就到我们这里来。首席留着吧。哦！首席正空着的。"说着，就忙忙碌碌将一副杯筷移到首席空位上去。区老太爷心想，幸而自己知趣，没有敢坐在首席空位上，要不然，因为自己是个教书先生，居然坐下去了，那么，这时候人家把自己轰下来，那就太扫面子了，于是默然坐着，且观看他们的下文。

约莫是吃过了两样菜，门外茶房叫声蔺二爷来了，代掀着门帘子。区老太爷在未见之先，以为蔺二爷必是一位举止极豪华的人，不然，像慕容先生这副气派，怎样肯低首下心？可是这时蔺二爷进来了，身上穿的也不过是阴丹士林的蓝布罩袍，比平常人所不同的，只是口角衔着一只光亮的木烟斗。他一进来，大家全体起立，虽然没有人喊口令，那动作倒很一致。区老太爷虽不知道这蔺二爷是何人，可是没有主立于前、客坐于后的道理，也就跟着站立起来。在那蔺二爷眼里，似乎只有西门德谈得上是朋友，左手取下口角的烟斗，右手伸着和他握了一握，对其余的人却只是点点下颏而已。

西门德道："二爷，我给你介绍，这是区庄正老先生。现在尚富兄要请他去当西席。"蔺二爷点头道："我听到慕容仁说了，他们今天请先生，我特意来奉陪。"区老太爷连说"不敢当"。慕容仁满脸是笑容地向蔺二爷道："二爷，上面虚席以待，请坐。"蔺二爷衔着烟斗连摇了两摇头，笑道："这叫胡闹！你们请老师，哪有让我坐首席之理？"区老太爷看到这些人的姿态，早就不愿接受这聘约了，因拱手道："我们有言在先，今天是吃便饭，兄弟是奉陪的。"慕容仁早已拿了酒壶过去，在那空席上的杯子里斟满了一杯酒，然后笑道："二爷，这酒很好，我保险有十年以上的成绩，是我看到二爷在此，特意到柜上去商量了来的。大家都久已坐下了，就不必再变动。"蔺二爷笑道："这样话，倒是可通。"他笑着坐下了，先干了一杯黄酒，手按了杯子，上下嘴唇皮抿了几下，啧啧有声地去研究那酒的滋味。

慕容仁按了酒壶，在桌子下方站了起来，半鞠了躬，向蔺二爷笑道："二爷，尝这酒味如何？"蔺二爷又拿起杯子来，伸着在桌面子上，笑道："再来一杯，让我尝尝。"慕容仁听了这话，立刻双手捧了酒壶，站到他面前去斟酒。那位蔺二爷倒并不觉得有些过分，坐在那里屁股贴着凳子，也不肯略微昂起一点儿，伸手出去，举了杯子，只等慕容仁斟酒。慕容仁一面斟酒，一面笑容可掬地向了蔺二爷道："这样的酒，二爷像喝茶一样，就是喝三五十杯，也不算一回事。"他只管说着恭维话，忘了自己是在斟酒。

蔺二爷连说"满了满了",他没有来得及正起壶来,酒由杯子里溢出;淋了蔺二爷罩衫上一片湿迹。他哦哟了一声,立刻把酒壶放在桌子角上,抽出袖子笼里一条手绢,低了头和他去揩擦衣襟上的酒渍。蔺二爷先干了手上那杯酒,才放下杯子,向他笑道:"仁兄,你这斟酒的艺术,还不够出师,应该到传习所里去学习几个月。"慕容仁连说"是,是",倒好像有点儿惶恐似的。

区老太爷坐在席上看到,心里就暗忖着,和这家伙见面以来,就觉他气焰不可一世,仿佛带了几十万人在手上,天不怕,地不怕。这是一物服一物,如今见了蔺二爷,不想他竟是这样恭顺。他骂杨老幺是狗才,杨老幺在他那个圈子里周旋,便是遇到那最大压力的宗保长,他也不曾恭顺到这种程度。心里这样忖度时,便更觉得这个聚会不是滋味,只有默然地坐着陪大家吃酒。那慕容仁向蔺二爷周旋了一阵,回到自己席上去,笑道:"二爷,刚才这里茶房说,有虾,弄一份来尝尝,好不好?"蔺二爷笑道:"那倒不必,再下去一个礼拜,我就到香港去了,要吃鱼虾海味,到香港去,可以尽量地吃。"钱尚富在无意中听到蔺二爷要到香港去的这个消息,心下倒着实是一喜,正有两批货物压在香港不能运进来,当面托他一托,却不比西门德、慕容仁转了弯说更好?主意有了,便笑道:"虽然二爷不久要到香港去,在香港是香港的吃法,在重庆是重庆的吃法,让他们弄一碗炒虾仁来试试。"

蔺二爷笑道:"我知道钱先生最近一批货,又赚了几十万,你倒是不怕请客。虾仁不必,叫他烧一条鱼来吃就是了。"钱尚富道:"已经让他们做了一条鱼了。"说到这里,茶房正送了一大碟子云南火腿上桌。蔺二爷笑道:"现在吃东西,倒要先打听打听价钱,不然,有把主人做押账的可能。我倒要问问炒虾仁是多少钱一份?"茶房放下盘子,垂手站在一边,笑道:"二爷吃菜,还用问吗?我们这里有两种虾,一种是炒海虾片,价钱大一点儿,因为是飞来的。炒新鲜虾仁,我们是内地找来的,虾子价钱也不贵。"蔺二爷笑道:"啊!是国产,那用不着钱经理消耗外汇了,你就来一份吧!"慕容仁道:"不用钱经理花外汇,也不用钱经理花法币,今天归我请,二爷!"说着,回转头来向茶房道:"叫厨子好好给我们做。"茶房笑着答应了一声"是",退下去了。

区老太爷一想:"自从到四川来以后,就没有吃过虾,总以为四川没有这玩意儿,可是到了馆子里卖钱的时候,居然有,倒不知要卖多少钱?他们没有问价钱,就叫馆子里去做,大概是不肯表示寒酸,我倒要调查调查炒虾仁是什么价钱。可是话又说回来了，原来他们是要请教书先生，自从蔺二爷来了，显然变成了请蔺二爷。这饭吃得绝没有意思，最好想个法子走开为妙。"他心里刚刚感到有点儿兴趣，于是又归于默然。在席上的人，对于蔺二爷似乎都感到有一种不可侵犯的威严，所以大家都减了谈锋。

蔺二爷倒是很无拘束，端起杯子来喝了口酒，笑道："博士，你对书画这些玩意儿是不是也感兴趣？"西门德道："当年教书的时候，没有什么嗜好，在南京北平也常常跑古董店，可是我有个条件，只贪便宜，不问真假。"蔺二爷摇摇头道："那叫玩什么古董？不过这样一来，你一定也收藏过一些东西了？"西门德向区老太爷拱拱拳头道："庄正先生对此道却是世传，他们家翰林府第，还少得了这个吗？"蔺慕如听了这报告，倒有点儿吃惊，向老太爷望着道："府上哪位先辈是翰林公呢？"老太爷叹口气道："说来惭愧，先严是翰林，兄弟一寒至此，是有玷家声了。"蔺慕如正端起一杯酒来要喝，听了这话，复又把杯子放下，哦了一声道："是令尊大人，不知讳的是哪两个字？"区老先生道："上一字'南'，下一字'浦'。"蔺慕如又哦哟了一声站起来道："大水冲了龙王庙，自家不认得自家人，先兄蔺敬如，是南公的门生。先兄虽已去世了，家藏的南公墨宝还不少，现在我家里就挂着南公一副对联。我就知道南公是诗书画三绝。区先生家学渊源，一定是了不得的了！今日幸会，来，来，来，先同干一杯！"

慕容仁虽不知道区老太爷的身份如何，但听这两人的话音，分明他父亲是个翰林公。在老前辈口里，也常听到翰林就是一个很有地位的文官，而且蔺二爷说他的哥哥是区家门生，他们是很有关系的了，早是听得呆了，不知怎样重新和区先生客气起来才好。现在蔺二爷说是同干一杯，立刻鼓了两下掌道："这实在是奇遇，今天我这次小请客，算是请着了。我们应当恭贺一杯。区老先生，你那杯子里太浅，加满，加满！"说着，提了酒壶站起来，就向区老先生杯子里斟酒，区老先生也只好欠身道谢。蔺慕如已是举起杯子，站着先干了一杯酒，对区老先生照杯，他不能推辞，也只好干了。彼此坐下，同席的人又恭贺一杯。

慕容仁向西门德笑道："博士，我要罚你的酒了。你只说给我介绍一位国文教员，你怎么不说是翰林院的后代呢？听说翰林可以做八府巡按，那官是真大呀！"蔺二爷笑道："慕容，你只好谈谈棉纱多少钱一包，洋火多少钱一箱；谈当年的科举，你不是丈二和尚摸不着头脑吗？你罚人家的酒，说明了你还不是不知道吗？"区老太爷见蔺慕如又当面抢白这家伙一顿，倒也痛快，但是慕容仁并不红脸，笑道："我是该罚。遇到这样有身份的人，我们竟不知道欢迎，罚罚罚！"说着端起杯子，又喝了一杯。

蔺慕如并不睬他，却回转头来向区老太爷道："老先生一向在哪里服务？"他答道："在大学里中学里教几点钟书罢了。抗战入川以后，学校都没有迁川，和学校脱离关系了。"蔺慕如道："在学校里当然是担任国文了。"他道："是的，不过历史也凑合。"说着微微一笑。蔺慕如道："国学丛书里面有几部著作，署名区小浦的，那是庄正先生的昆仲行吧？"老先生笑道："小浦是兄弟的笔名。"蔺慕如抱了拳头道："失敬，失敬！那几部书，我都看过，十分有根底。这样好的学问，何至于去教家庭馆，改天请到舍下去叙叙，虽然先兄去世了，我高攀一点儿，总算是师兄弟，若不是我谈起书画来，几乎失之交臂。老先生什么时候得闲？府上在哪里？我送帖子来，博士作陪。"区老先生笑道："不必了，我改天到公馆里去拜访。"

钱尚富年轻些，对于"进士""翰林""国文""历史"这一套名词，根本少闻少见，不知道区老先生何以让蔺二爷突然敬重起来，料着这里面定有很大的原因。蔺二爷都这样客气，捧二爷的人那还有什么话说？于是笑着站起来道："二爷赏我们一个小脸，让我们来请，好不好？"蔺二爷笑道："我是想邀着老先生谈谈文学。这个行当，你们不行。有你们在座，一谈生意经，让人扫兴之至。"钱尚富没想到这一下马屁，完全拍在马腿上，听那番言语，比慕容仁碰的钉子还大，红了脸苦笑着，不敢向下说了。

区老先生究竟是个忠厚长者，觉得让姓钱的太下不来，也就笑道："我也很愿叨扰钱先生的，不过两顿吃，我不愿一顿吃了，可否分批叨扰呢？"蔺二爷笑道："可以的，老实告诉阁下，他们是钱挣钱，挣的既多，而且不费一点儿力量，大可扰他。你我是凭脑力挣钱，不能和他们比的。"他说着自端起酒杯来喝酒，毫不在乎。

坐在下位相陪的郭寄从，始终不敢插言，听到蔺二爷这话，心里有点儿不服，要说用钱挣钱，谁也不能赛过他去。这次柴自明托西门德卖棉纱，在他那里绕个弯子，他就分去了盈利百分之四十。人家还是钱挣钱，他连本钱都不要，就靠他那点儿身份。大家和蔺二爷也不过认识两三个星期，应当客气一点儿才对，可是他和人家说起话来，总是挖苦带骂，让人受不了，以后还是少和他见面吧。郭寄从心里如此想着，眼神就不免向蔺慕如多打量两次。蔺慕如恰是看见了，手扶了酒杯向他问道："寄从有什么话想说？"他不能不开口了，笑道："我也无非是想请区老先生。"蔺慕如笑道："这有什么可踌躇的？你径直说出来就是了。你还是想请老先生教书呢，还是请老先生吃饭呢？"郭寄从笑道："都请。"

蔺二爷忽然转过脸来，向慕容仁道："你们的子弟若是能请到区老先生教书，那是你们的造化，世上只有人才才能教出人才。慕容，你打算送老先生多少束脩？"慕容仁对束脩两个字，却是不大懂，微笑了，只好望着。蔺二爷笑道："也是我大意，我也没有告诉你'束脩'两个字怎样解释。这个典出在'四书'上，孔夫子说人家送他十挂干肉，他也就肯教，所以后人就把送先生的款子叫'束脩'。这个'脩'字，下面不是三撇，是像'月'字的'肉'字，懂了吧？"慕容仁笑道："懂的，懂的！说起就想起来了，这两个字在尺牍大全上看过，只是不知道下面是个像'月'字的'肉'字，我以为是'修身'的'修'字呢！真是和二爷多说几句话，也得不少学问。"蔺二爷道："你怎么款待区老先生呢？"他笑道："我实在不知道怎样办才对，打算听候二爷的命令。"蔺二爷正想着说个数目，茶房来对蔺慕如道："那边席上请。"他站起来，和区老先生握着手道："我们一见如故，今天有事，我不能奉陪，改天我送帖子过来专约。"说罢，对其他各人只点了个头就走了。

合座的人，原是都站起来的。慕容仁却特别恭敬，一直送出这特别客座去，回来之后，先不入座，向区老先生拱了拱手，笑道："兄弟有眼不识泰山，惭愧之至！原来老先生和蔺大爷是师兄弟。老实说，蔺家出来一条狗，也比我们有办法得多。"区老先生不是蔺慕如那一番张罗，早就要走了，听了慕容仁这个譬喻，不觉脸色一沉。西门德也觉得这譬喻太不像话，便笑着打岔道："坐下来说吧，坐下来说吧！"老先生微笑道："我还记得慕容先生说了那杨老幺一声'狗才'，那杨老幺就急了，这样看起来，狗才倒也未可厚非。兄弟可不敢高攀蔺府上的狗，我这身衣服到了蔺公馆也许就让狗轰出来了。"

西门德向来没见区老太爷用恶言语伤人，这也就知道他是气极了，便哈哈大笑，连说"妙论妙论"。在一阵狂笑之后，茶房又来上菜，这话也就扯了开去。老先生却站起来向大家一拱手道："对不起，兄弟要先走一步，有点儿俗事要急于解决。"说毕，也不待他人挽留，径直向外走。慕容仁倒没有把他讥讽的言语放在心上，连连拱手道："那简直虚约了，再用两个菜好吗？"老先生口里说着"多谢"，人只管向外走。西门德博士也觉得慕容仁过于失态，自己反过意不去，随在后面直送到馆子门口，执着区老先生的手道："他们是国难商人，言语无状，也不必去计较他。"老先生笑道："我实在有点儿别扭，也许是喝了点儿酒的关系，竟是容忍不下去。离开他们也就完了，不必谈了。"说着，拱拱手自回小客店去。

区老先生住的这家小客店的楼下，是廿搭有四副座头的茶馆，茶座两边，靠墙各列下几张支着架子，可以改成木夹子的帆布睡椅。卖满了座，也不过二三十人。但重庆普遍的小客店，他们不愿牺牲临街一所小店面，照例如此，屋檐又照例有个纸糊的长方形，稍扁的灯笼。纸面上半边写着"未晚先投宿"，半边写着"鸡鸣早看天"。这就是旅馆的标志，无须再有"招商客店"或"仕官行台"那些老套头，甚至招牌也不用，那十个字就把一切包括了。所以到重庆的下江人，并不怕累赘，住小客店，就说住"鸡鸣早看天"的旅馆。

区庄正先生虽是一个书生，可也没有尝过这个滋味。他无精打采地走回小旅馆，却见女儿亚男，正在茶馆屋檐下两头张望着，将两道眉峰皱起，似乎有很重的心事。她一回头看到了父亲，跑上前执着他的手道："爸爸，你哪里去了？可把全家的人急死了！"老先生道："为什么？有什么要紧事吗？"亚男望着父亲又笑了，因道："并没有什么要紧的事，只是你也没有说到哪里去，出去了这么大半天！"老先生了解家中的意思，走上楼，在小屋子外面就叫道："太太，我回来了，没什么。"区老太真个迎到屋子门口来，苦笑道："老太爷，你怎么出去这么大半天呢？"老先生进屋来，坐在床铺上，笑道："这么大人，还会丢了吗？"

老太太已斟了杯热茶送到床铺面前的小桌上，笑道："在外面跑了这么大半天，又渴又饥，喝杯热茶吧。"老先生笑道："你正说得相反，我在外面这半天，是又醉又饱。你们以为穷极无聊，我跳了江了。我念了一肚子的书，也不至出此下策。"老太太笑道："我们也不会想到那里去呀！"老太爷喝了口茶，笑道："到现在，我才知道'君子安贫，达人知命'，并不是什么消极的话。富贵场中，实在让我们忍耐不下去。"因把今天所遭遇的事，略略说了一遍。老太太道："在这地方，可以攀出一位世交来，那也不坏。"老先生道："世交？这些人在花天酒地，一时高兴，说两句风凉话，你以为他是当真思念故交？他要真有念旧的心事，就该打听我的住址，前来拜访。那蔺慕如今天表示好感，无非要表示他哥哥是个翰林门生，而他自己也就很有学问了，这也是附庸风雅的一流作风。"老太太道："这家庭课，你当然是不接受了。"区庄正摸摸嘴上的短胡桩子，微笑道："老太婆，你觉得怎么样？"老太太道："你若为了衣食勉强去接受的话，恐怕你那老胃病要复发了。"老先生轻轻拍了桌子笑道："同心之言，其臭如兰。"

亚男原是站在门口听父母说话的，因为这屋子里再加两个人，那就挤起来了。等二老将话说完，她便插嘴道："爸爸，不要急吧，我有点儿办法。"老太爷望了她道："你有办法？"亚男道："是的，我有点儿办法，我有个女同学在乡下疏建区里，盖有几幢房子，愿分一幢给我们住。因为他们家全家到云南去了。这房子不卖，也不租给人，她在读书，又没工夫管房子。今天她到这里来看了我一趟，非常之同情我们，说无条件请我们去住。"老太爷道："社会上有这样的好事？"老太太道："真的，今天来了，开大门的钥匙都交给我了，除了五六间房子不算，家具都现成，可是我不敢答应。"老先生道："一个姑娘家，怎么能做主？"亚男道。"她能做主，她向来就代理家事，要不，她家走了为什么把房子交给她呢？母亲是愁着这笔搬家费，下乡有好几十里呢！"老太太道："再说亚雄不能下乡。"老先生道："好的，等亚雄办公回来，大家从长商议。这个机会也不能放弃了，不然，永远住在'鸡鸣早看天'的小客店里吗？"亚男道："爸爸既是对原则同意了，其余的事好办。"区老先生笑道："孩子话，其余的无非是钱，钱的事还容易办吗？孩子话！"亚男低头想了一想，也就笑了。他们商量了一阵子，也没有得到结果。晚上亚雄回小客店里来，也同意了。其余可没办法。

　　到了次日，是个雾雨天，在重庆，这种日子，最苦闷而又凄惨。天像乌罩子似的，罩到屋顶上，地面是满街稀泥，汽车在马路上滚得泥浆纷飞。雨是有一阵子没一阵子地下着，街上走路的人，全打着雨伞，雨伞像耍的龙灯，沿了人家屋檐走。没事的人，当然不愿意出门，像这样"鸡鸣早看天"的客店，房间是那么小，光线不够，空气带着尿臊味，就是坐在屋子里也受罪。区老先生有个家的时候，下雨天，看看书，或者打打棋谱，总也可以消磨过去。在这小客店里一点儿没有办法，起床之后，洗完了脸，立刻坐到楼下茶馆里去。他桌面上摆着一盖碗沱茶，一份报纸，一支旱烟袋，他环抱着两只手，伏在桌子上，只看那屋檐外的稀疏雨丝。早上做小生意的人，已经把早茶喝过去了，吃午茶的人，还没有来，所以早上十点钟左右，茶馆是最冷静的时候。这店堂里除区庄正坐着看雨，只有那个唯一的幺师（川语，茶房），坐在靠里的一副座头上打瞌睡。

　　约莫寂寞了半小时，有个穿青粗呢制服的人，脱下身上半旧的绿色雨衣，搭在手臂上，站在屋檐下东张西望，最后点了两下头，似乎表示他已经找对了这地方了，于是走进来就在最前的一副座头上坐下。那幺师始终在打瞌睡，没有理会到有客光顾。那人连叫了两声泡茶来，他才猛可地抬起头，将手揉着眼睛。区老先生道："这位先生连叫了你几声了，泡茶吧！"那人见老先生很客气地称呼，笑着点了点头。幺师泡着茶送了过去，他也是寂寞孤独地坐着。

这时亚男由楼上送了一本书来，因道："爸爸，你也闷得慌吧？有一本英文杂志，是香港新运来的，倒还新鲜，你解解闷吧。"老先生道："望望街景，也就把时间混过去了，天下雨，不好出门，又没个地方做饭，这顿饭怎么办呢？"亚男道："那倒容易解决，母亲说给你下碗面，其余的人大家吃顿烧饼就是。有热茶，连茶也可以免了。"老先生道："要吃烧饼，就大家都吃烧饼吧，为什么我要例外呢？接连吃了三天面，我也腻了。"亚男笑着，站了一会儿自上楼去了。

老先生拿起那份英文杂志，就静静地看着。约莫是半小时，在他桌子上，有人送来旧报纸托着的四个热烧饼，另外是两个小面包，老先生放下手上的杂志，见亚男站在身边，正在口袋里掏出一包花生米向桌上放。他见她提着一个小布包袱，里面全是烧饼，因道："为什么多给我添两个面包？带给你母亲去吃吧，我有四个烧饼和这些花生米就够了。你们也有花生米？"亚男道："我们有辣榨菜，面包你吃吧。"老先生不允，一定塞到她手上，结果是拿了一枚走了。

那个吃茶的人，一人坐着，也是无聊，闲看区氏父女行为消遣。见这老先生能看英文杂志，却住在这"鸡鸣早看天"的小店里。再看父女两人，又十分客气，这倒是很有教育程度的人家。这样，他们为什么流落到这样子？正注意着，有人叫句"大哥等久了"，来了一位披着红色旧雨衣的女子，站在屋檐底下。但是她不奔向那男子，转过身来向区老先生鞠着躬，叫了声老伯。老先生对她的圆圆的脸，一双大眼睛，印象很深，这是亚男的同学好友沈自强小姐，便站着道："这样恶劣的天气，沈小姐还出来。"她道："特意来拜访的。老伯，我给你介绍介绍，这是家兄沈自安。"那个男子听他妹妹说起过亚男，已知道这是区庄正了，便过来打招呼。老先生握着他的手笑道："要知是沈小姐的令兄，早请过来谈谈了，也免得老兄枯坐这样久。"

于是大家同在一副座头上坐下。幺师泡上茶来，老先生就请他上楼通知一声，区小姐的客来了。沈自强笑道："我应当去看伯母。"老先生笑道："沈小姐你大概上过楼的了，我们自己家里人住在楼上都嫌窄，所以我不得已，终日在这里坐茶馆，你若是去了，那是让我们增加一份困难。"沈自安笑道："小客店我也住过的，老先生这倒是实话。"沈自强道："老伯，你们住在这里，不是办法，我们南岸的住房还可以腾出两间屋子来，府上先搬过去，一面再找房子，好不好？我今天就是为这事来的。你只看我约家兄在这茶馆子里等着，就是真意。"区老先生道："房子我们有了，也是亚男同学让的。据说，住家的条件都很够，实不相瞒，我们就是筹不出搬家费来。"

沈自强望着桌上的烧饼，还只咬去半个，便道："我知道这是老伯午饭，不必客气，你请吧。真对不住，你是一位老教育家，替国家教了多少人才，而现在让你老人家无地方可住，而且无饭可吃。"沈自安看看老先生这清癯的面孔，和桌上那枯燥的烧饼，心里未免一动，凭人家那样好的学问，又是那样好的道德，日子却是这样过着，心里默然，倒也说不出话来。

这时亚男由楼上下来了，向前握着沈自强的手道："自强，你太热心了。这样坏的天气，你还是跑来了！"她道："那是什么话！天气恶劣，不做事，也不吃饭吗？"她说到最后一句，立刻要收回去，已来不及，很后悔，立刻又接着道："我听到老伯说，你们有了房子了。"亚男苦笑了一笑，点着头道："房子是有了，可是……"说着又摇摇头。沈自强道："亚男，我给你介绍，这是家兄，自安。"彼此见过礼。沈自安向外面一指道："我们到外面桌子上去谈谈，让老伯吃过点心。"于是也不待区老先生谦逊，他们竟自迁移到另一副座头上去了。老先生很了解这些青年们是什么用意，肚子饿了，也不能和人家客气，让幺师向茶碗里兑过开水，就着热茶，把烧饼面包吃过。见他三人还是谈得很起劲，也不去打搅，自拿起英文杂志来看。

三十分钟后，亚男悄悄走过来，挨了桌子坐下，低声道："爸爸，那位沈先生愿意帮我们一个忙，借五百元让我们搬家。"区老先生放下书本，将手按着望了望客人，因道："那不妥，我和人家才初次见面呀！而况我们收入毫无把握，把什么还人家呢？"亚男道："我早知道爸爸有这番意思了，他说我们什么时候有钱，什么时候归还，而且……"她不曾交代完，沈自强小姐已经走过来，她手上握着一个手绢包，塞在亚男手上，笑道："不许说客气话！"老先生立刻站起来，拱拱手道："沈先生、沈小姐，这、这、这，不可以。"那沈自安穿起雨衣，说声"再会"，已走上了街。沈小姐却是夹着雨衣就向外面走。老先生追到屋檐下，他们已经走远了。老先生回到座位上，摇摇头道："这不好，这不好，萍水相逢，怎好让人家帮这么一个大忙！"亚男拿着那个手绢包颠了几颠，皱着眉道："论他热心，不妨接受，说起他的职业，我们就不忍收下。"老先生道："他有什么工作？"亚男道："他是给一个二等要人开汽车的。是你老人家常说的话，愧煞士大夫阶级了。"

第七章

马无夜草不肥

区庄正父女对于这个意外的帮助，实在受到可以下泪的感动。当日和区老太商量着，既是人家帮忙，出于至诚，就把这钱借用了吧，点点钞票的数目，果是五百元，对于搬家的费用尽有富余。晚上区亚雄回来，听说沈自安是给二等要人开汽车的，他说了有一百遍"愧死士大夫阶级"。有了钱，大家心也就宽了。第二天放了晴，大家就筹备着搬家下乡。亚男也就上街去买下安家的东西。在大街上走着，看到西门德家的刘嫂，坐着人力车，车上堆满了大小包袱。她手上还捧着几只糕饼盒子，随叫了一声刘嫂，她立刻按住车子，笑道："大小姐，我们今天展过江了。房子好得很，是洋楼，外面还有花园。我们先生做了一笔生意，挣了不少钱。你二天到我们家去耍吧！"亚男看她眉飞色舞，自是得意之至，便道："我们明天也搬下乡了。房子也很好，日本鬼子炸也炸不到的。你也可以到我们的新家去看看。"她交代了这句话，径自走了，也没有希望真有什么后果。

刘嫂回家去，自把这话告诉了西门德。西门德想到，蔺慕如有个约会，要约区庄正吃饭，这又可以拉上一番交情，牺牲了是可惜的。当天他让太太过江，自己还住在旅馆里和钱尚富、郭寄从谈一笔生意。次日早上，又陪着慕容仁上广东馆子吃早点，再谈一笔生意。到了十一点钟，才抽出身来向小客栈里去拜访区庄正。到了门口时，只见停着一辆大卡车，区家的行李和人，全在车上，已是快要走了。区老先生跳下车来，迎着握了手道："不敢当，不敢当！还要博士来送行。"博士笑道："老先生很有办法，弄到卡车搬家，这在重庆是奢侈品了。"区老先生道："全是朋友帮忙的，这就叫天无绝人之路。"博士笑道："老先生怎么会是绝路？现放着蔺二爷你那个老世交，帮忙的地方就多了。去看过二爷没有？"老先生摇摇头道："我太寒酸了。"说着低头看看身上那件旧蓝布大褂。西门德道："那是你太客气，你该去一趟。这一下乡，岂不失了联络？"区老先生道："不会的，真要找我的话，向亚雄机关里叫个电话，口信就带到了。"西门德在身上掏出笔记本和自来水笔，向老先生要了新地址记上，因道："我马上就去看蔺二爷，把你的意思转达。若是他约老先生的话，请老先生务必来。"区老先生觉得他究是一番盛意，自然也就答应了。

西门德看着老先生全家坐了卡车走去，也仿佛若有所失，点着头自言自语道："区庄正的道德学问，是很好的，可惜不会适应环境！"于是叫着人力车子直奔蔺公馆。这里是来得相当熟了，传达迎着他笑道："西门先生，今天有位客和你同姓，正在客厅里和二爷谈话呢！"西门德道："我的同姓？我这个姓，重庆应该是并无分店啦！"传达道："也是个单名，是个恭字。"西门德笑着拍手道："妙极！是我本家兄弟。他在广西呢，什么时候来的？你先去通知一声，我在外面等着。"

传达去了，不多一会儿，带着笑容出来道："果然是博士一家。二爷请你去，在小客厅里呢。"西门德走向小客厅，见西门恭和蔺慕如对坐在沙发上，含笑谈话，看那样子，很是亲热。他站在客厅门口，停了一停。蔺慕如立刻站起来笑道："德不孤，必有邻。你看，你在重庆会有了本家了！"西门恭早是站起来向前握着手，他还没有脱去远道来的装束，穿了一套灰呢中山服，长圆的脸，嘴上养撮小胡子，活画出一个政客的样子。就是这些，也可以知道他混得不错。他握着西门德的手笑道："久违了！久违了！德兄很好。还是这样子。"西门德谦逊一番，共同入座。

蔺慕如将茶几上的纸烟听，向前推了一推，表示敬客，然后笑道："你来得正好，我现在组织一个国强公司，要募些股子，我这里有现成的章程，你拿去看看，可有什么可斟酌的地方？"说着，向茶几上一指，那里放有一叠道林纸精印的章程，而且还盖了橡皮印，很大的紫色楷字，这分明是车成马就之局，还有什么可斟酌的余地？西门德于是拿起一份来看了一遍，连连点头道："很好，很好！二爷若是愿意要钱郭二位入股的话，我想，他们百儿八十万没有问题。"

说毕，将手放在腿上，轻轻抚摸着，看主人的颜色。蔺慕如仰靠在沙发椅子上，口衔了翡翠嘴子慢慢地道："入股自不分什么阶级，不过他们完全是种市侩人物，把银钱看得很重的，他放心我吗？"西门德笑道："笑话！他们巴结还巴结不上呢！"蔺慕如微微一笑，想了一想，因道："你到我书房里来，拿一样东西你看。恭兄，你少坐片时。"说着，他先起身。西门德知道这里面有文章，就跟着他到书房里去。

蔺慕如到了书房，在写字台抽屉里，取出两张支票交给他道："这是那批棉纱的钱，我算要了，共是三十万，这里有一万元，是你的车马费。"西门德看了不觉一惊，口里连说："太多，太多！"蔺慕如笑道："你不是要安家吗？不能算是佣金，一半算是我的人情吧！先前那批棉纱，我已经挣了一点儿钱，只要这批棉纱他们不打退堂鼓，这一万元我也不在乎。那个柴自明还有货没有？"西门德听他这口音，心里就十分明白了，因道："我今天就去找他。"蔺慕如道："若是你肯跑路的话，最好马上就去找他，事不宜迟！"西门德一听这口风，料着棉纱价钱，有个极大的波动，一口答应就去。

二人同走到小客厅来，西门德就向西门恭道："我还有点儿急事要去办，不能奉陪。宗兄住在哪里？我来拜访。"西门恭道："我住在大发公司招待所，久别相逢，的确想叙叙。请你约个时间，我在寓恭候。"西门德见他和蔺慕如谈得很好，此人绝不可失，便约定了当晚去奉访。还是西门恭改约了次晚。西门德身上带了两张支票，人几乎飞得起来。出了蔺公馆，立刻坐车回旅社，区老先生那事，早丢到九霄云外去了。

这时，柴、郭、钱三人都在旅馆里计议着买卖，他们见博士满面笑容进来，都问时局有什么好消息。西门德坐下来，一拍手笑道："这是奇事了，你们会关心时事！"钱尚富道："不是呀，博士是个关心时局的人呀。你面上有笑容，当然是时局有什么好消息了。"西门德笑道："我得了各位的传染病，我只谈钱了。"说着在衣袋里把那张三十万元的支票取出，交给钱尚富道："人家大方呀，你的货没有交过去，人家先付钱了。仁兄，你开一张收条，注明折合棉纱多少包，就算成事了。"钱尚富看了支票道："蔺二爷当然是痛快，不过我没有想卖这样多，拿了这么多钱，我怎样利用它呢？"西门德道："你不是打算买卢比？"钱尚富道："我怎么不想买！价钱太大了，带到仰光去用，恐怕要吃亏。"说着眉尖子皱了一皱。西门德拍手笑道："这事你算打听着了。蔺二爷现在组织了一个国强公司，名义上是提倡国货，流通物资，真正的用意，是在下面四个字。他现在把握了十二部载重三吨的卡车，跑昆明重庆。最近，他要到昆明去，要打通到腊戍的一条路。干脆，他就直接由仰光运货到重庆来。他对于缅甸的外汇，当然把握得很多。"

郭寄从坐在椅子上，怔怔地听着，听他说完，突然站起来，笑道："博士，你对这门学问，还是外行。蔺二爷既是要到缅甸去买货，他的卢比就越多越好，他会让给人？我们小商家，虽然和他共过两次买卖，也没有这样大的面子呀！"西门德笑道："你才是外行呢！做生意，还怕本钱多吗？他现在组织国强公司，有十二部车子。这十二部车子，可以运三十六吨货。请问，这要多少资本？他蔺慕如虽然手笔大，也调动不到这多款子，所以他要募股。你若把法币做股子加入他那公司，买货由公司负责，换句话说，你的法币就算变成了卢比。蔺慕如在经济界是什么信用，那用不着我说，他的政治路线又非常地活动，他出来组织公司，那还有什么不保险？我得着这样一个消息，所以笑嘻嘻地来给各位报告。"

那个柴自明是矮子观场的小囤积商，向来不敢有什么大举动，跟在钱尚富、郭寄从后面，也只是凑凑小热闹。这时坐在旁边听着，也兴奋了起来，便站起来道："现在到缅甸这条路，还是很少人走，若能够有十二部车子跑动，那实在是个大手笔。我们弄份章程来看，好不好？"西门德在口袋里一摸，摸出三份精印的章程来，分送给他们，笑道："你们看吧。"这三人拿着章程仔细地看着，钱尚富看完，首先道："这个我明白，所谓提倡土产，那是句陪笔，真正的用意是流通物资。资本定额五百万，由发起人筹募五分之三，那么，所让出来的股子，也就很有限了。"西门德道："你们商量商量，若是想加入的话，还得从速。"

说到这里，正好这小集团中最有办法的慕容仁走了进来，见各人手上拿着章程，先接过去看了看发起人的名字。他见第一名就是蔺慕如，便笑道："二爷又要发笔大财了。"他将章程条文看了看，不懂的地方有博士站在身边，随时指点。博士又告诉他最大的作用，是这十二部卡车由仰光运货进来。慕容仁不待更详细地说，他一拍手道："博士，你去对二爷说，我认五十万，什么时候交股都可以。这年月，漫说十二部车子，就是两部车子，也是了不得的生意经了。我一定来，一定来！"说着他又连连地拍手。钱尚富道："既是这么着，这三十万元支票，我们也不必兑，干脆，就交回二爷做股子。今天可不可以去和蔺二爷谈谈？"

西门德坐在沙发上把腿架起来，口里衔着雪茄，只是微笑。郭寄从道："我们和二爷的交情太浅，有些话不便直说，还是劳博士的驾一趟吧！"西门德拱拱手道："责任重大，我不便办。而且蒙钱兄的好意，把南岸的房子分给我三间，那样好的地方，第一天没有去，第二天我又不回去，房东还不知道我是干什么的呢？我今天必得回家去休息一晚。"慕容仁道："那也不在乎今天一晚，务必请你去说一声。老钱，你们生意做成了，送了博士的佣金没有？"他含笑地望着钱尚富。西门德摇着手道："这不过帮个小忙，谈不上佣金。"慕容仁道："不！无例不可兴，有例不可减，我们托别人经手买卖，还不是照样花佣金。博士拿了支票来，把支票交给我们，这是硬碰硬的作风，一点儿好处没有。吃了饭，你给我们这样跑，干什么？也不谈什么加价？老钱，你送博士两万元吧！"钱尚富算算这批棉纱，本钱不过是六七万元，囤了大半年，卖了三十万，对本对利不止，送跑路的两万元不多。便向西门德笑道："博士，搬家也要钱用，现款吧。"于是打开箱子，取了两万元关金钞票，打了一拱，送给博士，笑道："以后还请帮忙。"

西门德和他们混了一两个星期，给他们说了几批小买卖，三千两千的转着手，也赚了几万元。像一笔买卖成功，两头拿着三万元的事，今天还是初次，只要跑跑路、说说话，挣钱是这样地容易。当时含着笑，连说"客气客气"，倒也不再婉谢。于是拿了原支票，再到蔺公馆一次交代清楚，立刻出来。他心里想着，自走上了生意买卖路，太太用钱不受拘束，已经驯服得多了。今天有了这么多钱，一定要回家露露脸。于是和这几个商人闲谈了一会儿，将钞票塞进皮包，便行告辞，益发让太太喜欢，她爱吃的东西，买上了一批，然后乘车坐轿高高兴兴去到新居。

他这新居是几个商人的南岸堆栈，货卖空了，房子继续租下来，留着轰炸季节躲警报，因之将一座洋房的半幢楼，让给了他。房子在南岸半山上，房子面前，一个大院子，种着花木，院墙开了门，俯瞰着扬子江。西门德过了江，在南岸码头上，抬头看到树林子里露着一幢浅灰色砖墙的楼房，知道就是自己的新居了。虽然房子在半山腰，博士已经有了钱，坐轿子就不怕重庆的所谓"爬坡"了。

他坐着轿子回家，老远见太太站在门口，手扶了一棵树，对山下望着，料是她等急了，身上有钱足以压服她，并不介意。到门口下了轿子。太太第一声便道："你还没有忘记过江来，我以为你不知道搬了家了。"博士含着笑，付了轿钱，夹着皮包，提着点心包向家里走，笑道："你来吧，我有东西交给你。"西门太太道："我是小孩子，要你假殷勤带东西回家！"但她还是跟了来。博士带了笑走上楼，只见第一间书房，有写字台，有沙发，里面一间卧室，有玻璃橱，有绷子床。窗户开着，上是青空，下是大江，因点着头道："在战时，有这样好的房子，可以满意了。"西门太太道："我不满意。你有多大家产在这里享福做隐士？"说着在卧室里小沙发上坐下去，接着道："你老不回家，把我一个人丢在这里，像坐牢似的。"

博士不慌不忙，把皮包先放下，把提的点心包，依次地递给太太，口里报告着道："甜酱面包、果子蛋糕、广东卤菜。"太太虽然接着，脸上并无笑容。他继续地打开皮包，将钞票拿出来，手捏着两大叠，举了一举，却没有报告是什么。西门太太笑道："给我看看，是多少？"西门德依旧向皮包里一塞，又在衣服口袋里掏出那张支票临风一晃。太太实在不能忍耐了，就放下点心包，站起来就要夺。西门德将支票放在身后藏着，笑道："当然会给你看。我们先得把话说明，你还是愿意我在家里守着呢，还是愿意我在外面去找这些东西呢？"太太道："说什么废话！我要你在家里守着干什么？你以为我离不开你？"西门德笑道："却又来！为什么我还没有进门，你就说我一顿？我昨天没有回来，不就是为了这个吗？若不是为了怕你在家里着急，今天我还不得回来呢！"西门太太笑道："好吧，算你有理，赶快把东西给我看看。"

西门德先将支票递给太太，然后将一百张十元的关金券放在桌上请她点过。西门太太先把支票揣在身上，抢着再把钞票都送到衣橱子里去。博士笑道："那不行呀！你得交一部分我花呀！"她一撇嘴笑道："我知道你身上还有两三千元，足够你零花的了。明天我们一路过江，我到银行里去存比期，顺便我也得采办点儿安家的东西。"西门德笑道："你还有句话没说出来，要过江还是早去，你好到广东馆子里去吃早点。"西门太太点头笑道："一点儿不错。我说，老德，我早劝你的话不错吧？'人无横财不富，马无夜草不肥'。若是你还像从前一样，顾着你那顶博士帽子，我们还不是像区家一样住在'鸡鸣早看天'的小客店里吗？"说着，连拍了博士几下肩膀。这么一来，夫妻是很和睦的了。当日二人吃吃谈谈，非常快活。

次晨，依约一早过江。早点以后，太太去买东西，博士去找生财之道。晚上，博士不回家去，到大发公司招待所拜访本家西门恭先生。西门恭倒没有虚约，在寓中恭候。西门德看他所住的屋子，比上等旅馆还精致，写字台上，还有电话分机，料着这公司的排场，和宗兄的地位，都还不错。两人先谈了些别后的话，又谈谈时局，彼此觉得很投机。西门恭然后引他在一张长沙发上共同坐下，笑道："多年老友，又兼同宗，有事我不瞒你。我现在来到重庆，只是个光杆委员的头衔，排场小不了，应酬也少不了，非另想办法不可。你看蔺二爷那个公司，可以加入吗？"西门德道："为什么不能加入？宗兄或者爱惜羽毛，不肯亲自出面，经商入股的事，并不妨碍你政治上发展呀！做官的人，谁不经商？只是不出名而已。"西门恭吸着纸烟，笑了一笑，点头道："那自然。蔺二爷那里，我答应人一百五十万，不过有一部分是港纸，银行里虽有熟人，我不愿出面去卖。你这条路上有熟人吗？"西门德一拍胸道："宗兄，一切跑路的事交给我好了。我已经把博士帽子摔掉了，什么地方我也可以去。不过相隔多年了，你不知道我穷得信用如何，你暂时不必交大数目给我。你陆续地交给我，我陆续去替你卖。同时，在银行里开个户头，送金簿子交给我，支票图章你留着，我卖一批港纸，给你存上一批法币，存过之后，把存簿给你验过数目，这样……"

西门恭连连拍着他的大腿，笑道："言重，言重！"西门德正色道："宗兄，我并非笑话，必须那样做。不然，我就不敢和你跑腿。老实说，我是想取得共事人的信用，以后可以大做买卖。研究心理学的人，关于这些，不会不知道的。"西门恭觉得自己所要顾虑的问题，他全都说了，便笑道："那也好，既做买卖，就市侩一点儿吧。"于是两个人谈了两三小时，把在重庆怎样明做官、暗经商的法门，研究得很是彻底。分手之时，西门恭就要交五万元港币给他，他拒绝了，说是不敢带着过江，明早来取，西门恭也以他的慎重是对的，改约明早见面。

次日早上九点，西门德来了，又只肯接受三万，并要了他的印鉴出去。出去了几十分钟，把港币卖了，将法币在银行里立了户头，把支票簿子和印鉴交回西门恭，并把送金簿子上的数目，送给他看过，真是分文不曾沾手。西门恭看着倒老大过意不去，留着一同午饭，下午再给他五万，他依然只肯代卖三万，陆续地忙了三天，给西门恭卖了二十多万港币，所有法币，都存在银行里。西门恭见事已毕，就开了张二万元支票送他。西门德将支票放在桌上，自己站得开开的，板着脸道："君子爱财，取之有道。我为你卖这点儿港纸，还要跑路钱吗？那就太不够朋友了！将来我有别的什么事托你，你再帮我的忙吧！"

西门恭笑道："难道钱真会咬了手，你坐下，我还有事重托你呢！我还带有两箱西药进来，始终没有告诉人，怕有什么意外。因为这是重庆现在最缺乏的东西，应该是极容易脱手的，可是这比卖港钞还不好找买主。我既不能随便托人，又不便到西药房里去兜揽，万一有朋友知道西门恭是个提箱子的西药贩子，那我的政治生命就完了。"说着，将眉毛皱了起来。

西门德笑道："这用不着发愁，在重庆经商的阔人，都有出面代理人。以宗兄这样的广结广交，还怕找不出个代理人来吗？这个办法，我想蔺二爷早就告诉过你了。"西门恭脸上带了三分笑意，望了望他道："请宗兄代我向银行走走那无所谓，若是卖西药的事……"西门德抢着答道："没关系！我正认得几个西药小贩子，把他们引了来，分别和宗兄当面谈谈价钱，好不好？"西门恭笑着摇了头道："那可成了笑话。宗兄既有这样的路线，那就益发顺便拜托你了。"

说着他将床铺后面的一叠皮箱抽出两口，先后打开，指给他看。那里面红红绿绿、大瓶小盒，全是装潢美丽的药品。他在每个箱夹子里，抽出一张中英文对照的单子，交给西门德看。因道："所有的药品，都在这上面了。我希望快点儿卖掉它，老带着两箱药品在身边，又没个家，住在这招待所里，怪不方便。"西门德沉吟着说："太快也不大好，那就会让药商压价了，我努力和你去办吧。"西门恭甚是高兴，走上前和他握着手，而且把那张支票塞到他中山服小口袋里。西门德觉得他出于至诚，也就不必客气了。

当日西门德回到旅馆里，和钱尚富、郭寄从闲谈，坐着像清理口袋里东西似的，把那两张药单透露了出来。郭寄从在旁边看到，问道："博士，那是什么货单？"他随便答应了两个字："西药"，依然折叠着向口袋里塞进去。郭寄从道："你哪里来的这西药单子呢？"他笑道："在身上放了三四天了，我一位朋友，托我打听行市。这上面什么药都有好几十样，谁有那么大工夫，一样样地和他打听价钱？"郭寄从伸着手道："给我看看。"博士迟疑着，慢慢地将单子从口袋里掏出来递过去。

郭寄从从头至尾将两张单子看得一行不漏，手按了单子在膝盖上，问道："打算出卖吗？"西门德道："他只说打听行市。"郭寄从道："这是你不对了！你知道我做西药，为什么不和我商量？"西门德道："我知道得很多。你想，你要在海防香港收进来，到重庆来卖一笔钱。人家已运进来了，照行市卖给你，你要它干什么？"郭寄从道："只要是可以有点儿利益，在重庆我为什么不收呢？你去问你那朋友，他卖不卖？"西门德道："他把这单子交给了好几个人，也许别人已经兜揽去了。"郭寄从拍着单子道："咳！老兄误了我的事。"西门德拱拱手道："惶恐，惶恐！我今天就去替你接洽。他若没有卖掉，准让一部分给你。"郭寄从道："为什么不能全部？"西门德道："我和那朋友，也不是深交，让他多卖两个地方，好比比价钱。人家卖不卖，根本我还不知道呢。老兄，你真有意，不妨详细地估一估价。"郭寄从料着他在别的地方必有接洽，所以才不肯说卖出的话。于是照着单子，每项下都开了价目，尤其是几样缺货，把价钱开得最高。于是把单子交回博士，并要求拿几项样品看看。西门德答应次日回信。

到了次日，西门德见着西门恭，说是西药正有一批运到，这两天价钱

96

正是看疲的时候，稍缓几天再出手吧，不过每项拿点儿样品给人看看也好。西门恭相信他为人诚实，用布包了二三十项样品给他，请他斟酌行事。西门德并不立刻回郭寄从的信，把支票兑了现钞，一皮包提着自回家去和太太享受。这些日子，他每次回家都带着有钱，太太十分欢迎，在楼上看到他回家，就一直迎到院子里。这次她首先接过皮包，笑道："老德，你天天这样爬坡，坐码头上的轿子，脏得很，我已经给你买了一乘新轿子，三个轿夫也雇好了。明天就上工。你今天若不回来，明天我就派轿子去接你了。"说着，携了博士一只手，笑嘻嘻地上楼。她早看到皮包里面是包鼓鼓的，料着有现钞。进房第一件事，就是点验收入了。博士因太太今天特别表示欢迎，也就不好干涉。结果，两万元又存入了太太库里。

博士在家中陪了太太一整天，到次日下午，才坐着自备的轿子过江，在旅馆里见着郭寄从。郭寄从首先就道："你失信了，这时候才来。"西门德道："老兄，我得找着人拿了样品才能回你的信呀。"说着，把那包样品全数递给他过目。郭寄从乃是个内行，把样品看了几样，货都新鲜，而且那几样德国货，不大容易收到，脸上很有点儿高兴的样子。钱尚富坐在一旁问道："博士，老郭估的那价目怎么样？"西门德坐在沙发上，将手绢擦着额头上的汗，叹口气道："把我跑得累死了。人家根本已讲好了价钱，算起来，要比老郭开的多出两三成，是我答应了照人家出的价钱买，请分一半，他勉强答应了。老郭根本不把我当朋友，价估得那样低，在我面前用手腕，我在人家面前可落了个不信实。"

郭寄从兀自将样品一一地玩弄着，红了脸道："这是冤枉，我绝不能戏耍老兄，估的价，当然和成交的价钱不同。你说的再加两成，可以办到，只是这货我全要。"西门德坐着摇摇头道："那太勉强人家了。"郭寄从道："索性累博士走一趟，把款子带了去。"西门德道："卖药的人倒信得过我，请你在那原估价单子上盖个章。另外写张条子，照估价单加二成，我只带三分之一的现款去，把货拿了来。见了货，你再补我余款。我要做得干干净净。好在我今天已有了轿子，倒不怕跑路，万一人家已经卖了一部分，好在这是三分之一的款子，也不会超过货价。"

郭寄从见他说得面面俱到，立刻开了张支票，在附近银行提了十万元现款，交给西门德。他带款出去，果然把两箱药品全带了来，对着郭寄从昂了头道："幸不辱命。"郭寄从大喜，立刻提了款子照数付清，另送博士两万元佣金。博士再回到西门恭寓所，照着郭寄从开的估价单子，结出总账，把现款全照交了卖主。那"照估价加二成"的条子，他撕了个粉碎，坐在轿上，慢慢向外扔了。西门恭看那单子上，有原买主签字盖章，估价的笔迹和签字相符，实无可疑之理，便向西门德拱手道："诸事费神，我怎样感谢？"西门德正色道："宗兄，我并不是做掮客的，无非替朋友帮忙。这一点儿事，难道我还拿回扣吗？"西门恭只好拱手道谢，请他吃了顿馆子，并约定以后一切贸易上的事，都请他出面代理。两个人的交情也就越发好了。

西门德单是为他本家卖这批西药，就暗落了六七万，加上西门恭和郭寄从送的两张支票，又是四万。他觉得在重庆这地方，尽管有人穷得难有三餐饭，可是找钱容易起来，也就实在太容易了。自这日起，就益发放手做去。而西门恭对他又绝对信任，外面银钱都交他经手。他每得一笔财喜，就回家逗太太欢喜一阵。太太的脾气好了，有时也可以教训她一两句，真是舒服之至。

这日，西门德又是在皮包里装着一皮包钞票回家，把皮包放在写字台上，架着腿坐在沙发上吸雪茄。西门太太拿着皮包就向卧室里跑，等她出来了，西门德道："你就只认得钱！我回来了，不问声渴了饿了没有！"太太道："你是三岁两岁小孩子吗？吃喝都要人管！"西门德突然站起来道："好哇！我辛辛苦苦忙着回起，连吃喝都得我自下厨房。那么，你是干什么的？你就是坐享其成的。别人出血汗是应该。小孩子！你这大人，到重庆市上找个千儿八百回来试试。"说着起身向楼下走，背了两手在院子里来回走着，像是很生气。

西门太太追着来了，牵着他一只衣袖，身子扭了两扭，笑道："夫妻之间，不能开玩笑吗？我不过说了你一两句，你就啰唆了这一大套。你现在的气焰还了得！"西门德向他太太点着头，笑道："倒并不是我气焰高，你想，你的言语多重……啊！不说闲话了，你把那皮包放在哪里？我们都到楼下来了。"西门太太道："不要紧，钱的事，我会比你更加小心呢，我已经锁在箱子里了。"说着就近一步，低声笑道："是多少，我还没有点数目呢！"西门德道："三万八，怎么样？你又对它动念头？"西门太太笑道："这回我还不高兴要什么化妆品呢。我要再买二两金子。"西门德伸着脖子向她望了一望道："什么？你又要买二两金子，你已经有两只金镯子了，你没有打听金子的黑市，现在又在狂涨吗！这三万八千元，也不过几两金子罢了。你倒要买二两！"西门太太道："你打算把钱做什么用？都给你喝茅台酒，你也喝不了这么多吧？"

西门德看看太太的脸色，又不免板了下来，便笑道："你这一种错误观念，我非纠正过来不可。你一看到我带了钱回来，你就以为是我们自己的，若是每次这样几万几万向家里拿，那我也就不干涉你，随便你花了。这笔款子是交运货商行到仰光去办货的。"西门太太也是脖子一伸，向他一摆头道："你骗我！你们肯拿两三万块钱到仰光去办货？你们就是拿出二三十万也嫌少吧？要称你们心的话，只有把整个仰光都搬了来，放在这里，然后一样一样拿出来换钱，你们才肯心满意足。这点儿钱，拿去干什么？"西门德笑道："你现在也大谈起生意经了。"西门太太道："为什么不晓得？这三万八千元，又是什么运动费、交际费，经过你的手，由你随便报账……"西门德皱了眉低声道："你叫些什么？让人家听去了，什么意思！"西门太太一扭身子道："我不管，这笔款子我分一半。你若不答应，这皮包你休想……"说着，她已很快地上楼去了。

西门德背了两手站在花圃里出了一阵神，心想，这位太太说得出来，做得出来的，于是也跟上楼来，见太太躺在沙发上，拿了一张报在看电影广告，便笑道："喂！你不用生气，我分五百元给你零用就是了。"说着挨了太太脚边坐下，伸手拍了她的大腿。西门太太将手把博士的手一拨，板着脸道："你那样一个大胖子，不要挤着我坐。老妈子来了，看到也怪难为情的。"西门德不肯走开，笑道："就是整数一千吧？"太太更不睬他，自去看报。西门德笑道："我实告诉你，这是郭寄从交给我的一笔货款。因为昨日是星期，人家交给他今天的支票，怕不放心，就付了这笔现款。我本来要送到银行里去，恰好南岸有个人需要现款提货，愿抬五箱纸烟来做抵押，把这款子挪去用三五天。这事，就不必告诉老郭，借那人用三五天吧。四万块钱，怕他不出两三千块钱利钱，差着两千块钱，我还想请你把家里的现款凑上一凑呢。怎样可以动得？"西门太太道："五箱纸烟，就可以抵押四万块钱吗？"西门德道："你知道什么？出五万块钱，你看他卖不卖给你？五天之后，他拿钱来还我，利钱一半是你的，看好不好？你有钱买金子也好，买银子也好，我全不问。"西门太太料着这话不假，如今西门德所许的数目，已到一千元开外，也差强人意了。便坐了起来，将手摸了西门德的脸，笑道："不，利钱都归我才干。"

西门德正还想和她讲这套价钱，却听得楼下一阵喧哗，接着有人大声道："请问，西门德先生是住在这里吗？"西门德也问道："是哪一位？"楼下答道："甄有为来了。"西门德轻轻拍了她的肩膀道："借钱的来了，我去接洽。"说着站在楼廊上向下一看。这位甄老板穿了西装，手臂上搭着一件呢大衣，正昂着头等楼上的消息。西门德向他招了两招手，笑道："请上来。"

甄有为上得楼来。抢着和他握了手，紧紧地摇撼了几下，笑道："兄弟是专诚而来。"西门德道："我也是专诚在家里恭候，请里面坐。"说着，将客让进他书房里，顺手关了房门。甄有为一看这里排场，就知道是大方之家。坐下来，开口便笑问道："所托的事，大概是没有问题了？"西门德皱了眉道："钱虽凑成，可是回到舍下来和内人一商量，她很反对这件事。万一公司方面查起账来，兄弟要担着很大的责任。"甄有为道："博士莫非不放心，我的货已经抬在路上，说话就到，我必须把货交给了博士，我才把钱拿走。"

西门德在抽屉中取出一支雪茄敬客，然后笑道："并非是不放心，我和公司里经手银钱，向来分文不苟。公司方面所以信任我者，除了我和蔺二爷有私人关系之外，就是我这点儿慎重。不然，他们有钱不会自己向银行或钱庄上送？"甄有为道："这事就算公司里知道了，博士说为朋友帮了三五天忙，也不要紧。好在我有五箱烟在这里做抵账，并不落空。"西门德昂着头，喷了一口烟，笑道："这几天，纸烟狂涨，每天涨一千几，甄老板把货压五天，抛出去，怕不是整万的财喜。"说着，又喷了口烟，笑嘻嘻的不说下文。甄有为将手一拍大腿道："好！果然五天之后，我赚一万，以三分之一奉酬，好不好？"西门德笑道："言而有信！"甄有为道："我有纸烟在这里做抵押，博士还有什么不相信的？"

正说着，已有人在楼下高喊箱子抬来了。甄有为答应着出去，督率了力夫，将五箱纸烟都搬在西门德书房外走廊上搁下。力夫去了，甄有为拍了木箱子，笑道："原封未动，可不会假？"西门德口衔了雪茄在廊子上踱着步子，然后站住了。将雪茄在栏杆沿上敲着灰，表示踌躇一番，因皱了眉道："甄老板既是把东西搬来了，力价是很贵的，我又不便让你搬回去。我自然要写一张收条，不过款子上了万数……"他没把话说完，只管将雪茄敲灰。甄有为道："那当然我也要写一张字据给博士。"西门德将肩膀扛了一扛，笑道："不写就不写，要写的话，就得把所约的话都写清楚了。"说着，把客人引进书房，把笔砚摊开在桌上，即刻开了一张押据给甄有为，上面写明收到纸烟五箱，比付押款四万元，以五天为限，到期须加付利金两千元，逾期满押，钱货两不退还。

写完了，西门德将押据交给甄有为过目。因笑道："甄老板我对你特别客气，日子宽填一日，从明天算起。"甄有为接了押据一看，红着脸道："怎么写明了两千元利息呢？……"西门德摇摇手道："甄老板，你不用谈这个，你能借到比期，还会抬了纸烟来找我吗？我知道，你拿了这钱去，还是收货，也许要货款的人，就在你府上等着钱呢。你囤了货在家里，五天工夫，绝不止赚两千元吧？你不要这笔款子，你损失的恐怕还不止对倍。"说完，微微冷笑一声，把那半截熄灭了的雪茄，塞到嘴角里衔着，并不再说什么，腿架在沙发上坐着。

甄有为对于他这番做作，倒不好用言语去反驳，只是两手展开那张押据反复细看。约莫有两三分钟之久，才微笑道："既是那么着，那就照着兄弟的话，按照这五箱纸烟五日后所得利润，分三分之一算利钱好了。"西门德笑道："笑话是笑话，真事是真事，五天之后，甄老板挣了一万，能真分我们三千三吗？要那么办，也许我们要失掉交情。"甄有为点头笑道："博士也虑的是，照这样办，若是五天以后，烟价跌下去了，你不但一个利钱得不着，也许跟着蚀本呢！"西门德笑了一笑，转身就进到里面屋子里去了。

甄有为把敬他的那支雪茄取来点上，吸了几口烟，却见西门德提着皮包出来了，没有再说条件，也没有说钱到底是借与不借的话，将皮包打开，把那一百元一张或五十元一张的钞票，一叠一叠地取出，陆续放在书桌上。五十元的放在一边，一百元的放在一边，然后向甄有为道："现在快三点钟了，甄老板，在你府上等款的人，他不会发急吗？"甄有为听了，咬着牙齿对钞票看了一看，心里暗骂道："你一个当博士的人，玩起手段来，比我们商人还要厉害十倍。你又发了几天财？这样子拿人开心呢！"但是他心里虽这样恨着，心事却被西门德猜个正对，家里可不是有人在候着款子吗？便惨笑道："我已经把纸烟抬来了，那有什么法子？借博士宝座一用。"西门德笑着，让他在书桌上写过了借字，钱据两交。甄有为向他借了一幅白布，将钞票包了回去。

过了五天，甄有为果然照着契约，将钞票带来，除本之外净加两千元利息。不过他这四万二千元的钞票，不像西门德所给的是五十元或一百元的，乃是十元或五元的，其中还有一元的两千元，他是布包袱拿去，如今却是皮箱子提了来。他被西门德引进书房里，将箱子放在书桌上，打开了箱子盖，露出一箱钞票，笑道："博士，这里除了四万元本金之外，另有息金两千元，我是在大小纸烟店里收来的现款，大小全有，未免杂一点儿，请你原谅。我虽点数过一回的，不敢保险这里面不短少一张，请你当面过数。"西门德一看那箱子里，大小花纸大一叠，小一卷，单点整数，恐怕不有三四百叠，便皱起眉来道："你为什么不开张支票给我？"甄有为在身上掏出了一盒纸烟，从从容容取一支衔在嘴角，然后取了桌上的火柴，擦着火，点烟吸了，向西门德笑道："博士明鉴，我若是能开支票，何至于出两千元利息，借这四万元现款用呢？"

西门德随手拿了一叠五元的起来一看，十张票子之间，有极新而极小的，也有极旧而极大的。他是个心理学家，看看甄有为的态度，如何不知道他这番作用，也许他就利用了怕点数目的麻烦，在几叠钞票中夹一叠短着数目的，因道："这不是个麻烦吗？"甄有为拱拱手道："对不起，对不起，但做生意的人，信用是要保持的，绝不会短少一张。要不然，我帮着博士点点数目。"西门德笑道："笑话，笑话！"

他这样说着，也并没有说钞票当数不当数。这可把隔壁屋子里的西门太太听着发急了，她便抢了出来向甄有为点个头道："对不起！甄老板，我要插一句话了。照说，我们没有什么信不过的，可是这也不是我们的款子，我们负着一项责任呢！人无横财不富，马无夜草不肥，可是我们也看是什么横财呢！"甄有为红着脸，向西门德道："这是西门太太吧？这话兄弟可要分辩一句。做生意买卖，究竟不能算是横财。我们不肯浑进来，也不肯浑出去。我借了博士的现款，还博士的现款，似乎我没有什么错处。西门太太这话我受不了。"西门德对了这一箱子钞票，正是哭笑不得，甄有为再把言语一僵，这就僵出乱子来了。

第八章

好景不长

　　西门德虽是做生意了，可是博士的那份脾气还是有的。这时看到甄有为这个样子，把一肚皮不耐烦都勾引了起来，因将两个手指夹了雪茄，指点了他道："你带这些杂票子来，分明是成心捣乱。我帮你这样一个忙，不到六天，你五箱纸烟快赚了一万，还有什么对不起你之处吗？你否认你是发横财，难道发的是正财吗？你有一百张口，也不能否认这是囤积居奇。甄老板，你相信不相信，只凭我一封信，你这五箱纸烟就休想卖得出去。"

　　这一套话把甄有为提醒，当日把纸烟搬来就是存放在这书房外的，现在这书房里外没有纸烟，不知道放到哪里去了。现在钱是拿来了，纸烟还在人家手里，真是和人家决裂了，却有什么法子把纸烟搬走？于是心里暗念了一百遍"忍耐"，却是和缓了脸上的颜色，向他拱了两拱手道："博士，你何必太认真！我拿这些钞票来，你说我是捣乱，我还十分不容易呢，票子放在这里，请你们太太慢慢点收，如有不足，请你通知我，我随时补来就是。"西门德见他软了，自不能跟着向下生气，便道："你早有这些话，我们何必计较一场呢？"

　　西门太太见他们不谈了，恐怕博士宽宏大量，真个不点就收钞票，于是插嘴道："亲兄弟，明算账，这无所谓，还是让我来点数吧。"她站在桌子边，将大数的钞票先拿着点数起来。她并没有银行界点数钞票的技术，一张张地掀着，口里数着一二三四。西门德和甄有为都只好静坐吸着烟，望了她动手，总有二十分钟之久，她还只将大数的票子数了一半。那数量最大的一元一张的，还堆了半箱子不曾取得一叠出来。西门德随便问一声道："你已经点数了多少了？"西门太太口里念着数目，手里点着钞票，答道："数过一万八了。"只这一声答复，把口里念的数目打断，就不能连续了，因瞪了西门德一眼道："你打什么岔！数了多少，我又忘记了。"她不说第二句，点着票子又是一二三四，数了下去。西门德看了这样子，自不敢再去打岔，又静静地坐了几分钟，透着无聊，便向甄有为道："你要不要看着她点票子？要不然，我们到门口散散步去。"甄有为自是要惩西门德一下子，坐在这里，倒成了惩着自己了，便微笑着和西门德一路出去。

西门太太自是心无二用，去点数钞票，他们出去与否，并未加以注意。他二人在门外山路上慢慢地走了几个圈子，约莫又延了半小时，于是缓缓回到楼上书房里来，这就见西门太太已将大数的票子点完，那一元一张的票子，却还有一半放在箱子里。甄有为见她斜靠了桌子站着，脖子僵着，眼光发直，两手抢着票子，口里还是一二三四地数着，人进来了她不抬头，也不作声。甄有为虽是心里好笑，可又对她有点儿可怜，因向西门德道："博士，这两千元票子，我保证绝不会少。若是少了，我照数补来就是了。"

西门太太已将一百张一叠的一元钞票数了七八叠，果然不曾短少一张，看看这情形，大概是不会少，自己虽然还想用毅力坚持下去，然而脖颈酸痛得直不起来，眼睛看着钞票上的字样发花，也就烦腻极了，便将手上拿的一叠钞票轻轻向桌上一抛；因回转头来向西门德道："不数就不数了吧。总数是没有错的。"甄有为笑道："不会错的，朋友们做事，言而有信，岂可做那样不规矩的事？"说着，将西门德写的那张押据由身上掏了出来，双手捧着送到西门德面前，笑道："纸烟在哪里？我可以去找力夫来搬吗？"西门德笑道："那是当然。"

甄有为自也不料西门德有什么变化，听了这话便匆匆地出门去叫了四名力夫来搬纸烟。西门德却也很干脆，将四箱纸烟已先搬到了书房外等候，并把甄有为写的那张借据也交给了他，因笑道："还有一箱纸烟，堆在老妈子房里，老妈子锁了门，过江去了，对不起，请你明日来搬吧。你当然可以相信得我过，我不会把你的烟吞没了。"甄有为心里明白，这是西门德闹的报复手段，谅他不敢真的把烟吞没了，只得先抬那四箱子烟走。到了次日他来搬纸烟时，恰好是西门夫妇二人全不在家。第三日再去，西门德不在家，太太在邻家打牌，直等了小半日，方才把纸烟箱抬去。

甄有为吃了这一回憋，怎肯甘心？他知道西门德现在经济活动，是两条路子，拿了他本家西门恭的钱，加入到蔺慕如手下那个小组织里去混，完全是白手成家。费了几天的工夫，调查得了西门德不少的弊病，他便写了两封长信，一封给蔺慕如，一封给西门恭，把西门德的弊病详详细细地揭露在里面。这西门恭是由国外新回来的一位阔人，住在郊外一位朋友家里。自然，这朋友是相当的知己，也是相当的阔人。阔人的规矩，每逢星期六下午是要坐汽车回到疏建区去看太太的。这西门恭的居停计又然，也是如此，按期回乡间的，回来之后，就要和西门恭畅谈竟日。这日晚餐既毕，计又然饱食无事，口里衔了真吕宋烟，卷了湖绉棉袍的袖子，踏着拖鞋，背了两手在身后缓步走到客室来找西门恭闲谈。

这西门恭是老于仕途、年将六旬的老公务。抗战以后，他私财不无损失，仅以北平、南京两所公馆而论，所牺牲的，已不下二十万。年岁这样大，若不赶快设法，此生就没有恢复繁荣之望了。可是他在仕途上，又不是接近经济的，要靠原来的职业弄回以往的损失，当然也不容易。所以他这次来到重庆，就把银行里的存款尽量地拿了出来，交给西门德出面去替他经理商业。既然是经商，目的只在弄钱，西门德是怎样去弄，就在所不问。何况西门德是一个博士，也不至于胡来。这日忽然接到甄有为一封信，指出西门德许多弊病，他不免坐在沙发上吸着雪茄发愁。

计又然一走进门来，向西门恭笑道："恭翁好像有一点儿心事，为什么坐着出神？"西门恭先站起来让座，然后叹了一口气道："你看做事难不难？以西门德博士身份之高，和我有本家之亲，这是极为可托的一个人了。可是据人写匿名信来报告，他竟拿了我的钱大做他自己的生意。说是他在半个月之内，买了洋房，太太买了一斤多金器，我自己还是住在你这里，他倒买了洋房了。黑市收金子，我自己也嫌着过于不合算，他倒整斤地替太太打首饰。"西门恭好像不胜其愤慨，说话时不住将三个手指头敲着茶几边沿。计又然坐下来望着他摇摇头笑道："做生意，你实在是外行。这样的事，你应当托一位在银钱上翻过筋斗的人管理，至少也当找个商人经手，你弄一个穷书生管理，正是托饿狼养肥猪，他有个不把自己先弄饱的道理吗？"西门恭道："我也不是完全托他经管，不过由他在这里拿了钱去交给国强公司。"计又然听了这话，在嘴角里取出雪茄来在茶几上的烟灰缸口，慢慢敲着灰，歪着头沉吟了一会儿。

西门恭道："你想什么？"计又然道："我听到这个传说：蔺二爷现在要组织一个囤货小机关，名字仿佛就是'国强'。他这个计划相当的秘密，怎么会凑上了你一个股子了？"西门恭道："这就是西门德去办的，据他说和蔺二爷有相当交情。"计又然道："不错，没有相当的交情，这路子是走不通的。"西门恭道："以先我也不大相信他能和蔺慕如合作。后来我托他在蔺二爷手下办了几件事，都很快地成功了，所以我相信他了。至于他之所以为蔺二爷所赏识，他倒也和我说过，因为根据他的心得，做了一篇工商联营计划书，蔺慕如看到，说是很好……"计又然便插嘴笑道："加之他又是个博士头衔，不好也好。蔺二爷手下什么人才都有，大概就欠缺了一个博士。其实，也不是博士不走他那条路子。因为他那种二爷脾气，说来就来，当博士的人，谁肯受他的？"

西门恭笑道："我这位本家，倒是一个能逆来顺受的人。无论遇到什么困难问题，他总可以慢慢地说出一套办法来解决。"计又然笑道："这必是你也为他的说法所动，一下子就拿出几十万资本来了。"西门恭道："我倒没有那样冒昧，我和蔺慕如也有相当的友谊，我知道百十万块钱在姓蔺的眼里看起来，还是个极小的数目。我也不肯在他面前失了这份面子，所以两次交出款子去，都是西门德经手，不料他就在这上面玩了我几回花样。他除了把款子垫给人家用，贩卖短期囤货，分取利润之外，一面又把款子存在银行立个户头，提出几十万做比期。对于国强公司的股款，他交一部分支票，一部分现款，他在我这里提前把钱拿了去，在那一方面是展期交出来，两方一拖，就是半个月，借了我的资本，很弄了几个利息钱。据这个写信的人说，他把四万块钱借给人家囤一个星期纸烟，他就分得了两三千元，我那些钱在他手上经过，那还了得！"说时，不免发生一点儿愤慨，脸红起来了，把雪茄放在嘴角里吸着，斜靠了沙发，两腿交叉起来，只管摇撼。

计又然笑道："这匿名信的玩意儿，可信可不信。不过既有这个报告，也不能不加小心，他拿钱去套做比期，那还没有大关系。只是投机不得，若遇到了别人再玩他一手，也许本钱会弄个精光。"西门恭道："那个国强公司，也无非是争取时间的买卖，他拿了我的本钱去做他的生意，对于公司方面，当然有影响。他就是不蚀个精光，我又何尝不吃他的大亏！"计又然笑道："一提醒了，你就觉得处处都是弊病了，没有这封匿名信，你还不是让你这位本家博士继续经营下去吗？有道是，投鼠忌器，你这一大笔款子交给那博士……"西门恭笑着摇了两摇头道："我不信，他还敢吞没我的不成！"计又然道："那当然不敢，可是他把这事情在报上公开起来，却和你的政治生命有关。而且这个国强公司还有其他政治上的朋友在内，也不免受着打击。你若是打算取消他的经理权，你得斟酌斟酌，他失望之下，会不会发生反响？"

西门恭将雪茄烟头放在嘴角吸了两口，沉思了两分钟之久，因点点头道："我少不得亲自去见蔺慕如谈谈。"说到这里，有一个听差手捧了木托盘，托着一把茶壶、两套杯碟进来，另外还有个白瓷糖罐子、一只牛乳听子。西门恭将鼻子尖耸着嗅了两嗅，笑道："好香的咖啡味。"计又然笑道："在重庆市上，很难喝到好咖啡，托人在香港带了几磅来，我留了一听在城里，带一听下乡。"那听差将杯子在茶几上放好，提壶向杯子里斟着咖啡，热气腾腾。西门恭斜躺在沙发上，望了那咖啡的颜色，很是浓厚，笑道："咖啡馆里四五块钱一杯，就没有熬得这样好。"计又然指着壶笑道："熬了一壶，你放量喝吧，我并不论杯算钱。吃饱了饭，不能不喝点儿助消化的。我的胃，长年是不怎么好。"西门恭虽没有胃病，却也用不着主人劝他喝，端了咖啡杯子自慢慢地享受。

那听差去不多时，又捧了一只雕花玻璃缸进来，缸里盛着红的大橘子、黄的香蕉、淡青色的梨，水果上面又放了两柄象牙柄镀银的水果刀。这颜色颇为调和。水果放在茶几上，西门恭先吃惊道："还有香蕉？"计又然微笑道："无非是飞来的，这也没有什么稀奇。"西门恭放下咖啡杯子，拿起一只梨来看了看，笑道："这似乎不是重庆出品。"计又然道："云南来的。"西门恭不觉哈哈一笑，放下梨，拿着刀，指了香蕉道："出在华南，由香港飞来的。"指了梨道："出在云南昭通，由公路来的。"指了橘子道："也是出在扬子江上游吧？船运来的。一盘水果，倒要费了海陆空的力量。"两人吃喝着助消化的东西，方是谈笑有趣。

可是那听差又进来了，垂手站在计又然面前，低声道："那个姓乐的又来了。"计又然正剥了一只香蕉，翻出雪白的香瓤，要向口里塞去，听了这话，放下香蕉，将眉毛皱起，又把支搁在烟灰缸上的半截吕宋烟塞在嘴里，连吸了两下。那听差没有得着回示，不敢走开，依然垂手站在面前。计又然自擦着火柴点烟，吸了两口，才向听差道："你给他两块钱，让他走吧！"听差道："他不要钱，他要求见先生一面。"计又然架了腿，摆了一下头道："讨厌，他就知道我星期六一定回来，叫他进来吧！"听差去了，西门恭不免问是什么人。计又然道："说起来话长，我当年在北平读书的时候，认识了一个姓乐的。有点儿普通来往。这人是他儿子，现时流落在重庆，老是找来要我帮忙。其实不过他家有房子，我们出租钱租过他的房子住罢了。连朋友交情也谈不上，何况不是本人，又是他儿子……"

计又然还要解释这关系的疏淡，那个姓乐的便被听差引进来了。西门恭看他时，穿了一件短瘦而且很薄的棉袍子，手里倒是拿着灰呢的盆式帽，虽然消瘦得很，却很藏有一股英气，似乎是个学生，不像是难民之流。他走来向各人点了点头。西门恭不便置之不理，也起身回礼。计又然手捧了咖啡杯子喝，却只微欠了一欠身子，点了一下头道："请坐。"那青年道："我只有几句话请教。"计又然皱了眉淡笑一声道："既是冒夜来找我。你就说吧，这西门先生并非外人。"

那青年不敢坐沙发，在靠墙一把木椅子上坐了，帽子放在腿上，两手扶了帽檐，低着头道："历次来麻烦老伯，我也觉得不安。现在就只敢有这一次请求，我想三五天之内，就到东战场去，希望老伯补助我一点儿川资。"计又然笑道："青年人都会选择好听的说。你既是来了，我自然不能让你白来，你上东战场也好，你上西战场也好，我管不着。你到外面去等着，我马上派人送钱给你。"那青年倒知趣，看到这里有贵客喝咖啡、吃香蕉，不敢多在这里打搅，立刻起身告辞出去。

随着那听差进来低声问道："他在门口等着呢，给他多少钱？"计又然道："讨厌得很，给他一张五元票吧！"西门恭这就笑道："现在的五块钱，只够人家买几双草鞋，你就只资助他这一点儿川资？"计又然道："你听他瞎说，他到东战场去，他到东战场去干什么？东战场米要多些，要他去吃饭？"说着把手向听差一挥。听差走了，两人继续谈话。

不多一会儿，听差脸上红红地走了进来。计又然道："那五块他不要吗？"听差道："不要钱还是小事，他还说了许多不好听的话，说什么囤积居奇了，什么剥削难民的血汗了，又是什么有钱吃飞来的香蕉，没钱帮患难朋友了，甚至于他还说我们欠过他北平的房租。"计又然跳起来道："浑蛋！欠他的房租？他有证据吗？当年我们在北平当大学生的时候，家里哪一年不寄几千块钱去做学费，会欠了他的房租？"西门恭笑道："这种人，请求不得，说几句闲话，总是有的，你又何必去睬他？我们还是谈我们的吧！"计又然虽被他劝解着，究竟感到扫兴，因向西门恭道："你也还是少帮人家忙为妙，结果总是不欢而散，倒不如开始就拒绝了帮忙，少了许多麻烦。"

西门恭对于他这个提议，倒是赞同，他决定先去找蔺慕如谈谈。恰好次日接到蔺慕如一封请帖，星期一中午在重庆公馆里请吃午饭，便在星期一早上，和计又然搭着顺便车子入城。原来他们这附近几十家公馆，有十分之二三的主人翁是有自备汽车的，便是没有自备汽车的，也是曾拥有自备汽车的人，不过现在暂时不坐罢了。如此说来，便是同一阶级的人物。坐自备汽车的人，每逢星期六下午回乡，总要带了丧失汽车的朋友回来，到了星期一，又带这批人物进城去，哪怕昨晚上熬了个通宵。有不少人是要进城去赶做纪念周的，一定走得早，所以没有汽车而搭友车的朋友，正不必焦虑星期一早上入城，会赶不及办公。

西门恭搭着车子进城，在城里看了好几位朋友，才从从容容去赴蔺公馆的约会。蔺慕如这天请的客，都是西门恭的熟人，有两三位是和西门恭同走一条政治路线的，有两位是由浙赣方面回来的，还有两位是"俭德励进会"的中坚分子，彼此气味相投，都很谈得来，也就料着蔺慕如是一种有意的约会。在酒席未陈列之前，蔺慕如却邀了他到隔壁小客室里去谈话。这里陈设着矮小的沙发和茶儿，窗户上垂了绿绸帷幔，雾季的天，屋子里正好亮着天花板上垂下的纱罩电灯，地板上铺着厚厚的地毯，走着没有一点儿声音，正是密谈之所。

两人斜靠了沙发上坐着，蔺慕如首先笑问道："那位博士和阁下是亲房吗？"西门恭笑道："我们这本家，仅仅因为是同姓而已，我也知道他近来的行为了，正要来和二爷谈谈。"蔺慕如放下手上夹的三五牌香烟，把灰哗叽丝绵袍袖子卷了一卷，翻出里面白府绸褂子的袖子，将手拍了拍西门恭的肩膀道："我知道你必定也接到那封匿名信，这无所谓！我们还是合作。我先声明一句。不过我告诉你一点儿消息，你那一百五十万股子，他还欠交二十多万，我想着，这必是他老博士闹的手腕。上个星期款子要缴齐，我已代你垫付了，免得悬这笔账。"西门恭道："唉，我哪里知道，真对不住，下午我就补过来。"

蔺慕如拱了两拱手笑道："没有关系，你我合作，前途还没有限量，二三十万款子代垫数日，有什么问题？我对贵本家博士，也就早看透了，他是小有才，未闻君子之大道。但我手下正用得着这样一个人，要应付某方面一种威望的压力，此事现已过去，不必再提。博士的小有才，真应该在'才'字旁加了一个'贝'字。我也很对得住他，以后我们的事，直接办理就是。"西门恭有一肚子话想和他委婉相商，不料见面之后，他完全说出，这当然省事不少，便拢着袖子向他拱了拱手道："那就有许多事费神了。"

蔺二爷在烟灰缸上拿起那半支三五牌纸烟吸了一口，笑道："我一切都明白，西门兄，放心，我们小小玩点儿生意，这是极普通的事，百物昂贵，不想点儿办法，难道教你我饿死不成？"说着，他把那三五牌纸烟扔在痰盂子里，在身上摸出金晃晃的扁烟盒子，打开盖来，送到西门恭面前，由他取了一支，又自取一支，又揣好了烟盒子，摸出小巧玲珑一只美国来的书本式打火机，弹着火，先后替西门恭和自己点了烟，吸了一口烟，微笑道："官话当然也是要打的。你尽管去说你那一套，去走你的政治路线，这里商业上的经营，你不用操心。赚了钱，一个不会瞒你。"西门恭笑道："蔺二爷岂是那种人？不过这样一来，我未免坐享其成了。"蔺慕如起身笑道："我们一言为定，那面屋子里去坐。""一言为定"四个字，结束了这一场谈话。

恰好这一场谈话的主角西门德，正坐着轿子到了蔺公馆门首。在这个山城里玩轿班，虽不是寻常家数，但对坐自备汽车的人，显然还有一段阶级。他一下轿子，看到门口停了好几辆汽车，便料着主人翁是在请客，站在台阶石上有点儿踌躇。心想，还是进去不进去呢？在某人门下来往，就得体贴着某人的心事。蔺二爷也自有他的秘密朋友，这时候是否宜进去打搅他？西门德这样揣摸着在主人翁面前的行动，而在他门下吃饭的轿夫，却没有体贴到他的意思，已经把轿后梢放的皮包拿了过来，双手递着交给他。他忽然省悟到，大张旗鼓地来到蔺公馆，若是到了门口不进去，就向回走，让这三名轿夫看到，也要笑自己无胆量，让公馆门口停的汽车吓跑了。无论怎么样，也不应在自己走卒面前丢人，以致引着他们瞧不起。这样一考虑鼓起勇气来，他夹着皮包挺胸走了进去。

他到蔺公馆里来，相当熟了，平常可以直接到外客厅里去坐着，让听差去通知主人翁。只因今日门口有许多汽车，不便那样做，就站在传达室门口向传达点了一下头道："今天二爷请客吗？"传达笑道："西门恭先生也在这里。"接着他又数述了几个客的姓名。这些人里面，有几位是西门德所知道的，大概与西门恭有些政治关系；料着今日这一会，非同等闲，蔺慕如大概不会抽出工夫来会自己。他便故意做出一番沉吟的样子，笑道："我该在今天晚上来就好了。"传达道："客人都在楼上，现在楼下屋子里没有人。"他这意思就是让西门德在楼下屋子里等着。西门德笑道："我也没有什么要紧的事，请你悄悄通知二爷一声，说我来了就是。"传达在前面走，西门德夹皮包在后面跟着。传达上楼去了，西门德也没有进客厅，只是在走廊上走来走去。他以为西门恭在这里，蔺慕如必定将他邀了上楼的。一会儿那传达下来，向他摇摇头道："二爷说没有什么事，请你回去吧。"西门德透着没有意思，只好夹着皮包缓缓走出大门来。

可是西门德坐来的藤椅轿，斜放在墙脚下，三名轿夫，一个也不见了。走到门外四处张望了一下，也没有人影。他便喊着轿夫头的名字，高叫了几声何有才，但依然没有人答应。于是将手杖在地面上顿了几顿，皱着眉道："这些浑蛋，一转身就不见了。不是他们伺候我，是我伺候他们了！"说着，唉声叹气地只管在门外走。这时忽然有人叫道："博士，你怎么在这里站着？"回头看时却是慕容仁。他身穿獭皮领西服大衣，没有戴帽子，头发梳得乌亮，后面跟了一个小伙子夹了几包东西。西门德道："你从哪里来？天气还不怎么冷，穿上皮大衣了？"慕容仁道："在拍卖行里和蔺夫人买几项旧货，我也顺便买件大衣，不到三千块钱，你看贵吗？"说着，两手操了大衣领子，抖上几抖。西门德道："二爷在请客，我不便上楼去，轿夫都跑了，我又走不了。"慕容仁答道："你等着我，我立刻就出来，带你到一个好玩的地方走走。"说着向西门德眓了眓眼睛。西门德低声笑道："有什么稀奇？在南京，我们就看着她当了两年歌女，到四川来，又是这多年，成了老太婆了。"慕容仁笑道："不是那个，另外两位，保证满意。"他一路说着，已进门去了。西门德自言自语地笑道："大概是囤的货又涨了价了，买了东西又要去玩女人，这家伙在劲头子上，还是不能不去陪他玩玩。不相干的事得罪了他，正事就办不成。"如此说着，他果然就在门口等着，没有走开。

大概总有半小时之久，慕容仁笑嘻嘻地出来了，举着手在额边向西门德行了个军礼道："对不起，让你白等这样久了，我不能去了。二爷留着我和他打通关。"西门德道："你没有告诉他我来了？"慕容仁道："我不但告诉了二爷，还告诉了你那位贵本家，但是他们并没有答复。"西门德见慕容仁被留着打通关，自己却冷落得未被理会，相形之下，颇有点儿不好意思，红了脸笑道："我就知道你的话不大靠得住。"说着走过墙角，又仰着脖子高声叫轿夫何有才。但他究竟是个博士，虽大声疾呼，也不能过于高昂，因之连叫十几声，还是没有什么人答应，便顿了脚骂道："这些东西吃不得三天饱饭，吃了三天饱饭，就不安分起来！"他尽管叽叽咕咕骂着，自然也不能发生什么效力，不得已雇了一辆人力车，就向大街商场上去，替太太买了一些东西，准备过南岸回家。

但他心里总觉有点儿遗憾，第一是西门恭到了蔺公馆，蔺二爷应该约自己去谈谈，第二是慕容仁也被邀着列席打通关，难道自己一个博士，还不如这财阀门下一条走狗？路过书店，就进去买了一部《陶渊明集》。心里想着，回家喝酒看书去，何必把这些人的举动放在心里？现在和他们瞎混，不过为了弄几个钱，等自己发了二三十万财，生活问题解决了，才不睬他们呢。这么一转念，心里也就怡然自得，于是又买了一瓶茅台酒、几包卤菜，一股子劲儿走回家去。

到了家里，西门太太见他没有坐自己的轿子回来，不免问一声。西门德道："这三个东西实在气人，一抬到蔺公馆，人就不见了。我等了他们一点多钟，也没有等着他们。"说着将皮包和大小纸包一齐都放在书桌上。西门太太赶快走过来，将纸包一一抖开，先将那包卤菜打开，右手钳了一块油鸡，放到嘴里去咀嚼。左手两个指头，在卤菜里面夹了一只鸭肫肝，放在鼻子尖上嗅了一嗅，向西门德笑道："你倒是开胃，又是吃，又是喝！"他皱了眉道："我让他们气不过，自己打了酒来喝，消消这口气。"

西门太太一面撕咬着鸭肫肝吃，一面解开纸包来看，是化妆品放到一边，是食物放到一边，因向西门德笑道："今天的差事，办得不错，我叫你买的东西，你买了。没有叫你买的东西，你也买了。"西门德道："我一气，就多花了三百元，受累受气，弄来几个钱，也应该享受享受。"说着，拿了桌上一只玻璃杯子在手，拨开酒瓶塞子，就向里面斟酒。西门太太道："这样厉害的酒，你这样大杯子喝，不会醉吗？"西门德将酒放在沙发边茶几上，再在旁边茶盘子里，取出两只玻璃碟子，盛了卤菜，也放在茶几上，然后将买来的《陶渊明集》，取一卷在手，斜靠在沙发上，左手把卷看书，右手端了杯子喝酒，喝口酒，放下杯子来，就用手指钳块卤菜到嘴里咀嚼，眼里看到陶渊明冲淡飘逸的诗句，立刻觉着心里空洞无物，笑问道："醉了最好，把在财阀之下这一份肮脏气忘了！"

西门太太虽不喝酒，可是坐在旁边沙发上，也不住地夹了卤菜吃。西门德读陶诗下酒，正到兴致淋漓的时候，伸手去摸索碟子里的卤菜，却没有了，因放下书本子，抬了头向太太笑道："你又不喝酒，把我下酒的菜都吃完了，扫兴得很！"西门太太道："你是得步进步，两三个月前，你一包花生米也吃四两酒下去，有这好菜下酒，你还不许别人沾光！"西门德笑道："太太，你只会有嘴说人。两个月前，你仅仅只想恢复失去了的一只金戒指，如今有了两对金镯子，你天天还要买金子！"西门太太道："你每月赚下这么多钱，全是花纸，难道我还不该买一点儿硬货吗？"西门德道："你还说挣钱的话呢！为了挣这几个钱，受尽了市侩的气，若不是为了你要花钱，我就立下弘誓大愿，即日不上蔺慕如的门了！你知道我为什么要吃酒？就为了受了人家的气回来！"说着他就把脸色沉了下来。

自从西门德挣着大批钞票以后，他太太是相当地敷衍他，见他这样子说法，就不敢得罪他，笑道："为了把你一点儿喝酒菜吃完了，也值不得这样生气。中午的咸鱼烧肉，还有一大碗，拿来你下酒就是了。"西门德道："昨晚上炖的鸡汤还有没有？煮碗面来我吃吃。"说着，端起玻璃杯子来，就喝了一大口酒，淡笑道："有一天吃一天！"西门太太看他这样子，像是真生了气，把咸鱼烧肉端来了，又真的把鸡汤下了一碗面给他吃。西门德吃喝够了，就在沙发上昏然大睡，一觉醒来，已是电灯通明。西门太太料着他酒渴未消，叫刘嫂熬了一大瓷杯咖啡给他喝。

就在这时，楼下有人叫道："西门博士在家吗？"西门德听得出是钱尚富的声音，立刻叫着请他上楼。钱尚富走进门来，脸皮红红的，带三分苦笑，没戴帽子，也没穿大衣，也没拿手杖，就是光穿了件蓝绸袍子，可想他是匆匆而来。博士便点了头，笑道："钱老板来得好，新熬的浓咖啡喝一杯。我想你一定是得了棉纱要看跌的消息了，管他呢，我们少挣几个钱也没什么了不得！"钱尚富对他脸上望望，因沉吟着道："难道博士对这消息还不晓得？"西门德笑道："无非是鄂西我们打了个小胜仗，你的看法错了。前天买进的那批棉纱，未免要吃亏。"

钱尚富对他脸上注视一下，淡笑道："并非是这件事。刚才慕容仁来对我说，蔺二爷和贵本家的事，他们直接办理，博士欠交的十来万款子，限明天交出来。博士怎么会和二爷……"西门德手上还端了一大杯咖啡，听他的话，猛吃一惊，杯子落下，唧一声跌在楼板上，打得粉碎。他觉得自己这举动过于不镇定，便笑道："你看，我听你说话，听出了神，忘记手上有杯子了。刘嫂快来，把咖啡再去重烧一壶来。"刘嫂应声入门，忙乱了一阵。

西门德含笑在茶柜子里取出雪茄烟盒子来，打开盖，捧着呈献给钱尚富一支，自己取了一支，衔在嘴角，架起腿来和钱尚富相对在沙发上坐着，取了茶桌上火柴，从从容容擦着火，将烟点了吸着，喷出一口烟来，笑道："你当然知道。我还是一位心理学博士。蔺先生周身是钱，瞧不起我们这种穷书生，可是我们穷书生周身是书，也有和蔺二爷说不拢的时候。在此种情形之下，我们早该拆伙。不过我受了西门恭的重托，没有将他扶上正路，我不好撒手。今天上午，他们在一处吃饭，大概商量好了，直接办理去发国难财，我可以不必从中拉拢了。你听了这消息，和我着急吗？"

钱尚富皱了眉道："博士自有博士的看法，不过我有许多事都借重博士。上星期托博士和蔺二爷商量的香港那批货，他已经答应写亲笔信去代为催办了。"西门德将手一摇，笑道："你的钱不多似他，你又没一丝政治力量，他凭什么替你帮忙？他哪有工夫管你这些闲事？上次所说代你帮忙，那是慕容仁的主意，他说好了，包一架飞机把香港的东西都搬了来，顺便给你带些货，这也不是什么好意。那一笔运费和活动费，都出在你身上，你若把这个条件痛快承认了，用不着我帮忙。以前所说，姓蔺的答应与否，全是他捏造的。对不起，以先我不便和你说破，怕和慕容下不去。"

钱尚富听了，脸色有些变动，看看博士的颜色，将雪茄在烟灰缸上敲着，沉吟了道："慕容会不会和我们拆伙呢？"西门德道："拆伙就拆伙吧！这个你不必顾虑，我的路子很多，我明天介绍你和陆先生谈谈。"钱尚富淡笑道："做生意是过硬的事，博士所答应的股子，恐怕交不出来。这次三斗坪办的那批货，恐怕……"他沉吟了一会儿，没有说下去。

西门德道："货不是到了万县了吗？"钱尚富摇摇头道："没有，没有。哦！昨天我和你提到这话，那是另外一批货。"说着，他在身上摸索了一阵，摸出一只珐琅瓷的纸烟盒子，西门德以为他要吸纸烟呢，连忙把火柴盒递到他手上，可是他把烟盒盖子打开，并不拿烟来吸，只在铜夹子里面掏出一张折叠好了的支票展开来，交给西门德道："这五万款子，还差三天日期，放在我那里也用不出去，博士收回吧！"西门德接着支票怔了一怔，问道："钱经理，你这是什么意思？这是我交的那笔股本，你为什么退回？这几万元是预备货到了码头做种种开支用的，现在我用不着。"

钱尚富把熄了的雪茄从烟灰缸上拿起，擦了火柴，慢慢地点着烟，微笑道："那批货还要二三十万款子去接济，我一时筹不到这些款子，我把这批货让给慕容仁了。我想，现在的时局，千变万变，这批货运到，不见得就可以挣钱。博士对这趟生意不做也罢！"西门德听说，只觉有一股烈火要由腔子里直冒出来，瞪了眼向钱尚富望着。可是钱尚富却悠闲地吸着雪茄，微昂了头，好像并不怎么注意似的。

西门德忽然哈哈一笑，两手把那支票撕成了一二十块，一把捏着，扔在痰盂子里，因道："钱老板，生意是不合伙了，朋友我们还是朋友。我倒要忠告你一句话，蔺二爷那条路子，不是你们可以走得进去的。你们以为挣了一二百万，就是财主，他眼里看一两百万，至多和你看一两万一样。你不信，你尽管把热脸去贴人家的冷屁股，只有蚀本的。话尽于此，天不早了，我拿手电筒送你下山坡吧！"说着，首先站了起来。钱尚富惨笑了一声道："不用，再见吧。"说着起身点头，径自走了。

西门德估量着他还不过走到大门口，便高声骂道："这些奸商，是世界上第一等的势利小人！"说着将茶几重重拍了一下。西门太太早抢出来了，赔着笑脸问道："你说的话，我听到了。蔺二爷对你怎么样了？"西门德这时不太含糊太太，将雪茄衔在嘴角里半昂了头吸着烟，红了脸，并不理会她，两手插在裤袋里。西门太太看他这气头子还是不小，只得坐在沙发上，先呆坐了一会儿，偷看他的颜色。见他出神了许久，却又冷笑了一笑。

西门太太道："以先并没有听到蔺二爷向你说什么闲话，那为什么突

114

然要把我们挤了出来？"西门德道："以前西门恭要走他的路子，他也想认识政治上这样一个活动分子，所以让我拉拢一下。他们几次会面之后，不好意思说的话，也就好意思说了。这就用不着我在中间白分他们一笔钱用了。"西门太太道："他们有什么不好意思说的话呢？"西门德把嘴里衔的雪茄取了出来，手一举，大声道："他们开公司，开钱庄，起的名字不是利民，就是抗建，其实他娘的扯淡，不过是借了名义，吸收游资，囤积居奇！他们要在会场上骂人家囤积居奇，也要在办公室里办稿骂人家囤积居奇，都是正人君子，爱国志士！陌生朋友见面，说是一同拿出钱干着骂人家所干的事，怎么好意思！他还有二十万块钱在我手上，明天开张支票交去就是。我们是干净人，脱离了他们这群铜臭也好。"说着，架了腿在沙发上吸烟，一言不发。

西门太太听到这话，知道事情是完全决裂了，想到香港去一趟的计划取消了；在两路口或菜园坝买块地皮的计划，也不能实现了；李太太来说她路上有人出卖四两金子，已经答应照黑市三千元一两收下来的口头契约，也只成了一句话了。这一个月来许多成家立业的设计，算是白操了一番心。这实在是可惜，梦是好梦，可惜太短了！

第九章

另一世界

几小时以前，这屋子里那一番欢娱的空气，完全没有了。西门德躺在沙发上，吸着他得来的真吕宋烟，那最后一盒中的一支，因为和钱尚富蔺慕如这些人断了来往，这飞机上飞来的外货，就不容易到手了。他太太怔怔地坐在一边，回想到这一个月来的设计，都成了幻想，心里那一种不快，实在也没有法子可以形容。这时，她只是把两手抄在怀里，看着西门德发呆。屋子里沉寂极了，沉寂得落一根针到楼板上，都可以听到。那写字台上放的一架小钟，吱咯吱咯摇撼着摆针响，每一声都很清楚，仿佛象征着彼此心房的跳荡。西门太太想拿话去问她丈夫，又怕碰钉子，几次要开口，都默然而止。

后来还是那刘嫂高高兴兴地进来了，问道："菜都好了，消夜不消夜？"西门太太站起来问西门德道："吃饭吧？"西门德将雪茄取出来，放在烟灰碟上，头一偏道："我还要喝酒！"西门太太道："今天下午，你喝了酒，直睡到灯亮，你才醒过来，怎么你又要喝酒？"西门德道："下午我就是为着心里烦，才喝足了那顿酒，如今心里更烦，我就更要喝酒了。"西门太太正还想问他话，只是笑了一笑。西门德沉重地说了一声道："拿酒来！"她一扭头走出了他这间名为书房而实是接洽生意的账房，嘴里叽咕着道："你向我发什么威风，我不是大资本家，我也不是大银行家……"西门德不等她说完，大喝一声道："你还说呢！还不是受了你的累吗？你一看到我手上经过现钞或支票，好像那就是我自己的一样，逼着要买这个，要买那个，逼得我不能不把钱扯着用，以致在人家面前失了信用。好了，现在你不想到香港去玩一趟了，也不想收买金子了！"这一顿话说得西门太太哑口无言，再也不敢说什么了。

当然，红烧肉和清炖鸡还未吃完，那刘嫂又并不知道主人翁的环境达到了一个新阶段，却还是像平常一样，总要弄两样主人可口的下饭菜，这时，又做了红烧鲫鱼和炒牛肉丝，正好吃酒。西门德坐在灯下，把剩下的半小瓶茅台酒喝了个精光。酒喝一半的时候，太太来吃饭了，他也未加理会，喝得脑袋昏沉沉的，便去睡觉。

刘嫂来收碗的时候，笑向西门太太道："今晚上先生吃了这么多酒。"西门太太和刘嫂却还宾主相得，有事也肯和她说两句，这便低声笑道："先生有气，你们做事小心一点儿吧。明天不要买许多小菜了。先生和人家合股做的生意，已经退股了，我们像住在重庆一样，又要等先生另想法子了。一天吃几十块钱的菜，哪里吃得起？"刘嫂道："明天买多少钱菜呢？"西门太太想了一想道："日子自然要慢慢改变过去，一下子怎样变得了？你买二十块钱菜吧。"刘嫂道："二十块钱买到啥子东西哟？三个轿夫吃粗菜，一顿也要吃两三块钱。"西门太太道："这三个轿夫，一月要用千是千，他们这样吃得。这轿子真是坐不起！"刘嫂笑道："一个月千是千，一年万是万，他们还说先生轿子太大，钱挣得太少哩！"西门太太冷笑道："他们少高兴吧！"说毕，扭身进屋子去了。

刘嫂收着菜饭碗向楼下厨房里端去。那三个轿夫这时都聚合在厨房里。轿夫的班头何有才，坐在一条板凳上。抬起一只穿了草鞋的赤脚，手抱了膝盖，在那里唱川戏《潘金莲戏叔》，扭了头，憋着嗓子说白。另外两个轿夫站在案板边剥花生吃。西门家另一个新来的女仆潘嫂，二十多岁年纪，头发梳得长长的，披在脑后，穿了件新蓝布大褂，大襟下掖了一条红布手巾，手扶了进出的门站着听何有才唱川戏。何有才一扭两扭，扭到她面前，尖了嗓子道："有个打虎的武松。"潘嫂两手将他一推，笑骂道："砍脑壳的，你调戏我！"那何有才不留神被她推得向后一坐，坐在洗菜的大瓦盆里，盆破了，流了满地的水。他湮了半截身子站起来，水渍淋漓地向下流着。另外两个轿夫老吴和老刘，都拍了手哈哈大笑。老吴道："硬是要得！二天潘嫂也知道我们是好人。"

这时刘嫂收了饭菜碗进来，看到这样子，放下了家具板着脸道："你们硬是闹得不成话，这样高兴的饭，你们还好吃几天啰？"那何有才虽是弄了这一身水，他并不恨潘嫂，还向她点了头笑道："好吗！要得吗！我总要报仇。"他说着走出厨房换衣服去了。这里的老吴最是眼尖手快，看到端来的饭菜，鱼和肉都剩了大半碗，立刻左手端过肉碗，右手两个指头钳了一大块半瘦半肥的肉塞进嘴里。刘嫂道:"这碗肉,还要留到明天吃的,你们就拿去吃了。"老吴抽了一支筷子在手,向案板上敲着了一响,问了她道:"你那样巴结主人家做啥子?先生没有说把菜留下来,太太也没有说把菜留下来,就是你说要留下来。先生一笔生意,要赚七八十万,买肉买鱼,买鱼翅海参,也花不了他一角角元宝边。"他说着,左手端起一只酒碗,喝了一口酒,右手将筷子在碗里夹了一块大肉,向嘴里一塞。

刘嫂道:"太太朗格没有说?你们把菜吃了,天天是我们挨说。"这时,何有才也为了要抢剩下的鱼肉,早换了干净衣服,复到厨房里来,他倒不端菜碗,拿了一只盛菜的大海碗,装了一大碗白米饭,站到放菜碗的桌边,扶起收下来未洗的西门太太那只银筷子,就拖了一条红烧鲫鱼放在饭头上。刘嫂看了,不由得冷笑。潘嫂也来盛饭,围着桌子吃,望了何有才道:"你这饭碗,比饭馆子里帽儿头(四川饭摊买饭,须堆如塔状,名帽儿头)还要高。现在吃个帽儿头要两块多。你这碗饭带那条鱼要值五六块钱。"何有才吃一口鱼,然后扒着饭,向她道:"吃了你的?你心痛!我们拿肩膀当人家的大路,河这岸抬到河那岸,为啥子不吃?老实说,我们吃先生,先生一顿吃他主人家几百块几千块,大家都是一样。

刘嫂道:"先生不得是和你一样。"老刘早有了几分酒意,他也在拿空碗盛饭,便插嘴道:"朗格不是一样吗?我们抬轿,主人家叫我们抬十里,我们不能抬九里九。先生和那经理董事长办事,人家叫他走十趟,他不敢跑九趟九。说起来,都是人抬人,不过我们抬在肩膀上,他没有抬在肩膀上。只有今天这一趟轿子误了事,先生到公馆里去,我们躲在坡子底下王家屋里打娃娃儿牌……"他正说得高兴,连今日误了事情的原因也不打自招了。

厨房窗户外面早有人接着喝了一声道:"你这些浑蛋,我们每天大鱼大肉养你,你倒在背后骂我们。你把主人家比作抬轿的和你一样。"大家听了一怔,正是西门太太窗户外面听着多时了。她今晚上一肚子压抑之气,正无处发泄,家里这三个轿夫,是可以痛快责骂,不用顾虑的。她随着话走了进来,指着老刘脸上道:"你放了轿子不抬,去打娃娃儿牌,你还说是只耽误这一趟。我们不要你抬轿了,这一百块钱一斗的米,煮了白饭给你吃。"西门太太这一顿大骂,三个轿夫和两个女仆都围了桌子站住,低头吃饭。

西门太太走向前伸头一看,见桌上的荤素菜和自己吃饭一般地陈列着,向刘嫂道:"今天晚上那碗红烧肉和鲫鱼,我们都没有怎样动筷子,为什么你都拿出来吃？"刘嫂道："我还没有放到桌子上，别个就抢了去吃，我说了一句要留着的，别个就说我巴结主人。"西门太太道："主人家的东西，也不是偷来抢来的，就应该由你们这样糟蹋吗？你们做了许多坏事，我都没有说，你们越来越不像话了。我们在楼上睡觉了，你们亮了电灯到天亮，厨房放不下东西，隔了夜猪油罐子要空，酱油瓶子也要空，味精值几十块钱一瓶，你们偷着深夜煮面吃，把味精倒在碗里，好了，现在我们不和人家抬轿了，也养不起你们了。"说着，一扭身子就走。因西门德业已酒醉睡熟了，她也就忍住着。

到了次日，西门太太便把自己和刘嫂谈的话告诉了西门德。西门德点头道："好，现在先由我这里节省起吧。今天就叫他们卷铺盖！"然后自己开了一张支票，匆匆过江送到蔺公馆去，一进门就遇到了慕容仁，他点头笑道："好极了！二爷正托我找你呢！"说着将他引到蔺慕如楼上小客厅里来。西门德道："请你进去说一声，我已经带着支票来了。是面交呢，还是送到银行里去呢？"慕容仁进去不到几分钟，跟着蔺慕如出来了。蔺慕如穿了棉袍，卷着一截袖子，拿了一截雪茄在手上，缓缓地走进客厅，看到西门德，依然表现出他轻松愉快的态度，向他笑着点个头道："博士，两三天不见，可忙？"西门德这倒得了一个印象，蔺慕如还没有和自己发生恶感，因此自己的态度也轻松起来，便向他笑道："昨日来过了，知道二爷请客，没有敢打搅，所差的那二十万款子，我带来了，交给二爷呢，还是……"蔺慕如笑道："既是支票，带来了你就交给我吧。"说着他先在沙发上坐下。

西门德打开皮包，将支票取出交给蔺慕如。他倒是随便看看，就把支票揣在身上，然后淡淡地说道："今天什么时候回南岸去？"西门德倒不知他是什么用意，以为有什么事要商量了，因道："晚半天再回去。"蔺慕如笑道："重庆的话剧，现在很时髦，今天晚上又有两处上演，可以看看去。"说着回头向慕容仁道："今天中午贾先生的约会，有你没有？"慕容仁笑答道："不会有我，我还够不上他请呢！"蔺慕如倒不去和他申辩资格问题，在衣袋里掏出金表看了一看，笑道："随便混一混，就是十二点钟了，你和博士谈谈。"说着起身走了。他态度还是那样轻松愉快，笑嘻嘻地走出去。

西门德幻想着还可以与蔺慕如合作下去的心事，这已不攻自破。呆呆地站着，正像自己骂何有才站在楼下发呆一般。他在家里虽然发过一夜的脾气，然而他仔细地想过，凭着自己这个穷书生和资本家来往，那是极端占便宜的事，每月几万元的收入，多干两个月，有什么不好，所以也就想凭了往日的交情，和蔺慕如谈谈，以便恢复所干的职务。现在见他毫无留恋地走了，这算是绝了望了。他回转身来，将放在茶几上的皮包重新关上，一言不发，夹在胁下，打算就走。慕容仁笑道："博士哪儿去？"西门德一回头来，见他脸上带有三分轻薄的样子，越发是不高兴，淡淡地笑道："我的中饭还没有落儿，老哥请我吃顿小馆吗？可是你这忙人，中午怕有约会了。"他口里说着，并没有等他的答复，自向门外走去。慕容仁知道他心里有点儿难受，也不怎样去介意。

西门德一口气走出了蔺公馆，左胁夹了皮包，右手拿了一根拐杖，在街沿的人行路上走。他往日感着身体沉重，是非有代步不可的，这时心里懊丧着，就没有感觉到疲劳，低头沉思着，只管慢步而行。忽然有人叫道："博士，好久不见啦，一向都忙？"西门德停步抬头看时，却是区亚雄。身上穿了一件新的蓝布大褂，立刻感觉到减少几分穷相了。西门德伸着手和他握了一握，因道："正是许久没有遇到，不知府上乡下的房子，还可住吗？"亚雄道："房子很好，天下事正是踏破铁鞋无觅处，得来全不费工夫。舍妹的女朋友看到我们住在客店里很痛苦，她家在疏建村盖有房子，便把我们介绍到那里去住，另外还有舍妹的一位同学，请她令兄助了我们一笔搬家费。这债权人，你会想不到是怎样一个人，他是和一个阔人开汽车的。我们和他向无来往，竟不要丝毫条件，一下就借了五百元给我们。"

西门德笑道："开汽车的现在是阔人啦。你不要看轻了他们！"亚雄道："走长途的司机才是阔人，开私人自备汽车的，能算什么阔人呢？那也不去管他，士大夫阶级，我们也不少故旧，谁肯看到我们走投无路，扶我们一把？"西门德道："士大夫阶级，不用提了！"说着他将手杖在地面上重重顿了一下，接着道："这让我联想到了一件事，也是在一次小吃上，和令尊在一处；遇到了士大夫阶级之一的蔺慕如。蔺二爷由谈字画谈起，谈得和令尊攀起世交来了，他的哥哥就是你家太史公的门生，和令尊也算是师兄弟了。他自己提议要请令尊吃饭，做一次长谈，大概后来知道你们家境十分清寒，对这约会就一字不提了。我是当面指定的代邀人，这样一来，倒叫我十分过意不去。"亚雄笑道："家父脾气，博士当然知道得很清楚。他根本没有提起过这事，不会介意的。"西门德道："虽然如此，我和令尊的交情不错，什么时候回家，在令尊面前替我解释一下。"亚雄笑道："绝对不必介意，我还没有回去过，以后打算每逢礼拜六下午回家，星期一天亮进城，好像阔人一样也来个回家度个周末呢。"西门德道："明天是星期六，你该下乡了，见了令尊替我问好。"于是两人握手而别。

西门德走时，带着沉重的步子。亚雄前几天也看到西门德在街上经过的，坐着三人换班的轿子，斜躺在轿椅上，面色是十分自得。今天看他又是步行了，而且无精打采，这就联想到这位博士，时而步行，时而坐轿子，在这上面倒很可以测验他的生活情形，不禁就想，还是安分做这么一个穷公务员，不会好，反正也再不会穷到哪里去。亚雄藏了这个问题，回机关去办公，心里更踏实点儿。

恰好司长交下两件公事，限两小时交卷，并且知道是另两位科员曾拟过稿，都失败了。亚雄坐在公事桌旁，低头下去，文不加点，就把公事拟起来，不到两小时，他把稿子誊清了，然后手托了稿子，站起来。他的科长是和他同坐在一间屋子里的，因为这屋子很大，足容十几张桌子，屋子里有个玻璃门的小屋，是司长的办公室，司长当然没有什么事，他斜坐在写字椅上吸纸烟，喝好茶，隔了玻璃门，曾看到区亚雄坐着拟稿，不曾抬头，心里有点儿赞叹：究竟是老下属好。见他已把公事递给科长，就亲自开门出来，向那正阅稿的张科长道："拿来我看。"

科长把公事送过去，司长看过，点了点头，就把亚雄叫进屋子去，把公事放在桌上，且不看，向他周身打量了一下，问道："你怎么老穿长衣服呢？打起一点儿精神来呀！"亚雄道："那套灰布中山服，预备在有什么大典的时候才穿，因为若是穿旧了，没有钱做新的。"司长道："在公事方面呢，"说着取出嘴角上的纸烟，在烟碟子里敲敲灰，接着道，"你倒办得相当纯熟，只是你对于仪表上，一点儿不讲求，没有法子把你拿出去，你总是这样萎靡不振的。"亚雄苦笑了一笑道："那还不是为了穷的缘故。"司长吸了烟又沉吟着一会儿，点点头道："好吧，你若是有什么需要的话，我私人方面可以帮助一点儿。——没有什么事了，去吧！"

亚雄倒不知道司长所指是帮的什么忙，不过这份好意，是小公务员所难得到的，大小是个喜讯，值得和父亲报告一声。次日星期六，更决定回家去。到了五点钟，私下告诉科长，可不可以早走一小时，打算下乡去探亲？张科长已知道司长有意提拔他，立刻就答应了。

雾季的天气，早已昏黑，区亚雄挤上长途汽车，做了三十公里的短行，到了目的地，已是家家点着灯火，因为这里是个相当大的疏建区，小镇市上店铺，很是齐全，尤其是三四家茶馆，前前后后在屋梁下悬了七八盏三个焰头的长嘴菜油灯，照见店堂里挤满了人。街上摆小摊儿的，也是一样，用铁丝缚着瓦壶菜油灯，挂在木棍上。两旁矮矮的草屋或瓦屋店铺，夹了一条碎石磷磷的公路。公路不大宽，有几棵撑着大伞似的树。不新不旧的市集，远处看去，那条直街全是几寸高的灯焰晃动。亚雄想到成语的"灯火万家"，应该是这么个景象。

亚雄记得亚男说过，这市集到家还有一里路，正想着向坐茶馆的人打听路线，却看到茶馆门口一个女子提着白纸灯笼，站在橘子摊头，好像是亚男；另一个老人扶着手杖，和菜油灯光下的小贩子说话，正是自己父亲，立刻向前叫了一声。老太爷道："我以为你今天又不能回来了，怎么这样晚！"亚雄道："我还没有等下班就走的呢！"老太爷一摸胡子，笑道："可不是，六点钟下班，回来怎么不晚？我乡居不到半月，已忘记了城市生活了。"亚雄看看父亲满脸是笑容，正不是在城里昼夜锁着眉头的神气，心里先就高兴一阵。老先生买了些橘子，又买了些炒花生，由亚男将一个小旅行袋盛了。亚雄道："大妹打灯笼在前引路，东西让我拿着。"老太爷道："我无事常到这里坐小茶馆，花钱不多，给你母亲，也给你儿子带些东西回去吃。"亚雄道："父亲在乡下住得很合适？"他答道："合适极了，就只有亚英这孩子不知跑到哪里去了，让我挂心！"

父子说着话，顺了公路外的小路走，远远看到零碎的灯光，散落在一片幽黑的原野上，接着又是几阵狗叫。亚雄道："那灯光下是我们新居所在吗？很有趣。"老太爷道："亚英不在家，他若看见了，也一定赞成的。"亚雄听见父亲念念不忘二弟，倒不好说什么。到了那灯光下，看到些模糊的屋影子，间三间四地排着。其中有些空地，面前有人家将门打开，放出了灯光。有人道："老太爷，你是非天黑不回来，这小市镇上的趣味很好吗？"说话的正是区老太太。亚雄抢上前叫着妈。老太太手上举了一盏陶器菜油灯，照着他道："我猜你该回来了，等你吃晚饭呢。"亚雄笑道："乡居也颇有趣味，一切都复古了，真想不到的事。"大奶奶也是含着笑由里面迎出来，点着头道："城里人来了。"这么一来，让亚雄十分放心，全家是习惯于这个乡居的生活了。

他在灯光下，将家中巡视了一下，土筑的墙，将石灰糊刷得平了，地面是三合土面的，也很是干净。上面的假天花板，也是白灰糊的，没一点儿灰尘。屋子是梅花形的五开间，中间像所堂屋，上面一桌四椅，虽是土红漆的，却也整齐。拦窗户一张三屉桌、一把竹椅，父亲用的书籍文具，都在那里，可知道父亲有个看书写字的地方了。另一边有一张支着架子撑着布面的睡椅，又可知道父亲有休息所在。亚雄点点头道："这房主人，太给我们方便了。"老太爷道："亚英在外面，他绝不会想到我们有这样一个安身之所吧？"他又提到了亚英。亚雄猜着老人家是十分地放心不下。晚饭以后，桌上亮着菜油灯，大奶奶将大瓦壶泡了一壶热茶在桌上，旁边放着几只上了乳白色粗釉的杯子。老太爷口衔了旱烟袋，躺在睡椅上，家中人分别坐在高椅子小板凳上夜话。亚男提着一个纸灯笼出门去，走着道："看看外面还有没收的衣服吧？"亚雄伸头向外一看，黑洞洞的不分天地，灯笼照着几丈路远近，一团昏黄的光影，先是狗叫了两三声，远远地听着邻居说话，因笑道："乡下真是另一个世界。若不是抗战，我一辈子领略不到这个滋味。"老先生睡在那里，只是默然。亚男拿了灯笼回来，她却把它折叠起，成了一把。蜡烛由灯笼口上伸出来，她吹熄了。

亚雄笑道："妙！我到重庆来了这样久，还没有看过这种灯笼呢。"拿过来看时，原来这灯笼没有直立的骨子，下面一块木板，有个眼插蜡烛，上面一块板，挖了个圆口，上下两块板，四方用油纸连着油纸，中间有四道横的竹片儿架子，扯开来是个桶形的灯笼，叠起来就是两块板夹了一叠油纸，提灯笼的东西，只是一根干草茎，对角拴在木板上。亚雄道："乡下生活，真是简单。"老太爷道："你看着件件事都有趣不是？但这种简单生活，也不是你做公务员的人所能维持的。休息些时，我也要像亚英一样冒险去找工作。"

亚雄便道："父亲，我知道你老人家时刻对老二很惦记。他说是到渔洞溪去了，这是一水之地，我去找他一趟，好不好？"老太爷坐起来，望了他道："你走得开吗？"亚雄道："司长现对我十分表示好感，我想请两三天假不成问题。"老太爷道："那很好，你预备什么时候去？"亚雄道："回到城里，我就请假，可能星期二、三就去。"老太爷听说，立刻在脸上加了一层笑容，开始夜话起来。这觉得比住在重庆时候夜话更有趣味，直谈到老太太连催几遍睡觉，方才停止，大家都以为到了深夜了，等亚雄掏出怀里的老挂表一看，才九点钟，城里人还正在看电影呢。

睡得早，自也起得早，次日天刚亮大家就醒了。亚雄的卧室窗户，就对了屋后一片小小山坡，山坡上披着蒙茸冬草，零落地长着些杂树，倒还有些萧疏的意味。开着前面大门，走出来，前面是一块平地，将细竹子做了疏篱笆来圈着，虽已到了初冬，篱笆上的乱蔓和不曾衰败的牵牛花，还是在绿叶子下开着几朵紫花。篱圈里平地上有七八种矮花，尤其是靠窗子一排，左边有十来株芭蕉，右边有二三十竿瘦竹子，绿色满眼，篱笆根下长着尺来深的草，乱蓬蓬地簇拥着，没有僵蛰的虫子，还藏在草里吟吟地叫。看篱外，左右有人家，也大半是中西合参式的房子，半数盖瓦顶，半数盖草顶。家家门口，都种些不用本钱的野外植物。居然还有一家院落里，开着若干枝早梅，猩红点点，夹在两株半枯的芭蕉里面。

亚雄正在门口四处观望，区老太爷也来了，问道："你看这地方如何？"亚雄道："不错！就是缺少了一湾流水。四川这地方，真是天府之国，开梅花的时候，还有芭蕉。"老太爷道："若是四川亲友多的话，我简直不想回江南了。"亚雄笑道："不会吧？年纪大的人，比年纪轻的人更留恋着故乡。"老太爷道："诚然如此。可是你想想，我们故乡，就只有南京城里一所房子，已经是烧掉了。乡下也没有田，也没有地，回到故乡去，还是租人家的房子住。这样说来，哪里是我们的故园？假如你们弟兄都能自立的话，那我就要自私，在这乡下中小学里教几点钟书，课余无事，去上那镇市上坐坐小茶馆，倒也悠闲自得之至。"说着，他指向篱笆门外。

亚雄看时，门外小小的丘陵起伏，夹杂了几片水田，稍远一道山岗子上，矗立着许多房屋，正是那小镇市。因道："虽住在乡下，买日用东西也不难，这倒是理想中的疏散区。你老人家这个志愿，我想是不难达到的。为了让爸爸达到这一份愿望，我一定去找着亚英来商量进行。"老太爷道："你是老成持重的人。我想你可以把亚英劝说好。"亚雄得了父亲这番夸奖，越是增加了他的责任心，倒是在家很自在地度过了星期。家里除了搬家还剩余了一点儿现款，亚雄又带了半个月薪水回来，大概是半个月以内不必愁着饥荒，他也暂不必有内顾之忧了。

次日，亚雄坐了最早的一班车子进城，到了办公室里向司长上了一个签呈，请病假五天。他是个老公事，自把理由说得十分充足，暗下却写了一封信给司长，说不敢相欺，有一个弟弟失踪，须要亲自去寻找，以慰亲心。那司长不但不怪他托病，反赞成手足情深，而且公事上也说得过去，竟批准他在会计处去支了二百元的医药费。这么一来，亚雄连川资都有了。当日就搭了短程小轮到渔洞溪去。这渔洞溪是重庆上游六十里的一个水码头，每三日一个市集，四川人叫作赶场。每逢赶场，前后百十里路的乡下人，都赶到这里来做买卖。山货由这里下船，水路来的东西，又由这里上岸，生意很好，因此也就有两条街道。

在重庆，小公务员是不容易离开职守的，亚雄早已听到这个有名的小码头，却没来过。这日坐小轮到了渔洞溪，却是下午三点多钟，小轮泊在江滩边，下得船来，一片沙滩，足有里多路宽。在沙滩南面，是重庆南岸，绵延不断的山。这市镇就建筑在半山腰上。在东川走过的人，都知道这是理之当然。因为春水来了，把江滩完全淹没，可以涨到四五丈高。顺着沙滩上脚迹踏成的路走，便到了市集的山下。踏上四五十级坡子，发现一条河街。街道是青石坡面的地，只是两旁的店铺，屋檐相接，街中心只有一线天，街宽也就不过五六尺。店铺是油坊、纸行、山货行、陶器店、炒货店，其中也有两家杂货店，但全没有什么生意。街上空荡荡的，偶然有一两个人经过，脚板踏得石板响，清脆入耳。冬日雾天阴惨惨的，江风吹到这冷落的市街上，更显出一份凄凉的意味。

亚雄心想，老二怎么会选择这样一个地方来做生意？于是把前后两条街都找遍了，没有一点儿结果。且先到小客店要了一个房间，把携带着的小旅行袋放下，然后再在街上转了两个圈子。徘徊之间，天色已经昏黑，这个渔洞溪，竟不如家中迁居的那小市集热闹，街上只有几盏零落的灯火，多数店铺也上了铺门。这就不必逡巡了，且回小客店中去。那左右是斜对门三家茶馆，二三十盏菜油灯亮着，人声哄哄，倒是座客满着。自己没有吃晚饭，也不能这早安歇，于是在一家小馆里买了十几个黑面包子，就到小茶馆里找个地位休息。但是处处都坐满了人，只有隔壁这家茶馆，临街所在，有副座头，只是一个客人在喝茶，且和人家并了桌子坐下。

亚雄看对方那人，约莫二三十岁，穿件半新阴丹士林大褂，头上将白布扎了小包头，这是纯粹的乡下小商人作风，自己认为是个询问的对象，便点着头道："老板，你有朋友来吗？我喝碗茶就走。"那人道："不生关系，茶馆子里地方，有空就坐。"他说着话，也向亚雄身上打量着，看他穿套灰布中山服，还佩戴了证章，问道："先生你由重庆来买啥子货？"亚雄笑道："不买什么，我到这里来找个人。"于是喝着茶，和那人谈起来。看到卖纸烟的小贩过来，亚雄买了两支香烟，敬那人一支，彼此更觉得热络些。

两人又谈下去，亚雄知道那人姓吴，因问道："吴老板在这场上有买卖？"他道："没得，我是赶场客。明天这里赶场，我懒得起早跑路；今天就来了，住在这里。"亚雄慢慢地喝着茶，把那黑面包子吃下。吴老板笑道："区先生你真省钱，出门的人，饭都不吃！"亚雄道："我们当小公务员的人，穷惯了，这很无所谓。"吴老板道："在机关里做事是个名啦，做买卖好，为啥子不做生意？"亚雄料着对他说什么"紧守岗位"，他不会懂，只是说缺少本钱。两人喝了一会儿茶，彼此作别，回到小客店去住宿。

次晨一觉醒来，亚雄只听到乱糟糟的人声，睁眼看纸窗户外，却还是黑的，在铺上醒着又半小时，那人声越来越嘈杂，就是这小客店里，也一片响声，人都起来了。这时，天色已经发亮了，他也不能再睡，一骨碌爬起来，向茶房讨了一只旧木脸盆的温水、一只粗碗的冷水，取出旅行袋里的牙刷毛巾，匆匆洗了把脸，付了房钱，走出小客店。这让他惊讶，满街全是人头滚滚，人身子是塞足了整个的街了。他走进人丛，前面人抵着，后面又是人推，尤其是那些挑担子的扁担箩筐，在人缝里乱挤。

亚雄糊里糊涂挤了一条街，看到有个缺口是向江边上去的，这就跟着稍微稀疏的人，向下坡路走去。出了街，向前看去，那沙滩也成了人海，长宽约两里路的地面，全是人。这又让他大发了一点儿感想：中国真是农业社会，到了赶场，有这样热闹的现象！但这沙滩上，大概也只有两种买卖，一种是橘子柑子，一种是菜蔬，橘子柑子都是五六箩筐列成一堆，有那些不大好的橘子，索性就堆在地上卖。菜蔬更是丰盛，萝卜是摊在地上，一望几十堆，青菜像堆木柴似的，堆叠成一堵短墙。做生意的带了箩筐，就在这菜堆面前看货论价。

亚雄一面张望，一面向前走，走到水边，更有新发现，停泊在江边的木船，也都是在卸载菜蔬、橘柑。恰又遇见那个吴老板，站在水边沙滩上，面前放了一挑冬笋，便点了个头道："吴老板，贩的是珍贵菜蔬呀！这是哪里来的货？"吴老板指着面前一只小木船头道："他们由上河装来的。"亚雄看时，那船上有几个小贩，正向箩筐里搬运冬笋，有两个人拿着大秤在船头上过秤。其中一个人穿着青布短袄裤，头上戴顶鸭舌帽，又着腰看人过秤，那形态好像亚英，可是他怎么会变成这个样子呢？且不问他，就冒叫一声"亚英"。这么叫着，那个人同时一惊，回过头来看着，可不就是亚英！亚雄又继续地叫了一声，而且抬起一只手来。亚英看到了人，先哦哟了一声，他没想到会在这里遇见哥哥，不觉呆了一呆。

亚雄一直奔上船头去握了他的手道："兄弟，你怎么不向家里去一封信？一家人都念你，我料着你是在吃苦！"亚英呆了许久，这才醒悟过来，先笑了一笑，然后向他道："我猜着，你们一定以为我在吃苦，其实我比什么人都快活，我们且上岸去说话。"那吴老板也就向亚雄笑道："原来你先生是王老板一家，他做起生意来，比我们有办法得多。昨天我还劝着你做生意呢！"说着哈哈一笑。亚英指了吴老板道："我们就在一个场上做生意，走这条路的，正不止我一个人，哪个也不见得苦。"说着提了两只口袋下船。

亚雄到了这时，倒没有什么话说，跟着他来到沙滩上，站定了脚道："我们可以同回去了？"亚英笑道："回去做什么？又让我回去吃闲饭吗？你不要以为我很苦，我这个小贩子，是特殊阶级，一切都是这朋友替我帮忙。"说着将站在身边的那白马，伸手拍了两拍。亚雄道："你在哪里得来这一匹马呢？"亚英道："说来话长，我们找个地方去吃早饭，慢慢地谈吧！"说着，将布袋放在马身上，牵了马到街口上一家饭馆门口停住，将马拴在一棵枯树干上，把它身上的货袋给卸了下来，然后与亚雄找了临街的一副座头相对坐下。

幺师走过来笑道："王老板要啥菜？"亚英道："先来个杂镶，我们吃酒，再炒一盘猪肝，来一盘鲫鱼烧豆腐，来……"亚雄拦住他道："要许多菜干什么？你应当知道，现在饭馆子里的菜是什么价钱！"亚英笑道："这无所谓，赶场的人照例是要大嚼一顿的。"等幺师走开了，亚雄道："我等着要知道你的情形，你为什么还不告诉我？"亚英道："你不用为我发愁，我很好，平均每日可以赚五十元。"亚雄道："你又没有什么本钱，怎么有这多利益可得？"

亚英笑道："就是为了本钱太少，要多的话，我还不止赚这么些个呢！这事情真是偶然，我写信告诉家里不是三百多元本钱吗？我除了船票钱全数都买了纸烟。恰巧我脱了一天船班，第二天才到渔洞溪，向街市上一打听，烟价已涨了二成。有人告诉我，走进去几十里，烟价还可以高。我当然用了一用脑筋，就选择了一个疏散机关较多的地方走去。我到了那里，两块本钱一盒纸烟，三块五角卖出去，比市价还低二角，这样我本钱就多了。在乡店里遇到一个油贩子，赌得输光了，喝醉了酒要自杀。我第二次又用着我的脑筋，等他酒醒了，我告诉他愿拿六七百块钱和他合伙做生意，他出力，我出钱，挑着渔洞溪的出产，到疏建村去卖，价钱由我定，要比市价便宜一点儿。他和我一样，也是失业的下江人，并无家室。我劝他既是立志出来奋斗，一定要做点儿成绩给人看，人生在世，单说母亲怀胎十个月，也不容易，为什么要自杀？他受了我这种鼓励，就努力起来，我们每日天不亮就跑一趟渔洞溪。他挑着油，我背着零货，在下午两点钟以前，就回到疏建村去。他有一样长处，那村子里几百户人家，他认识一半。我们以便宜两角或三角钱一斤的倾销办法，打动了主妇。一担油到村就销尽，半个月下来，我们租了一间小茅草屋，买了两口缸，盛着油或白糖。这样，两天可以跑三趟渔洞溪，不必货到了挨家去送，这可以说是我们有点儿懒了。不想懒出了赚钱之法，我们缸里不自觉地囤了三百多斤油，每斤油比最初收入的时候，要多涨两元一斤。于是只一个月，我们的本钱，变成了一千多。这位仁兄，又旧病复发，开始赌钱，我劝了几次不听，请了几个生意人作中，分了一半钱给他，我们拆伙。他很不过意，和我在村中各主妇面前代凑了一千元的信用备款。我利用这钱，买了一匹马，代我驮运货物，又将货物在下江人的小店里寄售，付给他们一些扣头。于是我腾出了这条身子，终日里牵了这匹马赶场，而且出来的时候，我可以骑着马走，所以实际上每次赶场，我只走一半的路。——大哥，你看我不比你这守规范的公务员强得多吗？你在什么时候上小馆子吃饭，要过炒猪肝，又要过鲫鱼烧豆腐？"

兄弟两人说话时，幺师将酒菜拿来，亚英斟着酒提起筷子来就吃菜。亚雄道："你可知道我们家被炸的？"亚英道："原来不晓得，后来我到城里悄悄探望了一次，见大家住在小客店里，都还平安，我一横心，没有回去，现在你既能抽身出来看我，想是家庭已经安顿好了，你带几个钱回去用吧。我自己是不回去的。"亚雄道："有人借五百块钱给我们疏散，又有人在乡下让了两间房子给我们住，暂时可无问题，我是请了五天的假出来的，我倒不忙回去，我要看看你做生意是怎样赚钱的。"亚英笑道："这没有神秘。"亚雄道："没有神秘，你为什么改姓王了？"亚英笑道："果然，这件事我还忘记告诉你。我初来做生意的时候，总怕会失败得不能见人，所以预先改了姓名叫作王福生，让他特别庸俗一点儿，免得丢姓区的脸！"

亚雄连喝了几杯酒，已是提起他终年不易发生的一次酒兴，这时端着杯子在手，沉吟了一会儿道："彻底地把生活改变一下，我也赞成。我告诉你一个消息，西门博士也发了财了，就因为他肯放弃博士的身份，去做一个高等跑街。可是我们老太爷就不然，西门德介绍了他一座家庭馆，一个月有三四百元的束脩，他嫌主人家是市侩，辞了不干，这样跟时代思潮别扭，我们焉有不穷之理？"亚英将两杯酒斟得满满的，端起杯子来向亚雄一举道："喝！我们亡羊补牢，犹为未晚。也好，你跟着我到乡场上去过两天，让你也好换一换环境。"

两个人吃喝完毕。亚英正待取钱来会账，幺师走过来笑道："王老板，你的账已由那边桌上一位先生代付了。"说着伸手向店里屋角里一指。亚雄看时，见有一个黑胖的中年人，穿着挺括的西装，站了起来向这里连连招了几下手。亚雄看时，却有些不认识，那人了解着他的意思，已经笑嘻嘻地走向前来，点头笑道："区兄，不认识我了，我是在南京的邻居褚子升。"还是亚英先想起来了，哪里是邻居，是巷子口开熟水灶带卖烧饼的店老板。当年他挽卷了青布短褂的袖子，站在老虎灶边，拿了大铁瓢给人家舀水，褂子纽扣常是老三配着老二，谁会想到今日之下，他穿得这样漂亮，便笑道："是褚老板，怎会在这地方遇见？"褚子升向那边桌子上指了道："我们有几个朋友，在这里不远的地方，经营了一家小工厂，现在房子已经盖好，

128

快要开工了。今天约了几个人过来看看，本来就要向二位打招呼，因看到贤昆仲两个也像是久别重逢的样子，谈得很起劲，所以没有上前打搅。"

亚雄听他说话是一口纯粹的苏北音，同时看到他西装背心的口袋上垂着金表链，扣着自来水笔，说话也晓得引用"贤昆仲"这个名词，显然不是卖熟水时代的褚老板了，便笑道："褚先生，还认得我们这老邻居，只是我们怎好无故叨扰呢？"褚子升伸手拍了亚雄的肩膀两下，笑道："这太谈不上叨扰两个字了，府上住在城里什么地方？我要过去拜访老太爷。我就住在这里。"说着在身上掏出一叠名片，向他兄弟两人一个递了一张。因道："二位若有工夫，可以到我办事处去坐坐。"

亚英将名片拿到手上，先不必看那个头衔，只是这纸张乃是斜纹二百磅，依着眼前的市价，这名片本身就当值一元到两元一张，岂是平常人所能用的？便告诉了他住址，约了以后再会。褚老板还怕区氏兄弟是敷衍语，一再叮嘱，要到办事处去坐坐，他要做个小东，直等二人肯定地答应了，他才回到那边桌子上去。亚英虽坦然自若，亚雄却透着难为情。兄弟两人悄悄地走出了小饭店，将地上放的两只布口袋，运上了马背，亚雄头也不回，就往前面走。

亚英赶着马跟上来，笑道："大哥，你有一点儿不好意思吗？"亚雄道："你看，人家一个卖熟水的，西装革履，胸垂金表链，我们枉读一二十年书，还是来卖力气，早知如此，浪费这读书的光阴干什么！"亚英笑道："也许你是公务员，怕失了官体，有这么一种见解。我觉得他未尝不难为情，一个人陡然换了身份，总有点儿不合适似的。其实要想到我们是怎样穷了，他是怎样阔了，恐怕只有他不好意思见人。我自己也就这样想着，将来我有了钱，穿得整整齐齐回重庆，我怎样把发财的经过去告诉人呢？"说着正要踏着坡子上山，那马驮着两袋子冬笋上坡，比较吃力、迟缓，亚英就用两手去推着马屁股。亚雄看了哈哈大笑道："对了，你告诉人就是这样发财的吧？"亚英笑道："这就是发财的一个诀窍，我们叫牛马和我们出力，别人叫人类和他出力，其理一也。这马若是会说话时，它在我背后，一定会宣传我奴役着它，所以我凭着良心，买点儿好料给它吃。"亚雄道："你说这话，叫我做兄长的惭愧。我不如你这匹马！"说着长长地叹了一口气。亚英倒怕他大哥真的误会了，便一路陪同他说笑着。

两人到了亚英卖货的那个乡场上，马蹄踏着石板小路，啪啪有声，不免惊动了路旁疏散来的小公馆。有的主妇们由门里抢出来，昂着头问道："王老板贩卖着什么来了？"亚英走着答应了一声"冬笋"，前后左右的人家就有好几个主妇喊着拿来看看。亚英向亚雄望了笑道："你看见吗？生意就是这样的做法。"在他这说话的时候，那主妇们又都喊着"拿来看，拿来看"。有两个脚快的主妇，索性跑到路上来，将他人和马一齐拦着。同时又有人拿了秤和篮子，勒逼了亚英就在路口上发卖。他笑嘻嘻地应付着这些主顾。有一个主妇选择着冬笋向她带来的篮子里放着，笑问道："冬笋涨了多少钱一斤？"亚英笑道："老主顾，不涨价就是。"所有的主妇听了这话，都表示满意，不到半小时就称了几十斤去，大卷的钞票向亚英手里塞着。

亚英再赶了马向前走，笑向亚雄道："你看，怎么不挣钱？尽管有人吃不起白菜，把冬笋当豆渣吃的，还大有人在。本来我今天贩来的冬笋，比上次贩来的要便宜二成。她们这些太太们，根本不打听跌价了多少，倒问我涨价了多少。"亚雄道："你若守着商人道德的话，你就该便宜些卖给她们。"亚英道："你以为在这里卖冬笋的，就是我一个吗？我单独卖便宜了，人家会叫我滚蛋的。"

第十章

意　外

　　两人说着话，后面发出了一阵皮鞋响，回头看时，一个穿草绿色细呢衣服的人，戴了漂亮的丝绒帽子，手上拿了一根镶银质头子的软藤手杖，遥遥指了亚英的脸道："老王，你还有多少冬笋？"亚英笑道："廖先生，几十斤。"他笑道："你知趣，我最不喜欢人家叫我的官衔。冬笋都卖给我们钱公馆，价钱随便你算，你就送到钱公馆大厨房里去。"亚英道："有家兄在一路，我先把他引到我那草棚子里去，立刻……"那人瞪了眼道："你还叫我等你不成？老王你是会做生意的人，你可不要不识抬举。"亚英笑着点点头，连说"是是"，又回头向亚雄道："你觉得累不累，还是跟我走上一趟吧？"亚雄见那个所谓廖先生，态度十分骄傲。亚英在这里既然还是一个小贩子，很容易受人家的压迫，总以不和他增加麻烦为妙，便答应和他一路走。亚英带过马头来，顺了另一条齐整的石板路，向小山顶上一幢高大洋楼走去。

　　这一家公馆姓钱，是这个疏建区最有名的地方。不但他们家的人有一种威风，便是他们公馆里畜养的那几条狼犬也是外国种，棕色的毛，洗刷得溜光，一望而知就不是平常家数。所以亚英听了那位廖先生的话，要向钱公馆去，自然知道，并不用得他再加指示。他牵了马，径直顺路往山上走去。将要到那公馆门首，平滑石板的坡子上，又划分了一条石板面的小路，亚英牵了马就向这小路上走。亚雄随在他身后走，隔了松树林，看到那高岗上的楼窗，垂着各种黄红颜色的纱帘，有那吱吱呀呀不成腔调的提琴声，由那窗子里传送出来。窗外的走廊上，有穿着红衣的女郎，从容地走过。在楼下看去，那简直是神仙中人。但在顺了树儿缝里看去，那山路

131

上有穿草绿色呢衣服的人，手上似乎拿着一支什么棍棒类的东西，挺立在路边，立刻在环境里添了一种严肃的气氛。这一份感觉，好像亚英已经先有了，所以他一点儿咳嗽声也没有，更不说话，只是那四只马蹄踏着石板，啪啪有声。

那廖先生先抢行了一步，走过马头去。亚英兄弟俩随了这小路走，穿出了树林，发现在洋楼的后面，离开高楼，有另一排小洋房。门里外全是水泥面地，门窗全是绿色的铁纱蒙着的，远远地一阵鱼肉油香气味，由那纱窗里透出，让人理会到这是公馆的厨房。一个穿着白罩衣的摩登厨子，推了纱门出来，胖胖的柿子脸，黑头发梳得溜光，两手捧了一只朱砂小茶壶，嘴对壶嘴，吸着茶，看到亚英，腾出一只手来指了他道："不是有人叫你来，你还不打算把笋子送了来呢。我们哪一回少给了你钱？"亚英先向前一步，笑答道："不是，我怕送了来，朱先生你又不要。"那厨子道："不要，你就再驮了回去就是了！你想挣我们公馆的钱，平常不来伺候大爷，那还行吗？"说着，一伸大拇指，指了他的鼻尖。亚雄见他无故在人面前称大爷，叫人看了有些不服。然而亚英倒并没有什么感觉，将马缰绳拉住了，然后笑嘻嘻地向那厨子道："朱先生，笋在哪里过秤？"厨子让他叫了一声"先生"，有点儿高兴了，笑道："我懒得费事，和你估价吧，你把冬笋送到厨房里倒下来，让我看一看堆头大小。"亚英说着"是，是"，就把马背上的两布袋冬笋搬了下来，用肩膀扛着，拉开纱门送了进去。

朱厨子两手捧了小茶壶，继续喝着。亚雄只好站在马边呆呆地望着。朱厨子看了看他道："你是老王的什么人？"亚雄见他这样没有礼貌，本来多少要报复他一点儿，无奈一想到少年盛气的亚英都不敢违拗他，自己是个过路客人，何必和他一般见识？因此忍耐住胸头一腔怒气，向他笑道："我是老王的哥哥，在这里站站，不打搅你先生吧？"又是一声"先生"，这朱厨子就格外地高兴了，笑道："到厨房里去坐坐也不要紧，你来。"说着，左手拿了茶壶，右手将纱门向里一推，向他点了两点头。

亚雄既是不敢违抗他的招待，也想到里面去看看这有钱人家的厨房，到底是怎么一回事。于是就顺了这一推门之间，侧身走进去，自然他的目光在他的好奇心理上，已把门内的情形完全看了进去。往日看电影，总觉美国人把厨房的设备，过于夸张得干净，及至走来一看之后，才知道影片上所布置的厨房，还极其平常。这里的墙下半截，都是瓷砖面的，不带一点儿灰尘，地面是水泥铺的，光滑平整。这里正是钱公馆厨房的西餐部，桌案碗盘，一律是白漆漆的，那玻璃的橱门，透露出里面的大小听盒，猩

132

红碧绿，精美地装潢着。只看那装潢上都印着外国字，可知这全是些舶来品了。灶的墙壁，也是白瓷砖砌的，那不好看的煤炭，都在灶里面燃着，不把那漆黑的面孔向人。碗橱的对面，一个玻璃格子，里面几只大小玻璃缸，盛着红红绿绿的水果，尤其是东北苹果、台湾芭蕉、烟台梨，这几项都不是重庆所能得到的东西，却不知怎会新鲜地摆在这里。

那朱厨子随着走了进来，指着桌子边一张白漆凳子笑道："不要紧，你就在这里坐下。"他这样招呼着，好像是会有人以坐下为要紧，没有敢坐下。亚雄也就含笑着坐下。亚英在厨房角一边，将口袋打开，把冬笋一个一个地取出，整整齐齐在墙角边堆叠着。朱厨子手捧了茶壶，对一堆冬笋看了一看，因道："也不过五六十斤，老的还是不少，给你三百块钱吧。"亚英笑道："朱先生，你没有少给，但是你先生是肯和穷人帮忙的。"口里又是两声"先生"。那朱厨子笑道："你是廖先生叫了来的，看在廖先生的面上，再给你五十元。"亚英连说"多谢多谢"。

正说着，那廖先生又从里边门里走出来，看到冬笋堆在地上，向厨子道："老朱，你全买了，我太太前两天就要……"朱厨子不等他说完，立刻迎着他笑道："你廖先生的事，还不好办吗？请你随便挑选几只嫩的拿去就是了。"廖先生看着亚雄，倒像个十几等小公务员，便笑道："这怎好揩公馆里的油？"亚英便从中凑趣道："廖先生不妨在这里借两斤去，下次我贩了货来，替你还了厨房就是。廖先生常常提拔我们做小生意的，我们应当有一点儿意思。"廖先生横着一脸肉，挺了胸笑道："你这话我倒是听得进，我们也绝不在乎占你们这小贩子的便宜。但是你们想在这里混，你就应当孝敬孝敬廖先生。那个送牛奶的老刘，让我把鞭子打了他一顿，把他驱逐出境。其实你们恭敬我，并不会白恭敬我的。"亚雄看他这样子，又听了他那番话，觉得做小生意买卖的，也绝不能说是有着自由的人。亚英丢了助理医生不干，还来受这廖先生的颐指气使，颇不合算。可是看他听了廖先生那骄傲万分的话，却能坦然受之。

尤其可怪的，那个朱厨子本来也就态度很倨傲，可是经这位廖先生自吹自擂了一番，他却笑嘻嘻地将那玻璃橱门打开，取出一罐三五牌的烟听子来，两手捧着送到廖先生面前，笑道："廖先生来一支，这是上次老板请客剩下来的几支烟，各位先生没有收去，由我厨房里收了来了。"廖先生连烟听子一齐拿过去了，笑道："老板请客，纵然我们不收，也摊不到你厨房里收了来。你晓得这烟值多少钱一支？你抽了这烟，也不怕短寿！这话可又说回来了，你这个行当干得好，鱼翅燕窝，总要经过你手上做熟才送给老

133

板去吃，你总可以先尝尝，什么好补品，也逃不了你这张狗嘴，怪不得你吃得这样胖，活像一只猪！"那朱厨子被他骂了只是笑着，见他衔了一支烟在嘴角里，立刻在身上摸出赛银小打火机，擦出火来，鞠躬递着火过去替他点上了烟。那廖先生吸着烟，在橱子下格寻出一只藤篮，将地面上的冬笋挑了几只盛着，大模大样地走了。

亚英静立在一边，先没有敢插嘴，这时才笑道："朱先生给我钱，让我走吧。"那朱厨子瞪了他一眼道："你还是要钱，你许久站在这里不作声，我以为你忘了这事了。这事不经过庶务手，我是要发票的，你明天送一张发票来。"说着，他倒不必求，在身上掏出一卷钞票，数了三百五十元丢在桌上。亚英将钞票取过，低声问道："发票开多少钱？"朱厨子道："开整数吧。"亚英说一声打搅，向他点一个头出来。那朱厨子坐着吸三五牌，对他这礼节一点儿也不睬。

亚雄憋着一肚皮气走出来，在树林子里小路上，就问道："你真受得这气？你真懂得和气生财？"亚英回头看了一看，摇摇头，叫他不要作声。亚雄就不说话，跟着他一直走下山岗，到了大路上，亚英才牵住马，站定了脚，先叹一口气，然后向他道："你以为拿本钱做生意，这就可以不受人家的气吗？在这个疏建区，漫说是我，多少有地位的人，看到钱公馆出来一条狗，就老远地躲开了。你若是得罪他公馆里出来的人，重则丧了性命，轻则弄一身的伤痕，那是何苦？我先是不曾打听这里有这么一回事，等到知道了，在这里做生意又上了路，离不开这码头。好在他们并不抽捐征税，只是那气焰压人，不冲撞那气焰，也就没事。"亚雄道："照你这样说，你想不冲撞他的气焰，那如何可能呢？譬如他今天对你说了，下次再和他送冬笋去，你敢不送去吗？"亚英点点头道："就是这样不能不在他们当面做一种驯良百姓，反正他伸手不打笑脸人。"亚雄摇摇头道："在渔洞溪的时候，我很羡慕你在自由空气里生活着，如今看起来，还是不如从前穿一套旧西装，和人家当医药助手的好。"亚英道："天下事反正不能两全，现在虽不免要看一点儿有钱人的颜色，可是走进小饭馆子，两个人吃上三菜一汤，有鱼有肉，营养是不成问题。你总好久没有吃过炒猪肝了吧？猪肝对你很有益。"说着哈哈大笑起来。亚雄想着，也笑了起来。亚英拍了马背道："你会不会骑没有鞍子的马？你没有走过今天这多路，骑马去吧！"亚雄道："马虽是个畜生，你也应当让它喘一口气，驮着你到渔洞溪，驮着冬笋回来，到家还剩一小截路，你还不肯让它空着，还要我骑它。"亚英笑道："对！一头马的负担，你也不肯刻苦它，你怎样发得了财？"

弟兄两人正这样说着，有一乘精致的滑竿，挨身抬了过去，上面坐着一个穿西装的人，摘着帽子笑嘻嘻地点了个头。亚雄也未打量这人是谁，就也取下帽子和他点了个头。那滑竿走得快，未及打招呼，已抬过去了。亚雄问亚英道："过去的这个人是谁？"亚英低头想了一想，摇摇头道："好面熟，但是想不起他是谁来。"亚雄笑道："真是骑牛撞见亲家公，你看，我们兄弟俩弄成这一副狼狈的样子，却不断遇到熟人。"亚英道："那也许是你有这样的感觉。疏建区短不了所谓下江人，既有下江人，就不免有熟识的。我常常碰到，毫不在乎。但是这个人究竟是谁呢？看他笑嘻嘻的样子……啊！我想起来了，在渔洞溪吃饭的时候，那老褚桌上还有好几个人，其中有个人，也站起来和我们打着招呼，正是此公。"亚雄点头道："对的，但究竟不是初会，一定以前我们还认得。"

两个人正在议论着，后面来个穿青灰布短衣的人，赤脚草鞋，敞了胸前一排纽扣，跑得满头是汗，赶到两人前面，在裤带上抽出一条布手巾，擦了头上汗，向他们笑道："说的是刚才坐滑竿过去的那个黑胖子吗？三年河东，三年河西，真是没得话讲！"他说一口南京腔，颇引起两人的注意。亚英道："你看我们穷了，穷得连人都不认识了。"那人笑道："他的小名叫李狗子，江北人，以前是个卖苦力的。你们若是在城北住家，就会想得起他来了。于今是他要人抬了走，让我们在后面用两条腿追，没得话讲，没得话讲！"他一面说，一面摇着头走了。

亚雄站着出了一会儿神，两手一拍道："奇遇，奇遇！我想起来了，他不就是我们宝安里里面，郭先生家里的包车夫吗？四五年工夫，他怎么来的这一身富贵？你看，我们正讨论着，马也当休息一下的时候，恰巧他由身边经过，好像他有意打趣我们。"亚英笑道："果然是他，不过他笑嘻嘻地向我们点头，倒没有什么恶意。"两人说着话，牵了马走，下得山坡，便是一个场。在场角的街头上，有一片小小的杂货店，早有一个人迎出来，说着上海音的普通话，他道："王老板，回来了，货呢？"亚英笑道："路上就光了，那只运笋的船，大概还在渔洞溪，明早我再去一趟吧。"亚雄笑道："这位大哥，我在渔洞溪碰到过，竟是当面错过了。"那人向亚雄看看笑道："你说打听姓王的，我早就告诉你了。你说的姓区的，我哪里会知道呢？"亚英忙着将马拴在门口路边一棵柳树上，将亚雄引到店里后进来。

这里是开窗面山的一间屋子，除了所谓竹制的凉板板而外，其余全是大的缸、小的瓮，还有竹篓子竹箩等，堆得只有一个人侧身走路的空当。这些里面所装的，液体的油，和细粒的胡豆花生米，成叠的纸张，火柴盒，洗衣皂，屋梁上也不空着，悬了灯草和咸鱼。亚雄笑道："这都是你们囤的货了。"亚英道："我哪有许多钱囤货，不过屋子是我的罢了，这些货都是那位上海老板囤的，你不要看这些破罐破箩，本钱已是一万多了。"他说着话，将凉板上的被褥牵了两牵，让亚雄坐下，自己却坐在一箩花生米上。

亚雄周围看看，那面山的窗子，既不大，又是纸糊了的，屋子里阻塞而又阴暗，因皱了眉道："虽然挣钱，这屋子住得也太不舒服。"亚英笑道："你外行。做老板的人，不需要阳光和空气。他走进屋子来，看到什么地方都堆满了，心里就非常痛快。我呢，一天到晚都在外面，休息也是小茶馆里，屋子里尽管堆塞，那有什么关系呢？你既不惯，我们一路出去坐小茶馆吧！"亚雄道："应该找一个地方慢慢谈谈。这地方虽然满眼是钱，我这穷骨头还是坐不住。"亚英笑着将身上的钞票拿出来点了一番，依然放在身上，便和哥哥一路出去。兄弟二人喝喝茶，又在小饭馆子里吃了一顿午饭。亚英知道他不愿进那堆货房，又陪着他在场外田坝上散步。

忽然那上海老板老远地叫了来道："王老板，有人找你们好几回了，快去吧！"他走到面前，亚英就问什么人找他，回答说是位李经理，住在这里春山别墅。亚雄听了这话，倒是愕然，望着亚英道："你认识哪里的李经理？"上海老板道："李经理还亲自来了一趟，说是请两位区先生吃饭。这话若是早两个钟头来说，我还不知道到什么地方去找区先生呢。"亚英道："我想就是那个李狗子吧？"亚雄笑道："果然是他，我们就去叨扰他一顿，看他是怎样发财的。"说着话，亚英就引了亚雄向春山别墅走来。

那别墅是在小小的山岗上矗立着的一幢洋楼。楼外有短墙围绕了花圃，绿的竹子和红的梅花，远远地看上去，已是很幽雅的所在了。走近了大门，灰漆砖墙门，闪在一丛槐树荫里。门上有块横石匾，写着"春山别墅"四个楷字。在门外也可以看到里面是花木萧疏之所。两人怔了一怔，都不曾向前，只见主人翁李狗子含笑迎了出来，直迎到二人面前，一一握手。他推着光头，穿了套墨绿底雪花点子的薄呢西服，小口袋上垂了金表链，满脸的肉，都要胖得堆起来了。他笑道："想不到在这里遇到二位，我高兴极了，特意去拜访了一次，若不是这样的请法，恐怕你们不肯来吧？老邻居究竟是老邻居，不要见外呀！我在四川，就是恨着一件事，老朋友太少，见了老朋友，就像见了亲人一样。"亚英笑道："我倒和李老板相反，我见了熟人惭愧得很。"李狗子道："二位先生不要紧，一个人的运气有高有低，没有不受香火的土地庙，牛屎在草地里，大晒三天，也会发酵的。"亚雄看他穿了一身漂亮的西服，说出来的还是这一路言论，倒也很有点儿感触，便默然地跟着走进了这别墅。

李狗子引他们上了一层楼，走进一间小客室里坐着。这虽不像是正式招待客人的所在，可是设下有一套蓝布面的沙发，围着一张瓷面的大茶几。屋角上还有两只花架子，摆着两盆鲜花。亚雄总联想到李狗子在南京拉车的情形，被他引进了这屋子，以为是走错了路，及至他让着客在沙发上坐下了，向窗子外喊着老王倒茶来，这才觉着并没有错。果然，这个别墅，好像也和他有点儿关系，有些主人的身份。在他一喊之后，有人送着香烟，李狗子将头微摆了两摆，表示了得色，笑道："二位先生是老邻居，凡事瞒不了，我自夸一句，好汉不怕出身低，我现在确乎有点儿办法，将来我还有许多事要请二位先生帮忙呢。我的事，你们迟早会知道，我也就不用先说了。"

亚雄和他谈论一阵子，由他口里透出的消息来分析，知道他是跟随跑长途汽车做生意，在一年之内发财的，这事极其平凡，自然也不用惊奇。但是他自发财之后，已经不必再跑长途，他说好久没有离开重庆了，生意方面倒是更发达，正需要人帮忙。他一提到得要人帮忙，就向着人笑，似乎含了很大的用意在内。亚雄在他没有说明之先，自也不便追着去问他。那李狗子却十分客气，一定挽留着他们在这里吃饭，除了很丰盛的菜，还有白兰地酒，饭后切了两盘水果，熬一壶咖啡在灯下吃喝闲谈。但他所谈的只是海防仰光的风土人情，每谈到他切身的问题，就牵引了开去。

谈了一会儿，李狗子看他弟兄有要走的样子，便道："大先生别忙，我还有话没说呢！"于是取出两听大前门烟，交到亚雄手上，笑道："在乡下没有什么东西送人，请带去吸吧。这在战前，把这烟送人，是拿不出手的，到了现在，重庆是买不到了，算是表示我一点儿意思。"亚雄正要道谢，他摇着手道："等我进城，再送点儿东西孝敬老太爷，这让大先生带着路上消遣。"

李狗子坐在椅子上两手撑了大腿，说到这里身子向上直起来，摇摇头道："我没有知心的人，也没有什么朋友。认得我的人，原来都是比我好的，都知道我是在南京拉黄包车的，见了我混得还不错，先在脸上现出了七分不服，再带三分瞧不起，我准是碰一鼻子灰。从前在一处差不多穷的人，有几个能到四川来？也曾碰到过两三次，除了和我借钱，脸上是带笑的，一背转身，就骂我发了横财。我有了钱了，可没有了熟人。现在只有个褚子升，是老朋友了。我在渔洞溪看到二位，也怕是瞧不起我，后来我看你们和老褚谈得很好，知道二位还念起熟人，所以我大胆去拜访二位，又请来吃饭。你们赏光来了，我心窝里都是喜欢的。虽然说好汉不怕出身低，可是出身低也是在外面混的人的致命伤。在熟人面前，最好永远不如人家，越混得好，越是不讨人家欢喜。我实说，我大概比两位先生混得好，你们不嫌我是个车夫，肯和我一桌吃饭，又叫我一声'李老板'，这最好。不像那些穷人，见了我叫李经理，让我不好意思。也不像那些不服气的人，叫我李狗子。二位肯下点儿身份和我做个朋友吗？"

亚英听他这样说，心里倒深深受了他的感动，便道："你很爽直。不过你自己也说了，好汉不怕出身低，过去的事，提它做什么？"李狗子道："不然我也不提起，因为二位先生是熟人，深知我的根底，我不说你二位难道会忘了吗？我提起这话，也有点儿道理。我有事想求求大先生。"亚雄道："你说吧，有什么事找我？"李狗子道："你看，我现在也是个经理了，走出去，身上是西装，脚下是皮鞋，可是肚子里一个大字不识，怎么混得出去呢？还有和人来往的信。我现在请了一位文书先生替我代办，他知道我不认得字，欺负得我不得了，一个月要花我两千块钱，还常常说不高兴干。大先生当公务员，那是很苦的，你能不能够来当我的先生？你若是能来的话，除了公司里送你的薪水之外，我每个月出两千块钱学费。"

亚雄听了这话，不由得身子向后退了两步，哦哟了一声。李狗子接着道："真话，我说出两千块，一定出这个数目，若是你不信，我先出半年的钱。"李狗子的第一句话已经让亚雄听着一怔，再听他说出半年的学费，是二六一万二。这数目太大了，一个小公务员，不但没有拿这些钱的事，根本也很少对这个大数目发生关系。因之他除了轻轻哦哟了一声之后，说不出什么话来。李狗子道："真话，我不能拿着区先生开玩笑。只要像我那位文书先生说的话，一年之内教会了我写信记账，拼了分半个家私给他，我也愿意。现时我才明白，一个人若不认得字，那实在处处都受人家的欺。"亚英道："一年之内教会写信记账，或者太快一点儿，但两年之内，一年以上，那总是可以的，不过这种教法，必得用平民千字课那类的书。"李狗子道："这类书我有两套。单说这两套书，我就花了五百元，你看我舍得钱舍不得钱？"亚英道："何至于要这么些个钱？"李狗子道："也是那文书先生代我买的。他说这书在后方买不到，只有花大钱到人家手上让出来。我明知道他有些敲我竹杠，我只要他好好替我办事，我都装糊涂了。"

亚雄道："李老板这样好学，志气是很好的。我们是多年的邻居，我应当帮你一点儿忙。只是叫我辞了机关里的事，专门为你帮忙，我应当考虑考虑。"李狗子道："我晓得大先生一定是怕辞了机关的事，生活没有保证。

这件事我可以请个律师来证明，订下一张契约。"亚雄笑道："这倒不必。我本来要在这乡场上玩两天的，既然有了这个约会，让我先问过老太爷。我家现在疏散下了乡，最好你能亲自和我老太爷谈一谈，这事才好办。"李狗子满口答应了，亲自送他二人到了家门口，方才回去。

当晚上区氏兄弟二人把李狗子这事商量了半夜，虽是奇谈，却也很觉有趣。亚雄也就决定次日回城，向父亲商量一下。第二天清早，二人刚刚由屋子里出来，就看到李狗子拿了一根手杖，在店门口踅来踅去。亚英哦哟了一声，说着："李老板，早！"李狗子笑道："我还是那个脾气没改，天一亮就得起来，这真是贱命。我想请二位吃早点去。"亚雄道："不必客气。"李狗子笑道："也不会有什么好吃的，无非是油条豆浆。"亚雄还说没有洗脸，他就说愿在门口等着。二人看他诚意，漱洗完了，只得与他同行。李狗子请他们吃过了一顿早点，又送他们回来，路上走时，在身上掏出一个信封，信封上有歪斜不成样子的一行字："请交老太爷台收。"笑嘻嘻地两手呈给亚雄。

亚雄接过来看了一看，有些不解，便问道："给谁的信？"李狗子道："我听说大先生搬家都是朋友帮的忙，我没有赶上去出份力量，这里补一份礼吧！"亚雄道："啊！这不可以。"手里捏那信封时，里面厚厚的，正是装着钞票。李狗子道："一点儿小意思，大先生若是不收，就是瞧不起我！"亚英道："既是李老板这样说，你就打开来看看，我们斟酌办理。"亚雄便撕开信封，抽出来一看，乃是百元一张的钞票，总共十张。

亚英笑着，拱了一拱手道："这无论如何不敢当。"李狗子道："大先生，你不要以为这数目好听，论起物价来，又做得了什么事？这算我对老太爷一点儿孝敬。大先生拿回去，就这样对老太爷说，老太爷若还记得起我，他一定肯收的。什么道理，他也许肯说出来。若是老太爷不收，大先生退回到我公司里去就是。"亚雄踌躇了道："自然是我们家正用得着。但是我们家已往和李老板并没有交情，怎好……"李狗子道："正因为已往谈不上交情，却想起了老太爷的好处，当年在南京一块两块，在年节下曾赏过我。这恩典比起今日一万八千还强。人不能忘恩，忘恩会雷打的。人心换人心，我就应当尽上一点儿孝敬。我已说了，老太爷不要，你给我退回来就是。"亚雄道："报恩两字谈不上，但这也是你李老板忠厚之处。我暂且收下，好歹让我们老太爷做主吧。"李狗子听说，才欣然转去，约了隔日一定到乡下去看老太爷。

分手之后，亚英引着亚雄到杂货店货房里，也取了二百元交给他，因道："有了李狗子这些钱带回去，我本来可以不必带钱回家，好让本钱充足些。但我一文不带回去，又显着太不如人家一个车夫了。"亚雄笑道："人家既是发了财，当然要遮掩过去的历史，以后我们少说他车夫，免得说惯了，在人前说出来有失忠厚。你不以为我这话过于势利吗？"亚英笑道："不过我也当为自己着想。将来我当了经理，也希望人家不叫我赶脚的。"亚雄笑道："那又焉知不可能呀！"兄弟二人说着，很高兴地分了手。

亚雄身上有了一千二百元法币，究竟比出来的时候要有精神得多，当日回至重庆，买了些家用杂物，并买了一瓶酒。想到乡下是不容易买到牛肉的，次日早起，又赶到菜市买了三斤牛肉，顺便买些下江豆腐干、沙市咸鱼之类，一篮子装了，回到宿舍，再将杂物拿着，竟是二十多斤重。半年没有坐过人力车，这也就开了荤，坐着人力车到公共汽车站。下车的时候，和那车夫交谈，听到他说出江苏话的尾音来，而且也就发现在他嘴上那一搭半寸长的连腮胡子，与面孔上的肤色不相配合。往日坐车，遇到这事也就算了，现在对这车夫身世，正感到有趣，就在给过车钱之外，多余地问了一句，因道："你不是本地人吧？"那车夫却说出一口纯粹的江苏话来道："不是客边人，我还不拉呢。"说毕长长地叹了一口气，但他也不肯再说第二句，扶起车把拖着车子走了。

亚雄望着他把车子拖走，站着呆了一呆，因为自己是要赶长途车子的人，因也就来不及多去打听，抢着买了票子上车。车子上照例是挤的。亚雄守着法定的秩序，依次登记，依次换票，上得车来，只好站在车门旁，带来的两样东西，放在腿缝里夹着，感到异常不方便。他手攀车顶篷下的一根棍子，车开了，人随着全车摇撼。车子经过了两站，天赐其便，身边的座位上有三个人下车，毫不费力就坐下了。但坐下之后，却发现了面前站着两个人，对这座位感到莫大的失望。一个是摩登少妇，身穿了丝绒大衣，扶着木棍的白手指甲上，涂了鲜红的蔻丹。一个是白发飘荡的老先生，灰布袍上，套了青布夹马褂。

亚雄看看这座位挤得没有一丝缝隙，绝不能再挤下一个人去，便笑道："我还可以挣扎，我让个座位吧。"那摩登少妇听了这话，便将眼来盯住了他。亚雄倒没有理会，牵着那老头子的衣襟道："老先生，请你坐下，我让你。"那老者哦哟了一声，似乎感到意外。亚雄笑道："这汽车上讲不得客气，我看你老先生实在不易支持。"这老人说了一声"谢谢"，在亚雄起身的时候，他挨身挤着坐下了。那摩登少妇气得掉过头去。这么一来，这位老先生却益发感到让座的人是诚意尊老。

汽车到了最后一站，大家下了车，有两位中年人迎着这老人，他特意引着过来向亚雄道谢。亚雄笑道："老先生，你也太客气了，在公共汽车上让个座儿，这又算得了什么呢？"那老先生道："让座的事虽有，让座给白胡老头子的却很少。"

亚雄拱了拱手，自提了篮子袋子走了。离着车站约莫一华里路，是他们迁居到乡下的家，远远看到老太爷衔了一支旱烟袋，在屋子外面平地上来回地徘徊着。走到面前，区老太爷先道："我算着你今天该回来了，你找到了亚英没有？"亚雄笑道："见着他了，他很好，请你老人家放心。"他们父子说话，早惊动了屋子里的人，区老太太迎出屋子来问道："你兄弟会面了？"亚雄一面进屋，一面报告与亚英会面的经过。却见桌子上放了两个白布包袱，已是扯开，又加上另外一只大火腿。亚雄道："这是哪里来的东西？"老太太笑道："你想不到吧？这是亚杰带来的东西。他本来由海防回到贵阳，要回来的，因为有要紧的买卖，又到柳州去了。你看，每人一双皮鞋。"说着，她掀开白包袱，果然是黄黑一大堆皮鞋。老太太笑道："真是意外的事，他只去了这样久，就托回重庆的朋友，带回来许多东西。另外还有一千五百块钱。要是知道这样，凭什么我不让他早去当司机！"

老太爷听到两个因穷出走的儿子，都有了下落，也笑向亚雄道："这真是那话，穷则变，变则通了。"大奶奶见丈夫带了许多东西回来，心里也高兴，将劫火里面抢出来的洗脸盆，舀了一盆水，水中放了一把茶壶，上面盖着手巾，一齐放在旁边竹子茶几上，笑道："也就因为你不肯变，所以你也总不通。"说着在盆里取出茶壶斟了一杯茶，放在桌上。亚雄洗着脸笑道："你会觉得意外，我也要变了。"老太爷笑道："我们大概是让穷日子过怕了，见人家挣了几个有限的钱，大家都要变节。"

亚雄洗了脸，站着喝了那杯茶，笑道："我要让大家惊异一下子。"于是在旅行袋里摸出两听大前门纸烟，放在桌上。老太爷道："这是你买的？"亚雄道："若是买的，那就不足惊异了。这个倒是我买的。"说着又摸出一瓶酒来，放在桌上笑道："是敬父亲的。"老太爷笑道："这很好，可是已足让我惊异了。"说着，亚雄将带回来的东西，分交给大奶奶与父母。老太太道："这花了不少钱了，你哪里来的许多钱？"亚雄道："这当然是贪天之功，以为己力。亚英让我带回来的二百元，差不多让我用光了。"

区老太爷透着很高兴，并不怪亚雄浪费，将旱烟袋头上那半截土雪茄，架在茶几沿上，擦了火柴，伸手去点着，大大吸了一口浓烟，喷将出来，然后倒捏了旱烟袋，将烟袋嘴子指点了他道："难道你已经知道家里收入了一千五百元？不然，你兄弟带回来的钱，你不会不带给我看看。"亚雄笑道："家里的事，我怎么会知道？我身上可另有一个保障，叫我只管拿出钱来花。"说着便将李狗子送的那个信封，由身上掏出来，两手呈给老太爷。老太爷看到信封上写得那样恶劣的字，已经觉着有些奇怪了，及至抽出信封里面的东西来看，并没有信，却是十张百元钞票，因望了亚雄问道："这奇怪！谁送我这笔款子？"亚雄因把遇到李狗子的事说了一遍。老太爷道："啊！他发了财，难为他还记得我。只要他有这番好意，那就十分令人满意了。这钱却是不便收他的。"

亚雄道："果然的，他为什么很感激你老人家似的，一定要送这一份重礼呢？"老太爷笑道："这事他当然不好意思说，可是在南京城里当男用人的，十个就有九个是这样子，实在不足为奇。他和邻居家里的女用人，有点儿风流韵事，却和邻居家里男用人打起架来。结果，是全部送到警察局里。这种案子，警察局哪会把它来当什么了不得的事情办，拘留两天，要他们取个保就算了。他主人恨他胡闹，置之不理，是我到警察局里保他出来的。保他出来之后，他又生了一身疥疮，我借了五块钱，让他回江北休养。后来他重回到南京，归还我那五元钱，我没有要他的。不久就是'八一三'了。不想这点儿小事，他还记在心里。只是当年他还我五元钱，没有收，于今还我一千元，我就要了吗？"亚雄道："他还说，过两天会到我们家来看老太爷的。假使老太爷不肯收他的，等他来了退还给他就是。"老太太道："他发了多大的财呢？动手就是送人一千元。"亚雄笑道："那简直不容易猜测。"因又把李狗子那番招待说了一遍。并说在渔洞溪遇到开老虎灶的褚老板，也是西装革履，阔得很。

一家人正说得高兴，老太爷对老太太笑道："酒呢，我已闻到一些香味，至于牛肉，你还是刚拿到厨房里去红烧，这一笔账就记在我身上了。"说着哈哈大笑起来。区家这十余小时之内，收进了两千多元钞票，立刻在家里发生许多笑声。这老两口子，都是已逾花甲的人，竟有了少年夫妻的意味，开着玩笑，在他面前站着三十多岁的儿子与儿媳，也不能不认为是意外了。

第十一章

换 球 门

　　这天下午，区家老太爷极为高兴，坐在白木桌上边喝着酒，吃着亚雄带回来的卤菜。恰好送报的人来了，掀开报纸来看，便是"东战场我军大捷"的题目，益发增加兴致。因为他是东战场的人，对于东战场的胜利，感到关系密切。老太爷左手拿了报看，右手轮流地端着杯子，或拿着筷子，把一张报纸慢慢看完，那一搪瓷茶杯的大曲也就慢慢喝光，还端着酒杯子喝下去了最后的一滴，然后慢慢放下。看看那老伴，却很久没有出来。这酒是她斟的，算是一种敬意，可也正是一种限制。因为斟过之后，她已将酒瓶子拿去，说是代老太爷保存起来。难道儿孙满堂的夫妻，还能为了争酒吃吵嘴不成？所以在习惯之下，也就这样被统制惯了。平常酒量，恰好到此为止，不想再喝，可是今天受着钞票的刺激，受着儿子有办法的刺激，更因为那胜利的刺激，特别地需要酒喝。年纪老了的人，在儿孙面前，要顾着面子，又不便叫老伴来加酒，因之将那空酒杯放在面前，不肯撤去，兀自靠近了杯子，两手撑了报看。

　　约莫十分钟，是个机会，区老太太由房里走到外面这间屋子来了。老太爷便笑道："老太，今天报上消息很好，东战场打了个不小的胜仗。"老太太随便答道："那很好，在家乡的人，可以安心一点儿了。"老太爷笑道："我特别高兴，看过报之后，真要浮一大白。可是报来晚了，我已经把一杯酒喝去了九成九，哪里能浮一大白？"老太太一看他满脸的笑意，不怎么自然，就料着他用心所在，便笑道："究竟还剩下一成，让老太爷庆祝一下子。若再晚来几分钟，那就只好喝白开水了。"老太爷将手抚摩了空杯子，笑道："我现在酒量大了，这一茶杯竟不大够。"老太太笑道："酒瘾也

143

像烟瘾一样，你越不限制它，就越涨起来的，就是这样也好，这样的好酒，一顿喝光了，也怪可惜的，留着慢慢地喝吧。老太爷你的意思怎么样？"她笑嘻嘻地望了他，似乎带一种恳求的神气。老太爷虽然觉得十分扫兴，在老伴这种仰望着的神情之下，倒不好再说什么，可也不肯同情她这句话，两手拿起报来，自向下看。其实他很有几分酒意了。将一张报看完，在房门角落里，找着了他的手杖，出门散步去了。

区老太太虽是把老太爷的酒量给统制了，然而过于扫了老太爷的兴，自也过意不去。见他光着半白的头，红着面孔，挂了手杖出去了，而且还是一声没有言语，透着有点儿生闷气，便悄悄地叫了亚雄出来，笑道："不要尽在屋子里逗孩子了，都是你生的是非，买了酒回来，你父亲酒没有喝得够，生着闷气出去了。他的咳嗽是刚刚好，酒后兜风，回头咳嗽又厉害了，你赶了上去陪着他散步。"亚雄笑着说了声"是"，就追出来了。

他见父亲拿了手杖顺了山坡大路缓缓地向下走，便抄了小路跑着几步，到岔路口上一棵黄桷树下等着。老太爷来了，亚雄便迎向前笑道："你老人家出来，也不戴顶帽子？"老太爷看了他一眼，依然慢慢走着，回答道："在你们眼里看来，以为我是个纸糊篾扎的衰翁了，酒多喝一口，会出毛病；出门不戴帽子，也会出毛病！"亚雄只好在后面跟着，因道："我陪你老人家走走吧。"老太爷勉强地呵呵一笑道："越说越来劲了，我走路还会摔倒呢！"亚雄倒不管他同意与否，自在后面跟着，一面笑答道："倒不是那话，我也想散散步，顺便就和你老人家谈谈。——李狗子说的那事情，怎么样？"老太爷道："我不是说过了吗？那钱我当然不能收。"亚雄道："不是说那一千块钱的话，他曾说要约我到他家去教书，我看倒并不是开玩笑，只要一答应，一万二千元的薪水，马上到手。除了买有奖储蓄券中个三奖，哪里有这样容易的事？"老太爷说："呀，居然有这事！你却藏在肚里，这会子才说。"

亚雄一时没有想到回话，老太爷也不响。父子两人走了一段路，老太爷才缓缓地道："以前发财是希望中头奖，然而社会上想发财的人，胃口越吃越大，现在已把中头奖的数目，视为不足道，纵然中了一个头奖，也不够过发财的瘾，我们虽不至于像别人一般狂妄，可是也有这样一点儿趋势。其实便是李狗子所答应给你钱，如数给了，我们也谈不上发财。若并不发财，牺牲了十余年的公务员老资格，去给他教书，那未免不合算。"亚雄道："我也就是这样想着，假如要改行，就彻底改行，以后不再走回公务员这条路了，请示你老人家一下。"

两人谈着，走到了一块平坦的石坡边。这里有两块石头，已被行人坐得光滑了，于是老太爷先坐下，就将手杖斜倚在石边的一丛灌木上，望了一望周围的环境，说道："我并不是诗人，自古诗人多入蜀，这四川对于文艺家是的确另有一种启示。我也就这样想着，无论战事是多少年结束，让我在这四川不担心家务，好好地赏识这大自然之美，高兴时，自己作一两首诗，陶醉自己。这自然是无关抗战，但可以让你兄妹四人，不为我衣食担心，能为国家或社会多出点儿力，然而这就很不容易。"亚雄也坐下了，笑道："你老人家这意思，在公的一方面，也不许我改行了。"

老太爷将放在灌木上的手杖，又放到怀里，两手抱了搓挪着，沉思了一会儿，因道："我并非唱高调，但我们上了年纪的人，做事也必行其心之所安。你看以先亚英是服务社会，你和亚杰都是服务国家，亚男不必给她一个远大的要求，然而她究竟为国家出着四两力气。于今亚英亚杰是自私自利了，你又要去自私自利。因为我二老下了乡，你母亲不愿亚男在城里混，两三天内，她就要回来。这样，我这个老教书匠，已往二三十年教人家子弟怎样做人，怎样做中国人，全是谎话。我觉得有了你两个兄弟改行经商，你这个穷公务员，就忍耐着混下去好了。你自然苦些，我想以后的家庭负担，让你全免了吧。或者你两个兄弟，还可以补贴你一点儿纸烟费。自然，你两个兄弟，都因贫苦而改行了。如你所说，吃小馆子可以吃炒猪肝、炒肉，还让你继续吃豆芽萝卜，我有点儿不恕道。眼见我一依允你，马上就可以收入一万二千元。而我把爱国的大道理，单放在你身上，也觉不公。可是你们已得到国家最大的恩惠，没有服兵役。退一步想，我做父亲的，应该把你们和农村壮丁比一比，而在满足之下，把心里的话，对你说一说。我绝非唱高调，我是行其心之所安。亚雄，你仔细想想，我的话如何？"

亚雄听了这一篇话，看看父亲须发半白，穿一件深灰布棉袍子，越衬着他脸上的清瘦，没想到他穷且益坚，老当益壮，还是这样兴奋，不觉肃然起敬，便站起来道："爸爸这样说了，透着我唯利是图，很是惭愧。既然如此，我决定拒绝李狗子的聘约。只是我这个公务员，除了起草'等因奉此'而外，也无补于国家。"区老太爷又放下了手杖，将手摸了两下胡子，点点头道："这也是实话。可是你要知道，起草'等因奉此'，也究竟需要人，而'等因奉此'，写得没有毛病的，尤其不可多得。若是起草'等因奉此'的人都去经商，国家这些'等因奉此'的事，又向哪里找人呢？我有个新的看法，自抗战入川以后，这当公务员与做官，显然是两件事。你既然是公务员不是官，这和以前大小是个官，及官不论大小，能挣钱就好，那是两件事了。你若是这样干下去，我以为对得住国家，也对得住亲师。"

他这番话侃侃而谈，不但把当前的大儿子说感动了，却也感动了两位旁听者。这两个人，也是在外面散步的，听了有人演讲似的说话，便站住了听。这时，两人中走过来一个人，向区老太爷拱拱手道："刚才听到你贤乔梓这一份正论，佩服之至！真是何地无才？"亚雄看时，正是在公共汽车上让座给他的那个老头子，不过旁边增加了一位穿西服的少年。亚雄道："不想在这里遇着你老先生。"那老人笑道："我正因为看到你阁下，所以走上前来，想攀个交情，远远地听到二位的高论，我就不想上前了。但是听完了令尊这一番高论，我实在禁不住要喝一声彩。现在这局面，虽然打着抗战旗号，哪里不是自私自利的表现？难得这位老先生，竟能反躬自问。"

区老太爷见这位老人须发虽然斑白，但是衣衫清洁，精神饱满，倒不是腐朽之流，便也客气了几句。那老人自己介绍着，他姓虞，三个儿子，两个做了不小的官，一个儿子是武职，在前方。这西装少年，是他的长孙，他喜欢生活平民化，所以常坐小茶馆，偶然进城，也必定是公共汽车来去。在汽车上见亚雄不让座给摩登少妇，让座给白发老人，这事做得很公正，非趋时髦者可比。因为如此，所以愿交个朋友。现在听过这番话，更愿交个朋友了。

区老太爷听说他的儿子是做大官的，心里倒有点儿踌躇起来。他想着我凭什么和正号的老太爷交朋友？知道的是他来拉拢我，不知道的却不说我趋炎附势？便笑道："那愚父子如何攀交得上？"虞老先生笑道："你先生这句话，不知是根据哪一点而言？难道因为我有两个儿子做大官？果然如此，那不是不敢高攀，而是不屑于俯就吧？"说着哈哈一阵大笑。区老太爷听他说了这句话，自然也一笑应之。

虞老先生笑道："实不相瞒，为了儿子们都挣钱，我成了废人了，什么事不用去干，光是张嘴吃饭，伸腿睡觉。据人说，这就是老太爷的本分。人生在世，想熬到做个老太爷，那是不容易的。可是我倒生了一副贱骨头，就不能享这种老太爷的清福。我不服老，倒很想出来做点儿事。可是我果然如此，全家人都以为有失体面，好像是说有了这样做大官的儿子，还不能养活父亲。他们却不解这样的做法，却是把我弄成了废人。"区老太爷连连地点着头道："虞先生这话，倒和我对劲。"他笑了一笑道："如何如何？我们是很对劲吧？下午没事吗？我们同去坐一坐小茶馆吧。"

区老太爷看这位老人相当的脱俗，也就依了他的意见，一同去坐小茶馆。一小时的谈天，彼此是更谈得对劲了，就成了朋友。虞老先生说老年人不用说和青年人交不成朋友了，便是和中年人也谈不拢来，到底还是交个老朋友好。区老先生在城里，往日却也和西门博士常常谈天，自从搬家了，失去这么一位谈天的朋友，再也找不着第二个。新搬到这个疏建区里来，正透着寂寞，既是有这么一个谈天的朋友，自也乐得与之往返了。到了次日，这虞老先生还比他更亲切，亲自到区家来约着老太爷去坐小茶馆。

约莫一个星期后，原来在城里找到一个机会教书的区亚男回归来了。她觉得乡下真是枯寂得不得了，尤其是每日报纸来得太晚，总要到黄昏时候才到，看惯了早报的人很有些不耐。因之她吃过了早饭，就到外面去散步。归路途中，她遥遥地看到西门德在另一条小路上，胁下夹了皮包，迎面举起手杖，连连地招了几招，大声叫着："大小姐，大小姐!"亚男笑道："咳! 博士! 怎么也到这里来了?"西门德舍开了小路，挂着手杖，就在干田里迎上前来，笑道："我是特意来看看你们的。"亚男笑道："这可不敢当了，公共汽车是非常之难买到票的。博士怎么来的呢?"西门德在中山服衣袋里抽出一方手绢，擦着额头上的汗，因笑道："我也知道这一点。昨晚上我住在城里，今天天不亮，就到公共汽车站上去买票候车。哦! 大小姐，还没有看到今天的报吧?"说着在衣袋里掏出一份折叠着的日报，递给亚男。这倒是投其所好，亚男立刻接过来两手展开，看了几行新闻题目。西门德倒不觉她慢客，自站在路边等着。亚男草草地将报看了个大概，才笑道："只管急于看报，忘记和博士说话了，请到舍下去坐坐，好吗?"西门德笑道："真的，我是特意来看老太爷，并问候府上全府的人，大小姐请你引路。"

亚男将西门德引到家里。老太爷也觉得这位尊客来得意外，拱手笑道："欢迎欢迎! 怎么有工夫到这里来?"西门德夹住皮包，手捧了帽子和手杖，连连拱了几个小揖，笑道："专程拜谒!"老太爷虽未必将这话信以为真，可是他在态度上，却承认这是事实，因笑道："正想和博士谈谈，可是交通不方便，料着是见面困难，博士来了，就好极了。在这乡下玩一天，我们慢慢地谈吧。"西门德也就跟着连说"好极"。

区老太太听说博士来了，也出来招待一阵，大奶奶还是那样，一手抱着孩子，一手提了茶壶出来。西门德起身相迎，拍着手，向小孩笑道："小宝小宝，还认得我吗? 孩子越长越好玩了。"于是，他将放在茶几上的皮包打开，取出两小纸袋糖果交给了小孩。大奶奶笑道："博士还惦记他，买

147

糖果给他吃。小宝谢谢博士了！"西门德笑道："我想买一点儿别的，皮包里又不好带，带着只这一点儿了。自我们分开以后，内人就常常念着这孩子。"大奶奶道："什么时候也请西门太太到这里来玩玩。"西门德毫不犹豫地一口答应道："那一定来的，虽然现在交通困难，可是她若一个光身人前来，那是毫不费力的。她虽是个女人，走路比我灵便得多。"

区老太爷倒不知道他是为了什么要事，说话这样客气，又说他太太有来此的可能，便让他在木椅上坐下了，自己在下手木椅上相陪。西门德在身上自取出雪茄来，点了火吸着，借了这吸烟的动作，他犹豫了若干分钟，然后继续地道："亚英亚杰两兄，都有信回来了？"老太爷笑道："真是博士劝对了，他们这一改行，就改好了。亚英不过是个小贩子罢了，比他当人家一个官医助手，要强十倍，上小馆子可以吃炒肉，也可以吃炒猪肝。"西门德笑道："那么，亚杰当了司机，是更时髦的职业，当然更不止吃炒肉吃炒猪肝了。"老太爷因把亚杰亚英的事略略说了一遍，并把有人出二千元一月请亚雄去当私人教授的话，也对西门德说了。

西门德听了这些话，只管点头，好像表示很羡慕的样子，不住地微笑。等老太爷说完，他笑道："对的！我早已听到这个消息了。老先生见地很高，竟是肯牺牲小我，劝阻亚雄不要干这件事。"老太爷道："亚雄前几天进城去的，博士竟是会着他了？"西门德道："老先生，你自己还不知道呢，这件事已经成为佳话了。老先生不是在这里认识一位虞老先生吗？他的大令郎，把老先生这件事在纪念周上，报告出来，借以劝勉他的部属，以为当公务员的，都应该学亚雄接受老太爷这个说法。把自己和服兵役的人比一比，究系哪个安逸？这样一比，就不必以当公务员为苦了。在星期一，我就遇到那个机关里两位朋友，先后把这事告诉我了。"

老太爷笑道："这倒真是不虞之誉。我在旷野里和亚雄说着这话，根本不曾料到会有第三个人知道。不想竟是让虞老先生听去了。我们倒成了晚年的朋友，更不想到他的公子拿去做了纪念周的演讲材料。有些机关，对于纪念周的演讲，是感到困难的，没有话说偏要找话说，所以我那一番话也不过是给人家起草了一篇演讲稿子而已，其实无足轻重！"西门德笑道："可是在虞老先生那方面，一定是把区老先生的风格，大大地在儿子面前介绍了一番的。我倒有意和这虞老先生认识一下，老太爷可以给我介绍介绍吗？"区老太爷倒没有介意西门博士这里有什么作用，便笑道："这位新的老朋友，倒是和我谈得来，每日都在茶馆子里会面，你要会他，那很容易，回头我们一路上小茶馆去就是了。"西门德连说了两声"好极"，就不再提这事。

　　说了几句闲话，西门德打开皮包，取出几支雪茄送给老太爷，笑道："老太爷尝尝，这是真吕宋烟，口味很纯。"老太爷笑道："你自己预备得也不多，留着自己慢慢用吧，"西门德道："原因就是自己储蓄得也不多，我觉着每天吸两三支，不到一个星期就吸完了，迟早是断粮的，倒不如分给同好一点儿，大家尝尝。老太爷你不要看我随身就是这样一只皮包，我带这几支烟来，还是完全出于诚意。"老太爷对于吕宋烟，的确有点儿嗜好，博士如此说了，他将烟塞入棉袍大口袋里，只取了一支在手，翻来覆去地看着，然后又送到鼻子尖上嗅上两嗅。

　　西门德坐在一边椅子上，对他这行为冷眼看了一会儿，笑道："爱酒者惜酒，爱烟者惜烟，此理正同。可是老太爷要继续吸吕宋烟的话，却比我容易到手。"老太爷正将雪茄头子送到嘴里去咬掉了一点儿，便又将烟搁下，向他问道："我可以容易地得着雪茄烟？博士此话是何所指呢？莫非以为亚杰可以和我带来？你要知道由海防这条路带英美的烟进来，是极不容易的。"西门德笑道："不必那样，你这位新的老朋友，就可以替你设法的。"老太爷道："是的，他们家对运输方面，可以取得到联络。可是这位虞老先生，个性极强，他自己坐公共汽车，来往都不肯要一张优待证，他自不会在运输上面占什么便宜。"西门德听他这样说，便没有跟着说下去，只哦了一声，便将话止住。

　　闲谈之下，老太爷也曾问到博士的商务如何，他笑着摇摇头，又叹了一口气道："究竟我们念书人，玩不过那些市侩。虽是和他们在一处混着，赚了几个钱，终日地和他们谈些毫无知识的话，这精神上的惩罚，颇也够瞧。我想还是另谋事业的发展吧。"老太爷已是燃着了雪茄，仰靠了椅子背，将烟支放在嘴里，欣赏那烟的滋味，听了这话，便喷出一口烟来，似乎带一点儿摇头的样子，因道："难道博士还要重理旧业吗？那么，这好的烟味，可就尝不着了。"西门德将嘴里半截雪茄取出，放在茶几上敲着烟灰，沉吟了道："我打算办一点儿小小工艺，而这工厂还要讲个自给自足，兼着养猪种菜。"说着，他起身打开皮包来，将一份油印的计划书，交给区老太爷道："老先生，请你指教指教。"这区老太爷生平就不大爱看公事，更也不谈功利主义，对这种计划书，根本感不到兴趣。但是博士既交过来了，他也不能不看，于是左手夹着雪茄，右手捧了计划书。

　　博士也觉得他有点儿随便，将身体由椅子上偏过来，手靠了茶几，伸着头道："这绝非官样文章。"老太爷点了头说着一声"是"。博士手指夹了雪茄伸过来，遥遥地指着计划书道："这是于国家、于社会，都有莫大关系的事，不仅是自己可以做一点儿事而已。"老太爷依然点着头说着是。西门德只好伏在茶几上，静等老太爷将计划书看完，然后笑问道："老先生，你觉得这篇计划如何？可以拿得出去吗？"

亚男在一边看到，心里想着，这位博士是何道理，只管把办工厂计划来和父亲商量？原来不想多事，但她见西门德只管把一篇计划书唠叨着，便插嘴笑道："博士办实业，倒来问着这二十四分外行的家父，你不问倒也好些，你问过了，反而会上了当，你还是少问他吧！"西门德只管在茶几沿上敲着灰，沉吟着笑道："虽然……虽然……不能那样说。"

区老太爷觉得自己女儿给人家这个钉子碰得不小，因道："你也太觉你父亲无用了。博士哪会就把他的伟大计划来问我？老朋友见面，不过把这事来做谈话资料罢了。走，我们出去坐坐乡茶馆。"他故意把这个约会，引开了话锋。这个约会倒适合了西门德的意思，连说"好极好极"。于是老太爷取了一些零钱，和西门德走出来。

路上行走之时，西门德突然问道："这个茶馆，就是虞老先生常来的那家吧？"老太爷虽不是心理学家，可是他听了这话，也了解他是什么意思，因道："是的，街上有两三家好一点儿的茶馆，我们都去。但也有个一二三等。必是认为一等的那家客满，我们才去二等的那家，每日在街上彼此互找，总可以会着的。"西门德又不大在意地顺口说了两声"好极好极"。区老太爷想着，他倒极仰慕这位虞老先生，极力地想着一见，那就首先去找虞老先生吧。因之走第一个茶馆没有看到人，就改走第二家茶馆，一直找了三四家茶馆，依然不见虞老先生。还是回到第一家茶馆来坐着。

西门德道："也许是我们来早了，要不然，不能那么巧，正值我们要会他，而他偏偏就不来。"老太爷道："逐日我们也是随便在茶馆里相就着，大概总会来的。"西门德听了这话，一直就陪了老太爷喝茶，直到三点多钟，雾季是傍晚的时候了，区老太爷动议回家。西门德还问了一声虞老先生今天怎么没有来。区老太爷这更断定他是有意要找虞老先生有所商议，倒不能不介绍他去见面，因之引了博士直向虞公馆去打听。据他们听差说，老太爷进城去了，还有两天才能够回来。区老太爷哦了一声，也就了事。可是西门博士听到，倒有大为失望的样子。当时回到区家去，受着区家优厚的招待，次日一早，就进城去了。

这日西门德忙了大半下午，才过江回得家去，老远看见太太站在门口高坡上，向山下望着。这是他太太的习惯，心里一有了什么亟待解决的问

150

题，一定眼巴巴站在门口望先生回来。于是他老远地掀起帽子来，在空中摇撼了几下。到了面前时，左手拿了手杖撑在石坡上，右手在口袋里抽出一方手绢擦着额头上的汗珠，张了嘴呼哧呼哧只管喘气。西门太太道："你为什么不坐滑竿上山来？这个钱你省不了，别的上面，你少花一点儿就是了。"西门德喘了气道："我原来想着，回家也没有什么事，一步一步慢慢走回来吧。可是看到你站在门口等着我，我又怕你有什么急事，等着要向我说，所以跑了两步，可是我这就不行得很。"说着，连连摇着头。

西门太太皱了眉道："可不是有了事吗？钱家那一方面，漏出了口风，说是这房子不借给我们住了。"西门德道："反正他们老早就有闲话了，只要他们不当面来请我走，我们落得装糊涂。"西门太太道："可是我们天天看着人家的脸色，也没有什么意思。"说着话，大家走回楼上，她笑了一笑道："我是个急性子人，见了面就该问了。你去找区家老太爷的结果，怎么样了？"西门德道："不凑巧，那位虞老太爷进城了。"说到这里，刘嫂端了一盆洗脸水来，嘴里咕噜着道："给他房钱，他又不要，现在说我们这样不好，那样也不好，好像不愿人家白住房子。"西门太太望了博士道："你看，又是人家说闲话了吧！"刘嫂噘了嘴道："他们说我们把水泼在地面上，不讲卫生。"西门太太道："你看这怪不怪，水不泼在地面上，泼到哪里去呢？"西门德道："这必是刘嫂泼在水沟外面，所以他们这样说了。以后把水送到沟里去泼就是。"他太太听了这话，闷着没作声，在桌子抽屉里取出一听纸烟来，取了一支吸着。

西门德洗过脸，打开皮包，取出两个纸包放在桌上，笑道："不要生闷气，我给你带来了你喜欢的东西。一包五香豆，一包鸭肫肝。"西门太太将两个小纸包拿在手上，颠了两颠，向桌上一扔，因道："怪不得你放在皮包里，就是这么一点点！"西门德笑道："你不要嫌少。我们这个月，不到几天，已经在银行里提出一万多块钱来用了，可是收入呢，一个铜板也没有，我们不能像已往做生意那样用，应该有个限制。"西门太太道："正是，我还不曾详细问你。那虞老头子，你没会着吗？"西门德道："这也许要谈一点儿命运论。事情一不顺手起来，一切就都不凑巧，那位虞老先生偏是进城了，说是还有两天回去，我又不便老在乡下等着。我想过一两天，你去一趟吧。"说着躺在沙发上，伸长了两腿，在衣袋里掏出一支雪茄来，叹了一口气，摇着头道："我后悔不该认识钱尚富这批人，现在口胃吃大了，再回到从前那一份清淡日子里去，有一点儿受不了。你是广东糕点、苏州甜食吃惯了。我呢？"说着把手上的雪茄举了一举，笑道："现在的土制雪

151

茄，我就不能上口！"

西门太太已经把鸭肫肝拿在手上，送到嘴里去咀嚼，回转头来向博士望着，笑道："你既然知道是这样，就再找着生意做好了。以前你没有做过生意，还可以找到姓钱的这类人搭帮，现在你已经是个小内行了，还怕找不到办法吗？"西门德已点着了那雪茄，吸着喷出一口烟来，笑道："你猜我为什么去找区老头子？"西门太太道："难道他会做生意？"西门德将雪茄指点着，向太太道："你只晓得咀嚼鸭肫肝罢了。区家老三，现在跑长途汽车，公路上一定兜得转。假如我们能拿出几万元来，和他做生意，一定不会蚀本，这是谈小做。假如能和虞老头子认识了，我们简直可以在仰光买上两部大卡车，连货一块儿运了进来。"

西门太太笑着哼了一声，道："你是将大话骗自己呢，还是将大话骗我呢？据我所知，一辆卡车要值十几万，你打算买两部卡车，你哪里的这样多钱？"西门德笑着点头道："你这话问得有理，就是为了没有钱，我才去找区家老太爷设法了。假如那位虞老先生肯帮我一点儿忙，凭他一封介绍信，我们可以不花一个钱买进两部卡车来。"西门太太道："这话我就不懂了。车子是外国的，外国商家可不管你是中国什么人，他交出货去，就要收你的钱，介绍信有什么用？"西门德道："戏法人人会变，各有巧妙不同。我告诉你一件事，有个朋友，平白地和人家机关里订约，卖十五辆汽车给机关，说明重庆交货。但是要在重庆预付定洋三分之一。订好了约，他就坐飞机到仰光去，在外商手上，定了十几辆车子。这定钱，也正是买主给的全价三分之一。他把车子定好在手，就不怕无货可运。因为仰光商家，在海里搬上岸的货，都是山一样地堆着，只愁没有车子运走。而那朋友的十五部车子，既是直放重庆，又是挂着公家的牌子，相当地保了险，所以大家抢着要租他的车子。未开车，他就收了许多款子，他除把车价开销之外，而且办了几吨货。车子很平安地到了重庆，卸了货，将车子洗刷一番，交给买主，一文不短，将其余的三分之二现款挣出。这一趟仰光，你想他挣多少钱？这件事，人人会办，问题是哪里找这种订货的冤大头去。"西门太太道："据你这样说，虞家路上有这冤大头？人家不会直接在仰光托人买？"西门德道："所以我说要找冤大头了。我已经打听得，有某处要买十二辆车子，也是重庆交货。自然，订约之后，可交定钱三分之一。那虞老头子的大儿子，就管着这一类的事。假使他肯和我介绍一下，我就能在买主那里取得铁一般的信用，我们学着人家依样画葫芦，赚他两部新车子，还有什么问题吗？"

西门太太听说，心里也就随着高兴起来，继续向丈夫打听生意经。西门德对于这件事，已经私下想了个烂熟，太太一问，就全把主意说了出来。西门太太也是越听越有味。最后就决定了主意，因道："果然有这样好的事，那是不能错过了的。我到区家去一趟。据你心理学博士的看法，钱过一万，没有人不爱的，我就老老实实和老太太大奶奶说明，生意做成，分他们一份干股。凭这一点，她们也会怂恿老头子和我们合伙的。"西门德笑道："兵法攻心为上，我是一个穷博士，就要顾到穷博士的身份。你到区家去，可不能学着我，应该多带一点儿东西，连老带小，全送他们一份礼。这样，他们拘了三分情面，你的话才容易说。"西门太太道："这我就得怪着你，前些时，他们搬家的时候，你一棍子打个不粘，不给人家想点儿办法。女人都是小心眼儿，这时候我们去求她们了，她们不会给我们一个下不去？"西门德笑道："这叫换球门。你没有看到赛足球吗？在东边球门能赢的，换到西边球门去，也不一定能输。你对于太太们的交际手腕，我看着就很不错。这回你到区家去，把拉牌友的手腕拿一点儿出来，我想准有几分成功。"夫妻二人商量一阵，已经觉得势在必行。

不料次日上午，钱尚富派人送了一个纸条子来，说是城里那个旅馆的房间费，三股分摊，博士应当摊一股，共是三千余元，请交来人带回。他看了条子，手拍了桌子，连说"岂有此理"。西门太太接过条子来一看，因道："以先要拉拢我们的时候，亲自坐轿子来邀我们去住，如今用不着我们了，我们也不长住那里，也要我们出钱。这样的势利鬼，不要理他！"西门德道："不理他不行，我口头上客气过，是说这个月要认一股账的。而且我们还有许多事情落在他手上，和他翻脸不得，我们住的房子，还是他介绍的呢。而且这房子许多的家具，也是他的朋友的。这一股款子，我们只好出了，从今以后，我不到那旅馆去歇脚就是。总有一天，叫他们看了我西门博士眼红。"说着，右手捏了拳头，在左手掌心里捶了一下，因道："太太，你努力，我们要发一注财，比他们还有钱，让他们再来巴结我们！"西门太太道："哼！他们再来把我们当祖宗看待，我也不理了！"夫妻二人发了一阵子气，没有法子，还是拿出三千余元钞票来交给了来人。

这一份刺激，叫西门太太再也在家坐不住，立刻过江，买了大大小小十几样东西，将一只大包袱包了，便搭了公共汽车向区家来拜访。她是个胸有成竹的人，雇了乘滑竿，直抬到区家门口下轿。正是亚男在门口闲望，迎上前笑道："博士言而有信，西门太太果然来了。"西门太太提着大包东西，向屋里走着，因笑道："老德昨天回去，我着实埋怨了他一顿，到你府上来，为什么不邀着我同来呢？我是个急性子人，今天一大早就过江了。老太爷老太太都好？"亚男笑道："比在城里住那小客店，这里是天堂了。"

西门太太在身上摸索一阵，摸出一支自来水笔，塞到亚男手上，笑道："我知道你很需要这个。这是中等货，你凑合着用吧！"亚男哦哟了一声，因道："这可不敢当，现在一支自来水笔，是什么价钱！"西门太太道："这是老德的朋友，亲自仰光带来的，他本来就有两支，要许多自来水笔做什么？"说话早惊动了区家人，区老太太笑着迎了出来道："啊！西门太太果然来了。交通困难，路途遥远地跑了来，我们真是不敢当！"西门太太先把她提的那一包袱礼物，放在桌上，然后笑道："我本来还要带点儿水果来的，是我们那位先生说，车子上太挤，将人安放下去都有问题。因为他这样说了，我只好少带一点儿。老太太，你收着，别见笑。"说时手指了桌上的包袱。

区老太太连声称着谢时，大奶奶抱着孩子来了。西门太太一面问好，一面手拍了两拍，做个要抱孩子的样子，笑道："小宝宝，还认得我吧？"于是解开包袱来，取了一盒子点心，交到小孩子手上，笑道："西门伯母没有带多少东西你吃。"老太太道："你看，大一包，小一包，许多东西，还说没有带多少呢！"西门太太笑道："我真是把你老人家当了自己的母亲一样看待，既然来看你老人家，能够空着手来吗？我们同住一年多，受你府上的感化不少。我们两口子每次拌嘴，总是由老太爷三言两语的就说好了。老太爷呢？他老人家可好？"

亚男在一边看到，心想，这位太太春风满面的，无处不吹到，老老小小问了一个周到。一个多月不见面，来了竟是这样的客气，不免开始注意着她。心想丈夫来过了，太太接着就来，这绝不能无事，且看她说出些什么来？老太太根本没想到西门太太此来大有文章，笑道："我们自搬到这里来，生活安定得多，大家总算没有天天为了米发愁。老太爷也是游山玩水，坐坐小茶馆，现在又是陪老朋友坐小茶馆去了。"这句话是西门太太所最听得进的。所谓陪老朋友，大概就是那位虞老先生，这倒正好托区家老太爷去说情，因笑道："是的，谁都愿意和区老先生谈话交朋友。在这里面，可以得着许多教训。我和老德私下谈话的时候，总是说老先生好。"

西门太太进门之后这一番恭维，将这位不大管闲事的大奶奶，都看得有点儿奇怪，只好笑着因话答话。于是老太太带了孙子陪着西门太太闲话。大奶奶到附近街市上去采办菜肴，以便招待来宾。谈话中间，西门太太晓得大奶奶的行动，便向老太太笑道："你府上有老有小，这女用人是缺少不得的，现在三位少先生境遇都好些，也不该过于节省了。"老太太道："我们搬家的钱，还是人家帮忙的呢，也不过上个礼拜，得着亚杰一点儿接济，还不敢浪用。"

西门太太见亚男拿了一股洗染过的红毛绳，坐在旁边结小衣服，因道："这是给小宝宝做的了。他叔叔顺便回来的时候，给他带一件新的回来就是，这旧毛绳穿到身上，可不暖和。"老太太笑道："说到这一层，我告诉你一件笑话，亚杰来信，说是有人写信托他带东西的，也有人当面托他带东西的，还有绕了弯子请出熟人来托他带的，若一齐全办到，也许有半吨重。他开的车子，可是人家的，有什么法子夹带这些东西呢？因为他这样说了，我们也就不希望带这样带那样，反正他回来的时候，不会空着两手的。"

西门太太和老太太对面坐着，手里捧了一个玻璃茶杯，举着待喝不喝的，眼光可射在她母女两人身上。听到这里，放下茶杯，身子微微向前一伸，笑道："这就是我们那位博士说的话对了。他现在也知道一点儿运输情形，他说在这里要想发财，必须开者有其车。你们亚杰，若是能开着一辆自己的车子，这就发了财了。"亚男笑道："你倒说得那样容易，你没有打听打听，现在一辆卡车要值多少钱？我们要是有钱置辆车，把那钱到荒僻县区去垦荒务农去，合了我们老太爷的理想，倒是个一劳永逸之计。"西门太太笑道："一辆车值多少钱？我怎么不知道？不就是至少十来万，至多二三十万吗？你不要看到价钱大，开车子的人，自己买车子的还真是不少。他们开车的人，哪里又有这许多钱，还不是在运输上变戏法吗？"老太太笑道："虽然人家都说司机发财，究竟钱上了二三十万，拿出来不会那样十分容易。亚杰是刚刚搭上这条路，更不必做这份梦想了。"西门太太道："那倒不尽然。有办法的人，终究有办法。"于是她将西门德告诉她买车子的故事，又转述了一番。亚男笑道："虽然这个办法不是难做的事，可是哪里有那样愚蠢而又多钱的主顾，和我们来订车子呢。"

西门太太正要告诉有这么个愚蠢而又多钱的人，可是区家老太爷回来了。他已得了消息，知道西门太太来了，进门就捧了手杖拱揖，笑道："我们竟是一搬家，就未曾见面。西门太太发福了。"她笑道："根本我就不愿胖，这个日子长胖了，人家还疑心不知发了什么国难财，吃着什么特效补药呢。"老太爷笑道："博士自然不会发国难财，不过这几个月以来，收入情形应该是比以前好多了吧？"西门太太道："那瞒不了老太爷，还不是朋友大家帮忙吗？将来还要请老太爷帮忙呢！"

她见老太爷进屋来，早就起身相迎。原来她除了那只大布包袱，包着大批礼物之外，手里还提着一只手皮包的。于是把手皮包放在桌上，立刻打了开来，取出一小盒雪茄来，笑道："这可不是外国货，是朋友从成都带了来的，请你老人家尝尝。"老太爷笑了接着，连说"谢谢"。因道："博士上次来，分给我们的雪茄烟，我还没有舍得吸呢！西门太太倒又送我这样多烟，不留着博士自己吸！"西门太太笑道："他的朋友怎么把烟送他来呢？他就不应当也分送一点儿给最要好的老朋友吗？"

亚男在一边听得，心想朋友罢了，还要加上"最要好"和"老"字，这位太太，今天是客气得有点儿过分，她必定打了什么主意来了。父亲是个敦厚君子，可别为了情面，胡乱答应她的要求。这么一想，等西门太太和老太太到屋子四周参观去了，就悄悄地通知了老太爷。老太爷不但不介意，反而哈哈大笑起来。亚男觉得她的观察是很正确的，竟没有想到父亲为了这事大笑，不免呆呆地向他望着。老太爷这才笑道："你想，我们也不过刚刚吃了两天饱饭，人家哪就至于向我们头上来打主意？他夫妻都是富于神经质的人，有时过于兴奋。你这样去看，就没有什么错误了。"亚男再要说什么，老太太又陪着西门太太来了。她想着父亲说的也是，自己家里并没有什么够得上人家打算的，也不必过于小心，且看这位来宾有什么动作。

当日晚饭以后，乡下无事，大家又不免围着堂屋里一盏菜油灯光，喝茶吸烟，说着闲话。西门太太也是急于要知道区老太爷是什么态度，谈着谈着，又谈到司机发财的问题上了。老太爷点了一支土雪茄，衔在口角里，微靠了竹椅子背坐着，透着很舒适的样子，喷了一口烟，然后笑道："在抗战期间，我们能过着这样的生活，已经很可满意了。因之我写信给亚杰，发财固然是人人有这一个想头，但我劝他究竟是读书的人，不可做丧德的事。"西门太太坐在他对面椅上，正是全副精神注意听着，看他怎样答复，听了这话，便摇着手笑道："这里面有什么丧德的事？"

老太爷将嘴角里雪茄取出，在椅子扶手上，敲了两敲烟灰，叹了一口气道："西门太太，你是没有到公路上去兜过几个圈子。若是你也走公路，你自然会知道许多。你看公路上那许多丢在车棚里的坏车子，你以为完全是它机件自己坏了吗？我举两个例，譬如有些司机，要揩油，无论你管头怎样精确地计算，一加仑汽油走多少公里，他有法子把汽油节省下来，以便归他所有。最显明的办法，就是汽车下坡的时候，把油箱紧紧闭住，让车轮子自己去蹚着。一天下多少次坡，他就可以节省多少次汽油。汽车到了站头，照公里报销汽油，公家明明白白的并不吃亏。可是在暗中，汽车老是不用油下坡，机件硬碰硬，擦损坏的程度就逐日加重了。这还是逐渐消耗的。更有一种割肉喂虎的做法，那就太狠。譬如有一辆商车，损坏一项机器，在公路上抛锚了。那司机看到有公车经过，就大声喊着，短了一点儿东西，让给我吧，我们出三千块。这当然是个譬喻，其实出七千八千的有，出一万两万的也有。这样地喊着，当然不理会的多，正在走路，谁肯断了自己的腿去接上人家的腿？可是钱财动人心，真肯这样做的，也未尝没有。于是这种司机，就停下车子问着，短了什么？然后看物说价，价钱讲好了，那边将钱拿过来，这边将车子上的好零件拆下来，交了过去。为了这好车子容易交代起见，把那坏零件自送给卖主。于是坏车子配上好零件，开起走了，好车子接上坏零件，可停在公路上等候救济。商车运的商货，甚至就是太太们用的口红香粉之类，自急于赶到站头，好去换钱。那辆公车呢，本就是装着别人的东西，与开车人无干，车子摆在公路上三两个星期，那也没有关系。他零件所卖的钱，足够两三星期花的。碰巧救济车子在数小时后就来了，拖到了修理厂，公家自会拿出更多的钱来配上他所卖掉的那部分零件。车子坏了事小，那车子上所运的货物，岂不误了卯期？所以我说这事就有些丧德。"

西门太太道："真有这样的事吗？"老太爷道："我也是在小茶馆子里听来的话。既有人传说，当然总也有这种事发生过。一个人做好人不易，学坏人却只要你愿意。所以我写信给亚杰，总希望他学学好司机。"西门太太笑道："可是要照我们那位博士所说，开者有其车，自己开自己的车子，无论是替公家运东西，或者运自己的东西，他一定爱惜自己的车子上的每一个螺丝钉，就不会有以上的事情发生了。若是亚杰开着他自己所有的车子，这些话还用得着老远的老太爷写信去叮嘱吗？"

区老太太坐在一边，便插嘴道："他哪里去找这么一辆车子呢？"西门太太笑道："谁的车子也不是天上掉下来的，还不是靠人力去赚来的吗？别个能赚，亚杰为什么不能赚呢？"说着她又把西门德讲的故事，重新讲了一遍。老太爷口衔了雪茄，点点头道："这是可能的。"西门太太听了这话，不由得满脸是笑。因向着他问道："老太爷既然知道是有这些事的，为什么不和亚杰想点儿法子呢？"老太爷笑道："你看我在这疏建区里藏躲着，哪里有什么法子可想？"西门太太道："我们那位博士晓得老太爷认识的虞家，在运输上大有办法。老太爷可以把这事和他们谈谈。"老太爷将雪茄在茶几沿上轻轻敲了两下，笑着摇摇头道："知子莫若父，我家亚杰，他没有

157

那样大的手笔，可以在国外买进许多车子来。"

西门太太见说话更有机会可入了，便起身坐到桌子边一张短凳子上来，更是和老太爷接近一点儿，笑道："老太爷若是那样说，我们来合伙做一回生意，好不好呢？"老太爷哈哈笑道："合伙做生意，我还是拿货物来合作呢，还是拿钱来合作呢？"西门太太笑道："不开玩笑，不要老太爷拿钱出来合作，也不要老太爷拿货出来合作，现在西门在商界里混混，已经在仰光认识几个做汽车生意的外商，而且打听得现在有人要买十来辆车子，要在重庆交货。假使老太爷能找个运输界里负责任的人，向买主介绍一下，我们就可以亲自到仰光去买了车子送来。车子到了重庆，除了运的货可得着许多运费不算，我们就可以多带两辆车子来。这两辆车子的车价，已经包括在那整批的车价以内，我们将买主的车价拿到手，还了欠账，不必格外多费一文，车子是我们的了。这两部车子你一我一也赚他几十万。"

老太爷听说，笑着喷了一口烟，因掉着文道："言之匪艰，行之唯艰！"西门太太笑道："老太爷觉得难在什么地方呢？"老太爷道："譬如说吧，就算这批车子是十辆，十辆车子要交多少美金给人家，才能开出仰光？买主难道能在仰光付钱吗？既在仰光付钱，他自己就会向外商去买，何必经过我们做掮客的手？"西门太太笑道："我刚才说的，不曾交代清楚。这里订了约买主应当付出三分之一的定洋。这三分之一的定钱，在当地已是离车价不远了。同时在当地一定有办法兜揽一些货运，收到一批运费，就把车价给了。"区老太爷摇摇头道："这办法不妥。便是在仰光，一辆好车也要二三十万元，拿个十万八万定洋，不能就把车子开走。讲到运费，也是没有把握的事。同时，说到最后，如果事情真这样容易办，那他买主自己不会派人到仰光直接去买？这样的大钱自己不赚让给别人？"西门太太也是徒然听着一番博士的高论，至于实在情形，她原是不知道，老太爷一提着扼要的问题，她就无法答复，因笑道："反正这样做买卖，挣钱总是事实，不过我说不出详细办法来罢了。若是老太爷愿意谈谈这个事，我让老德再来一趟。"

区老太爷听到此处，已经知道他们夫妇先后来此是为了什么，这样捕风捉影地听到一点儿生意经的窍门，就想大发其财，未免可笑。可是她币重言甘地闹上这么一番，人总是个情面，怎好过于违拂了？只得笑道："好的，可以和博士谈谈，我也不怕钱多会咬了手的。"说着，哈哈一笑。西门太太想着，这件事和老太爷说，不会得着多大的结论，也就只说到这里为止，回转头来向老太太道："我们全不是昼夜打钱算盘的人，现在样样涨价，挣钱不够用，月月闹亏空，不去想点儿法子弄点儿钱来，那怎样得了呢？"老太太笑道："我是向来不管家的人，现在也是天天看油盐账，检查米柜，有时候自己都为这事好笑。我一家亲骨肉，这样留意，还怕谁拿了油盐柴米去换钱不成？那全不是。心里时时刻刻想着，油盐够吃多久，米又够吃多久，不等断粮，老早就得去打主意。我们家临时想钱的法子，是来不及的。"

西门太太脸上表示了很慷慨的样子，因道："不敢多说，几百块钱我们还转动得过来，以后府上要钱用，到我那里去通知一声就是。"亚男坐在旁边，掉转脸微微一笑，恰是给西门太太看到了，她神经过敏地想着这位大小姐一定是笑我，心里在说："为什么我们住在小客店里的时候，不和我们通融几百元呢？"于是自己笑道："上次府上住在重庆小客店里的时候，你看，我们也是受着轰炸，心里乱七八糟。我很埋怨老德少替区老太爷帮忙。"老太爷笑道："过去的事，说它做什么？而且博士在人事上，是很尽力的，那只怪我脾气不好，辞了那家馆不教。"西门太太道："不教也好。"她脖子一扬，脸色一正，接着道："那个慕容仁只是蔺家一条走狗。他也没有什么好儿女，配请老太爷去当先生！"亚男笑道："那姓慕容的，可把博士当好朋友。"西门太太鼻子哼了一声。区老太太恐怕人家受窘，立刻提议睡觉，散了这个座谈会。西门太太被招待着在亚男床上睡，和老太太对榻而眠，闲谈着，她又扯上了托老先生介绍虞家，以便进行贩卖汽车那件事。老太太究竟是慈祥的，见人家这样重托，只得答应了她的请求，负责让老太爷介绍。西门太太觉得没有白来，才安然入梦。

第十二章

飞来的

次日，西门太太要等老太爷切实的回复，当然没有走。就是这日上午，大家正坐在堂屋里闲谈，却见亚雄满面红光，笑嘻嘻地抢步走进屋来，笑道："告诉妈一个意外消息：二妹来了！"老太太道："哪个二妹？"亚男在里面屋子里奔了出来道："是香港的二姐来了吗？"正说话时，已有一乘轿子的影子，在窗子外面一晃，却听到有个女子的声音笑道："不骗你们，这回可真的回来了。大伯和伯母都好哇？"说话时，那轿子已在门外歇下。

西门太太和区家做了很久的邻居，就知道他们有个本家小姐，住在香港。亚男说的二姐，就是这位了。正这样估量着，一阵香风，这位小姐已经走了进来；不用看人，那鲜艳衣服的颜色，老远地就照耀着人家的眼睛。她穿了一件翠蓝印紫花瓣的绸旗袍，花瓣里面似乎织有金线，衣纹闪动着光。其次便是那一头乌发，不是重庆市上的打扮，头心微微拱起一仔蓬松的发顶，脑后是一排乌丝绞做七八仔，纷披在肩上，左手臂搭了一件灰鼠大衣，右手提着一只枣红色配着银边沿玻璃丝的大皮包，有一尺见方，颜色都强烈得刺眼。脸上的脂粉、指甲上的蔻丹通红，这些装饰，表现了十分浓厚的摩登意味。

她抢了进来，也不鞠躬，也不点头，放下东西，两手抓了区老太太两只手，身子连连跳动着，笑道："大伯母，你老人家好？你老人家好？"说话时，亚雄转身出去，提了一只密线锁口、银边牌配搭的紫色皮箱进来，另一只手却提了一只蒲包。区老太太说了"好"，便和她介绍西门太太。区老太太笑道："这就是我们常说的香港二小姐。"二小姐立刻和西门太太握着手，笑道："亚男给我写信，常提到你，咱们是神交多时了。"西门太太一见她富贵之气夺人，先有三分惭愧，又有七分妒意，如今见她和气迎人，又是这样一口极流利的国语，也就欣然说了一声"久仰"。

二小姐又伸出手和亚男握着，笑道："你个儿越发长高了，怪不得你信上说妇女运动做得很高兴，已经不是一个小孩子了。大伯伯呢？"老太爷在屋子里答应着，她就走进屋子去了。西门太太笑道："你家二小姐，真是活泼得很！"老太太笑道："她是香港来的小姐，那当然和这内地小姐不同。"一会子，老太爷和她同走出来。她笑道："我知道你们在重庆的人需要香港些什么。我动身之前，就仔细地想了一番，要给大家带些什么。可是等我把东西买好了，左一包，右一包，就过重太多，带不上飞机。"老太爷笑道："香港的东西，怎么要得尽？把整个香港搬来，也不嫌多。"二小姐笑道："虽然那么说。可是有便人从香港来，一点儿东西不带，那岂不是望着积谷仓饿死人？"说着，将手拍了两拍桌上放的那小皮箱，因笑道："这里面是百宝囊，什么礼品全有！"又指了那蒲包道："这里面东西还得赶快就吃。亚男你去拿把剪子来，将这蒲包上的绳索剪开，我给你看些好东西。"

亚男对于自己的姐姐，当然无须客气，立刻取了剪子来，将绳索一阵乱剪；隔着蒲包，已经嗅到了水果香与鱼腥气，及至打开来，里面又是些小篓子，首先看到的是一篓子香蕉，和碗大的苹果。老太爷哦哟了一声，笑道："由飞机上带了这样的东西到重庆来，让人家知道，那不要被人骂死吗？"二小姐笑道："不是我说句不恭敬的话，你老人家是乡下人。我在香港就知道，比这平常的东西，由香港运进来的多得很哩！"老太太也站到旁边来看，笑道："香蕉倒也罢了，那是这里所缺少的。苹果在重庆也有了，倒烦你想得周到。"二小姐在篓子里取出一个苹果，举了一举，笑道："有这样好、这样大吗？"亚男笑道："重庆的苹果，是刘姥姥说鸽子蛋的话，这里的鸡蛋，也长得俊。那苹果比鸡蛋，也大不了多少。"二小姐且不谈苹果，向她瞟了一眼，笑道："你现在也看《红楼梦》？"亚男红着脸道："我是什么文学书都看的。"

二小姐又丢开了她，面向着区老太道："大伯母，我们亚男妹妹，有了对象没有？"区老太太笑道："你这个做姐姐的不好，多年不见，见了面就和妹妹开玩笑。"二小姐笑着脖子一缩，又去解开另一只小篓，里面却是几块鱼，是大鱼用刀切开的，已挖去了脏腑，另一只小篓，又是几十只海虾。她回转头来，向区老太爷笑道："大概你们好多日子没尝这滋味了吧？"西门太太笑道："二小姐是很能替重庆人设想的。"二小姐道："大概这里有钱所买不到的东西，都带了一些来。我虽没有到过重庆，重庆人到香港去的，我可会见多了，据他们口里所说的，重庆所差的是什么，我早就知道。"西门太太笑道："据我所知，这里迫切需要的是蜜蜂牌的毛绳，重庆虽然有，价钱贵，颜色还不好。"二小姐点着头笑道："这个我早已想到了，有，有，有！"

老太爷笑道："这样带的有，那样带的也有，你这回到重庆来，预备花多少钱？"二小姐笑道："这半年来，你侄女婿改了行，做起生意来了，比以先活动得多。大概我半年这样来重庆一趟，他绝不反对。"老太爷笑道："你看，这位西门太太来做客，也是劝我改行做生意，我们还没有得到结论呢！"二小姐听说，满脸是笑，向老太爷走近了一步，向着他道："大伯，这办法是对的呀！多少体面人，如今都做生意，我们为什么保持那份清高呢？"老太爷笑道："我哪里还卖弄什么清高？只是上了年纪，思想也不够锐敏，哪有这本领和别人斗法，况且，你也知道我的家境，哪里有这能力？"二小姐笑道："在香港，跟着讲生意经的人一处磨炼磨炼，现在很懂得些生意经。回头可以和大伯谈谈。"

西门太太听了这话，倒是正中下怀，这样一来，大可以在这里宽留两日。听这位二小姐的话，连在飞机上运输都有办法，国内公路上那更不必谈了。正好老太太也先说了，请西门太太不要走，大家谈着热闹些。大家谈了半日，二小姐和西门太太说得竟是很投机。谈话之间，二小姐对于这屋子，首先不满意，卫生设备，这乡下当然是不会有，窗户上没有玻璃，地下没有地板，屋子里的桌椅不是白木无漆，就是黄竹子的，一点儿也不美观。因之论到亚男年纪轻轻的姑娘，头发剪得短短的，脸上也不搽点儿胭脂粉，身上穿件蓝布褂子，也还罢了，脚上那双粗布便鞋，粗线袜子，把人弄成了个大脚丫头，实在不妥。亚男听了她的批评，不说什么，只是微微地笑着。

二小姐哪里肯放过？立刻拿出一双皮鞋，一双细羊毛袜，逼着亚男换了，又打开一瓶香水，在她头发衣服上都洒了，还向她道："女人爱美是天然，年轻轻的姑娘，弄得像老太婆一样做什么？你本来很漂亮，用不着什么化妆，布衣服也好，旧衣服也好，只要不和时代脱节，就很好了。"亚男笑道："一句很好的话，倒被你这样利用了！"她虽然如此说了，可是当二小姐把带来的皮箱打开，看着里面全是衣料、鞋袜、化妆品、手表、自来水笔、打火机一些小玩意儿，早已十分欢喜。后来谈话之间，二小姐又说到香港许多好处，假使愿意去的话，挣二三百块港币的薪水不成问题。有了机会，再到南洋去一趟，一样可以做抗战工作，比在内地受这份苦闷要好得多。这些话却是亚男听得进耳的，就也和二小姐继续谈下去。

西门太太见亚男都被这位二小姐说动了，这可见坐飞机来的人物，还是能引起人家羡慕与仿效的，这也就留意到二小姐的丈夫是怎样子在香港过活的。据二小姐说，她的先生林宏业，也不过在洋行里当一名汉文秘书，原来是过着仅够生活的日子。一年以来，受重庆朋友之托，常常代办一点儿货由几个港口子带了进来。起初是乐得做人情，后来和各方面混得熟了，知道很挣钱，与其和人家帮忙，何妨自己来？也就邀几个朋友集合着股本，买一辆车，连货一齐运了进来。原来是闹着玩的，可是做了一回，就有了瘾了。因为朋友凑股子的事情，挣钱有限，做了几回，有点儿股本，现在想自己单独来做这生意。自己买货，自己买车子运。好在亚杰会开车子了，这车子就让亚杰来开，也不怕出毛病。这次到重庆来，就是想来谈谈这件事的，顺便打听打听这里几样土货的价钱，将来可以办些货，运出去，免得把货价买外汇。而况另买外汇要费很大的事。

西门太太没想到这位小姐比自己更能干，竟是坐了飞机和丈夫跑腿，这倒不可失之交臂，应该向人家学习，因之二小姐说着什么，都随声附和了。区老太太因为二小姐送了许多东西之外，又另外送了三千元法币，说是给两位老人家稍微补添一些衣服。老太太究竟是老太太，觉得这几天各方是太锦上添花了，心里头一高兴，就叫亚雄到十里路外去赶场，办来荤素菜肴，对二小姐和西门太太大事招待。西门太太和二小姐在一处，恨不得一天谈上二十四小时，不但对装饰上学了许多见识，就是在说话方面，也学了不少俏皮话。同时，老太爷也回复了西门太太的信，已和虞老先生说了，他也很慕博士的大名，愿意和博士谈谈。西门太太总算办得相当满意，便打算回去。

二小姐道："我也是要进城去办许多事。只是这公共汽车挤得太厉害，气味又难闻，我打算坐滑竿去，我们一路走，也免得路上单调。"西门太太听说，心里可就想着："这样远的路坐轿子，两个人恐怕要花好几百块钱，我可做不起这个东！"正如此想着，二小姐又向亚男道："重庆城里我是人地生疏，大哥自有他的公事在身，我不能遇事找他，你得陪着我住几天。我住在温公馆，究竟不方便，不过在香港的时候，和他们二太太见过两面，这回又是同坐飞机来的。其实并没有很大的交情，我是急于要在城里找家

163

旅馆。听说这里新办了一家专供外国人住的旅馆，房钱是用美金算，真的吗？"亚男笑道："有法币就行了，不过贵一点儿，你也不是外国人！"二小姐道："我听到温太太说，重庆只有这家旅馆可住。我问其他的呢，她摇了头，皱着眉毛。"亚男笑道："那是你们香港高等华人的看法。我们被炸之后，在小茶馆楼上住过了半个月，身上也没有少一块肉。"西门太太是附和着二小姐说话的，她就分解着说："出门的人本来辛苦，要住得舒服些才好。二小姐若是不嫌过江麻烦的话，到南岸舍下去住两天也好。我那屋子自然比不上温公馆，可不是疏建房子，是一幢小小洋楼，家具也还整齐，令妹可以做证。"亚男笑道："对的，他们那房子，也常住着飞来的人，可惜隔了一条江。"二小姐道："这样说，你更是要陪我进城去住几天，免得我到处撞木钟。"说毕，就吵着要亚男去找轿子。

她竟也猜得出人家怕坐轿子是什么心理，在手提皮包里取出三百元钞票，交到亚男手上，笑道："这些钱够不够？请你包办一下。"亚男道："你真有钱，放了公共汽车不坐，花几倍的钱坐轿子。"二小姐道："我常听到去香港的人说，重庆路不平，只有坐滑竿最舒服，坐着可以，躺着也可以，下乡进城，更有滋味，赏玩赏玩风景，还可以带一本书看着，我想尝尝这滋味。"亚男道："你可知道，滑竿下面，有两个也是和我们一样十月怀胎的动物在抬着。"二小姐笑道："你又讲你那一套平权平等了。我们不出钱，白让他抬着吗？"

她们是坐在屋子里闲谈，老太太在外面听到争论，倒不愿委屈了这位坐飞机来的侄女。心想，叫她坐公共汽车，高跟皮鞋踩着黏痰，鼻子闻着汗臭气，也许找不到座位，要站在人堆里撞跌一两小时。她这娇嫩的人，自然不惯受这个罪。于是向亚男道："今天下午到乡场上去，把滑竿定了，明天一早走，轿夫能赶个来回，也许肯去的。"说时把亚男拉到外面来，低声道："只当她自买汽油开了一趟小车子回城，那钱更花得多了，你一定要她坐公共汽车，把她身体弄病了，你负得起责任？"亚男道："过久些，我要劝她一劝，她这样花那不必花的钱，好像是故意卖弄。"老太太将手轻轻在她肩上拍了一下道："多嘴！"又将眼睛向她瞪了一下。

亚男虽不满于二姐这一番狂妄的姿态，可是究竟是姐妹，而且她对于自己一家人，总是表同情的，也不便违反她的要求。当日在乡场上，她果然去雇定了三乘滑竿，每乘五十元力钱，轿夫要求中午歇梢的时候，供给一餐午饭。亚男对于劳苦人儿，向来是表示同情的，虽没有答应，却也没有坚决地拒绝。到了次日早上，二小姐还在床上没有起来，就听到门外有人大喊："小姐，滑竿儿来了。"二小姐虽然匆匆起床，梳洗吃早点，也足消磨了一小时余，方才出门。

那滑竿夫见这三位乘客，有两位是穿着得格外摩登的，就有着他们的新计划。他们抬着滑竿，一串地走着，将穿得最摩登的二小姐，抬在中间走，她那前杠滑竿夫，首先问道："现在几点钟了？"二小姐抬起手表来看了一看，因道："八点半钟了。亚男，你看重庆的雾，真是重得很，天亮了许久，我们还不知道呢。"滑竿夫这又插嘴道："我们来等着好一大半天了。今天要赶回来，赶不拢了，在路上若是歇一夜店，好大开销哟！"抬西门太太的后杠滑竿夫，立刻答道："那还用说吗？随便搭个铺困觉，一进一出，也是五块钱，吃顿消夜，一个人没有十块钱吃不过来。"西门太太道："吃顿饭，哪里要那么多钱？"滑竿夫道："朗格不要？两块多钱，一个帽儿头，那很是平常的事，这还说是不吃菜，若要是吃一碗蒸菜，那真不得了。现在的肉价要合五六块钱。"

二小姐道："什么叫蒸菜？帽儿头又是什么东西？是北方窝窝头一路的玩意儿吗？"亚男在后面就插言笑道："这是你们摩登太太字典上所没有的。他们出力气的人，都是在小饭铺子或饭摊子上吃饭，饭店里盛饭，用小碗由甑里舀到大碗里，先舀一小碗盛平大碗口，再舀半小碗，堆在上面，那饭由小碗的模型倒出来，在大碗上堆了一个塔形状，他们叫帽儿头。最好的帽儿头，当你吃的时候，饭会碰着鼻子尖。这样的饭，我们还吃不来呢。而卖力的，却最过瘾。这种饭店，不炒菜，只有米饭蒸的肥肉骨头肠子，统称着蒸菜，用五寸碟子装着，在笼屉里现成，随吃随有。但平常出力的人，多不吃蒸菜，照例吃帽儿头。饭店白饶你吃一小碟泡菜，不要钱，并可以送一碗蒸菜笼下的油水，这叫作汤。也有把猪血心肺熬上整大锅汤的，那可要另外算钱出卖。"

亚男的滑竿夫笑了，因道："这位大小姐啥子都晓得，你说我们苦不苦嘛？"二小姐在前面滑竿上笑道："我们这位大小姐，当留心的事不留心，不当留心的事，你倒说得有头有尾。"滑竿夫道："这样有好心就好，将来会发财，老天爷是有眼睛的。"这话引得大家都笑了。但这么一来，开了滑竿夫一个诉苦的机会，只管说着个人的苦处，他们一肩抬了三小时，经过一个小馆子，便停在一家干净的茶饭馆门口。

一个滑竿夫向二小姐笑道："太太，这是下江人开的，有点心有面，你吃上午吗？向你借几个钱，我们也到外面饭铺子里去吃个帽儿头。"他说话的时候，站在二小姐面前，微弯着腰，黄色的脸上，现出那不自然的笑容，汗珠像豌豆大，一颗一颗地由额角上顺着脸腮向下流。这虽是冬季，他敞了短衣的胸襟，热着兀自喘气。二小姐心里，早自疑惑着，他们卖力气的人，真不在乎，一肩可以抬这样远。这时见他这样，才知自己是猜错了，原来人家也是很吃力的，便掏出二十块钱交给他那轿夫去吃饭，她们也就着这茶馆里吃些点心。滑竿夫回来抬滑竿的时候，二小姐多问了他一句话，"你们吃了帽儿头吗？"抬她的滑竿夫便道："哪里哟！我们一个喝两碗吹吹儿稀饭，吃两个麻花，这样就花十多块。"二小姐道："什么叫吹吹儿？"滑竿夫笑道："太太，你们坐飞机飞来飞去的人，哪里知道这样的东西啊？稀饭煮得像米汤一样，吹得呼噜呼噜响，这稀饭吃到肚子里去，出一身汗就没有了。"

西门太太笑道："你怎么知道这位太太是飞来的呢？"滑竿夫道："太太，这些日子我们也跟到各位外省人开了眼界，常常抬着飞机上飞来的人。前两天这位太太下汽车，是我们抬的，箱子上贴了香港印的洋纸单子，还有一张单子，上面印有一只飞机。这太太穿的皮鞋，就是香港来的，重庆要卖上千一双吧？"亚男笑道："二姐，你看坐飞机的人，多么风头足，连轿夫都看得出来。"抬她的轿夫便笑起来道："那是当然，飞来的人，都是挣大钱用大钱的人，一看到就认得出来。有一天，我们抬一个坐飞机来的老太爷，由乡场上到张公馆，一个来回，就给我们五十块钱，我们道谢一下子，又赏了十块钱，来去还不到一点钟。"抬二小姐的轿夫便搭腔道："有那些良心好的座客，可怜我们出力气人，道谢一下子，十块二十块，硬是随便拿出来。"又一个轿夫道："他们由香港飞来的人，还有外国飞来的人，用一百块，只当我们花一百个钱。"抬西门太太的轿夫道："遇到这样三位小姐太太，我们出力气的人，就走运了。"

二小姐听了，不由得暗笑，回转头来向亚男说了一句英语，那意思是说，他们这样恭维，回头要给他们多少钱呢？西门太太虽是博士之妻，读书的事，正好是和平凡的妇女一样，识字有限，更不用谈外国文。她听到二小姐说英语，正是不知道她讲的什么，不便问，可又不愿默尔，因笑道："在香港的人，无异到了英国一样，住久了，总能学着很好的英语回来。"二小姐笑道："我伯父就反对这件事，说为什么中国人在一处谈话，要说别国的话，可是在香港，若不会说广州话，又不会说英语，在社会上那是处处有吃亏的危险的。到重庆来的时候，我在飞机上就一路想着，到了内地，还是少说英语，免得人家说笑话，可是我尽管这样警戒着，一不留心，就把英语说了出来。"

西门太太道："那也无所谓笑话，不过内地人不懂罢了。"二小姐笑道："其实现在交通太便利了，叫人随乡入乡，真有些来不及，几小时以前，还在外国式的香港，转眼就到了重庆，这比乡下坐轿子进城还要来得快些。初到重庆的那一晚上，我都恍恍惚惚地像在香港。"亚男笑道："我们没坐过飞机的人，没领略过这滋味，只好让你夸嘴了。"抬二小姐的轿夫忽然插嘴道："坐飞机没有坐滑竿这样安逸吧？"西门太太道："你不要看飞机飞在半天里，人坐在飞机上，像睡在床上一样。"二小姐笑道："真是所差有限。"轿夫却不肯输这口气，他道："坐飞机有危险咯！在滑竿上睡着了，也没得危险，我们今天都是小小心心地抬。坐了我们的滑竿，别个抬的滑竿，你就不想坐。二天由乡下进城，太太，你还叫我们抬吗？我叫李老幺，你到乡场上停滑竿的地方吼一声就是了。"

亚男笑道："我们真爱花钱，几块钱买一张公共汽车票不干，要花几十块钱坐滑竿。"轿夫道："坐滑竿安逸得很！汽车好挤哟！你们这皮鞋值几百块一只，让人踩一脚，那不是去了多的吗？不要说抬一趟得到几十块钱，我们抬半个月的滑竿，也不够买一只皮鞋的钱。我们苦人真是苦在十八层地狱里，你们天上飞来飞去的人，哪里晓得！说是五十块钱一趟，听听真不少，两个人分，一个得二十五元，今天吃一天的伙食，明天还有大半天，才拢得到场上，一个人剩到好多钱吗？二三十块钱，现在能做啥子？乘客要体谅我们苦人才好咯！"

亚男听到这里有些不耐了，因道："我们一路说话，你们一路哭穷，真烦人！你们这样啰唆，抬到重庆，我一个钱也不多给你。"抬西门太太的轿夫便答应道："是是！李老幺再不要说啥子了，抬拢了，小姐会多给我们几个钱的，别个坐飞机的人，不会在我们苦人头上打算盘。"亚男笑道："这些人，真是叫人家哭笑不得。老是说想加钱，不睬他，他再要说了，我们就不给他一个钱，看他怎么样？"西门太太道："在重庆坐了两年轿子，家里用的轿班也罢，街上的轿夫也罢，他们都是不好惹的。你不要看他们苦，一块钱一口的大烟，他们还是照样得吸。"那些抬滑竿的，听了她两人的口音，并非都是飞来的，不大好惹，就不敢多提了。

在当日大半下午，轿子抬到了牛角沱。坐滑竿的人，也觉得曲着身子太久了，筋骨不大舒服，便命令轿夫停下。西门太太在一路上就想好了，这一笔短程旅费，未免太多，自己不能强去会东，因之下滑竿的时候，故意闪开一边，牵扯牵扯自己的衣襟，然后去清理滑竿后身的箱篮。亚男已是拿出那一百五十元法币来，向那李老幺道："你们在路上支用了二十元，算我们请你们吃点心了，力钱我们还是照原议付给你们。"那李老幺没想到钱是由这位小姐手上付出，她可不是飞来的人，便满脸堆出笑容来，弯曲了腰道："啊哟！道谢一下子吗！我们今天回去赶不拢了。"说着向二小姐道："这位行善的太太，我们道谢一下子吗！"二小姐见亚男代付了一百五十元，便在轿夫手上取回，另打开皮包取了二百元法币交给李老幺道："好了好了，拿去吧。"说着，把那一百五十元依旧还了亚男。

那李老幺向同伙道："路上二十块没有扣，这里是二百块。"说着，将手上的钞票举了一举。其余五位轿夫一看，这位飞来的太太，手笔确是大，大家互相看了一下，便由一个年纪大些的向二小姐弯了腰道："太太，再道谢你二十块钱吧。二百块钱，我们六个不好分。"其余的轿夫，也都围拢了来，一连串地道谢道谢。他们站了一个圈圈，围拢着二小姐。这些轿夫穿着单的褂子，脸色黄黄的，额角上冒着汗珠子，手伸出来，黑瘦得像鸡爪子似的，各掀起一片衣襟去擦抹额角上的汗，一阵阵的汗臭气，向人鼻子里送来。二小姐打开手提皮包取出两张十元钞票，做了一个卷，向李老幺手上一丢，皱了眉道："现在你们好分了，还有什么话说？"轿夫们笑嘻嘻地点了头，齐声道谢。

二小姐挤出了他们的重围，亚男和西门太太也随了走来。二小姐回头笑道："不是说句造孽的话，这样大半天的滑竿，把我也坐得疲倦了，我们走两步，松动松动筋骨吧。"亚男是绝不怕走路的人，自落得赞同。西门太太又是和二小姐很客气的，自是一同地走着。约莫走了半里路，二小姐向亚男道："到温公馆那个地方还有多少路？"亚男道："新修的马路可通，至多一里路。"二小姐笑道："我还有两小件行李在那里，必须先去一趟拿来，到人家去走得气喘吁吁的也是不好，我们还是坐车子去吧。"她说着抬手招了一招路边停的人力车子，那车夫架腿坐在停的车踏板上，看了她们一眼，并没起身，问道："到哪里吗？"二小姐说了地点，他依然坐着道："五块钱咯！"二小姐又打开皮包先取出两张十元法币来向他们晃了一晃，因道："我没有零钱，二十块钱三部车子，要车子干净的。哪个来拉我们去？"做车夫的，却也少遇见这种主顾，连那个闲躺在车上看人的车夫在内共有四五个车夫，拖着车子过来。其中一个，直拉车子拖到二小姐面前，因笑道："太太还加我们一块钱，要不要得？三七二十一，我们也好分。"二小姐道："因为没有零钱，我才出二十块钱坐三部车子，你拉不拉？"面前几个车夫都连说着就是吗，伸手做个要扯人的样子。三人坐了车子，车夫自是特别卖力，拉得飞快。

那温公馆所在地，是一幢新建筑的西式楼房，楼下有一亩地大的花圃，铁栏杆门敞开着，汽车水泥跑道，直通到楼下门廊外，那里正停着一辆汽车。西门太太一看这份排场，心里就想着，这年月住这样阔的房子的主人翁，不是银行界的，就是什么公司老板，这种朋友，于今认得两个，总是有益无损的事。心里这样羡慕着，可是立时也起了另外一种感觉。那个拉二小姐的车夫飞跑向前，二小姐说了一声就是这里，他便将车子拉进了大门，顺着水泥跑道在洋楼下停着。其余两辆车子，自然是跟着。二小姐下得车来，掏出两张十元钞票交给面前站的车夫道："你们拿去分。"西门太太低头看看自己这身衣服，显然是比着二小姐落伍太多，到阔人家里去，是有点儿相形见绌的，她情不自禁地就退后了两步。二小姐并未介意，径直地朝前走，亚男居次，西门太太最后。

那里门房认得，有一位是和主妇由香港同机来的，便迎向前垂手立着。二小姐道："二奶奶在家吗？"他答道："在家，请进吧！"大家转进屋子的门廊，横列的夹道，左角敞着两扇雕格白漆花门，那是大客厅，里面是中西合参的陈设，紫皮沙发，品字形的三套列着，紫檀雕花格子和紫檀的琴台，各陈设了大小的古董，屋角两架大穿衣镜，高过人。在下江，这陈设也算不了什么，可是在抗战首都里，全是鼻子挤着眼睛的房屋，用的都是些粗糙木器，哪里见过这个？大家还没有坐下，一个穿着新阴丹士林长衫的少年女仆，鞠躬迎着说，请里面坐。西门太太看她还穿着皮鞋，带着金戒指呢，把亚男比寒酸了。心想，这人家好阔，未免放缓了步子。可是向旁边穿衣镜里一看，有个妇人退退缩缩的样子，正是走在后面的自己，现着不大自然，便连忙振作起来。

转过了这大客厅，是一个小过道，便是这小过道里，也有紫檀雕花桌椅配着。对过一个小些的客厅，远远望着，又是花红柳绿的，布置得非常繁华。还没有仔细看去，却看到外面走廊上走来一个少妇，约莫三十岁，穿一身宝蓝海鹅绒的旗袍，却梳了个横司斯髻，头发拢得溜光，在额角边斜插了一支珍珠压发，真是光彩射人。她笑嘻嘻地迎着人，倒不带什么高傲之气，等着二小姐介绍过这是西门博士夫人时，她是十分客气，伸手和西门太太握着，笑道："久仰，久仰！"二小姐介绍着这是温二奶奶，她们同机飞来的。二奶奶笑道："怎么说这话，在香港的时候，我们难道不认得吗？怎么一下乡去，就是这多久？其实有警报也不怕，我们家里有钢骨水泥的洞子，非常保险。你不愿躲洞子，也不要紧，我们家里有几个人，总是临时下乡的，等到挂了球，坐我们的车子下乡去，从从容容地走，准来

169

得及。"她说时一面走，一面引客绕过走廊，踏了铺着厚地毯的扶梯，走上楼去。一路上遇到衣服穿得整洁的丫头老妈子，她们全垂手站立在一边。那一份儿规矩，却是在重庆很少见过的。

温二奶奶引着她们到楼上小客室里坐着，这里算是摩登一点儿，有了立体沙发和立体式的几桌，外国花纸糊裱的墙壁上，却有一样特殊的东西，照射人的眼睛，乃是一架尺多长的玻璃相框子，里面配着尺来长的半身人像，是位瘦削面孔的老头子，虽然鼻子下面只有一撮小胡子，看那年纪已在五十上下了。西门太太看看这地势已经邻近二奶奶的内室，这相片上的人是谁，已不言而喻。二奶奶不超过三十，她的先生却是这样年老。

西门太太正在这样想着，二小姐却问道："五爷回来了吗？"二奶奶抿嘴笑道："我刚刚从香港回来，这两天无论他怎样忙，他也要回来的。请坐，请坐。"大家落了座，她又笑向二小姐道："我料着你该来了，已经吩咐厨子给你预备下几样菜。"二小姐笑道："改日再来叨扰吧。"二奶奶道："你到了重庆来，我得做几样四川菜请你尝尝。他今天要到很晚才回来的，就是回来了，他也管不着我们什么事。"二小姐道："不是为此，我难道还怕见人吗？我想早点儿出去好找家旅馆。"

二奶奶站起来将手做个拦阻的样子，因道："什么？你要搬到旅馆里去住？我们有什么招待不周之处吗？"二小姐笑道："此话不敢当，我不过怕在这里打搅而已。"二奶奶道："我这里空屋子多得很，你随便住着，也不碍我什么。我这里用人凑合着也够用了，抽调两个人招待你，比旅馆里茶房好些。至于我这里伙食，如不合口的话……"二小姐立刻两手同摇着笑道："言重，言重！"二奶奶道："你嫌我们交情不深，搬到令伯家里去可以，搬到西门太太家里去也可以，你若搬到旅馆里去住，你简直说我这里不如旅馆。我有点儿吃醋。"说着，将脸偏着笑了。

二小姐笑道："这样说，简直叫我没的说了。可是你看我们同来还有两个人。"二奶奶道："西门太太我不敢强留，怕西门先生在家等候，在我这里便饭过了，我用车子送她回公馆。令妹也就在我这里屈居两天，没有什么不可以的吧？重庆什么都罢了，倒是话剧比香港好，明天有一处票友演的古装话剧，这是个新鲜玩意儿，有人送了几张荣誉券来，我请三位看话剧。"

西门太太在报上看到这话剧的广告，心里老早就打算了，对于这个新鲜玩意儿，一定要花几十块钱买一张中等戏票看看。现在听到温二奶奶说请坐荣誉座，这当然是最豪华的，便道："是二百元一张的呢？是一百元一张的呢？你们自己也要留着两张吧？"二奶奶笑道："说到荣誉戏券，我们家里竟是正当开支。在这雾季里，几乎每个星期都有几张送到家里来。我在香港的时候，我们五爷自己难得有工夫去享受一天娱乐，票子放在书桌抽屉里，除了他两位大小姐由成都来了，没有人敢拿，钱是一文也少不了，戏可没人看。这回又是五张荣誉券，人家算定了，在这里挣一千元去。我除了请三位带着自己，还多一张票呢。你三位不来，我也要把票子送人的。"

说时，女仆们已在桌上摆着茶点。西门太太看那干果碟子，全是柠檬色的细瓷，上面画着五彩龙。西门博士有这么一只茶杯，珍贵不过，说是因为外国人喜欢这一类画瓷，所以这一类中国的细瓷，倒摩登起来。她便笑道："二奶奶府上，真是雅致得很，随便拿出一样东西来都不俗，现在景德镇的瓷器，是不容易到这大后方来了。"二奶奶笑着请大家用些点心，答道："提起这一套茶点瓷器，是个笑话。战前我在上海托人到江西去买瓷器，到了上海，我一次也没用，就到香港去了。来来去去，少不得又带到了香港。上次我回重庆来，听说这里少有好的瓷器，再把它带了来。"亚男忍不住问道："这也是由飞机上飞来的？"二奶奶在碟子里抓了一把香港带来的糖果，塞到她手上，笑道："和这东西一样，飞来的。我们五爷常指了这些碟子说，是出洋留学回来的国货，打算雾季过了，把他们疏散下乡呢！"亚男两手接了糖果，情不自禁地叹上一口气，重重地咳了一声。

区亚男是个天真尚在的女孩子，看着足以惊异的事，就要表示着她的惊异。温二奶奶说干果碟子都是飞机飞来的，比之那些想坐飞机都坐不到的人，说起来，有钱的人是太便利了。二奶奶坐在她对面，看到她那脸色，怎不知道她用意所在？便笑道："说到物品由航空运来，好像就是一桩稀奇的事。其实你在重庆街上走两个圈子，可以看到由香港飞来的东西就多了。昨天我在一家摩登咖啡馆里吃西餐，据他们的茶房说，不但罐头食物是由香港飞来的，连刀叉和一些用的小器具，也是由香港来的。飞机尽管有人坐不上，可是坐飞机来往的人，有几个是为了公事？无关抗战的物品，有什么不可以载运的？"二小姐道："航空公司做的是买卖。我们拿钱买票，就可以坐飞机。飞机一定要让与抗战有关的人来坐，哪里有许多客人买票？公司来来去去，放着空飞机飞，那要蚀光老本了。"亚男听了这主客之间的话，显然是没有了自己说话的余地，只好微笑。

大家说着话，电灯亮了。西门太太这时觉得应当谦虚一下，便向二奶

奶道："天色晚了，我还要过江到南岸去，先告辞了。"温二奶奶笑道："我
们虽是初次相见，可是我留西门太太便饭也是顺水人情，只添一双筷子，
并不费事。既然不费事，这个顺水人情倒是诚意的。西门太太为什么不肯
赏这个面子呢？"西门太太笑道："我家里住在南岸，晚上回去比较费事。"
二奶奶笑道："论起重庆情形来，也许我知道得比各位要多一点儿。到了冬
季，江窄了，住南岸的人，再晚些也可以坐到渡船回家。要不然，益发在
舍下委屈一晚。"二小姐听说，兴致也来了，倒反代二奶奶留客。她笑道：
"既然到乡下也去委屈住了几天，温公馆这样好的房子，就更可以委屈你
了。明天早晨，让亚男送你回去，对博士说明经过情形就是。"

　　西门太太红了脸笑道："他倒是不干涉我；我这回去见区老太爷，是有
点儿要紧的事奉托他，他一定等着我的回信。"二小姐笑道："你所要办的
事，我知道啰！"说着，向二奶奶把嘴一努，笑道："真有事办不通的，让
她对五爷说一声，保证可以成功。要不然，你来和我们合伙做渝港两地的
进出口，也是一样可以挣钱。我告诉你一个消息，五爷最近做了一笔买卖，
只两三个礼拜，就挣了五百多万。你有意做生意，不才如我，多少总可以
帮点儿忙，你何必时时刻刻把博士的命令放在心里呢？"她说到得意的时
候，眉飞色舞，伸了巴掌轻轻地拍着胸。

　　那二奶奶等她把这番话一口气说完了，才笑道："最近五爷搭股做了一
笔生意，是有这事，可是他不过占其间十分之一二罢了。我们家里这份开
支，说起来你三位不信，除了香港不算，重庆成都两处，城里乡下，每月
总要四五十万，若不做两笔生意，这个家怎么维持？"

　　西门太太听了这话，心里暗想，西门德总说陆先生会花钱，每月要
花几十万，他还是一个财主，嫖赌吃喝，湖海结交，也许要用这么些个。
可是现在二奶奶说，她的家用每月就要四五十万，难道她家用钱还会赛
过陆家不成？心里这样一转念，立刻也就有了她的新计划，便向二奶奶
道："二小姐是随话答话。我家那位先生是个书呆子，哪里懂得什么进
出口？只因他看到别的朋友做生意，有了办法，他也就跟着想做生意买
卖，要让书呆子赚了钱，那就人人会做生意了。"二奶奶笑道："那也不尽
然。若是运气好，碰到机会，一样会发财。我就告诉你们一个书呆子发
财的事，算是我们一个远亲，在抗战这年大学毕了业，原来也算青年一
番热心，见入川的朋友多为了住房子发生困难，就在郊外把自己的地皮
划出了一块，打算建筑一座新村，供给大家住。他老太爷是个土木工程
家，说要盖房子，就当自己采办材料，对瓦木匠包工不包料，这样才可

172

以图个结实。这样计划了，也只仅仅筹备了六七千元，买些木料五金玻璃之类，瓦木匠找好了，图样也画好了，就要动工。不想这冬天，老太爷一病不起。到了第二年夏季，又赶上轰炸。这位青年远亲就把盖屋的计划中止了。到了冬季，他上昆明去一趟。这是二十八年的事。二十九年回到重庆，工料涨了十几倍，他是个书生，没有力量再照原来计划盖房，只把原买的二三千元木料卖出去，以免霉烂。可就是这样，他已挣了好几万元了。他手上有点儿活钱，家里又可以收几担租谷，便没有做什么事，陪了孀母乡居，自己弄点儿地，研究园艺，闲着就看看家传的几箱书。再为着原来是学农业的，曾有人约他去教书，他因为当不了教授，没有去，越发把城里所有的木器家具完全搬下了乡，表示坚决乡居。他老太爷手上买的一批五金材料，有玻璃七八箱，洋钉十几桶，电灯电线四五大箱，一齐也搬下乡。当时本来想卖掉，因正赶上轰炸期，找不到囤货的主顾，他乡里的家，好在是在江边，他便用木船全搬了回去。东西放在楼上，没有理会它，自己正在研究四川能否种热带植物，如香蕉椰子之类，也忘了打听市价，就是这样拖到现在。最近有人想起了他藏有大批五金材料，劝他出让，他这才开始打听价钱，打听之下，他自己也吓了一跳。原来他估计材料价值，他快成百万富翁了。"

二小姐笑道："真有这等事，这可成了鼓儿词了。"亚男笑道："你是少见多怪，在大后方，睡在家里发大财的人多着呢。就说我们屋后那一片山场吧，是紧邻着一家做官的别墅的。当大旱那一年，穷百姓痛哭流涕，向那官磕头，要把山地卖给他，请他随便给几个钱度命。他却情不过，几百块银买一座山头，买了十几座山头，算做一番好事。到如今，那里成了疏建区，又邻近公路。不用谈山下地皮值钱多少了，就是那山上的树木，也要值几十万。那个做官的躺在家里几年，就发了不可估计的财，连搬洋钉子的工夫，都没有烦劳一下呢。有人说，那官拾了便宜，他倒说好心自有好报，落得他夸嘴。"

二小姐笑道："这些新闻，我在香港也是听到过的，只是将信将疑，但是信的成分还是占多数。若是不相信，我也不会坐着飞机到重庆来了。"二奶奶道："是啊！关于做生意的事，我也想和你谈谈，来合一回伙，你当在我们这里暂住两天，以便取得联络。"二小姐笑道："你这个商界巨子的二奶奶，还要和我合伙吗？"二奶奶移到她身边那张沙发椅上坐着，将手拍了二小姐的大腿，低声笑道："我是真话，五爷做五爷的生意，我做我的生意，我是不公开地挣几个钱，做个赌本也是好的。"说着哧地一笑。

173

西门太太笑道:"做什么生意呢? 可以携带我一份吗?"二奶奶笑道:"如何如何? 我说请你在我这里住一天吧!"二小姐向西门太太道:"那么,你就后天一大早回去吧,今晚上我们收收无线电,听听话匣子,明天晚上听话剧。"二奶奶笑道:"打个小扑克也可以。"西门太太一进这温公馆,就觉得相当舒适,既是主人这样殷勤挽留,那就乐得答应了。在重庆市上认识这样的阔奶奶,还有什么吃亏的吗? 心里这样想着,却无故地将肩膀微抬了一抬,笑道:"我是极爱赶热闹的人,只是要到后天一大早才能回去,这未免太打搅了。今天回去,明天再来,好吗?"二奶奶笑道:"爱赶热闹,那我们就对劲,别的话就不用说了。"说着,就向茶几边的墙上一按电铃。

　　老妈子随着进来了。二奶奶道:"你把厨子找了来,我有话问他。"老妈子应声而去。不多一会儿,一个身系白布围裙,手脸洗得干净的白胖厨子走了来,在这小客室门口站着,没有进来。二奶奶道:"早上告诉你预备的菜,都预备好了没有?"厨子垂手道:"预备好了,也买到了鱼。"二奶奶回头向二小姐道:"你别笑话。这几年在重庆请客吃饭,买鱼却是个问题。而厨子也以买到了鱼为光荣。这话若在香港当客面说出来,那不笑掉人家的门牙吗?"说着又再掉过头向厨子笑道:"人家是由香港来的人,你和人家谈鱼鲜,那还不是关老爷面前耍大刀,你倒是规规矩矩做几样四川菜……啊! 我又得问一声了,三位是不是都吃辣椒的? 只管叫厨子做四川菜,他就不免除辣椒的。"说着,向西门太太三人一望。

　　二小姐笑道:"我不怕辣椒,吃四川菜若不吃辣椒,那是外行!"西门太太笑道:"我和大小姐更是不怕辣椒,在重庆两三年,训练也就训练出来了。"二奶奶回过头来,将手向厨子一挥,因道:"去吧,快点儿做,时候不早了。"厨子应声说"是"去了。西门太太看了她这一番排场,心里就想着,这样住家过日子,在物价高涨的今天,要多少钱来维持? 在这里盘桓一两天,也好拉上了交情,替西门再找一条路子,弄一点儿手段给慕容仁、钱尚富那班小子看看。当时就安了这颗心,陪着二小姐在温家。

　　不到两小时,老妈子就来相请,说是饭已预备好了。二奶奶引着她们下楼,经过大客厅,到镂花格扇的小客厅里来。小客厅被绿呢的长帷幔隔断了,那帷幔半开,看到那边天花板下,垂的电灯白瓷罩,点得雪亮,灯下一张圆桌,四周围了小圆椅,走进去看,正是一间特设的餐厅。这餐厅倒有外面大客厅那样大,除了这张圆桌,偏右有套大餐桌,偏左角一架屏风,一个穿白罩衣的听差站在那里等候支使。四周有几座花架子，放着鲜花盆。

二小姐道："原来楼下还有这样一个大餐厅。"二奶奶笑道："我没有叮嘱他们，他们就把饭开在楼底下了。"二小姐站着将高跟鞋在地板上擦了一下，笑道："地板这样光滑，跳舞都可以用得着了。"二奶奶笑道："根本就是舞厅。原来我们这里还放着一架钢琴，是一家学校托了最有面子的人，出了五万元保险费，请借给他们用到战后。学生又派了四名代表到我家来请求，我们这位五爷，要的就是这份面子，他受了人家一番恭维，就把这钢琴送给人家了。"她一面说着，一面邀请大家入座。

西门太太看看这白桌布上，放了真的象牙筷子、细瓷杯碟，中间是一只面盆大的黄釉宝光彩花盘子，上着头一道菜——什锦拼盘。这拼盘有点儿异乎寻常，一眼看去，便见有龙虾、有鲍鱼、有芦笋、有云腿、有乳油鱼片，其余的自然也不是凡品了。这时，有个女用人沿了桌子走着，向杯里斟酒。二奶奶向女用人道："我告诉厨子了，叫他弄点儿拿手四川菜，你看这盘子里全是罐头东西，别在人家面前卖弄有香港货，人家贵客就是由香港来的，赶快告诉他去。"女用人答应着"是"。酒斟完了，二奶奶举着杯子让酒。二奶奶又笑道："是自己浸的橘精酒，不醉人。"接着用筷子挑动盘子里冷荤，笑道："今天厨子有点儿丢人，头一样菜，就是罐头大会。"西门太太向来爱吃鲍鱼芦笋，又喜欢吃乳油淋的东西，鲍鱼、芦笋、乳油都是重庆难得的珍品，不料这位女主人过谦，竟是再三地说不好。这样，自是不值得吃，因之吃了几筷子鲍鱼，也只好停着筷子。但是虽没有吃得够劲，心里却羡慕得够劲。当这满重庆把罐头当为豪举的时候，她倒以为不能见客，想她们家富豪得反常了。

这一点儿感想，似乎亚男颇为同情，她抿着嘴微笑了一笑。但她不像西门太太这样受着拘束，倒是很随便地大筷子夹了冷荤吃。二奶奶笑道："大小姐倒喜欢吃这些罐头食品。让我找找看家里还有没有，若还有好一点儿的，我送大小姐几罐就是。你不要看我们来去飞机便利，这些东西，还是托汽车来往的人带的。上个星期，我们五爷就付出了五万以上的款子，托人带东西。"西门太太很惊讶地问道："就买这些罐头？"二奶奶道："不，我说的这批款子，是买纸烟的。因为如此，五爷就决定弄几辆车子跑跑。"

西门太太笑道："五爷经营点儿商业，不是直接运输的吧？"二奶奶道："飞行运货，不易得着机会，也很招摇。为了人情，也许人家合组公司，他参加点儿股子。可是他说这样做进口生意，起货卸货，报关纳税，过于麻烦。"西门太太道："还另有做法吗？进口生意，无非是车子和飞机

175

而已。"二奶奶笑道:"戏法人人会变,各有巧妙不同。"她这样说着,并没有交代个所以出来,正好厨子送上了一盘魔芋鸭子。二奶奶将筷子点着盘子里笑说:"这是真正的四川菜,请大家尝一点儿。"大家尝着鸭子,就把这话锋牵扯过去了。

可是西门太太听了这话,又增加了一番知识了。进口生意一赚几百万元,却不必靠飞机汽车运货,难道他们靠人力挑了来?不对,那还是要装货卸货,要不然,他有仙法,请六丁六甲用搬运法由香港堆栈里搬到重庆堆栈里?可是天下不会有这件事。她心里好生疑惑,又不便在席上扯开话锋向下追问,只好闷在心里而已。

饭后,二奶奶引着各位女客上楼,仍在小客室里坐着,女仆将熬着的普洱茶,用赛银的瓜式锑壶提了进来,由壶嘴子里带了腾腾的热气,斟在茶几上紫砂泥的茶杯里。那杯子敞着口,像半个球,外面是浅紫色,里面上着乳白色的釉彩。这普洱茶是黑黄色,斟在里面颜色配得很好看。西门太太两手捧了紫砂泥的茶杯碟子,托起来看看,笑道:"温公馆里,件件事都很考究,喝国产茶,就用国产茶具。"二奶奶笑道:"这也是我们以前在上海买的宜兴陶器,现在出一百倍的价钱也买不到了。其实我们自己喝茶,却也随便不过。待起客来,把漆黑的普洱茶斟在玻璃杯子里,那未免有失雅道。"西门太太笑道:"在温公馆做客实在是舒服得很!"说着,望了二小姐。二小姐笑道:"可不是?只是打搅主人一点儿。"

二奶奶道:"打搅什么,我自己并没有动手斟一杯茶。在重庆没有什么有趣的事,若不找两个朋友谈谈笑笑,更寂寞死了。我是个好热闹的人,实在不愿回到重庆来,可是到了雾季,空袭少了,若还留在香港,我们这位五爷是不依的。西门太太以后若是过江来,只管到我们这里来玩,最好先打一个电话给我,我可以在家里等着。"西门太太笑道:"有了这样一个好朋友,我为什么不来?我今天和区家两位小姐进城,原是要赶过江去的,竟是没有走成。若是真过南岸去了,失掉了攀交这个好朋友的机会,那才可惜!"她说着这话,满脸是笑,透着十分欢喜,表示结交的意思更为恳切。而她更迫切的希望是要问问她的温五爷不运货物来,怎么会大赚其钱。可是这屋子角上,就是一架无线电收音机,这二奶奶坐的沙发正靠近收音机的箱子,她顺手将箱子上的电机扭着,立刻里面放出了一阵嘈杂的音乐声。

二奶奶笑道:"妙极了,收到了北平,我们可以听听好戏。"亚男道:"不要听吧,那些伪组织和敌人的宣传,听着有什么意思?"二奶奶笑道:

"照着钟点算，宣传已经过去了，现在光是广播京戏，等他再宣传，我们再转着换一个地方就是。"她口里说着，走到收音机前对好了波度，立刻屋子里唱起戏来。西门太太料着在人家高兴的时候，不能再去追问什么，只得把心里闷着的疑问搁下。到了十一点钟，温五爷回公馆了，大家向二奶奶告退，二奶奶吩咐女用人，送着三位女宾分房安歇。

第十三章

洗 澡

虽然一切很舒适，到了次日早上八点多钟，西门太太一睁开眼睛，却见亚男坐在床面前一张椅子上，因笑道："起来得这样早？"亚男笑道："你看我是贱骨头，起惯了早，有这样舒适暖和的屋子，应该多睡一会儿，可是天一亮我就醒了。在床上清醒白醒两小时，直等老妈子进房扫地，我才起来，洗过了脸，我又坐着喝了一杯茶，看看我二姐睡在床上，还很香，我又不愿去喊醒她，所以来看看你，不想你也是睡了没有醒。"西门太太笑道："我也是老早就醒了的，看到主人家的人都没有起来，我又睡了。"亚男道："起来起来，我们到楼下去看报。"

西门太太被她吵着起来，梳洗过了，陪着她下楼去看报。温公馆订有各种报纸，都放在楼下书房里。这里有一只松木书架，略略地放着几部中西装的书籍，和一副写字桌椅，其余依然是一种客厅式的布置。写字桌上摆了几份报，两人各取了一份，便坐在沙发上来看。温家的女仆，是有招待训练的，见了这两位女宾在这里看报，送着烟茶放下了门帘，不让外人惊动。

约莫十来分钟，西门太太听到帘子外客厅里有人说话，好像是来了客，有人道："还是请你告诉二奶奶，我们来了，等着她的吩咐呢。若是别的事，我们也不敢来惊动，这行市是一天有好几个变化的，失掉机会，那是怪可惜的。"接着听了女仆道："那我就去通知二奶奶吧，若是有事，她会起来的，请二位等等。"女仆走了。有人道："你老兄这一宝押中了，怕不会挣个对本对利？我是受二奶奶之托，打听五金行市，她是想买进呢还是有货？我也不大清楚。她是叫我务必早上来一趟，不想遇到了老兄。"西门

178

太太在有意无意之间，心里就想着，这又是生意经，倒值得研究研究。于是手里呆呆地捧住了那份报，斜躺在沙发上，静静地再向下听去。

这时，另一个人道："二奶奶昨日对我说，也愿意做一笔小小的生意，打算用几十万块钱先试试，以不通知五爷为原则。这女太太们的钱，不是随便可以拿出来用的，若是把她的本钱蚀了，怎么交卷？为了稳当起见，就在重庆市面上洗个澡吧！"西门太太想着，在上海的时候，常常听到人说，某人溮浴了一回，那不是好话，溮浴就是普通话洗澡，二奶奶要在重庆洗个澡，这话似乎不妥当，因之更细心地向下听去。又一个人道："你看准了什么货物？"那人道："我仔细想了一想，几十万款子，什么货物不好收？但为了洗澡起见，必定找容易脱手的，还是纸烟吧。"又一个人笑道："纸烟的市价，这两天很疲，你不要到了手之后，有跌无涨。"那人笑道："这几天疲弱下来的原因，我打听出来了，是衡阳来了一批货，这里垄断的坐庄商家，要杀他一杀价钱，故意把烟价连跌两天。等到把这批来货收买光了，立刻就要涨的。这事已经有了三四天了，恐怕不会再疲下去。今天早上的烟市，只有两三百元的小波动，可说已经稳定，要收货就是今明两天，到了几天之后，恐怕就要上涨了。我知道有两个行庄，已在开始动手大做，我们有的是办法，何必在重庆市上和人争这点儿腊肉骨头，所以我没有鼓动这件事。但是二奶奶二三十万小做，几箱货的进出，无论在谁人手里抢过来，凭着二奶奶的面子，人家也只有让一步了。"又一人笑道："也还不至于有钱收不到货，要人让什么？但是衡阳这批来货，不见得是最后一批货，若以后再有货来，这烟价岂不还要向下跌？"那人道："以现在交通而论，有车子，也轮不到运纸烟进来。最近是不会有大批运到的，目的既是在洗澡，那就好办。到了相当的时候，就抛出去，还能等到衡阳来第二批货吗？而且这几箱子货，不必动手，在人家堆栈房里放着，就是钱交给人家了，过几天取货，人家总也没有什么不愿意。在几天之内看情形如何，行情俏起来，说句抛出，说不定堆栈主人就买了回去。"又一人道："这倒是一着好棋，不过怕赚头不大。"那人笑道："这就实在难说了，也许对本对利，也许弄个一二成，自然弄一二成那不称其为洗澡，但比存比期不好得多吗？"

西门太太把这些话一听，才恍然二奶奶说的不用飞机汽车运货一样可以做进口生意，大概她说温五爷一挣几百万，也是洗澡这路生意。但听这两人说，他们的生意又是走到内地去做的，并不在重庆，不知道又是怎么样子一个做法？心里如此想着，自愿把这些生意经继续听了下去。

却听到二奶奶声音，笑道："对不住，劳你二位久候了。"接着，主客周旋了几句，说话的声音低了。

西门太太正想听她说什么，却见二奶奶掀起门帘子进来，点着头道："二位怎么起得这样早？我太疏忽了，也没有起来招待！"西门太太道："我们是乡下人，天亮了就要起来。府上用人招待得很好，真是向来有训练。"二奶奶道："还有训练呢？叫二位饿着肚子一大早上。"她说话时随手拿起一张报来，翻了一翻，这里面似乎有了她所要知道的新闻，两手捧了报，对着广告栏看了一看，然后向两人道："请到楼上去吃些早点。二小姐也起来了，大概等着二位呢。"

西门太太听了，怕是她不愿意自己在楼下听去她的生意经，只好上楼去。果然上得楼来，区家二小姐已经在小客室里等着，隔壁有间小餐厅，圆桌上摆下几个荤素碟子，女仆用托盆托了三大碗鸡汤面放在桌上，笑着请三人用早点，说是二奶奶有点儿事和客人商量，请太太小姐不要客气，她失陪了。二小姐笑道："我们恭敬不如从命，我知道她在忙生意经。"西门太太就相信自己所料的益发不错，这日自安下了心在温家受着招待，以便得些生财之道。

当日晚上是陪了二奶奶一路去看票友大义务戏。这是古装话剧兼带歌舞的。其中有个女主角，是个悲苦人，二奶奶看得非常同情，几乎要掉下眼泪来。她只管说这个女主角表演得好。西门太太笑道："这位小姐是个艺术信徒，放着现成的太太不做，要玩票，京戏话剧全来。牺牲了她的家庭，反是过着穷苦浪漫的生活。"二奶奶道："你怎么知道的呢？"西门太太道："她是我们那位博士的学生，我怎么不知道呢？她和她未婚夫解除婚约的时候，我曾代表我们那位博士去劝过她的，到了现在她也许有点儿后悔吧。"二奶奶道："那不管她了。今天她在戏台上的表演，让我掉了不少眼泪，只凭这一点，我相信她就是好人。现在你和她有没有来往？"西门太太很兴奋地站起来道："你有意思和她谈谈吗？"二奶奶笑道："好的，好的！"

西门太太在她家住了一日夜，极愿意结交这么一个朋友，只愁没有给二奶奶可以服务之处，既是二奶奶这样喜欢女票友，却是自己替人家最好的一个服务机会了，便毫不踌躇地向后台走去，去了很久，她才悄悄地回到座上来，低声向二奶奶笑道："第四幕她没有戏，这一幕完了，她就会来。"二奶奶因台上在演戏，自不便说话，向她点了点头。

这场戏闭幕了，满戏馆子电灯大亮，二奶奶拿出皮包里的粉镜粉扑匆匆地向脸上扑了两扑香粉，立刻站了起来笑道："到后台先拜访人家去。"

西门太太道："不用去了，她听说温五爷的太太要和她谈谈，她高兴得不得了。"说到这里，她突然在头上伸手出来，向前面招了两招，人随着站了起来，又回过头来向二奶奶笑道："她已经来了，她已经来了。"

正说着，一个穿蓝布长衣、外套青呢短大衣的女子走了过来。她似乎有意将脸子遮盖一部分，头发散着披在肩上，大衣领子微微耸起，把脸腮掩了几分。她走了过来，西门太太立刻携了她的手，向大家介绍着道："这是青萍小姐。"又把三人一一地向青萍介绍着，尤其介绍着二奶奶的时候，郑重地道："这是温太太，二奶奶，我们的好朋友。"青萍笑嘻嘻地点着头，连说："久仰，久仰！"

她们坐的是最高票价的荣誉券座，照例是坐不满，二奶奶身边就空着一个座位。二奶奶握着她的手，让她坐下。二奶奶这时就近看她，见她皮肤雪白的，没有一点儿疤痕，约莫二十上下年纪，长圆的面孔，两只大大的眼睛，簇拥着两圈睫毛，比在台上还要好看，心里越发欢喜。

西门太太见她们很是对劲，便向青萍凑趣道："青萍，你明天上午有工夫，可以到温公馆里去玩玩。"青萍笑道："我一定去。"二奶奶道："若是今晚就可以去的话，我们同车子去，就住在我们那里，这三位都住在我那里。睡觉的地方不成问题，大概我们出来了，厨子总会预备一点儿消夜的，到我那里吃点心去，好不好？"青萍客气了两句，倒没有辞谢。二奶奶很是高兴，戏散后，大家坐着一辆汽车，便同回到温公馆来。这已经是一点钟了。二奶奶请她们吃过了消夜，由青萍报告些戏剧界的新闻与故事，大家都听得很是有趣，直谈到深夜三点多钟，方才安歇。青萍小姐由二奶奶另招待到一间屋子里去安歇。西门太太还是在原处睡下。

次日西门太太起来，已是十点多钟了，本待要回去，因为二奶奶不曾起床，究不便不告而别，依然和亚男同到楼下去看报。经过外面客厅的时候，见一个穿蓝布罩袍的中年汉子，像个生意买卖人，独坐在椅子上像等候什么似的，却也没有怎样去介意，且和亚男看报。

不到半小时，二奶奶竟是来了，她在外面客厅里，先笑道："贾先生，要你久等了。那张账单子，我已看到，我很满意，赚了钱，请你吃西餐。"西门太太听了，心想这又是生意经，老在这里听着，二奶奶会疑心有意偷听消息，便隔着门帘子叫了一声"二奶奶"。二奶奶应声进来了，笑道："又是主人比客起得还迟。"西门太太道："我早就要回去了，因为主人没有起来，我不便走。"二奶奶手指上正夹了一支纸烟，她衔在嘴角里吸了一口，喷出烟来，眉飞色舞地笑道："今天中午我请青萍小姐吃饭，你应当做陪客。"西门太太道："我也叨扰得太多了，不能再打搅！"二奶奶笑道："我说了是请你做陪客，这回你不必领我的情，二来呢，我今天很高兴，一回到重庆来，我就做了一笔赚钱的生意。虽然赚得不多，一顿饭反正也吃不完。"

西门太太见她很兴奋，料着她不把这喜事瞒人，便笑道："你在家里做太太，会做买卖赚了钱？"二奶奶笑道："五爷几个朋友，从前两日起在市面上收纸烟，他们是几百万的干。昨天早上不有两个人来会我吗？他们因为没有做上大数目的生意，小数目又懒得干，而且还不愿意望着那一部分人发财，便商得了我的同意，借了一点儿小面子，请他们代收三十万元的货，支票是我昨日开出去的，货由他们算。这批收纸烟的人，竟受了我一竹杠，照前日收货的价目让了我三十万元的货，这已是占了不少便宜了。谁知今天早上的烟市，一涨就涨个小二成，三十万元的资本我已赚了五六万了。外面这位贾先生，就是代我跑路的，他来告诉我，他们还在市面上收货，烟价只会涨不会跌，预料这一星期之内我可以赚十万元。我是闹着好玩的，不想真会赚钱。"说着笑嘻嘻地耸了两下肩膀。西门太太道："真是难者不会，会者不难。昨天来的两位先生，颇有本领。"二奶奶笑道："你说的是昨天来的那两个人吗？这二三十万的小玩意儿，他们根本不放在眼里，大赌一场，也许就可以赢这么些钱，自然也可以输这么些钱，不过有一位是五爷的帮手，他自己并没有钱，他昨天已到内地去了，又是一趟大做。"

二奶奶说得高兴了，一口气说了许多，她见亚男手里捧了报不看，睁了眼向自己注视着，这才醒悟过来，她是一位谈妇女运动的小姐，怎好在她面前大谈其做投机生意？脸上不禁微微泛起了红晕，立刻把话锋转了，向西门太太道："不管怎么样，你应当吃了午饭再走。青萍小姐是你介绍给我的，我正式请她吃饭，你倒不在座，这是哪里话！新人进了房，媒人抛过墙了。"西门太太笑道："你可是交朋友，不是娶新太太。"二奶奶笑道："假若我是个男子，无论有多大牺牲，我也要和她结婚的。"亚男站起来把嘴向外努了一努，低声道："外面还有生客。"二奶奶笑着，伸了伸舌头。

这么一来，刚才那段话自然牵放过去。二奶奶依然请她们先上楼，她自己和那个来人谈了十几分钟的话，方才来陪客。这时，那青萍小姐在楼上小客室里，正和大家谈得热闹。二奶奶进房来，青萍迎上前去，握了她的手笑道："我要走了，在这里叨扰了你一宿。"二奶奶笑道："我没有说请你吃饭吗？陪客都请好了，你这主客倒要走？"青萍还握了二奶奶的手，微微地将身子跳了两跳，笑道："做主客不敢当，做主客不敢当！改日再来叨扰。"二奶奶向她脸上注视了一番，笑道："你应该不是昨日舞台上那个角色，身体是自由的吧？也许你有好的异性朋友，可是朋友究竟是朋友，你瞧你师母还不怕你老师管着，在我这里玩了三天了。难道你这个学生，倒是那样怕异性朋友！"

青萍将身子扭得股儿糖似的，鼻子里哼着道："我不来，我不来，二奶奶说我！"二小姐笑道："二奶奶，你看你新认得这小妹妹，向你撒娇了。那么，让她回去一趟，改请吃晚饭，让她下午再来吧！"二奶奶道："我们这里晚饭迟，怕赶不上她的戏，以吃午饭为宜。不要紧，人是我留下了，我知道那位大导演是……"青萍听了这话，两手握了二奶奶的手，越发娇得厉害，笑道："二奶奶开我的玩笑，我不依！我不依！"西门太太笑道："你看二奶奶这样喜欢你，你就依了她的话吧！"二奶奶真的一把将她拖到大沙发椅子上坐下，搂住她的肩膀，笑道："可怜的孩子，让你老大姐多多心疼你一点儿吧！"于是大家一阵狂笑。那青萍小姐也有两只耳朵，她怎么不知道二奶奶是重庆市上最有钱的人！人家这样见爱，她就拼了不玩票演话剧，也不能拂逆了二奶奶的盛意。当日就在二奶奶家吃午饭，直到傍晚才走。

西门太太是下午三点钟才告辞的，临别，二奶奶约了过一两天一定来。西门太太正巴不得这句话，也就满口答应了。到家的时候，西门德躺在屋子里沙发上，捧了一本书看，板着面孔睬也不睬。西门太太不慌不忙，将家里事情料理了一番，斟了一杯茶坐在下手椅子上，向他瞟了一眼，笑道："哟！这个样子，还在生我的气呢。我不是为了想大家好，我还不出去应酬这多天呢。整日跟在阔太太后面拍马屁，你以为我是甘心情愿吗？"西门德依然看他的书，随口问道："哪里来的什么阔太太？"西门太太鼻子哼一声笑道："人家拨一笔零头做生意，挣的钱也够我们吃一辈子呢！"于是将遇到区家二小姐，被拉到温家去，因之认识了二奶奶的话，草草说了一遍。

西门德将书扔在茶几上，挺着坐起来，向她问道："你这话是真的？"西门太太道："你就可以认识陆先生、蔺二爷，我就不能认识温二奶奶吗？你和陆先生、蔺二爷，还谈不上交朋友，只是和他手下人混混罢了，我和温二奶奶可真是朋友。"于是又挑着温家招待的事情说了几样。西门德道："纵然她待你不错，也不过招待不错而已。"西门太太笑道："哼！我若请她帮一点儿忙，准比你所找的朋友强，不谈她温五爷一挣几百万元，就是她自己几天之内，洗一个澡也要挣上十万八万，你说我交的这个女朋友，会坏吗？"西门德笑道："果然有点儿路数，'洗澡'这个名词你也学会了。这样的事，不能不算是秘密，她怎样肯把这秘密告诉你呢？"西门太太更不忙了，把捧的那杯茶喝了，笑着把温二奶奶那些动作详细地说了。

西门德将手一拍大腿，笑道："对劲，对劲！钱滚钱，就是这么回事。我们和慕容仁这些人滚了一阵子，还没有弄上十万……"西门太太瞪了他一眼，低声喝道："你叫些什么？你怕人家不知道吗！"西门德笑着把声音低下了一低，才道："要在战前，一个人手上有个三五万块钱，漫说吃一辈子，就是吃两辈子，也有了。现在我们一个月开销好几千块钱，手上保持的这几个存款，能做得什么事？物价再要涨的话，恐怕不到一年，你就用完了！"西门太太道："我会用光！你说我们家里哪个用钱多？你说我用钱多，我也承认，以后这样办，大概银行里还有八九万元，我们平分，你那部分我一个不用，我这部分，拿去洗洗澡……"

西门德哈哈大笑，走到她身边，将手拍了她的肩膀道："啊，你有了阔朋友了，就要丢开我了。可是我若把虞家那条路子打通，能买一二辆车子回来，我还可以发财呀！"西门太太道："你若能够打通虞家那条路子，你也不要我到区家去了。"西门德道："据你说，区家二小姐很赞成这件事，那很好。哪天我们办一席丰富的酒席，请她过江来玩玩，益发托托她。"西门太太将脖子一扭，鼻子耸着，笑道："那也是我的女朋友呀！"西门德笑道："我运动运动你，今天我知道你一定会回来的，老早就叫刘嫂买了一只大肥鸡回来，把板栗红烧给你吃。鲫鱼也买得了，还是干烧呢，还是煮萝卜丝呢？都听你的便。而且我还叫刘嫂向对过张家太太通了一个信，今天下午你去打八圈。"西门太太道："不！我回来给你一个信。六七点钟我还要到温家去。"

西门德眯了眼睛，握着她的手摇撼了几下，笑道："你出去了一个星期，好容易盼望得你回来了，今天晚上你又不在家！"西门太太拧着他的胖脸腮，然后两手将他一推，笑道："这样大年纪了，老夫老妻的，也不怕人笑话！"西门德坐到对面椅子上，哈哈笑道："老夫老妻的怎么样？难道人伦大礼也不要了不成？"西门太太笑道："你这是什么狗屁博士！在外面是做投机生意，好挣钱，在家里是和太太讲人伦大礼，你忘了我们是在抗战时期吗？"西门德笑道："好！你和我来这一套，要讲那一套大道理。要是那么着，漫说吃红烧鸡、干烧鲫鱼，稀粥也许没有得喝！"西门太太道："红烧鸡、干烧鲫鱼，我还没有吃呢，你就先夸上嘴了。那么，我还是不吃你的，我立刻过江去。"

西门德是个研究心理学的人，妇人家的做作，有什么不了解，尤其是自己太太的心理，研究有素。太太这样洋洋自得，那绝非偶然，必须留她在家里好好训练一番，然后可以让她出马，抓住一条发财的路子。太太和温二奶奶订的是明天的约会，今天也不能真的过江去，这不过做一点儿样子给丈夫看而已。当日，西门太太果然没走，到张公馆打了八圈牌，回家吃一顿很可口的晚饭。博士并亲自出去买了十几枚大广柑，给太太助消化。西门太太经先生十余小时的指导，也就知道要怎样抓住温二奶奶这位财神。

次日下午三时，西门太太又到温家去，她依了博士的指示，先到青萍小姐宿舍里去，预备约着她一路去看二奶奶。可是她并不在家，向人打听，说是她到温公馆吃午饭去了。心里想着，自己怕人家是傻子，不会向财神爷家里跑。这样看起来，把在戏台上做戏的人看成了乡下姑娘，自己才是一个傻子呢！二奶奶有这样一个开心人在身边陪着，不知道可肯在家里老老实实住着？于是不敢在街上徘徊，径直地向温家去。这里已是熟地方，用不着通报，向里面走去。还在门外，就听到楼下大客厅里开着留声机，正唱跳舞音乐片子。且不惊动谁人，走向客厅里来。见餐厅里面帷幔垂下，留声机在那里面响着，掀开帷幔一角，将半边脸向里张看，见里面电灯大亮，餐桌已经抬开，二奶奶自当男人，搂着青萍小姐在光滑的地板上跳舞。留声机在墙壁下茶几上。区家二小姐架腿坐在一张小沙发上，笑嘻嘻地看着。只是不见亚男，想是她有事去了。

西门太太笑道："好哇！你们太会玩了。"二奶奶听了，停住了跳舞，将手拍了胸道："你看，吓了我一跳。"二小姐起来，抓住西门太太的手，笑道："好极，好极！我们也来配上一对子。"西门太太笑道："那真对不起！我不会这玩意儿。"二奶奶将留声机关闭了，笑道："够了，两条腿已经过了瘾了，我们上楼去打小牌去。"西门太太笑道："我们也没有那样大胆。"二奶奶望了她道："你怕什么？有人敢到这里来抓赌？"西门太太笑道："不是那话，我是手长衫袖短，攀交不上。千儿八百的输赢……"二奶奶向她摇着手笑道："再要说这类的客气话，我就要罚你，你看你的学生，她是个精穷的艺术家，她也没有说过你这些话。"说着，她一手挽了青萍小姐，一手挽了西门太太，回头向二小姐道："去，我们一路上楼去。"这样，大家钻出帷幔来。却见前天那位穿蓝布罩袍的人，从沙发上站了起来相迎。二奶奶便不牵挽着客，迎上前两步，向他问道："今天消息如何？"

那人望了一望在面前的女宾，却没有说话。二奶奶笑道："不要紧，这都是我的好朋友，有话只管说。"那人笑着低声道："他们今天已经停止进货了。"二奶奶站着呆了一呆，又昂头想了一想，因道："我们这一点儿东西，当然跟着人家的大批买卖走，他们若要把货抛出去，我们就跟着抛出去吧！"那人笑道："我不过这样来给二奶奶一个信，并不是今天停止进货，今天就抛出去，我们总得把货多囤两天，囤到价钱稳定了的时候再抛出去。不过据我打听，他们协记字号虽然进了几百箱货，可是他们并不能抓住市场，若是有人在这两天抛出，价钱还要松动。若是二奶奶愿意把稳着做去的话，明天抛出去也好，把法币拿回来，我们可以另做一批买卖。"二奶奶笑道："那一批买卖还没有做完，又打算做另一批买卖了。"那人笑道："那自然了，我们不能把五六十万款子在家里白放着。"西门太太站在一边，听到他随便一句报告，就知道二奶奶那三十万元法币，在几天之内，就是对本对利，变成六十万了。变成了六十万还不足，又要拿去再买货，再将本滚利，这哪里是洗澡，这应当说是湿馅粘糯米粉滚汤团，越滚越大。

二奶奶对于那人的话，也还没有答复，却见一个听差匆匆走来了，向那人道："协记来的电话。"他哦了一声，仿佛若有所悟，就随着那人出去了。二奶奶笑道："等一等吧，看他们的电话说什么。"说着就在沙发上坐下来。不多大一会儿，那人走回来了，他向二奶奶笑道："他们来了电话……"说着又望望客人，二奶奶道："你只管说！"那人道："他们得了消息，西安有货要到，决定立刻抛出去。二奶奶这股可收回六十八万，问是要支票，还是要现款？"二奶奶且不答他的话，向西门太太笑道："赚了个对倍带转弯，钱出去，钱进来，并没有用飞机汽车搬货，这就叫洗澡。你不是外人我不瞒你，你现在懂了吗？"

第十四章

对 比

西门太太得着这一番教训，闻所未闻，不仅是知道了天下事有许多巧妙，而且十分有趣。听了二奶奶的话，笑嘻嘻地望了她。二奶奶笑道："你望着我做什么？我有什么话骗过你吗？"青萍小姐从中插嘴，两手握了二奶奶的手笑道："二奶奶，你这个澡洗得痛快吧？可不可以让我们跟着出一身汗？"二奶奶手扶了她的肩膀，轻轻地拍了她几下，笑道："好的，好的！你要什么？还是要衣服穿呢，还是要吃的呢？让我买个洋娃娃给你玩呢？"她一面说着，一面又摸摸她新梳的一双小辫子。青萍笑道："你以为我不好意思玩洋娃娃吗？你就买两个小洋娃娃给我试试看。"二奶奶笑道："你们穷艺术家欠缺着什么，我知道的，回头我开张支票给你就是。"青萍笑道："我和你闹着玩的呢，真的，难道我向二奶奶借钱？"二奶奶挽了她的手笑道："不好叫二奶奶，要叫我二姐。走，我们上楼打牌去。"说着笑嘻嘻地带了一群女宾上楼。

他们家用人，向来是有训练的，听了主人一声说打牌，早已在小客厅里摆开了场面。青萍站在牌桌子角边，望了二奶奶笑道："姐姐要我陪着打牌，我自然遵命，可是我没有带瓜子胡豆来。"二奶奶一时没有懂得她的意思，望了她道："你还要一面吃胡豆，一面打牌吗？"青萍笑道："我输了，把什么钱给呢？记得小时候，过年和小朋友掷骰子玩，就是输赢着分得的花生豆子。"二奶奶将手掏了她一下脸腮道："你和你老姐姐来这一手。"说着，自到卧室去了。不多一会儿，提着一个小提包出来，将袋子打开，掏出一沓钞票，大概有一千几百元，向她手上一塞道："啰！拿去当花生豆子吧！"

187

青萍接着她的钞票，倒不推卸，向她笑道："这不成了我有心敲你的竹杠吗？"二奶奶笑道："你二姐洗个澡，一星期就敲人家三四十万，你就算敲我一下竹杠，这劲头子也小得很，我毫不在乎。何况是我明知道你没钱，要你打牌，我不给你垫赌本，谁给你垫赌本？"青萍向她勾了一勾头，算是谢了的意思，笑道："那也好，但别把你这钱输光了，多在腰里收着两天，去去穷气。"

　　西门太太在一边看着，觉得二奶奶的气派果然不同，不想无意之间，给青萍辟了一条生财之道。论起自己夫妇，对她的印象根本就不好，西门德还常说，这水性杨花的女人，应该让她多尝些苦味，不料反是引她尝着大大的甜头，心里这样想着，不免呆了一呆。

　　二奶奶已经在桌上的牌堆里拣出了东西南北风，要拈风打座，看了她笑道："我知道，西门太太又该客气两句了，牌大了，打不起，是不是？"西门太太笑道："你说破了，我倒不好意思再说。"二奶奶将手和搅着牌，笑道："来吧，来吧，我和二小姐商量着，要你合伙做一票生意，若是成功了，打这样的小牌，够你输一年半载的。"西门太太听了，满脸是笑，笑得肩膀颤动了几下，问道："什么生意？没有听得你先和我说过呀！"二小姐坐在她对面，也在手摸换着牌，皱了眉道："打牌吧，现在不谈这些。"

　　西门太太虽觉二奶奶是不可拂逆的，但她时刻想履行西门德那个计划，要得着虞家的帮助到仰光去，承买大批汽车。虞家这条路线，不能直接，还要仰仗区家，仰仗区家，就要这位香港来的红人作保。因之二小姐也是不可拂逆的。心里一横，想着预备着两三千块钱奉陪一场，送个小礼。便笑道："二小姐性急什么，性急是要输钱的！"二小姐道："昨晚上给二奶奶陪客，输了小一万，今天还会输许多吗？"西门太太听了这话，倒抽了一口凉气，两三千块钱奉陪，还差得远呢！

　　二奶奶倒没有理会她的态度，却向青萍笑道："你不要信她陪客，看陪什么客，和你打小牌，也要来一两万的输赢，那不是开玩笑！你要能打那样大的牌，也不会蹦蹦跳跳，到台上去挣那碗苦饭吃了。"青萍笑道："你别瞧我穷，我倒是不怕输！"二奶奶道："好哇！你倒埋没了我这番苦心，愿意打大牌，你能保证赢吗？"青萍笑道："我有我的算盘，赢了自然是更好，输了呢，我把我自己做押账，押在温公馆当丫头，你看……"说着她将手向屋子四周指了几指，接着道："这样好的房子，过着舒服的生活，有人运动还运动不到手呢！"二奶奶笑道："哦！你还有这样一个算盘。可是有一个问题你没有顾虑到，我们家这位温五爷，顶不是个东西，假如他家里有了这样一个漂亮丫头，他拿出主人的家法来，我不能和你保险，他若是硬要收房……"青萍两手正在摸牌，这就丢了牌钻到二奶奶怀里来，抓住她两手，将头在她怀里乱滚，鼻子哼着道："你占了我的便宜，我不依你！"二奶奶却只是咯咯地笑。二小姐笑道："你这么一个进步的女子，却是这样小家子气。你还是打牌，还是打滚？若是打滚，我就退席，我还要出去看个朋友。"经她这样地说了，二奶奶才推开青萍，坐下来正式打牌。

这牌好像是有眼睛，专门输着没有钱的。八圈的结果，青萍将二奶奶给的赔本都输光了，西门太太也陪客，陪了一千五六百元。她算是如愿以偿，果然送了一个小礼，心里虽然有些可惜，但是想到要和二奶奶交朋友，并托她帮忙发财，就不能赢她的钱，叫她扫兴。反过来说，要她高兴，就怕送礼送得太少了。因之在表面上，对于这一场输局，竟是坦然处之。

雾季的天气，八圈牌以后，早已深黑了，大家自然是在温公馆里吃夜饭。光阴在二奶奶这样的人身上，往往是成了累赘，怎样才能消耗过去呢？在香港那不成问题，看一场电影，看一场球赛，那是极简单的娱乐，随便也可以消磨大半日，其余的有趣场合多得很。到了重庆，就没有了办法，只有话剧一项，是比香港更新鲜一点儿的。此外甚至可徘徊片刻的百货公司，也找不到一所。二奶奶为了这个，每日都得打算一番。这一天，正因为和青萍在一处瞎混，把这件大事忘记过去了，一直到吃晚饭以后，大家坐在小客厅里喝茶吃水果，才把这事想了起来。她坐在沙发上，拍腿哦了一声道："是我大意了，我们这大半夜怎么样消遣呢？"

西门太太抬起手臂来，看了一看手表，笑道："已经九点钟了，坐一会子，我们就可以睡觉。"二奶奶连连地摇着头道："这哪里可以！我不到一点钟不能睡觉。"二小姐笑道："今天我本来要去看票友的义务戏的，被你一拉着打牌，我就忘了。"二奶奶笑道："好！我们去看京戏。我们五爷，就是个戏迷。他说重庆虽没有什么名角，可是各处到重庆来的票友，行行俱全，值得一看。"青萍坐着微笑，没有说去，也没说不去。西门太太笑道："我是不论京戏话剧都愿意看，可是今天晚上总是白说，已经把戏唱了一半了，还可以买到四个位子的票吗？"二小姐笑道："我一个人去不成问题，亚男在那里当招待员，她必定会找个位子我坐。青萍，你也不成问题。"西门太太道："怪不得不看见她，她又服务去了。那么，大家去。义务戏总是这样的，荣誉券座位上，空着许多椅子。"二奶奶道："我们家五爷，每次义务戏，总要分销几张券，到他写字台上去找找，也许现放在那里呢。"说着她立刻起身向书房里走。去不多一会儿，她手拿两张戏票

189

笑嘻嘻地走了来，笑道："去吧，去吧！我这里有两张票。二小姐是可以找着她妹妹想法子。只差一个位子，怎么也可以对付过去。"

说时见女仆站在面前，便向她道："到外面对小张说，开车子，我们去看戏。对厨房里说，我们也许要到一点钟才能回来，点心弄好一点儿。"西门太太笑道："既是要去听戏，我们立刻就走，不必化妆。"二奶奶将手掌在脸腮上拍了一下，笑道："扑点儿粉吧，五分钟内可以出门。"她这样说了，其实这几位太太小姐，并非超现实的女人，女人出门所要办的事情，她们都得办。一直混过十五分钟，还是开特别快车，方才料理完毕。

一车子坐到戏馆门口，当这来宾拥挤已过的时候，门禁已不是怎么森严，半数的纠察和招待员都已去听正登场的好戏，坐在门口的收票员遥遥望到四位华贵的女宾，坐了一辆漂亮汽车前来，料着绝不会是听白戏的，先就没有存盘查的心。及至二奶奶到了面前，交过两张荣誉券来，就笑着点头道："四位？"二奶奶道："还有两张票子在招待员区小姐手上。"查票员哦了一声，丝毫没有加以拦阻。二奶奶由一位穿西服的招待员，引到最前面的荣誉座上。果然，西门太太的话不错，还很有些空位子。她们自由自在地找到位子坐了。青萍照例是和二奶奶挨着坐。

这时亚男才从人丛中走过来招待，笑道："你们坐吧，这几张荣誉券的来宾，他们根本没有工夫看戏。眷属又在成都，今天是第二天了，这位子一直空着。"她交代了这句话，转身就走。西门太太道："你也在这里坐吧。"亚男将手指指胸面前悬的那绸条子，依然走了。这时，台上唱着全本《双姣奇缘》，正演到"拾玉镯"那一段。那个演花旦的票友，年轻貌秀，描摹乡姑思春的那些动作，刻画入微。全座的男女来宾，看得入神，声息均无。

这时有一两声咳嗽由场中发出。西门太太回头看时，有两个老头子坐在身后，其中一个就是区老太爷。他也看见了，向她点了个头。她看着戏，忽然想起来，区老太爷虽然可以销两张票，也不会整百元地拿出来坐着荣誉座，必是另一个老头子请的。那另一个老头子又非别人，必是虞老太爷。有这个机会，今天最好是请区老太爷介绍一下了。这么一想，她倒无心看戏，只顾暗中打主意，要怎样去和这位老太爷谈上交情。

这《双姣奇缘》唱完，下面是一出武戏，已将近十二点钟，一部分来宾离座了，她也就离开了座位，到戏馆的门廊前去站着，预备半路上加以截拦。谁知她这番心理测验，却没有测得准确，她等了有半点钟上下，戏馆子里已经快要停戏了，这两位老先生却依然没有出来，她又怕得罪了二奶奶，只得又走了回来。她进入戏场的时候，两眼先向区老太爷那座位上看去，还好，他们还是坦然坐在那里，于是她也回到座位上来。

这时，亚男也在旁边空位上坐着，西门太太便问道："大小姐，和令尊在一处的，是虞老太爷吗？"她答说"是的"。西门太太笑道："你引着我去介绍一下吧，老德要和虞老先生谈谈，我趁便去先容一声。"亚男道："散了戏再过去吧。老先生们听戏，听得正有趣，不要打搅他们。"西门太太看到二奶奶也对自己望着，这话就不便追下去了，只得又忍耐了一会子。可是她已没有心看戏，两只眼睛只管射向两个老者的座位上。

戏唱到快要完的时候，座位上总是闹哄哄的。西门太太看到看客都大半站了起来，就站着向亚男道："去吧去吧！回头人家走了。"又向二奶奶道："我和两位老太爷说几句话，马上就来。"亚男看她那份情急，笑了笑，引着她走过去了。二奶奶向二小姐道："我也本应当和令伯去见见，可是这戏座里乱嚷嚷的，我不去了，明天见了令伯，代我致意。"二小姐笑道："你倒不必客气，我自己也没过去打招呼呢！西门太太是要见那位虞老先生，其实这也不是接洽事情的时间和地点。"二奶奶道："果然的，我看她有什么急事似的。"二小姐笑着，咳了一声道："她异想天开，想到仰光去贩卖一批车子。她自然没有那样大的资本，想替人家包贩一批，要借人家的力量与资本做成这笔生意，然后她从中落下一两部车子。依我想，这样便宜的事，不容易捡到。可是她的博士推算出来，只要这位虞老先生的令郎能够在运输上和他想点儿办法，他认为就可办到，所以她夫妻两人，都想认识虞老先生。现在虞老先生就在这里听戏，她为什么不借机会认识一下呢？"二奶奶道："原来如此。我也仿佛听到人说过，这办法有人做过，可是人家得不着比他更大的好处，人家为什么要帮他发财？"二小姐道："我也是这样想，而且我这位伯老太爷，又是个吃方块肉的人，做投机生意的事，要请他从中做个介绍人，那也是问道于盲的事。"二奶奶道："不过她这个人，倒是很和气的，在可能的范围内，我也可以帮她一点儿忙，只是贩卖汽车的事，我就爱莫能助了。"

两人说着话，这满戏场的人都已走光，空荡的椅子丛里，但见西门太太站在旁边座位上，和两位老先生絮絮叨叨说话，一面说，一面点头鞠躬，像是十分客气。二小姐道："怎么老是谈话，这戏场里人快要走光了。"便站着连向她那边招了几招手。西门太太这才和那虞老先生鞠了一个躬，然后走过来。笑向二奶奶道："对不住，我让你们二位久等了。"二小姐笑道："这虞老太爷很客气的样子，一定可以替博士帮忙的。"西门太太道：

"我也没有那样冒昧，一见人家老先生，就请人家援助，我只介绍我们老德和他谈谈。"二奶奶没有作声，只是带了一点儿微笑。

西门太太恐怕二奶奶误会，到了她们公馆里，就笑向她道："这做投机生意的事，我们还是干不来，自有了这个意思起，心里就挂上这一份心，昼夜转了念头，总怕失去了机会。不像二奶奶这样安安稳稳在家里住着，一挣就是好几十万。"二奶奶笑道："我也不过是闹着好玩，若真要做生意，像我这个样子，自由自在住在家里，自然是不行。我知道，你在进行着一件什么事，你只管去办，办不通的时候，我另替你想法子吧！"二奶奶见她再三约着和自己帮助，自不是顺嘴人情。当晚夜深，消夜已毕，各自安歇，不再谈论。

次日一早起来，西门太太就要回家去通知西门德。但是不愿向二奶奶告辞，以致惊扰了她的早睡。因之叫女仆拿纸笔来，好给二奶奶留个字条。女仆拿了来时，却是毛笔和薄纸，她向来因为毛笔字写得太坏，总是用钢笔写字，写的日子久了，现在简直拿不来毛笔。想着青萍身上带有自来水笔的，她睡在温家大小姐屋里，这大小姐到成都去了，屋子是空着的，悄悄地在她衣襟上取下来用上一用，自无不可。于是她也没有通知女仆，竟向那屋子里走去。到了那里，房门倒是掩的，推开门来一看，床上被褥未曾叠着，屋子里却没有人。心想，她也是个爱睡早觉的人，不想这样早她就走了。正待回身，却又看到青萍的长衣与大衣，都挂在衣架上。那么，她是在洗澡间了。这屋子后面，便是洗澡间，就向里面叫了一声青萍，随着这声叫，还伸头向洗澡间里看了一看。这里的洗脸盆和洗澡盆，都是干干的，更也没有人。西门太太神经过敏地想了一想，立刻脸上发生一阵红晕，这屋子里停留不得，赶快退了出来。

回到原来屋子里时，女仆在这里等着她，向西门太太脸上看了一看，问道："西门太太，是看区小姐去了吗？"她随便答应了一声"是"。因女仆很注意着自己，便又笑道："我想告诉她一句，我回去了。我一想，还是不惊动她吧。回头你代我也向她通知一声，我要回南岸去了，也许明天我能再来。"说着搭了大衣在手臂上，提着手提包，匆匆地下楼。下楼梯的时候，低头看手表，一面移步向下走。无意之间，却和一个人撞了一下。看时，正是青萍小姐。

青萍小姐穿了一件温大小姐的花线睡衣，斜靠梯子扶栏站着，一手插在衣袋里，一手理着披在脸上的乱发，望了楼下出神。她看到西门太太，先哟了一声，接着问道："怎么起来得这样早呢？"西门太太很快地向她脸上望了一眼，见她脸上泛出一种压制不住的红晕，眼皮下垂，遮盖了她一种怯懦的眼光。为了对温公馆的礼貌，西门太太绝不能与她任何一些些难堪，便假装出匆忙又毫不理会的样子，向她答道："我有点儿事，急于要回去一趟，再会！"说着，再也不去看她，就向楼下走去了。

扶梯是在一个过道上面，铺了毛地毯。这上面若有什么白色东西，是很容易发现的。西门太太老远就看到一条白绸手绢，落在地上面。她毫不思索地料着这是谁落下的物件。她的好奇心，叫她不能不弯腰下去，将两个手指，捏了一只手巾角，提了起来。这手巾不但是干干净净的，而且还有一阵香气。而随了这手绢一端的展开，却有一张纸条落在地面。西门太太将手绢随意塞在衣袋里，再捡起那张纸条来一看，却是一张支票。支票不曾抬头写受款人姓名，数目却相当地大，那是一万五千元，开支票的户头写的是温雪记。她想着，这是谁开的支票？不会是温二奶奶吧？这支票上的字是墨笔写的，笔迹很健，不像是女人的字。哦！温五爷号雪门，这应该是他开的支票吧？再看支票的日期，就是今日。现在银行还没有开门，立刻到银行里去，这一万五千元可以没有问题地拿到手上。她站住出了一会儿神，但也不过两三分钟，她又转了一个念头，虽然支票上没有写姓名，可是兑付一万元以上的款子，银行似乎不能过于随便。假如问起来，露出马脚，大为不便。

她正这样犹疑着，楼梯上有脚步响，回头看时，青萍两手提了长睡衣的下摆，脸上带了惊慌的样子，匆匆地走下楼来。她老远就看到西门太太手上拿了一张支票，便情不自禁地向她微笑了一笑。西门太太已全部明白了这个遇合是怎么回事，便将手上的支票举了一举，低声笑道："你失落了什么东西没有？"青萍已抢步到了她身边，胸脯闪动一下，似乎喘过一口气，笑道："多谢多谢！若不是师母捡着了，这东西被别人拾了去，那是我一个致命的打击，还不光是损失而已。"她很久没有叫过师母了，西门太太有点儿感动。正说着，有个女仆经过，两个人相对默然地站了一会儿。

直等女仆走尽了扶梯，西门太太才低声笑道："你请不请客？"青萍道："请客！当然请客！"说着向前后张望了一下，又皱了一皱眉，低声道："师母，老师是知道我的。我家境很穷，我父母都已半老，哥哥不知去向，弟弟又小，他们在前方，一点儿没有接济怎么得了？我下了最大的决心，要把他们接到大后方来，只好向五爷借上一笔债。一万五千元，也许不够呢。可是借多了，漫说人家不愿意，我又把什么还人家呢？"西门太太悄悄地把支票塞到青萍手上，又向她做个轻妙的微笑。青萍接到支票，向衣袋里塞着，情不自禁地向西门太太鞠了一个躬。

西门太太笑了一笑，就在衣袋里拿出那方手绢，又塞到她手上，不知何故，青萍把脸上的红晕，涨到耳根后去，她很快地把手绢又塞到衣袋里去。西门太太笑道："收好啊，别再丢了，若是……"青萍随了她这话，立刻又伸手到衣袋里去，把那张支票掏出来看了一看，依然捏在手上，向她低声笑道："师母，这件事千万不可告诉二奶奶知道。"西门太太听了这句话，她也是失去了庄重，伸手掏了青萍一下脸腮，笑道："我也不是个傻瓜，难道这一点儿事，我还不知道，你放心得了。"说着向前便走，已经是走过一截夹道了。青萍喊着师母师母，又追了上前来。西门太太听了，只好回转身来，向她望着，向她嘻嘻一笑。西门太太握了她的手，摇撼了两下，因道："我很知道你的苦衷。这件事，我绝不会告诉第三个人。"青萍道："这个我放心的，我是说过两天，我要去看看老师，请师母先给我带个口信去。"西门太太连说好的好的，就走出大门了。

西门太太赶回到南岸家里，却见西门德伏在写字台上写信。因道："这一大早起来，你就来写信，写信给谁？"西门德放下了笔，先看着太太脸上有几分笑意，便道："消息不坏吧？二奶奶要给你做成一笔生意了？"西门太太将手里的皮包放在茶几上，在上面拍了两拍，因道："你以为带了这里面一点儿东西去，就够得上搭股份吗？"她口里说着，走近了写字台，见上面一张信纸，是接着另一张写下来的，第一行只写了几句，乃是："合并薪水津贴，以及吾兄之帮助，每学期可凑足一万五千元，就数目字言之，诚不能谓少……"西门太太道："这一万五千元有什么稀奇呢？你信上还说诚不能谓少！"她笑着哧了一声道："这不算少，早五十分钟我就送了人家一万五千元，什么稀奇？"

西门德正把桌上新泡的一杯红茶端起来喝着，听了这话，立刻将杯子放下，睁了眼望着她道："昨晚上你输了这多钱？"西门太太倒是将杯子接过来，坐在旁边沙发上，慢慢地抿着玻璃杯子口沿，两腿伸着绞起来，微微地摇曳着两只新皮鞋，笑道："若是送的话，这有什么稀奇？"西门德脸色沉下来道："你真不知死活，我们……"西门太太笑道："别着急，并非我输了钱，是我捡着一万五千元的支票，我又还人家了。"西门德望了她道："真话？"西门太太笑道："有什么不真？若是在马路上捡到的，我当然会拿了回来。"因把在温公馆的事说了一遍。

西门德站着把这话听完，才点点头道："这在人情之中，你把那支票拿着到银行里也兑不到现。温五爷知道支票失落了，他会打个电话到银行

194

里去止兑。"西门太太道："你看一万五千元有什么稀奇呢？你信上还说诚不能谓少。"西门德这才缓过一口气，在抽屉中取出一支雪茄，点着火吸上了，架腿坐在围椅上，微笑道："我难道不知道一万五千元是不足稀奇的事？可是这在教育界看来，依然是一桩可惊的数字。刘校长在两个礼拜以前，就写了信来，要我到教育系去教心理学。他信上说，正式薪水和米贴每月可拿到二千元，他再和我找两点钟课兼，又可凑上数百元。每学期可以有一万五千元的收入。他虽然是好意，这个数目叫我看起来，还不如我们转兜一笔纸烟生意，一个星期就有了。这样一想，我简直没有劲回他的信。一天拖延一天，我就把这事忘了。昨天晚上，我一个人在灯下看书，想起了这事，在友谊上说，应当回人家一封信，又怕一混又忘了，所以今天早上起来，没有做第二件事，立刻就来回这封信。不想你回来得这样早，又给我打上一个岔。"说着把雪茄放在烟灰碟上，拿起砚台沿上放的笔来，笑道："不要和我说话，让我把这封信写完。"西门太太道："先让我把这消息告诉你，昨晚上我会到虞老先生了。今天上午，他在城里不走，约你到虞先生办事处去会面。"西门德正伸了笔尖到砚池里去蘸墨，听了这话不由得将笔放了下来，望着她问道："你约的是几点钟？"西门太太道："他说在今天上午，无论什么时候，都不离开那办事处。"

西门德看看桌上摆的那架小钟，已是九点钟，于是凝神想了一想，以一点钟的工夫渡江和走路，到办事处就是十点钟了，便将毛笔套起来，砚池盖好。西门太太笑道："你不回复刘校长那封信了？"西门德将未写完的信纸和已写完的信纸，一齐送到抽屉里去，然后关上。笑道："反正不忙，今天下午再把这封信写好吧。"西门太太笑道："你不是不要我打岔，好把这封信写起来吗？"西门德道："谈入本题吧！你和虞老先生谈了一点儿情形没有？"西门太太道："好容易在戏馆子里捉住一个机会，请区老先生介绍过了。哪里有工夫谈生意经？我这样子做，二奶奶就在笑我了。一个做太太的，能够初次和人家见面就谈起商业来吗？那位老先生一脸的道学样子，就是你今天去见他，也要看情形，不能走去就谈生意。"

西门德和太太谈着话，已把大衣穿好，手上拿了手杖和帽子，走到房门口，笑道："这还用得着你打招呼吗？区老先生是不是和他住在一处？"西门太太道："我没问。你最好请请客。"西门德帽子放在头上，早已将手杖戳着楼板，近一响，远一响，人走远了。西门太太退到栏杆边来，见她先生已出了大门，便自言自语地笑道："世事真是变了，我们这位博士，钻钱眼的精神，比研究心理学还要来得努力。"西门德出了大门，果是头也不回，一直赶到江边。这次轮渡趸船上，比较人少，他在前舱，从从容容地找到一个位子坐下。

今天有个新发现，见这里有个贩卖橘柑的小贩，有点儿和其他小贩不同。那人身上穿了一套青布袄裤，虽也补绽了几处，却是干干净净的，鼻子上架了一副黑玻璃眼镜，一顶鸭舌帽子，又戴得特别低，那遮阳片，直掩到眼镜上，挡住了半截脸，西门德觉着这个人是故意掩藏了他的面目，分明是一种有意的做作。他这样想了，越发不断地向那小贩打量。那人正也怕人打量，西门德这样望着，他就避开脸子了。

不多一会儿，有一个穿短衣的胖子，匆匆走了来，在舱外面叫道："小李，你今天记着，两天没有交钱了，今天不交，就是三天。这样推下去，我们又要再结一回账了！"西门德顺了声音看去，那说话的人穿了一套工人单褂裤，小口袋上拖出一串银表链子，手指上夹了大半支香烟，脸上红红的，塌鼻梁，小眼睛，越是让这面部成了一个柿子形。只是在两道吊角眉之下，又觉得他在这脸上，划下了一道能强迫人的勇气。

那小贩很谦和地迎上去两步，笑着答道："严老板，你放心，无论如何，今天晚上我会给你送钱去。不骗你，我病了两天，今天是初上这个码头做生意。"那人将夹了纸烟的手指，指着他道："你今天晚上若再不送钱来，我也有我的办法！"他说话时，沉下了脸腮上两块肥肉和那两道吊角眉，背道而驰，正是紧张了这张脸，更不受看。那个小贩道："我说话一定算数，在这个码头上做生意，敢得罪你老板吗？"那胖子哼了一声道："有什么得罪不得罪，杀人抵命，欠债还钱，你欠我的债，你就当还我的钱，别的闲话少说。晚上我们见！"说着他举起了拳头在鼻子旁边向外做两个捶击的姿势，然后走了。那小贩呆呆在舱里站着，望了那人遥遥走去，伸着脖子叹了一口气。

西门德坐在一边，看出了神，越看他越像是熟人，便喊了一声买橘柑，向他点了两点头。那小贩眼镜遮不下全脸，透着有点儿难为情的样子，只好走了过来。到了面前，西门德看到他肌肉有些颤动，脸上的面色泛着苍白，分明是要哭，可是他还是露着牙齿笑了。他鞠着躬，低声叫了一声"老师"。西门德道："哦！你果然是李大成，你不念书了！"李大成道："老师，我没脸见你，你一上趸船，我就看见你了。可是……船来了，老师请过江吧。"说着他扭身要走。

西门德一把抓住他橘柑篮子道："别走，我要和你说几句话。"这时来的渡轮靠了趸船，等船的人，一阵拥挤，纷纷向船口挤去。西门德依然抓住了橘柑篮子，等舱里人全上渡轮了，西门德见这舱里无人，才低声问道："你怎么弄成这个样子？你令尊现在……"李大成将篮子放在舱板上，一手托着黑色眼镜，一手揉着眼睛，很凄惨地答道："他……过世了。"西门德道："他是到四川来了，才去世的吗？"李大成道："到四川来了两年多才去世的。老师，你想我父亲才只有我一个儿子，家乡沦陷了，孤儿寡母，无依无靠，我怎么还有钱念书！"西门德道："你父亲死了，机关里总可以给点儿抚恤费。"李大成惨笑了一笑道："老师，你以为拿了抚恤费，我们可以吃一辈子？不瞒你说，我父亲的棺材钱，还是同乡募化的。我父亲死的时候，倒是清醒白醒的。他说，早晓得要死，不如死在前方，丢下三个人在前方讨饭，也离家乡近些！"西门德道："丢下三个人，还有一个什么人呢？"李大成弯下腰去，检理着篮子里的橘柑，低声答道："还有一个妹妹。"西门德道："那我明白了，你是为了家里还有两口人的生活，不能不出来做买卖。"李大成蹲在舱板上，轻微地哼了一声。

西门德道："那也难怪。你一个人做小生意，除了自己，还要供养一大一小，怎么不负债！刚才那个人和你要钱，你借了他多少债？"李大成道："哪有好多钱，一千五百元罢了，只够现在阔人吃顿饭的钱。这一千五百元，还是分期还款。每天还三十元，三个月连本带利，一齐还清。"西门德道："三三得九，三九两千七，他这放债的人，岂不是对本对利？"李大成突然站了起来，拍着两手道："谁说不是？你看，我每日除了母子两个人的伙食靠这一篮橘柑，哪里能找出三十元还债？所以我母亲也是成天成夜地和人洗衣服补衣服来帮贴着我。她一个做太太的人……唉！"他说到这里，垂下头，脸上有些惨然。

西门德听了这话，心里头也微微跳动了一下。因望着他道："你妹妹有多大？她可以帮着你们做点儿事吗？"李大成被他这样一问，脸色更是惨淡了，他的嘴唇，又带了抖颤，向西门德低声道："我们养活不起，她到人家家里帮工去了。"西门德道："她多大了？能帮工吗？"李大成顿了一顿，向冕船舱里看了一看。这时，过渡的人，又挤满了一舱。他提起果篮靠近了西门德一步，眼望了自己手上的篮子，低声道："唉！押给人家做使唤丫头了，替我父亲丢脸！"说时，在那黑眼镜下面滚出了两行眼泪。他将不挽篮子的手，捏着袖头子去揉眼镜下面的颧骨。

西门德听了这话，想起一件事来，记得在南京的时候，李大成的父亲为儿子年考得了奖，来道谢过一次，西装革履，一表人才，没想到他身后萧条到这种样子，便也觉得心里一阵酸楚。在他这样发怔的时候，第二次渡轮又要靠趸船了，因握着李大成手道："我非常地同情你，我现在有点儿事情，要过江去一趟。今天晚上五六点钟，你到我家里谈谈。你不要把我当外人，我是你老师，而且不是一个泛泛的老师。"说着因把自己的住址详详细细告诉了他，李大成见他十分诚意，也就答应了。

西门德渡过了江，已是十点多钟，他没有敢耽误片刻，就向虞先生的办事处来。大凡年老的人，绝不会失约的，虞老太爷和这位区老太爷，找了一副象棋子在卧室里下棋等西门博士。门房将名片传进来了，他为便于谈话起见，约了在小书房里相见。他的大令郎，颇尽孝道。为了老太爷常进城，把自己的办公室，挤到与科长同室，腾出一间卧室和一间小书房给老太爷。所以到老太爷这小书房里来，必要经过虞先生的办公室。

西门德经过那门口时，正好虞先生出来，西门德曾在会场上见过他，一见就认识，立刻取下帽子来，向他点头道："虞先生，你大概不认识我吧？我是西门德。"虞先生哦了一声，伸手和他握着笑道："久仰，久仰！家严正在等着博士，改日再约博士畅谈。"西门德很知趣，听了这话，知道人家事情忙，没有工夫应酬，也就说了一句"改日再来奉访"。这虞先生见他如此说，益发引着他到老太爷小书房里来，他自去了。

区老太爷已先起身相迎，就介绍了和虞老太爷谈话。西门德见这间小书房，布置得很整洁，两只竹书架，各堆着大半架新旧书，有两张沙发式的藤椅，铺了厚垫子，还有一张长的布面沙发，沙发上还有个布软枕，就想到虞老太爷的儿子颇为老人的舒适设想。一张红漆写字台上，除了笔砚而外，有一瓶鲜花、一盒雪茄、一把紫泥茶壶、一盘佛手，糊着雪白的墙壁，只有一副对联悬在两壁，写的是"乾坤有正气，富贵如浮云"十个字。正壁也只悬了一轴小中堂，画着墨笔兰石。北壁下面是藤椅。一副小横条，写了八个字"老当益壮，穷且益坚"，下款书"卓斋老人自题"。西门德很快地已看出了这位老太爷的个性，加之这位老太爷穿了大布之衣、大布之鞋，毫无做现任官老太爷的习气，心里更有了分寸了。

虞老太爷让座之后，先笑道："区老先生早提到博士，我是神交已久的了。博士主张不分老少，自食其力，这一点，我正对劲，很想识荆呢！"西门德只好顺了老太爷的话谈上一阵。心里估计着要怎样兜上一个圈子，才可以微微露点儿自己的来意。正好虞老太爷向他递来一支土雪茄的时候，他拿着雪茄看了一看，笑道："老先生喜欢吸雪茄，我明天送一点儿吕宋烟来请您尝尝。"虞老太爷笑道："哦！那是珍品了！"西门德道："不！进口商人方面，要什么舶来品都很方便。"虞老太爷叹了一口气道："这现象实在不妙。我就常和我们孩子说，既干着运输的事业，就容易招惹假公济私，兼营商业的嫌疑。一切应当深自检点。"西门德笑道："那也是老先生古道照人。其实现在谁不做点儿生意？"虞老先生坐在藤椅上，平弯了两腿，他两手按了膝盖，同时将大腿拍了一下道："唉！我说从前是中华兵国、中华官国，如今变了，应该说是中华商国了！"西门德道："正是如此，现在是功利主义最占强，由个人到国家，不谈利就不行！"虞老先生手摸了胡子，点头道："时代果然是不同了，那没有什么法子，你没有钱，就不能够吃饭穿衣住房子。国家没有钱，就不能打仗，更不能建设。"

西门德听了这话，心中大喜，这已搭上本题的机会了。正想借了这机会，发挥自己要谈功利的主张。只见一个勤务匆匆忙忙地走进屋子来，沉着脸色道："报告老太爷，有了消息了，处长说，已经吩咐预备小车子送老太爷和区先生下乡。"

虞老先生曾在南京和长沙受过几次空袭的猛烈刺激，对于空袭甚是不安，平常不肯坐公家汽车，一是警报，倒是愿受儿子的招待，于是立刻站起来道："挂了球没有？"勤务道："消息刚到，还没有挂球。"他便向区老先生道："趁着时间早，我们下乡吧。"西门德看这样子，根本不是谈话的机会，便向老先生握着手道："那么，晚生告辞，改日再谈。"那虞老先生点着头，连说"好的好的"，说着他已是自取了衣架上的大衣和帽子。博士看了他那一份慌乱，和区庄正点头说声"再会"，也只好匆匆地走出了办公室。

大街上走路的人，还是如平常一样地来往不断，似乎不见什么异样情景，且雇了一辆人力车，坐到江边。因为一切如常，也就没有什么思虑，倒觉得人生在世，多少倒有点儿命运存焉。费了许多周折，好容易才得着机会和虞老先生会面，不想没有谈到几句扼要的话，又被这空袭的消息所打断。他一面沉思着，一面走路，下了码头，走上渡轮，还是继续地想，不知不觉地，在船舱里人丛中站着。忽然听到岸上哄然一声，接着趸船和渡船上，也哄然了一声。在哄然声中，抬起眼皮来看人，才知道是大家同声说了一句"挂球了"。就为了这个，渡轮虽然是离开趸船了，还有人由趸船那边向渡船上跳过来。

最后一个跳过来的是位摩登女郎，她一手夹了大衣，一手提了皮包，脚下还穿的是半高跟皮鞋。当这渡轮离开趸船，空出尺来宽江面缝隙的时候，她却大着胆子向这边一跳，将提皮包的手抓住渡轮船边的柱子。虽然她跳过来了，可是她两只脚，还只有一只踏在船边上，那一只脚，还架空提着呢。在船上看到的人，都不禁哄然一声地惊讶着。西门德看到，也暗暗地说了两声"危险"。可是她也很警觉，身子向前一栽，预备倒在船舱上，以免坠落到江里去，这样，她被船舱壁撑住了，不曾倒下。那第二只脚，也就落实地踏着渡轮舱板了。过渡的人，看到她是一位漂亮而摩登的女郎，大家都不忍骂她，只是彼此接连地说着"危险"。那女人也红着脸，站了喘气，向她面前几个人，做了一个勉强的微笑。

在她这一笑之时，西门德正由人丛中走了过来，轻轻地咦了一声。她笑道："哦！西门老师。"说着，收了笑容，向他行了个鞠躬礼。西门德道："青萍小姐，有两年不见面了。你好？"她走近了一步笑道："师母没有和老师说过吗？我要来看老师。巧得很，在这里遇到了，免得我问路了。"西门德对她周身上下很迅速地看了一遍，发现她全身华丽，花格绸的袍子，青呢大衣，手上戴着宝石金戒指和小手表，领襟上还夹了一支自来水笔。太太以前常看她票戏，说是在后台看见她，相当的穷，这样子，是个穷女人所能享受的吗？青萍似乎看出了老师的审查态度，脸上微红着，伸头向舱外看了一看，回转头来道："还是挂一个球。"西门德道："没关系，我那里洞子好得很。"青萍点头道："我晓得，重庆好房子，是包括洞子算在内的。我早就想来，可是总被事情缠住了。"西门德低声笑道："你现在认了一个有钱的干姐姐。"她笑道："怎么这样说？老师总是老师，就怕老师嫌我不成器，不肯认我。"

西门德向舱外一看，见船已快靠趸船了，便道："提起这话，过几分钟，我指一个人你看看。"青萍见老师脸上的笑容，带了几分严肃的样子，便望了他，连问几声谁，西门德笑道："也许你不认识他了。"青萍道："是谁呢？我的记忆力相当不错。"西门德道："不用问，到了那时再说。"青萍也并没有把这个问题看得怎样重，站在轮渡舱里，且和老师说些闲话。

十多分钟，轮渡已靠了江岸，因为已是挂预告警报球的时候，过渡的人都急于登岸，好去找一个躲空袭的地方。因之轮渡一靠趸船，人就抢着向舱口上挤。西门德一手抓住青萍的衣服，且向后退了两步，因道："不要忙，只是十来分钟的工夫就到了。我家有洞子可躲。"青萍笑道："我什么样子的空袭都遇到过，我不怕。"西门德听她如此说，就越发从容地等着。一直等到船上人已走尽，然后和她走上趸船。

到了江滩上，博士四周一望，摆零食摊子的人，正在收拾箩担，行人也没有停留的，因道："我要引你见见的这个人，没有机会了，挂了球，他不会来了。再说吧！"青萍猜不出他是什么意思，且随着他走，走了大半截江滩，又听到人声哄然一下。西门德道："放警报了。"看那江滩上的行人，都昂头向迎面山顶上看去。那里正有一座警报台，山顶一个丁字木架上，是挂球的所在。这时，那上面挂了一只长可四五尺的绿灯笼。这是解除警报的表示，所以大家都在欢呼。这样，两人越发从容地走去。

当面就是一重六七十级的坡子，博士是无法对付，正四下地看着，忽然笑着招手道："李大成，来，来，来！正找你呢！"随着这声音，走过一位提橘子篮的青年。他叫了声"老师"。看到青萍，怔了一怔，身子还颤动了一下。西门德笑道："彼此都认识吗？"青萍道："李大成，老同学呀！"李大成苦笑着，点了点头道："黄小姐，你还认得我，我落到这步田地，没有脸见人。"青萍对他望着，正也有些愕然。西门德就把他的境遇，简单说了几句。青萍点点头道："这样说，密斯特李倒是个有志气的人！"他没有回答什么，低头唉了一声，长长地叹口气。

西门德道："我正要详细地知道你的情形，难得又遇到老同学，都到我家里去畅谈一番。"李大成低头看看自己衣服，又看看青萍，摇头道："老师，我改天去吧。"博士道："为什么？"他道："我太穷了，替老师和同学丢脸。"西门德道："只要不伤人格，师生有什么不能见面之理？穷，难道是有伤人格的事情吗？"青萍也笑道："若是那样想，惭愧的倒应当是我，我显然没有你这样吃苦耐劳。"李大成点了点头，微笑道："好吧，我跟着你们去。"他随了这话，跟在二人后面走着。

西门德回家这一截山坡，是他肥胖的身体所最不耐的事，可是自己若坐上轿子，这位女高足同意，男高足绝不肯提了贩橘柑的篮子去做一位乘客的。若是和女高足坐轿，让男高足……他正自焦愁着，路边歇着轿子的轿夫，拦住道："西经理，西经理，我抬你回公馆。"他们认得博士这老主顾，但不知道他是博士，也不知道他复姓西门，每天见他夹了皮包来往，又住在那富商的洋房子里，就以为他姓西，是做阔生意的经理。西门德将手杖撑着斜坡上的沙土地，有点儿喘气，他摇摇头道："不坐轿子。"青萍走在一旁看到老师吃力的样子，便笑道："老师还是坐轿子去吧。"两个轿夫迎着青萍，弯着腰道："大小姐，大小姐，我抬去。"李大成很知趣，便走上前一步道："老师和黄小姐坐轿子去，我放下篮子，随后就到。"青萍未加考虑，因道："那么，大家坐了轿子去。"

这路边停了一排轿子，穿着破烂衣裤的轿夫，三三两两，站在土坡上。在他们黄蜡的面孔上，都睁了两只大眼，看谁需要他的肩膀当马背。其中有个年老的，在这一群里似乎已在淘汰之列，像一个病了十年的周仓神像，脸上的黑胡子像刺猬的毛，围满了尖脸腮。他两手抱在胸前，护着有限的体温，不让它跑走。两只肘拐下破蓝布袄子的碎片和破棉絮，挂穗子一般在风中飘摇着。他将两只木杆似的瘦腿，一双赤脚在沙土上来回颠动，希望在运动里生点儿热力。但他的眼睛，依然在行路人里面去找主顾。

这老人见这位摩登小姐这样说了，有点儿饥不择食，跑了步迎着李大成道："卖橘柑的下江娃儿，来嘛，我抬你去。"这一句"卖橘柑的下江娃儿"，引得所有土坡上的轿夫群哄然一阵大笑。有一个穿得整齐而身体又壮健的轿夫笑道："王狗儿老汉，你抬这下江娃儿去吗？要得嘛？他没有钱，送你几个橘柑吃！"于是其余的轿夫们，看着李大成和王狗儿老汉，又是哈哈一阵大笑。王狗儿老汉回转脸来，向大家瞪了一眼，叽咕着道："笑啥子！这下江娃儿是这大小姐的老用人，大小姐会替他付轿钱的。"这老头子一句善良的解释，像刀子戳了李大成的心一样，他站不住，几乎要晕倒在沙土坡上了。

西门德已看出李大成这份难受，便退后一步，拉了他的篮子道："我们慢慢走吧，谈着也有趣味些。"青萍自理会得这意思，便在前面走着。李大成默然随了老师同学，同到西门公馆。进得大门，博士通身是汗，红了面孔喘气。李大成终于忍不住心里那句话，向他苦笑道："为了我，把老师累苦了。"

西门德将夹皮包大衣的手带拿了手杖，腾出手来，取下帽子，在胸前当扇子摇。他由院里进屋，还要上楼，只听他的脚步踏在板梯上，一下一下地响着，可以想到他移动脚步的迟慢。到了他书房里，他将手里东西，抱在怀里，便坐在沙发上，身子往后一靠，向两位高足笑道："身体过于肥胖的人，是一种病态，二位请坐，不必客气。"

李大成把他的小贩篮子，先放在写字台下，然后来接过西门德的帽子、大衣、皮包、手杖，都挂在墙角落里衣架上。安排好了，在桌子角边站着。青萍本来在一旁椅子上坐着的，看到同学这样讲礼节，她又站起来了。西门德道："你们坐下，我们好谈话。"说时，刘嫂两手端了两玻璃杯茶进来，将茶杯放在桌上，先把两手捧了一杯，送到青萍手上，然后再捧了一杯到西门德手上。博士已知道她有了误解，不愿说破，只好起身把茶杯放在桌上，转敬了李大成，向他笑道："你喝茶。"偏是这位刘嫂还不理解，她道："你怎么把橘柑带到屋子里来卖？"李大成笑道："我不卖，送给你主人家吃的。"西门德道："别胡说，这两个都是我学生。"刘嫂向着卖橘柑的下江娃儿和那带金戒箍穿呢大衣的漂亮小姐各看了一眼，径自去了。

西门德脱了中山服，露着衬衫，两手提了西服裤脚，再在沙发上靠下，向大成指着椅子道："你坐下，这年头，只重长衫不重人。对她这无知识的人的说话，不必介意。"李大成笑道："其实，她并没有错误，我本来是个卖橘柑的。"青萍看到他没有坐，自己坐下了，又站了起来，因向西门德道："我进去看看师母去。"西门德笑着摇摇头道："假如她在家，听了我们说话，那就早出来了，大概她又打小牌去了。坐下坐下，我们来谈一谈，趁此并无外人，我可以替大成商定个办法出来。"李大成见青萍颇是不安，便在桌子边坐了，听了老师这话，只微笑着叹了一口气。

青萍道："刚才在路上谈着你那些困难，我还不得其详。大概最大的原因是眼前经济情形太坏了。你可以告诉我，我也可略尽同学之谊。"李大成摇摇头没作声，西门德就把他借了一千五百元的债，天天筹款还债的事说了一遍。青萍道："这个放债的人，就是下江所谓放印子钱的手法了，倘若不到期，要还清他的钱，那怎样算法吗？"李大成笑道："借这种阎王债的人，谁有本领不到期还得清？就是要还清，放债的人也不愿意。"西门德道："那没有这种道理。他能逼你借着债，让他慢慢来讹你吗？"大成道："借这种债，半路还钱的人也有，多半是请人到茶馆里去临时讲盘子。大概债主子收回了本钱的话，利钱可以打个折头。若没有收完本钱，那么，除了以前还给他的不算，你总要一把交还他那笔本钱。"

青萍两眼凝望着他，肩峰耸着，很注意地听下去，接着摇摇头笑道："我不懂。"大成道："当然难懂，我举个例吧：我借那姓严的一千五百元，议定每日还三十元，三月还清，现在不过按日还他二十天，只有六百元，对原来本钱还差得远。若要一笔了事，就得除了那二十天每日白还了他三十元不算，现在一笔还他一千五百元。又比如说借人家一千五百元，约定每日还三十元，三个月还清，共总得还他二千七百元。还过了五十天，就达到本钱一千五百元了。那么，所差一千二百元，可以打个折头，预先一笔还他。我是只还了二十天的人，只有照第一项办法，除了白还六百元之外，现在得一笔还他一千五百元。"

青萍点点头道："我明白了。"西门德燃上了一支雪茄吸着，喷出一口烟来，叹口气道："这样的债，你借他干什么？真是饮鸩止渴。"那青萍小姐都没有说什么，站起来把她放在茶几上的手提包取了过来，打开，她半侧了身子，拿出两叠钞票，捏在手里，趁放下皮包的时候，向前一步，靠近了西门德，低声笑道："老师，我帮他一个忙，可以吗？"说着将钞票悄悄塞到她老师手上。西门德瞥了那钞票一眼，全是五十元一百元一张的，倒愣住了，望了她道："这是多少？"青萍道："除了替他还清那笔款子而外，另外送二百元给他令堂买点儿荤菜吃，不成敬意。"

李大成啊了一声，站了起来，两手同摇着道："那不敢当！那不敢当！"青萍向他笑道："惊讶什么？这数目到如今已不足为奇，只够有钱人吃顿馆子罢了。"西门德将钞票数了一数，果是一千七百元，便走着送到李大成面前，因道："她既有这番好意，你收着。"他并不伸手接钱，倒向后退了两步，垂了两手，摇摇头道："这个我不能接受，我不便接受。"西门德望了他道："为什么不能？又为什么不便？"他望了屋子里的两个人，笑了一笑。

青萍向他点点头道："我谅解你的话，可是我倒可以坦直地说一句，我拿出这些钱来，并不妨碍到我的生活，也绝不有玷你的人格。这样好了，你不愿无缘无故接受我的义务，那就算借款得了，你借别人的是借，借我的也是借，这总可以。不过我不要利钱，我也不限你什么时候还清，没钱，到战后再还我也不要紧。"西门德道："她这种说法，就说得很透彻了。你还有什么不接受吗？要不，我从中做个证明人，证明你是向她借钱，不是要她白帮助。"

李大成看到老师脸上义形于色，有点儿面孔红红的，这倒不便再坚持自己的意见，只好将钞票接过，向青萍点了个头道："黄小姐，那么，我就感谢你的盛意了。我现在没有什么报答你的。你在轮渡上来往，有什么大小行李卷，要人扛的话，我多少可以尽……"青萍笑道："密斯特李，别再这样说下去了。我们有这样一个好老师在这里，我们得借着老师的帮助，继续地把书念下去。"

西门德笑道："那么，黄小姐你也打算念书？"青萍抬起手臂来，看看她的手表，低头没有作声。李大成道："黄小姐，现时在哪里工作？"西门德刚说了一个"她"字，青萍立刻接了嘴道："过去瞎混，现时我在一家大公司里弄到一个书记的位置，大概一两天之内，我就要上工去了。你若是不愿这样继续下去的话，也可以去找个书记之类的工作。"

李大成想说什么，望着她看了一看，又把话忍回去了，只是笑笑而已。他想着自己跟着老师来到公馆，那是偶然的事，青萍小姐随着老师一同过江来的，也许还有什么重要的事亟待商议。他便把篮子里橘柑一齐放到桌上，笑道："老师，这可不成敬意，聊表寸心而已。留着你解解渴，我暂告别，过一两天再来。"西门德也怕青萍有什么话要说，只好由他走了。

西门德在他去后，第一句话就夸着她道："你实在仗义，我有愧色！"

青萍搭讪着看看墙壁上挂的中国画，一面笑道："其实，我也是借来的钱。不过我和温二奶奶很说得来，有了机会，还可以向她借。"说到这里，她坐正了，向着西门德脸上带了些郑重的样子，因道："我有一点儿好消息要告诉老师。今天在温家吃早点的时候，温五爷、二奶奶还有香港来的区家二小姐，我们都坐在一桌。二小姐提到有人兜卖车子的话，温五爷说，若是仰光有现成的车子的话，他愿收买一二十辆。我就说老师马上要到仰光去，路上有车子。"西门德笑道："小姐，你做生意是外行。那位温五爷是个生意经中的生意经，我们玩票式的商人，怎能在他手上赚钱呢？"青萍道："可是他为人很慷慨的，交起朋友来，十万八万的耗费，全不在乎。"西门德笑道："我承认你的话，那也正是他的生意经。"青萍见这番好意，老师并不接受，面孔红红的倒有点儿难为情。她又低下头来，看看她的手表。西门德笑道："可是，他自然也要人合作。好，过两天我专诚去拜访他，和他谈谈。今天你在我这里，回头和你师母一路过江。"

正说着，西门太太在屋子外面笑道："稀客，稀客！贵客，贵客！"她满面春风地走向前来，握着青萍的手，因道："我没有想到你会来，要不然，我要到江边去接你了。"青萍笑道："那岂不折杀了我？"西门太太笑道："你老师还欢迎着你一路渡江呢！我为了你来，牌都放下了。"青萍笑道："那更不敢当！师母在哪里打牌？我能去吗？师母还是继续工作，我去看牌好了。"西门太太笑道："今天我的牌，全是一种应酬作用。"说着把声音放低了一些道："我们连房子带家具，都是人家借给我们的，并没有租钱。这位房东太太，就好打牌，我们是牌友。为了我们常在一处打牌，交情还不错，她先生老早不愿我们住下了，就为了太太说不好意思，没有向我开口。区老先生那里有一幢小洋房，只卖五万元，我就想买了来。"西门博士在旁插嘴笑道："你想买了来，钱呢？"他太太道："把这票生意做好了，就有钱了。"

青萍听了这话，心想，一个人要变，变得就这样彻底。西门老师向来是很清高的，如今是夫妻合作，日夜都计划着赚钱。不但心里这样想，而且口里还不断说出来。那温五爷一赚几百万，终日逍遥自在，也不见他和人谈过一句生意经。她这样想着，坐在老师当面，不免呆了一呆。西门太太道："你想什么？打算要走吗？我们这里虽没有温公馆那样舒服，既来之，则安之，怎么委屈，你也在我这里宽住一夜。你别看我们是穷酸，只要一票生意做成功了，我们也可以好好地招待你一阵。"青萍想到她心里念着的话，哧哧地笑了起来，但为了这一笑，她倒怕老师会疑心，只得在此留住下了。

这日晚上，博士夫妇正招待青萍小姐吃晚饭的时候，先听到窗子外面有人说了一声"还在这里"。大家正觉得这句话来得突然，都停住了筷子向外望着，只见李大成引着一位四十岁上下的妇人走了进来。她虽是穿一件旧蓝布大褂，可是浑身干干净净并无脏点，短短的青发也梳得光滑不乱。她先站在门口，李大成抢先一步，点着头道："老师，这是我母亲。这是老师，这是师母，这是黄小姐。"他站在桌子边，一个个指着介绍给他母亲。这位太太，一人一鞠躬，对青萍行礼的时候，还特地走进了一步，说道："承黄小姐帮我们一个大忙，我真是感激不尽，特意来向西门老师打听黄小姐住在哪里，我们好去面谢。在这里那就更好了……"但"更好了"之后，她也说不出个什么下文来。

博士笑道："一切不必客气了，全不是外人，李太太大概还没有吃晚饭……"李太太点头道："老师，你请坐下用饭，我们叨光黄小姐这款子，请那姓严的吃过一顿小馆子了。"青萍道："那么，债算还清了。"李大成笑道："不但把债还了，这顿饭还是吃的他。因为我说起老师住在这里，那姓严的说，怪不得你有钱还债，西门经理是你老师，住在那高坡上洋房子里的人，谁不是家产几百万，几千万的人？你要发财了，我们交个朋友吧。"这一说，大家全笑了。

于是博士请他们母子在小书房里先坐着，他们自去吃饭。这黄小姐爱的就是个面子，见大成母亲亲自冒夜来谢，她十分高兴。饭后，到房里来陪客，因问道："李太太，我听说，你还有个小姐。"李太太听了这话，脸色动了一动，眼睛里似乎含有一包泪水，立刻搭讪着咳嗽两声，背了电灯光，牵理着自己衣襟，叹了一口气道："真是惭愧，送到人家做使唤丫头去了。我倒不是押了，也不是卖了，只是放在人家帮点儿小工，混口饭吃。大概和人家另借了二三百块钱，和她做了两件衣服穿，做了半年工了，就是不还主人家的钱，把她接回来，人家也说不出什么话来。只是回来之后，就多了一个吃饭的人了。"

西门太太被青萍的豪举刺激着，义气勃发，这时也在屋里坐着，她立刻接嘴道："李太太，你若是为了怕添一口人吃饭的话，把你小姐放在我这里住着好了。我喜欢出去打个小牌，让她来给我看看家好了。那笔小款二三百元，我代你还了，这里到你家里近，你随时可以叫她回去。"李太太站了起来道："那太好了，我怎么感谢你呢？"西门太太在衣袋里一摸，摸出一叠钞票，笑道："今天打小牌赢的，还不到三百元，你拿去吧。最好你

206

明天就把她引来。"

李太太将手轻轻擦着衣襟，笑着望了儿子道："你看怎么办？"李大成坐在一边笑道："那我们只好拜领了。"李太太鞠着一个躬，把钱接了过去。西门德口衔雪茄，坐在旁边。他看到人家左一点头，右一鞠躬，就联想到当年和李先生握手言欢，也是一表人物。一个人的身后，不免妻子托人，怪不得有些人这样想，总要有点儿遗产。他微昂了头，口衔雪茄，这样想着，颇是有点儿出神。

西门太太恐怕他有点儿误会，便笑道："大成是你的学生，这位小姐也就等于你的学生，你觉得我这办法委屈了人家吗？"西门德笑道："难道我还有什么不同意的吗？我想救人须救彻，放在我们家里还是我教她的书呢，还是你教她的书呢？不教书留她在家里看门，人家也会疑心我们是使唤丫头。所以我的想法，我也尽一份力，替她找个学校念书，最好是工读性的。"青萍道："那更好了，这件事最好让区亚男去办。她是一个在社会事业上活动的人。"

李太太坐在一边，听到他们都愿意帮助自己孩子，虽说人家这种同情心是应该感激的，转念一想为什么得着人家这样同情，不免有些惨然，只得苦笑，望着大家。西门太太回过头来问她道："李太太对于我们这类建议，还有什么不同意的吗？"她看了看她的儿子，才笑道："只怕我们承受不起。"西门德道："大成，我也有点儿事托你，你明天替我送一封信到区家去，顺便就把令妹的事托一托大小姐，为了一日之间可以赶上来回的汽车，你可于明天大早到这里来取信，对这件事没有问题吗？"李大成道："若老师有事差遣我，今晚上我都可以去。若为舍妹的事，倒不必那样忙。"西门德道："若是如此，你明天早上八九点钟到我这里来就是了。"李太太母子谢了一番，告辞而去。

第十五章

叫你认得我

次日早上，大成如约来拿信。他把家里仅存的一套黑灰布裤褂罩在短衣上面，下面又穿上他补过两次底的黑皮鞋，这已不是昨天在江边卖橘柑的穷小贩了。西门博士交给他信件，又吩咐了一些话。李大成听话已毕，走出书房，正要下楼，黄小姐由里面屋子里走出来，正是晨装初罢，脂粉满面，长发梳得乌云簇拥，手里提着皮包，笑道："密斯特李，我们一块儿走。"大成有些感到不自然，向后退了一步，望着她道："黄小姐也到区家去？"她道："不，我是过江。你回来得早的话，可以找我去，我请你吃顿小馆子。"他笑道："多谢，可是黄小姐不必叫我密斯特李了。我老早不是学生，这样称呼我，我倒有些惭愧。"西门夫妇在一旁都笑了。

青萍笑道："其实我这样称呼你，是该接受的。我还记得我们同学时候那番友谊，一叫你，就把往日的称呼叫出来了。"西门太太道："你们往日的友谊很好吗？"她说这话时，脸上带着很浓的笑意，向两人看了一眼。李大成道："不……"他刚说了一个不字，立刻觉得是不应当否认的，岂能当了同学而说没有友谊，于是将那个"不"字拉长了尾音，接着道："不过是同学之谊而已。"西门太太很俏皮地向他使了个眼色，然后向青萍笑道："你们同学也很多啊！"青萍小姐终究是个沧海曾经的人，倒并不觉得有什么不顺适，只是笑了一笑。李大成呆站在房门口，却是不能继续把话说下去了。

西门德便来解了围，笑道："大成，昨天说了没有什么帮忙的，黄小姐在轮渡上来来去去，可以和她提提行李。现在不用提行李，你护送过江吧！"大成受了人家那样大的恩惠，自然是无可拒绝，就在前面走着。他在路上走的时候，回头看到黄小姐穿得这样华丽，再低头看着自己这样寒素，只有默然地行着路，相隔一丈多远，并不说什么话。青萍遥遥在他后面，倒微笑了几次。直到上了轮渡，两人方在一处坐着。

青萍笑道："密斯特李，你瞧，我又这样称呼了。"大成也笑了，点点头道："那也没关系。"青萍道："我们同学的时候，糊里糊涂过着活泼的青春，哪里会知道有今日之事！"大成道："可是这话不应当你说呀！你依然是活泼地过着青春呀！"青萍整理着自己的衣襟，叹了一口气，于是彼此默然着，好久没有说话。

轮渡靠了重庆码头，青萍才道："大成兄，你可以同我到温公馆去一趟吗？我想亚男也许在城里。"大成道："这区家大小姐，也是在温家做客的？"青萍道："不，她那脾气有些古怪，不肯和我们在一处混。可是她这也是对的。"说着话，两人在人丛中挤上了岸，她在江滩上站了一站，见附近无人，接着几分钟以前的话道："有时候，我想到亚男是对的，你见着她就知道了。不过我算完了，我就这样混下去吧！"

大成站在江滩上面，面对着她，见她带了几分懊丧的情绪，倒不知其意何在，怔怔地望着，不知说什么好。她忽然笑道："是了，你瞧，我说话说出题外去了。她有个本家姐姐，是住在温家的，她如在城里，她姐姐会晓得的。"大成道："老师是叫我送信给区家老太爷，我当然要把信送到他家。至于舍妹的事，也不忙在一天，将来再托她好了。黄小姐叫轿子上坡去吧，我还要去赶班车，先走一步了。"青萍看着他，想了一想，抬起一只手，理了几下头发，点头道："那也好。"大成点了点头，提快步子跑上了登岸的几十丈坡子，回头看她还在江滩上站着发呆。经自己回头一望，她倒是抬起手来，将一条手绢在空中扬了几扬。大成挥了挥手，自去赶他的路。

这日到了区家所住的疏建区，照了信面上所开地点向人打听，走入了到山坡上的小路，行人稀少，遇到了分岔路，就不免站着踌躇起来。就在这个时候，看见一个穿厚呢大衣的少年，踏着一双崭亮的黑皮鞋，由正面跶着步子走来。只看他两手抄在大衣袋里，走路很是从容，便是个不干紧张工作的人，不免向这人看了一眼。这人倒更是透着有闲工夫，也向他望了一望，见他手上拿了一封信，咦了一声道："这信是送给我家的！"大成问道："你先生贵姓区吗？"那人道："我叫区亚杰，收信的人是家严，他现时不在家里，在街上坐小茶馆，我带你去见他吧。"大成不想遇到这样一个简便的机会，自随了亚杰到小茶馆来。老太爷正和虞老先生在一张木桌上下象棋，看到了西门德的信，上面注明了送信的是他的学生，便格外向他客气一番，因对亚杰道："人家这样远赶了来，陪人家去吃顿便饭吧。"大成虽然说是要赶回去，无奈亚杰极力将他拉着，只好随他到街上小馆子里去了。

两人拣了一副座头坐下，亚杰首先问他在哪里念书。李大成以为博士来信，曾要求区小姐帮忙，家中寒素的事情不能隐瞒，因把自己最近的遭遇略说了一说。亚杰将桌子轻轻一拍，笑道："这就对了！老弟台，你猜我是干什么的？"他们对面坐着，亚杰看了他，向他微笑。大成见他那西装小口袋里，垂出一截金表链子，黄澄澄的，他也有他浅薄的社会观感，因笑道："区先生当然不是公务员，是不是在银行里服务呢？"亚杰笑道："我想纵然你猜得到，你也不肯说。老实告诉你，我是个司机。"

李大成听他这话，不免对他身上又重新看了一看，因道："区先生说笑话！"亚杰道："你既然在南岸做生意，海棠溪汽车码头上的情形，你当然知道一二。跑公路的司机，是不是人人都有办法？"李大成道："那倒是真的。不过区先生一家，全是受了高深知识的人，不会去找这种工作吧？"亚杰道："老弟台，你若是还抱定这个思想，你就要苦到抗战结束以后，或者才有翻身的希望。于今必须抱定只要挣钱，什么事都干的方针，才有饭吃。老实告诉你，我是个初中教员，可以说哪一门功课，我都可以对付，可是就混不饱肚子，没有法子，我就改做了司机。仅仅是跑了一趟仰光、一趟衡阳，我就是这一身富贵。"说时，笑着把呢大衣领子提着，抖了两抖，接着道："我是前天由昆明坐飞机回来的，这附近有我们一个货栈，来看看货，顺便回家来休息两天。不但是我，还有几位同行，那派头比我还足。原因是他们比我多跑了两趟路。这年头不要提什么知识的话，知识是一点儿也不卖钱的。"

李大成对他周身看了一看，微笑着。亚杰道："你可以相信了，我们是同志，你大远地跑了来，大概肚子还饿着，叫点儿东西吃吧。——幺师！怎么不来个人？"这饭馆子里的茶房立刻走了过来，拿了一张纸片，递给他，很谦恭地弯了腰，低声向他笑道："预备三位的菜，刚才高先生来过了，他说同区先生一同吃饭。"亚杰拿着纸片看了一看，笑道："这上面写的红烧全鱼，好大的鱼？"伙计笑道："乡下人钓来的两条大鱼，我们花了两三百块钱拦着买下来了。还留下一条，留着明天烧给区先生吃。"亚杰笑道："那么，这条鱼，你们要卖我多少钱？"他笑道："相因（川语，便宜的意思），不超过两百元。"大成道："区先生，请你不必客气，我随便吃点儿东西就是了。"

亚杰一摆手道："没关系。"他说过这句话之后，又伸手向茶房挥了一挥，茶房还未曾退去，只见一个穿麂皮夹克的人，头发梳得乌滑光亮，两手插在马裤袋里，一摇一摆地走了进来。那人口角上衔了一支烟卷，上下摇摆着，道："今天吃饭，算我的。两百元一条鱼，两百元又何妨？"他说着，走近了座位，抬起一只乌亮的皮鞋，将凳子勾开了，待要坐下去。亚杰向他介绍着大成，他由裤子袋里伸出手来，和大成握了一握，也不说什么话，由袋里掏出一只赛银烟盒子来，大概是有弹簧的，只一按，盒盖子开了，他伸到大成面前，说了一个字："烟！"大成起身说是"少学"，他才坐下去。亚杰道："老高，这顿饭你不必客气，是我请客。"老高把嘴角里衔的那半截烟卷吐了出来，笑道："四海之内皆是朋友，你的朋友，我就不能请吗？不但请你吃饭，晚上还要请二位捧场听戏。"亚杰笑道："老高，你这是何必？那个歌女相当地油滑，我们辛辛苦苦挣了来几个钱，不能这样花掉。"

老高扶起摆在桌上的筷子，反过筷子头来，在桌上画着圈圈，低了头笑道："喂！她的台风实在不错。你若说她架子大，那也不见得。今天早上，在馆子里吃早点，遇着了她，她笑着和我点点头，请我多捧场，南京话并不受听，可是由她口里说出来，像鸟叫一样，真是……"他表示着无法形容他听了以后的愉快，摇了摇头。接着把筷子平了，向桌上一扳，啪的一声响，昂起头来大声道："管他妈的，再跑一趟仰光的钱，都花在她身上吧。花完了，我们可以再跑。"

大成听他这话，晓得他也是一位司机，不免再向他周身上下看了一遍。亚杰笑道："李兄，刚才我不是说了吗？我们是同志。"他这句话，分明是猜透了大成那一份向老高观察的意味。这倒弄得李大成面孔有些发红，因笑道："我怎样比得上二位呢？"老高将筷子倒拿着，点了自己的鼻子尖道："若比我，你有什么比不上！我就只进过四年小学。像这家伙！"说着，把筷子指点了亚杰道："人家可是一个中学教员，其实呢，不会挣钱，当个博士也枉然。"

亚杰正因大成是博士的高足，怕他说下去更唐突，便笑道："你也没有喝酒，先就说醉话了！"老高笑道："不是你提起，我倒忘记了。"说着，他高高举起一只手，向店伙招了两招，伙计走了过来。他道："昨天那种好酒，还有没有？有，尽管拿来，一百块一斤我们也喝！"伙计答应着有，笑着去了。不到五分钟，菜和酒都拿来了。

211

大成看那酒瓶子，是一种浅灰色的陶器，小小的口子，封了纸塞子，是茅台。那些菜第一盘是栗子鸡块，第二盘是只红烧大蹄髈，盘子都是一尺的直径，不是寻常家数。老高拿了三只大茶杯放在面前，拔开塞子，就向里面倾酒。大成站起来，先取过一只杯子，然后点了头道："高先生不必客气，我不会喝。"老高斟着酒瞥了他一眼道："不要叫我高先生，叫我老高吧。——为什么不喝呢？这年月把钱留在身上，那是不合算的。今天花一百元，可以吃一顿饭，你留这一百元到明天去吃，只好吃个八成饱了！"他说话的时候，透着兴奋。

　　对座桌上，两个穿草绿色中山装的人，正低了头吃面，不住地向这桌上打量着。正在这个时候，这边桌子上继续上着菜，一大盘青菜烧狮子头、一大盘红烧全鱼、一盘炒腰花、一盘鸡杂。最后，是个大瓷钵，盛着杂烩汤。大成到了上最后三样菜的时候，他连连说道："菜太多了！菜太多了！"老高道："一个人吃两样菜，也不算什么多，不过盘子大一点儿。老弟台，有的吃，我们总是应当吃。"这句话刚说完，对过桌上那两个人走过来，一个站在空席边，手扶桌沿，向桌上的菜看了一看，笑着和老高点了两点头道："三位今天有什么喜庆事情？"老高昂起头来翻了眼向他望着道："你问我？"那人把衣袋里一掏，掏出一枚证章伸到他面前，让他看了一看，因道："我有权问你。"说着把那枚证章又收了回去。老高虽不说什么，心里倒跳上了两跳。

　　亚杰已看出了这情形，便道："是这位李先生远道而来，我们和他洗尘，我们这不犯法吧？"那人脸色正了一正道："也可以说不犯法，也可以说犯法。国难期间，大家要节约。你们一个月收入多少？一顿就是这么多菜，要多少钱来花费？"老高笑道："我们挣的钱，论趟不论月，跑得好，一趟可以挣个几万，跑得不好，反正也不会亏本。"他道："那你们是干什么的？"老高指了亚杰道："我和他都是司机。"

　　那人淡笑了一声道："哦！都是司机。"说着他把日记本子掏了出来，放在左手手心里，右手就去拔衣袋口上的自来水笔。亚杰看这情形，绝不可以强硬到底，因站起来向那人点点头道："算我们错了，二次请客，我们不这样耗费就是了。"那人见亚杰脸上还带了三分书生气，便将自来水笔指着他道："你们做了司机的，一下子交了运，你应当想到，这是沾了抗战的光。为你们抗战的士兵，有时吃不到一饱，你在后方这样大吃大喝，有钱富裕，捐几个钱给国家，好不好？吃多了，会生病的。你们会管理汽车上的机器，就不会管理自己身上的机器吗？看着你们穿得这样一表人物，简直是糊涂虫。"他说完最后一句话，就回到他的座位去了。

老高被他骂了一句糊涂虫，面色气得通红，挺起胸来想要回嘴，亚杰立刻由桌子下面伸出脚来，踢了老高两下腿，老高见亚杰都忍耐了，也只好不作声。就在这时，上面一张桌子，有三四位穿西装的，刚刚坐下，却哈哈大笑起来。老高回头一看时，不由眼睛里向外冒着热气。亚杰低声道："老高，喝我们的酒，不要理他们。"老高道："这几个人，就是昨晚上和我们比赛叫好的那几个人。吴妙仙倒是很敷衍他们。他妈的，我晓得他们是干什么的，不过是扬子江公司里的几个职员。听他笑声，笑我们两个人是司机，不配和他比高下来捧角，好吗！我们晚上见，看是哪个有颜色！"亚杰道："随他们去笑我们司机，他想干，还不够资格呢！"

大成听了他们的话，虽不十分明白，就自己而论，总有三年没有这样大吃一顿过，青年人食欲容易勾引起来，对着这些肥鸡大肉，自是忍耐不了，也就低了头自吃他的饭。饭后，就向亚杰道："区先生，你再引我去见老先生吧，不知道有回信没有？"亚杰道："你今天还想回去吗？时间上已是来不及了，就是来得及，我们这位高兄，今天有事请你帮忙，他也不放你走。"大成笑道："有请我帮忙的地方吗？恐怕我帮不了什么忙。"老高笑道："这个忙，你一定可以帮的。"说着哈哈大笑。

大成说着话，看看店外街头的天色，业已十分昏黑，虽然还不过半下午，这重庆的雾季，很可能四点钟就要点灯，大概今天要走，也赶不上汽车。只好默然地坐着，看那老高兴致勃然地端了酒杯子，继续着喝茅台。那上面一桌穿西服的人，也不住向这边打量着。其中有个戴眼镜的人，头发梳得乌亮，穿一件有五成新的厚呢大衣，在领子上露出围着脖子的白绸巾，举止有几分浮滑气。他看了看这方面，向同桌子的人笑道："我们今天晚上的戏票子，买了没有？我们无须乎去拉人帮忙，大概就凭我们极熟的朋友，自由买票，也可占二十个座位。"他说这话时，故意把嗓音提高，分明是说给这桌上人听的。

老高手里端了一杯酒，向亚杰举了一举，和他丢了一个眼色，微微一笑，笑时又将头微微摆了两摆。亚杰已懂得了他的意思，也端起杯子来向他回举了一下，笑道："好的，咱们哥儿们努力。"他轻轻地说了一句北京话。老高很高兴，一口气把杯子里酒喝了下去。大成看这样子，明知道他们这里面含有用意，却不知道他们要干什么事，好奇心越发让他不肯回去了。

饭后，老高一抬手向亚杰摇着道："不忙，归我会东。"于是他横跨出

213

凳子，奔向柜台去。亚杰也就掏出烟盒子来坐着吸烟。不一会儿，老高捏了几张小票，走回座上，向口袋里揣着。亚杰笑道："吃了你多少钱？"他又是一伸腿，将凳子横跨过来坐下去，笑道："不算多，连酒在内，不满六百元，比昆明便宜一半有余。"

大成听着，却是一惊。心想：黄小姐一笔帮助我一千七百元，已觉得近乎豪举，不想这位高司机吃顿小馆子，花上六百元，他还说是捡了便宜。他们司机先生，比人家大小姐还要阔呢！他心里奇怪着，就默然地坐下去。那店伙却十分客气地恭维这两位司机，用干净瓷盆和雪白的新毛巾，舀了热气腾腾的洗脸水来放在桌子角上。这边三人正在洗脸，那店伙计也正向那边西装客人送着油腻而且灰黑色的手巾把。那穿西服的人擦着手巾，嗅了一嗅，却向旁边那桌子上一扔，因喝道："我们不是一样地给小费吗？为什么人家用那样雪白的手巾，我们就用这种有汗臭的手巾？"伙计笑道："别个是自己买的新手巾。你先生要买新手巾，我们一样替你跑一趟路。"老高听了这话，昂头微笑，向那边扫了一眼，那边才没有说话了。

三人走出了饭馆子，老高自去干他正当的工作，亚杰却把大成带回家去。李大成见过区老先生和老太太。恰好亚男小姐也在家里，她已经从西门德信上，知道了大成妹妹的事情，在老先生当面坐着谈话，就很兴奋地站着道："这件事，毫没有问题，我们一定帮忙，我也是正在城里忙着演义务戏的事，听说三家兄坐飞机回来了，我特意赶回来看看的。"

亚杰在身上掏出一个扁平的赛银烟盒和一只打火机，坐在她对面睡椅上，正要取出烟卷来吸。亚男望了他笑道："三哥出门去这短短的时间，一切都变了。战前纸烟那样便宜，你也不吸，现在纸烟这样贵……"亚杰取了一支衔在口角里，按出打火机上的火焰燃着烟头，深深地吸着，从容地将打火机与烟盒子揣到西装袋里去。然后右手三个指头夹着烟支，在空中将无名指缓缓弹着烟支的中段，使烟灰落下，喷出一口烟来，笑道："人一帮，学一帮。你看我们的同行，哪个不吸纸烟？三五个人坐在一处……"亚男笑道："不谈这小事了，三哥怎么坐飞机回重庆了？你的车子呢？"亚杰道："我后天就走。我怎么坐飞机回来，你问这缘故吗？你可知道当年在上海做交易所生意的人，家里装三四个电话，打起急电来，比我们写明信片还稀松。做生意买卖，目的是挣钱，只要能挣钱，一天坐一趟飞机也不要紧。反正是羊毛出在羊身上，把旅费都加在物价上，还要掏自己的腰包吗？"亚男道："这个我晓得，有什么好生意，你抢着回来做呢？"

亚杰吸着烟，看看大成坐在一旁，因道："这里并无外人，我老实说

214

吧，我去仰光的时候，我们主人曾对我说一句心腹话，在冬季的时候，虫草和白木耳，南洋有极好的销路，假如行市好的话，要赶运一批货出口。因为他只相信我，由押运到推销，都放在我一个人身上，所以我飞回来把商情告诉他，又亲自押运一批货物出去。"亚男笑道："你比要人还忙。西门博士知道，又羡慕死了。他现在昼夜都做着经商的梦，只是要爸爸帮忙，你何不助他一把呢？"老太爷皱了眉毛，插嘴道："一个做大小姐的人，胡乱批评人，现在谁不做经商的打算！"亚男这才想起前面坐着西门德的一个学生，只笑了一笑。大成也是笑了一笑，把这话题就告终结了。

老太爷告诉他，对于西门博士的来信，在回信上有详细的答复，当然是尽力而为。大成有了收获，经亚杰的邀请，又随他出去散步。晚上六点钟，被他再约到那家菜馆子去吃晚饭。到了那里时，见老高约了四五个人，围着一张桌子吃饭。桌子上虽也摆下了四个盘子，显然已不像中午那样丰富。老高更有一种匆忙的表现，站在地上，一只脚踏在凳子上，捧了一碗汤面，稀里呼噜响着，挑着向嘴里送。他看到两人走来，将筷子招着，笑道："快来快来！我以为你两个人直接去了呢。"大成已知道他今天晚上约着去听戏，并知道这戏班子里的台柱是一个南京歌女，名叫吴妙仙。大概老高对这吴妙仙颇有点儿迷恋，所以邀了朋友去捧场。至于他为什么这样匆忙，这却不知道。

他跟着亚杰走进了馆子的食堂，老高就问道："吃什么面？对不起，这顿晚饭，可来不及喝酒了。"大成笑道："我又要叨扰！"老高拿了筷子乱敲一阵，笑道："谈不上！谈不上！我们交朋友，谁拿得出钱，就吃谁。"他说着，又是稀里呼噜一阵响，向嘴送着面下去。亚杰向大成笑道："真对不住。老高是个性急的人，若不依了他，他会跳起来的，其实用不着这样着急。"老高见店伙计由身旁经过，一手将他抓住，又将筷子指了二人道："给他们来两碗面，什么面快就来什么面。快，快！"幺师望望他，又望李、区二人，笑着去了。那老高放下筷子，端起碗来，将最后一口汤喝下去了，放下了碗，抽出裤子袋里的手绢，擦抹了嘴上油渍，一面向柜上打招呼。他站在柜台外，将手抬起，对坐在柜台里的老板连招了两招，因道："吃了多少钱？我存了三百块钱在你这里，纵然不够，所差也有限，明天再算吧！"他的话未曾说完，已走出店门去了。

这时，李大成也就随在亚杰之后，站在那大家围住的一张桌子边吃面。因为吃面的人多，而且多是赶着吃，所以并未坐下。这家馆子对于这位高司机，有着特别浓厚的感情，虽然客人是这样地忙碌，也不会让客人感到招待不周。桌上四个九寸的荤素碟子，不让碟子吃空，吃了立刻又有新的添加了下去。这些站着吃面的人，脸上都带了三分笑容，左手端了大碗，右手将筷子挑着面，连汤带汁向嘴里送，只听到呼噜呼噜的响。

有一个人说："我们要看着老高的指挥，他一挥手，我们就叫好。"他是个穿漂亮西装的，怕吃得忙了，汤会溅脏了他的西服。右手将筷子挑了面，左手将碗托住，微微地弯了腰。另一个人放下面碗，将筷子夹住碟子里一块咸蛋，笑着答道："这个不成问题，问题还是前三排座位，是不是有这多人填满？"第三个人是穿皮夹克的，在袋里没有摸索到手绢，就拿了桌上擦筷子的裁纸，在嘴圈上擦着油汁答道："这当然是我们的事，老高的面子，也是我们的面子，我先走了。"说着，一扭身出去了。

李大成看这情形，料到他们这些人是忙于替老高向吴妙仙捧场，但如何忙碌到这种样子，自己都还猜想不出来。因为中午吃得过饱，这时只吃了一碗面，就不想吃了。亚杰亦复如此，放下碗向他招招手，将他引到一边，低声笑道："今天是那老高拉人去捧场，不去当然是不可以，但是去得太早了，也很觉无聊，你随我到小茶馆里吃碗茶去。"大成跟着他来到茶馆里，茶房送茶碗到旁边矮几上放着，招待二人在躺椅上坐，而且破了重庆所有茶馆的例，拧了两个热手巾把来。

大成拿着那手巾在手上，觉得是雪白柔软，因笑问亚杰道："大概这也是自备的。"亚杰笑道："这都是老高的玩意儿。今天在饭馆子里洗脸，不是占了那桌人一个上风吗？他觉得这是得意之笔，所以到这茶馆来，他又买了两条新手巾放在这里，等那几个人来喝茶，也故意让茶房打了新手巾把上来。"大成笑道："这有多大意思？和小孩子闹脾气差不多了！"亚杰笑道："干我们这行的人，还不都是小孩子吗？"大成望了他，倒有些不解。亚杰笑道："我的话是以所受的教育而论。实不相瞒，凭我这份资格，在同行里面至少是一个博士身份，有时还不止是博士，简直是个伟人。姑且不用说我还是教过几年书的人，就是你当学生的人，肯像今天这样胡闹吗？我是没有办法，加入了他们这一行，非跟着一处起哄不可。不然，将来在公路上出了事，要找朋友帮忙，那就难了。"

正说着，只见一群西装朋友，说说笑笑地由门口过去。亚杰突然停止了说话，望了他们，口里一二三四地数着，一直数着人全走过去了，才自言自语地笑道："我们不会受到威胁。"大成问道："区先生这话是什么意思？"他笑着打了一个哈哈，突然站了起来，两手扯扯西服襟摆，笑道："既然他们去了，我们也就跟着去吧。至于是些什么原因，你到了那里自

216

会知道。"说着他掏出一张百元的钞票，交给茶房。茶房接了钞票，向他望着，有话还没说出来，他笑道："找不出零钱不要紧，我们老主顾，天天来喝茶的，算先付你两三个礼拜的茶钱就是了。"说着，将手一摆，走出茶馆去，大成看到，心想，这又是一件新鲜事，喝茶的人整百元的存柜，预备慢慢来喝，钱多得有点儿发烧吗？他这样暗想着，跟了亚杰走去。

在这乡场街的尽头，有一所草棚戏馆子，在门口竹子横梁上，悬了一盏汽油灯，气扯得呼呼作响。阴白色的亮光中，映照着篾席棚的围壁上，贴了大小红纸戏报。篾席棚的围壁前，有架木栅柜台，小竹梁上悬了两盏三个火焰的菜油灯，照见半圈子人围了柜台，在那里买戏票。但听到人说，前几排早已卖光了。大成心里明白，这是用不着自己买票的。所以老实退后一步，让亚杰走上前去。其实亚杰也用不着买票，那老高已是在篾篷的入场门口上站着，将手招了两招。李、区两人走过去，他对站在身边收票的人，说了一声"两位"，两个人就大步走了进去。

这时，戏台上还是刚刚演戏，戏座中也只坐了十成中的六七的人。可是前三排的座位，已经坐满了人。有一个穿夹克的小伙子，和老高的装束差不多，正站在人行路口，向前面望着，看到亚杰来了，也是招招手，那只手招得特别的高，举过了一切人的头。亚杰走过来，他笑道："你几乎来晚了，我们定的三排座位全坐满了，后来的人，对不住，只好请在后面坐了。"他说着这话，脸上得意之至，眉毛扬着，眼珠转动着，嘴角上止不住的笑容。大成笑着跟在亚杰后面，挤入第二排座位上坐着。两旁邻座的人，全都点了个头，带着愉快的微笑，而且不时有人向后面回了头看去。

原来这第四、五两排座位上，就坐有一二十个穿西装的人，彼此谈着话，大概是一群。其中有几个人，便是在饭馆子里用言语讥讽过的那班人。大成心里明白，原来他们是老高捧吴妙仙的敌手。老高邀了这些人听戏，替吴妙仙捧场还在其次，最大的作用，是摆一摆威风给这些西装朋友看看。可是看那些西装朋友，也并不因为这里人多，比着有什么惭愧，他们笑嘻嘻地看戏，脸上也带着几分得意，似乎他们也有其他的反攻准备。

大成正在这样想着，邻座一个穿工人裤子、套着毛线衣的人，低声向亚杰说道："你看这班小子，得意洋洋，毫不在乎，似乎他们还有什么手段没有用出来。"亚杰笑道："你着急什么呢？无论他们使出什么手段来，我们这些个人，还会让他比了下去吗？"大成笑道："区先生，可不会闹出什么乱子吗？"亚杰摇摇头道："你放心，那不会。他们全是打算盘过日子的人，胆子最小，你别作声，向下看新闻吧！"大成听了，也就忍着向下看去。

一小时后，那位吴妙仙的全本《玉堂春》开始上了台，满园子里空气立刻现着紧张。老高两手插在马裤袋里，嘴角上衔了烟卷，走到最前面的一排座位上坐着，挺了胸，睁了两眼，向台上望着。等台上的电灯一亮，吴妙仙扮着玉堂春出来了，他把手一举，前三排的座客响应着他这个指挥，立刻轰雷也似的叫了一声"好"。在这个叫好声中，又是震天震地的一阵鼓掌。他们鼓完了掌，叫完了好，便回头向后两排的人看一下。

自吴妙仙出台起，借着可以喝彩的机会，就是这样举动着。那后面一二十位西装朋友，倒也不和这里比什么高下，只默然地坐着。到了吴妙仙出场的第四次，在那汽油灯光的台柱子下，却贴出了一张红纸条，上面用墨写着茶杯口大的字，乃是"方先生点吴妙仙戏一千元"。这条子贴出之后，那后两排，突然有一阵掌声，似乎表示了他们得着最后的胜利。

老高把头摆了两摆，冷笑了一声，就向亚杰点了两点头，又招了一招手。亚杰由座位缝里挤了过去，站在他身后弯了腰，低声问道："什么事？"老高在座位下伸过手来，碰了他一下道："你身上带有多少现钱？"亚杰道："大概不到两千块钱。"他道："那很好，你都交给我，明天一早我还你。"亚杰道："你什么事要用钱？"老高站起身来，扯着他的衣袖道："你随我来。"他也不问亚杰是否同意，拉了他就走出戏座，到前面票柜外站定，随着就在身上掏出一卷钞票，数了一数，道："我这里一千六，你给我凑一千四。"亚杰笑道："你又要出这样一个风头！"老高横了眼道："废话什么？钱拿来，我们不能让人比下去。"说着伸出了一个巴掌。亚杰笑了一笑，也就不再说什么，在身上掏出一叠钞票，数了一千四百元给他。

他拿着钞票走到票柜前，向里面招了两招手，于是出来一个短衣胖子，向他笑着点了一下头，眼睛可向他手上的钞票射了一下。老高扬了脖子道："那姓方的，点一千块钱戏，你事先为什么不告诉我？"胖子连点了头道："事先不知道，他们是刚才交来的钱。"老高将手拿的一卷钞票，向他面前一伸，瞪了眼道："拿去！我点吴妙仙三千元的戏。这不算什么，以后我还可以大大地捧场。只有一个条件，你在台柱子上贴的红条子，要加倍放大，把条子贴出来，快去办，越快越好！"那胖子接了钞票，就连鞠了两个躬。

老高睬也不睬，挽了亚杰一只手道："再去坐着，看我们风头怎样！"亚杰含了笑，和他再走进戏场。果然是办得很快，也只有十分钟之久，另一支台柱上，又贴出一个红条子，有四尺长，一尺宽，上面写着饭碗大的字，乃是"高先生点吴妙仙戏三千元"。

这张条子贴出以后，这戏馆子里像放了一个炸弹，又像决了堤，一种猛烈不可捉摸的嘈杂声浪突然涌起，乃是叫好声、笑声、鼓掌声、顿脚声所构成的。老高两手插在裤子岔袋里，挺了肚子坐着，带了笑听着。这股声浪过去了，他回转头来向后两排西装朋友看了一眼，将右手伸出，举起一个大拇指，歪了脖子笑道："叫你认得我！"

第十六章

其命维新

这戏馆子里的看客，都是疏建区的男女，虽不免有一部分是发了国难财的暴发户，然而大部分人还是薪俸阶级。照薪俸阶级说，在当年都是见过世面的，这样的乡下舞台上，几个歌女，又凑上几个下江跑小码头的四五等伶人，来演几出耳熟能详的京戏，实在是往日白送都不要看的。这时花了几块钱来买戏票，实在也是闷极无聊，来消磨两小时的苦闷日子。这时看到有人点一千元的戏，已很奇怪，不想在十分钟之后，还有一个点戏三千元的，尤其奇怪，大家也就猜着不知这个浑小子是什么人。及至老高微微坐起，向后面说了一句"叫你认识我"，大家就知道是他所为，于是看戏的人，都在四周纷纷议论着。

老高回头看人，见有人向他张望，更是得意，两手插在裤袋里，挺起的胸脯格外加高。戏不曾完场，后面的一群西装朋友先走散了。而老高这群捧场的朋友，发现了那些人被比赛下去，像啦啦队替足球队助威一样，在那群人还不曾完全溜出戏场去的时候，又大大地鼓了一阵掌。有几个人得意忘形，却把放在怀里的帽子向空中抛了出去。

亚杰到底是个中学教员出身，他回转脸来向大成笑道："抗战年头，有这种现象，实在不像话！"大成是个青年，他虽穷，在学校里所得的那爱国爱身的教育还没有丧失。这半日之间，看到老高那种行为，早已奇怪，现在看到他们点戏这一幕，心里大不谓然，脸上也就表现出不愉快的样子。亚杰一说，他就皱了眉笑道："区先生也有这种感想。"亚杰笑道："回去谈。"说着，伸手拍了一拍他的肩膀。大成知道四周全是老高的好友，而且又受了人家两番招待，当然也不便跟着说什么了。

直等演完了戏，老高站起来向亚杰招了两招手。亚杰走过来，他拉着亚杰的手，将嘴对了他的耳朵低声道："不忙走，回头我们一路到妙仙家里去坐坐。"亚杰笑道："你忙着去表功吗？明天早上请她吃早饭，也不算晚，我还有客在这里，不送人家安歇了吗？"老高笑道："要什么紧？我们一路去。"亚杰笑道："你另请高明吧。"说着，暗下伸过手来，扯了两扯大成的衣襟，一路走。大成会意，就随了他一路走出来。

　　亚杰在大衣袋里取出了精致的小手电筒，照着脚下，向小路上走，回头看看没有人了，才低声向大成道："老弟台，你看着，这实在不成话了吧！干我们这行的人，就是这样的。一路上开着车子，辛辛苦苦，有时吃两个烧饼，喝一碗白开水，也可以混过去一顿。可是到了站头，身上钱装足了，那就不管一切了，不妨三两天花一个精光。花完了，也不要紧，再辛苦一趟就是了。老高这回他很挣了几个钱，大概有三四万之多，他没有家室，也没有负担，为什么不花？"大成道："像他这样花，三四万元也花不了几天吧？"亚杰笑道："那要什么紧？下个星期一他又要开车子走了。到了我家里，我们不必谈这些话了。家父对这种行为是不赞成的。明天回去见西门博士也不必说起，我们算在半师半友之间，他知道了这些事，说我们后生狂妄，不知死活。"大成笑道："他是我的正式先生，我更不能对他乱说话。"亚杰道："其实，我也没有干什么不像样的事情，不过和这班同志在一处瞎混，究竟不是战时的生活，我们也不能当司机一辈子，到了战后，也许再回到教育界去。那个时候，人家要知道我们在抗战时代曾经胡闹一阵，那岂不与自己终身事业有关？"

　　大成道："区先生还有这种见解，那就不错。你不要看我虽当小贩子，我不分昼夜，都在想着恢复念书。现在无非是救穷，那岂能算是永久事业？"亚杰道："我现在牺牲了身份去挣钱，就为了积蓄几文。我是专科毕业的，预备将来再进大学。"大成不禁拍了两下巴掌道："那很好！"亚杰又摇了两摇头，笑道："虽然有这番雄心，可是和这些朋友混在一处，却无法积蓄一文钱。"大成道："那为什么？"亚杰笑道："这就是隔行如隔山的事了。譬如人家请了我吃三顿，至少我应当回请人家一顿。他们那种大吃大喝的方法，你是看见过的，回请一顿，这数目就可观。又譬如今天替吴妙仙捧场，我们在义气上，是应当大家帮忙的。我又是坐飞机来的，大家知道我捞了几文，遇到一类的事，我就不能不特别大方，一伸手我就买了二十张票。至于晚上他借我的一千四百块钱，凑成三千元点戏，那还不算在内。"

　　　　　　　　　　　　221

大成道："难道他不还区先生的钱吗？"亚杰道："钱是会还的，但是他说明天早上还我的钱，那是一句不可靠的话。假如他今天晚上又继续赌一场，赢个万八千的，那么，不成问题，明天早上他就会连利带本儿还我。反过来一说，假如他今天输一场呢？"他说着打了一个哈哈，接着道："也许两三个月，也许周年半载，也许就算完了吧。"说到这里，他又接着哈哈一笑。

大成也不便再说什么，默然地跟着走了一阵。到了区家，也不知道哪里的狗在黑暗的地方叫了两三声，接着呀的一声闪出灯光来，大门开了。听到大小姐的声音在那里问道："三哥，你怎么这时候才回来？我都看完了一本书了。"亚杰笑道："对不住，我不知道你等着我的。"说着引了大成进来，见她在灯光下，衣服还是整齐的，手里拿了一册卷着书页的书。

亚杰关上了大门，回身见亚男带着微笑，靠了屋子中间的桌子站定，只管向他身上看着，便道："你有什么话要对我说？"亚男笑道："你猜我会有什么话对你说吧？"亚杰笑道："那我就代你说了，荒淫无耻，有愧抗战，对不住前方浴血抗战的士兵。"亚男道："我怎敢这样说你呢？不过父亲说你从回来以后，还没有和他畅谈一回，不分日夜，只是和你那班朋友应酬。他本想等你回来和你谈几句话的，等你两三小时，你还不回来，他只好去睡了。可是他留下了一个字条给你，你自己拿去看吧。"说着她在衣袋里摸出了一个信封给他。

亚杰心里了解了六七分，笑着将信揣在衣袋里，先把大成送到客房里安歇了，然后自走到外面堂屋里来，在灯下将信封拆开了。里面是一张白纸，上面草草写了几行字：

> 尔改业司机，意在救穷，情犹可原。今则本性尽失，一跃而为炫富，变本加厉，与原意不符矣。昔日穷，尚不至饥寒而死，今日有几文浮财，并非真富，放荡如此，灵魂已失！行尸走肉，前途纵无危险，已全无人气，二十年来之教育尽付东流。况多行不义必自毙，迷途未远，应速归来，否则尔自脱离家庭，不必以我为父矣！

亚杰将纸条反复看了两遍，倒没有想到父亲会生着这样大的气。站着出了一会儿神，听听父亲屋子里，一点儿声音没有，想必是业已睡熟，只好忍耐着睡觉。

次日一大早起来，见母亲在堂屋里扫地，便伸手来接扫帚，笑道："还要你老人家做这样的粗事，我来吧！"老太太将扫帚放到身后，笑道："你穿了几千元一套的西装，要来扫地，也有点儿不相称吧？人老了，也不应当坐着吃，多少要做点儿事，才对得住这三顿饭。"亚杰道："我们家现在也不至于雇不起一个女用人。"老太太放下了扫帚，走近一步，拉了他的衣襟道："你没有看到你父亲给你的那张字条？"亚杰周围看了一看，皱着眉笑道："我就为了这事，一夜没有睡着。他老人家何故生这样大的气？"老太太道："你觉得他不应该生这样大的气吗？你应当想想，你回来这两天所做的事，是不是狂得不像个样子？漫说是你父亲，就是那虞老太爷，他说你预先在茶馆里付一百元茶账，也太肯用钱。你想你在家里，至多住个三五天，怎么会喝得了一百块钱的茶呢？"亚杰道："那是因茶馆子里当时没有钱找，暂存在那里的，而况父亲又是天天到那里去喝茶。"老太太道："你不用和我辩，反正我也不管你这些事，还是回到你问我的一句话，我为什么不雇个女用人呢？你父亲说，我们要记得前几个月无米下锅，叫你扛一斗米回来的时候。你现在不过是个司机，老二还在渔洞溪做小贩子，你大哥是个穷公务员，你们都是没有根基的职业，说不定哪一天大家再回到没有米下锅的那一天。"亚杰笑道："那大概还不至于。我这回再跑一趟仰光，总可以在老板手上分个五七万元，就算从此休手……"

老太太把手上的扫帚，向地面上一扔，瞪了眼道："你还说这一套呢！你父亲说这些发国难财的人，挣钱来得容易，花钱自也痛快。将来战事结束，没有了发横财的机会，可是花大了手的人，必定是继续地花，还有那染着不良嗜好的，一时又改不过来。那可以断定，现在这班暴发户，将来必定有一班人会讨饭终身，就是讨饭，也不会得着人家的同情，人家会说是活该。你呀！将来就有那么一天。至于你那好朋友老高，恐怕等不了战事结束，他就会讨饭的。"

亚杰见母亲说着话，面色慢慢变得严肃起来，这才想到父亲所给的那封信，并不仅是一种教训之辞。因道："父亲说的话，自然是对的，我有时也觉得自己这样挥霍有些反常。可是落在这个司机集团里面，这是一件无可奈何的事，要不然，将这班朋友得罪了，就没有帮助。举一个例，有一个司机，他很谨慎，少结交朋友，他的车子在路上抛了锚，他向同行借一把钳子，都借不到。"老太太道："唯其是这样，所以你父亲不许你再向下干了。"亚杰道："就是不许我干，这一趟车子，我是要开的。一来我承当了老板一笔生意，当然我要和人家做完。二来这一笔生意，很可以挣几文钱，就是休手不干了，有了这笔本钱在手，也……"老太太摇摇头道："你不要和我啰里啰唆，有话和你父亲说吧！我只知道他不叫他儿子再做司机，若是你去拉黄包车，也许他还会赞成的。"

亚杰踌躇了一会子，不免在身上取出纸烟与火柴来。看到母亲向自己望着，他又把两样东西揣回到袋里去，因为他原来是不吸纸烟的。老太太也没理他，又去扫地。那位青年客人李大成也起来了。他走出堂屋，先哟了一声道："老太太还自己扫地？"老太太笑道："倒不是没人扫地，我想年老的人，也应该帮点儿轻松的事，劳动劳动，要不然，不就是成了个废物了吗？"亚杰见了这种情形，也就只好拿了脸盆漱口盂向厨房里去替客人舀水。只见大奶奶身上系了一块蓝布围巾，头上又包了一块青布，正坐在土灶门前向灶口里添着柴火。小侄子手上拿了一块冷的煮红薯，站在母亲身边吃。她笑道："三爷，你穿了这一套好西装跑到厨房里舀水，你叫一声，我和你送去就是。"亚杰将脸盆放在灶头上，先伸了一伸舌头，然后低声笑道："你不要和我开玩笑。老太爷嫌我这样子不对劲，都不认我做儿子了。在战前，你是不折不扣的一个太太，你看，现在你又烧火，又带孩子。我们一个司机，还摆什么架子？"大奶奶道："司机怎么样？坏吗？你大哥说一张开车子的执照，凭他一年的薪水也开不到手。"亚杰道："可是父亲就不许我干下去了。"

大奶奶站起来，在锅里舀着热水，向脸盆里倒下，笑道："老太爷昨晚是真生了气。可是我要说一句没出息的话，我们老太爷，究竟是过于固执，这个年头，钱越多越好。三爷和二爷，改向挣钱的一条路，那本是对的。漫说我们家很穷，正要找钱用，就是我们家有钱，再……"她的话只说到这里，却听到老太爷在外面笑道："与其乱花，不如少挣。"大奶奶立刻把话停止，摇了摇头。亚杰又是伸了伸舌头。她低声笑道："三爷，你忍耐着一点儿吧，有客人在家，老太爷说你两句，也不会过于严重的。"亚杰已是端了面盆，走出厨房门，听了这话，把头又缩了回来，向大奶奶笑了一笑，再伸了一伸舌头。大奶奶泡了一壶茶，就自己送了出去。

亚杰将脸盆放在灶头上，漱洗过了。透着无聊，看到砧板上放着一把白菜，就拿了刀一段一段地切着，将一把白菜完全都切成一段一段的丁，他第二次又把它切成段的，再一一地加上两刀或三刀。这部工作做完了，他又来个第三次。因为不能再切成段了，将刀在菜上一阵乱剁。正剁个得意，大奶奶回到厨房里来，哦哟了一声，走上前去，将亚杰手上的刀夺了过去，笑问道："三爷，你这是干什么？和我这棵白菜过不去吗？"亚杰仔细一看，砧板上的一棵白菜成了一堆菜酱，也哦哟了一声道："我这是干什么？"大奶奶道："我知道你这是在干什么？难道你忙了这一阵，你还没有把你那脑子放在上面吗？不用害怕，老太爷是和客人谈心，并没有说到你，而且他和客人谈话，脸上笑嘻嘻的，并没有什么怒容，倒是来的那位年轻的客人，和老人家说话，端端正正地坐着，有点儿受拘束，你去和人家解解围吧。"

亚杰站着想了一想，点着头笑道："此话不错，有客在座，纵然老太爷要骂，'尊客之前不叱狗'，也许骂得和缓一点儿。"于是带了笑容走进堂屋。看见李大成和老太爷对面坐着，挺了胸脯，一句一个是。老太爷道："这里一天有好几班车子进城。不忙起来，何不多睡一会儿？"大成也站起来，笑道："做小生意的人，赶早市贩货，向来就要起早。起早惯了，睡在床上倒反是不舒服。"老太爷口里衔了土制雪茄，喷出一口烟来，两个指头夹了烟支，点着亚杰道："世事洞明皆学问，你听听他这话，颇含有至理。孟子道性善，荀子道性恶，都不是中庸之道。只有孔子说的性相近，习相远，合乎人情。一个人肯吃苦耐劳，会练成一种习惯；骄奢淫逸，也会染成一种习惯。吃惯了苦的人，他不以为苦，也正如花惯了钱的人一样，他不晓得心痛。"

亚杰不想李大成随便一句话，又兜引上了老太爷一肚皮墨水，虽然有客在前，也不能不听，只好垂手站着。老太爷把脸色正了一正，问道："我给你的那张字条，你看到了？"亚杰道："看到了，正要请父亲指示。"老太爷将雪茄取了下来，放在茶几沿上，慢慢地敲着灰，低头沉思了一下，然后带了两分笑意，向亚杰道："我并不矫情，见了钱会怕咬手。我之那样写信给你，我是想挽救你出孽海，否则你就再挣个二十万三十万，你自己会从此陷溺愈深。钱多有什么用？所以我的意思，最好是从此不干。吃过午饭，你可以送这位李家兄弟到城里去，顺便向五金行老板辞职，把这事情告一段落。"亚杰看了父亲说话，越说面孔越正经起来，料着不能有所表示，只好答应了一声"是"。老太爷将雪茄夹着在嘴角上吸了两口，然后正了颜色道："你不是随便答应了我一个'是'字就可以了事，你简直就要这样办。你听见了没有？"亚杰静静地站立有了五分钟之久，才笑道："父亲叮嘱了我的话，一定紧记在心里。"老太爷哼了一声，点了两点头。

李大成在一边看到，自未便在旁插什么嘴。老太爷倒见着他们的窘状，因站起来，将袖子头拍了一拍身上的烟灰，向亚杰笑道："我出去散散步，你陪着客人谈谈吧。"他一面说着，一面已走出门去。

李大成等他走远了，站起来笑道："昨天在这里过一晚，已经是延误了西门老师的限期了。若再等到下午回去，恐怕他更要疑心。区先生既是要走，我们一路去吧。"亚杰笑道："家父刚才留你吃午饭，你为什么不说话？"大成笑道："他老人家那严肃的样子，我觉得比我老师还更当尊敬些。"亚杰望了他略略地笑了，因点头道："回复博士的信，大概已交给你了，我也急于要见他，我陪你一路去和他谈谈吧。"他交代了这句话，便进去了。十来分钟出来之后，手里已提了大皮包，笑道："家父嘱咐，我已答应了和你同路进城。"大成笑道："老高不是约你今天早上去会……"亚杰摇了两摇头，伸手扶了他的肩膀，低声笑道："走，走，走！我们走吧！"他比大成要走的性子还急，带拉带推的，就把大成拖出了大门。

三小时后，他们已经同到了西门德的公馆里。西门德正背了两手，口衔雪茄，站在楼上走廊边，向楼门外望着。看到亚杰随在大成后面来了，他大为心动，一面想着，这必是区老先生有了大计划，要不然，有李大成回来，也不必再由他陪着送回来。于是高抬一只手，在楼上招了几招，等到他们进来，他就高声笑道："三先生，久违久违，一向都好？"他奔下楼来，迎到他面前，握住了他的手，紧紧摇撼了一阵。亚杰道："博士好？越发地发福了。"西门德摇摇头道："不像话，越来越胖，不成其为抗战时代的国民了。请楼上坐，请楼上坐。"他一阵周旋之后，看到大成恭敬地站在一边，便道："有劳你跑这一趟了，上楼来吧。"

西门太太在屋子里，听到楼下这一阵欢笑，料着博士有极高兴的事，早就迎了出来。看到亚杰一身漂亮西装，她便笑嘻嘻地偏着头望望他道："哟！三先生，这一身富贵，发了财了！"亚杰道："可是我听说博士也发了财了。"西门德一手握了他的手，一手拍了他的肩膀，笑道："不要提，不要提，一言难尽！"

大家走进屋子，西门太太一阵忙乱着，招待茶水，摆糖果碟子，又打开书橱子，从抽屉里取出一听大前门烟来，放在茶几上。博士摇摇手笑道："人家平常吸的是三炮台和三五，你倒把这下一级的纸烟敬客！"亚杰望了大成道："怪不得家父要把我救出孽海，无论生熟朋友，都以为我奢侈得了不得了。"

西门德已经拿起区老先生的信，坐在沙发上仔细地看，却没有理会到亚杰的话。看完之后，向他一点头道："多蒙老太爷替我留神，信上说可以托虞先生和我介绍，只是没有说到详细情形。三世兄特意前来，一定有所指教。"亚杰道："恰正相反，我是来请教的。"因把自己回来这一趟的用意以及老太爷昨晚发脾气的事，说了一阵。

西门德斜躺在沙发上，吸着雪茄，听到亚杰谈的生意经和他用钱的情形，已是出神。西门太太坐在一边，口里含了一颗糖果咀嚼着，也是满脸的羡慕颜色。她先抢着道："你们老太爷，就是这样想不通！现在上上下下，哪个明里暗里，不研究做生意发财？"西门德拦着道："别开玩笑，我写一封信给老太爷就是。"

亚杰已是站了起来，将带来的皮包放在桌上展开，从里面陆续拍出几个大小纸包。他先将一个扁扁的纸包送到西门太太手上，笑道："虽然不算上等料子，却是真正的英国货。在重庆，恐怕还不容易买到。"西门太太在印着英文的包货牛皮纸上，已感到这不是重庆家数，掀开纸角张望着，早看到里面的玫瑰紫的颜色包，光艳夺目，不由得哟了一声道："这是丝光哗叽。"她的矜持，已遏止不了她那先睹为快的情绪，便将包纸抖了开来，两手拿了这段料子，举在胸前贴衣垂下，低头看看，又把脚踢起料子的下端，再审查审查。然后笑向博士道："料子是太好了，太漂亮了，只是我这大年纪，还能穿吗？"

西门德向亚杰笑道："其词若有憾焉，其实乃深喜之。"说着，又向太太笑道："你无端受人家这一笔厚礼，你知道这值多少钱？"西门太太笑道："我怎么不知道？大概二两金子。"她口里说着，把衣料折叠起来，继续翻弄。

亚杰手上还拿着东西呢，只因她爱不忍释之余，又加上了一个赞不绝口，自己也没有机会插言，只好手扶了皮包，站在旁边等着。等她折叠好了，并说了一声"谢谢"，这才答道："我们这向国外跑路的人，总是受着人家太太小姐的重托，希望带些料子。假如要一一都带到的话，我这车子不用装货，全给人家带衣料，也不会嫌多。所以我只能挑交情较深的人略微带一点儿。另外还有一点儿小意思送给西门太太。"说着，将手上两样东西递给她。她看时，是一盒香粉，一支口红管子。因点着头道："谢谢，谢谢！这粉是三花牌，这口红……"说着将那管子横了过来，低头审查那上面的英文字，口里拼着英文字母，念念有词。但她还不敢断定是哪里出产，摇摇头笑道："我不行，老德，你看这是英国货还是法国货？"说着，交给了博士。博士道："不用看，是法国货，巴黎来的。太太们对于巴黎最好的印象，就是那里的化妆品不错。""东西一体全收吧，人家的礼，我也不忍代你辞谢，可是也该做点儿好菜，请请远客。"亚杰笑道："提到这个，我还有点儿东西送给博士。"说着在皮包里一摸，

227

掏出一瓶白兰地，放在桌上。

博士打了一个哈哈，抱着拳头笑道："三世兄，真有你的！你送的礼，完全是投其所好。"亚杰笑道："千里迢迢地带东西送人，就要带人家中意的。"西门太太笑道："就凭这一点，老太爷也不该反对你跑仰光。"亚杰笑道："然而家严就认为这是造孽。老太爷的见解，自有他的正义感，我不敢说不是。可是我东家依靠我很深，正望我这次出去，给他再大大地赚一笔钱，我若不去，在交情上说不过去。老太爷就是不许我干，至少我应当再跑这一趟。博士，你看我这件事怎么办？"

西门德吸着雪茄，昂头想了一想，然后将烟支在桌沿上敲着烟灰，笑道："这样吧，我和你一路去见老太爷。我现在有这个决心，亲自到仰光去一趟。说好了，咱们哥儿俩联合做个长途旅行，我就坐了你的车子去。假如兜揽不到订车子的人，我也可以连货带车子由仰光办两部车子回来。"亚杰笑道："博士，这样一来，真是要改行做商人了。"西门德放下雪茄，将四个指头在桌沿上轻轻一拍，挺了胸脯道："岂但是做商人，我简直要做掮客。我现在了解怎么叫'适者生存'，你不要看我是个心理学博士，这一博，就掉下书坑里去了。有道是'周虽旧邦，其命维新'。"他说着很得意，不免把嗓门提高了一些，连楼下都可以听到这句兴奋的话。

这时听到门外有人应声道："好一个其命维新！"随了这话，进来一个五十上下的人，穿了獭皮领大衣，胁下夹了一个皮包，含笑着走了进来。他放下帽子和手杖，伸手和博士握了一握，问道："博士，何其兴奋也乎？"博士道："无非是谈上了生意经。"那人笑着点了两点头道："若不是谈生意，也不会谈得这样兴奋。"博士便对区、李二人介绍着道："这是商宝权大律师，已往商先生做过许多年的司法官，并且在法政学校当过多年的校长，如今也挂冠林下，做保障人权的自由职业。"他又告诉了商律师，这两位青年都是商人。

商宝权笑道："博士这一夸奖，我倒有些惭愧，挂冠虽已挂冠，却不在林下。保障人权这一句话，我也不否认，但包括我个人和我全家的生活在内。若是这样一算计，你所恭维的四个字，也就人人所能为了。"说着向区、李二人哈哈笑道："幸勿见笑！"他在说"幸勿见笑"这句话时，望了望，在一条直线的视线上，看到了桌上那瓶白兰地，不觉又是哦哟了一声道："这还了得！有这样的好酒！"西门太太笑道："那么，商先生就在这里便饭吧。"他笑着道："不应该说是便饭，应该说是便酌。"说着扭过头来向博士道："我正要找你来畅谈一番，有了这瓶好东西，我更是不能随便走了。但不知耽误你三位的事情没有？"西门德道："也不过是谈谈生意经，并没有什么要紧的事。"西门太太笑道："我这就去预备菜，商先生不必走了。"她交代着走了出去。

商先生看了看桌上的酒瓶，笑道："博士，实不相瞒，今天是到南岸来调解一件案子，顺便来看看你，打算小坐便走。如今这瓶白兰地挽留着我，我非叨扰你不可。"他坐在桌子边椅子上，顺手提起酒瓶来，转着看了一看，点点头道："真的，真的！"西门德指了亚杰道："是这位仁兄由仰光带来的，焉得不真！"商宝权点点头道："这是一条黄金之路。在这条路上跑汽车，那是好职业。可是这话又说回来了，这一个角落，唯有对我们这行不景气。"西门德道："不尽然吧？利之所在，也就是官司之所在。"

商宝权放下了酒瓶，取了一支烟卷吸着，笑道："我不是说律师。有这么一个县份，来了一位考察大官，他所要考察的机关，设在城隍庙里。据当地人说，这是阴阳二衙合一的表现。大官考察到了庙里，见公堂就是神堂，已觉简陋；被考察的官，带了全衙三名员工，迎到庙门口，脸上什么颜色不必说，便是他身上这件蓝布衣衫，已有七八个补丁。这位大官看到，想起谁不是十年窗下，心里已是恻然。在庙里看了一周，看到殿后旧僧房里有个煤灶，支着一钵番薯糙米粥，已是凉了，问起来，便是全衙人的午餐。他们本来是把神案当了公案。城隍偶像还高踞在公案后的神龛里面。想象公堂上问话，问官有阴有阳，乃是双层的，真是有些尴尬，如今看到这半钵粥，他便觉更有些那个也是应当，就不说什么了。你想，这个故事若有几分真实性，岂不惨然！所以我听到你说'其命维新'的话，十分赞成。我若不是'其命维新'一下，现在也许住在城隍庙里，虽不致在土灶上熬红苔粥，这件衣服，绝不会穿上。"说着抖了几抖大衣皮领子。

亚杰听说他是一位久任官吏的老先生，而年岁已相当大了，自然起了一番尊敬之意，感到严肃起来。现时听他说得很有风趣，便笑道："听说现在重庆律师业务非常发达，这是国家走上法治之途的一点儿好现象。"商宝权笑着对西门德道："你这位老弟台很能谅解。其实一个人能干一件终身事业，岂不是最好的事？我假如是一个人，后面不跟随了十几口子，就不穿这件皮领大衣，穿一件七八个补丁的蓝布长衫，也没有关系。"这时，女佣新泡了几玻璃杯茶。商宝权看那嫩绿的茶色，便笑道："这是瓜片。战事改变了许多事情，四川这地方，会用安徽瓜片当了敬客的上等茶叶。昨天就有一个当事人，送我两斤瓜片，那是天大的人情呢。"西门德笑道："两斤瓜片算什么？据传说，名律师办一件案子，赛过一个储蓄奖券的头奖，法律不可学，而究竟可学也。"商宝权笑道："这样大的案子，那倒也是有的，可不能每件案子都拿这个去做比例。"

亚杰笑道："我是个外行，我不免问句外行话，难道打官司的，也都是跑仰光跑海防的？"西门德笑道："我兄可谓三句不离本行。"商宝权笑道："这种人也有，但打官司打得最起劲的，还是绅粮（地主）们。于今川斗一担谷子要卖上千元，家里收百十担谷子的人，坐在家里，收入上十万，亲戚朋友谁看了不眼红？只要他的产业有点儿芝麻大的缝隙，就免不了人家捣麻烦。产业有麻烦，官司就多了。法官忙，律师也忙。但法官忙，还是拿那么些个薪水，律师忙，这可不能不跟着物价涨，因之学法律的人，都愿当律师。"西门德笑道："你这个说法，使我想起了一件事。我有两个朋友，全是医生，年长的，本领高于年轻的，在公家服务，既忙又穷。最近还拿了三套西服去卖，维持了伙食。年轻的自己行医，带做西药生意，却发了百十万的大财。"亚杰笑道："谈到这个问题，我要补充两句话。有一个时期，私人行医，确是不错。但到了药价大涨之后，小病不找医生，买些成药吃吃就算了。大病不找私人医生，干脆进医院。因之许多名医生，也很难维持那场面阔绰的生活。次一等的，就全靠出卖囤积的药品。再次一等的，并无什么本领，那就只好改行了。学医的和学法律的，那到底不是一样。"

商宝权突然打了一个哈哈，接着又自己摇了摇头，笑道："我今天下午走了三处朋友家，三处都谈的是生意经。我找博士来了，总以为可以谈点心理学，不料谈的又是生意经。"西门德含着笑，没有答复他的话，忽然走到隔壁屋子里去，不多一会儿，拿出两样东西来，右手拿了个彩色大瓷盘子，里面装了十来个橘子，左手是一张粗草纸，上面托了一捧青皮豆，都放在桌上。商宝权且不去拿橘子吃，走到桌子边，对五彩盘子看了一看，笑道："你拿这样好的瓷器随便用。前两天，我经过一家拍卖行，看到有这样一个盘子，比这个大不了多少，标价是九千元。"

西门德笑了一笑，没作声，抓了一把豆子给亚杰，又抓了一把豆子给李大成。商宝权也抓了几十粒豆子，将左手心握着，右手钳了，陆续送到嘴里去咀嚼，然后笑道："味儿很好，有家乡风味。"亚杰笑道："我想起一件事来。今日从街上经过，有个摆摊子的小贩，放着两只玻璃盒，一个盒子里盛着花生米，一个盒子盛着青皮五香豆。他有一面镜框子，贴着红纸在里面，上写'请尝家乡风味'。当时我看了，觉得这是生活之一道。后来又想起这个广告不通，这家乡指着哪里？谁的家乡？难道大街上走路的人，都包括在内？"商宝权道："这家乡，自然是指江苏，甚至是指苏、常两处。过路人有苏、常朋友在内，自然明白所指；不是江苏人，对这五香豆，不曾感到浓厚的兴趣，自也不介意。你别看这广告不通，就凭这不通，就是能引人注意。阁下就是被吸引的一个。喂！博士，你这豆子，为什么不用玻璃盘子装着？茶社用玻璃碟子装了百十粒豆子，就可定价五元。"

西门德哈哈大笑，指着他道："老友，你上了我的当了，你受了我的心理测验，做了我的测验品了。现在重庆大部分的人，就是这样，无论什么事在眼前发现，都会想到生意经上去。我常这样想，这不应当说是心理变态。个人心理变态，有整个牵涉到这问题上去的吗？毋宁说是社会都起了变态。所以我们几个书呆子在一处开座谈会，为这事起了一个比较冠冕的名词，叫作'其命维新'。你想，既然如此，怎能不随处有生意经呢？"商宝权偏着头想了一想，鼓掌道："果然的，我们被你拿去当了一回试验品了。运气，我算赶上了两次'维新'。"西门德道："此话怎讲？"商宝权道："前清末年变法，一切接受西洋文明的事情都叫'维新'。那个时候，我们脱离了科举，走进了学校，人家就都叫我们作'维新分子'。不想到今天，又'维新'起来。岂不是两重'维新'？"

西门德拿了橘子分给来客，然后坐下，将一个橘子举了起来，转着看了两遍，笑道："即以经商而论，也大大地用得到心理学，孔夫子说的'子贡亿则屡中'，那就说他是懂得社会心理的投机大家。从前的商店，喜欢在柜台里写上'端木遗风'的直匾，那就是说继承端木子贡那点儿投机学问。有人已经计划到战后了，预备在川东设一个大出口公司，专运四川土产，如橘子、柚子之类，就在一齐包揽之列，打算顺流而下，运到下江去卖。尤其是广柑，主张仿花旗橘子例，每个用上等白纸包起来。"商宝权鼓掌笑道："在包纸上，印上了英文。"

西门德且不批评他，向亚杰望了笑道："你觉得商先生这主张如何？"亚杰定了眼珠，凝神想了一想，因道："在战后，舶来品当然还是社会所欢迎的。但根据'其命维新'的理论说起来，战后用洋货号召，不能算极新鲜的事。所以出奇制胜，也不定要用外国字做出产的标志。那时候，自然是没有了租界。不在租界上，这样伪造外国货的举动，也许要受干涉。那时出奇的玩意儿，应当是新疆水果，贵州或甘肃的工艺品、西康罐头等。"西门德将手一拍大腿，然后又向他伸了个大拇指，笑道："老弟台，你会做生意，虽不中不远矣。我做再进一步的研究，钱滚钱的生意经，于今是到了最高潮，也许有一天会不行的。将来商人手上拿了许多钱，应该怎么办呢？"

商宝权突然站起来，向博士招了两招手道："我答复你这个问题。"于是将皮包提着，放到怀里，坐着把皮包打开来，抽出大叠纸张，在里面抽出一张五十磅的厚纸，举了一举道："区先生，你看看这个。"亚杰走近他面前看时，那是红墨笔画的地形简图，上面有一行横列的楷字，写了"洪福乡田园形势图"。那图上画着整片的水田与整片的果园，有红线指着交通线，到长江某码头十华里，到成渝铁路八华里，而地形的一角，还直抵江边。亚杰笑道："是有人要出卖这一处田产吗？"商宝权道："地主本来是不出让的，地势这样好，占在将来交通最发达的所在，他怕地价不会抬高？只是他接连遭受了几年讼案，手边需要几个活钱用，他愿出租十年。"西门德道："为什么不出卖？"商宝权道："人同此心，心同此理，你拿着法币在手上的人，还想去买地皮实物吗？有地皮的，他愿意拿出来换法币吗？而况地价究竟能涨到什么程度，现在并不能预料。现在出卖了，将来眼看人家利用他的资产发财，如何能甘心？所以现在有地皮的人，除非有特殊的原因非卖不可，否则总是出租。"

西门德道："人家要地皮，无非是建造房屋与种园艺，租满之后，这如何算法？"商宝权笑道："地皮还了地主，你还能拆了房子，拔了园艺走吗？倒不如在订合同的时候，言明了将来归地主，还可以少出两个租钱。"亚杰道："出钱租人家地皮盖房子，租满之后，房子还要白送给地主，分明几层吃亏。租地皮的人，他不会干脆租房子住吗？"商宝权道："自然是如此，无如房子就租不到。譬如说，根据生意经，你想在某条街上开一爿小钱庄，或一家公司，而房子找不到，地皮却有，你岂能放过这一个机会？租地皮当然不会周年半载，总是十年八载，你租了地皮，盖起房子来，这房子的建筑费，你已算在成本之内，做过十年八载的生意，当然你把这钱挣回去了。满约之后，地主所得的房子，不是白得了你的，是白得了这些年你的雇主的。所以那热闹街上，地主有个一两亩地出租，照样可以向你要大价钱，只要是合乎生意经上的，这地皮不怕你不租呢。"

亚杰道："我那东家，现在倒是顺了两条江岸在收买地皮，这出租的地皮，不知道他要不要？"商宝权听了，便把那张简图交给了他，因道："区先生，你不妨拿去问问。假如令东是个会做生意的人，也许他会承租的，若是运气好，也许承租的人还要发出租人一笔大财。"西门德笑道："这又是一种生意经，愿闻其详。"这商先生觉得这一问，勾动了他满腹经纶，在烟听子内取出一支烟来点着吸了，身子仰着，靠了椅子背，左腿架在右腿

232

上，不住地摇曳了。他两手指夹了烟卷，在空中画了一个圆圈，笑道："这里大有缘故。譬如说，我们承租了这块地皮，租期十年，无论如何，到五年期满，那是战后了，到了战后，沿江上工厂的发展，且不去说它，成渝铁路，必是很快地通行了。这种去铁路不远的大片田园，说不定就成为人家的工厂需要区，必定找着地主，要买这块地。然而，没有期满，地主绝不能出卖。那时，或者感到地价到了最高点了，不再错过机会，必定和承租人商量，倒认利息，将地皮赎回去，甚至赔偿那五年未满的租地损失，大大地出一笔钱也未可知。"

亚杰笑道："租地皮到了这种地步，可说这种生意经已变成了精怪的精了。"西门德笑道："花纸过剩的人，无非是想变成了实物，留到战后再变钱。亚杰兄的令东，既是一挣钱百万的人，花纸一定多得发愁，既然因花纸多而发愁，收获实物的法子，哪里不会想到？这种买卖，也许正投其所好呢！"

那个小伙子李大成，在贩卖橘柑的社会层出来，这两日所闻所见，实在觉得到了另一个世界，根本不懂，所以也无从插话，只是坐在屋子角上，抓了青皮豆子吃。这时，他忽然从中插了一句话笑道："这世界越变越奇了，我们是在做梦吗？"

第十七章

变则通

一个缄默的人，突然说出了话来，那是予人以注意的。在座的人，都望望大成。西门德道："你必有所谓。"大成笑道："这世界上未免太不平均了。有人为了花纸多得发愁，怕换不到实物，像我们就整天愁着花纸不够用。仗打得正酣，有人就计划到战后的生意经，而我们呢，却吃了上顿，愁着下顿。"西门德点了两点头道："你的事，我在心上。只因大家谈心，把这事搁下了，回头我和区先生商量着，趁他未走之先，一定想个办法。"

他说到这里，太太在隔壁屋子里叫了一声"老德"。西门德知道这是太太有话商量的暗号，便答应一声，走了屋来。西门太太低声道："你说替大成想点儿办法，我倒想起了一件事。这位商先生跑来大谈其生意经，一点儿正事没有，反把大家的正事都耽误了。但我想着，他是个忙人，绝不能这样闲适，来找你谈心。你可以探探他的口气，看他有什么来意没有？大概他是难于开口，所以要慢慢地谈着等机会。"西门德沉吟了一会子，因道："也许他有所为而来，或者是打算兜揽着一笔什么买卖吧？等我试试他的口气。"于是他走到外面屋子来，闲谈了一些别的话，便向商宝权点了点头道："我们到门外山坡上散散步，我有一件案子可以介绍给你。"商宝权正需要这样一个机会，便和他一路走下楼，到门外山坡上去了。

西门德笑道："我虽无'师旷之聪'，闻弦歌而知雅意，但是我兄今天光顾，必有所谓，有什么指教，请你尽管说好了。"商宝权笑道："虽然有一点儿事，并无时间问题，就是明天再谈，也未为不可。"西门德道："既是要谈，我愿意早些晓得，何必又等着明天？而且你我也不见得真有那种闲工夫，天天可以预备出几点钟来摆龙门阵。"

商宝权脸上含了微笑，向这幢房子周围看了一看，因道："这房子虽然还可以，来往过河，究竟不大方便，而且这坡子爬上爬下，也不舒服。"西门德见他撇开正话，忽然谈到房子的形势问题上来，颇有点儿奇怪，只是默默站着，且看他如何向下说。商宝权又看了看房子的形势，因道："这位房东，和你们是新朋友呢，还是老朋友呢？"西门德道："是新朋友，你问此话是什么意思？"他笑道："是新朋友，就难怪了。他们这房子出卖了，你知道吗？"西门德哦了一声，点着头道："我明白了，他委托贵大律师催我搬房子吧？"商宝权摇摇头笑道："没有，没有，他明知道我们是老朋友，他能找出我来和你打官司吗？倒是接收这房产的人，我是他的法律顾问。他知道你我有点儿交情，所以请我来和你友谊磋商一下。"西门德道："其实，这是不必的。我在这里住着，还不曾取得房客的资格。"商宝权笑道："这话作何解释？"西门德道："我原来是朋友辗转介绍，借这房子住的。虽是我们所付给房东的代价已很可观，然而我们实在没有付出一文租钱，所以我不能说是房客。"商宝权笑道："也许正因为博士不是房客，所以他也很难拿房东的资格出来说话。"

西门德见是快归入话题了，便将颜色正了一正，点点头道："他实在是很难说话的。我们有几次做点儿临时生意，只由他认可了一句话，我们就分他一股红利。自然，合伙的不止我一个，然而只有房东是不出本钱的一个。他约莫先后分过一万四五千元了。就算这里面五分之一属于我的，我哪里就不能付出两三间房子的半年租金？所以实在地说，我这房子并没有白住。"商宝权笑道："若是他认为白住了，他也不来情商了。他的表示是绝不和你谈法律，要谈法律，你既没有订租约，随时可以叫你走。然而彼此的友谊关系，这样一来就要断绝了。"西门德笑道："这样说来，房东竟是我的恩人了。我们总是老朋友，你不必绕着弯子说话了，你干脆对我说明白了吧。房东哪天要房子？我是没有法律保障的房客，房东真要和我法律解决……"

商宝权向他连连摇了几下手，然后握住西门德的手，摇撼了一阵，笑道："你这样一说，我还好开口吗？房子的确是卖了，约莫在一星期内交房子，现在找房子可真不容易。要你一星期内找到新房子，当然是件困难的事。现在我来和你应付这个难题。我南温泉家中可以腾出两间房子来给你住，虽是草房，没有这洋楼舒适，可是就一般国难房子说，还不能说是最坏的。你既讲生意经，当然离不开城市，你可以住到我城里办事处来，你意下如何？"西门德笑道："当律师的人替人家调解纠纷，自己还白贴房子

235

给人家住，那还有什么话说！可是你说我离不开都市，那不过饭碗问题，假如有钱，我可以整年住在乡下，不进城。至于我们这位太太，那可不行。广东吃食店、苏州点心店，是她日常要光顾的所在。百货商店、绸缎庄，自然不能天天去，可是歇久了不看这一类的玻璃窗户，就感到不舒适。此外就是娱乐场所，也是不可久隔的，现时住在南岸，她还嫌过江不方便呢，她肯住到一二十公里路以外去吗？"

西门德这一篇话，说得商宝权无话可说，只是伸起手来缓缓地摸着脸腮，看了他带一点儿微笑。西门德道："虽然如此，我没有理由可以占了人家房子不走。我可以答应你，从今日起，一个星期之内，我决定搬走。——房子卖了多少钱？"商宝权笑道："大概是二十万开外吧？"西门德道："那怪不得房东要下逐客令了。这一所乡间房子，要卖这许多钱，怎能不赶快成交？大概这又是囤货的商人，买了这房子做堆栈了。"商宝权笑道："就是住人，还不是囤积吗？他们是办囤积的人，敲他几文没有关系。"西门德笑道："既是这样说了，我帮帮老朋友的忙，一定在一星期之内搬家，其余的话，彼此心照了。"说着，拍了几拍商宝权的肩膀，不再谈下去，约着客人再回家里。

两人回到家里，西门太太得了这个消息，老大不高兴。虽然亚杰是自己所欢迎的来宾，也把所要办的菜，打了个八折来招待。饭后，商宝权很是满意地走了。西门德送客回来，还在楼下走着，就听得太太在楼上高声大骂道："他有那好意，家里腾出两间屋子给我住家，为什么我们被轰炸之后，住在旅馆的时候，不来找我们呢！这也不知道这笔房屋捐客费得了多少，就出卖老朋友！我要早知道他是这番来意，我这白兰地倒给狗喝，也不给他喝！"

西门德赶快跑到屋里，向她笑道："你这是什么话！我们这喝了白兰地的，那怎么说？"西门太太一想，也跟着笑了。西门德向亚杰道："老弟，不成问题。你的事情，我可以陪你去和老先生商量。说明了，简直地一块儿去缅甸，为了我也肯跑腿做生意，你令尊大人大概可以通融一次，说着扭转身来向李大成道："我现在可以对你发表了，今天上午我接到一封快信，有你一个朋友保荐你到一家公司里去当职员，你可愿意去吗？"大成听了这话，倒是愕然。再一看博士脸上并没有开玩笑的样子，而且这位老师也不会和学生开玩笑，因此透出踌躇的样子，问道："我的朋友？我哪里有这样的阔朋友！"西门德道："不但是朋友，而且是你的同学。"大成笑道："我若是有这样好的同学，我早就有办法了，何至在江边上贩橘子卖？"西门德道："那不然，有好同学，你以前不遇到她也是枉然。如今你遇到了她，自然她可以帮助你了。"大成听了这话，望了老师发怔。西门德道："这样一解释，你就当明白了。"李大成道："莫非又是黄小姐？"西门太太笑道："对了，我看她对你是十分关切的。既是和你介绍了一个职务，必定很好，你得去找着她先谈谈。"

大成坐在屋角椅子上，离开人的视线，有气没气地答道："一再地要她帮忙，那是十分可感的，我明天和家母一道去谢谢她。"西门太太坐在那里，正对着他脸上望了几分钟，然后摇摇头道："青年人，你太外行！向一位小姐表示好感，你带一位老太太去，那是让人讨厌的。我看她是爱上你了。"这么一说，李大成把脸急红了，呆坐在桌子边，手扶了桌沿，把头低了下去。西门德道："人家是出于老同学的友谊，可别胡说！"亚杰听到有一位小姐为李大成介绍工作，便感到兴趣，笑道："老同学的友谊，那更好了。老弟台，这年头漫说是女同学，就是比女同学友谊再进十倍的人，也是朝有钱有势的方面说话。一个贫寒青年，能得小姐们的同情，那是几世修的？你艳福不浅！"大成沉着脸色道："区先生，你也和我开玩笑！"亚杰正了脸色道："我是和你开玩笑？我是有感而发。"说着又连连摇了几下头，长叹着一口气。

西门太太虽是过了恋爱时期的半老徐娘，对于别人的罗曼史，还是特别感到兴趣，看到亚杰这种样子，她又把李大成身上这个问题放下，对亚杰说道："三爷说这话，莫非……"她含着笑只管注视了他，期待着他答复。亚杰再摇摇头道："我不愿说，然而为此，我却更需要有钱了。"西门太太笑道："可是那个朱小姐，现在回心转意，又来找你了？"

西门德皱了眉，正待拿话去拦阻她，大成觉得这是个脱身的机会了，便站起来向西门德道："老师，现在没有事了吗？我要回去看看了。"西门德道："好的，你回去，免得你母亲挂念着你。但是你明天上午，要到这里来一趟，你师母有话要告诉你。"大成听了这话，脸色立刻又涨红了，站着把头微低下去。

西门太太笑道："男孩子们为什么这样怕羞？你看黄小姐也不过和你相仿的年纪，至多大一两岁，可是她就大方得多了。漫说谈着她爱你这样一句轻松的话，就是……"西门德皱了眉，摇摇头道："喂！你又来了！正正经经有话和他商量，经你这样一说，他也不敢来了。——大成，她是说安插令妹的话，与青萍无干。令妹若是能和你同来，那最好，她可以带她一路进城。"大成绷着脸子答应了两句"是"，刚要走，却听到楼底下娇滴滴的有人叫了一声"师母"。西门太太向博士睞了一下眼睛，低声笑道："她来了！"一看大成，只见他又缩了身子回去，依然坐到屋角里那张椅子上去。

就在这时，青萍小姐穿了一件新制的海勃绒大衣，带笑带跳地抢进屋子来了。她看到有个陌生的西装少年在座，才猛可地站住，怔了一怔。西门太太笑道："黄小姐，我给你介绍介绍，这是区亚男小姐的三哥。"青萍笑道："哦！是三先生，我和令妹是很熟的。"说着，伸手和亚杰握了一握，回转身又把手直伸到大成身边来。大成也知道，一个女子伸过手来，这是最客气的礼貌，做男子的绝无退缩而不与握手之理，只好在脸皮要红破了的当儿，伸出手来让她握着。

青萍笑道："密斯特……哦，不，我又闹洋气了。大成，你哪天回来的？"大成笑道："今天来的，我还没有回去呢！"他说这话时，声音非常低，透着有一种难为情的样子。青萍很快地向他扫了一眼，抿嘴微笑，但并不对这事怎样介意，很自然地和西门太太坐在沙发上，向博士道："老师，你猜我来干什么的？"她说时，把两只脚悬在椅子下，来来去去地摇动着。西门德道："今天晚上哪里又有什么话剧上演，你约着她去看戏吧？"青萍道："这样的事，也就无须乎我在老师面前表示得意了。今天二奶奶留我吃午饭，五爷也在家里，闲谈之中，谈到老师在仰光有车子，五爷说他正要买三四部车子，愿意和老师谈谈。"西门德笑道："黄小姐，多谢你热心。但是你要晓得，越是有钱的人，他的算盘打得越精，他肯合着我的计划先垫出一笔款子来吗？"

青萍满头高兴地走来报个喜信，不料西门德轻轻巧巧地答复着，给人兜头浇了一瓢冷水，虽然两只脚还在摇动着，然而她脸上的笑容，已是慢慢地收敛了起来。西门太太极不愿得罪二奶奶，也就不愿得罪黄小姐，觉得博士这态度过于扫了青萍的兴致，因道："你这话，我倒有些不解。你兜揽生意，不找有钱的人，还找没有钱的人吗？"

博士方才的话，也是冲口而出，未加考虑，及至说出以后，看到青萍那种尴尬的样子，也就很后悔失言，于是笑着点头道："这是我说急了。我的意思，以为我和温五爷并没有交情，突然去和人家谈生意，恐怕不发生效力。而且我明日要和三爷到他府上去找老先生谈谈，怕抽不开身来。"他口里这样说着，站起来塞了一支雪茄在嘴里，满屋子寻找火柴，就把这个岔打过去了。

大成第二次站起来，向大家点了点头，笑道："现在我可以告辞了。"

238

青萍向他笑道："老同学，你对我很见外吧？怎么我来了，你就要走呢？"大成红着脸，口里卷了舌头，"哦哦"了一阵，然后点点头道："不是，不是！请问老师，便知道。"他一面说着，一面就走出去了。青萍向西门太太笑道："这位先生，说起来是一位奋斗青年，可是喜欢害臊。"西门太太笑道："为这个事，我们说了大半天呢！你老师和这位区先生商量到仰光去，我主张带了他去。这种带姑娘腔的青年，只有让他多多跑路，多多与各种社会接触，才会把脸皮闯厚，把胆子闯大。"青萍道："老师觉得我替他想个法子，不大妥当吧？他又没有一文本钱，又不会开汽车，修汽车，带他到仰光去做什么呢？"西门太太向博士笑道："我猜她就会反对这个举动。"西门德皱了眉笑道："你是和黄小姐开玩笑，闹惯了，正经问题你也闹得成为笑话。"她点了点头，因向青萍道："我们不会那样办，你放心！"说着又牵了她的手道："不说了，不说了。今晚在我这里打小牌，赢你几个钱花花，明天我们一路过江。"

亚杰坐在旁边，看着只是微笑。西门太太道："三爷，你笑我做师母的打学生的主意吗？老实说，在经济上的活动力，她比我强得多。我就没有这能力和老德找个买汽车的主顾。"西门德道："现在我们决定，我明天和三爷去见老太爷。你明天去和黄小姐见二奶奶。事到如今，凡事都得变通办理，你们只要和二奶奶商量好了，温五爷就没有什么不可通融的了。孔夫子说得不错，'穷则变，变则通'。"亚杰笑道："这样说来，博士和我一路回去，也是在'穷则变'之列，但不知是否能够'变则通'？"西门德笑道："和令尊做了两个年头的邻居，他的心理，我多少晓得一些。你待我今晚下一点儿功夫，一定可以把计划行通。"亚杰听他如此说了，就依着他，自己拿了一本书看，不再和博士谈话。博士却在灯下写了一篇计划书，他也不给亚杰看，将它放在皮包里了。

到了次日，用过早点，西门德和亚杰先渡过江，赶上了班车，午饭前就到了区家。区老先生见他又来了，心想：这位博士，怎么老是追着我要做贩汽车的生意？这次来，我要老实和他说明，自己不便和虞老先生谈这件事，最好是另找路径，免得耽误了机会。如此想着，他就静等博士开口。

西门德和老先生坐在堂屋里，从皮包里取出两支雪茄，宾主各吸一支，然后斜躺在布椅上，喷了一口烟道："老先生，我快要戒烟了。"老太爷笑道："博士现在的境遇，不至于雪茄都吸不起吧？"西门德道："我之要戒烟，不是为了经济问题，也可以说是为了经济问题。"老太爷笑道："这话怎样解释？"西门德突然身子一挺，望了望老太爷道："老前辈，你以为一个教书匠，就这样鸡鸣而起，孳孳为利以终其身吗？我现在要做另一番打算了。"老太爷见他如此兴奋，便笑道："若是有什么伟大的计划，我倒愿闻其详。"西门德于是打开了皮包，取出一份计划书，两手捧给老太爷，笑道："老先生，我觉得你看了之后，非签名加入赞成之列不可。"

老太爷见那稿纸是作四折叠着的，封面上写了一行字，是"设立工读学校意见书"，不由得哦了一声道："原来是这样一件事！我请问你，哪来的这样一笔经费？"说完，将计划书放在大腿上，用手按着，昂头向博士望着。西门德道："不但'经费'两字，而且'经费'两字上面，应该加上'大大'两个字。"区老太爷道："那就更难了。自然现在说是工读学校，是一种救济性质，除了钱之外，恐怕政治方面也要人帮忙。"西门德道："这一切我都写在计划书里了。"区老太爷对此事更感到兴趣，便展开计划书来看。翻到第四五条计划时，已写到了经费问题，那里第一个办法就是创办人除了要去南洋一带，向暴发富商劝募外，并拟自去经商，将所有利益，全部移作学校经费。老先生不向下看，又把手按着了计划书，向博士脸上望了笑道："博士，你自己也打算经商？"西门德笑道："佛说：'我不入地狱，谁入地狱？'我只有自己来做个榜样。"老太爷笑道："博士，恐怕你也有博所不及的地方，在昆明、仰光两处运货进出，这里有许多学问，是你所不曾学到的，你怎么走得通！"西门德笑道："老先生，这我就不请教你而请教令郎了。昨天三世兄到我那里去，我和他说了两三小时，他对于我这事完全赞同，而且愿意帮我一个大忙。"老太爷道："他愿帮你一个大忙？他有什么法子帮你的大忙？"

西门德将手上夹的熄了火的雪茄放在嘴里，拿着茶几上的火柴盒，擦了点着，向他笑道："老先生，你且把我的计划书从容地看去，然后再讨论整个计划。"老太爷就依了他的话，把这份计划书看完，然后把它交还了博士，点点头道："果然，我要站在赞成之列。你说的学校本身自给自足，不但在抗战期间，就是战前，我就是这样计划着的。你说打算自己经商，打算经营哪一种贸易呢？"西门德道："关于这一层，三世兄和我有了详细的研究，已得着一个小小的结论了。"老太爷听了此话，向他微笑着，很有几分钟不曾作声。西门德道："老先生，你不赞成我自己去募款子吗？"

老太爷又默然地吸了一阵烟，然后问道："亚杰到博士那里去，没有谈到我不许他再跑了吗？"西门德道："没有呀！老先生为什么不许他再跑了呢？"老太爷道："关于他们这些同行挥霍无度的事，博士当然也有所闻。然而我还以为纣之不善，不如是之甚，必是传说的人过甚其辞。可是亚杰

240

回来之后，我才晓得他们浪费金钱的情况，人家还梦想不到。这民国三十年的钱，虽没有二十七八年值钱，但到了一用成千，究竟是吓人的。而他们听一回歌女，一点戏就是三千元。让他们挣了钱这样来花，就私言，无非是增加罪恶，就公言，也刺激社会物价。我现在已不至没有米下锅，我不愿他目前发一点儿小小的国难财，而把他终身毁了，所以我与其劝说他不要这样胡闹下去，不如釜底抽薪，不让他去发这国难财！"

西门德将手一拍大腿道："到底是老先生有这种卓见。这种发国难财的事，实在不能让青年人去侥幸享受。三世兄之不告诉我，大有道理。他料着我一定也是赞成老先生这主张的。"老太爷笑道："他既知道他走不成，为什么还答应和博士帮忙？"西门德道："大概因为我重重地托了他，他不便扫我的兴致，我倒没有料着老先生有此主张。这么一来，我倒是要另想办法了。跑滇缅路是个新花样，这没有一个内行引导，那是不行的。"

老太爷仰坐椅子上静静吸了雪茄，微笑道："若是博士果有意思和他同行的话，我也只好让他陪博士一趟。"西门德这就坐起来，两手互抱了拳头，拱了两拱道："那我不胜感激之至！这个学校若办得成功的话，皆老先生之赐。"他说到这里，便不再提生意经，只是和他商量着学校如何自给自足。区老太爷对办学校感到兴趣，对办义务学校，尤其感到兴趣，因之和西门德谈下去，并没有对亚杰的行为再加批评。

经过半日的谈话，区老先生晚间便请博士吃饭，又把那虞老先生约来作陪，不用博士说什么，老太爷早把他自筹经费要办工读学校的话，代为告诉了。虞老先生在饭桌上听了，十分高兴，将面前放的酒杯高高举起，向对坐的博士敬着酒道："这份毅力，兄弟十分佩服！我们对喝一杯！"西门德笑着端起酒杯来，高举过了额头，从手底下望了虞老先生道："当勉力奉陪一杯！"说完，拿起酒杯子一饮而尽，喝得唰的一声响，翻过杯子来，向虞老先生照了照杯。虞老先生笑着，也把酒喝干了，向他望了望笑道："博士既有这个计划，为什么不和我提一提？我们这年老无用的人，别的不能做，关于这一类社会事业，总还乐于尽力。"西门德道："像虞老先生这样年高德劭的人，来到我们学校做董事，那是再好没有的事了。只是交浅言深，不敢贸然相请。"区老太爷向虞老先生笑道："那么，我来介绍一下，就请虞先生做个发起人吧！"虞老先生听了，还没有答复，西门德放下筷子，突然站了起来，两手又一抱拳头，笑道："若以办义务教育而论，老先生是绝不会推辞的，只是由我来做创办人，却不敢说能否得着老先生的信任？"虞老先生道："言重，言重！请坐，请坐！"

西门德坐了下来，且不继续请虞老先生当董事，手扶了酒杯待要举着要喝，却又放了下来，然后昂了头叹口气道："其实这样的事，真不应当今日今时，由不才来提倡，现在知识分子自顾不遑，而又绝不肯放松子女们的教育。公立学校，虽然是打开门来让人进去，然而这学费一关，就不容易闯过。即以我们的朋友而论，就有许多人为子女教育费而发愁的。所以这种工读学校，自给自足的教育办法，有推行之必要。当然，一个学校，不足以容纳多少人。但是只要办得好的话，我们不妨拿一点儿成绩去引起社会上的兴趣，让人家三个五个跟着我们办下去。这样纯粹尽义务的教育，和那开学店的学校，恰好两样，越办得有声色，越要多多筹款，而完全靠人捐款，又太没有把握。因之仔细想了一想，只有自己去做生意，反正是赚来的钱，便是全部都拿出来办学校，也不算损失了自己。"

区老太爷被他这几句话引得格外兴奋起来，端起酒杯来，缓缓将酒喝下去，然后将酒杯放下，按了一按，向虞老先生点了个头道："我们念书的人做起事来，真会有这一股子傻劲。"虞老先生手摸了胡子，也就不住点头。西门德用心理学博士的眼光，对这两位老先生仔细观测了一下，心里颇觉高兴，但他绝不说一句要求两位老先生帮忙的话，只是说着自己下了最大的决心，要来做半年或一年的商人，弄个二三十万块钱给这个学校奠定基础。他越说越兴奋，叫人没有法子插进一句话去。两位老先生虽插不进一句话去，可是看到博士表示着非常的毅力，便也不必插言，只听他一个人说下去。

博士吃完了，也说完了，回到旁边一把藤椅上坐了，两脚一伸，头枕在椅子上，仰了脸，叹了一口气道："计划虽是这样的计划了，只怕会大大地失败。"接着他又一挺身子坐了起来，将头连点了两点，表示沉着的样子，手一拍道："不管它了！我纵然失败了，不过是一个倒霉的教书匠，还能再把我压下去一层不成？我愿意找这个为办学校而牺牲的机会，牺牲了我也值得！"说着又拍了两下大腿。

虞老先生坐在他对面椅子上，捧了一杯浓茶，慢慢地喝着，眼光被博士的兴奋精神吸引着，心里也就在想着，博士究竟是博士，这年月有几个人为着办教育而这样努力呢？然后放下茶杯，手抚摸了两下长胡子，因道："西门德先生，这次到缅甸去，是打算办些什么货呢？"西门德笑道："那倒还没有定。"虞老先生道："博士既打算在这上面找个几十万元，不能不有个目的物吧？"西门德将雪茄放到嘴里吸了两口，向老太爷望着微笑道："兄弟这计划，区老先生也知一二，倒是规规矩矩一笔生意。"虞老先生便也望了过来，手拈着下巴上的须梢，笑道："莫非和令郎做一样的生意？"区老太爷笑道："这件事若是虞翁肯帮他一个忙，博士就可以成功一半。他是打算在仰光买一批车子到内地来，资本同货品大概都是没问题，只是……"虞老先生立刻点点头道："这个我明白，大概怕运输上有什么困难，这个我可以尽一点儿力。"西门德道："那就太好了，此外还有一点儿小困难……"说着放下了雪茄，嘴里吸了一口气，表示出踌躇的样子。

虞老先生道："还有什么困难呢？也许是买不到外汇？"西门德将雪茄在烟缸上敲着灰，缓缓地说道："这些都不是主要原因，第一就怕的是滞销，假如我们买了一二十部车子进口，结果并没有人要，这项大资本哪里搁得住呢？最好是和人家大公司大机关，订下一张合同，他给我一点儿定钱，车子到了重庆，我给他车子，他给我钱。我是不想多赚，能挣个二成利，就心满意足了。"虞老先生道："这样能捞到二三十万教育基金吗？"西门德道："我是多方面的谋利，这不过其中一项而已。"虞老先生根本就不懂生意经，这战时的生意经，他越发不懂，想了一想，因道："博士且在这里玩一天，兄弟替你探探路子看。我仿佛听到孩子们说，有人要收买几部车子。若真有这事，我给你拉了过来，岂不是好？"西门德禁不住笑了起来道："那是贵董事做了产婆，把这学校接生出来了。"

从这时起，博士就不再谈什么生意经，只谈着工读学校的计划，而且说着他办学校不一定要跟着潮流走，他要注重青年德育，甚至不惜恢复"修身"课，让大家说开倒车也无妨。虞老先生听了这话，将长袖子把大腿一拍，突然站了起来，用宏朗的声音笑着答道："博士真解人也！痛快之至！我因为不懂教育，老早就反对中小学废除'修身'课目，可是和人家谈起来，一定碰钉子，说是我思想落伍。想不到你这个老教育家，又是博士，居然和我同调，凭这一点，我当尽我晚年的能力，把你这个伟举促成！"区老太爷笑道："虞翁这样兴奋！"虞老先生哈哈笑道："同心之言，其臭如兰。博士这话，正投我所好。你看大后方社会上这些不入眼的现状，最大的原因，就是人心太坏。人心之所以坏，是这二十年来教育抛弃了德育原因，而今日来吃这苦果子亡羊补牢，我觉得是为时未晚。博士，你这个主张，好极了！好极了！"说着他坐了下去，又将大腿连连拍了几下。

西门德道："我也想了，关于培植青年人的道德，绝非四十以下的人所能胜任。假如学校能办成的话，我一定在老前辈中多多地请几个有心人来主持这一类的功课，而且用从前书院讲学的方法，常常请老先生和学生讲为人之道。我想中国的固有道德，只有两层不大合乎现代实用。第一是忠君的思想，然而把这个忠移于对国家、移于对职守，也就无可非议。第二是男女太欠缺平等，如强迫女子守节，却放纵男子荒淫无度。若把这守节改为男女同样需要，只提倡并不强迫，于情理上也说得过去。千古以来，为什么不替男子立贞节牌坊呢？"

虞老先生听了这话，像是忘了他是一位年将七旬的老翁，两手同时拍了大腿，突然跳了起来，大声叫道："妙哉！"说着将右手两个指头在空中连连画了两个圈子道："此千古不磨之论也！"原来这位虞老先生，夫妻感情很好，不幸五十岁的时候，糟糠之妻便去世了。其初，原想续弦，因为儿女长大，掣肘之处甚多，找不着一个相当的对象。后来颇想讨一个年轻的女人做妾，只伴自己，并不驾驭儿女，而儿女们又反过来说，老人续弦是正理，讨姨太太进门，对于家庭和气、老人健康，都不好。这样一别扭，混了好几年，老先生就快六十了，失去娶女人的机会，他一气之下，索性不提这事了。他反过来提倡男子为亡妻守节，一直到现在，也不曾再提续弦的事。这时，西门德误打误撞地发了这番言语，正是他向来向人夸说的言论，怎么能不高兴？因之直谈到夜深，还是虞家派人打着灯笼来接，虞老先生方才回去。

到了次日一大早，虞老先生就派人送了两封请帖来，请区老太爷和西门博士午餐。区老太爷向西门德笑道："博士，你所托的事，十有八九可以成功了。"西门德笑了一笑。老太爷道："他们小虞先生管的正是买车子这些事。他若肯和你签张合同，就不必给你三分之一的定钱，你拿到这张合同，也可以在外国活动几十万资本。"博士听了，只是笑。

果然，到了这天晚上，西门德就得着一张合同的草稿，并得了口约，第二日下午，在重庆签订正式合同，并付给五十万的定洋。他所做两三个月的梦，这时变成了事实。梦变成了事实，博士也就没有了睡眠。这一晚上，他清清醒醒的，躺在床上大半夜，只迷糊了一会子，睁开眼来，窗子上就现出鱼肚白色来了。他虽没有听到区家人起来，可是已经忍耐不住睡在床上，起来之后，口里衔着雪茄，两手环抱在胸前，昂了头向天空望着。亚杰悄悄地走到他身后，笑道："博士早哇！"他回转身来，向亚杰握了手笑道："恭喜，恭喜！"亚杰望着他发愣道："恭喜我吗？"西门德笑道："我不是对你说过'变则通'吗？这么一来，我保险你可以到仰光去发一注财。"

亚杰回头看看，并没有人，笑道："实不相瞒，我现在所企求的并不是钱，刚才你恭喜我，倒出我意料之外。"西门德向他脸上看了一遍，笑道:"那么,依你的年龄而论,我知道你所企求的是什么了。"亚杰笑道:"并不是吃了几天饱饭,就要谈女人问题。实在的,我要结交一个女友出一口气。"博士笑道:"你看我那女学生青萍小姐如何?"亚杰将舌头一伸,笑着摇了摇头道:"纵然她降格一万倍看得起我,我也不能消化!"西门德道:"我的话欠交代明白,我是说,托她给你介绍一位女友。"亚杰笑道:"你看她所交的女友,有让我能接受的吗?"博士道:"变则通,你让我导演一下子,这事就可成功。凭昨天这番交涉顺利,你当相信我,不过,我们若走得快的话,时间上恐怕来不及,应当等我回来之后才有办法,你觉得这不是一个遥远的心愿吗?"亚杰笑道:"若论着我的心事,最好有一位漂亮女人,立刻陪我在重庆街上走三天,三天之后,哪怕停止了交谊,我也愿意。"

西门德还不曾答复,却听到身后有人轻轻说道:"三哥,这就是你的主张,这未免有点儿侮辱女性吧!"回头看时,正是亚男小姐。西门博士衔了雪茄吸着,没有作声。亚杰笑道:"我承认,你站在妇女的立场讲,这话是对的。可是若有女子侮辱男子时,站在男子立场的人,他应该怎样说呢?"亚男道:"我认为密斯朱未曾侮辱你,她不赞成你去当司机,她有她的见解。"亚杰两手一齐摇着道:"不谈这个了,我们要进城去!"说着话,已把屋子里人都惊动了。这一切的话,自然也都告停止。但是亚杰鉴于博士这一变的手段高明,很相信他可以替自己找一位女友。因之博士进城,他又陪了博士同去。他们同伙在城里上等旅馆里开有几间房间,他和同伙商量了,让一间给博士住,并约定晚间请他吃馆子。博士因为要签订合同,签了合同之后,还要把这个喜讯去通知太太,晚上是透着没有工夫。但亚杰最后说了一句:"我想介绍博士和我那位五金行老板谈谈。"这五金行老板的称号,却也很是动听,博士便欣然应允了。

这日下午,博士到机关里去签好合同之后,在机关里向温公馆通了一个电话,问西门太太在那里没有,果然是一猜便着,西门太太亲自来接了电话。博士将这两日奔走的成绩告诉了太太,并说今晚是虞先生请吃晚饭,怕来不及回南岸,所以住在旅馆里。她说二奶奶又约她去听戏,只好明早再来找他了。

西门太太接电话的时候,二奶奶正在那里,区二小姐也坐在旁边,因笑道:"你们这位博士,对太太实在恭敬,出一趟近门,也要用电话向太太画个到。"西门太太道:"他以前打过电话找我吗?这次打电话给我,那是有点儿特别原因的,他已经决定了行踪,在两天之内就要到仰光去了。"二小姐道："那是你所说的，坐亚杰的车子去了。可惜我的事情没有办妥，不然的话，我也坐了车子去逛一趟仰光，再回香港。"二奶奶道："我也和你有同感。初回到重庆来，换一个环境，还不觉得怎样，可是住到现在，要什么都不顺便，我还是想到香港去。"西门太太道："五爷肯让你走吗？"二奶奶道："我要走，他是拦不住的，可是他一再说太平洋的战事，马上就要发生。香港是个绝地，一有战争，就没有出路，他说得活灵活现，又不能不信。"二小姐将嘴一撇道："你倒相信那些消息专家的消息。我们在香港的时候，吃喝逛每天照样进行，谁也不觉得那是绝地。住在香港的人，走上街，看那花花世界，谁也不顾虑到是绝地。要不然，那满街来来往往的人，都是白痴吗？"二奶奶道："我也是这样想，当长江里发水的时候，我们在坡上看到那小木船，装了整船的人在洪水上漂流，人简直和水面一般齐，真是替那全船的人捏一把汗。可是坐在那船上的人，谈谈说说，吸着纸烟过河，一点儿也不害怕。反过来说，站在岸上的人和他瞎着急，倒成了白痴。重庆人看香港人，和香港人看重庆人，同是一样。"

西门太太笑道："若是这样说，我也愿意到香港去玩一趟，索性也带了青萍同去。"二奶奶笑道："这事才奇怪呢？我和她说过，想邀她到香港去玩一趟，她倒是一百个不愿意去。"西门太太笑道："这事在一礼拜以前发生，显得稀奇，在这几日发生，那是应当的。"二奶奶道："那为什么？她觉得最近的消息不好？"西门太太笑道："那你错了，她根本不管天下大事。她最近在爱情上，发现了新大陆，正在追求一个人呢！这个人也是老德的学生，原来他们是中学的老同学，现在忽然遇到了，记起了当日的友谊，热烈地恋爱起来。你想，她怎么肯离开重庆呢？"二奶奶道："是这样的，那也就罢了。我原想邀她今晚上一路去听戏，也就不必多此一举了。"

她们这样闲谈一会儿，吃过晚饭，就到国泰大戏院来。这戏院是重庆最大的一家。迭经大轰炸，未曾损坏。影片、话剧、京戏，都以能在国泰上演为荣。这晚，演的是京戏，男女票友大会演。原来抗战期间，到大后方去的老戏名角，简直没有。重庆的京戏，南京、西安先后来了两个科班，都不值一顾。倒是沿扬子江一带的各地名票，到重庆来的不少。不但生、旦、净、末、丑行行俱全，而且和内行名角相比，并无逊色。所以到了雾季，名票大合作，总是轰动山城的一件大事。交际场上的人物，不来看两次名票合演，必定是募捐的义务戏，也少不了有戏票分派。温二奶奶这三人，全是吃饭无事可做的妇女，有这样的场合，当然是不能放过。这晚，她们入座时已是九点钟，前面早演了好几个戏。这时，全本《王宝钏》上

246

场，青衣名票，正演"武家坡"这一本。

二奶奶最爱看青衣花衫戏，入座之后，就看入了神。西门太太什么戏也看，什么戏也不懂，完全是凑热闹，看看戏也就看看人。她向四周望着，却有件新奇的事发现，乃是青萍和一位西装少年坐在东角。两人约莫坐在后三排椅子，大概向这里是斜的方向，所以没有看到二奶奶。她心想，青萍就是这么一种女孩子，不必去管她了。可是那位青年，好像也面熟，过了五分钟，又回头看看。却想起来了，原来就是李大成。一个卖橘子的小贩，陡然改扮成这个样子，当然一眼看不出来。于是西门太太偏着头向邻座的二奶奶笑道："我的话可以证明了。青萍带着她的新爱人，也在座后面呢！你看，第三排东角，第三四把椅子就是。"二奶奶回头看去，果然不错。因为要打量那西装少年，不免看了好几回。最后和青萍对着视线，笑着点了两点头。这时已将近十二点钟了。过了一会儿，青萍笑嘻嘻地走来了，手扶了座椅背，将头伸到二奶奶怀里，笑道："我请老同学看戏。不想你们也来了。"二奶奶握了她的手道："仅仅是老同学吗？好一个风度翩翩的少年。"青萍一笑，扭身在旁边空椅子上坐了。

王宝钏演完，后面是位女票友的《玉堂春》。青萍道："这位票友也是我的朋友，今天的票子就是她送的。我到后台去打个招呼，十分钟就来。"二奶奶道："十分钟就来？"这时她已站起身来，笑着点头道："准来，准来！到公馆去吃消夜。"说完就走了。可是等过十分钟，青萍并不见来。西门太太正想到后台去找她的时候，而戏台上的"玉堂春"已经下场了，全场正是一阵纷乱。二小姐向她微笑道："回去吧，她不会来的了。"二奶奶很勉强地笑了一笑。

三人同回到温公馆的时候，女仆却交给西门太太一张字条。是西门博士交来的，说有要事面谈，明天早上八点钟，可来广东餐馆里吃早点，西门太太也正惦记着昨晚上订的那张合同，到了次日早上，便如约来会博士。西门博士早到了，独占了一副座头，除了摆着茶点而外，面前还有一只大玻璃杯子，盛着大半杯牛奶。他口里衔了大半截雪茄，两手捧了报在看。西门太太走来坐下，博士还在看报。她道："你倒安逸之至，为什么你看得这样入神？人来了都不知道！"西门德放下报来笑道："我看报是烟幕弹，不是等你，我早走了。"她道："为什么？"西门德道："告诉你一件新闻，你会不相信。我看见李大成和青萍两个人上楼去了。"西门太太道："管他们干什么？昨晚上我遇到她，比这还稀奇呢！——你的事情进行得怎样了？"西门德眉毛一横，笑道："太太，我们又要抖起来了。我正是急于要告诉你这消息。"于是他斟着一杯茶，送到太太面前，笑道："你想吃什么就吃吧，我们有钱。"太太笑道："瞧你这份高兴！"她虽这样说了，但对于吃倒是不退让，拿起筷子夹了盘子里点心，不问甜咸，只管进用。同时望着博士，等他说话。

博士先把说服了虞老先生的经过，笑着报告一遍，然后道："昨日下午，虞先生派了一位吴科长拿出合同来和我签订，他将合同给我看了，却说再考虑一晚上。我当然知道怎么应付他，悄悄地告诉他，请他吃晚饭。晚上，我在馆子里开了单间恭候他的大驾。这合同上订明在重庆交货车十五辆，签订合同的时候付我们定洋三分之一。"西门太太道："这个我晓得，你只说他来了没有。"西门德笑道："他有油水，为什么不来？"太太道："你给他多少好处？"西门德道："除了定洋，他八扣交款。我还答应送他一部半车子。"太太道："那太多了！"西门德道："羊毛出在羊身上，我们又不掏腰包，不答应他，他会肯签合同吗？这家伙相当厉害，昨晚在菜馆里谈起这事，他开口便道：'这种生意经，博士从何处学得来？这是空手夺白刃的战术，把我们的定洋拿去，再在运货上想点儿办法，你不费一文，可把车子带进来了。我们若不先拨这三分之一的定洋，这买卖就不好做吧？'我想戏法他完全知道，而且一路之上，还得全仗了他机关的字号过五关，如何能瞒他？便说生意成了，送他一辆车子。他笑道：'那你要蚀本了，假使挣不到一辆车子呢？'他脸上透着嫌少。我想照现在情形，刨除一切开销，三辆车子好挣，便答应给他哈夫（half，一半的意思），只要一回成功了，不难做个下次。人要知足，你想你不干，他捧了个肥猪头，怕找不出庙门来吗！"西门太太道："那么，合同是签字了？"博士笑道："这个你放心，我决不放松，而且定洋他也交了。同时，在昨晚上，我又接洽了一件事。亚杰介绍我和他的老板见了面。他答应让给我一点儿外汇，希望我有车子，在运输上帮他一点儿忙。总而言之一句话，一切顺利，人不会永远是倒霉的呀！只要肯变，就可以通。所以古人说……"

他两人所坐的茶座正对了茶厅上楼的扶梯口，两人说着，却见李大成很快地一挤，在几个人下楼梯口当儿，挤出去了。西门太太将筷子敲了博士的手背，努了努嘴。博士笑道："这也无所谓。他们年岁相当，又是同学，恋爱还不是天经地义？至于花青萍几个钱……"他不曾把话说完，只见青萍站在楼梯上，正向这里招手。西门太太点着头，叫了个"来"字，她便来了。

博士夫妇只当不晓得，并没有问她什么。西门德将桌上的现成茶杯，

248

斟了一杯茶放在手下，笑道："坐下来谈谈吧，要不要吃点儿东西？"青萍说了声谢谢，挨着椅子坐下去，因道："遇到了李大成，我请他吃顿早点。若是在楼下就早看到老师了。"博士笑了一笑。青萍垂着眼皮，想了一想，偏过头去，向西门太太笑问道："昨晚上二奶奶怪我来着吧？"西门太太道："怪什么？你们同事，她管不着。"青萍笑道："我们是同学。"她说了这五个字，低头去清理着怀里的皮包。西门太太道："你自然是个精灵孩子，大成也到了年龄了，而且人也很老成的，前途颇有希望。你在交际场上所遇到的全是些阔人，他们都是玩弄女性的。你改变了作风，这倒很好。"博士道："这也是'变则通'之类吧？"说毕，哈哈大笑。

第十八章

一场风波

　　这位青萍小姐，虽是个新型的女性，然而也绝不是不晓得害羞。她听了老师师母这种含糊其词的说话，也感到有些尴尬，将方才斟的一杯茶端起来，慢慢喝着，不放下来，直喝到把那茶杯底翻转过来。西门太太笑道："黄小姐，我也和你实说了，我老早就看出你爱上了李大成，只是不便说。我要多事，早就把你这消息告诉二奶奶了。其实，她也不会反对你有爱人。她还说，正要给你找个可靠的男朋友呢！"西门德笑道："你这话不通。她一个太太，为什么一定要反对人家小姐有爱人呢？"西门太太笑道："你不懂得女人的心理！"西门德笑道："你老说我不懂得女人心理，我这心理学博士的招牌，要被你砸碎了。那么，我请教你，女人的心理是一种什么心理呢？"西门太太就用吃点心的筷子，指着青萍笑道："你不懂吗？可以跟你高足去学，她懂得女人心理，要不然，二奶奶怎么会这样喜欢她呢？"青萍低声笑道："茶座里人多，少谈吧。这样说，给人家听到了，怪不好意思的。说正话吧，老师还要吃点儿什么？"说着，她提起手提包将封口锁链子拉开，在里面取出一叠百元一张的关金票子，掀了两张，放在桌子角上。

　　西门太太笑道："我们两个人，哪里就吃得了这样多的钱？"青萍笑道："既要请老师，也不应该吃百十块钱，总得花几百块钱才像样。"博士笑道："你唱一回戏，能拿多少戏份儿？"青萍道："戏份儿吗？根本我就没有梦想到这两个字。在台上唱破了嗓子，恐怕还买不到一双皮鞋呢！"西门太太道："说到皮鞋，我看你左一双右一双的，大概囤积得不少吧？"青萍笑道："原来有两双新的，昨天看到商场里有一双真的香港货，我又买了一双。"博士笑道："听你的话音，必然还有旧的，总不止三双吧？"青萍笑道："反正那都是服役年龄已满的，管他多少！"

西门太太听说，便扶着桌子角低下头去，看她脚上穿的这双玫瑰紫淡黄沿边圆头皮鞋，笑道："这是新编入舰队服役的了，是战斗舰，还是巡洋舰，或者是驱逐舰？"西门德笑道："都不是，应该是战斗巡洋舰。何以言之，必如此，征服力才够快而坚强！"青萍笑道："老师也和我开玩笑。其实像我这样个人，是惯于被人家征服的。"说着，摇摇头，微微叹了一口气道："这社会上没有什么人可以了解我。"博士道："二奶奶了解你。"青萍笑道："她了解我？她是太有钱了，犹之乎买一只小猫小狗的解解闷罢了。"博士道："那么，李大成能了解你吗？"她扑哧一笑道："他更不了解我。"西门太太道："你这就不是实话。他不了解你，你怎和他很要好呢？"青萍笑道："他是征服了我。不是……"说着扭脖子一笑。

西门太太摇摇头道："你这叫强词夺理。你说别人征服了你，犹有可说，你说李大成征服了你，那简直是笑话！他无钱无势，穷得还要你帮助他，把什么东西征服你？"青萍道："老师师母并不是外人，我还有什么不可说的。在同学的时候，大成是个有名的用功学生，我倒是很器重他的，可是他并不知道我器重他。大家全是小孩子，也没有别的意思。这次我在重庆遇到他，其先无非向他表示一种同情心，后来我看到他很忠厚，而且对我也非常尊敬，这尊敬绝不像那些阔人似的有什么用意，他完全是感谢我的帮助。在我认得的男人里面，这样纯洁而尊敬我的，还没有第二个，所以我……"说着，笑了一笑。西门太太道："所以你就爱上他了！"

西门德衔着雪茄，听她们两人说话，等到说完，取下雪茄在烟灰碟子上敲敲灰，正了颜色道："青萍，我以老师资格，得劝你两句话。青年男女恋爱，这是自然的发展，不必老师管闲事。不过你既然帮助他，他又尊敬你，那是很好的现象，希望你照正路走。晚上看戏，早上吃馆子，你带了他走，尽管花你的钱，可是他除了浪费金钱和时间外，也容易误了正事。你既然和他找了工作，你得让他好好地做事，可别老带了他玩，玩多了，老实人也会出毛病的。"西门太太看看青萍的颜色，虽还自然，可是微笑着并不答话，便答道："她的心眼比你更多呢！以为你所说的话，她见不到吗？你请便吧，这里可不是课堂。"西门德道："我真要走了，你们谈谈吧。"说着夹了皮包站起身来，点个头道："你今天下午可以回去了，三五天内，也许我就要走了。"说完，向青萍微笑，自行走去。

青萍问道："老师哪里去？"西门太太因把他已签了合同的话告诉她。

251

她笑道："这样说来，老师可说有志者事竟成了。"西门太太笑道："你呢？"青萍听了，不觉地微微叹了口气，接着又摇了摇头，笑着问道："昨天晚上，二奶奶回去谈到了我什么没有？"西门太太笑道："你倒是很害怕得罪她。"青萍两手盘弄着桌上的茶杯，眼睛注视了杯子上的花彩，因低声道："师母，你还有什么不知道的？我的经济问题，非仰仗她不能解决。我以前不认识她却也罢了，既认识这么一个财神奶奶，就不可失掉这样一个机会，要借她的力量做点儿事情。并不是我居心不善，打她们家的算盘。他夫妇有的是钱，很平常的就是三万五万地糟蹋着。我们叨光他们三五万元，也不过增加他们一笔小浪费罢了。她多这样一笔浪费，身上痒也不会痒，可是我沾的光就多了。因此，我很不愿意得罪她。"西门太太握着她的手道："我很谅解你，你既和我说了实话，有可以帮忙的时候，我是愿意竭力帮忙的。"青萍听了，站起来握着师母的手，连连摇了几下，因道："我不陪你坐了。晚上温公馆里见。"说着，拿着桌上的钞票，向茶房招了招手。茶房接过钱去了，她道："找的零数，师母代收着吧，我要走了。"说着，她又看了看手表，人就向外走。西门太太握住她的手，跟着送了两步，笑道："是不是那个小伙子还等着你说话？"青萍点了两点头，就抢着出去了。

西门太太笑道："这位小姐，真是有点儿昏头昏脑。一想起了心中的事，连会账找零头的工夫都没有了。"但是她急急忙忙地走去，哪里听得师母的言语？西门太太和茶房算过账，竟退回一百多元来。她受了人家的请，还落下这么些个钱，心里也就想着，黄小姐表面上好像是很受经济的压迫，不得不和有钱的温二奶奶周旋，可是她花起钱来，却是这样不在乎。这不是一种很矛盾的行为吗？她心里闷住了这样一个问题，倒也愿意向下看去，看这件事怎样发展。

当时西门太太回到温公馆去，二奶奶还没有起床，自不必去惊动她，就到楼下小客厅里坐下来看报。坐了一会儿，却听到隔壁小书房里温五爷在接电话。原来这楼下的电话机，是装在大客厅的过道里的。有时感觉得不便，这小客室里却没有分机，可以坐在沙发上从容地和人谈话。西门太太在这里，虽是很熟，可是对温五爷很少交谈，能避免着不见面，就避免着不见面，因之听得五爷接电话的声音，就没有出去，依然坐在屋子里看报。

这就听到五爷先发了一阵笑声，然后低了声音说："昨晚上怎么没有和二奶奶一路来呢？"听了这句话，就知道他是在和青萍说话。随后又听到五爷道："你怎么常常地生病？我有一句不入耳之言劝你，不知道你可愿听。……既是愿听，那就很好，依我说，你不必玩票唱戏了。若说为了生活，那是一个笑话。若说为了兴趣，我觉得也没有多大的兴趣。"

说到这里，五爷停了一停，然后很高兴地笑道："那好极了！你果然有这个志气，我一定帮忙。"他又停了一停，笑道："大大地帮一个忙？这大大的忙，是怎样的大法？不过我是今早上打算请你吃点心的，你昨晚上没有和二奶奶来，我大为失望。"接着又笑道："那么，信上谈吧！"五爷接完了这电话，就悄悄地走了。

西门太太又看了十来分钟的报，听着外面汽车响，是五爷走了，便从从容容走到楼上。二奶奶披着睡衣，踏着拖鞋，在廊子上遇到她，因问道："你哪里去了？我正到你房间里去找你呢！"西门太太笑道："出去会老德去了。你衣服没有穿就来找我，有什么要紧的事吗？"二奶奶手扶着栏杆，出了一会儿神儿，点点头道："索性回头再说吧。"西门太太看她脸上透着几分不高兴，心想，这又是什么事呢？不免对她看了一眼。温二奶奶道："回头我要和你详细地谈，你先别走开。"西门太太看到她说得这样郑重，自然是等着。二奶奶梳洗完了，便叫女仆来请到她卧室里去谈话。

温二奶奶架腿坐在沙发上，左手端了一只彩花细碗，里面盛着白木耳燕窝汤，右手拿了一只小银匙，慢慢地舀着汤呷，一面向西门太太点个头道："吃了点心没有？请坐，请坐。"西门太太笑道："都快十点钟了，还没有吃早点吗！再说我正愁着发胖呢，还吃这些子补品吗？"说着，在她对面椅子上坐下。二奶奶将手一挥，把女仆打发走了，然后向西门太太微微笑了一笑，因道："我有一段消息告诉你，你也许不相信，我们这位五爷，竟然向黄小姐打主意。"

西门太太脸色动了一动，因笑道："这话是真的吗？我想不会。青萍和你那样要好，而且你也知道她正追求着一个青年小伙子。"二奶奶道："就是从这里说起了。昨晚上我告诉他戏馆里所见的事，他竟是心里十分难过，透着有点儿吃醋。"西门太太笑道："男子都是这样的，听说他认识的女人和别人要好，就大不以为然。尤其是长得漂亮一点儿的女子，他更是不愿意。"

二奶奶摇着头道："不然。"说着，她把那碗燕窝汤放在旁边茶几上，一看，还有大半碗呢。她两手抱了膝盖，脸上有些不痛快，接着道："他和我叽咕了好几次，要我追问青萍和那青年要好到什么程度。又说，他两个人不至于到旅馆里去吧？我这就有点儿疑心了，索性夸张了我们在戏馆里所见的事，说是看到青萍和那青年一路走出去了。那样夜深，还有哪里去呢？他说，要奉劝他的朋友以后少和这类女子来往，也不要给她们什么帮助。我就笑说：'你帮助青萍，我是知道的，她根本不领你的情。不过我没有说破罢了。'"西门太太道："五爷承认他帮助过青萍吗？"二奶奶道："他当然不承认，可是在他那脸色上，我已经看出来他是很扫兴的。这都罢了，我等他睡着了，在他的小手册子上，寻出了一点儿秘密，有一行和青萍通电话的号码，号码上只注了一个'青'字。"

西门太太笑道："那是你多心了。注上一个青字，你就能认为这是青萍的号码吗？"二奶奶道："猛然一看，原不能这样说，可是这是青萍露出的马脚。以前她曾告诉我这样一个电话号码，说是她寄宿舍对面一个事务所的电话，可以代转。我嫌那个地方转电话不好，没有打过，号码也忘记了。如今一看到这号码，我就想起前事来了，一点儿也不错。我们这骚老头子，还是什么坐怀不乱的柳下惠吗！问题就是青萍是否接受他的追求。不过他既把电话号码写在手册上，一定是常通电话，真是叫人啼笑皆非。为了这件事，我大半夜没有睡着。"西门太太笑道："二奶奶的意思要怎么样？"她听了这话，又扑哧一声笑了，因道："我也不知道要怎么样，只是心里对这事不以为然罢了。其实这也是我想不开，当我在香港的时候，他在重庆怎么样子胡闹，我也管不着。"西门太太笑道："第一步，我们当然是从调查入手，我去向青萍探探口风就是。她若真有对不住你的地方，以后不许她再进你公馆的门！"二奶奶摇摇头道："仔细研究起来，这事怪我自己不好。我怎么把这么一朵娇艳的野花，引到我自己的家里来？但青萍对于我这样待她，是不应该在我这里出花样的。"

西门太太看她老是把话颠三倒四地说着，脸上是要笑不笑，要气不气的样子，就凭这一点，可知她心里头是慌乱得很，便向她点点头道："你的意思，我大致是明白了。不过，这事急迫不得，三两天之内，也许我不能把问题解决。"二奶奶笑道："我的太太，你把男女之间的问题，也看得太容易了，若是男女之间发生了关系，也许这问题一辈子都解决不了，就是不发生关系，也不是两三日可以解决的。"西门太太道："那么，我怎样入手呢？也许一会儿工夫她就要来，让我约她到南岸去谈谈吧。"二奶奶点头道："这当然可以，现在我只当全不知道。"

西门太太心里为了这问题，却已转过了好几个念头，想到青萍再三曾叮嘱了她和李大成的事，不能让二奶奶知道，如今是更进一步，连她和温五爷的事都让二奶奶知道了，那她不会更见怪吗？心里这样想着，就不免板了脸子，坐在那里沉思着。二奶奶笑道："这没有什么为难的，假如青萍是为了骚老头子把钱引诱她，那不成问题，要花钱，我这里拿钱去花就是了。"西门太太笑道："那不至于，难道她还敢敲你的竹杠吗？"二奶奶微笑道："你以为她会爱上了我们家这个老头子不成？"

就在这时，听到女仆叫道："黄小姐，昨晚上怎么不来呢？"西门太太听到，立刻向二奶奶摇了摇手。青萍走在楼廊上，听到老妈子那一声沉重的问话，觉得这话出有因，走进二奶奶屋子里，看到师母也坐在这里，两个人的面色都很不自然，便猜到了十分之五六，站着转了眼珠向二人看了一看，笑道："二奶奶，我特意来向你道歉。"二奶奶且不起身，伸手握住了她一只手，向怀里一拉，笑道："小东西，你知道要向我道歉？"

青萍随了她一拉，身子就斜靠了沙发的扶手上坐着，因道："像我们这样的人，总是容易惹着嫌疑的。就是我同着我自己兄弟走路，人家也会说是一对情人。昨晚上我实在……"说到这里扭头儿一笑，又道："真是不知道叫我说什么才好。"二奶奶将手拍了她几下肩膀道："你若是和你兄弟一样大年纪的人在一处，那我是大可原谅，若是和像你父亲这样老的人在一处，我就不能原谅你了。"说着，向西门太太看了一眼。西门太太随了她这一望，脸色也是一动，但立刻微笑了一笑，来遮掩这一刻不自然的表情。

青萍是个出色当行的人，这样的表情，她有什么不明白？于是她又猜到事情之八九了。便笑道："二奶奶，这个好意，我一定接受。其实我的生活，根本要改变了。"西门太太觉得是个扯开话锋的机会，便道："那必是你老师劝你的话，你接受了。"二奶奶听了这话，倒是一呆，望了她道："你老师劝你什么话？"青萍笑道："也不过是老生常谈，劝我读书罢了。"二奶奶道："你有意读书吗？"她说着话，依然还是握了青萍的一只手，继续轻轻地抚摩着。她话里自然还有一句话，就是说"你假如要念书，我可以帮助你的经费"。可是青萍笑着答应了她一句意外的话："我要结婚了。"

二奶奶猛可听到，觉得是被她顶撞了一句，然而她立刻回味过来，还不失为一个好消息，因道："你要结婚了？是大大地来个结婚礼呢？还是国难期间一切从简呢？"青萍向她看时，见她很注意自己的态度，便笑道："哪里有钱铺张结婚礼呢？当然是从简，能简略到登报启事都不必，那就更好。"二奶奶摇摇头道："这话我就不赞成。终身大事，难道就这样偷着摸着去干不成？对方是谁，我倒要打听打听。"青萍笑道："暂时我不能宣布，恐怕不能成功，会惹人家笑话。反正事情成功了，我第一个要通知的就是二奶奶。"正说到这里，区家二小姐也来了，笑道："怎么一大上午就坐着议论起大事来了？黄小姐！来，来，来！我有件事要和你商量。"说着拖了她一只手就走了。

二奶奶默然地坐了一会儿，向西门太太道："她今天的话，半明半暗，是故意的还是无意的！"西门太太道："她现在迷恋着那个李大成，分明她说的对象是他。"二奶奶道："你仔细去研究那话音，焉知她所说的不是我们那个骚老头子？"西门太太连连摇着头道："不会，不会！"二奶奶又是两手抱了膝盖，呆呆地坐了出神。西门太太不好在这时插下话去，便起身道："就是那样说吧，我回头和她谈谈，有机会便来给你回信。"说毕，转身出去了。

二奶奶坐在这里，感到越想越烦，忽然站了起来，披了大衣，提着手提皮包就向外走。她一个亲信的女仆陈嫂，在一旁偷偷看了她大半天了，觉得必然有什么心事，如今她忽然出门，脸上又带了几分怒色，这倒不能不问她一声，便随在她身后，轻轻地说道："太太，哪里去？汽车不在家呢！要我跟着去吗？"二奶奶道："我又不去打架，要你跟着去帮拳吗？"陈嫂碰了个钉子，就不敢接着向下问。二奶奶一阵风似的走下了楼，陈嫂看着，越发是情形严重。但是她家里除陈嫂外，更没有人敢问她往哪里去的，只好由她走了。

二奶奶一直昂了颈脖子走出门，没有人敢拦阻她，也就没有人知道她会向哪里去。其实就她自己来说，在一小时以前，她也不能自料会有这样的走法的。原来她一怒之下，竟跑向温五爷的总公司总管理处的经理室来了。这时，恰好温五爷在会客室里会客，他的经理室却是空室无人。这公司里的职员，自有不少人认得她是总经理的太太，便有两个人把她护送到经理室里来招待。

二奶奶将手一挥道："二位请去办公，我在这里等五爷一会子，让他去会客，不必通知他。"职员们看看二奶奶脸上，兀自带了几分怒容，如何敢多说什么，带上经理室门径自走了。二奶奶坐到写字台边的椅子上，首先把抽屉逐一打开，检查这里面的信件。温五爷对于这写字台的抽屉，虽然加以戒严，却限于正中两只，而且也是在他离开公事房之时，方才锁着。这时，他刚翻看着文件，哪里会锁？因之二奶奶坐下之后，由得她全部检查了一遍。她在翻到中间那个抽屉的时候，看到两个美丽的洋式信封，是钢笔写的字，下款写着"青缄"，她心里不由得喊了出来："赃证在这里了！"

她立刻把两封信都抓在手上，先在一封里抽出信笺来看，正是黄青萍的笔迹，其初两行是写着替人介绍职业的事，无关紧要，中间有这样一段：

……你以为我们的友谊，是建筑在物质上的，那你是小视了我。我若是只为了物质上得些补助，就投入了男子的怀抱，那我早有办法了。老实说，我第一次被你所征服，就为了你对我太关切。人海茫茫，我也经历得够了，哪个是对我最关切的……

二奶奶看到这里，两脸腮通红，直红到耳朵后来，口里不觉向这信纸呸了一声道："灌得好浓的米汤！"

她呆了一呆，接着向下看，其中一段又这样写道：

……我原谅你们男子对于女子都有一种占有欲的，你不放心我，也就是很关切我，可是我向你起誓，我朋友虽多，却没有一个是我所需要的人选。假如不是环境关系，我可以这样说一句，我是属于你的了。其实我的这颗心，早属于你的了……

二奶奶看到这里，不由得说出一句川话，她一跌脚道："真是恼火！"就在这句话之间，房门一推，温五爷走进来了。他看到二奶奶，不觉咦了一声。二奶奶看到他，沉下脸子，身子动也不一动。这一个突袭，温五爷是料到不能无所谓的，加之又看到写字台的抽屉有几个扯了开来，心中更猜到了好几分。便勉强笑道："有什么事吗，到公司里来了？"二奶奶将脸板得一点儿笑容没有，鼻子里哼了一声。这样叫温五爷不好再说什么，搭讪着拿起烟筒子里的烟卷，擦火吸了一根。

二奶奶板了面孔有三四分钟之久，然后将手上拿的两封信举了一举，因道："你看这是什么？你也未免欺人太甚！"温五爷脸色红了，架腿坐在旁边沙发上，嘻嘻地笑道："这也无所谓。"二奶奶将写字台使劲一拍道："这还无所谓吗？你要和她住了小公馆，才算有所谓吗？"正在这时，有两个职员进来回话，看到二奶奶这个样子，倒怔了一怔，站在门边进退不得。

温五爷为了面子，实在不能忍了，便沉住了脸道："你到这里来胡闹什么！不知道这是办公地点吗？"两个职员中有一个职员是高级一点儿的，便笑着向二奶奶一鞠躬道："二奶奶，有什么事我们可以代办吗？"二奶奶站起身来，将黄青萍的两封信放在手皮包里拿着，冷笑道："你们贵经理色令智昏，什么不要脸的事都干得出来！好了，我不在这里和他说话，回家再算账！"说着夺门而出，楼板上走得一阵高跟鞋响。

温五爷气得坐在椅子上只管抽烟，很久说不出话来。看到两个职员兀自站在屋子里，便道："你们看这成什么样子！"那高级职员笑道："太太发脾气，过会子就会好的。"温五爷道："虽然如此说，这公司里她根本就不该来。二位有什么事？"两个职员把来意说明了，温五爷又取了一支烟卷来吸着，因道："我今天不办什么事了。你去和协理商量吧。"两个职员去了。

温五爷在沙发上，闷气了很久。就在这时，桌上的电话铃响了。他拿起话机来道："又然吗？两三天没见，胜负如何？哈哈，你是资本充足，无攻不克。……你问我为什么不参加？接连看了两晚戏。……哈哈！无所谓，无所谓，老了，不成了。……哦！今晚上有大场面，在什么地方？我准来。"停了一停，他笑道："在郊外那很好，我自己车子不出城，你我一路走吧。"最后他打了一个哈哈，把电话机放下了。

他坐在经理室里吸了两支纸烟，看看桌上的钟，已经到了十二点，便打开抽屉检查了一番信件，中午只有两个约会，一个是茶会，纯粹是应酬性质的，可以不去。一个是来往的商号请客，自己公司里被请的不止一个，也可以不去。但是今天既不打算办公，也就乐得到这两处应酬两小时，到了下午两点多钟，回到公司经理室，又休息了一会儿，上午那个打电话的计又然先生，又打电话来了。温五爷立刻接着电话，笑道："开车子来吧，我等着你呢！"

放下电话不到十分钟，计又然便走进经理室了，笑道："我上午打一个电话来，不过是试一试的，没有想到你果然参加。"温五爷笑道："为什么加上'果然'两个字呢？你们什么大场面我也没有躲避过。最近两次脱卯，那也不过是被人纠缠住了，我这个惯战之将，是不论对手的。"计又然笑道："这样就好，要玩就热闹一点儿。"说着，从西服小口袋里掏出金表来一看，点头道："走吧，回头客人都到了，我主人翁还在城里呢！"温五爷已经整理好了一只皮包，手提了皮包，就伸了一伸手，谦让着请计先生先行。又然笑道："支票带好了没有？"温五爷笑着将手拍了两拍皮包，笑道："在这里，问题不在带没有带支票，只是要问支票送到银行里去，是不是可以兑现。"计又然笑道："那不怕，你温五爷肯开空头支票给人，人家也就只好受着，那损失不比你输了几千万还大吗？"

二人说笑着上了汽车。汽车的速度，和人家去办公的汽车，并没有什么分别。其实街上那些汽车跑来跑去，哪辆车子是办公的，哪辆车子不是的，正也无从分别。四十分钟之后，这辆车子到了目的地。那里是座小山，自修的盘山汽车路，由公路接到这里来。路旁松柏丛生，映得路上绿荫荫的。两旁的草，披头散发一般，盖了路的边沿。这里仿佛是淡泊明志的幽人之居，但路尽处，不是竹篱茅舍，乃是一幢西式楼房。这楼房外一片空场，一列摆了好几辆漂亮汽车。计又然在车上看到，先啊了一声道："果然客人都先来了！"

车子停下，早有两个听差迎上前来。计又然向听差问道："已经来了几位了？"听差微鞠了躬笑答道："差不多都来了。"正说着，那楼上一扇窗户打开，有人探出身子来，向下招着手道："我们早就来了。这样的主人翁，应该怎么样受罚呢？"计又然笑着，把手举了一举，很快地和温五爷走到楼上客厅里来。这里坐着有穿西服的，有穿长衣的，有的江浙口音，有的北京口音，有的广东口音，有的四川口音，可想是聚中国之人才于一室。在场的人，赵大爷，金满斗，彼此都相当熟，没有什么客套。只是其中有位穿灰哔叽驼绒袍子的人，袖子向外微卷了一小截，手指上夹着大半支雪茄，坐在一边沙发上，略透着些生疏。

温五爷走向前去和他握着手，笑道："扈先生，几时回重庆的？"扈先生操着一口蓝青官话，答道："回来一个星期了，还没有去拜访。"温五爷说了一句"不敢当"，也在附近椅子上坐下，笑问道："香港的空气怎么样？很紧张吗？"扈先生笑道："紧张？香港从来没有那回事。我就不懂香港以外的人，为什么那样替香港人担忧？在香港的人，没有为这些事担心少看一场电影，也没有为这些事担忧少吃一次馆子。"温五爷笑道："那么，香港人士认为太平洋上绝不会有战事的了。"他说时，态度也很闲适，取了一支烟在手，划了火柴慢慢地抽着，喷出一口烟来，微笑道："我想人家外国人的情报工作，总比我们办得好。既是香港官方还毫不在乎，那么，我们这份儿担心，也许是杞人忧天了。"计又然走过来，将他的袖子拉了一拉，笑道："今天只可谈风月，来，来，来！大家已经入座了！"

温五爷在他这一拉之间，便走到隔壁屋子里去。这里是一间精致的小客室，屋子正中垂下一盏小汽油灯，照见下面一张圆桌子上面，铺了一床织花毯子，毯子上再加上一方雪白的台布，两副崭新的扑克牌，放在桌子正中心。围了桌子，摆着七只软垫小椅子，那椅子靠背，都是绿绒铺着的，想到人背靠在上面，是如何的舒适。每把椅子的右手，放着一张小茶几，上面堆放了纸烟听和茶杯，另有两个玻璃碟子，盛着干点心。除了静物不算，另外还有两个穿着青呢中山服的听差垂手站在一边，恭候差遣。这个赌局，布置得是十分周密的。

温五爷到计又然别墅里来赌博，自然不止一次，但他看到今日的布置，比往日还要齐全一点儿，也许是计又然不光在消遣这半日光阴，而是另有意义在其中的。这时，靠墙的一个壁炉里（这是重庆地方少见而且不需要的玩意儿），已经烧上了岚炭。屋中的温度，差不多变成了初夏，旁边桌案上大瓷瓶里的梅花，一律开放，香气满室。大家兴致勃发地，随便地拖开椅子坐了。计先生捧了一只红雕漆圆盒子出来，手在盒子里面抚弄着，唏唆有声。他走到桌子边，便握了一把红绿黄白的圆形料子码在手，颠了两颠，笑向大家问道："我们怎样的算法？"好几个人答应了随便。计先生笑道："随便不行啦，我说可以当一个铜圆，而任何人也可以说当一亿。"扈先生道："你们老玩的，当然有个算法。"

计先生便拿了白子举上一举，因道："平常总是当一千，这算是单位了。黄的进十倍，绿的也进十倍，红的我们很少用，用时就当比绿的加两倍。"扈先生道："那应该是二十万了，为什么不进十倍呢？"座中有个胡子长一点儿的，穿了件青灰哔叽大袖长袍，鼻子上又架了一副玳瑁眼镜，倒是个老成持重的样子。微笑道："进十倍是太多，就算五倍吧，也干脆些。"计又然向大家望了笑道："赵大爷的提议，大家有无异议？"在满桌欢笑声中，大家喊着无异议，无异议。于是计又然将一盒筹码，在各人面前分散着，计白子十个，共合一万元，黄子九个，共合九万元，绿子九个，共合九十万元，红子四个，共合二百万元，统计所有筹码是三百万元。各人将子收到面前，计又然先就拿起牌来散着。

这个日子，梭哈的赌法，虽还没有在重庆社会上普遍地流行，然而他们这班先生，是善于吸收西方文明的，已是早经玩之烂熟了。在赌场上的战友，温五爷是个货殖专家，他的目的却是应酬，而不想在这上面发财，尤其是今天加入战团，由于二奶奶的突袭公司经理室之故，乃是故意找个地方来娱乐一下，以便今晚上不回公馆。由此一点，根本上就没有打算赢钱，既不图赢钱，一开始就取了一个稳扎稳打的办法。

而他紧邻坐着的扈先生，却与他大大相反，他平日是大开大合的作风，赌钱也不例外，要赢就赢一大笔，要输也不妨输一大笔。在几个散牌的轮转之下，温五爷已看透了下手的作风，假如自己取得的牌不是头二等，根本就不出钱，纵然出了钱，到了第三、四张，宁可牺牲了自己所下的注，免得受扈先生出大钱的威胁。然而就是这样，受着下手的牵制，已输了二三十万了。

扈先生的下手，是金满斗先生，穿了一套精致的西装，嘴唇上落了一撮牙刷式的小胡子，口里始终衔着一只翡翠烟嘴子，上面按了香港飞来的三五牌香烟，微偏了头，沉静地吸着，无事不动，烟嘴烟灰自落。

金满斗下手，就是那位老将赵大爷。赵大爷见温五爷沉着应战，犹自老被扈先生压倒，心里就暗想着，他老是以优越的实力下注来压倒人，难道这个战术就是没有法子打破的？他这样地想着，一面观看牌风，一面就在肚子里想着如何应战。有一次摊到自己撒牌，温五爷是第五家，扈先生是第六家，金满斗先生殿后。赵大爷撒第一张时，却是明的，撒到温五爷手上，是一张老 K，而扈先生却是 J。第二是暗张了，温五爷得着一个十，便出了一万元。

到了扈先生手上，又是那个作风，立刻出了五万。温五爷心里想着，他明明看到我一张 K 大过了他。若是他第二张没有取得 A 或 J 的话，他这个五万元不完全是吓人吗？照着算法的推演，他大过自己的机会就很少，于是便补足了四万元的注子，凑成五万。到了第三张，翻过来又是一张十。心里想着，有一个老 K，带上一对十，这是无所惧的了，而况后面还有进两张牌的希望，但下手是个专以大手笔吓人的，这个加钱的机会且让了他，看他的出手再谋应付。如此想着，便只出了五万元。到了扈先生那里，翻过来是一张五，他毫不犹豫地又累司了五万元。

温五爷这就觉得有些奇怪了，明的是一张五，一张 J，和那张暗的拼合起来，除了一对 J 之外，他这种加钱的手法，那完全是一种滥赌。另一个说法，便是明的两张牌全是梅花，难道他出十五万元去买那不可知的同花？果然如此，赢他的机会就多了。这样，也就引起了全席的注意。因为大家都没有拿着牌，都没有出钱跟进。这就只剩得温五爷与扈先生两个人。

发到第四张，五爷得了张九，自然不肯再加钱。而扈先生却得了一张红桃子五。他嘴里本衔着一支雪茄的，他将雪茄向身后茶几烟灰缸上放着，左手将右手的袖子卷了一卷，像有着很兴奋的样子，拿了五个绿子向桌子中心一丢，微笑着道："五十万。"温五爷听了他这轻轻巧巧五十万三个字，不由得吃了一惊，连以前所出的注子看起来是七十万了。心想，他明张子只是一对五，一张 J，若非他那暗的也是一张 J，他由这对五出七十万，那也太险了。自己要出五十万元去买一张 K 或一张十，和自己手里的配合起来才可以胜过他。既然抱了稳扎稳打的主意，那也就只好罢了，便将四张牌拢在手上，向扈先生拱了一拱拳头，心里有一句话还不曾说出来，正是要让他。

扈先生恰好误会了他的意思，笑道："赌场上六亲不认，你若要加，你就加吧，你也不会因这七十万元把你一对老 K 牺牲了。"温五爷被他这话一激，心想，我就只当最近这票生意没有赚钱，犯不上牌牌让他，淡笑道："好吧，试他一试。"于是共凑成一百万，出了两个红子，把注中三个绿子收了回来。

牌打了这样久，这样大的注子，还是第一次。满桌的人哄然一声笑着，表示了惊异。温五爷极力地镇静着，一点儿也不动声色。扈先生拿起烟灰缸上的雪茄，送到嘴里吸了一口。散牌的赵大爷，恰是手快一点儿，也是急于要看这一个回合的结果，还不曾顾虑到扈先生是不是补足三十万来换牌，又掀起了一张牌向温五爷面前一丢。恰好那张丢得太急，还没有翻转过来，依然是一张暗的。温五爷立刻将手按住，笑道："且慢，且慢！这张牌关系颇为重要呢。"他先将手按住牌，两个指头翻住牌角看了一下，却是一张十，他禁不住脸上翻出一丝笑容，却依然按住了牌，不肯向外翻转。

赵大爷手里握着一把牌，向扈先生问道："如何？还进这最后一张吗？"扈先生笑道："算了，我犯不上再拼。"把牌面朝下，他竟是不换了。温五爷笑道："你既不换，我也不发表。"说着将手上牌向乱牌堆里一塞。

扈先生这一个来得猛，收得快的作风，不但温五爷有所不解，就是全席人也不甚理解。既是拿一对五去偷鸡，就当偷鸡到底，为什么半途而废呢？尤其赵大爷看在心里，他想别看他只管出大注子来吓人，可是到了人家拿大注子来吓唬他的时候，他照样地缩手。这样想了，他觉得为了避免大注子很吃过几回亏，等到了机会，一定要在扈先生手上捞回一笔。

于是又有几个圈，散到赵大爷手上，第一张九就是暗，第二张是明 K。他取得开牌的资格，一下子就出了二十万。扈先生手上正好取得一对九，一明一暗。他起手就有了这样的好资格，如何肯丢手？自跟着出了二十万。到第三张，赵大爷得了一张 Q，又是一张大牌，他加了五万。扈先生得了一张八，也跟了五万。第四张赵大爷得了一张 J，这来势极好，明张子成为大顺的架子，他又出了十万。在桌上的人看看他手上的明张，觉得他纵然成不了顺子，无论如何只要那暗张配成一对，也比自己手上的大，因之大家都把牌丢了。

扈先生是最后进牌的一个，得了一张四，他这就不能不考虑了。他也和别家的想法一样，赵大爷若是出二十五万买大顺子，手上有一对九，那就可以和他拼上一拼。若他手上那张暗牌无论是 K、O 或 J，都比自己大，这就应当丢牌。于是一放手就丢出三个绿子去。赵大爷笑道："我共有累司二十万！"扈先生笑着点了一点头道："我碰碰看。"

赵大爷心想，他还是那个老手法，只要把大注子拦住人家进牌。我

262

这个顺子只差一张十，事已至此，焉知下面来的不就是一张十？于是并不犹豫，就补出两个绿子到注子里去。这样一来，单是两家所出的注，已达九十万，加上同桌所牺牲的注子，桌面已共达二百万之多了。散牌的人翻过来给了赵大爷一张，正是一张 A，赵大爷将这张 A 在 J、Q、K 的三张明张面上一叠，右手臂挽着向里，放在桌沿上，左手将面前所有绿红黄色一堆子抓起来，放在桌心，还向前一推，脸上虽有点儿笑容，却带了一番沉着的样子，淡淡地道："梭哈了！"

扈先生在这时，早已进了他最后的一张牌，却好又是一张九，连着手上的一明一暗，共是三张了。他看到赵大爷把许多好牌放在面前，而又梭哈了，倒是一惊。便伸手将赵大爷梭哈的码子扒着清了一清，计是红子四枚、绿子七枚、黄子四枚，共是二百七十四万元，便笑着点点头道："让我考虑考虑。"于是将嘴里吸的半支雪茄放下，从新取了一支新的放在嘴里咬着，擦了火将烟点着，吸上两口。两手拿着牌，全背过面来展开，成了个扇面形，然后又收拢着，右手捏了五张牌在手，左手三个指头拿了两个子码不住搓抢着。

他这样出神总有五分钟之久。他又沉吟着道："除了他拿着顺子，无论是什么大对子我也不含糊。"说到这里，他笑了一笑道："似乎他也不会因一张 A 出二百七十四万元'偷鸡'。"在座的人都因他这样反复沉吟，跟着笑了一笑。可是赵大爷却十分地沉静，呆坐着不说话，也不笑。扈先生又这样沉吟了几分钟，最后他就将面前的子码数足了二百七十四万一把抓着，放到桌心，向赵大爷笑道："好吧，我输给你了。"

赵大爷虽是极力镇定着的，脸上可也红了一红。他勉强地笑了一笑道："扈先生就是一对九，拿钱，拿钱。"说着将牌向牌堆里一塞。扈先生捉着了鸡，心里一阵奇乐，将另一张九也向桌心一丢道："我还有一张呢。我若不是三个头，我绝不会出到这许多去看你的牌的。"他一面高声谈话，一面将桌心的子码收到面前来。

赵大爷没想到用最大的力量去突发一次，偏偏遇着扈先生拿着三个九。虽是输赢向不动心，可是一牌输掉三百万，究竟是个大大的失败，于是悄悄地在身上摸出支票簿子来，摆在面前，再摸出自来水笔压在支票簿上，先且不填写支票，伸手在茶几上拿了一个大橘子来剥着吃。在他右手拿了个橘子转动，左手两个指头将橘子皮作七八瓣缓缓撕开的当儿，似乎他的动作与思想，是不相合的呢。

第十九章

还是我吗？

这一张 A 牌场上赌出了六七百万元的大注，诚然是赵扈二位的豪举。但在场的人，也在凑份之列，大家都觉得这是一幕精彩的表演。因为民国三十年度，一千万元，在重庆还可以开一家银号而有余呢。这时赵大爷掏出支票簿子来，预备填写。扈先生在他对面看到他脸色镇定之中，究竟不免夹杂了几分懊丧的样子，便数了三百万元的子码，送到他面前，笑道："没有子码了吗？在我这里先拿了去用。"赵大爷掀开支票簿，将自来水笔的笔套转下，意思就要填支票。扈先生摇了两摇手笑道："忙什么？还有大半夜的局面呢。在这大半夜中，知道谁胜谁败？到了散场的时候，也许我要开支票给你。"赵大爷笑道："虽然如此，我要赢了，这支票我也不愁它不会回来。"说着，将扈先生拿过来的子码数了一数，便一面打牌，一面在支票上填写上了一张三百万元的数目。又在衣袋里掏出小圆章盒子，在支票签名所在，盖好印章，由簿子上撕下一页来，交给扈先生，笑道："请先生收下这个。其余的只好等收场再结账了。"扈先生见他一定要送过来，自然也就笑纳了。

温五爷在一旁看到，心里倒有点儿舍不得。觉得赵大爷这一举透着孟浪，他的牌风并不好，除了以前那三百万元的子码，恐怕也就有些难保。谁也不想以赌博起家，大家打牌，一来是消遣，二来是应酬朋友，何必这样拼命？尤其是自己，今天是和二奶奶憋着一口气出来的，根本就兆头不好，若大输一场，岂不是气上加气？如此想着，从这时起，益发用这稳扎稳打的战法，宁可守而小输，却不取功劳图什么大胜。

赌到了深夜一点钟，赵大爷输了个惊人的数目，共达一千二百万。大

264

家虽赌得有些精疲力倦，无如他输得太多，谁也没有敢开口停止。又赌了一小时，赵大爷陆续收回了几张支票，把输额降低到八百万。计又然是个东家，他看着赵大爷输了这样多的钱，也替他捏一把汗，现在见他手势有了转势，自也稍减重负。正在替他高兴，不料一转眼之间，他又输了一百多万，便向他笑道："大爷，你今天手气闭塞得很，我看可以休息了。或者我们明日再来一场也未尝不可，你以为如何？"

赵大爷拿了一支纸烟，擦着火柴吸上了两口，笑道："还在一千万元的纪录以下呢！让我再战几个回合试试。"计又然也不便再劝什么，只是默然对之。又散过了几次牌，赵大爷还回复到他以前的命运，始终起不着牌，他不能再投机，自己已没有那种胆量。若凭牌和人家去硬碰，除了失败，绝无第二条路。既然如此，这晚若继续地赌下去，也许会把输出额超过二千万去。这样想着，向站在旁边的听差，叫他打个手巾把，自己便猛可地站起来。

计又然问道："怎么样，你休息一下子吗？"赵大爷摇摇头笑道："我退席了。这个局面我无法子挽回了！"那位扈先生始终是个大赢家，他倒为赵大爷之缴械投降而表示同情，因点点头道："那也好，我们不妨明天再来一场。"其余在场的人，无论胜负，都为了赵大爷之大败，不得不在约定的时间之后继续作战。这时，他自动告退了，大家自也就随着散场。

听差向赵大爷送上一把热手巾，他两手捧着在脸上擦抹了一阵，放下手来。向站在身边的计又然道："最近这两小时，我觉我一张牌没有打错，终于失败，非战之罪也。"计又然笑道："非我公不能做此豪举。"赵大爷托起手巾来，又在脸上擦抹了两下，笑道："请你给我结结账吧，还有三百万的子码，我没有开支票。"说着第三次在脸上擦了两下手巾。

扈先生已把他赢的一批子码向桌子正中一推，走向赵大爷面前来道："我这里还有二百万，你不必开支票了，我们下场再算吧！"说着，伸出手来和赵大爷握了一握，另一手拍了他的肩膀两下。

赵大爷一手拿着手巾，一手握着扈先生的手，笑道："下场是下场的话。"他说着话，情不自禁地又将手巾举起，在嘴上抹了一抹。原来那手巾初拿在手上是热气腾腾的，现在手巾上是一点儿热气没有。而那递手巾的听差，站在一边，几次要向前去接回手巾，都因为赵大爷没有看见，没有能够接了过去。

计又然一旁冷眼看着，觉得赵大爷的举动，一切有些心不在焉，也就想着，他那四百万元的支票，暂时不必开出来也好。然而除了扈先生大赢家之外，其余的小赢家，也都赢的是赵大爷的钱，他若不开支票，那岂不是叫这些人白干一场？因之站在一边，对于扈先生的提议，并不敢加以附和。正好其中有一位先生手举了五个绿子，笑道："小败，我赢这一点点。"赵大爷表示他绝不在乎，微笑道："羊毛出在羊身上，大概都是我的，我这里开支票给你。"说这，他又掀开支票簿子来。

计又然道："还有输家呢，让我来结一结账。"赵大爷道："反正我最先拿的一批子码，我得取回来，那我就开一张三百万的支票……"扈先生已坐在一旁沙发上抽雪茄，除了已收到赵大爷两张支票而外，桌上还有两堆子码，一堆是原来的本钱，一堆是赢的，他忽然站起来将赢的那一堆子码抓起，递到赵大爷手上，笑道："将来我们直接算，你拿去。"赵大爷接着一看，其中有六个绿子，还有几个黄白子，便道："共是八十三万，那么我开一张……"扈先生连连摇摇手道："留着下次再算，不忙不忙！"

温五爷早已计算了自己的账，侥幸得很，这一点钟内手气大转，除了将失去的本钱全部收回之外，还赢了三十多万。想到赵大爷今日之大输，其初是出于帮自己打抱不平，不可不知，而且自己和他交情不错，应该帮他一个忙，于是将赢的三十万元的子码一起交到赵大爷手上，笑道："和大爷凑个整数目。也是扈先生那句话，我们将来再算。"

在场的人看到他这个小赢家都不收赵大爷的支票，那些大赢家已经收了赵大爷支票的，就不再收支票。就是收支票，只算整数，零头多不要了。因此赵大爷竟少付出二百多万元支票。他对于扈先生之拦住不让开支票，觉得他赢了几百万，少收八十万，是漂亮而已。而温五爷将赢的三十余万全数不要，这却是难能。自己为了绷着面子，当时自不能说些什么，可是心里头对他这番交情，就即刻下了一个深深的印象。

当时，各位赌友在极大的兴奋与刺激之后，都觉得十分疲倦，由于计又然的招待，纷纷入房安寝。这些赌客里面有一腔心事的，还是赵大爷和温五爷。赵大爷是输得太多了，有些心疼。而温五爷却是惦记着二奶奶，这晚不回家，暂时是得着了胜利，可是回到城里，她若再进一步地闹起来，自己可对付不了。因之只睡了一觉，早上八点多钟就醒过来了。盥洗后，吃了一点儿牛乳饼干，衔了一支烟卷，到别墅门外散步。

事有凑巧，赵大爷踏着路上的落叶，口衔了雪茄，也背手在树脚下闲荡。他看到了温五爷，便点头笑道："何不多睡一会儿，还早呢！"温五爷道："我公司里上午有点儿事，要赶去料理一下，几时进城，我要搭你的车子一路去。"赵大爷向他脸上望了一望，笑道："是不是为犯了夜，怕夫人在家生气？"温五爷笑道："若要怕，也就不敢犯夜了。对于女人，最好是不即不离，太恭敬从命了，是自己找锁链子套在头上。"赵大爷向他望了望道："哎呀！你发牢骚，莫非真有问题吧？那么，我送你回公馆去。"

温五爷先笑了一笑，然后点了点头道："我们是老朋友，有事不瞒你。我那位二奶奶，实在太不像话，昨天她竟闹到公司里来检查我的信件，所以我气不过，昨天一天都没有回家。"赵大爷笑道："怪不得昨天你会参加我们这个组织了。是否你和黄小姐来往的事，让她发觉了？"

温五爷笑道："你虽然碰到过好几次我和黄小姐在一处，其实，我们并没有什么深的关系。"赵大爷走近一步，拍了他的肩膀笑道："凭你这样一说，至少是浅的关系已经有了。我倒奉劝你一句话，这样的摩登女子，我们中年以上的人，对付不了。"温五爷笑道："你赵大爷也并非不爱摩登女性吧！"赵大爷笑道："饮食男女，人之大欲存焉。我不敢说绝对不沾染，可是我对女人有个分寸，凡是不太好惹的，我就知难而退。你呢，家中的内阁，已是一副辣手，而你打算玩的伪组织，更是厉害。"温五爷笑道："我决无玩伪组织之意。不过我这人是受不得刺激的。我们这位二奶奶，若不知进退，一定和我胡闹，我就再讨一房太太。反正她也没有那法律地位，能到法院里去告我一状。"

赵大爷笑道："若把你这种话传到二奶奶耳朵里去，岂不让她伤心欲死？来，来，来！还是我来给你打个圆场，我送你回公馆去吧！"温五爷道："那你不是叫我去投降？"赵大爷伸手拍了他的肩膀，笑道："你不投降打算怎样？我的经验，知道五种女人最厉害。第一是有法律地位的，第二是握有经济权的，第三是善于交际的，第四是肯不顾身份的，第五是有职业的。二奶奶现在是属于第二、三两型的，她不但有钱，无惧于你之封锁，甚之她还可以对你来个反封锁。加之你的朋友她全认识，她可以随处制止你的活动。你若要逃避她的权威，除非上天，否则是你能去的地方她也能去，这就造成她攻守自如的局面。你不投降怎么办？当男子们迷恋女子的时候，把脑袋割给人家也肯干，你当年把自己一束钥匙交给了内阁，无非是表示合作无间之意。那时，你自然不会再想到自己再会调皮，要玩什么手段，如今是小小调皮，都在所不许……"

温五爷跳了脚皱着眉道："不谈了，不谈了！"赵大爷笑道："还是回去投降吧！严格地说起来，总是男子不好。无论多大年纪，不能有接近女人的机会，有了机会，就想不安分。黄小姐是二奶奶的朋友，你怎么好意思去侵犯呢？可是这话又说回来了，假使我家内阁引了这样一位美丽的小鸟到家里来，我也说不得什么四十不动心了。"说着哈哈大笑。

这时，温五爷倒不想自己的问题，而另为赵大爷着想，觉得他实在看得开。昨天晚上输了上千万，今天一大早，就这样高兴地谈女人，一点儿不在乎，实在可佩服。赵大爷道："不用想了，我们同车走吧。"于是向主人告别后，强邀了温五爷上车，将他送回公馆里去。

那二奶奶虽是喜欢睡晚觉的人，可是这日早上，也醒得很早。这时睡在床上，正捧了报看。女仆进来报告五爷回来了，还有小胡子赵大爷送他回来。现时在楼下客厅里等着，要见二奶奶。二奶奶一听，就知是什么来意。于是匆匆地盥洗了一番，草草地抹了些脂粉，就走下楼来。这时温五爷已避开，这客厅里只有赵大爷一人，迎着她，拱了两拱手笑道："一早就来打搅，真是对不住之至！"二奶奶笑着让座，因道："大爷的话，一定是告诉我昨晚上打了一夜小牌。"赵大爷摇了头笑道："凭你二奶奶绝顶聪明，还只猜到一半，哪里是什么小牌，我输了一家银行了！"因将昨晚上的事略略说了一遍。

二奶奶道："好在大爷有办法，还不在乎。那么，我们这位呢？"赵大爷道："他赢了我三十多万，还没有收我的支票呢。这话不谈，我今天送五爷回来，叫他向二奶奶道歉。你们是老伙伴了，何必总是像贾宝玉林黛玉似的，三天两天闹脾气！"二奶奶道："我没有什么，只是他做的事太不应该。大爷，你想，我是那种拈酸吃醋的人吗？一去香港就是半年，他在重庆干什么无法无天的事，我也管不着。只是这一回，他太岂有此理了！"

赵大爷坐在她对面，将手拱了两拱，笑道："无法无天这四字或者太严重一点儿。可是这确是先生背着太太轨外行动。我很劝了五爷一番，说他不应该。那一位是什么人物，我们怎好惹她？而况又是二奶奶的小友。据他说，其实并没有什么，不过请她吃过两次西餐而已。也许送了一点儿小款子，那数目有限得很。"

赵大爷这样说着，二奶奶手指里夹了一根纸烟，坐在他对面沙发上，缓缓吸着，听下去。赵大爷偷看了她一番脸色，见她已不是初见那样将脸子板得紧紧的，便笑道："他被我说了一番，也很后悔。他觉得不应当为这种女子伤了夫妻感情。可是话又说回来了，二奶奶也应当负些责任。知道这位五爷是不规矩的，为什么把这个狐狸精引到家里来？五爷究竟是受着二奶奶的统制，不敢太胡闹，若是在别家，恐怕这情形还不止于此呢？"二奶奶笑道："这话就不对了。哪位女太太没有两个女朋友呢？引了女朋友回来，就该发生问题的吗？我明天见着赵太太，倒要问问有没有这个理？"

赵大爷笑道："那不过也要看引着来的女宾是什么样子的人。假如引了黄小姐这种人物到我家里去……"他说到这里，耸了两耸肩膀，掀动着嘴唇上的小胡子，笑了起来。

二奶奶道："好，我明天就把这话对赵太太去说！"赵大爷笑道："男人总是不规矩的。你就不对她说，她也很知道我的脾气。老夫老妻的，做太太的，装一点儿马虎，先生若做错了事，总会后悔的。"二奶奶笑着点点头道："赵大爷很会说话。"他笑道："倒不管我会说话不会说话，反正我的来意是不坏的。把问题简单了来说吧！你要五爷怎样和你道歉，你才可以宽恕了他，而不加以处罚？"

二奶奶喷了一口烟，嘻嘻地笑道："说得我有那样厉害！其实，我也并没有和他怎样过不去，不过是到公司里去了一趟罢了。总经理的太太，到总经理的办公室里坐坐，这似乎也不犯法，可是他就大发脾气。"赵大爷笑道："他是什么发脾气，只因凭据拿在你手里，下不了台，只好胡闹一阵躲开你罢了。其实他昨晚不出去赌钱，老早回来向你告罪一番，你还不是一笑了之吗？我就赞成先生们的信件都要经过太太检查，这样少花许多钱，少误许多事，在名誉上，也要少受些损害。二奶奶这个举动，我极为谅解。这完全是为五爷本人打算，你自己是无所谓的。"

二奶奶笑着一扭身子道："赵大爷真有苏秦、张仪的口才，可是你别在背后说我泼辣就好。"赵大爷啊了一声，站起来笑道："言重，言重！二奶奶，怎么样？你不见怪五爷了吧？"二奶奶要说的话全被赵大爷先说了，他一味地软攻，自己连绷着脸子的机会也没有。因笑道："我没有什么，只要他不再胡闹下去就是了。你瞧……"说着把声音低了一低，笑道："那一位是我认作朋友，把她引到家里来的，这样，我还敢交女朋友吗？他不去勾引人家，人家也不见得会和他通信。"赵大爷道："这当然是五爷之过。我就说了他一顿，他也哑口无言。"

正说着，一个女仆由面前经过，赵大爷就叫她请五爷来。温五爷笑嘻嘻地手夹着烟卷走了来了。二奶奶绷着脸子，将头偏到一边去。赵大爷笑道："你的下情，我已经和二奶奶说了。当然是你的错，你不能再闹脾气了。"温五爷笑道："我没有什么。"赵大爷转过身去，向二奶奶拱拱手道："二奶奶听见了，他说他没有什么，你也说过，你没有什么，这事完了。我告辞了。"二奶奶这才起身笑道："你看我们的家务，要大爷劳神。"赵大爷笑道："怎么说是闹家务？这是二奶奶整顿家规！"温五爷说了一声："不像话。"二奶奶也不由得微微一笑。赵大爷向温五爷道："那么，我走了，你谨领家规吧，不必送了。"说毕，抽身便走。

温五爷把客人送到客厅门口，回头见二奶奶还坐在那里，便懒洋洋地向旁门走去。二奶奶道："这就完了吗？"五爷对赵大爷所说五种女人最难逗的话，已深深地玩味了一番，觉得实在不错，若不知利害，和二奶奶争吵，结果是自讨苦吃，现在听二奶奶这话，又有生气的样子，便立刻含着笑容走回来，因道："还有什么不完呢？你难道真要罚我？"二奶奶道："那我怎么敢，我可以和你离婚，把这位子让给别人。"温五爷笑道："何至严重到这个程度！算了，算了，我认错就是了！"二奶奶不再说什么，板着脸子走上楼去。

温五爷一路跟上楼来，一直到卧室里，又笑道："这件公案，可不可以收场？"二奶奶仰靠在沙发椅子上，因道："你让我审一审，你说，你和她有了关系多久？"温五爷笑道："就是那几封信，都在你手上了。她狡猾得很呢，把钱借到了手，三四天都见不着她，到了她缺钱的时候，她又写信来了。不但是我，就是你，也最好远离她一点儿，为着她伤害我们的感情，那是极不合算的事。"二奶奶将嘴一撇道："你别假惺惺了。果然如此，为什么昨天不回来呢？我告诉你，我要报复你一下。你一天不回家，我就要十天不回家。我也到郊外去大赌几场。"温五爷笑道："这还成问题吗？你向来到哪里去玩，我也没有过问一次。"二奶奶笑道："哼！你别以为这是一个机会，我会多多地布下侦探，监视你和她的行动。"温五爷笑着连说"听便"。二奶奶道："那么，你在银行里拨二百万款子给我做赌本。"温五爷笑道："哪里就要这许多？"二奶奶道："你们输赢好几百万，那是常事，到我这里，二百万就算多了吗？"

正说到这里，窗外走廊上有一阵皮鞋响，由远而近。可是到了窗子边停了一停，又由近而远了。二奶奶昂了头问着"是谁"。外面是区家二小姐答应着："是我呀。没什么事。"二奶奶道："为什么不进来？"五爷笑道："请进！请进！我这就走。"说着，他独身就向外面走去。

区家二小姐早已知道了温五爷闹的这场公案，年轻的人都有些好奇心，觉得这件事十分有趣，正也想多听些新闻，这时看到温五爷红着面孔走出来，却只是含笑点个头走了，更觉得这里面大有文章，便又回身走到窗户边来，笑嘻嘻地问道："二奶奶一个人在屋子里吗？"她笑道："哪里还会有别人在我这里？"二小姐笑嘻嘻地走进来，向她道："你是大获全胜了。"二奶奶道："这还不算，西门太太昨天回去了，不知道什么时候会来，我想邀她一路到郊外去玩几天，你有没有工夫？"

270

二小姐见她斜靠在沙发上，抽着纸烟，左腿架在右腿上，倒不怎样生气，便挨着她坐下，低声笑道："我到重庆来了这样久，也学了一两句川话了。你这个意思，是不是所谓惩他一下？"二奶奶笑道："男人的占有欲最大，他见了女人就爱，可是又怕自己的女人占不住。我们这位太岂有此理，我不能不气他一下。南岸朋友家里，有一座梅园，梅花盛开，前两天他们就来邀我去，我还没有约定日子。昨天下午，我已派人通知他们今天去四五个人，你非陪我去不可！"二小姐道："我就怕五爷怪我们做客的人多事。"二奶奶道："谅他也不敢。你不去就不怕我怪你吗？"

二小姐听了这话，心里就立刻转了一个念头，觉得在温公馆里住，比在旅馆里住要强过十倍。二奶奶不在家，自己就不便在这里住，而且就是现在去找旅馆，也极不容易，那就陪她去玩两天也好。因笑道："假使五爷不会见怪，我就陪你去。西门太太今天送西门先生上飞机，恐怕不会来了。"二奶奶想了一想，因笑道："倒不一定要她来。我老早要到她家去看看，今天到南岸，顺便到她家去一趟也好。"二小姐道："若是她又过江来了呢？我们可不可以派个人过江去先通知她一声？"二奶奶笑道："那不但是排场十足，而且是有意让她盛大招待，事先叫她去准备呢。你觉得这样妥当吗？我们下午过江，她在家不在家，那有什么关系，我们人到礼到就行了。"

二小姐晓得二奶奶有些阔人派头，拜访人家，倒希望人家不在家，好丢下一张名片就走。因之就依着二奶奶的主意，吃过了午饭，一同过江。温公馆里本有两乘自备轿子，她两人正好各坐一乘渡江，向西门德家里来。西门太太也有了她的计划，先生一走，在势绝不能再和这个下逐客令已久的房东斗争，便把东西收拾收拾，在区老太爷那里分一间房子，安顿一部分细软，让刘嫂看守着，自己索性住在温公馆里。为了青萍的事，二奶奶正竭力拉拢着，住在她那里，也没有不欢迎的。这样一想，她也曾把这意思略略地告诉了刘嫂。

这日，刘嫂在厨房里切菜，向对门厨房里的人摆龙门阵。那边厨房，便是房东钱家，他们宾东之间，常在这里收到"广播"。那边厨房里有一个乳妈，她是女佣工中一个有钱而又是有闲阶级。她没有什么工作，晚上带了一个八个月的小主人睡觉，白天就抱了小主人闲坐。她这份非自由而实在自由的职业，也有点儿不自由之处，就是主人不能让她抱着小主人走远了。所以她除了大门口望望风景，这厨房里倒是她最留恋的一个所在。

钱家有一个厨子、两个大娘、三个轿夫。这边房客也有两个厨子、两个大娘。当西门德的轿夫还在用着的时候，热闹极了，两家共是十四人，把两个厨房做了他们的"沙龙"，不分日夜开着座谈会。而奶妈又是他们里面的权威，惹点儿小乱子也不要紧，反正东家不敢辞退。这时，她敞了褂子半边胸襟，露了一只肥白的乳房，粉刷葫芦似的垂挂在外，正如上阵将军挂了他的勋章一般。她将小孩斜抱在左手肘里，架了腿，坐在案板边，腾出右手来，随意拣着案板上的豆芽来消遣。那也可以说是帮厨子老王的忙。她听到对门厨房有洗锅声，高声问道："刘嫂，吃了午饭没得？"刘嫂隔了窗户答道："我们太太回来不久，方才吃完咯。"奶妈道："我们都要消夜了，你们啥子事，朗格晏？"刘嫂道："太太送先生上飞机咯。"奶妈道："先生坐飞机到哪里去？"刘嫂道："晓得是到哪里哟！啥子两光三光的，远得很。"奶妈道："你们先生不在家，太太又天天过江，往后你真是自由了。"刘嫂道："我们要搬到重庆温公馆里去了。说是那温公馆真好，他们家开七八家公司，开两三家银行，主人家又做大官，打起牌来，输赢几十万咯。在他们家做活路，一个月可以得到万把块钱小费。"

奶妈对于这一类的话最是够味，便丢下豆芽不拣，抱了小孩子走到这边厨房里来。还不曾谈五分钟，正好房东太太巡查家务到厨房里来，听到了奶妈的声音，便叫道："奶妈，你怎么又到人家厨房里去了！十回到厨房来，九回碰到你在人家那里。"奶妈笑嘻嘻地抱着孩子走了回来，对于女主人的话，虽然和平地接受了，但她也不示弱，因道："十回碰到九回，总还有一回没有碰到我吧？人家西门太太都要搬走了，我也只去得今天一天了。"房东太太道："他们真要搬？搬到哪里去？"奶妈道："和重庆城里一个顶有钱的温二奶奶认识，要搬到她公馆里去，说是那温家有钱得不得了，开了十几家银行，他们家大娘都挣万把块钱一个月。"房东太太红着脸道："鬼话！那样有钱，你怎么不到他家去当奶妈？我也晓得这个温家，不过和一两家公司一两家银行里有关系罢了，有什么稀奇！西门太太在我面前提到什么温二奶奶、温三奶奶，我就不睬她，你有那闲工夫去听他们瞎吹牛！"奶妈被女主人当头一棒，就没有敢回嘴。

忽然他家一个女用人叫了进来道："太太，家里来客了！两乘轿子抬了两位摩登太太。"房东太太听说，就立刻由厨房迎到前面正屋里来。果然来了两位摩登少妇。前面一位约二十七八岁，穿着海勃绒的大衣。在拿手提皮包的手指上，露着一粒珠光灿灿的钻石戒指。女人们对于这一类的奢侈品感觉最为锐敏，尤其是常走大都市的下江太太。因之房东太太猜定了这是个极有钱的人，正要打量后面一位年纪更轻的，这位太太先就点了点头道："这是蓉庄吗？"房东太太笑道："是啊！你太太贵姓？"她道："我姓温，请问西门先生住在哪里？"房东太太笑道："你是温二奶奶吗？"二奶奶笑着说了一声"不敢当"。房东太太因笑道："我是久仰得很！久仰得不得了！常听西门太太提到的，他们住在右手这幢房子里，我来引路。哦！还有这位是？"说着望了后面的区二小姐点头。二奶奶便给她介绍了。房东太太引着两人到西门家楼下，高声叫道："西门太太，你家来了贵客了！"

西门太太早在楼廊上看见了，心想她又不认得二奶奶，你看，要她这样满面春风当着招待！便在楼上招手道："请上楼，我们真是分不开，一天没有到你公馆里去，你就追着来了！"二奶奶笑道："我早就要来看看你的宝庄。"房东太太在一旁插嘴道："我们这里和你公馆打比，真是天上地下了，还说什么宝庄！"说着，一路引了二位上楼。

西门太太将客人引到屋子里来坐时，刘嫂觉得这两位贵客上门，脸上异样风光，忙着进来张罗了一会儿茶水，却向房东太太笑道："钱太太，你信不信呢？我们要搬过江北，不是有地方吗？"钱太太虽觉得这个老妈子太没有规矩，然而她不知轻重地已经说出来了，这个问题是讨论不得的。便笑道："我怎么不相信呢？你们有好房子住，为什么要住这不好的房子呢？"刘嫂益发顶了她一句道："哪里哟，房东不借给我们就是了！"西门太太瞪了她一眼道："快出去，客来了，哪里有你在这里说话的份儿！"

房东太太更是见机，早已偏过头去和二奶奶说话，打了一个岔，将这句话锋躲闪过去。她看到西门太太脸上颇有些不以为然的样子，也许人家有什么亲切话要谈，便站起来向二奶奶点着头道："我先告辞了，回头请到舍下去坐坐。"说着她自下楼回家去了。她回到家里，倒呆坐着想了一想。记得丈夫的大哥钱尚富常说过温五爷是重庆城里一位活财神。他有一位二太太，最掌权，自然就是这个人了。西门太太常说到温公馆去，倒是真的。他们认识这种财神，还怕没有钱花？怪不得西门德去仰光了。

正想得出神，只听得走廊下有人跑得咚咚有声。奶妈叫道："哎呀！太太快点儿出来吧！"房东太太不知有了什么急事，抢着迎了出来问道："怎么了？怎么了？"奶妈笑着喘了气道："那位太太说，要到我们家来看看你咯。"房东太太问道："真的？"她道："朗格不真哟？她叫我回来先通知你一声。"房东太太笑起来道："她自然要来看我。我们在上海是老朋友、老姊妹，她虽然做了女财神，我们往日的交情还在，赶快叫厨房里预备开水泡好茶，不，还是叫陈嫂来吧！"陈嫂在门外答应着进来了。女主人笑嘻嘻地道："我们家来了贵客，快把先生由外国仰光带来的咖啡听子拿去，煮一壶咖啡来。上次你煮的咖啡很好，就照那个样子去煮。"这陈嫂在这主人家多年，颇知主人脾气，凡是与主人有银钱来往的，或者可以帮着主人发财的，来了之后，主人都煮咖啡给客人喝。碰得好，家里赌上一次钱，可以分几百块头钱。因之听了太太之言，很高兴地去煮咖啡。

那温二奶奶为人最好面子，看到这位房东太太见面就是一阵奉承，也不能不和人家客气两句。她和西门太太谈话的时候，奶妈抱了个孩子在窗子外踅来踅去，因问西门太太是谁的孩子，她说是房东家的孩子。奶妈听说，抱了孩子笑进来道："太太，请到我们家去坐坐吗？"二奶奶随便点了头道："好，一会儿我去看你们太太。"这奶妈以为是真话，所以抱了那孩子就跑回去报信。那边房东太太煮上了咖啡，温二奶奶还不知道呢！

她们坐着谈了一会儿，还邀西门太太去逛梅庄。西门太太说是今日要在家里收拾东西，明日赶去相陪，二奶奶倒也不勉强，因和区家二小姐告辞先走。西门太太送下楼来时，不免有一阵笑语声。房东太太以为是嘉宾来了，由屋子里直迎出来，站在路头上，连连地点了头道："二奶奶、二小姐赏光到舍下坐一会儿去吗？我已经叫用人煮好了咖啡了。"二奶奶为了情面，只得笑道："那怎好叨扰呢！"房东太太一面客气着，一面拦着路头，将两手伸出，微微地挡着，只管笑了点头道："只请坐一会子。"

依着西门太太，本不愿意二奶奶到这种人家去。她冷冷地站在一边，把眼望着，并不作声。房东太太向她笑道："西门太太，也到我那里去坐一会子，我知道你是喜欢喝咖啡的，我家里已经把咖啡煮好了。"二奶奶明知道她们房东房客之间，有了相当的意见，若是在人家这样招待之下，还不去敷衍敷衍，那是故意与房客一致，有意和人家别扭了，便笑着和二小姐一同进了钱家。

西门太太站在屋檐下，并没有移动脚步，房东太太已进了门，复又回转身子，手挽了她的手，笑道："我的博士太太，你还和我来这套客气呢！请进，请进！"西门太太被她拉着，只得跟了她进去。在十分钟之内，房东太太的客室里已经布置得很整齐。正中桌子上换罩了一方雪白的台布，四套细瓷的杯碟分放在四方，正中一只玻璃罐子放了许多太古方糖。二奶奶看到，首先表示了惊异，笑道："自离开了香港，就没有看到太古糖了。"房东太太笑道："二奶奶客气，你府上会少了这些东西！"二奶奶道："咖啡可可粉，我们都有一点儿，只是这个糖，我们真的没有。原因是四川根本就出糖，我们还费了许多手脚带糖进来干什么？可是现在知道那是错了，咖啡里放着土糖，究竟是两种滋味。"房东太太笑道："这东西我们家还有一点儿，我送二奶奶一盒。"说时陈嫂捧了一只搪瓷托盘，托了一只咖啡壶，又是一听牛奶，都放在桌上。钱太太亲自提着壶，向各个杯子里斟着咖啡。热气腾腾的，一阵阵的香味，送进了鼻子。二奶奶笑道："这咖啡熬得很好。"

　　房东太太听到二奶奶这样夸赞，心中十分高兴，又亲拿了糖缸里的白铜夹子，向各人杯子里加着糖块，又举着牛奶听子待要斟牛奶时，二奶奶却牵着她衣袖，要她在椅子上坐下，笑道："钱太太，你不必太客气了，我们自己动手，而且我主张喝咖啡不必加牛奶，里面有了牛奶，就把咖啡的香味压下去了。"

　　钱太太算是坐下了，她对于这个提议极端赞成，拍了手道："这话对极了！我一看二奶奶为人，就是气味相投的，只是有一点，我们怕攀交不上。"二奶奶说了一声"太客气"，这主人家的陈嫂，已捧了两只玻璃碟子装着干果点心送了上来。便是这位奶妈也格外殷勤，一手抱着孩子，另一只手还端了一只玻璃碟子来。钱太太道："陈嫂，把那玻璃橱子里那一盒糖拿来。"陈嫂答应了一个"是"字。奶妈首先走去，立刻取了一盒未曾开封的太古糖来。她向二奶奶笑道："太太，你不要嫌少。"说着，便把糖盒放在二奶奶面前。二奶奶道："谢谢了，你府上一家人，都客气得很。"那奶妈虽没有在客室里分庭抗礼的资格，但她恰也不甘寂寞，抱了孩子在客室外走来走去。她觉得家中开七八家银行的人，无论身上哪一处都是看着有味的。

　　西门太太虽也在受招待之列，但是她越看到房东家主仆过分殷勤，便越发不高兴。她不便催二奶奶走，抬起手臂来接连看了两回手表。在她第二回看手表的时候，二奶奶忽然省悟，她便站起来向房东太太笑道："打搅打搅，哪天有工夫过江去的时候，请到舍下去玩玩。"房东太太笑道："二奶奶有事，我也不敢留，不然可以在我们这里便饭了走。只好将来过江奉访，再畅谈了。"二奶奶道："我一定欢迎。西门太太和我们是极好的朋友，我们是隔不了十二小时不见面的。哪天有工夫过江，可以同西门太太一路去，在我们那里有一样方便，晚上看完了电影，或者看完了戏，到我们家去，可以吃了点心再睡觉。床铺也比旅馆里干净些。"

　　钱太太听说，从心窝里笑了出来，因道："我一定去拜访。若说有意去打搅，那可不敢，跟在二奶奶后面，长长见识，也不枉这一生。"二小姐听到，觉得这位太太恭维人有些过分。一个做太太的，何必这样逢迎人？料

275

想这家人的品格也不大高，于是随便扯了几句闲话。二奶奶也看出她的意思，便起身向钱太太道："我们还要赶上十里路，打搅打搅！"她说着话和区家二小姐一同道谢，走了出来。忙着客气，正是忘了拿那盒糖。奶妈拿了那盒子，高高举着追了上来，笑着连说："糖，糖，糖！"二奶奶笑道："你看，我真是大意，也忘了给用人几个零钱。"于是打开皮包来取钞票。区家二小姐也在扯手皮包的锁，这时二奶奶一摆手道："我一齐代付就是。"说着取出大叠百元的钞票，塞在奶妈抱孩子的手臂里，因道："你和那个陈嫂分了用吧。"奶妈接着了钱，同时得了个证明，就是相传温二奶奶家的用人，每月可收入万元，绝不是假的了。

房东太太随西门太太之后，送着客人在门口登轿而去，方始回来。她回到自己家门口，见奶妈拿了钞票在手，犹自笑嘻嘻地出神。便道："下次来了客人，你不能这样没有规矩，我们陪着客人说话，你也在面前跑来跑去！"奶妈道："那要啥子紧嘛？这位二奶奶对我们还不是很客气，发财的人，真是有道理。"房东太太笑道："既是发财的有道理，你可以学学她有道理，将来你也可以发财。你那钱应该分陈嫂一半了。"奶妈道："那是当然。哪天别人给了陈嫂钱，她还不是会分给我！不过像二奶奶这样的好人，一生也逢不到几转咯。"

房东太太本想说她两句，因回头看到西门太太站在半楼梯中间，向这里嘻嘻地笑，便忍住没有说，转向她笑道："她们这种人，就是看了钱说话。"西门太太笑道："这倒不一定是她们，睁眼看看这世界上的人，哪个又不是看了钱说话！"房东太太觉得这话里有话，因点了头笑道："那是自然，博士太太，我们今天熬的咖啡怎么样？"她突然提出了这一个问题，将西门太太要开始讥讽的话头岔开。西门太太点了个头笑道："熬得不浓不淡，正好。"房东太太向她招了两招手，笑道："来，那咖啡还剩大半壶哩，到我们家来摆摆龙门阵吧。"

西门太太站在那里出了一会儿神，笑道："我还要整理整理东西。"房东太太道："你到梅庄去玩儿一趟，也用不着把东西整理好了再走。"西门太太笑道："打搅你们久了，实在是不过意，我们应该搬家了。"房东太太听了这话，笑嘻嘻地走上了楼梯，拉了她的手道："你说这话未免太见外了。若是这样着，我非要你到我家喝咖啡不可。要不然，我们真生疏了。"西门太太虽是十二分不高兴，但在她这份殷勤之下，究竟是不能板起了脸子，因道："我真要收拾收拾东西。"房东太太道："难道你真的不给我一点儿面子？二奶奶那样陌生的人，我一请就到了。我们呢，不说交情，至少也是几个月的牌友。凭了赌场上这一段历史，你也得受我一请。"她口里在说，手里在拉，被请的人除了翻脸，实在不能不去。西门太太只得含了笑跟着她一道走去。

那把咖啡壶还放在桌上。房东太太便叫道："把这咖啡再拿去熬一熬。"陈嫂来拿壶的时候，又问她道："我们橱子里的那卤肫肝，还有没有？"陈嫂道："还有两串。"钱太太笑向客人道："你看，我又不是七老八十岁，做事就这样容易忘记。上次得了几串卤肫肝，我就说分你两串。因为我知道你是喜欢这种东西的。你少在家，你在家，我又出去打牌去了，总把这事忘记了。陈嫂去拿一串来送西门太太。"陈嫂见女主人特别客气，那不是毫无原因的，看那颜色又十分诚恳，这是不应该有什么问题的。她端着咖啡壶去后，立刻就取了一串卤肫肝来放在桌上。西门太太笑道："你家也不多了，留着自己吃吧。"钱太太因她坐在对面长沙发上，便移过来和她并排坐着，觉得彼此是亲热多了。笑道："住邻居住得好，就像一家似的，还存着什么客气！这点儿小东西，我不好意思说送，你根本也就不该说谢。"西门太太道："我在这里住着，占着你们的房子，很是过意不去。我已告诉我们老德，这次到仰光，务必带点儿好东西来送你，至迟后天，我们可以把房子腾出来了。不误你的事吗？"

钱太太握住了她的手，连摇了几下，笑道："你说这话，我就该罚你。上次我们为了一笔款子抵住了手，非将房子换出钱来不可，所以所以……"她说到托律师辞房客的事，感觉得有些不好意思，那个"所以"之下，却续不完那一句话。正好陈嫂端了咖啡壶来，她便指着桌面前这个杯子道："这是西门太太的杯子，你就在这里斟上。"

西门太太却不放过这句话，因笑道："过去的还提它做什么？好在我现在只一个人，又成天在温公馆混，倒不如搬到对江去省事多了。"房东太太道："马上过了雾季，城里又要疏散了，还是不要搬吧。我们这房子还有问题，卖不成呢。"西门太太望了她，微微地一笑。房东太太笑道："这是真话，以先我们为了要钱用，所以想把房子出卖。后来这房子没能及时卖出，我们在别的地方找了一笔款子，把这事应付过去了。可是这样一个耽搁，立刻房价涨了两三成，我想，留房子在手上，不是和留着货物在手上一样吗？于是我们就变更了计划，把这桩买卖拖延了一些时候。我们又没有订约，价目自然是可以升格的。最后，我们就把原议的二十万元改成二十五万。买房子的一生气，就没有向下说了。"西门太太道："我们哪里晓得？为了这事，老德看见菩萨就拜，到处托人找房子，真出了不少的汗！"说着，房东太太代客人在咖啡杯子里加了糖，两手捧了托住杯子的茶碟，送到西门太太手上，笑道："趁热喝吧。"

西门太太心想，这家伙今天陡然换了一番面目，什么道理？为的就是二奶奶来看了我一趟吗？果然如此，我倒要开开她的玩笑。她接过杯子，拿了个小茶匙搅着。

房东太太道："你还想什么？我这是实话。"西门太太道："我倒不疑心你的话，我想我要早知道这件事，就不向二奶奶说要搬到她那里去了。她是和我太要好了。以前，我不曾要搬家，她还要我到她那里去住呢！如今知道我要搬家，又和她约好了，怎肯让我不去？去了吧，倒埋没了你这番好意。"房东太太笑道："这事好办。等二奶奶游山回去了，我和你一路到她公馆里去把这话说明就是了。"西门太太道："我们两人为了说这话前去，显着把问题看得太严重了。改天再说吧！"房东太太道："听你的便，不过不说这话，我也要去拜访她，她不是约了我和你一路去吗？"西门太太缓缓地呷着咖啡，眼睛便望了杯子出神，约莫舀了七八茶匙，没有说话。房东太太也不便逼着问什么。两个人静静地对喝了一阵子。西门太太放下杯碟来，笑道："这位二奶奶倒是好客，只是她的熟人也太多，真要好的，也只有两三个人罢了。她是到处敷衍人，她随口说的话，有时也不能太看重了。"

房东太太知道她的话是着重最后两句，却故意把这两句话撇开，笑道："我想，她最要好的女朋友，除了那位区二小姐，大概就是西门太太了。"西门太太笑了一笑道："老实告诉你，她没有我不行。她自己也做了几笔买卖，需要我替她帮忙。其次就是人事上，也有要我替她奔走的地方。交朋友无非是在互相帮助，也可以说是互相利用。我为了搭上两笔干股做生意，也就只好随了她。"房东太太笑道："她的生意，一定是大手笔，一注总是几百万吧？"西门太太道："她倒是大小不论。——你看我们一谈话，就忘记家里的事。有一只电灯泡坏了，我还得打发刘嫂去买。"房东太太道："不用去买呀，我这里很多呢！要几支光的，我去和你拿来。"西门太太道："不用，我应当赔偿一盏的。"房东太太笑道："哟！怎么说这样见外的话！邻居住得好，真是比自己一家人还要好，若是一个电灯泡都要算算账，简直和路人一样了。"

西门太太觉得她所表示的都过于亲切，没有到那个地位，硬表示着到了那个地位，听到之后也有些难堪。便笑道："我实在要回去看看，你有咖啡，只管留着，迟早我会来替你喝干。"说毕，站起来告辞了，转身就向家里走去。

在屋里，刘嫂迎着她笑嘻嘻地问道："今天的事真是新闻。太太在房东屋里坐了朗格久！"西门太太笑道："我自己都有些不相信。你看那个讨厌的女人，对我二十四分客气，把我当了她亲姊妹一样看待，我几乎都不相信我自己是谁了。"正说着，那陈嫂一手提了一串卤肫肝，一手拿了一只电灯泡，笑着走上楼来，一齐都放在桌上道："我们太太说，这电泡子是五十支光的，若是西门太太嫌不亮的话，我们家还有一百支光的，请刘嫂拿去换吧。"刘嫂站在旁边就将嘴一嘬道："五十支光还嫌不亮吗？平常二十五支光的，我们都不大用。"那陈嫂似乎明白她这话的用意何在，只笑了一笑，便走去了。

西门太太指了卤肫肝道："我忙着要走都忘了拿来。你看她这份殷勤，五分钟也不肯耽误，就着人送来了。既然送来了，我就笑纳了。你拿两只去煮煮，让我吃晚饭的时候喝二两酒，也好痛快痛快！"刘嫂笑道："我们真应该痛快痛快！"她主仆如此说着，到了吃晚饭的时候，刘嫂真的切了一碟子肫肝放在桌上，将玻璃杯斟了一杯白酒放在一边。西门太太坐下来只夹了一筷子肫肝送到嘴里咀嚼着，口里自言自语地道："这刘嫂在我家越久，做事越是糊涂，我说用鸭肫肝下酒，她就只端了这一样菜来。"门外有人接了嘴道："菜来了！菜来了！"回头看时，那陈嫂两手端了两只青花细瓷碗来。放到桌上一看，乃是一碗红椒青蒜干烧鲫鱼，一碗青菜红烧狮子头。

西门太太道："嘿！这是你们太太送给我们吃的吗？"陈嫂道："我们太太说，这是她自己下厨房做的，虽然不好吃，倒是干净。"西门太太笑道："那更是不敢当！"陈嫂倒退了两步，两手互挽了，站在那里望着桌上笑道："今天我们钱先生请了几位先生在家里消夜，太太自己下厨房去做菜。要是西门先生在家的话，一定也来请了去的。"西门太太笑道："你转去对你太太说，我实在谢谢，你太太做了两样菜都忘不了我。"陈嫂道："我跟着太太也学会了做下江菜，二天我做一两样菜给西门太太尝尝。"刘嫂也正端了自己家里的菜向桌上放着，便接了嘴道："你要请我们太太吃菜吗？我们就在这两三天之内要搬了。"陈嫂道："我们太太说要挽留你们。你们若是嫌房子不够，她还可以再腾出一间来。"刘嫂还要说什么，女主人当她送菜碗到桌子上的时候，就瞪了她一眼，她也只好不说了。

陈嫂去了，刘嫂还是忍不住要说，笑道："真是稀奇得很，有这些好话，早做啥子去了！"西门太太端着杯子喝了一口酒，笑道："我真要拿镜子来照照我自己的相，我还是我吗？"刘嫂听了这话，果然取了一面手镜来，伸手递给了主人。她伸手接过来镜子，不由得咯咯地笑了起来，因道："你实在是实心眼，当真替我拿一面镜子来了。人家看我变成另一个人，我还不把我当作变了相呢。管他呢，这两个月，我也受得她的闷气太多了，落得让她巴结巴结，也好出这口气。"

正说到这时，听到那下面楼梯咯咯地响，刘嫂指了外面，低声笑道："是那奶妈的脚步声，我们不要说了。"说着，那奶妈已经走进来了。西门太太笑道："多谢你主人的东西。"奶妈道："先生回家来了，为了生意，又在家里请客。他说来迟了，可惜没见到那个温太太。又说，一定留你们住下，不要你们搬到城里去。我有点儿事情求你，西门太太，你把我介绍到温公馆去做活路，要不要得？"西门太太对她望了一下，嘻嘻地笑道："你也知道在温公馆帮工是挣钱的？那倒是真的，他们家的工资，至少比别人多三倍。可是你太太待我太好了，我怎好意思把她小孩子奶妈引走呢？"奶妈嗽了嘴道："她待你们有什么好？房子并没有卖，要催你们走，跟她讲什么交情？"西门太太听说，又是一阵咯咯地笑。

西门太太接连的两次大笑，那奶妈有些莫名其妙的。刘嫂却深知女主人用意，觉得对奶妈这样笑法，颇有点儿故意讽刺，叫人家不好意思。因向奶妈笑道："我太太总说房东家奶妈身上挂了当奶妈的招牌，一见面就认得出来，你看你露出来的这双咪咪，好大哟！"那奶妈对抱着的孩子，将手指轻轻戳了一下额头，笑着嗽了嘴道："这个娃儿，不是好家伙，一下下儿就要吃。"说着，把大衣襟牵扯了一下，去盖着乳峰。西门太太忍不住了笑，道："奶妈，你这个人倒是心直口快，我倒是喜欢你这样天真烂漫的人。"

奶妈看她的样子，虽知道是一句好话，恰又不解这句文言的命意，望了刘嫂笑道："太太说的什么？"刘嫂道："她说你像神仙一样。"奶妈笑道："笑死人！我像神仙一样？"西门太太笑道："你不要听她胡说，我是说你这人真老实，有话肯说出来。"奶妈笑道："我是从来不说谎话的。西门太太，你要是介绍我到那里去做活路，我一定做得很好。我是有什么说什么的。"

魍魉世界

民国通俗小说典藏文库·张恨水卷

张恨水 ◎ 著

（下 册）

中国文史出版社

第二十章

抬轿者坐轿

　　西门太太笑道："那么，你凭良心说，钱太太待你好不好？"奶妈一摇头道："好什么？她是为了这个娃儿没有奶吃，才把我留下来的。日后娃儿不吃奶，我对她磕头，她也不要我呢！往日子要你们帮忙做生意，接你们来住；不要你们帮忙了，就说房子卖了，要你们搬走，没有一点点儿情面。我就不这样，哪个帮了我的忙，我一辈子都记得。把我荐到这里来当奶妈的吴嫂子，逢年逢节，我都买东西送给她。"

　　西门太太听完又笑。因道："你们太太不要我在这里住，其实我要摆一点儿手段给人家看，这样的房子，我一口气就可以买下几所。但是我们是外省人，又不想在重庆住一辈子，只好算了。"那奶妈见她说此话时，脸上表示着很有得色，倒觉她真有这样的能力，随着她那番得意，也觉得自己的脸色都为之变动起来。正想跟着向下说两句话凑趣，无如抱的这小孩子在她怀抱里屙了屎，她说了一声真讨厌！抱着孩子跑了。

　　刘嫂道："你看她说话好撇脱，她要太太介绍她到温公馆去做活路。"西门太太笑道："人同此心，她太太想靠温家发财，比她还急呢。你看吧，我倒要拿她们开开心。"说着端起杯子来又喝了一口。这一顿晚饭她是吃得十分的满意，有点儿微醉，老早地就睡了。这样一来，她倒忘了与二奶奶的约会，也不曾去清理东西预备搬家。

　　次晨起床，西门太太想起了约会，想起陪二奶奶游山事大，匆匆地梳洗毕，喝了茶，吃着干点心，就叫刘嫂去找轿子。刘嫂道："太太吃了午饭再走吧。床上、椅子上、楼板上，都堆了个稀巴乱。太太走了，丢了东西，我负不起这个责任。"西门太太向自己床上看看，新旧衣服在床头边堆了有两尺高，零用东西，瓷器和五金，摆旧货摊子一般，陈列在桌子下面，还有些鞋子、袜子、化妆品之类，又堆在椅子上。她站着凝了一凝神，将一口空皮箱拖在屋子中间，将床上衣服整抱地放进箱子里去，看着高出了箱子口，合不拢盖子，就抽出两件棉衣，丢在床上，和面粉一般，胡乱将衣服塞平，跪在箱盖上，将箱子合拢了，再扯出床上一床包单，铺在楼板上，把那两件旧棉衣和椅子上的细软都包在其中，打了一个大包袱。桌子下面那些东西，那就不收拾了，有的摆出了桌子脚的，伸着脚将它向里拨拨。

回头望见刘嫂，因道："我走了，你把这里房门一锁就是。"刘嫂道："太太哪天回来？"她道："这个我哪里说得定？二奶奶那个脾气，高兴，她可以玩十天八天，不高兴，说不定今天下午就会回来的。快去给我叫轿子吧！"刘嫂也正和她女主人一样，觉得陪了女财神游山，比收拾东西预备搬家，那要重要十倍，再经过了主人这一次催促，就无须考虑了，立刻出门去叫轿子。西门太太一有了走的念头，恨不得立刻就走，因觉得刘嫂去叫轿子已有了很久的时间，就衔了一支烟卷站在楼栏杆边向下望着出神。

门外一阵嘈杂声，她以为是刘嫂将轿子找来了，便大声叫道："找轿子比向外国买飞机还难吗？"楼廊下有人笑道："这地方找轿子，反正不比阔人坐飞机容易。"她很惊异着这声回答，向下看时，来的不是刘嫂，却是区家大少爷亚雄。便笑道："实在是稀客，是什么一阵风，把大先生吹了来呢？"

亚雄手上拿着旧呢帽子，两手拱了两下，笑道："我自己都觉着来得有点儿意外。还好，还好，我以为西门太太还未必在家呢！"她笑道："这样说，倒是专程而来了。请里面坐，我也正有事请教呢！"亚雄走到外面客室里坐下，见沙发上搭着她的大衣，桌角上放着她的皮包，因道："西门太太，就要出门吗？"她进屋来没有坐着，站在桌子角边笑道："正是骑牛撞见亲家公，我立刻就要走，刘嫂已经喊轿子去了，怎么办呢？"亚雄道："我来拜访的事很简单，一句话可以说完。我先问问西门太太，有什么事要我做的吗？"她笑道："这件事，想你们合府都不会怎么拒绝，我打算搬到温公馆去住，还有一点儿动用东西和刘嫂这个人，不便一路带去做客，我想连人带东西，一齐寄居在你们那个疏建村里。伙食让刘嫂自做，我会给她预备一切，只是要求府上给她一个搭铺板的地方。"亚雄笑道："我们那里一幢草房，至少还可以多出两间，最好连西门太太也搬去住，我们再做老邻居。刘嫂一个人去，我敢代表全家，一定欢迎，这简直用不着和我们商量，随时搬去就是。西门太太过江去吗？"她随便道："不，有点儿事，

282

要到附近走一趟，我们再能做上邻居，真是荣幸得很，改日我亲自到府上去接洽这件事。今天我有点儿要紧的事，不能留你在这里吃顿便饭，倒是抱歉之至！"亚雄笑道："那无须客气，我也有点儿要紧的事呢。请问，这里到梅庄去，还有多远？"

西门太太不觉望了他道："你也有工夫到梅庄去看看梅花？"亚雄笑着摇摇头道："我也配？我向温公馆通过电话，听说我们那位本家小姐随二奶奶逛山去了。她的先生由贵阳来了电报，说是他押的车子已经到了，就在今天下午开到海棠溪。有了这个消息，我不能不追到梅庄去通知她一声。"西门太太道："那你就不用去了，我给你带个口信去吧。"正说着，刘嫂在楼下就叫着："轿子来了！"亚雄听了这话，也就无须人家下逐客令，拿着帽子便站起来道："到梅庄去怎么走？"西门太太望了他，脸上红红的，微笑了一笑道："实对你说，我并没有什么了不得的事，就是应了二奶奶之约，到梅庄去看梅花。我们哪里又会有什么要紧的事呢？大先生坐了轿子来的，为什么把轿子打发走了呢？这里到梅庄，还有五六里呢！有我给你带口信，你就不必去了。"

亚雄手里盘着那顶破旧的呢帽，踌躇了一会儿，笑道："我既请得了一天假，过江去，也不会再到机关里去上工，偷得这半日闲，去看看不要钱的梅花也好。我们这穷公务员两条腿还值钱吗？轿子不必了。西门太太有轿子在前走，我跟着跑吧！"西门太太笑道："你客气，令弟现在发洋财了，这也不管他，我请你坐轿子就是。"亚雄看她脸上有一种犹豫的样子，必是感到主人坐轿子去，客人跟在后面跑，有些不好意思，便道："一路走，一路找轿子吧。"

这时刘嫂已走进房来，要张罗茶水，楼下的轿夫却在高声喊着："走不走？"亚雄将桌角上的手提包拿了，交到西门太太手上，又把沙发上的大衣也交到她手上，笑道："快点儿走吧。我还可以在那里多玩一会儿。"西门太太本也急于去应二奶奶的约会，便笑道："也好，在路上找轿子吧。鬼轿夫，断肠也似的叫着。"她笑着下楼。

亚雄道："那也难怪他们叫，他们是以时间与劳力来卖钱。"西门太太道："这个我们自然知道，只是这些无知识的人，脾气非常之坏，一言不合，就要和人抬杠。"说着话，走到了大门口。亚雄道："其实还是难怪他们。他们肚量大，每天至少吃三顿，抬一回短程轿子，也还不够会他一顿饭账。便算收入多一点儿，也不过一顿吃饭之后，喝一碗茶，买两支粗烟抽抽。供家养口，那更是谈不到。再看他们身上，穿得这样挂琉璃灯一样，哪里不会发牢骚？"

西门太太上了滑竿，亚雄就跟在后面走，边走边听着轿夫们的谈话，觉得虽是粗鲁一点儿，却也有味。只听轿夫报告乡下地主状况。其中一个说道："我家那坝子上姓杨的弟兄两个，收一百四五十担谷子，今年子变成几十万咯！"另一个道："运气来了，人会坐在家里发财。"后面的道："发财是发财，有了钱人就变了样。弟兄两个，天天扯皮。老大这个龟儿，请了大律师，硬是在法院里告了他老幺一状。"前面的人道："这个杨老幺，朗格做？"后面的轿夫还没有答言，这时迎面来了一乘轿子，轿子上有人答道："哪一位？"

来往的轿子，相遇到一处，在喊着左右两靠的声中，轿夫们停止了说话。那个坐在滑竿上的人，还不曾中止了他的疑问，只管向这里看着，及至看到亚雄随在滑竿后面，他立刻叫着停下。滑竿停下来了，他取下头上的呢帽子，连连向亚雄作了两个揖道："区先生到哪里去？好久不见。"亚雄回礼，向他脸上注视，却不认得他。他似乎也感到亚雄不会认识他，便笑道："我就是杨老幺，你们府上那回被灾，我还帮过忙。"亚雄看了他面孔，想了一想。杨老幺笑道："再说一件事，你就记得了。那个宗保长起房子，硬派了我帮忙，我打摆子打得要死，蒙你家老太爷帮了我一个大忙，把轿子送我回去。"亚雄哦了一声，想起来了，他正是抬轿的杨老幺。没想到半年工夫，他自己也坐起轿子来了。

这样想时，向他身上看去，见他穿着人字呢大衣，罩在灰布中山装上，足下蹬着乌亮的皮鞋，手上捧着的那顶呢帽子，还是崭新的。看他这一身穿着，不是有了极大的收入是办不到的。于是向他点着头笑道："这久不见杨老板，发了财了。"他笑着摇摇头道："说不上，说不上！刚才我听说有人叫杨老幺，我以为是叫我哩！"亚雄笑道："事情是真巧，那两个轿夫闲谈，谈到一个和杨老板同姓同名的人，没有想到正碰着了你。"杨老幺道："我正要寻区先生，一时找不着，今天遇到了，那是很好。府上现在搬到哪里？"亚雄并没有想到和他谈什么交情，便说搬到乡下疏建村去了。杨老幺并不放松，又追问了一番门牌，便将两手举了帽子道："好，二天到公馆里去看老太爷。区先生到啥子地方去？"亚雄道："到梅庄去，我还不认得路呢。"

杨老幺回过头去，就向抬自己的那轿夫道："你们不要送我了，我自己会过河，你们送这位区先生到梅庄去。你们若是赶不到河那边吃午饭的话，就在河这边吃。"说着在身上掏了几张钞票交给一个换班的散手轿夫。亚雄道：“杨老板，你不用客气，我虽是城里人，走路倒还是我的拿手。”杨老幺道：“区先生，你要是瞧不起我的话，我倒是不勉强你；要是还认识我这杨老幺，让他们送你一送，又不要我抬，啥子要紧？这里到河边是下坡路，我走去也不费力。你愿不愿意我尽一点儿心心？”

亚雄听他如此说了，也就只好笑道：“那就多谢了！”杨老幺道：“二天我一定去拜见老太爷，请你先和我说说。”说毕，抱着帽子深深作了两个揖，转身就走了。亚雄坐上了杨老幺的自用滑竿，一个轿夫在旁跟了换班，两个抬着走。亚雄对于这事自然很是惊异，因在轿上问道：“你们杨老板发了财了？”前面的轿夫道：“怕不是？不发财，朗格当到经理？”亚雄道：“你们由哪里来？”轿夫道：“从杨经理庄子上来咯。”

亚雄心想，哦！他是经理，还有个庄子。又问道：“你们杨经理现在做什么生意？”轿夫道：“城里头有店，乡下有农场。”亚雄道：“城里是什么店？以前他不是买卖人呀！”轿夫道：“那说不清。现在做买卖的人，不一定就是买卖人出身。”亚雄被这个答复塞了嘴，倒没有话说。本来他这个答复也是对的。

轿子默然地抬了一截路，亚雄终于忍不住要问一句心里要问的话，因道：“在半年以前，我就认得他，他的境况还不大好。怎么一下子工夫，他就发了这样大的财呀？”后面一个轿夫道：“听说他是得了他幺叔的一块地，在地下挖出了啥子宝贝咯。”前面那个轿夫道：“啥子宝贝哟！是三百块乌金砖咯。”亚雄听他们所说的理由，似乎无追问下去的必要，只是微笑了一阵。三个夫子抬的滑竿，自比两个夫子所抬的要快得多。两里路之后，就把西门太太那乘滑竿追上了。

她回头看了一看，问道：“大先生和一个什么人谈话？他把滑竿让给你坐了。”亚雄笑道：“这话说起来很长，我们哪天有工夫，可以把他当个故事来说。然而这故事我还要费一番探讨的功夫呢。”西门太太听得有些莫名其妙，也就不向下问了。

一会儿工夫，远远看到山垭口里，深红浅碧的一簇锦云，堆在绿竹丛中。在绿竹林外面，围绕了一道雪白的粉墙。那颜色是十分调和的。亚雄在滑竿上就喝了一声彩。西门太太道：“这大概就是梅庄吧？”亚雄道：“这里简直没有战时景象了。”

说着话，轿子是越走越近了。先是有一些细微的清香迎面送了过来，再近一点儿，便看到那锦云是些高高低低的梅花，在围墙里灿烂地开着。路到了这里，另分了一小支，走向那个庄子。但那条小路，在一座小山腰上，平平地铺着石板，格外整齐。山腰上的竹林，都弯下了枝梢，盖着行人的头顶，越是感到境地的清幽。到了庄子门口，是中国旧式的八字门楼，里外都是大树簇拥着。虽然到了冬末，这里还是绿森森的。客人下了滑竿，早跑出来两头狗，汪汪地叫着。同时，也就有两个男人随了出来。他们看到有一位女客，便知是来寻温太太的，立刻引了进去。

经过两重院落，便见二十多株梅花，在一片大院落里盛开着。上面玻璃屏门外边，一带宽走廊，那里摆了一张长方桌，上面陈设了干果碟子和茶壶茶杯。二奶奶和区家二小姐，各坐在一把皮褥子垫座的藤椅上，架了脚赏梅。西门太太道："真是雅得很！仔细让画家见了，要偷画一张美女赏梅图呢！"二小姐哟了一声，迎向前道："怎么大哥有工夫到这里来？"亚雄道："我们俗人也不妨雅这么一回。你觉得出乎意外吗？"二小姐便引着他和二奶奶相见。亚雄对这位太太，自是久已闻名的了。现在一看她，将近三十岁年纪。瓜子脸，一双水汪汪的眼睛。她脑后长发，挽了个横的爱司髻，耳朵上垂下两片翡翠的秋叶，耳环上面是一串小珍珠代替了链子，在腮边不住地摇晃。她穿一件紫红绒的袍子，映带着脸上的胭脂，真是十分艳丽。

二奶奶笑道："有这样好的一个庄子，主人却住在重庆，非礼拜或礼拜六是不能来的。我就只好代表主人来招待了。区先生请坐吃烟。"说着，她将桌上摆着的一听三五牌纸烟拿起来举了一举。吸纸烟的人，对于纸烟的牌子，向来有一种敏锐的观感。这样特等珍贵的烟，在重庆连名字也不容易听到，只在这一点上，已经知道所传温二奶奶手笔之大，那绝非虚言了。亚雄连忙道谢，弯了弯腰，取了一支烟在手。旁边站着训练有素的女仆，便擦着火柴，送了过来。另一个女仆，端了一把藤椅，请他坐下。

西门太太在他们应酬的当儿，已经站到梅花树旁边，手扶了一枝，抬头四下观望。二小姐笑道："你站在花底下去，反而闻不到香味的。还是到这里来坐着，慢慢地领略吧。"西门太太笑道："你还要慢慢领略呢。林宏业今天下午押着大批货物，要到海棠溪了。你应该快去接这位海外财神才是。"二小姐向亚雄望了道："大哥就是为着这事来的吗？"亚雄点点头笑道："你若是不嫌我这个消息煞风景的话，那就请你即刻过江去吧。"二小姐听了这话，脸上带着微笑的样子，没有说话。亚雄点点头笑道："我是特意为了这件事过江来的。不会老远地过江爬山，来和你开这个大玩笑吧？"二小姐道："好的，我回去。下午我们一路走。你走了这样远的路来了，也应当休息休息，就在这里吃顿便饭。当公务员的人，天天算平价米，也难得有这么大半日清闲。在这山上玩玩，除了这里是个花园，这左右两所庄屋全是新建的，也有很多的花，你可以去看看。我和二奶奶看过了，和城里相比，确是别有风味。"

亚雄在这园子里看了一会儿，觉得这三位太太在一处谈得很起劲，自己没有插言的余地，便向二小姐打了一个招呼，缓缓地走出这幢庄屋。走出门来，站着两面一看，见左面山上，有一所西式房屋，瓦脊爬着一条一条的黑龙，很是整齐，在浓密的树影中露了出来，一望而知是人家的别墅。就在这屋角边，竹林缝里，绿荫荫地罩着一条灰色的石板小路，便是通向那里去的。

他随手在草地上摸了一根短竹竿子当作手杖，顺着路向那里走着。只走了一半的路，便看到四五棵红梅在山麓上簇拥出来。在红梅后面，有两棵高大的冬青树直入云霄，一高一低，一明一暗，与梅花相映得分外美丽。更向前走，发现了这是人家开辟的园门。沿山坡开着梯形的田，田里种着整片的冬季花木，有的是茶花，有的是水仙，有的是蜡梅，有的是天竹。蜡梅差不多是凋谢了，那整畦的水仙却长得还旺盛。那绿油油的长形叶子田里，好像是长着禾苗，苗上成丛地开着白花，像雪球一般。那一种清幽香味，在半空里荡漾着，送到人的鼻子管里来，真叫人有飘飘欲仙之感。

亚雄站在这花田外的田埂上，不由得出了一会儿神。心里想着，哪来这样的一个雅人，在这地方大种其花木？想到这里，回头看看，料着这中西合参的那所楼房里，一定有着一位潇洒出尘的主人。在重庆满眼看着，都是功利主义之徒。若在这里看到一位清高的人物，当然有他一副冷眼，向这冷眼人请教请教，那是不无收获的。如此想着，掉转身来就不免对这屋子上下又打量了一番。两手拿了竹竿，背在身后，很悠闲地再向那里走去。

在梯形的花圃中间，有一条石沙子面的人行路，宽约四五尺，斜斜地向上弯曲着。路两旁有冬青树秧，成列地生长着，做了篱笆。迎面楼房外，有一块院坝，放了大小百十盆盆景，或开着红白的山茶花。在浓厚的绿叶子上，开着彩球也似的花，非常鲜艳。看那院坝里面，一道绿柱游廊，已近内室，那是不许再走向前的了。

亚雄正待转身，却看见上面走来个粗手粗脚的人，身穿蓝布棉袄，系上了一根青布腰带，下面高卷了青布裤脚，露出了两条黄泥巴腿。他口里衔了一支短短的旱烟袋，烧着几片叶子烟。亚雄看他圆胖的脸上，皮肤是

287

黄黝黝的，两腮长满了胡楂子，像半个栗子壳，也可知他是一位久经日晒风吹的庄稼人。他口里吐着烟，问道："看吗！要什么？买几盆花？"亚雄猛可听了，不免愕然一惊。那人走近了两步，缓缓地道："你这位先生，是哪个介绍来的？到我们农场里来买，比在城里头相因得多。"亚雄这才醒悟过来，这里并不是什么高人隐士之居，乃是一座农场，这就不必有什么顾忌了，只管向前走。因问道："你们这农场有这样好的房子，你们老板呢？"那人手扶了旱烟袋杆，嘴里吸了两口，对亚雄身上看了一看，扑唧一声，向地面吐了一口清水，因道："你说吗！要买什么？我就能做主。"亚雄笑道："我暂时不买什么，只是来参观一下。"

他拖出嘴里的旱烟袋来，点了点头道："要得！我们欢迎咯！"亚雄觉得陌生的粗人有这样客气态度的，在重庆还少见，便笑道："你们老板贵姓？"他将旱烟袋嘴子送到嘴里吸了一下，笑道："啥子老板啰？我们也是好耍。"亚雄笑道："那么，你是老板了。你把这个农场治理得这么整齐，资本很大吧？"他将旱烟袋又吸了两口，微笑了一笑，将头摇了摇道："现在也无所谓咯。这个农场，共值百来万。"

亚雄听着这话，对这位老板周身看了一看，觉得就凭他这一身穿着，可以说百来万无所谓吗？因笑道："现在不但是经商的发财，务农的人也一样发财，我有个朋友叫杨老幺……"那人立刻问道："你先生朗格认得他？他是我侄儿咯！"亚雄道："我姓区，方才还是坐了他的滑竿上山来的呢！"那人两手抱了旱烟袋，连连将手拱了两下道："对头！请到屋里头来吃碗茶吧！"说着张开了两手，做个远远包围，要请入内的样子。

亚雄先听到轿夫说杨老幺是因叔父死了，得着遗产，现在他说杨老幺是他的侄儿，仿佛这传说前后不相符，倒要探听探听这个有趣的问题。一个抬轿子的人，不到半年工夫，成了一个很阔的坐轿者，这个急遽变化，总不是平常的一件事，自值得考察，至少比看梅花有益些。如此想着，就接受了这人的招待，走进正面那座西式楼房里去。因为这房子的外表相当整齐，那人推开一扇门，让着进了一所客厅，只见四周放了几张双座的矮式藤椅，垫着软厚的布垫子，屋子正中，放了一张大餐桌子，用雪白的布蒙着。桌上两大瓶子花和一盆佛手柑。农场里有这种陈列品，自还不算什么。只是那两只插花的瓷瓶，高可三尺，上面画有三国故事的人物画。那个装水果的盘子，直径有一尺二，也是白底彩花，用一个紫檀木架子撑着。亚雄曾见拍卖行的玻璃窗里陈列过这样一只盘子，标价是九千元，这样子打个对折，也值半万。轿夫出身的人家，很平常地把这古董陈列在客厅里，这能说不是意外的事吗？

那人引亚雄进来之后，又拱了手道："请坐，请坐！招待不周咯。"说毕，昂了头向外叫着："杨树华！"树华这个名字，在重庆颇有当年取名"来喜、高升"之意，便联想着这个老农不是寻常人物，人家还有听差呢！就在这时，来了一个小伙子，他穿着件芝麻呢的中山服，脚上踏的一双皮鞋乌亮整齐。亚雄低头一看，自己脚上的这双皮鞋，已成了遍体受着创伤的老鲇鱼，比人家差远了。

那老农倒是一个主人的样子，向他道："有客来了，去倒茶来。"他方垂手答应了。老农又问道："还有牛奶没有？"他答应了一声"有"。老农道："热一杯牛乳，把饼干也带来。"吩咐完了，才向亚雄寒暄着对面坐下，因道："方才三个轿夫回来，说是经理在半路上遇到一位先生，自己下了轿子，把轿子让给那先生坐。我一想，这是哪个哟？你先生一说到姓区，我就想起来了。你是我们老幺的恩人。"亚雄笑着摇摇头道："那怎么谈得上？"

他点了两点头，将旱烟紧紧捏住，倒向着空中点了两点，因道："确是！老幺常常对我说，有钱的时候，人家送一万八千，那不算稀奇，没有钱的时候，一百钱可以救命。区先生你懂不懂？这是川话，我们说一百钱，好像你们下江人说一个铜板。"亚雄笑道："我到贵省来这样久了，怎么不懂？"老农将旱烟袋在嘴里吸了一下，忽然有所省悟的样子，匆匆走出门去，一会儿工夫，他拿了一听三炮台的纸烟和一盒火柴送到亚雄面前，笑道："请吃烟。"在这个时候，小大英已成了珍贵品，亚雄刚才在二奶奶手上吃着一支三五牌，那还无所谓，她们根本就是由香港来的。但以杨老幺和她的身份比起来，一个在平地，一个在万尺高空，还差得远，哪里就来这样的好烟？他如此地想着，就只管对了那听烟出神。老农点了头道："请吃烟吧！这是香港来的，我们也不吃这好的烟。这是我们请大律师的烟。"亚雄经这一说，一个疑问解决了，可是第二个疑问也跟着来了。凭他这样说，好像一个人发了财，和打官司就发生连带关系。于是缓缓地打开烟听子盖，取了一支烟点着，抬了头只管向屋子四周望着，脸上露着笑容。随着那位杨树华拿了洋瓷托盘，托着点心来了，是一玻璃杯子牛乳、一瓷碟子白糖、一碟子饼干、一碟子蜜饯，陆续地放到桌上。

亚雄对于这番招待，有两种惊讶之处。其一，以为这里并没有主人翁，有之，便是这位老农，他竟有这种享受。其二，是与这老农素昧平生，虽有杨老幺一言之告，在他也不当如此招待。正凝神着，那老农笑道："区先生，请随便用一点儿。"说着，他放下了旱烟袋，两手捧了牛乳杯子，颤颤巍巍地送到面前来。亚雄站起来接着。他又两手捧了糖罐子过来，里面有镀银的长柄茶匙插在四川新出品的洁糖里面。亚雄又只好舀了两匙糖，放进牛乳里。

老农笑道："区先生，你就用这个铜挑子吧，这是新找来的用人，啥子也不懂。牛乳杯子里也不放个挑子，不训练几个月硬是不行。真是焦人！"亚雄又觉得他这话不是一般的老农所能道得来的，将铜匙搅和着牛乳，默坐了一会儿，见老农又坐在对面椅子上吸旱烟了，因笑道："我还不知道令侄叫什么名字呢？"老农笑道："你就叫他老幺吧，不生关系。自从他回家来了，取了个号了，叫杨国忠咯。这个名字叫出去了，有人说是要不得，杨贵妃的哥哥就叫杨国忠。这个娃儿，他硬是那个牛性，他还愿意别个叫他杨老幺么。"说着，吸了两口旱烟。亚雄道："你老板和他是叔侄关系吗？"老农道："我是他爷爷辈咯！他的老汉，是我远房侄儿子。"他把旱烟袋送到嘴里吸了两下，脸上表现出一番自得的样子。亚雄道："听说他有个幺叔，是一个绅粮，不知何以中间断了关系？"

老农笑道："你先生是他恩人，用不着瞒你。他家境原来很穷，老弟兄三个，老幺的老汉是老大，还有他二叔，早年都死了。老幺的幺叔，早年上川西，在雷马屏一带住了好多年，没有禁烟的年月，他做烟土生意，没有回重庆来过。前两年子发了大财回来了，私下又跑了两转雅安，打算洗手，啥子也不做了，在乡下买了田地房产，这个农场就是那日子买的。也是他是条劳苦命，一歇梢下来，太婆儿死了，两个儿子也死了，剩了他光棍一个，还得了黄肿病。

"他想到自己两脚一伸，尸首都没得人替他收，好伤心咯。想起了重庆城里还有个侄儿子，就托人到处找他。那个日子，杨老幺害了一场病之后，抬不动轿子，在大河码头上跟人家提行李包包。他幺叔寻到了他，见他身上穿的是烂筋筋，交他五百元做衣服穿，约好了十天之后再来找他。这五百元，不是五百元，小票子里包了大票子，是一千多元咯！这个娃儿，他倒是有志气，拿到钱，一尺布也没有扯，只用五百元，贩了橘柑在河滩上卖，多的钱留在身上。十天之内他幺叔果然来了，他把钱交还了幺叔，一百钱也不少。他幺叔见他穿的还是烂筋筋，问他朗格不做衣服穿？他说卖力气穿烂筋筋，要啥子紧吗？有了这个钱做个小本生意，糊了自己的口，也免得跟了过河的人要包包提，叫人家讨厌。他幺叔说，这几句话，他听得进。但是多付了他好几百元，为啥子不先拿了用？他说，幺叔好意，给了我五百元做衣服穿，就不晓得哪天能报幺叔的恩。幺叔不留意，多给了他几百元，他朗格好意思隐瞒下来。

"他幺叔说，这个娃儿硬是要得。就把他带了回家，邀了本姓的房族长，写了一张字据，过继老幺做儿子。不到两个月，他幺叔就死了。杨老幺把我找了来，替他管家；本房贫寒的人，都分了些钱，也是善门难开，还有人找他要钱，所以我们又请了一名大律师做法律顾问。本来他幺叔手边的现钱也不过二三十万，因为他自己开了码头，这块地皮留了几年，竟变成了几百万。有了地皮，有些人硬要他拿出地皮来做资本开公司。他怕得罪人，只好照办。这个农场地皮是我们的，另外有股东，请了人来种果木花草。他算是经理，少不得常来，因为那些股东都有大班（自己的轿夫），他不好意思跑来跑去，也就用起大班来，把轿子坐起。实在的话，他倒不是那种忘本的人。他说从前穷，受人家的欺，如今发了财，还是受人家的欺。他想结交几个有好心的做朋友。因为你先生和你家老太爷都是好人，所以他常常想到你们。"

亚雄点了头笑道："原来如此，这也不怪他发这样大的财。这也不单是他，我们在南京认识的一个拉黄包车的，他就在四川发了财，做了工厂的经理。这年头说什么三年河东，三年河西，简直是三个月河东，三个月河西了。"老农道："区先生，公馆在哪里？让老幺去拜访你。你若是得空，到他公司里去耍，他一定欢迎的。"说着他在身上去摸索着一叠名片，取了一张送到亚雄面前。

亚雄看那上面，正中大书着"杨国忠"三个字，上挂几行头衔，乃是"大发公司副经理""必利钱庄常务董事""南山农场总经理"，下面印着他的住址和电话。心想，在几个月以前，谁会想到在宗保长手下带病做苦工的杨老幺，如今会顶着这些个头衔呢？老农笑道："确是，他很望区先生到他公司里去耍。区先生不会嫌他是个轿夫出身吧？"亚雄将那张名片送到身上去揣着，将手拍了一下腿，笑道："岂敢，岂敢！老实说，像我们这样的人，就不知道哪一天会穷到去抬轿。便是有轿子抬，也没有这份力气呢！"老农笑着说了一声"笑话"。亚雄道："绝不笑话。现在这世界上，有两种抬轿的人。一种是前几个月的杨老幺，一种就是现在的我。"老农又说了一句"笑话"。亚雄道："真话！轿夫不过是抬着人家走一截路，我们是抬着上司走一辈子的路。轿夫是抬着人家走眼前看得见的路，我们是抬着上司走那升官发财看不见的路。轿夫自然是苦，可是他随时可以丢下轿杠不抬。我们要不抬，还不是那样容易呢！"说着，站起身来，向屋子周围看了一看。老农笑道："老幺又不在这里，我不懂啥子，要是不嫌弃的话，请在我这里吃了午饭去。"亚雄道："我们还有同伴在梅庄里，下次再来叨扰吧。"说着点了头向外走。

老农送客出门，却见有个西装少年在迎面上坡路上走了来。他喝了声道："杨家娃，今天为啥子又跑到南岸来？"那少年被他一喝，停住了脚，笑着站在路边。亚雄走到近处，见他穿一套绿呢西服，里面是花羊毛衫，领子上打着大红色的领带。只看这些，就觉得这个穿西服的少年并不十分内行。他头上的头发，脚底下的皮鞋，上下两层乌亮。西服小口袋上，夹了钢笔头子，显然还是个学生。

老农道："今天朗格又到南岸来了！"那少年笑嘻嘻地答应了三个字："来耍耍。"老农道："硬是要得！今天也来耍，明天也来耍，一点儿正事都没得咯！你不想前三个月，光了脚杆，挑一担鸡娃儿赶场。现在洋装披起，皮鞋穿起，还要插上自来水笔，扁担大的字，你认识几个？"

亚雄听了这话，向这少年脸上看去，见他黄黑的脸，粗眉大眼的，肩膀肿肿的，的确还不脱除那种乡下赶场小伙子模样。他倒是肯受这老农的申斥，依然垂手站在路边，微微地笑着。亚雄因问道："这是令郎吗？"老农叹了一口气道："是咯！区先生，我不是那样忘本的人。做庄稼的小娃儿，着啥子洋装？硬是笑人！也是老幺说，我家和保长不大说得拢，免得淘神，把这小娃儿送进初中读书。保上有啥子事，就不派他了。我想让他认得几个字也好，花了几个钱，把他送进了中学，他哪里读书哟？洋装穿起，三朋四友，天天进城看电影、看川戏。"说着，掉过脸去，对那少年道："你怕我不会整你？下个月壮丁抽签，我送你去当兵。"亚雄笑道："老板，这也不能怪他，你发了财，你舍不得用钱。他这样年轻的人，有钱在手上，他为什么不用？"老农说："哪个把钱他花？他三天两天回家去，在我女人手上去硬要。要不到，你怕他不偷！"他说到这里，脸色越发地沉下来，吓得那少年把头低了，两手扯着西装衣襟角。

亚雄道："小兄弟，你老汉说的话是对的，与其让你挂个学生的名，穿了西装城里城外胡跑，不如送你去当兵。现在你这样，家庭失了一个儿子，国家失了一个壮丁，是双重损失。"老农道："家庭失了啥子儿子？我还有两个儿子。大儿子在湖南打国仗，升了排长了。二儿子跟了老幺在公司里做事。这个穿洋装的儿子，要不要，不生关系。我心里是明白的，你穿了洋装，前面走，你怕后面没有人指通你的背心？"

亚雄看这老农是个粗人，却很懂理，心想，固然有些人利令智昏，可也有些人福至心灵。他这么突然发了财，居然会教训儿子。因向他点点头道："杨老板，你说话有道理；第二天有工夫，你可以找我去，我们上个小茶馆，可以摆摆龙门阵。"说完，笑着向老农告别。老农倒是随在后面送了一截路。亚雄走过一个垭口，隔了大片的竹林子，还听到那老农大声喝骂着他的儿子。

回到梅庄门口，意外地却看到两个年轻女郎，站在高坡上笑嘻嘻地向自己望着。心想，这或者是二奶奶带来的眷属，手扶了帽檐向她们点了个头。然而这个礼却是白扔了，那两个女郎，睬也不睬一下。走到她们面前看时，一个女郎穿着直条纹的布棉袍，脑后梳两个小辫，用绿绸子扎了辫梢。一个穿了崭新的阴丹士林布长衫，上罩着红毛绳的小背心，头发还烫着飞机式。两个人都穿了长筒线袜，红蓝帮子花皮鞋，各人脸上涂着很浓厚的胭脂粉，红白并不调匀，仿佛是个初次化妆的模样。这就不觉再仔细地向她们观察了一番。那个穿蓝罩衫的女郎，似乎也要卖弄她的家私，抬起一只右手，理着她耳朵边的鬓毛。这在她无名指上，发现了一枚金戒，又在她手腕上，发现了一只小手表。可是装饰虽然这样珍贵，那手却既粗又黑，是生产品，而不是白嫩的消耗品，可想到它现在虽是消耗品了，而是由生产品转变着过来的，转变过程是极其迅速的。

这样一番表现，越是引起了亚雄的好奇心。他便放缓了脚步，慢慢地向大门口走去。因为她们是向农场这边望着的，便正面对了自己，因之故意昂起头来四周观察，好像并不介意到她们。而她们正继续着的谈话，自也不因之停止。却听到那个穿花袍子的女郎道："喂！吴树英，干什么的？还不走吗？真是焦人！"那个穿毛绳背心的女郎道："他老汉没有走，去做什么？他不讲面子咯，你遇到了他，他硬是骂你，你看没有看到他来吗？他来了，一定会到这里来的，忙什么？"那个道："你没有看到他吗？好漂亮啊！今天又穿了一套绿色的洋装。他说今天的电影好，中国的古装片子。"这个将手轻轻敲了她肩膀一下，笑道："你好歪！一个人悄悄地在路上等了他说话。"

亚雄这才恍然，这两位初学摩登的乡间小姐，正是那老农幺儿的女友。怪不得对农场那边来人注意。她们正还等着她的朋友呢，为了好奇心，走进这大门里，且不走进院子去，便在竹树林子下徘徊着。果然，不出十分钟，却听到外面有女子笑道："吓！杨家娃儿来了。我们躲起来。"说着，见这两位女郎很快地向里面一跑，笑盈盈地躲到庄门后面。

过了一会子，听到人笑道："躲什么？我看都看见了。门后面有一条大

293

蛇，你不出来，它就咬断你的脚杆。"这两位女郎扯着手，笑着跑了出来了，亚雄闪到竹子缝里张望，正是那个老农的儿子，站在门外面和她们说话。他笑道："走！走！赶两点钟这场电影还来得及。"那个穿红背心的女郎道："我不去，看完了电影，天都黑了，回来赶不到轮渡。"那小伙子笑道："现在有夜航。"红背心女郎道："你倒说得撇脱，过了河，还有好几里山路，我们摸黑走回来吗？"小伙子道："你不会在码头上坐滑竿回来？我出钱就是。"

那个穿花布袍子的女郎道："我们不看电影，吴树英说她要做一件大衣，你答应和她做大衣，她就过河。"这小伙子且不回驳她的话，问她道："她要做大衣，你做不做？"她噘了嘴道："随便你吗。"小伙子笑道："两件女大衣，你晓得好多钱？"红背心女郎将手一摔道："你说话不算话，从今以后，你不要理我两个人。"说着扭转身子就向门里走来。那个穿花布袍子的女郎，正是一拍一合，也道："又想骗了我们过河。"说毕也跟着走进来了。

亚雄隔了竹林子看得清楚。心里想着，你不要看她还没有脱农村女郎的气味，敲起竹杠来，却还不是小事一件。两个人要人家两件大衣，这个小伙子既受着他父亲的申诉，钱也不十分顺手，他未必能接受着条件吧？正这样想着，他追进大门来，在竹林子下低声叫道："吴树英，来吗！到河那边再说。"

这两位女郎其实也并没有走远，经这小伙子连连叫了几声之后，还是那个花布袍子的转着弯，先走了过来，问道："你先说的话，作数不作数？"他低声笑道："两件大衣，这要好几千元钱的。你们在河那边等我三两天，让我弄到了钱去买，要不要得？"那红背心女郎也走回来了，笑道："要得！只要有大衣，等两天就等两天。你弄什么把戏，你怕我不晓得？"说时，那小伙子哈哈大笑，一手扯着一个女郎，一同出门下坡走去了。

第二十一章

开 包 袱

　　区亚雄看到这三个男女的行为，心里发生了莫大的感慨。经济的动荡，不但将投机商人抬上了三十三层天，便是小地主的子女，也变成了时代的骄子。在战前，乡下小伙子对穿西装、带爱人看电影、做大衣送女友，真是不可想象的事。如此想着，手扶了一枝弯下腰来的竹枝，只管发呆。这时却听到有人叫道："在这里，在这里！"看时二小姐和二奶奶，一同走出来。便迎向前道："你们找我吗？"二小姐道："饭已预备好了，我派人找大哥两次，都没有找到，只好亲自来找。"二奶奶笑道："令妹听说她先生来了，恨不得饭不吃就走。其实这个时候，人也许还在桐梓呢！"二小姐道："我倒不怕你笑话，正是急于要去替他布置布置。你想，他带了几车子货来，若没有一个安顿的所在，他到了南岸，岂不着慌！"二奶奶道："这有什么可着慌的呢？我们公司在南岸就有两三处堆栈，而且还在公路边。让五爷通知一声，请你先生把车子开到堆栈门口卸货就是。至于你先生本人，愿意下榻在我家里可以，愿意住在银行招待所里也可以，事先一个电话就解决了。"二小姐道："那谢谢你的盛意了。但是就算如此，也得去找着五爷，打这个电话。"亚雄道："冬天天短，我们自也以早过江去为是。我们认识了二奶奶，事事都沾着光。既是这样说了，我们且在梅花香里，从从容容吃过这顿饭。这会子还要二奶奶亲自劳步来找我，真是不敢当。"

　　二奶奶笑道："我不卖这个大人情，我和令妹是来追着看一幕电影场面的。刚才有两个小姐出来，区先生看见了吗？"亚雄笑着点了点头。二奶奶笑道："你准看不出来她们是什么出身。她们是这里两个老妈子的女儿，你不会相信吧？据说有个穿西装的少年，会爱上这两个人，两三天一次，

295

竟是老远地由重庆到这里来拜会她们。她们公开地进行三角恋爱。"亚雄随在两位太太的后面走路，听到这里不由得打了一个哈哈，说道："不但那两位小姐我看到了，就是那西装少年我也很知道。他是前任轿夫杨老幺家的寄生虫，有什么话说呢？时代的新经济条件帮助了他们。"二小姐笑道："你又要发牢骚了。我早就劝你不要做芝麻大的小官，改了行吧。你又不相信。"

三个人正说着，一个女仆迎上前来，向二奶奶鞠着躬道："太太，饭已预备好了。"二奶奶便退后了几步，让亚雄走向前面，点了头笑道："到这里来，是吃不到好的东西的，而且令妹又催着要走，我只好吩咐厨房里随便做两样菜。大概不会怎样好的。"亚雄笑道："我们这做灾官的人，什么东西都可以吃。"他如此说时，可是心里却在想着，她是个好面子的人，特意地这样先客气一番。

那女仆将这三位客人引进了那正面有走廊的正屋里去。这里算是一个旧式客厅，四周是木板格子玻璃窗。虽在屋里，依然可以看到院子里的梅花。屋子正中有一张小圆桌，蒙着雪白的台布，上面四个大盘，四小碟子，另外还有一个火锅，烧着红红的火。亚雄站在旁边，不觉呆了一呆，心里在想着这样一桌子的菜。二奶奶倒不解他心里是什么用意，便点了个头笑道："这无须客气，主人不在这里，我当然代表着做主，二小姐是你令妹，上面这一席当然是要请大先生坐了。"

亚雄笑着坐下，发现了这四个碟子，是宣腿、凤尾鱼、板鸭、熏肉，都不是重庆易得之物。大盘子里栗子烧菜心、虾子烧冬笋、红烧大鲫鱼、口蘑烧豆腐。中间火锅里，煮着两个大鸡腿，这自必是一锅原汤了。不由得摇了摇头道："这样好的菜，还说没有好菜呢！"二奶奶将筷子头指了大盘子道："这是原来有的，我只是要吃点儿清淡的东西。这四个碟子里的，是我带来的罐头，有的是这里厨子的储蓄品，七拼八凑，弄上这么几样菜，就算是为了客人添的菜了。不恭之至！"亚雄笑道："我要说句良心话，像这样的菜，我们这穷公务员，真是一年也少碰到几回……"说到这里，他看见这里男女用人，不断前来伺候，而二奶奶坐在主位上，只是低了头微笑，好像很怕人提到这些话似的。自己知趣一点儿，就不再说这些丢面子的寒酸话了。

这里有个四十上下的女仆，穿了件蓝布短袄，短头发梳得溜光，虽不是时代装束，倒也干干净净，胸前系了一方雪白的围裙，垂手站在一边等着盛饭。她自然是有训练的，每次和人盛饭，都是盛了小半碗。本来这也

296

没有什么错误，有钱的人家，顿顿吃了肥鱼大肉，肠胃里早是油腻得不得了。白米饭是一个陪笔，实在吃不了好多。

可是这个例子却不适用于区亚雄。他向来就可以吃泡菜配米饭三大碗，现在桌上摆着这样好的菜，样样是珍品，如何不胃口大开？所以女仆和他盛的饭，他只需三分钟，便可以吃光了。二奶奶既是不愿人露出穷相，亚雄吃完了碗里的饭，将空碗交给人家时，不便说是叫人家盛满一点儿，只是默然地把碗递了过去。这样地交过碗去两次，还是送来两个小半碗。将这三个小半碗饭轻轻易易地吃过去之后，却不好意思让人家盛第四碗。

而况二奶奶慢慢地吃过那第一个小半碗而外，根本就没有再盛饭，只是将那空碗舀着火锅子里的大半碗鸡汤来喝。亚雄既不便再盛饭，而肚子里实在地又是还很空虚。二奶奶这个喝汤的法子，倒还可以学得，于是也照样地舀了一碗汤来喝，喝完了这一碗，又拿起桌上的匙子，慢慢地再到锅里去舀汤。

区二小姐见他一手捧了碗喝汤，一手还拿着筷子夹了大盘子里的栗子烧白菜吃。她忽然省悟起来，他这样地迟迟不肯放碗，想必是没有吃饱，笑问道：“大哥你不吃饭了吗？”亚雄道：“我已经吃饱了。”二小姐听他说话时，看他的脸色并不是那样确定地说着，而且手上的碗筷都也不曾放下。便道：“我还想吃一碗呢，你陪我再吃一碗可不可以？”亚雄笑道：“我的肚子是橡皮式的，再加这样一小碗，也未尝不可。”

于是二小姐将碗交给女仆去盛饭，又叫她替亚雄盛饭。自然她照以先的样子，盛着那么小半碗。二小姐将碗举了一举笑道：“大哥，我还拨一点儿给你，好不好？”亚雄对她碗里看着，碗里的饭比自己的碗里还要浅，笑道：“这一点儿饭，你也吃不了吗？”二小姐笑道：“你反正是橡皮肚子，再加一点儿何妨。”她只管把碗举起来不肯放下。亚雄看了只好伸出碗去，将她的饭接着。他倒没有什么为难，将所有的饭都吃光了。二小姐看着，也只笑了一笑，不再说什么。

亚雄道：“你笑什么？”二小姐急中生智，回转脸来向那女仆望了一眼，向亚雄道：“你先在门口看到的那两位小姐，有一位穿红毛绳背心的，那就是她的女儿。”亚雄看着她，还没有答言。那女仆笑道：“于今的女娃儿，不听话咯，随她去，我也懒得淘神。”二奶奶向亚雄笑道：“怎么样？”又回头对那女仆道：“杨嫂，你管她做什么呢？日后她要和你找一位穿洋装的女婿回来，你也就是外老太太了。”女仆笑道：“我们没得那样好命咯！”二小姐已是放下碗筷，扶了桌沿，站将起来。另一个女仆打着手巾递交二小姐，还很和悦地向她报告着两乘滑竿都叫来了，现时已在大门口等着。

二小姐点了一点头，便到屋子里去取大衣皮包来，取了三百元钞票在手，回过头来，向亚雄操着英语道："赏这里的用人几个小费，你的那份，我也代付了。"亚雄眼望了她手上的钞票，微笑着也用英语答道："若论正式薪水，我所得的比这差远了，随便你吧。"二奶奶的英语，自也可以随便谈话。她听了这话，也操了英语笑道："这样说起来，香港来的人，真有点儿昏天黑地，给小费会多于公务员的一个月薪水。"

他们说着英语，那在旁边伺候的女用人，已料着是有赏。两个女用人站在屋里，一个女用人站在外屋廊下。二小姐把钞票交给杨嫂，笑道："你们分吧。厨子我已另外给他钱了。你们主人回来了，替我道谢。"说着又向二奶奶笑道："西门太太来了，你再和她在这里住一晚，难得下乡，可别忙着回城。"二奶奶一摆头道："我才不忙呢。"二小姐笑道："那么，我叫五爷亲自来接。"二奶奶微微一笑。亚雄道："我憋着一句话没有问，西门太太还在这里呀？"二奶奶道："我有点儿事，托她办去了。"她只说了这句就笑道："我送送你们吧。"又向亚雄道："我实在不知道大先生来，招待得太草率了，请原谅，我也是做客。"二小姐笑道："我们还讲这些客套。"二奶奶抓住她的手笑道："你们林先生要是带有什么香港好东西送人的话，不要忘了有我一份。"二小姐笑着说："这是自然。"于是向二奶奶告辞走了。

亚雄一路出来，心里闷着好几件事，坐在滑竿上就忍不住问道："西门太太不是来赏梅花的吗，二奶奶有什么事要她办？"二小姐道："那是她自告奋勇，并非二奶奶要她去办。就在这山脚下一所庄屋里，二奶奶堆有一二十件棉纱，还有一二十担菜油，本来自有人替二奶奶跑路，担任看守，不会有什么问题的。但是二奶奶既怕棉纱放在潮湿的地方，又怕油篓子漏油，很想自己去看看。可是真的自己去了，又觉得太生意经，而且也失了大富翁太太的身份。和西门太太一说，她就愿代她去看了，于是二奶奶用自己的轿子送她去了。"亚雄道："这二奶奶简直什么生意都做，走到哪里也忘不了她的生意。其实她家的钱已很够她挥霍的了，她又何必如此！"二小姐笑道："你不懂，这是兴趣问题。"亚雄道："做生意也会有什么兴趣吗？"二小姐道："我说给你听，譬如你囤了十几件棉纱，在家里天天看到行市的数目字向上涨，昨天是八千，今天是一万，明天大概是一万二，你不感觉到有兴趣吗？"

亚雄笑道："这算我多懂了一件事。还有一个疑问，这梅庄的主人，别墅是白让人游逛了，还要办着很好的伙食给人受用，岂不是他的钱太多了？"二小姐道："你没有踏进过有钱人的门，你怎会知道有钱人的事！他们有钱的人，彼此也得互相联络，在联络上，就是甲送乙一座别墅，乙送甲一座庄屋，那都无所谓。要不然，开银行的，为什么设着比上等旅馆还舒适的招待所招待客人呢？而且受招待的人，照例是谢字都不必说上一个的。"亚雄笑道："银行还不是羊毛出在羊身上？他们的享受，和他们以享受去引诱别人，所用的钱，都是存款的户头代出的。"二小姐笑道："你在都市里混了几十年，今天才明白过来吗！"亚雄道："你别看我是个小公务员，所见所闻，都使我对有钱人没有好感。我也不相信他们的才具会比我高。"二小姐笑道："书呆子，有钱的人，需要你的好感干什么！可是你今天怎么说出这话来？"亚雄道："你看那个杨老幺，一步登天，发了几百万元的财，连字都不大认得，会有什么才具？那个穿西装的少年，前几个月还在赶场卖鸡蛋呢！多少还是个生产分子，现在有了钱，你看他干些什么？"二小姐笑道："走上大路了，我们不谈了。"亚雄听了，叹了两口气。

　　到了江边，兄妹二人分手。亚雄过江回到他的寄宿舍，一进门，勤务就告诉他，有一个穿西装的接连找了他两次，一会子还要来，请他等一等。亚雄想不出是谁，只好在屋子里等着，他屋子里是三张竹子床占了三方，中间是一张白木四方桌子。那上面茶壶、茶碗、纸、墨、笔、砚、破报、旧书，什么东西都有。亚雄从梅庄那样好地方走回这里来，看着这些床上堆着破旧薄小的棉被，做一个小卷，黄黄的枕头压在被条上，网篮破箱子都塞在床底上，竹凳子放在床与桌子之间，四周挡住了人行路，不由得手扶了桌子，坐在竹椅上，出了半天神。

　　在屋子里的同事都不在家，他有牢骚也无从发泄，毫无情绪地在桌上乱纸堆里抽出一本书来看。有个穿大衣戴呢帽子的人在门口一晃，接着叫了声"大哥"。人进来了，正是二弟亚英。亚雄便笑道："勤务说是有个穿西装的人找我，原来是你，你怎么这会又回到重庆来了？"亚英放下帽子，分开床上的东西坐在床上，笑道："做生意的人，随生意而转，必须来自然要来，既是到了重庆，我也想回家去看看了。"亚雄笑道："你也算衣锦还乡了。如今衣锦还乡，不是从前做官的人，应该是做买卖的了。"亚英笑道："你也不必发牢骚，我所计划的一件事若成功了，就把你救出灾官圈子外去。"亚雄将手摸了摸桌上打着补丁的瓜式茶壶，笑道："我这里只有冷开水，你喝不喝？"亚英笑道："我觉得你这房间比我在乡下那间堆货的屋子还要不舒服。我们出去找个地方坐着谈谈吧。我有事和你商量，这里也不便说。"说着，他向屋子上下四周都看望了一遍。亚雄笑道："你穿这样一身西装，也不能和我一路去坐小茶馆吧？"亚英道："若是照你这样说，我倒受着这一套西装的累了。"亚雄却也想着亚英来了三回，一定是有什么事要商量，这个地方当然是不便和他谈什么生意经，便将回来后掷在床铺上的那顶呢帽子重新戴起，向他笑道："我这个地方，实在也没有法子可以留你坐着。"于是兄弟二人一同走出宿舍。

由这里出巷口不远，正是一片人力车停车场。亚雄虽是每日经过这里无数次，但向来没有做过这些车夫的一次主顾，可是亚英到了这里，他将手一抬，一辆人力车子便拖了过来。亚雄见弟弟已坐上那车子，只得跟着坐上一辆车子。到了目的地，正是一家西餐馆。亚雄向他兄弟道："你怎么会引着我到这大餐馆里来？你知道这里的西餐是什么价钱一客？"亚英笑道："我怎么会不知道。我已经到这里来吃过一顿了。你不要以为我是浪费，我在乡镇上关了许多日子，到重庆来一次，也应该享受一些现代都会的物质文明。反正这也不是花我的钱，假如我代人把事情办好了，这一切开销都可以报账的。"他口里说着，伸了一只手，扶着他大哥向大餐馆里走去。

亚雄深知道在重庆市上经商的人吃喝穿逛，绝不怕费钱。亚英这种行为，自也平常得很，只好跟着他一路进了大餐馆。亚雄虽是常住在重庆，这样摩登的大餐馆还不曾来过。推开玻璃门，但见电灯开得光亮如白昼，阴绿色的粉壁，围着很大一所舞厅，白布包着的座头，被墙上嵌的大镜子照着变了两份，里外是加了一倍的热闹。那些花枝招展的女郎和穿着漂亮西服的男子，围坐着每副座头。他看到镜子里一位穿旧蓝布大褂的人，随在一位穿青呢大衣的人后面，走进了这餐厅。再低下头一看自己，立刻有了个感想："我也会向这地方走走！"

亚英走在他后面，看他颇有点儿缓步不前的样子，便向左面火车间式的单座边走去，转身向亚雄点了点头。亚雄走过来，立刻看到一位旧日的上司和一位极年轻的美丽女郎坐在隔座，所幸他是背向着这里的，虽然曾回过头来扫了一眼，好在他立刻回过头去和女郎说话去了。这位前任上司，和自己总差着七八层等级，虽是已不受他的管了，可是在习惯上，总觉得有点儿不安。

亚英已是坐下了，向茶房招呼着先来两杯咖啡。亚雄悄悄地在他对面坐下，故意向座椅里面挤了一挤。亚英低声笑道："我们吃东西，照样花钱，你为什么感到局促不安的样子？"亚雄将嘴向前一努，对那前座望着，低声道："那是我的上司。"亚英笑了一笑，也没有作声。咖啡送来了，亚

300

雄道："你有话和我说，找个小茶馆喝碗沱茶，不也就行了吗？"亚英笑道："我不是说了吗？你不必爱惜钱，这钱也并非由我花，就是由我花，你也当记得，我走出家门只有一条光身子，这钱也不是卖田地产业来的。"亚雄正了一正颜色道："你们青年人经商，这个思想非常危险。以为反正是便宜挣来的钱，花去了大可不必心痛。你却没有想到，人人存着这种心思，物价就无形抬高，并且养成社会上一种奢侈的风气。"

正说着，隔座那位旧上司站起身来，送着那位摩登女郎走了。他说了一声"再会"，却没有离座。亚雄一抬头，眼看个对着，这就不好意思再装马虎，只得含着笑容站了起来。那人竟是没有当年上司的架子，迎着走过来伸着手和他握了一握，说道："区兄，多年不见了。现时在哪里工作？"亚雄叹了口气道："正是愧对梁先生当年的栽培，依然故我而已。"那人回过头来，和亚英握着手笑道："我猜你今天一定会到。"亚英道："刚才看见梁经理和一位小姐在一处，不便向前招呼。"梁先生笑道："没有关系，是我朋友的女朋友，在这种地方会到，不能不做个小东。亚英兄你到这边来坐一会儿，我们谈几句话。"说着他拉了亚英的手，到隔壁座位上去了。亚雄看这样子，两人竟是很熟，显然这位梁先生也改为商人了。自己方才这一份儿畏惧，正是多余的。自己守着一大杯咖啡，且在这里闷坐等着。约莫有十五分钟之久，亚英走了过来，弓身在桌子角边向他道："大哥你若饿了，先来一盘点心，我和梁经理还有几句话说。"说毕，也不等着亚雄同意，他又到隔壁谈话去了。

亚雄坐着不耐烦，不免听听他们说些什么，因为他们的声音低微，仿佛中听到亚英说了好几次"开包袱"，直等那梁先生大声哈哈一笑，方才把话停止。只见这位梁先生拿出好几张一百元钞票，交给了茶房，笑道："这钱存在柜上，这边座位上的账由我付，明天我来了结账。"说着和亚英握握手，又和亚雄点点头，拿起衣钩上的帽子和大衣，满脸笑容走了。看亚英那样子，对他并未表示谢意。

亚雄心想，这是一个奇迹，没有想到会叫旧日上司会了自己个大东。他正这样地出神，亚英表示着很高兴的样子，两只手揉搓着，坐了下来，笑道："我说不用我掏腰包不是？"亚雄道："你怎么会认得这位梁先生？当他做我顶头上司的时候，那还了得！在路上遇到他，我们脱帽行礼，他照例是爱睬不睬，如今竟是这样客气。"亚英笑道："他现在和我一样，也是一个商人。不过他资本大，是个大商人。我的资本小，是个小商人而已。他现在正有一件事要我帮他的忙，他是非和我客气不可。"亚雄道："我还

301

是要问那句话，你怎么会认识他的？"亚英道："上次你到渔洞溪去，你没有受着那李狗子招待吗？你当然不会忘了这个人。"亚雄道："一个在南京拖黄包车的人，如今当了公司的经理，我当然不会忘了他。这与我们这位老上司有什么关系？"

说话时茶房将一只赛银框子的纸壳菜单子交给了亚英。亚英看了一看，递了过来。亚雄一摆手道："我不用看，照你那样子给我来一份就是了。"茶房拿着菜牌子去了。亚雄叹了一口气道："世人就是这样势利，他看到你穿西装，我穿旧蓝布大褂，他送咖啡来，是先给你，拿菜单子来，也是先交给你。他瞧我这样子，就不配到这里来吃西餐。我看现时重庆有这样一个作风，只要这个人穿一身漂亮的西服，不论他是干什么的，更不会论到他的出身如何、品格如何，便觉得总是可以看得上眼的一个人。有话愿和他说，有事情也愿意和他合做，有钱也……"亚英笑着连连地摇了几下手，低声道："这里这么多人，你发牢骚做什么！"亚雄向四座看了一看，笑道："那么，你是由李狗子的介绍认识这梁先生的了。"亚英点了点头，只是微笑着。

这时茶房已经开始向这里送着刀叉菜盘，兄弟两人约莫吃到两道菜，一阵很重的脚步走到面前，有人操着很重浊的苏北口音，笑道："来缓了一步，来缓了一步，真是对不起！"亚雄抬头看时，一个穿厚呢大衣的大个子，手上拿着青呢帽子，另一只手从口袋里掏出金壳子表看了一看，笑道："总算我还没有过时间。"他看到了亚雄，啊了一声道："大先生也在这里，好极了。"

亚雄认出他来了，正是刚才所说的李狗子，便站起来笑道："原来是李经理，我们刚才还提你呢！"亚英笑道："这是梁经理留下的钱会东请客的，我借花献佛，就请你加入我们这个座位，好不好？"李狗子还没有答话，这里一个穿白布罩衫的茶房，老远地就放下一张笑脸，走到李狗子面前，弯着腰点了点头道："李经理，就在这里坐吗？"他道："不，那边座位上我还有几位客人。"

他说话时，看区氏兄弟桌上虽摆着菜，却还没有饮料，便回过头来笑着低声道："这是熟人，你倒两杯白兰地来。"茶房笑着，没有作声。李狗子笑道："你装什么傻！用玻璃杯子装着，若有'警报'，把汽水橘子水冲下去就是。你再拿两瓶橘子水来，这个归我算，不要梁经理会东。他请人吃，我就请人喝。"说着，向那茶房望了一眼道："懂得没有？拿汽水橘子水来！"又低声道："放心，不会有'警报'！"茶房点着头去了。

302

李狗子拍了亚英的肩膀道:"我先到那里去,坐一会儿再来谈。"说着,又向亚雄点了点头,匆匆地走了。茶房果然依了李狗子的话,拿了两瓶橘子水,两只大玻璃杯来。这杯子底层,有一层深橙色的液体,不必喝,已有一股浓厚的酒味送到鼻子里来。他将两只橘子水瓶的盖塞子都用夹子拔开了,将瓶子放在二人手边,悄悄笑道:"请预备好了,随时倒下杯子去。不是熟人,我们是不卖那杯子里的红茶的。"说毕,还对二人做个会心的微笑,然后才走去。

亚雄在南京的时候,不怕贵,也偶然买点儿好酒喝喝,自到重庆来,酒都免了,更不用说是洋酒了。这时闻到白兰地的香味,颇觉精神为之一爽,端起杯子来先抿了一小口,舌头的知觉告诉了他,这的确是白兰地。因低了声音道:"这是由陆路坐汽车来的呢,还是由天空坐飞机来的呢?"亚英道:"那你就不必管他了。反正香港有的东西,重庆总会有,只要有钱,何必上香港?"亚雄道:"香港可没有警报。我正是忘记问一句话,刚才老李提到了警报,那是什么意思?"亚英指了他的玻璃杯子,笑道:"我若叫你在红茶里掺了橘子水下去,就是那话,你明白了吧。"(按当日重庆禁酒,餐馆常有纠查队来到,如发现喝酒,即重罚。)亚雄道:"没有想到你一个初到城里来的人,比我终年在城里的人要知道得多而又多。"亚英笑道:"我虽不常到城里来,可是我的朋友却不断地来。像那位梁先生和李狗子,不是天天都在这头等西餐馆子里进出的吗?"

亚雄道:"他们是在这里取乐呢,还是应酬?"亚英道:"做国难商人,取乐就是应酬,应酬就是取乐。"亚雄用叉子叉住一小块炸猪排,蘸了盘子里的番茄酱,正待向口里送着,听了这话,未免迟延了一下,睁眼望着他道:"这是什么意思?"亚英笑道:"你吃着炸猪排,好吃不好吃呢?"亚雄将叉子举了一举,笑道:"你又要笑我说漏底的话了。我总有两年没吃过西餐,今日难得尝上一回,怎么能说不好吃的话。"亚英道:"假如你天天吃西餐,你觉得是西餐好吃呢,还是中国饭好吃呢?"亚雄笑道:"虽然偶尔尝一回西餐,口味还不算坏,但是天天吃这玩意儿,恐怕不适合于中国人的胃口吧。"亚英笑道:"你这个答复就很对了。天天吃西餐,岂有不腻之理?他们每日到这里来鬼混一阵,其实不吃什么,另外到川菜、苏菜、粤菜馆子里去足吃足喝。到这里来,只是应酬而已。可是中国菜馆子里,不是一样应酬吗?但没有这样欧化,也没有这样方便,更没有这里快活。这里是个大敞厅,所有干着国难生意经的人容易碰头。遇到人多,可以吃上十客八客西餐。遇到人少,喝一点儿真正的咖啡,或威士忌苏打都可以。

不像进中餐馆子，非吃饭不可。而且这里有摩登女性，有一班专找暴发户的小姐在这里进进出出。他们也可以谈谈那种不正常的恋爱，有了这些缘故，所以说他们在这里也是取乐，也是应酬了。"

亚雄端起大玻璃杯喝了一口，笑道："这就是和普通商人上茶馆讲盘子的情形一样了。然而所谓吃一碗沱茶，那个价目，和这就有分别了。拿普通商人吃沱茶的事来比，就可见国难商人的身份是怎样地高。他们每日在这种大餐馆里鬼混，一个月总要花上万吧？"亚英笑道："你真够外行。他们是为了生意，所以必须在这个地方，一次就可以花好几万。"亚雄道："那怎么花得了？"亚英端起玻璃杯来喝了一口，微微地笑着。

就在这个时候，只见那李狗子匆匆忙忙地跑来了，脸上带了几分笑容，弯了腰，伸着头低声向亚英道："就在这里开一张支票。"这句话首先叫亚雄吃上一惊。记得在南京的时候，他拿着新的十元钞票，还要请教人，问问是哪家银行的，更不用问他什么是支票了。如今是居然会开支票了。他几时识得许多字，又几时学会了开支票？其实李狗子是无日不开支票的，他并没有理会到有人对他这行为感到奇怪。他挤着和亚英坐下，在西装袋里先掏出一本支票簿子来，然后又在小口袋上拔起一支自来水笔，伏在桌上写了一个五万元的数目，然后在户头名下签了"李福记"三个字，再由身上摸出一个图章盒子，取了一方小牙章，在名字下盖上了印鉴。看他的字虽写得很不好，但是笔画清楚，至少他把支票上这几个字已写得很纯熟了。

亚雄如此想着，就不免注意着李狗子的态度，李狗子偶然一抬头，却误会了亚雄的意思，笑道："大先生觉得这数目不小吗？这一种事是难说的。有时候两三倍这样的数目还不够，生意人有生意人的打算。有道是暗中去，明中来。"亚雄知道这话是江南人劝人做慈善事业的言语，便道："你倒是大手笔，这是向哪个大机关捐上这样一笔钱？"李狗子笑道："捐钱？哪里有这样大的事要我捐五万。上次飞机募捐，我也只捐了五十元。"他一面说话，一面将自来水笔、图章盒、支票簿子陆续地向身上收着，笑道："我还要到那边去坐坐，也好把这件事办完。二位在这里再坐一会儿，我还有事要请教呢！"说着在身上掏出一只银制的纸烟盒子，打开来，将支票收在里面，手里捏着盒子，笑嘻嘻地走了。

亚雄问道："他真有钱，带了支票簿子在外面跑，一提笔就是五万，我看他写着五万元的数目，一点儿也不动声色，分明是满不在乎。"亚英道："做生意的人，在要下本钱的时候，五百万，五千万，也是大大方方地拿出来，动什么声色。做生意怕下本钱，那还能发财吗？"他说到这里，正好茶房来收盘子，听了这话，微微地笑了。亚雄道："可是听他那话，暗中去，明中来，并非是下本钱呀！"亚英等茶房走了，低声道："这就是所谓'开包袱'了。不是直接下本钱，也不是间接下本钱。"亚雄道："什么叫'开包袱'？"亚英笑道："大庭广众之中，你老问这种事做什么？喝酒吧！"说着把玻璃杯子举了起来，眼睛望着哥哥，眼光由杯子口上射了过来。亚雄看这情形，也就明白了一点儿。只是那李狗子在这桌上开了一张支票就走了，这"开包袱"经过的手续，还是有些不懂。因为亚英不愿说，也就算了。

两人已有微醉，吃过了几道菜，面对着桌上的一杯咖啡，杯上腾起一道细微的青烟，香气透进鼻孔，颇也耐坐。随便谈了些家常，但看这大厅里面电灯都照得雪亮，回头看窗子外面却是一片漆黑。亚雄开始催着要走，却见李狗子额角上冒了汗珠，脸上红红的，手上夹了大衣，拿着呢帽，匆匆地跑了来，笑道："事情完了，事情妥了，有累二位久等。明天正午，请二位吃餐江苏馆，我们在那里集合。"亚雄道："这不必了。我想明天陪舍弟一路下乡去一次。他自离开了家庭，家父家母都很惦记着。"李狗子道："哎呀！我一直想去看老太爷，至今还抽不出工夫来，真荒唐，真荒唐！"说着却又将另一只空手，拍拍亚英的肩膀道："我们要办的那一件事，还没有接头，你怎么可以离开呢？这并非十万八万的事，你不要不高兴干呀！"亚英笑道："我倒并没有打算在这上面发多大的财。"李狗子哦哟了一声，又把手在他肩上连连地拍了几下，笑道："小伙子，不要说这话呀！不发小财，怎么能发大财呢？你老大哥，到如今还不敢说这话呢！"

亚雄见他放出那不尊重的样子，还自称老大哥，实在让人生气。可是亚英对这样一个称呼并没有什么感觉。亚雄虽然并没有什么顽固的想法，只是想到李狗子在南京是个拉黄包车的，便觉得他今日衣冠楚楚，一掷万金，令人发生一种极不愉快的情绪。因此他站了起来，将挂在壁间衣钩上的那顶破呢帽子取在手里，身子走出座位以外，做个要走的样子。

李狗子现在是到处受人欢迎的一个小资本家，如何会想到有人讨厌他？便将拍亚英肩膀的手，伸到亚雄面前来。亚雄却没有那勇气置之不理，也就和他伸手握着。他摇撼了亚雄的手，笑道："我们自己兄弟不必见外，明天中午，我到二哥旅馆来等候吧。"亚雄手里握着他那肥厚的手，但觉自己手心里热烘烘地握着一把粗糙的脂肪品。心里本已想着，是多少肥鱼大肉把这小子吃肥了？现在听了他这一番亲热之词，便又想着："我们会成了自己弟兄的。亚英是他的二哥，总算给面子，没有叫老二，也没有叫二弟。"心里有了这一番感想，脸上便也随着表示笑容出来。

李狗子依然摇撼了他的手道："说话算话，绝不是空口人情，我明天十一点准到你旅馆来奉邀的。"说着回转脸来望了亚英。亚英点着头笑道："经理赏我们弟兄饭吃，我们还有不欢迎的吗？"李狗子大笑，拍着亚英的肩膀道："我们这位老弟，活泼得很！"说着把那肥大的巴掌向空中一举，做个告别的样子，然后走了。

亚雄望了他兄弟道："你何必和他这样亲热？一个目不识丁的粗人，现在又是个市侩，和他这样要好！"亚英笑道："你这种顽固的思想，在重庆市上如何混得出来？他虽是个粗人，还有三分爽气，市面上那些鬼头鬼脑、满眼是钱的商人，我们不是一样和他们在一处亲热着吗？在若干时候以前，我还不是个挑着担子赶场的小贩？是的，在早一些时，我是一个西医的助手，仿佛身份比他高些；可是也就为了这狗屁的身份，几乎饿死在这大都会里了。"他原是站起来要走的，越说越兴奋，又不觉坐了下去，手上端起那残余着的半杯咖啡，又喝了一口。亚雄笑道："算我说错了。我们自己的正经话还没有谈，可以走了。"亚英原也不能说兄长的话错了，一个青年为了挣钱，和什么人也合得起伙来，前途也实在危险。只是已走上了这条路，不能不辩护两句。现在亚雄认了错，他更没得可说的，便笑着一同出了大餐馆。他已找着上等旅馆，开了一间房间，引着亚雄去谈了半夜。亚雄算是知道了他来重庆的任务，也了解他与市侩为伍自有他相当的理由，直到夜深，两人才尽欢而散。

弟弟是看见兄长太苦了，每天早晨上办公室，喝一碗豆浆，吃两根油条，是最上等的享受，便约了明天上办公室之前，一路到广东馆子里去吃早茶。亚雄自乐于接受他弟弟这个约会，六点半钟便和亚英走上了大街。在半路上，亚英忽然停住了脚步，笑道："大哥！我们再邀一个人同去吧。这个人虽也是市侩，可是我往年的同学，正和我一样，逼着走上了市侩的路。他叫殷克勤，也许你认得。"亚雄道："以前他老和你在一处，我怎么不认得！他现在做什么生意？"亚英回手向街边一指道："那是他和人家合伙开的店。"亚雄看时，招牌是"兴华西药房"。因为时间早，店伙正在下着铺门板，便道："你顺便请他，我有什么可反对的呢！就怕人家还没有起来。"

说着，两人走近了那家药房门口。只见两个穿呢大衣的人，板着面孔，对着一个穿西服的人说话。这个穿西服的，正是殷克勤。他满脸放出了笑

306

容，半弯着腰，和那两人赔礼道，"这实在是小号的疏忽，恰好兄弟这两个星期不在店里，两位店友没有把手续弄好。"一个穿呢大衣的鹰钩鼻子，脸上有几十粒白麻子，尖尖的下巴，鼻子上架了一副金丝眼镜；那溜滑的眼珠，只顾在眼镜下面转动。他左手夹了两本账簿子，簿子上有"兴华药房"字样，当然不是他带来的东西。亚英做了一段时间的生意，所有商人必须经历的阶段，他都已明了，看到这个情形，心里就十分清楚了，便站在店门口屋檐下，没有走进去。亚雄随了他站在后面，也呆呆地向那里面看着。

那两位大衣朋友，虽然板着面孔说话，然而殷克勤却始终微弯着腰，含着笑容说话。那个拿着账簿的人，将另一只手拍了胁下夹着的账簿道："我们一年不来，你就这样含糊一年；我们来了，你又说是你当经理的不在店里，店伙没有把手续办全。难道你这样一说，就不必负责任吗？你当经理的人，要离开店，就应当找一个负责任的店伙……"殷克勤听他的话，还不十分强硬，便不等他说完，抢着插言道："是，是，一切我都应当负责任。天气太早了，小店里一点儿开水都没有。不能让二位站在这里说话，请到广东馆子里去喝一杯早茶。二位要怎么办，我一切遵守。"那个穿大衣空手的人，脸色比较平和些，便微笑了一笑道："只要你肯遵守规则，那话就好说。"

殷克勤伸出五个指头来笑道："请二位在这里等五分钟，我上楼去拿点儿东西。"那个拿着账簿的道："我有账簿在这里，不怕你弄什么手段，我们就等你五分钟。"殷克勤一面向里走着，一面还答应了绝不敢玩什么手段。那个空手人，在大衣袋里取出一盒小大英纸烟，给这个夹账簿的一支，自取一支吸在嘴里。那个下店门的店伙看到了，立刻在桌上抢着取了一盒火柴来，站在二人面前，擦了火柴，代点着了纸烟。夹账簿的手指夹了烟吸着，偏头喷出一口烟来，冷笑一声道："这些做投机生意的奸商，就只有用冷不防的法子来惩他！"

亚雄在店外看到，心想，这位经理不知上楼去干什么，这两个人正想要惩他，他还把人家丢在柜房里冷淡着呢。他这样替人家捏着一把汗，然而这位殷先生并没有什么大为难的样子，笑嘻嘻地走了出来，向两人点了一下头道："对不住，让二位等了一下。走，走，我们一路吃点心去。"那个拿账簿的道："有话就在这里说吧！"殷克勤笑道："这早晨又不能有什么吃，算不了请客，不过家里茶都没有一杯，实在不恭，我们不过是去喝碗茶。"另外一个穿大衣的就从中转圜道："好在时间还早，我们就陪他去喝一碗茶，也没有关系，反正公事公办。"那人听到，默然地点了个头，于是跟着主人走出来。

殷克勤到了这大门外边，才看到区氏兄弟，向他们点了头道："原来是二位，早哇！我今天有点儿事，改日再谈吧。"他一面说了，一面走着，也不曾停一下。亚雄直等他们走远了，才道："这件事，我倒看出一点儿头绪来了。"亚英笑道："那么，你那天所问我的那个新名词'开包袱'，你可以懂了。这个山城，就是这么一回事。反正是这一个原则，只要你应付得法，放到哪里去，也可以走得通。他们也许同我们在一家广东馆子里喝茶，我们还可以把这出戏从容地看完呢！"两人谈论着，走进广东馆子，见那茶座上已是满满地坐着人。兄弟两个找到屋角里，才找到一张空桌来坐下。刚刚坐下，便看到殷克勤三人的座位也相离不远，只隔了两张桌子。殷克勤猛然看到区家兄弟，颈脖子一伸，却像吃了一惊的样子，但亚英和他使了一个眼色，并不打招呼。他这也就明了了，回看了一眼，并没有说什么。亚雄正是要研究这个问题，自然也都看在眼内，虽在这桌上喝茶吃点心，心却在殷克勤那边桌上，看他们到底是经过一些什么手续。

约莫十来分钟之后，只见殷克勤拿出一张花纸条来。凭着经验判断，那大概是一张支票。他满脸带着笑容，将支票交给穿大衣的两个人里面那个较为和善的。那人看了一看，赶快折叠着塞在衣服袋里。因为这食堂里相当嘈杂，还听不出他们说些什么，只看他们彼此嘴动的时候，脸上带了很和悦的样子。就是那个夹着账簿的人，也说笑着，敬了殷克勤一支纸烟。远远地看到殷克勤隔了桌面，站起来半鞠着躬，接受了那支烟，彼此在点着头，都笑了一笑。半小时以前，在药房里办交涉那种万难合作的样子，已不存在了。但那两本账簿，依然放在那人面前的桌子角上。殷克勤说笑着，眼光不住地向这两本账簿瞟过来。那人似乎有些警觉了，突然站了起来，将账簿拿着，伸到殷克勤面前来，他提高了声音说话，这边桌子上都可以听到。他道："殷先生，这一次我们原谅你是个初次。在重庆城里不断地见面，还真能为这事决裂不成！账簿子你拿去，算我们攀上这么一回交情。"

殷克勤抢着站起，两手将账簿子接着，笑着又点头，又鞠躬。另一个人也站起来，走近一步，手拍着殷克勤的肩膀，笑道："殷经理，可便宜你了！"说着伸过手来和他握了一握。那个夹账簿的，也和他握了一握，同声道着"多谢"，便一齐走出去了。殷克勤站在座边，直看到这两位嘉宾都出去了，才低头看了一看账簿，叹了一口气。也就在这时，他回看了看区氏兄弟，点着头苦笑了一笑。亚英站起来，向他也连连地招了几招手，他匆忙地会过茶账，夹了那两本账簿就走过来同坐，他笑道："二位一到我小号门口，我就看到了。只是我要对付这两块料，没有工夫来打招呼，也不便打招呼，真对不住。这一次茶点，由我招待。"

亚英坐在他对面，提起小茶壶向他面前斟上一杯茶，笑道："本来呢，我是无须和你客气，只是你今天的破费已经很大了，我不应当在今日打搅你。"他笑道："那是另一件事。在重庆市上做生意，一个不小心，就容易遇到这一类的事，现在社会上都说商人发国难财，良心太黑，其实像今天这两块料，比我们的心还黑得多！我们好比是苍蝇，他们就是蝇虎子，专门吃苍蝇！"亚英道："这话不大确切，我们是肥猪……"他笑道："老朋友初见面，说好的吧！"亚英笑问道："那么，你今天破费了多少呢？"殷克勤将账簿放在桌沿上，用手连拍了几下账簿道："五千元法币，不多，还不够他们两人买一套西装呢！所以他们点心也没有吃饱，又去赶第二家。"亚雄听了这话，倒昂起头来，长长地叹了一口气。

第二十二章

旧地重游

区亚雄这番惊叹，他兄弟也有些不解。殷克勤是个久不见面的老朋友，自然更是奇怪，都不免一同呆望了他。他正端了一杯茶，慢慢地要喝下去，看到两人对他注意，便将茶杯放了下来，笑道："我不叹别人，我叹我自己。我们辛辛苦苦一天八小时到十小时地工作，绝不敢有十分钟的怠工。偶然迟到十分钟，也是很少见的事。至于意外的钱，不但没有得过一文，也没有法子可得一文。这一份儿诚恳，只落到现在这番情形！"说着，便将右手牵着左手蓝布罩袍的袖子抖了几抖。

殷克勤笑道："亚雄兄，不用说了，你的意思，我明白了。你以为你奉公守法，穷得饿饭，那处在反面的，却穿得好，吃得好，还要在人家面前搭上三分架子，充一个十全的好人。"亚雄道："可不就是！"殷克勤笑道："亚雄兄，你虽然还干着这一项苦工作，可是两位令弟，现在都有了办法。你就住在家里休息，有他们两位赚大钱的老板，也不至为生活发愁。"亚雄道："我倒不是为生活而发生感慨，我觉得做坏人，不但没有法律制裁，也没有人说他一句坏话。做好人呢，固然不必图什么奖励，有时还真会在社会上碰钉子，这叫人何必做好人呢？"

亚英想着殷经理这种贿赂行为，在重庆市场上是很普通的。照说收支票的人虽然不对，拿出支票来的人，也是一种不合法行为。如果他哥哥只管说下去，殷克勤是会感到难为情的，便在桌子下面用腿轻轻碰了亚雄两下，笑道："不必再讨论这些闲话了。我们该和殷经理先留下一句话。"说着将脸掉过来，对着殷克勤道："有一位舍亲，由广州湾那边押了一大批货入口，大概今明天可以到海棠溪，若有西药的话，你要不要？"殷克勤道:"我们做生意的人,现在只要有钱,没有不进货的道理。只是要考虑这货是不是容易脱手的。"亚英笑道:"我们这位舍亲,也是百分之百的生意经。假如不是容易脱手的货,他也不会千辛万苦地从那边带了来。我想他一定是先把各种货物的行情打听好了,再去办货的。"殷克勤想了一想,点头道:"这样好了,令亲来了,请通知我一声,我请他吃饭,由二位作陪。"亚雄笑道:"怪不得馆子里生意这样好,你们做大老板的人,对于请客,那是太随便了。我那舍亲姓什么,你都不曾问得,我们口头上一介绍,你就要请他吃饭,现在小请一顿客,已非数千元以上不办,更不用说大请了。"

殷克勤笑道:"令弟知道我在商人中并不是挥霍的人。这样随便请客,可以说是商人的一种风气,也可以说是一种生意经。演变的结果,那不愿接洽生意的人,常常可以这样说:'他饭都没有请我吃过一顿,我理他做什么?'这么一来,每一趟生意的成功,吃个十回八回馆子,那简直算不了什么一回事。"亚雄笑道:"仔细想来,这不是行商请坐客,也不是坐客请行商,乃是消费者请商人。你们请客的那一笔账,都记在货品身上。老实说,像你们老板们这样慷慨地花钱,我们消费者在一边看到,心里就想着,又有什么货品要涨价了。"殷克勤笑道:"我们商人,还有货换人家的钱,至于银行盖上七层大厦、十层大厦,你就没有联想到有些物品要涨价吗?"亚雄笑道:"有的。昨天上午,我还为着银行招待所招待贵宾,白吃白住,发生极大的感慨。那些钱是由银行由经理掏腰包呢,还是由会计主任掏腰包呢?老实说,为了这些,我对于世界上所有的商人,都不发生好感。商人是什么,商人就是生产者和消费者之中的一群寄生虫……"

他说得高兴了,只管把他的感觉陆续地说了出来,直到说出寄生虫这个名称,觉得实在言重,便立刻笑道:"高调是高调,事实是事实,我自己就有着很大的矛盾,我两个兄弟不都是商人吗?"殷克勤笑道:"我们也不十分反对亚雄兄这话。亚英兄是个学医的,我也是个学医的,若不是战争压到我们头上,也许我们两个人还都在学医,或者考取了公费,已去喝大西洋的水了。现在有什么法子呢?要继续求学,根本没有这种机会,而且家庭情况变了,也不能不叫我出来做事,以维持家庭的开支。谈到做事,如今只有做生意比较容易挣钱,我就走上做生意的这条路。等到战事结束了,只要有法子维持生活,我决定继续去学医。就是年岁大了,不能再学医,我也当另想个谋生之道,我绝不这样浑水摸鱼,再做生意了。"亚英道:"现在做生意,也许有点儿浑水摸鱼的滋味,然而到了战后,社会的情形恢复了常态,难道还是浑水摸鱼吗?"殷克勤望了亚雄笑道:"若照亚雄兄的说法，做商人的永久是浑水摸鱼呢！"这样说着，大家都笑了。

亚英在身上掏出一张百元的钞票，抬起手来向经过的茶房招了一招。茶房走过来笑道："这桌上的账，殷经理已经代付过了。"亚英看他时，殷克勤微笑道："在这个地方，我要插嘴会账的话，无论你有什么本领，你也会不了账，这个地方我太熟了。每天至少来一次。"那茶房点头道："刚才殷经理会那张桌子的账时，已经存钱在柜上了。"说着，他检点了桌上的碗碟，自行离去。亚英笑道："这个茶房说话，还带上海口音，年纪又轻，照例不会太知道对客人客气的。但是他左一声殷经理，右一声殷经理，大概殷兄在这里果然不错，我们只好叨扰了。"亚雄皱了眉道："只是今天的叨扰，我觉得不大妥当，人家正在所费不赀之时……"说着微微一笑。

亚英笑道："我们不是外人，话都可以说，你以为克勤兄今天有损失吗？他这五千元不会白花，迟早会捞回来的，也许现在就已经捞回来了。做生意的人，讲个算盘上不让毫厘，真有忍痛五千一万地胡乱向外花钱的吗？"殷克勤听了这话，并不怪他幸灾乐祸，只是嘻嘻地笑着。

亚雄虽感觉到两日来每一次的聚会，都可以得着许多知识，多谈一会儿也好，然而抬头一看食堂墙上的时钟已到八点，因此向亚英道："我该办公去了。中午这顿饭，假如可以不去叨扰人家，就不叨扰人家吧。你也应当去看看二姐，她到重庆来了这样久，你还没有见过面呢！她住在温公馆，你可以先打个电话去问问。"说着向殷克勤道谢而去。

亚英此时无事，倒感觉无聊，走出了广东馆子，站在人行道上，东西两头望着出了一会儿神。自言自语地笑道："截至现在为止，我还没有花过一个钱呢！"于是两手插在大衣袋里，闲散地在街上走着。忽然一想，何不到拍卖行里去看看，也许还有一些用得着的东西？想到这里，不免伸手到西服口袋里，觉得里面的钞票是鼓鼓的。他又继续地想着，把这些钞票花光了也不要紧，眼前几个熟朋友都很有钱，随便向哪个借个几千元都不会推辞的。于是就朝着最大的一家拍卖行进去参观。

因为这时还在上午，还不到拍卖行的买卖时间，两三个店伙正在整理着挂竿上的旧衣服。账房先生拿了一份报，坐在账柜里。口里打着蓝青官话，在那里自言自语地读社论。还有两个店伙，将头伸在一处围了玻璃柜子，站着在看一样东西。看时，乃是一张填满了号码的单子，大概是一张储蓄奖券的号码单。由此看着，他们是相当的闲了。亚英不去惊动他们，他们也不来注意客人。亚英看左屋角一道衣架上，总挂有上百套西服，虽然旧的极多，也有若干是颜色整洁的。便背了手，顺着衣架子，一件件地

312

看去。正注意看着，偶然有几下高跟皮鞋响声送进了耳鼓，也不曾去理会。随后，又陆续听到两个妇女说话的声音。听到一个男子声音道："卖给我们也可以，但我们出不了那多价钱，最好是寄卖，多卖到一些钱。"又听到一个女子声音道："寄卖要多少时候，才卖得了呢？"亚英觉得这个人声音很熟，不免回转头来看上一看。原来是两个少年女子，站在柜台边和拍卖行里人说话。其中有个女子手上夹了一件青呢大衣，恰好她回过头来向四处打量着，亚英看清楚了，她正是亚杰的好友朱小姐。在亚杰没有改行做司机前，两人已达到订婚约的阶段了，自从亚杰改行以后，很久不曾见面，没有听到过她的消息，不料会在这里遇到她。这是未便装糊涂的，便向前一步，点了个头笑道："朱小姐，好久不见，你好？"

朱小姐身上穿着薄棉袍子，看到了熟人向她手上大衣注意着，便先红了脸，勉强点点头道："真的，好久不见，听说你发了财了。"她说话时，觉得站在这拍卖行的柜台边是很大的嫌疑，便很快地掉转身来，要向外走。和她同行的那个女子，很了解她的用意，也就跟着走了过来。但她在这匆遽之间，乌眼珠子转了两转，似乎有了一点儿新念头，便镇静着把脸上的红晕褪下去了。她站定了脚，向随着走来的亚英笑道："不是听说你到仰光去了吗？"亚英道："到仰光去的是亚杰，不是我。他回来过一次的，没有见着他吗？"朱小姐在脸上现出一种忧郁的样子，将两条纤秀的眉毛紧蹙到一处，但立刻又微微露着牙齿一笑，微微摇摇头道："你不知道他现在的态度吗？"亚英笑道："亚男常念着你，见过没有？"朱小姐点头道："她倒是很好，只是你府上乔迁到乡下去了，我无法遇见她。"

这位朱小姐一面说话，一面向亚英周身上下打量着，把上面牙齿微微地咬了下嘴唇，然后点头道："你现在是开公司呢，还是开宝号呢？"亚英已想到她现在的境况了，笑道："既不开公司，也不开宝号，说来你未必相信，我挑着一副箩担在乡下赶场，做小生意。"朱小姐鼻子耸着哼了一声，笑着摇摇头道："年头儿真是变了，有穿着这一套漂亮西服挑箩担赶场的吗？"

那位同行的小姐听了这话，笑着把头一扭，长圆的白脸儿，漆黑的头发，在这一笑中，格外透着妩媚。亚英笑道："这是亚杰穿剩下的西服，分给了我一套，这也算不得什么排场。"他说这话，是替他兄弟再试一试朱小姐的态度，看她到底是亲近，还是疏远。朱小姐本已站定脚，听了这话，又向拍卖行外面走了两步，脸上带了一些微微的笑容，点着头道："我早知道他发财了。他常回重庆来吗？"亚英道："不多几天走的。他回来总是很短促的几天，也没有工夫去看你。"朱小姐淡笑了一声道："他看我做什么！亚男怎么样？她现在经济问题解决了，可以到大学里去，把那一年半学业念完了。"亚英道："她很想念你，你何不到我们家里去玩玩？她还有点儿东西要送你呢。"

朱小姐低头一笑，又沉默了一两分钟，然后向亚英笑笑道："你先带个信去谢谢她，下乡是没有工夫。她进城来，若是肯来和我谈谈，我是十分欢迎的，我们总是老朋友呀。"她正在这样连续地向下谈话，那位同行的小姐站在拍卖行门口，半侧了身子，一只脚已跨到大门外，回转头来向朱小姐望着，只管皱了双眉，微微地笑着。朱小姐再向亚英点了个头，连说"再会再会"，就挽了那位小姐一只手一路走了出去。

亚英觉得朱小姐的态度很有转圜的可能，大可以回家去给亚杰写一封信，报告他这一段好消息。可是那一位小姐，笑嘻嘻地跟了她走，也很有趣，可惜不知道她姓什么。他这样想着，就把向拍卖行里搜罗物品的念头打消，立刻走出来，想跟着朱小姐再走一截路。可是人家到拍卖行来，其目的和他正相反，很不愿再碰到熟人，已经匆匆地走得不见人影了。

亚英带了三分怅惘的心情，慢慢地走回旅馆，就在床上躺着，意思是要等亚雄来同赴李狗子的那个约会，而且他也急着想见妹妹亚男，好和亚雄商定了，今天就回乡探望双亲。

然而父母对儿女之心，是比儿女爱父母更为迫切。当天正午，他在旅馆里面等候得有点儿不耐烦的时候，却听到茶房在门外道："就在这间屋子里。"随着这话，门上敲了响，有个苍老的声音，而且带些抖颤，叫了一声"亚英"。他一惊，这是父亲的声音呀，立刻跳向前来，将门打开了。只见区老太爷身穿半旧灰色布棉袍，头上戴着呢帽，一手提了旅行袋，一手提了手杖，站在门外。他不觉直立着，低声地叫了一声"爸爸"，便弯腰接过手杖和旅行袋。老太爷进来了，对屋子周围看着，见有沙发，有写字台，又有很好的床铺，便道："这房间是上等房间呀！你们现在都学会了花钱。"亚英立刻将桌上的茶壶提起斟了一杯茶，放在桌角上，笑道："这是刚泡的热茶，你喝一杯吧！"

老太爷且不喝茶，手扶了桌沿，向亚英脸上望着道："你果然过得还不错。你这孩子的脾气越来越不对，到了重庆，还不回去看看父母！"亚英笑道："原来预备今天下午回去的，您老人家怎么知道我住在这里呢？"老太爷道："我也不能未卜先知呀！你知道你那香港的二姐夫林宏业要来了，我在今早上和亚雄通了个长途电话，问他来了没有。他就告诉我你到重庆来了。你要知道你母亲是十二分挂念着你。我立刻在家里取了个

314

旅行袋，就赶上了汽车站，恰好有一班车子要开，一点儿没耽误，我就来了。你应当知道父母对于儿女，是怎样地放在心上，只要儿女不把父母抛弃了，父母是会时刻记挂他的。"

亚英见父亲来到，心里已经受到很大的感动，再听到父亲这话，简直是怔怔地站着，说不出话来。区庄正又向屋子四周看看，再向儿子身上看看，点点头道："我知道你可以自给自足了。士各有志，我也无须再说什么，见了面，我就高兴。"亚英道："我的意思，上次已经托大哥向爸爸说了。这样的作风，我知道辜负父亲的庭训，好在我并不打算永远这样干下去。"说着，在西服袋里掏出了一只镀银扁盒子，将盒盖子掀开，里面满满地盛着整齐的两排烟卷，将手托着送到老太爷面前来。老太爷且不接烟，摇了摇头笑道："我觉得我以前的主张是不错的，不要你们年轻的人赚到那比较容易的钱。以前你是不吸纸烟的，如今你就在纸烟拼命涨价的时候，学会了吸烟。"说着，叹了一口气。亚英将烟盒放在桌子角上，找了一盒火柴，也放在那里，笑道："我没有敢忘本，这烟是应酬朋友的，说起来你会不肯信，如今做生意的人，讲起应酬来，比以前官场还要殷勤。没有相当的应酬，交不到朋友，也做不到生意。"

老太爷虽然不赞成儿子吸烟，可是一回头看到桌子角上烟火齐全，就情不自禁地拿起一支来吸着了，身子靠在椅子背上，将腿架起来，手夹烟支在嘴边，闲闲地喷了一口烟，微笑道："现在你这样做生意，就算顺着这个不正常的潮流吧，我也不反对你，可是到了战后，你打算怎样呢？人生在世，一半是为了自己糊口，一半也应当为别人尽点儿义务，用科学的眼光分析起来，商人是为别人服务的精神少，而剥削别人的精神多，尤其现在的商人，借着抗战的机会，吸着人民未曾流尽的血以自肥。"

亚英还是站在那里，向他父亲笑道："你和大哥的话一样，把商人骂得一钱不值，其实商人如拿着合法的利润，也无可非议。"老太爷将手一拍大腿道："利润这一名词，根本就可以考量。生产者出了血汗，制造货品供给大家，消费者又把他血汗换来的通货，向生产者去换取货品。这是生产消费两方面最公道的义务权利对待，这和商人什么相干！商人用一元钱在生产者那里贩了货品来，却以二元钱的价格卖给消费者，他从中这样一转手，白白地赚甲乙两方一元价值的血汗。这就是他的利润！'利润'这两个字，还怕不够冠冕，又在上面加上'合法的'三个字的形容词，一切罪恶，就在'合法的利润'一句话下进行。你不要以为老头年纪这样大，思想怎么'左'起来了？其实我的思想还是很旧的，我在你们小的时候，不就教你们一些正心、修身、齐家、治国的那些孔门哲学吗？我和你大哥今日之所以有这番对于商人剥削的感想，都是三年来实习着社会学最现实的一课得来的经验。你看有许多不像样的人渣，自从他们一做了国难商人，就成了上流人物，我们这读书数十年的人，做人知道做人的道理，做事知道做事的道理，而反在形式上变成了人渣！整个社会的经济动态，都受着这一群人渣的影响……"

这个结论还不曾讲完，一个说江淮口音的人在屋子外面叫了起来："亚英，你们老大来了吗？"亚英笑道："李经理，你来得正好，我们老太爷在这里。"说话时，李狗子进来了。这时他已不是昨天穿西服那个打扮了，身上穿一件蓝湖绉的狐皮袍子，两只袖口向外卷起了一寸宽，卷出了里面白绸小衣的袖子，左手拿着浅灰色丝绒笠形帽，右手拿了一根朱漆藤杖，口里衔了大半截雪茄。

老太爷原听到李经理这个称号，就没有想到他是熟人。这时他走了进来，只觉得是一个肥粗的大黑个子，秃着和尚头，而衣冠又是上海富商的样子，倒像是个工厂的老板，便站起来点了个头。究竟这李狗子还不能完全忘却前事，他看到区老太爷那副慈祥而又严肃的样子，和当日在南京所见无二，只是苍老一点儿罢了。既然想到了南京，那就不便忘了自己的身份，于是也不伸出手来握了，两手抱了帽子和藤杖，作了一个揖笑道："老太爷还认得我吗？上次遇到大先生，曾和你老人家带过一个口信，总想过来拜访，一直没有走得开，不料在这里倒见着了。"

老太爷想起来了，这是南京拉包车的李狗子，便哦了一声，立刻回揖道："记得，记得！一直想到贵公司去奉看，我又少进城。好在和孩子们常见面，已经叫他们向李经理深深地致意。"李狗子将手杖和帽子都放下了，听了这话，两手抱着拳头，拱齐了胸口，弯了腰道："你老人家这样说话，我怎样敢当！我也是托福，做了几票生意，手边稍微顺一点儿。老李还是老李，你老人家叫我一声号，已是很赏脸了，怎么还这样称呼？"老太爷一想，这可真惭愧，我哪里知道你是什么号，便点头笑道："请坐吧。本来就是经理，这也不是什么过誉呀！"

李狗子在身上一摸，摸出一只扁皮盒子，里面插了一排白锡纸卷了中腰、加贴红印花的粗大雪茄，一齐送了过来，放在桌角上，笑道："请你老人家尝尝。这还是香港转进口的真吕宋烟。"老太爷吸过西门博士的舶来雪茄以后，又是很久不尝此味了。现在李狗子摆了这许多珍品在面前，自不免顺手抽了一支来看。李狗子坐在下手椅子上笑道："老太爷若

316

是喜欢这个，连皮匣子都送给你老人家吧！"老太爷笑道："这如何敢当，君子不夺人所爱！"李狗子道："这也太值不得提起了。我家里这样的雪茄还有一点儿，我明天专人送到这里来。老太爷明天还不下乡吧？"老太爷道："亚英在外面日子很久，他母亲很不放心，我想明天一早同他下乡去。"李狗子两手拍了皮袍子笑道："那不行！今天晚上是要奉请老太爷喝三杯，馆子里不便喝酒，就请到敝公司三层楼上去喝吧。——还要声明一句，今日中午，本约了大先生吃午饭的，没有想到老太爷会来，不成敬意，顺便也请老太爷去，晚上才是专请。明日中午呢，我猜着褚经理一定要请的，他老早就约了我，要到老太爷公馆里去拜访请教，如今知道老太爷来了，他有不请老太爷的吗？"说到褚经理，区老先生就知道是在南京开老虎灶卖热水的老褚。

老太爷道："我是要当面谢谢你，上次蒙你的好意，对我颇有点儿周济，真是受之有愧。"李狗子抱了拳头连拱两个揖道："你老人家怎么这样地说，巴结还怕巴结不上呢！我们这些人的出身，是瞒不了你老人家的。"说着，他回头向门外看了一看，低声笑道："我们不懂的人情和世故，都还多着呢！我们一定要找个老前辈当我们高等顾问。还有一层，到了如今，我们才知道一个人不认得字，不便的地方太多了，不瞒你老人家说，生意我们算是做通了，这一辈子吃饭穿衣，大概不会发生什么问题的。就是我们不认得字，处处受人家的欺。不用说订合同这些大事了，就是开一张发票，也要看管账先生的颜色。"老太爷道："李老板在这种情形之下，应该请一位很可靠的文书先生才好。"

这句话好像说到他心坎里去了，哈哈一声笑着，两手同时拍了大腿站起来，大声道："老先生你这句话，可不是说着了吗！我和褚经理就都这样想着，若是大先生肯把公务员辞了，我们一定请他。不敢说是文书，就算是我们的老师吧。我们有这样一个老师，什么都可以放心，就决计共奉送大先生车马费每月一万元。只是有点儿格外的请求，就是大先生管理两家公司文书之外，每天教我们几个字。"说到这里，似乎有点儿难为情，微偏了头望着老太爷，把眼睛笑得眯成了一条缝。

老太爷笑道："请坐，请坐。这样大的薪水，你还怕请不到好文书吗？只是亚雄干了公务员十几年，一旦把这么多年的成绩付之流水，他也不能不考量。这是他一生出路问题，我也不能十分勉强他。"李狗子不曾坐下，依然站着说话，他道："那自然，是要得到大先生的同意。不过趁着老先生在这里，可以请老先生劝说两句，你老人家不要说出了这样多的薪水，就可以请着好文书先生，像大先生这样贴心的人，那是难逢难遇的。现在我和褚老板各请了一位文书先生，合算起来，薪水也差不多过万了。我们总要看他们的颜色，好像就是耻笑我们不配请他。嘿！年轻的人若不肯念书，那真是该死，我就是个榜样。"说着，他又重重地伸手拍了一下大腿。

正说着，亚雄果然应约前来，一见父亲来了，自是欢喜。还没说话，只见李狗子抱了拳头，打着躬笑道："有希望，有希望，我猜着大先生不见得会赏光的。现在既是来了，那就肯吃我的饭，请一顿饭肯来吃，那么，就是以后请吃饭，也可以赏光的了。时间到了，请，请！我们这就吃饭去。"亚雄走进来，听到他这一顿说话，倒有些莫名其妙，只是呆呆地向他望着。老太爷笑着把他的意思解释了。

亚雄笑道："叨扰李经理一顿饭是一件事；给李经理帮忙，那又是一件事。"李狗子把放下的帽子和手杖一齐拿了起来，又拱了手笑道："话不在这里说，吸鸦片烟的人，鸦片灯下好商量事情，吃酒的人，好在酒杯子边上商量。我们就走吧！"亚雄笑道："李经理的性子还是这样爽快，恭敬不如从命，我们就跟着你走吧。是哪一家馆子？"李经理将右手大拇指和食指比了一个圈圈，在嘴上亲了一亲，笑道："在馆子里喝不痛快，到我们办事处去喝。虽然路多一点儿，不要紧，出门去，我们就叫车子。好了，老太爷，请，请！"说着他就微弯了腰，做出等候的样子。

区家父子三人，因为他这一份恭敬，只好受着他的约请，大家坐了一辆人力车，到一个岩口上停车，老太爷不觉呀了一声道："这是旧地重游呀！我们从前住的房子，不就在这坡子下面吗？"亚英站到坡子口上，向岩下面望了一望，见新辟的一条石子马路，老远地翻过了一个小山岗，奔到了岩脚，原来那些住宅区的人家，却少了一半。倒是棕黄色的草顶矮房子，左一丛，右一丛，在那旷大的敞地上散布着。便回头向老太爷笑道："这让我们不禁感慨系之了。"

李狗子正忙着和客人找轿子，并没有理会他们在谈话。他找了轿子，回转身来，见老先生左手摸着胡子，右手握了手杖，撑住地面，放在身后，只是向坡子下面出神，便笑道："老太爷，你看下面的坡子不是很陡吗？其实我们若坐汽车兜了一个圈子，还是可以去。如今就是汽油不好买，大小车子有的是。请坐轿子吧。"老太爷笑道："这个地方，我们住过一个相当的时期，所以看着有点儿出神。下坡路不用坐轿子，我们走下去吧。"李狗子笑道："走下坡路看去好像不吃力，到了重庆来，我们也就有了经验，下坡路走得多了，那脚杆子和脚后跟，震得人一颠一颠的周身都不受用。"老太爷笑道:"这话是对的。可是什么困难事情,都可以被习惯克服。我们先来重庆一步,又是一来就住在这上下坡的所在。每日上下坡,至少也有两次,所以我倒不怎么感到困难。将来回到下江去了,我这两条老腿,倒还可以和人赛一赛跑。"

老先生说这些话,自是无意的。亚英听了,恐怕李狗子误会这是打趣他的,便插嘴道:"我们倒要看看这些旧日邻居,敌机炸后生活成个什么样子了。还是走的好,要不然,家父出门,总也是坐车子的。"他一面说着,一面下了坡子走。老太爷也就立刻省悟过去亚英是什么意思,笑道:"既然来到这里,可以看看我们旧日邻居。"他说时,拄了那手杖,笃笃地打着石坡子响,也走下去了。因为如此,大家都丢了轿子不坐,一齐跟着后面走下了坡子。约莫有三五十级,老太爷站定了脚,转着身子四周看看。

李狗子道:"你老人家找什么?坡子还没有走一半呢!"老太爷道:"我记得这个地方有爿小茶馆,当日我家被轰炸之后,将东西由炸坏的房子里抢出来,乱放在露天地里过夜,偏偏遇到大雨,把我全家淋得像落汤鸡一样,大家抢到这坡子中心来,已有个半死。在这小茶馆里躲雨,那老板还不肯,幸得那个苦力杨老幺帮了我们一个忙,才安下身来。要不然,那样倾盆大雨,叫我们临时往哪里去!"

这时,有个穿了一套灰布中山服的正由坡下向上走,听了这话,突然停住了脚,对这一群人上下打量了一番。他啊了一声,然后向老太爷点了个头笑道:"好久不见,老太爷发福了。"亚雄向前一步,对他父亲笑道:"你记不得了吗?这是宗保长。"老太爷笑道:"对不起,我健忘得很。宗保长还住在这里?"他叹了口气道:"惭愧得很,往年在这里住着的人,好多发了财哟,只有我还是这个样子。老太爷你说的那个杨老幺,现在不着烂筋筋了,了不得了,发了几百万大财。旧日的朋友,都变成了仇人。"说着从灰色衣袋里抽出一方灰色的手绢,擦了红额头上的汗。

老太爷道:"不错,他是发了财,可是他很念旧,正和你所说的相反。我们和他可以说没有什么交情,可是他对我们客气得了不得呢!你当年做过他头上的保长,他……"宗保长跌了脚道:"还用说,就是为了当年的事,如今和我扯拐(川语,无理取闹,寻事)。你看吗,这里前前后后,每一块地皮都是他的了,我住的那两间房子,原是佃的,去年子开茶馆,自己又盖了两间,如今房东把地皮卖给他了,他要收回去盖洋房子。"老太爷笑道:"就算如此,也是他的本分,不能说是把你当仇人啦。"宗保长道:"他就是把我当仇人,那也应该。当保甲长的人,没有人说好话咯。"老太爷笑道:"这话太有意思,果然如此,这保甲制度还能施行吗?"宗保长道:"老太爷,说给你听,你不肯信。他现时就在我那茶馆里,硬是威风。我陪你去看看,包你要生气。"老太爷回头向亚雄笑道:"这可怪了,照我们的看法,这个人是相当可取的,他怎么会在熟人面前逞威风呢!"亚雄道:"反正也不弯路,我们就到那里去看看。你老人家不是要和他谈谈吗?"老太爷道:"宗保长,若有这个兴致,我们一同走一次。"宗保长脸上带了笑容,拖长了声音说声"要得"。于是他首先一个在前面引着路。

宗保长这爿茶馆,在岩下路转弯的三岔路口上,左隔壁是小面馆,右隔壁是烧饼店。他的茶馆除了店堂里面陈设了七八副座头之外,还有几张躺椅,夹了茶几,放在店门口空地上。大家走来了,远远地看到杨老幺穿着青呢大衣,端坐在门口一张桌子正面,两边有两个戴着盆式呢帽、身穿蓝布大褂的人,含了笑容相陪着,此外前前后后,每副座头上都坐满了人,而且十之八九是短衣赤脚的苦力朋友,大家闹哄哄地谈着话。

杨老幺坐的那张桌上,放了一只敞开盖子的小皮箱,里面放了整叠的大小钞票。箱子边还放有纸墨笔砚等类。那里有一个穿蓝布大褂的,正提着笔在面前的纸单上圈了一圈,喊道:"李二嫂!"只这一喊,过来一位五十上下年纪的妇人,穿件青布破袄子,蓬了一把头发,用一块旧得变成了灰色的白布帕子扎了额头,在灰蓝单裤下,伸出穿了一双麻索捆缚着的青布鞋子。她走到桌子面前,两手按了面前的衣襟,连连地弯了腰道:"杨经理做好事,明中去暗中来咯。我是苦人哪,要多多道谢咯,让我们多吃两碗吹吹儿稀饭嘛!"

杨老幺倒是站起来欠了一欠身子,可是在两旁的两位穿蓝布长衫先生,却大大方方地坐着,丝毫没有什么感觉。那个叫她过来的人,却在口角上斜衔了大半支纸烟,微偏了头向她望着道:"你朗格这样多话哟!"说着,在那小皮箱里取出一叠钞票,掀起了两张,丢在桌子角上。她又鞠着躬连道:"经理做好事嘛!"杨老幺点了头道:"这位大嫂,我认得她,她老板是卖担担面的。你老板近来生意好吗?"她道:"咳!不要提起,上两月死了,丢下三个娃儿朗格做吗?"杨老幺道:"去年子,我吃过你老板两碗担担面,当时没有给钱,约了过两天还账的,后来我病了,没得钱给他,我不好意思见他。他见了我,倒不向我要账,这是一个好人。要讲交情大家讲交情,他死了,我也要对得住死鬼。"说着,在皮箱里取出一叠钞票举了一举道:"这是一千块钱小意思,请你代我买一份香烛纸钱,到你老板坟下烧烧。多了的钱,割两斤肉,娃儿打打牙祭。"说着走出座位来,将钱交给那妇人。那妇人想不到随便请求一下，竟得着这样多的钱，两手捧了一千元钞票，竟没有做道谢处。四围坐着的人，早是哄然一声相应，表示着惊讶与羡慕。那个穿蓝布衫的，又站起来道："你这位大嫂，真是啥子也不懂，杨经理有这样的好意，你还不道谢！"

这时区老太爷一群人也缓缓地越走越近了，看到杨老幺这种慷慨施惠的情形，也有点儿愕然，不免停止脚步，呆了一呆。杨老幺猛然一回头，首先看到了老太爷，立刻抢上前深深地向他鞠了一个躬笑道："好久就想去拜访老太爷，不想在这里碰到，你老人家是我的大恩人！"区老太爷见他执礼甚恭，猛然倒不知道怎样是好，只有两手抱了拳头，连连拱了几下道："杨老板太客气，太客气。"杨老幺看到亚雄，又深深地点了点头笑道："请大先生到我公司里去耍吧，朗格不赏光？"亚雄笑道："我们刚才由坡上下来，听到宗保长说，就特意看你来了。"杨老幺笑道："我就不敢当。这个地方没有啥子招待，吃碗茶吧！"老太爷笑道："茶是不必喝了，我有两句话和你说。这宗保长从前是邻居，虽然有些事亏累着你的地方，但也无非根据公事说话。如今你不在这里住了，过去的事可以不必介意。"

那宗保长脸上带了苦笑，缩在老太爷身后，并没有说什么。杨老幺笑道："那是宗保长多心。我哪里和他说过啥子，他看到我今天同了一班朋友来了，又在他茶馆里吃茶，以为我是来和他扯皮，我哪有这样多工夫哟！"说着，望了宗保长微笑了一笑，接着道："老太爷，做人总要有良心，我当年在这里卖力的时候，熟人很多，现在来看过两回，苦人还是多哟。也是几位弟兄和我商量，替老邻居帮帮忙，所以我今天带一点儿款子来，送大家一点儿茶钱，二十块，三十块，随便奉送一点儿小意思。同这么多老邻居我都客气，难道就单单跟他宗保长过不去，会扯啥子拐？"

老太爷向宗保长笑道："这样说，你是多心了。他带着这许多人到你茶铺来吃茶，你也是一笔生意呀！"宗保长道："我怕不是一笔好生意，但是这房子是他公司的了，我怕这样多人是来收房子的。"杨老幺笑道："你一个做保长的人，怕啥子哟，来了这多人，正好你都可以拉了去当壮丁。"说着，昂起头来哈哈一笑。老太爷笑道："杨老板，不说笑话。今天你是个义举，一好就百好。宗保长这所住房，你今天可以不必和他交涉，慢慢地和他解决好吗？"宗保长道："怕我不晓得，杨经理现在发了财，就是为了要出我一口气，出了上百万，把这一带地皮收买了，把我的房子也收买在内。"老太爷道："宗保长，我已经和你调解了，你为什么还说气话？杨老板，我平心说一句，你拿出百十万块钱来置产业，当然有你的作用，你虽有钱，也不会为了要出宗保长一口气，故意买这一片地皮，但是顺便在老邻居面前摆一摆这点儿财运，也许有的。现在我来为你们做个公平的调解，假使你公司收用这片地皮的话，请宗保长不要多心，既然是个保长，要知道国家的法律。至于杨老板呢，既然和许多老邻居都肯帮忙，请你对他也大小帮个忙吧！"

杨老幺两手抱了拳头，拱了两拱，笑道："就是，就是。老太爷你是个明白人，你吩咐的话一点儿不错。"老太爷回转身来向宗保长笑道："宗保长，你听见了，人家已经当面认可了。自此以后，你们还是好朋友呀！"杨老幺道："宗保长，我说话算话，你放心，今天在这里打搅你一顿，也不能叫你吃亏。"说着回过头来，向那管钱的人道："有一百碗茶没得？"那人起身答道："五十碗茶还不到咯！"杨老幺道："那我们付五百块钱的茶账吧！"宗保长听了这话，倒不觉地露齿一笑。

果然那个管账的立刻拿了一叠钞票离座，直奔过来，交与了宗保长，笑道："你说杨经理绊灯（川语，有意寻事），有这样的人天天和我绊灯，我都欢迎咯！"宗保长手里拿了那五百元钞票，也嘻嘻地笑了。老太爷向他两个儿子笑道："他们这个局面颇也有些意思，我们是否还要继续参观下去？"宗保长插嘴道："我们有下江来的龙井，泡一碗茶吃吗？"李狗子站在一群人后面，他也把这事情看了，便笑道："老太爷，不必在这里很久地耽误下去了，我们还要赶着去喝两壶呢！"

杨老幺见他们没有驻留之意，哪里肯放？站在路头上，挡了大家的去路，只管让着说稍坐一会儿。老太爷笑道："杨老板，我很知道你这番诚意。大家都住在重庆市圈子里，你还怕少了见面的机会吗？譬如今天我们就在这里相会了。这位李经理，也是多年以前的熟人，今日才得见面，见面之后，他也和杨老板一样地亲热，请我到公司里去吃饭。现在正是吃饭的时候，我怎样好在这里吃茶呢？而且我看你这里也很忙。"李狗子点了点头笑道："一看杨经理就是个好朋友，若不嫌弃的话，请一路到敝公司去喝两盅。"说着，他已动脚在前面走。杨老幺料着无法挽留，只好随在老太爷后面问明了住处，说是第二天再去奉请，方才别去。

走了一截路，李狗子忍不住问亚雄道："这个杨老板，大概发了很大的财吧，他怎么会带了一箱子钞票来到这里放账？"亚雄道："他什么原因要放账，这倒不知道，不过他也是个贫穷出身，原先和今日在座的那些男女都是熟人。"李狗子道："是的，我也有这意思，将来我到了南京，也会和他一样大大地和朋友帮上一个忙，不过……"

他说到这里，笑了一笑，将手摸了一下下巴，接着又昂头摇了一下，笑道："那不算什么，我也可以提了一箱钞票到茶铺子里去分给老朋友。南京城里的那些老朋友，第一件事是没有房子住，我将来回去第一件事也就从这里下手，开一个建筑公司，专门建筑民房，这样一来，既是应了回南京人的急，又做了一笔投机生意，一举两得。我们几个朋友商量多少次，决定这样办，章程的草稿，我都写好了。"

　　老太爷听他说话，正走到一所被炸的废屋旁边，那屋子中间全是精光的，高高低低，几块黑土地上面，栽种着芥菜和豌豆，周围的砖墙却还光秃秃地直立着，门和窗子的所在地，都是大小几个窟窿。那屋面积宽大，石台阶还整齐地铺着，石头缝里长着尺来长的青草。老太爷将手上的手杖指着道："这是我们原来住处隔壁的人家了。"亚雄道："那石头门框上不是还钉着一块门牌？"亚英道："我们安居过一个时期的地面，如今会弄成这个样子！"亚雄道："你看那是我们那幢楼房的遗址，比这里更惨了。"说着向面前一片菜地一指。那里只是一片黄土地，什么房屋的痕迹也没有，唯一可认出来的，便是原来大门口那截石板路。

　　老太爷很感慨地叹了一口气道："你看，这是我们原来屋主经常跑来看看的地方，都荒废成这个样子。我们在南京的房屋，不知变成什么样子了，怪不得李老板要回去开建筑公司了。"李狗子笑道："这个算盘哪个不会打！如今有了钱的人都是这样想，生意不能老是向下做去，所以大家变了个方向。或者买地皮，或者盖房子，总而言之，把法币换成了这种硬东西。"老太爷摇摇头笑道："这个世界真是变了，连李老板这样老实人，也晓得许多经济学了。"亚雄笑道："如今哪个不晓得'黑市''外汇'这些名词？十几岁的小姑娘，谈起化妆品来，不是仰光，就是加尔各答。"

　　老太爷正待答复这句话，却有一阵哦呀的声音惊断了他的话音，回头看时，一片空地上起着大石头的墙基，正有一大批工人在那里抬石头，卸砖瓦，纷乱成一团。他道："这不就是我们被炸之后，在这儿理东西的空地吗？"亚雄道："可不就是这里！"老太爷道："炸得凶，他们建筑得更起劲，你看这不是在建几层大楼吗？这块地皮是我们房东的，炸后他已经破产了，还会拿出多少建筑费来吗？"亚雄笑道："说出来，你老人家又得感慨一番。这所房子正就是杨老么建筑的。他上次和我谈过，说是我们愿意搬到原住的地方来，他有办法。他新盖了一幢房子，在我们那屋斜对门。我当时没有理会他这话，也没有料到他会盖这样好的房子，真奇怪，他有钱哪里不好盖房子，偏要在自己抬轿的所在来盖房子，他不怕人家揭他的底！"老太爷道："那是各有各的见解，正是富贵不归故乡如锦衣夜行。"

李狗子把话听到这里，才知道所谓杨老幺卖苦力出身，是指的这种牛马生活。这可见由大海底里出身一跳，跳上天的，正不止自己这样一个。他心里想着，口里不觉轻轻地哦了一声。亚雄省悟过来，恐怕他误会是嘲笑他的，便道："是的，这人值得我们学样。可是话又说回来了，我们哪里会有这种能力，提一箱子钞票来赈济老朋友！"李狗子道："大先生，这看各人的运气罢了。有什么能力不能力？我李狗子有什么本事呢？如今会享这样一份清福！"说着拍了一拍身上那件皮袍子。老太爷笑道："李老板爽快之至，连自己小名都提起来了。我正是忘了问，如今李老板用的是哪两个字的台甫？"李狗子笑道："我在南京的时候，本也有个名字叫李万有，但是人穷了，连名字也叫不出来。如今是朋友说一个名字不够，大家又送了我一个号，叫'李仙松'。'仙家'的'仙'，'松树'的'松'。这还有个缘故，是我过生日的时候，朋友们替我找一个吉利意思。他们说一万样都有了，还要有长寿去享受，才好叫我活上几千几百岁。可是一个人哪能活到那样大的年纪？能活到一百岁就不错了。老太爷，不瞒你说，从前我不怕死，活到多大年纪死都可以，现在却非活到八十岁不可。我去年讨了一房家眷，年纪太轻，今年才二十岁，添了男孩子才几个月呢。我若早死了，把他们丢下，那太可怜了，而且这是第一个孩子，以后一定还要跟着生下去。我若想看到个个孩子长大成人，就当活到八十岁。有了那个大年纪，就是六十岁再生儿子，他也有二十岁了。"

老太爷哈哈大笑道："一定可以的。我比你大概大到二十岁吧？你做八十大寿的时候，我还要来吃一碗寿面呢！"这连他两位令郎，也听着哈哈大笑起来。老太爷道："你们笑什么！这是正话。人生的寿命，自然要有许多条件来维持。但自己能活到多大岁数的信念，也是必须有的。有了这信念，才会高高兴兴地活下去。反过来说，一个人活着没有兴趣，还能长寿吗？李老板，你听我的话，提起兴趣来活着吧！"李狗子将手杖挂在左手臂上，两手互挽着袖口笑道："好！凭老太爷这话，我们今天上午，就干他两斤花雕！"

第二十三章

雅 与 俗

在笑声里，大家缓缓地走向李狗子的办事处。这办事处就是远远看到的三层楼的洋房，弯曲在山岗子下面的水泥马路直达到这洋楼的墙下。亚雄道："有些日子不来，这里改了许多样子。看这样子，我们不必下坡，坐着人力车，也可以到达这里了。"李狗子笑道："就是为了有这条马路，我们才在这里设办公室。下坡子呢，那倒不去管他，上坡子的话，可以由大门里面坐了汽车出来，那就便当多了。"老太爷道："那么，贵公司就在这幢洋楼里了。"他微笑道："单在表面上来看，这总可以说得过去吧？"他说着这话胸脯挺了起来，脸上微微地笑着，充分地表现出他的得意。

就在这时，有两个穿灰布中山服的汉子抢步迎了来，垂了两手站在路边。等一行人到了面前，他们深深地一鞠躬。李狗子正着脸色问道："都预备好了没有？"其中一个很郑重而又和软地答着："已经预备好了。"李狗子道："先去叫他们泡上几杯好茶。"回头又向另一个人道："向陶先生那里拿钱去，到大街上买一点儿好水果来。"吩咐完毕，他在前引路。到了那洋楼的大门口，侧身站在一边，笑道："请楼上坐吧。楼下是职员们的办事地点，回头自然要请老太爷指导指导。"区老先生嘴里和他谦虚，心里也就在想着，到底是受了一番金银气的熏陶，到了这公司门口，他也就是一番经理的排场和口吻了。

于是以区老先生为首，大家踏着铺了绳毯的梯子，走上了二层楼。早有一位穿着西装的朋友站在一间房门口，面带笑容，点头引进。这里是两套大沙发和乌漆茶桌构成的小客厅。这自也不足为奇。所可注意的，就是这里墙壁上也挂着字画。正壁上一幅米派的水墨烟雨图，落着"仙

325

松先生雅正"的上款。旁边有一副五言对联，乃是唐诗"明月松间照，清泉石上流"。另外左壁上配了一张横条幅，草书写着"有酒时学仙，无酒时学佛"。上款都写着"仙松先生雅玩"。此处是两幅小油画，无法落款，挂在旁边。但是木框子上都用松涛笺裁了小纸条贴在上面，楷书写着"仙松先生雅存"。

区家父子都是读书人，而对于李狗子之出身，又知道得那样彻底。对于这字画上的称颂，不能不在赏观之下，发生着一种反感。老先生是个君子人，他不能有什么喜怒形于色。亚雄亚英看到这字画上的字，就觉得这是个绝大的嘲笑。李狗子这种人，周身无一根雅的毫毛，那都不去管他，他根本不认识三个大字，"雅正""雅玩""雅存"是从何说起？于是兄弟两人，各各微笑了一笑。

李狗子见他们未曾坐下，先赏观了一番字画，便也迎上前来指着那"明月松间照"的一副对联道："这里面嵌了一个字，挂在我家里倒是很合适的，你看那字写得多好。据说，这是用明朝的古墨写的，所以字写得那样黑。如今宣纸也贵得不得了，比布的价钱还贵。"

老先生笑道："这是你拿纸托人写的呢，还是人家写好了送你的呢？"李狗子说道："都是人家送的。送的字画很多，画我是不懂。人家说这几幅画都是名家画的，我就挑选了挂在这里。这对联和横条，是我自己的主意拿来挂的，因为对联里面有一个'松'字，横条里面有个'仙'字，恰好把我的号都用在里面了。老先生，你明天替我写一幅字，把'李万有'这三个字都嵌在里面，好不好？"

老太爷笑道："我根本不会写大字。"李狗子回转头来向亚雄道："那么大先生和我写一副对联吧。"亚雄笑道："我也不会写字。"李狗子笑道："这我就不相信，大先生在机关里，天天办公事，怎么不会写字呢？"亚雄笑道："写公事是写公事，写对联是写对联，那根本是两件事。你若要等因奉此的东西，我当然可以代劳。"李狗子道："为什么不要呢？你写一张给我做纪念也是好的呀。我就挂在这客厅里。"

亚雄听他这样说了，倒不好怎样答复。写一张公事稿子给他吧，绝无此理；说不给他写吧，自己是答应在先了。正苦于不知怎样置词，一个穿灰布制服的茶房，将搪瓷托盘送着现泡的三盖碗茶来了。李狗子点了头笑道："老先生请用茶，这是我们生意上有人从浙江带来的真龙井，后方不容易得着的。"区老太爷借了这个喝茶机会，着实地夸赞了一阵好茶，打断了他们谈论字画的这一段雅评。

就在这时，有三个人在客室门口站了一站。李狗子起身道："来，来，来，我给三位介绍。这是区老先生，是我的老师，人家可是老教育家呀。这是老先生的大师兄二师兄，都是知识分子。"区老太爷觉得在他口里说出来的"教育家"与"知识分子"这类名词，都生硬得很，然而人家这都是善意的恭维，就让他叫了一声"老师"，在人家盛情招待之下，还有什么法子否认不成？于是起身相迎，伸出手来和这三人握手。其中一位是穿川绸丝棉袍子的，年纪约莫有五十上下，尖削的脸儿，嘴上有点儿小胡子。其他两位都穿着西装。介绍之下，穿长衣的是文书主任易伯同，穿西装的是会计主任屈大德与营业主任范国发。宾主坐定。

李狗子又把区老先生的身份介绍一番，因道："老先生在北京当了多年大学教授，到了南京又做了多年中学校长。他的学生，比孔老夫子三千弟子还要多好几倍呢！在南京我就和老先生住在一条街上，熟得不得了。他们家里的书，你猜有多少？堆满了两间屋子。那古书有一尺多长一本，字比铜钱还大，那些书都是上千年的，还有许多外国书，英文、美文、法国文、比利时国文都有……"

亚雄在一旁听到，觉得不能再让他说下去了，便笑道："李经理还是这样喜欢开玩笑。"易伯同微笑了一笑。李狗子原是在沙发上侧了身子坐着的，这就把胸脯挺着，坐得端正起来，面孔也正着，好像他充分地表示着他绝对尊师重道。因微微地点了一个头道："大先生，我不开玩笑。像老先生这样的人，读过那样多的书，漫说在这大后方重庆，就是全国也找不出几个来。"区老太爷笑道："论读书呢，也许我读得不算十分少。可是读了书不明世故，那不过是个书呆子而已。如今跑海防跑香港的大商家，谁是读了多少书的？"

那易伯同在茶几上纸烟听子里取了一支烟，衔在嘴角，划着火柴吸了。他手持烟卷，慢吞吞喷出口烟来，点头道："老先生这话一针见血。这个年月，读书识字的人最为无用。无论什么问题来到当前，自己先须考虑考虑，是不是与自己身份有关。老实说一句，如今可以发横财的事，哪一件又会是无伤读书人身份的？唉！我们生当今之世，只好与鸡鹜争食了。"他这些话虽是平常的一般愤慨语，可是他当了这位不识字的老板说是"与鸡鹜争食"，便显着这不是骂他主人，也是骂他主人了。区老先生便从中一笑，把他的话拦住道："就一般的来说，易先生的话是对的。只是'十步之内，必有芳草'。我们也不可这样一概抹煞。古今多少英雄豪杰，都是不识字的。西晋那个石崇，是最有名的富户了，而且也是当时的知识分子，可是他为

327

人依然一文不值。"易伯同虽知道石崇是一个有名的古人，然而他在什么朝代，又有着一些什么故事，却不大十分清楚。老先生这样说了，便连连地应了几个"是"字。

李狗子对于区老先生的话虽不明白，但是所说的大意自己是知道的，无非是替不识字的人辩护，便笑道："我虽然识字没有几个，可是对于知识分子我一向是很敬重的。现在的知识分子确是清苦，可是将来抗战结束了，国家还有大大借重的地方。你看重庆，不是有个考试院吗？如今还在打仗，国家忙不过来，战事将来平定了，考试院一开考，读书的人又是一举成名天下知了。"屈大德插嘴道："不，考试院现在也考的。前几个月，我有一个朋友就去考过文官考试，据说考中了就可以做县长。"李狗子笑道："你看，我们究竟是生意人，国家开考，我们也不晓得，戏台上做知县的人都是两榜进士，如今的博士，大概就是考试院考的吧？可以做县长了。"

老太爷本想对于现时的考试制度解释一番，可是那样说着，形容得李狗子越发没有知识，更显得这位文书主任说"与鸡鹜争食"的"鸡鹜"，指的就是李狗子了，因笑道："我们既然来叨扰了，干脆就请赏饭吧。叨扰了之后，我们各人都还有点儿私事。"李狗子回转头来向范国发道："范先生，有劳你去指点他们，把席摆好。"范主任站起来笑道："早已预备好了，就请入席吧。"李狗子站起来，两手虚卷了卷袖头子，笑着抱了拳头拱了两拱道："就在隔壁屋子里。请请请。"大家站起身来，将区家父子让到隔壁。

那里也是像这边的客室那样的长方大屋子，四面挂了些字画，正中一张大圆桌子，蒙了雪白的桌布，四周摆下了赛银的杯碟，和银子包头的乌木筷子，四个冷荤盆子，上面用细瓷碗盖子盖了。桌子下方四只大小酒瓶子，一列地摆好。瓶子上都是外国字的商标。老太爷笑道："都是外国酒，了不得。"李狗子两手互搓着，表示他踌躇满志的样子，笑道："这些酒，有的是用过的，有的是没有用的，两瓶白兰地、两瓶威士忌，是朋友带来的。"老太爷笑道："我们喝点儿花雕好了，不必这样客气。"李狗子笑道："有好酒不请老师，还留着款待哪一个呢？你老人家还是喝点儿白兰地吧。"说着，拿起只白兰地酒瓶子，拔开了瓶塞，就上座的一个酒杯子里斟下去。一面点着头笑道："老师，请上面坐。"

老先生看那瓶子还是满满的，因道："那里还有开了封的，你又何必再开一瓶？这样会走了香气，喝酒的人就是这样爱惜酒。"李狗子道："虽然是这样说，但请老师用开过封的酒，那就太不成敬意了。"老先生听他一再说到"老师"，觉得不能不略加申辩，否则人家将加以疑心，几十年的老教育家，怎么会教出这个胸无点墨的李狗子来呢？便笑道："李经理，你是越来越客气了，你还是以'老先生'相称吧。"

李狗子放下酒瓶子，两手一抱拳，笑道："其实我应当叫'太老师'才对，因为我已经和大先生商量好了，请他教我的书。再说，在南京的时候，附近的邻居哪个不叫你老人家一声'区老师'？所以我们这样叫法，倒不是胡乱高攀。请老师上坐。"老太爷向这位易伯同主任笑道："人之患，在好为人师。"

亚英在一边看到，觉得自家父亲有点儿过于拘执，便挤向他父亲身边低声笑道："恭敬不如从命。"老太爷对他这一说，不知道是指着坐首席而言，还是做老师而言。因此没有答复。那易主任却从中插了嘴道："老先生既是老教育家，当然讲个'有教无类'，敝经理这番诚意，老先生是却之不恭的。"区老太爷觉得"有教无类"这四个字又有些嘲笑主人，这个问题，颇不便再往下讨论，因拱了拱手笑道："有僭了。"屈大德两手垂着乱点头道："好，好，大势定矣，大家可以坐下了。"亚雄兄弟也都觉得再不能给予主人以难堪了，便傍了父亲左右坐下。

范国发坐在李狗子旁边，弯曲了身子，满脸带了笑容道："经理还是喝花雕吗？我已经预备了三斤，叫厨房里烫上。"李狗子笑道："我当然陪区老师喝白兰地。"老太爷笑道："论到吸纸烟，我还不一定爱国。若是喝酒，无论山东高粱、山西汾酒、贵州茅台，以至绍兴花雕，我都觉得与我有缘。"李狗子不觉拍掌笑道："好极了！好极了！在吃喝上我总是提倡国货的。"亚英笑道："这话也不见得。李经理每日也在大餐馆和咖啡馆里进进出出，怎能说你不喜欢舶来品？"李狗子笑道："这是今天商界的一种时髦玩意儿，你不这样干，人家说你不开眼，那有什么法子呢？我吃西餐，哪一回也没有吃饱过，十回吃西餐，九回吃的是口味不对，有一次口味对了，上一盘子，只够我吃两三口的。上五道菜，也只够我吃十五口。你说吃面包，至多他们和你预备两片，你看我这样一个大个子，吃十来口菜，两片面包，就能弄饱肚皮吗？"于是全席人都被他引得大笑起来，便是在屋子里的两个茶房，也都笑嘻嘻地站着。

大家在这欢笑声中，揭开了菜碗盖，开始吃喝。那位易伯同主任，见这位不识字的经理一定称区老先生为"老师"，便也现着这有三分搬取救兵的意思。老先生究竟是不是大学教授、中学校长，这还不容易判断，至于这位区大先生那满身寒酸的样子，料着就是一位老公事的公务员，老公事未必是文学家，可是书总念得不少。经理说已经和他有约，要请他教国文，他微笑不言，并没有否认。假使这事成功了，经理自不会一读书就能认识好多字，可是他有了这样一个正式老师，许多文字方面的事都有了个顾问，就不能像已往那样可以挟制他了。心里虽有这样一个不愉快感想，便觉得自己的神色不能自如，因此心里更转了一个念头：果然如此，那会给这位洞明世事的老先生看小了的。因之故意地装出毫不介意的样子，时时露出笑容来。

当自己面前那杯白兰地已经三巡之后，易伯同便将那只赛银杯子向首席举了一举，笑道："尽杯子里这些，奉敬老先生喝完，我再拿国货相陪。"区老太爷道："好，我们都改喝花雕吧。"易伯同回转手来向站在身后的茶房招了两招手，笑道："把大杯子拿来。"茶房随了这话，捧着一叠敞口大杯子到桌上。老太爷拿过了一个杯子，是要看看它的容量。那位范国发主任，也拿起一只杯子来用五个指头抓住杯子沿，翻过杯子底，将头偏到右边看看，然后又偏回到左边看看，笑道："老先生，你看这个杯子的胎子多么细，又多么白，这蓝色花纹是云钩子吧？最难的是每个钩子画得都一样粗细，这是康熙瓷杯子，底上有字记着年号的。这杯子的年月大概有五百年了。

那位屈大德主任表示他深知历史，点了头道："有了五百多年了。康熙是清朝最初一个皇帝，外国人都喜欢康熙瓷，现在的东洋瓷，中看不中吃。"易伯同听他两人讨论杯子年代，只是微笑，就接着嘴道："你这个讲法，怎样解释？"屈大德道："东洋货无论什么，都不经用，瓷器也是这样。"范国发道："我有一个朋友从外国来，说他们把我们画龙的菜盘用木架子嵌着挂在壁上当陈列品，你看我们中国瓷多么吃香。"易伯同笑道："那倒是奇谈。"亚雄望了他笑道："这倒是真事，甚至他们把我们打破了的瓷瓶，锯去半边，嵌在墙上。这从赏鉴东方的艺术一点来说，这个办法也不算为奇。"范国发见亚雄附和其说，十分高兴，因道："我在上海的时候，就亲眼看到一批外国人，拿我们的彩花饭碗当画帖用，描摹那上面的山水，就是一层，西洋的颜料发光发得太厉害，没有我们瓷器上画的那种颜色，古色古香。"屈大德笑道："对了，譬如我们的绸缎，颜色都很大气，西洋绸料就是太亮了。外国人所以也很喜欢中国绸衣服，团花绸缎他们更喜欢。只是印八卦的，他们只觉奇怪，不懂这里面精微奥妙。本来中国人有几个懂阴阳八卦，有道是前朝军师诸葛亮，后朝军师刘伯温。"

范国发已放下了杯子，茶房正提了一大壶花雕来在各人面前杯子里斟着，这已斟到他面前那个杯子里。他就笑道："真的，一个人要看通了《易经》，能画阴阳八卦，那就前知五百年，后知五百年，也能够奇门遁甲。会遁甲的，借着这杯子里一杯酒，就会借着水遁，立刻无影无踪。"屈大德不觉唉了一声道："现在若有个会奇门遁甲的人就好了。不说诸葛亮，就是有个刘伯温，抗战也早已胜利结束。刘伯温呼风唤雨的本事，不下于诸葛亮，只是比不上姜子牙罢了。"

区老太爷听他两人说话，真觉得有些不堪入耳，可是看他们穿得西装笔挺，三十上下年纪，脸腮剃得胡桩子也没有，头上乌黑的头发也梳得溜光。心里也就想着，在人的衣冠上，实在是看不出人的知识上下来的。他心里想着，脸上不免发出一阵阵的微笑，手里扶了斟满着黄酒的杯子，待拿不拿。

这时茶房已把所有的杯子都斟满了，那易伯同主任已看出老先生讨厌这两位主任讨论阴阳八卦，笑道："此夕只可谈风月，来，老先生我们浮一大白。"说着举起杯子来，在杯口上对老先生望着。老先生实在也不愿听这套阴阳八卦，正好借了喝酒牵扯过去，于是和他对喝了一杯。易伯同干了这杯黄酒，笑道："老先生这和读汉书下酒的滋味如何？"老先生笑道："易先生谈吐风雅。"易伯同见他如此夸奖，笑道："不可与之言而与之言，失言；可与之言而不与之言，那就失人了。"说着回头向茶房道："满上满上。老先生你看这酒味如何？"区老太爷点头道："很是醇厚。"易伯同道："喝酒有三个原则：苦最佳，酸犹可，甜斯下矣。"

亚雄兄弟见这位先生一连串抖着斯文，也笑了一笑。易伯同笑道："我订的这个原则如何？"亚雄道："当然是对的。"易先生的杯子还没有满上酒，他把空杯子翻弄着看，右手拿了杯子，左手伸出了个食指在杯子里画了一画，笑道："你看有点儿挂杯。这酒虽未入室，已升堂矣。黄酒要能够挂杯，非有相当的年月是不能办到的。"

李狗子见话都让三位主任说了，自己透着寂寞，可是他们说的自己又不懂，无可置喙。现在谈到酒的年月，他是略知一二的了，便笑道："我和几家酒坊都喝出了交情。他说我们现在喝的都是二十年陈酿。还有几坛三四十年的。好几家银行经理和他定了，他都不肯拿出来，将来只有开坛四处分卖一点。他说若是那几家银行经理有陈酒喝，我也一定有得喝。说起来，有一条新闻，有位赵主席也爱喝花雕。他手下有一个科长，和我认识，他劝我得了好花雕，送赵主席一坛。赵主席的字写得好，可以把酒去换他一张字。我说，只要赵主席肯和我写一副对联，落上我仙松仁兄的款，我就拼命也去弄一坛四十年的花雕来送他。这事让朋友知道了，都说我这话风雅得很。我倒不知道什么风雅不风雅，我们生意做大了，公司客厅里，也应该有些阔人的字画张张门面。老师，你说，你看我这话怎样？"他说时，脸朝了区老太爷，静等他的答话。

老太爷当他说话的时候，已经是不住地微笑，这时他直逼了问话，怎样能够不答复？可是真要把个人的态度来答复这句话，那又是难于恰到好处的。便举起大杯子来先喝了大半杯酒，在这个犹豫的期间，他脑子里很快打了一个答话底稿，笑道："你老哥究不失爽直。"这话颇是含蓄，可以随便让李经理怎样解释，李狗子笑道："老师，我这话是真的。我们是做生意买卖，总也要和政界来往，才可以抬高身份。而且有些地方也要找政界里人帮忙。科长司长我认得很多，局长我也认得几个，只是有些儿缺点。特任官我一个也不认识，所以我有这点儿私心，想高攀一两个有面子的人。"

老太爷没想到由风雅二字上一转，却转到这种话题上来了，虽然李狗子说这种话，字字都是由他心眼里掏出来的，可是生平最讨厌听这种言语。便回转头来对亚英道："你反正下午没有什么事，代我敬李经理一大杯，亚雄是要去上班的，我下午也要去看两个朋友，不敢多喝。"

亚英自了解他父亲之意，立刻借了这话风，把问题转到酒上。而老先生在饮食之间，却问了两次什么时候。李狗子以为他父子们真有事情，便不敢再把闲话多说，平平常常地将这顿饭吃过去。而那位易伯同先生却在言语之间揣测出来，区老先生还和一位阔人的封翁相好，曾介绍一位心理学博士到仰光去做贩汽车的大生意。又因为在这桌上吃饭，区老先生和他谈话最多，倒有垂青之意。饭后，大家同到隔壁客室里休息，他特地在区老太爷旁边的沙发上架了腿坐着，摇撼了身子道："老先生，'于君一席话，胜读十年书'。何时再入城，请赐我一个信，小可当专诚拜访。真是'何当共剪西窗烛，却话巴山夜雨时'。"说到这两句诗，他故意将声音拖长，又把身子同时摇撼着。

区老先生笑道："好的，我最喜欢坐小茶馆，摆摆龙门阵，只是却没有西窗剪烛那种雅人深致。"易伯同笑道："老先生客气客气，就以不屑视我了。哈哈，我正有一事请教。"说着他匆匆地走了。不过一会儿，他手里捧了一本精装的书来，双手送到老先生面前，笑道："请指教。"区老太爷接过来看时，是鹅黄色虎皮裱糊的书面，用丝线订着，封面上有条玉版笔的书签，写着大篆"淡庐诗草"四个字，这才知道是他的一册诗稿。翻过来一看，里面也是上好宣纸，朱丝栏的书页。第一、二两页，是自题的一首序文。再翻过去数页，便是他的诗了。用蝇头小楷誊写着，多半是七绝或五绝，也有几首七律，古风却没有。诗旁边圈圈点点，不知是自加的，或别个加的，这朱丝栏有天地格，上眉常常有些眉批。那字迹却各个不同，大概是朋友的赞语了。

　　老先生翻了几页，还不曾说话，易伯同又笑道："请老先生多多指教。"区老先生被他这样问着，不能不掀着那书页看着，其间有一页，诗题的字写得特别大，很可注意，便先看那一首。见那题目写的是"元旦日恭和钱司令原韵，敬献富部长"，诗是七律一首。头两句诗是："巴山宇水说陪都，楼上堆楼似画图。"这两句诗，似乎作者觉得起得很有劲，在句子旁边大圈圈套着小圈圈一直下去。

　　易伯同直立在旁边，看区老先生正注意这首自己加大题目的得意之作，便笑道："老先生，也赏鉴兄弟这一首诗。这是和韵，用人家的韵，说自己的话，实在难于畅所欲言。而这个都字的韵，也实在不好押。钱司令的原句是'云山万叠壮陪都'七个字，把重庆形势说尽了，而都字除了用为陪都，又实在不能做别的用，所以兄弟也只好这样说着。老先生觉得如何？"

　　区老太爷看了这十四个字之后，已经觉得有点儿毛骨悚然，根本就不愿再向下看。现在这诗翁偏要逐句讨论，真是个虐政，便笑道："这样说是对的，而根本我也不懂旧诗。"易伯同笑道："那是老先生太客气了，这第二句诗，却是兄弟经验之谈。我一次由海棠溪过江回来，看到重庆的房子，一叠一叠地建筑着，所以有了这个想法。诗眼是这个堆字。"他说时，伸了个食指向诗草上遥遥圈着。接着又道，"古人'山外青山楼外楼'之句，是平看，我这是仰视。"老先生连连地点着头。本来他觉得应当说几个好字敷衍人家面子，可是自己生平不喜欢谎话，当了自己两个儿子的面，也不能这样自欺欺人，所以他除了点头之外，却不好做别的表示。而这位易先生诗兴大发，又不便过于扫了人家的兴致，只有一面点头，一面翻翻诗稿看，其实这诗稿上说些什么东西，他根本也没有印到脑子里去。

　　亚雄在一旁看到父亲这样子，心里十分明白，便笑道："我是个俗人，我要说一句扫兴的话了，快两点钟了，我们该走了。"老太爷将诗卷掩上交给易先生道："阁下这样的佳作，当在明窗净几之间缓缓赏鉴，这样走马看花，那怎可领略好处出来，而且也未免辜负大作。我下次进城，再约了易先生畅谈吧。"易伯同接了他自己的诗稿，虽觉得相当扫兴，可是没有强迫人家看自己佳作的道理，也只得连说好好。

　　他们谈时，李狗子在一边是无可插嘴的，现在见他们话说完了，却把手扯着老先生的袖子道："老师，我有一句话和你说，请到这边来一下。"老太爷倒没有想着他会有什么秘密话，只得随了他走。他们走去的地方，是门上挂着牌子的经理室，自也布置得和别家的经理室一样，有写字台、写字椅。李狗子让老太爷在旁边沙发上坐下，自己打开抽屉取出了支票簿，填写了一张，再在身上掏出图章盒子加了印鉴，再取了一个洋纸信封，用钢笔慢慢在上面写着字，总有五分钟之久，才把这信封写完，然后把那支票塞在信封里，两手捧了向老先生作了一个揖，笑道："你老人家是知道的，李狗子不会抖文，在人家面前我不能不装一点儿样子，避开人家还不说实话吗？你老人家不要见笑，就看我这点儿心。"说着把那信封递过来。

老先生看他满脸郑重的样子，不是吃午饭时在桌上那副功架了，先有三分感动，接过那信封来一看，见上面歪歪斜斜像蚂蚁爬的痕迹似的，上面有六个字，乃是"学贝公上老帅"，其下另一行小字，"李万有邦上"。他的字体既恶劣，又不可理解，先是一怔，但凝想了一下，那"学"字一笔不苟，写着有铜圆大，虽下面"子"字脱了节，依然看得出来。由这"学"字推测，加上知道这信封里是支票，那么，可以猜出"贝"字是"费"字之误。这个"费"字猜出来了，"公"字是"恭"字之别写，也毫无疑问。他不懂得用"赘敬"或是"束脩"等字样，所以干脆写着"学费"，难为他"老帅"两个字知道抬头另写一行，"老帅"之为"老师"，又是很好明白的了。这上款猜出了，下款也就不难懂得，"李万有邦上"之"邦"，乃是"拜"字之别了。

这个信封，虽写得十分可笑，可是想这样一个字不识的人，居然能写出这样一个信封来，那是费了多大一份诚心？便道："啊！李老板，你何必还和我来这一套？"李狗子笑道："虽然说起来数目好听，但是也买不到什么东西。"老太爷本不便当面抽出支票来看，只是他自己说了数目好听，这却不能含糊收了，将支票由信封里掏出，却见写的是一万元的数目。老太爷不觉呀了声，两手捧了支票，连拱着几下，因道："可不敢当，太重了，太重了！"李狗子也拱手站在一边道："老太爷，你不忙，听我说。有道是'人争一口气，佛受一炉香'。"说到这里，他一面走去，把经理室的房门掩上，然后回转身来道："老太爷，我现在钱是有了，只要不遭什么横祸，大概这一辈子不成什么问题，就是差着少识几个字，到处受人家欺侮。我李狗子什么出身，瞒不了你老人家，我哪里能够认你老人家做老师？但是我要装装面子，非攀交两个读书的先生不可，只要你老人家含糊答应是我的老师，我就大有面子了。还有一层，欺侮我的人，知道我有这样一个老师，遇事就要留些地步，那你老人家照顾着我的地方就多了，好处哪会止一万块钱？"

说到这里，他脸上带了三分笑容，低声道："你看今天那位易先生，对你老人家那一份请教的情形，就替我出气不少。我敢说，从此以后，无论是你老人家自己，或是大先生，只要一个礼拜肯到我这里来一次，欺侮我的人就要少得多了。你老人家若是不肯圆我这个场面，那自是怪我出身太低，我也没有什么法子，若是肯圆这个场面的话，这笔钱你老人家正是受之应当，只是怕少了。"他说着话时，脸上现出十分为难的样子。接着又作了两个揖道："你老人家一定要赏脸收下，我才能放下这条心。"老太爷先皱了一下眉，接着又微笑道："你这么一说，真叫我没什么话可以回答。就怕我帮不了什么忙，要辜负你这番盛意。"李狗子道："我不是说了吗，每个礼拜，只要你老人家能到我公司里来一次，帮我的忙就大了。"老太爷看到他这种样子，真是不忍拒绝了，便笑道："我倒有些不相信了，我每星期来一次有什么用处呢？"

正说话间，外面在敲门，李狗子开了门，见是亚英来了，他道："我们该走了，林宏业也许是今日下午到海棠溪，大哥不得空，我应当过江去接他一下。"老太爷还想说什么，李狗子笑道："你老人家暂时收着，晚上我到旅馆里来奉看，再说吧。晚饭恐怕来不及预备了。"老太爷看他那种样子，料着他不肯收回，只好静悄悄点了个头，将支票藏在身上，和他告辞。李狗子和那三位主任都恭恭敬敬地将他父子三人送出大门，而且预备好了三乘轿子。直等他们三人的轿子走开，方才回去。

亚雄自去办公。老太爷与亚英在旅馆里休息。因把身上支票掏给亚英看，说是这一万元，不受是让李狗子心里不安，受了是自己心里不安。亚英笑道："我要说一句不怎样合理而又极合理的话，我们受着毫无不安之处。有道是羊毛出在羊身上，像他这类暴发户，都是害苦了像你老人家这种安分守己的人。用他几个钱，等于把他榨取的脂膏捞一些回来，毋宁说那是理之应当。"老太爷笑道："岂有此理。若凭你这样说，那还有人肯讲交情吗？"老太爷是斜坐在那张沙发上说话的，说到这里，他突然坐了起来，将头昂起叹口气道："我不想在李狗子这种人身上，会寻出尊师重道的行为来！看到李狗子以攀交我这样一位老教书匠当老师为荣，仿佛这粉笔生涯不可为而又大可为了。"说着又笑了起来。

亚英看到父亲有点儿高兴了，便笑道："我也有点儿计划，还是念书的好，打算再做它两年生意，储蓄一笔学费，到了战后，我也想出国留学三四年，回国之后，做一个彻底为社会服务的医生。"老先生在身上取出了一支雪茄，正擦了火柴要点，听了这话，却把火柴盒敲着茶几，冷笑了一声，又摇了摇头。这分明是一种大不以为然的样子了。亚英不知道父亲是什么意思，倒未免呆了一呆。老太爷接着道："读书，自然是好事，你这个预备读书的计划，却根本不好，你说再做两年生意，等战后去念书。一个做生意的人，胃口会越吃越大，我是知道的。现在你觉得所挣的钱，不够将来做学费用的，你再做两年生意，你把学费挣够了，你又会想到不够舒舒服服地念书，不免再做一两年生意，等那一两年生意做满了，你以为你就肯把生意歇了，再回头念书吗？那个时候，你年岁越发大了，或者你已结了婚，你的室家之累逼得你会更想发财了。读书是苦事，也只有苦读才能成功，天下有多少坐在沙发椅子上读书，会把书读通的！"

亚英听了这些话，心里头自有一百个不以为然，可是他转念一想，无论这重庆的市侩气对他怎样引诱，他始终不赞成晚辈在市侩堆里鬼混，可是不赞成尽管不赞成，他又时时刻刻被这种空气所包围，所以他心里那种理智的判断，往往就会冲动了情感，发出一种哭笑不得的态度，这实在是应该充分体谅的。他这样想过之后，脸上立时呈现出好几种气色，他靠了桌子站着，两手插在衣袋里，将头低着，总有五分钟之久不曾说出话来。

区老太爷缓缓地坐了下去，擦着火柴，将雪茄燃着了，又缓缓地吸了几口。他对这位野马归槽的儿子，本来既惋惜又疼爱，再见他那一份委屈，更是有些不忍，便仰着脸放出了一种慈爱的微笑，因道："这又发呆干什么？我这样说，无非是希望你们好，希望你们更好。现在你又不是马上就要去读书，被我拦着。你说去接林宏业的，你就过江去吧，我多喝了两杯酒，要在这里休息一下，我觉得还有许多话要和你说，可是一时又想不起该从哪里说起。"说着，他指了亚英的颈脖子道："领带打歪了，自己整理一下吧。"亚英没想到父亲的话锋一转，关心到了自己的领带，这就手抚着衣领，把领结移正了。老太爷抽着雪茄，向他望着微笑道："可以向茶房借把刷子来，将你那西服刷一刷，见了人家香港来的人，也不要露出内地人这份寒碜相。"

亚英被他父亲慈爱的笑容所笼罩着，便叫茶房拿衣刷子，恰是茶房不在附近，叫了好几声也没有人答应，他只得自己走出来叫茶房。他这房间外面是一带楼廊，正是旅客来往行走之地。出来未曾张口，却有一道红光射人。定睛看时，是一位穿大红长衣的女郎走来，她穿件红衣，已是够艳丽的了，却又在衣服四角钉着彩色的丝编蝴蝶。最奇怪的是这个年头，无论城乡，已不见穿长衣的女人还会在衣服下摆露出长脚管的裤子。而她不然，却把丝袜里的大腿藏起，穿了条墨绿色的绸裤。重庆市上的摩登女人，家境无论怎样寒素，总会在长衣上罩一件长或短的大衣，而她却没有，就是这样红滴滴地露着一件红绸袍子。她也没有穿皮鞋，更没有高跟，是一双红缎子平底绣花鞋，套在白丝袜子上。如说她周身还有些别的颜色的话，那就是这双袜子了。这一种大红大绿的穿法，可说是荒僻地方的村俗装扮，在大后方摩登世界的重庆，应是人人所唾弃的。

亚英看到，着实地惊异了一下。这惊异还不光为了这衣服颜色之俗，惊异的却是这位穿红绿衣裤的女人，长得很是漂亮，在通红的胭脂脸上，两道纤秀的眉毛罩了一双水汪汪的眼珠。她走得急了一点儿，楼板微微地滑着，她脚步不稳，身子略闪了一下。她看到有人站在面前，不觉露齿一笑，嘴唇被口红抹得流血一般，也觉得伤俗，只是在她这一笑之余，露出雪白的糯米牙齿，才显得妖媚绝伦。她却毫不留意别人观感怎样，平平常常由亚英面前走过去了。

亚英却呆了一呆，心想哪来这样一个俗得有趣的女人？他醒悟过来之后，兀自嗅到身前后有一种很浓厚的香气。他又想着这不会是都市里的摩登女郎，哪个摩登的女人肯穿红着绿？但说她来自田间，可是她态度又很大方，一瞥之下觉得她的头发还是电烫过的，刚才只管去揣度她的衣服，却不曾留神她到哪个房间去了。不然，值得研究研究，他如此出神地想着，忘了出来是叫茶房拿刷子的，空着手走回房去。老太爷对他望了望道："你为什么事笑呀？"亚英道："我看到一个乡下女人，穿红着绿，怪有趣的。"老太爷笑道："我就常听说有穿阴丹大褂，赤着双脚的人，在西餐馆里请客，如今谷子这样贵，乡下大地主的儿女一般是小姐少爷，他们又什么花样不能玩？"

亚英自也不敢再说这个女人的事，戴上帽子，便过江到海棠溪去接二小姐的丈夫林宏业。在车站上遇到了二小姐，她笑着抓了亚英的手道："没想到在这里遇见你，我们一路过江去痛快地聚回餐吧。我遇到你姐夫的同伴，说他的车子要明天下午才到呢。"亚英道："为了接宏业，父亲也到城里来了，现时在旅馆里休息。"二小姐道："那我们赶快回去，别冷落了他老人家。"她一面说着和亚英走路，一面向他周身上下打量，笑道："我在伯父口里知道了你的消息，觉得你有些胡闹，但见面之后，看到你的西服穿得这样整齐，不是我想象的那样小生意买卖人，那也罢了。你有了女朋友了吗？"亚英笑道："多年不见，二姐还是这样爱说笑话。"二小姐道：

"这并非笑话呀！漂亮青年是摩登女子的对象，时髦商人也是摩登女人的对象，你有找女朋友的资格呀！"亚英笑道："我一项资格也没有。若是你觉得我到了求偶的时候，你就给我介绍一位吧。"姊弟两人谈笑着，不知不觉搭上轮渡过了江，因码头上恰好没有轿子，亚英就陪着二小姐慢慢走上坡去。

约莫走了一半路的时候，忽听到有人娇滴滴叫了一声"林太太"。他顺了叫的声音看去，不觉大吃一惊，一个穿红衣的女郎站在两层坡子上向二小姐嘻嘻地笑着，不是别人，正是在旅馆里看到的那个俗得有趣的女子。她那身打扮还是和先前一样，只是肩上多了一条花格子绉纱围巾。二小姐已迎上前去握了她的手，向她周身上下看了一遍，笑道："今天为什么这样大红大绿地穿起来？看你这样子，也许是要过江，怎么大衣也不穿一件呢？"她道："我这是件新做的丝绵袍子，走起路来已够热的了。"

说话时，她看到二小姐身后一个穿西服的少年，不免瞟了一眼。二小姐也回头看了一下，向亚英点头道："来，我和你介绍一下，这是黄青萍小姐。"她回转头来手指了亚英，向青萍道："这是亚男的二哥，亚英。"青萍笑道："哦！区二先生和亚男相貌差不多。"她说着走向前伸出手来。亚英看到这副装束，没想到她是这样落落大方的，赶快抢向前接着她的手，握了一握。她抿了嘴微微地笑着，向他点了点头。二小姐笑道："看你收拾得像一只红蝴蝶一样，你是去看李大成吗？"她脸腮上小酒窝儿微微一旋，眼皮低垂着，似乎有点儿难为情，笑道："我去看我师母。"二小姐道："你果然是要去看西门太太的话，我劝你就不必去，她和二奶奶下乡看梅花去了，还不曾回来呢。"青萍道："也许她回来了，既然到了江边上，我索性过江去一趟。——你怎么不叫乘轿子？"

二小姐觉得她这话是有心撇开本题，微笑着向她点了点头，让她走了，好像这微笑之中，已含着很深的意义。在一面点头的时候，她一面走着，已跨上几层坡子了。亚英随在后面连连地低声问道："她是谁，她是谁？"二小姐没有作声，直等走上了平坦的马路，才立定了脚向他笑道："你怎么这样冒昧，人家刚一转身，就只管打听人家是谁，你急于要知道她的身份吗？"亚英笑道："我这样问是有原因的。因为我在旅馆里的时候，看到她穿这样一身大红大绿，就奇怪着，不想二姐会认得她，而且亚男也认得她。"

二小姐又对亚英周身上下看了一看，笑道："若论你这表人才，也没有什么配她不过。不过在她认识了李大成以后，我无法和你介绍做朋友了。"

亚英道:"二姐这话说得有点儿奇怪,我也不至于看到了一个漂亮的女子,就有什么企图。"二小姐笑道:"我简单告诉你吧,她是一个极摩登的女郎。反正有人送钱给她做衣服,她有时高兴穿得像位小姐,有时又高兴穿得像少奶奶,有时又像……反正是穿那种富于挑拨性的衣服罢了。"亚英笑道:"好久不见面,见了面我们应多叙叙别况,二姐老和我开玩笑。"二小姐笑道:"哼!这位小姐几乎每日和我在一处,当然有和你见面的机会。我这是预先和你说明,乃是一种好意呀!"亚英不知道是何用意,也就不再说了。

两人到了旅馆里,区庄正老先生拿了一张日报在消遣,在等着他们来。一见二小姐便问道:"宏业到了吗?"二小姐道:"明天才能到呢。现在伯父难得进城来的了,我做个东吧,今天怎么娱乐?"老太爷望了她,摇摇头笑道:"香港来的太太究竟是香港作风,只惦记着怎么消遣。"二小姐强笑了一笑,倒不好再提起,只是陪着老先生谈些闲话。

不多时,亚雄也来了。老太爷倒是相当高兴,为了刚才给二小姐碰了一个钉子,正待约着这一群晚辈到一个地方去晚餐,却听到外面有一个南京口音的人,叫了一声老太爷,回过脸向窗户外看时,他又有一点儿小小的惊异,呀的一声,站了起来,向外点着头拱了两拱手。早有一个人不断作着长揖走了进来。亚英看时,就是原在南京开老虎灶的老褚。二小姐在一旁颇注意这人,见他穿了一件灰色嘉定绸的紫羔皮袍,手里拿了崭新的灰呢帽,秃着一颗大圆头,透出一张紫色脸,一笑嘴里露出两粒黄烁烁的金牙,在皮袍上,他又罩上礼服呢的小背心,左面上层小口袋里露出一截金表链,环绕在背心中间纽扣眼里,而同时,又在他拿帽子的手上,戴着镶嵌钻石的金戒指。她想这是十余年前上海买办阶级的装束,这人要在舞台上扮一个当年上海买办,简直不用化装了。

老先生立刻让迎他进屋,他看到亚雄亚英,又作了两个揖笑道:"上次在渔洞溪会到,没有好好招待,听到李仙松说老太爷进城来了,特意来奉看,并请赏脸让我做个小东。"老太爷给他介绍着二小姐,他又是一揖。老太爷笑道:"褚老板发了财了,越发地多礼了,请坐请坐。"老褚笑着摇摇头道:"谈什么发财,穷人乍富,如同受罪。谈不上发财,混饭吃罢了。我这就觉得东不是,西不是,穿多了嫌热,吃多了拉肚子,一天让人家大酒杯子灌好几次,我倒是不醉。"说着哈哈一笑。他一张口,远远地让人闻到一股酒气。亚英笑道:"看褚经理这个样子……"

老褚将身上的衣服连拍了两下,笑道:"二先生,你觉着我这一身穿着不大时髦吗?我这样穿是有个原因的,往年在上海的时候,看到人家穿这样一身，羡慕得了不得，心想我老褚有一天发了财，一定也这样铺排铺排。如今不管发财没发财，反正弄这样一身穿着总是不难，所以我就照十多年前的样子做了这一套穿着。我本来还有两件事要照办，后来一想，不必了，第一是做一件狐皮大衣；实不相瞒，我这件皮袍子穿得我就热不过。里面只有一件小褂子衬着，做了一套丝绵短袄短裤总不能穿，这狐皮大衣哪里穿得住？第二是弄部人力包车，漆黑的篷子，配上白铜包头的车把，车上安一个顶大的铜铃铛子，让包车夫拉在街上飞跑，脚下踏着铃子一阵乱响。记得上海当年一班康白度在马路上跑着，威风十足，不过这是二十年前的事了，十多年前就改了坐小汽车，因之我也没有把这心愿还了。"

在屋子里的人听了这话，都心中暗笑。当他形容包车在街上跑的时候，两手做个拿车把的姿势，一只脚在楼板上乱点，仿佛已经坐在人力包车上踏铃子。亚英笑道："褚经理，你没有把我的话听完，我是说你吃酒的样子，不是说你这身衣服。自然，你现在大发其财，要什么没有？"说着，斟了一杯茶送将过去。老褚两手将茶接着，笑道："发财呢，我是不敢说。我们这几个资本，算得了什么？不过当年看到人家有，我没有的东西，心里就很想，如今要设法试一试了。记得往年在南京，看到对面钱司令公馆常常用大块火腿炖鸭子，又把鸭子汤泡锅巴吃，我真是看得口里流清水。"

说着，他举起手上茶杯喝了一口，接着道："去年我第一批生意挣了钱的时候，我就这样吃过两回。因为厨房里是蒸饭，为了想吃锅巴，特意煮了一小锅饭烤锅巴，你猜怎么样？预备了两天，等我用火腿鸭子汤泡锅巴吃的时候，并不好吃。我不知道当年为什么要馋得流口水。"说着，他手一拍腿，惹得全屋人都大笑起来。

第二十四章

人比人

在这一阵欢笑声中，区老先生却在暗中着实生了一些感慨。人总是这样："凡所难求皆绝好，及能如愿又平常。"这老褚能够把这话说出来，究不失为一个好人。他心里如此想着，脸上自有了那同样的表示，不住地将手摸嘴唇上下的胡楂子，只管微笑。老褚见区庄正一高兴，就再三约请做东。区家父子在他这样盛情之下，只好去赴他这个约会。老褚已略知李狗子如何款待老师，因之他这顿晚饭，办得更为丰盛。他又知道今天中饭几位陪客不大受客人的欢迎，因之除了李狗子外，并无其他外客。

醉饱归来之后，感慨最深的自是当公务员的区亚雄。没想到发扬民族精神以血肉抗战之后，大大占着便宜的人，却是卖热水和拉人力车的。当晚在寄宿舍里，做了一整夜的梦。次日起来漱洗之后，免不了到斜对门那所斜着十分之三四的灰板小店里，去吃油条豆浆。他也觉着有些奇怪，接连吃了几顿肥鱼大肉，这早点已减了滋味，喝了大半碗豆浆，一根油条，就不想吃了。

到了办公室，并没有什么新公事，只把昨日科长交下来的公事重新审核了一道，便可呈复回去。这科长与他同一间屋子办公。这里共有三张桌子，当玻璃窗一张写字台是科长所据有的。亚雄和另一个同事，却各坐了一张小桌，分在屋子两边。科长姓王，是一位不到三十岁的青年，曾受过高等教育。他觉得这同办公室的两位同事都是老公事，虽然地位稍低一点儿，他倒不肯端上司的牌子。他来得稍微晚一点儿，进门以后，一面脱那件旧呢大衣，取下破了一个小窟窿的呢帽子，和大家点了点头。他上身穿的倒是一套半新的灰呢西服，却是挺阔的腰身。亚雄笑道："科长这套衣服，是拍卖行里新买的吗？"他摇摇头笑道："你想，我们有钱买西装穿吗？一个亲戚是在外面做生意的，送了我这一套他穿得不要了的东西。又有一个同乡是开西服店的，说是西服店，其实一年不会做一套西服，无非做做灰布中山服、半毛呢大衣而已。念一点儿同乡之谊，要了我三百元的手工，在粗制滥造之下，给我翻了一翻，将里做面，居然还可以穿。碰巧我昨日理了发，今天穿上这套衣服，对镜子一照……"另外那位姓赵的同事就凑趣说道："年轻了十岁。"王科长挂好了衣帽，坐在他的位子上。回转头来笑道："那也年轻不了许多。再年轻十岁，我是十八九岁的人了，那岂不是一桩笑话？"说着，他回转脸去，耸了两下肩膀，从袋里摸出一盒火柴和一盒俗称"狗屁牌"纸烟，放在桌上。他且不办公，先取了一支烟放到嘴里，划了一根火柴，将烟点着。

亚雄坐在他侧面，见他深吸了一口烟，向外喷出一团浓雾，颇为得意。本想也打趣他两句，却见勤务匆匆地走了进来，低声道："部长来了。"说话时，脸上现着一分惊异的微笑。王科长也咦了一声道："今天怎么来得这样早，有什么特别的事吗？我们倒要提防一二。"说着，向两位同事微笑了一笑。亚雄于是停止了打趣的意思，将两道公事稿子送到王科长桌上去，赵同事也有一张草稿送给科长看。因为这间屋子小，容不了多少人，其余同科的，在别间屋子里，都陆续地来来去去，空气立刻紧张。他们越是怕有事，偏偏就发生了事，部长已着勤务叫王科长去谈话。在公事场中，这本是常事，亚雄并未介意，坐着等新公事来办。

把今天的日报取来，看不到三条新闻，远远一阵喝骂声传了过来。这声音耳熟能详，正是部长的声音。他们和部长的屋子同在一层楼上，且在一条甬道之间，相隔不到十丈。这里无非是竹片夹壁的假洋房，并不怎样遮隔声浪。大声说话自是听得到一部分，亚雄不觉放下了报，侧耳听着。那位赵同事，坐在对面桌子上，做一个鬼脸，伸了一伸舌头。亚雄放下报站了起来，低声笑道："怎么回事？我们大老板来得这样早，专门为了发脾气来的吗？"于是悄悄地走了出来，向夹道口上站着，听到他们的头儿在那里骂道："你们懂得什么？我看你们简直是一些吃平价米都不够资格的饭桶！国家的事就坏在你们这些饭桶身上！"亚雄心里一动，他想"饭桶"上面，加上"一些"的字样，这显然指的不是一个人。不用说，自己也在"饭桶"之列呀。自己吃平价米的资格还不够吗？然而这几日，天天吃着肥鱼大肉，人家口口声声地称着大先生，要自己去帮忙，就怕是不肯去呢。他这样想着，又听到那边大声骂道："你们不干就滚！"亚雄听到这个"滚"字，也觉得一股无名怒火直冒出来，心想这位大爷近来脾气越来越大，把下属当奴才骂，我们这位科长无论怎么着，是一位大学毕业生，照理他可以称一个"士"字，"士可杀而不可辱"，为了担儿八斗的平价米，值得让人喝骂着滚吗？想到这里脸就太红了。

这时王科长已走了过来，脸比他更红，眼睛里水汪汪的，简直泪珠要夺眶而出。他见着亚雄勉强装笑，点了个头道："活该！我是自取其辱。我毕业之后，能去摆个纸烟摊子最好，若怕有辱斯文的话，到小学里去当名教员大概也不难，为什么向这个大门里走！我已口头辞职了，现在立刻写辞呈。"他说着已走进屋子来，鼻子里哼着，冷笑了一声，然后坐在他的位子上去。

亚雄走过来，顺手带上了房门，低声道："算了，科长，我们的头儿是这股子劲！"王科长道："是这股子劲，把我当奴隶吗？区先生，你是老公事，怎么样的上司你都也看见过，自己谈革命，谈民主，谈改变风气，而官僚的排场，比北洋军阀政府下的官僚还要大。这是怎样讲法！我并非不坚守岗位，半途而废，但是要让这班大人物知道，我们这当小公务员的不尽是他所说的饭桶那样。我们应当拿出一点儿人格，抗议这侮辱。可是我当面还是和他很恭顺地口头辞职，免得又有了妨碍公务之罪。现在我立刻再书面辞职，无论准与不准，递上了呈子立刻……"亚雄向他摇摇手笑道："科长，你的处境我十二分同情。可是人家闹意气，我们犯不上闹意气。事情不干没有关系，万一他给顶帽子你戴，你吃不消呀！再说，重庆百多万人，哪里不是挤得满满的？辞了这里的科长，未必有个科长缺等着你，生活也应当顾到吧？"

王科长已经摆开了纸笔预备起草辞呈，左手扶了面前一张纸，右手将半截墨只管在砚池里研着，偏了头听亚雄说话。亚雄说完了，他既不回话，也不提笔，老是那个姿态，在砚池里不住地研墨。亚雄见他脸色红红的，料着他心里十分为难，便道："这事不必定要在今天办，明天不晚，后天不迟。"王科长摇摇头道："明天？后天？后天我就没有这勇气了。千不该，万不该，去年不该结婚。如今太太肚子大了，不能帮我一点儿忙。家庭在战区，还可以通邮汇，每月得寄点儿钱回家。重庆这个家里，还有一位领不到平价米的丈母娘。这一切问题，都逼得我不许一天失业。其实失业是不会的，摆纸烟摊子、拉车、卖花生米，我都可以混口饭吃，可是面子丢得大了。我丈母娘总对人夸说，她女婿年轻轻的就当了科长，她觉得很风光呢，却没有知道人家骂我饭桶。"说时，他还在研墨。亚雄还想向他规劝

343

两句，勤务进来说："刘司长请。"他放下了墨，跟着勤务去了。这是司长要向他询问一件公事，约莫有二十分钟，王科长回到了自己的位子上，把面前摆着的一件公事仔细阅看。亚雄偷看他，料着已是无条件投降，什么也不用提了。

屋子里静悄悄的，空气里含着一分怨恨与忧闷的气味。亚雄心里头倒着实憋住了一腔子苦水。到了下班吃午饭的时候，自己一口气跑到亚英旅馆里，却见门上贴了一个纸条，上写："宏业已到，我们在珠江酒家和他接风。雄兄到，请快来。"他向那字条先笑了一声道："还是他们快活自由。"说毕，再也不耽误，立刻赶到珠江大酒家。那账房旁边的宴客牌上，已写了"区先生兰厅宴客"一行字。他心想，为香港来的人接风，就在乎广东馆子这一套排场，这必是二小姐要壮面子，好在她丈夫面前风光风光，阔商人就是当代的天之骄子，一切和战前一样。他一面想着，一面向楼上走。

这珠江大酒家是重庆的头等馆子，亚雄虽然也来过两次，那不过是陪朋友来吃早点，在楼下大敞厅里坐坐罢了。楼上的雅座，向来未曾光顾过，今天倒是第一遭阔这么一回。由伙计的指引到了雅座门口，早听到林宏业在屋子里的哈哈大笑声。他正说着："拿出一百五十万来，这问题就解决了。"亚雄不免暗中摇了摇头。二小姐在屋子里先看到了，笑道："大哥来了，让我们好等！"亚雄走进去时，看见这位妹丈穿了一套英国式的青色薄呢西服，头发梳得乌亮，圆圆的面孔并没有风尘之色。他迎上前来握着手道："你好？"亚雄笑道："托福，躲过了无数次的空袭。"二小姐替他接过帽子挂在衣钩上，笑道："宏业给你带些东西来了，就有一顶好帽子。"亚雄道："那自然，我们重庆人总是要沾香港客的光的。"

林宏业将他让在旁边沙发上坐了，将香港带来的三五牌香烟掀开了听子盖，送到他面前，笑道："先请尝支香港烟。"亚雄抽着烟，向对座的区老先生笑道："爸爸，我们都是两重人格。你回到家里，我回办公室里，是一种人。遇到了李经理褚经理以及二妹夫，又是一种人。"老太爷捧了盖碗茶喝着，摇摇头笑道："怎样能把宏业和褚李两人相提并论？"宏业笑道："可以的，我也是个拉包车的。不过我只拉这一位。"说着指了二小姐。亚雄这就知道他们已经谈过李狗子的事了。二小姐笑道："你当了我娘家人，可不能说这话呀。我没有先飞重庆，协助你事业的发展？"区老先生道："中国人的生活，无非是为家庭做牛马，尤其是为父母妻室儿女。到了你们这一代，慢慢地出头了，对父母没有多大的责任，夫妻之间，少数的已能权利义务相等了。至于对儿女的责任，恐怕你们比老辈轻不到哪里去。最

344

不合算是我们这五六十岁的人,对父母是封建的儿子,对儿子呢,可要做个民主的老子。要说拉一辈子包车,还是我吧?"于是大家都笑了。

二小姐笑道:"那么,我们今天小小地酬劳一下老车夫吧。"宏业笑道:"吓!此话该打。"二小姐想过来了,笑着将舌头一伸。大家正说笑着,一个穿紧窄中山服的茶房拿了一张墨笔开的菜单子,送给林宏业过目,他点点头道:"就是这样开上来吧。"亚雄望了他笑道:"宏业真是手笔不凡,一到重庆,这大酒馆的茶房,就是这样伺候着。"宏业道:"你有所不知,我给他们柜上带了些鱼翅鲍鱼来,还有其他海味,他们大可因此挣上几大笔钱,能不向我恭敬吗?而且我特意自备了一点儿海味,交给他们做出来请请伯父,就算我由香港做了碗红烧鱼翅带来吧。"亚雄不由得突然站起来,望了他道:"我们今天吃鱼翅?"二小姐看看屋子外面没人,拉他坐下,笑道:"我的大爷,你那公务员的酸气,少来点儿好不好?让人看到了笑话!"于是老太爷也忍不住笑了。果然,茶房向圆桌上摆着赛银的匙碟、白骨的筷子,只这排场,已非小公务员几年所能看到一次的。

这是个家庭席,恭请区老太爷上坐,小辈们四周围着。茶房送上一把赛银酒壶,向杯子里斟着橘红色的青梅酒,接着就上菜。第一道菜是五彩大盘子,盛的什锦卤味,第二道是细瓷大碗的红烧鱼翅,第三道是烧紫鲍,第四道是清蒸豉汁全鱼,全是三年不见面的菜,不用说吃了。亚雄加入了这一个快活团体,又面对了这样好的名菜,也就把一天悲思丢入大海,跟着大家吃喝起来。直至一顿饭吃完,一个小茶房将铜盘子托着一盘折叠了的热气腾腾的手巾进来,亚雄才突然想起一件事,向亚英问道:"你手上有表,看看几点钟了?"亚英笑道:"你又该急着上班了。你就迟到这么一回,拼了免职丢官好了。"林宏业也是站起身来将一大盘切了的广柑送到他面前,微弯了腰,做个敬礼的样子,拖长了声音道:"不……要……紧……用点儿水果,假如你这份职务有什么问题,我先付你三年的薪金。"

亚雄只好起座,站着取了一片广柑,笑道:"也许我是奴隶性成,我总觉得干此事,行此礼,总以不拆烂污为是。"老太爷坐在一边沙发上,架了腿吸烟,点点头道:"他这话也对,就是不干也要好好地辞职,不必这样故意渎职。"亚雄一手拿了广柑在嘴里咀嚼,一面就到衣钩子上取下帽子在手,向林宏业点着头道:"晚上我们详谈,晚上我们详谈。"说着很快地走了出去。

二小姐坐在老太爷旁边,摇摇头道:"这位好好先生,真是没有办法。"因掉过脸来道:"伯父,你可以劝劝他,不必这样傻。"老太爷哈哈笑道:

"我劝他做官拆烂污吗？这未免不像话了。"大家也都跟着笑了起来。老太爷接着站起来道："我倒是要走了，我要带亚英回去看他母亲，同时也先回去让家里预备一点儿菜，希望宏业你们夫妇明天一早下乡，我们好好地团集一番。"说着，向亚英望了望道："我无所谓，做儿子的总要体谅慈母之心。"亚英见父亲注意到了自己，满脸带上一分恳切希望的样子，左手夹了雪茄，向空举着，右手垂下，呆呆地站定。亚英因林宏业新到，相聚不过三四小时，有许多话不曾问得，本来要在城里多耽搁一半天，可是一看到父亲这样对自己深切的关怀，便不忍说出"今天不下乡"那句话了。

老太爷取了帽子要走，亚英便叫伙计拿账单子。二小姐走上前一步，将手轻轻地拍了他的肩膀道："兄弟，你难道还真要会东？你知道这里的经理是宏业的朋友？"区老太爷道："总不能叫宏业反请我们这久住重庆的人，我们柜上去付账。"说着先走。亚英也跟了走。可是二小姐心里就想着，这一顿午饭，价目着实可观，凭亚英这一个小资本商人，身上能带多少钱，不要让他受窘，于是也就一路跟着出来。刚到了楼梯口上，见到一个有趣的会晤，便是黄青萍小姐与亚英面对面地站着说话。

黄小姐已换了装束，手上斜抱着一件海勃绒的大衣，上身穿着宝蓝色羊毛紧身衫，领子下面横别了一只金质点翠的大蝴蝶，一条紫色绸子的窄领带一大截垂在胸前，下面穿着玫瑰紫的薄呢裙子，头发已改梳了双辫，戴着两朵翠蓝大绸花。她看到二小姐笑道："来晚了，没有吃到你们这一顿。"二小姐笑道："那不要紧，我再叫菜请你就是了。"她笑道："我有人请，改日叨扰吧。我有两张话剧票，是最前排的，送你姐弟要不要？"说着她就把提包提出来。见亚英站在身边呆望着，便笑道："二先生请你帮个忙。"说着，她也不问亚英是否同意，便把身子一歪，将胁下挟着的这件大衣，向他面前一挤。亚英也来不及说"遵命"两字，忙将大衣抱过。青萍笑嘻嘻地打开提包，在里面取出两张红色的戏票，向亚英面前一举，说了一个"哪"字。亚英抱着那大衣在怀里，只觉得一阵脂粉香，心里头说不出有一种什么快慰。唯其是心里去欣赏大衣上那种脂粉香去了，连青萍把戏票直伸到他面前来，他都没有看见。

她见亚英没有听到，又继续说了几声，直把票子举到他鼻子尖下，向他拂了几拂，他才醒悟过来，笑道："谢谢，票子是给我的吗？"青萍笑道："送你姐弟两个人，票价我已代付了，并不敲竹杠。"亚英一手接着戏票，一手依然抱住了那大衣。二小姐在一边看到，便笑道："把大衣交还人家吧，你尽管抱着它干什么？你想给黄小姐当听差吗？老实说，我看你那样笨手笨脚，就是给黄小姐当义务听差，人家也不要呢。"青萍瞧了二小姐一眼，又瞅了亚英一眼，微笑道："为什么那样言重呀！再会！"说着，她接过了大衣，向楼梯前走，这里只留下了一阵浓厚的香气。

二小姐见她去了，因笑道："你看她漂亮吗？"亚英笑道："当然漂亮，这样的人，难道我还能说她不漂亮吗？"一言未了，青萍却又回转来了，笑道："你姐儿俩说我呢。"二小姐道："没有说你坏话，说你漂亮呀！"她伸一个染了蔻丹的红指头，指着亚英道："晚上看戏要来的哟！我到戏座上找你们。"说着，又走了。亚英笑着下楼，两张戏票还在手上拿着。区老太爷正在柜前站着等候。二小姐道："你请走，这东你会不了的，柜上我早存下钱了。今天不下乡去，明天一路走好吗？"老先生道："你伯母希望早早和亚英见面，今晚上不回去，她会挂念的。"二小姐向亚英笑道："今晚上戏看不成了，票子给我吧。你不用会东了，给我这两张戏票，就算你请了客。"说着将手伸了出来。亚英含着笑，只好把戏票交给她。

她笑道："黄小姐那里，我会代你致意的。"区老太爷道："哪个黄小姐？"二小姐笑道："就是刚才上楼去的那一位，伯父看到没有？很漂亮，又满摩登的，我介绍她和亚英做朋友。"老太爷摇摇头摔了一句文道："多见其不自量也。"亚英将话扯开道："你真不要我会东，我也无须虚让。以后我再请吧。"于是他悄悄地随着父亲回到了旅馆。老太爷忙着收拾了旅行袋，就要亚英结清旅馆里的账。亚英道："不必结账，这房间留着吧，我已付了一星期的钱了。假如我们赶不上长途车子，我们还可以回来。"老太爷望了他笑道："你还挂念着今天晚上的话剧。城里到疏散区，一天有无数班的长途汽车，怎么会赶不上呢？"亚英虽然没有辩驳，但他始终没有向旅馆结账，委委屈屈地跟父亲走了。

到了下乡的汽车站，却见站棚下列停着几辆客车，搭车的人乱哄哄地拥在车子外面。站里面那个柜台上，人靠人地挤满了一堆，有的索性把两手扒住柜台，昂头来等买票。看那柜台里，两位卖票先生各衔了一支烟卷，相对着闲话。只隔条柜台，外面的人挤得站立不住脚，摇动不定。有人连连喊着："什么时候卖票？"那柜台里并没有反响，最后被问不过了，板着脸向外道："有时刻表，你不会看吗？"说毕，他又掉转脸去闲话。老先生是远远地在人堆后面站着，正打量一个向前买票的机会。亚英道："爸爸，就在这里等着吧，我挤都挤不上去，你老人家是奉公守法的，我看这有点儿不行。"老太爷道："我早知道离买票至少有二十分钟，要你挤上去做什么？票子总是买得到的，不过迟上车要站着而已。这样挤半点钟，求得车上一个座位，也未见得合算。"亚英还没有坐过这一截路的车子，既是父亲这样说了，也就只好站在这里不动。可是只有五分钟的迟疑，那人堆外面又加上了几层人，外围的人已经站到身边来。亚英笑道："这个样子，不挤不行了，你老人家站在这里等一会儿，我挤上去买票子。"老太爷看看这车站内外的人，已非一辆车子所能容纳得了。想着，要是不挤，那这班车子就休想上去，于是点了两点头。

亚英数好了两张车票钱捏在手中，便看定人堆的缝隙，侧着身子向里挨进了两步。也不知道哪里来的邪气，突然后面的人一阵发狂，将人堆推动着向前一拥，不是前面有人，几乎倒了下去，然而已被人踏了几脚了。两个路警抢了过来，大喊："守秩序，不要抢先！"才算把脚站定。然而看看前面，到买票的柜台子边，已站了好几十人。回头看身后，也有一堆人。自己却挤在人丛中，两只手缩着压在人背上，自己背上，可又被人压着。那柜台里卖掉一张票，人堆才向前移动一点儿，约莫是十来分钟，挤近了柜台。却平地用木棍夹了个双栏杆，买票的人要由这双栏杆口里进去。亚英紧紧地跟着面前的人，又是好几分钟才穿过了这栏杆，到了卖票处。那柜台很高，又有栏杆拦着，只开了个卖票的八寸长方窗户。亚英见那前面买票的一位，拿了票子，还是不走，望着里面说道："买两张。"卖票员瞪了眼，喝道："不懂规矩吗？"亚英倒也不介意，自伸了手把钞票送到柜台的栏杆里面，可是还不曾开口，里面却把亚英的手推出来，一面说道："票子卖完了，不卖了。"旁边有一个买票人，问道："通融一张，可以不可以？"他理也不理，早把那个卖票的小窗户关闭了。前前后后许多买票的人，都无精打采地缩回手来，扭转身去。

亚英心里想着，买不到票也好，今天晚上可以去看话剧了。那位黄青萍小姐，真是一位时代女郎，和这种女郎交个朋友，真是青春时代一种安慰。他如此想着，站在那卖票的柜台下，等了一会儿。忽然有人由棚外叫进来道："有两个人退票，还可以卖两张。"老太爷已是追了过来，站在身后，便道："好极了，我们买两张吧。"这柜台下面的买票人，都已经走开了，只有他父子两人在此。亚英自可从从容容地把钞票送到柜台上去。那柜台上却也打开了窗门，将钞票拿了进去。正有一只手将两张车票要送出来，却有一个穿西服的胖子，气势汹汹，走到柜台边，手上举了一张硬壳子的东西，高叫道："特约证，特约证！"于是柜上那只手缩回去了。里面有人向那胖子道："这趟来晚了，三张票吗？"那胖子点了个头，连说快点儿，伸了一卷钞票，取了三张票走了。柜台里面把一卷钞票伸出来。卖票人说道："没有票子，你的钱拿去。"说着，将钞票放在栏杆缝底下，将窗门关上了。

亚英只好取回钞票，可是亚英究竟年轻，不能有那极大的涵养，叫起来道："这不是开玩笑吗！时而有票，时而没有票，我票都拿到手了，把我的票拿回去，卖给后来的人，大家都是出钱买票……"他不曾说完，一个穿青呢制服的跑来，向他道："你吼啥子！你不看到别个有特约证吗？"亚英道："我看到的。他只有一张特约证，怎么卖三张票给他？"那人道："你怎么知道他只有一张特约证？"亚英道："就算他有三张，你们卖两张票就满了额的，为什么又卖三张给他？"那人道："我们愿意卖三张给他，你管不着！"亚英道："哎！你对人要有礼貌一点儿，这样说话！"区老先生站在一边，也是气得红了脸，说不出话来，就没有对亚英加以阻拦。

他两人正争吵间，却听到身后有人道："亚英，吵什么？走不了，我们另想办法吧！"他回头看时，是二小姐同青萍小姐。这真是出人意料的事。青萍小姐怎么会追到汽车站上来的呢？二小姐道："我把宏业安顿好了，到旅馆来看你们，知道你们走了。一出门就遇到了黄小姐，她约我到温公馆去，没有坐车，一路溜马路玩。不想走到这车站附近，老远就听到你的声音，所以我们走近来看看。"亚英笑道："见笑见笑，我实在也是气不过。"说着，回转身来向青萍点了个头，笑道："这是家父。爸爸，这是黄小姐，和亚男很要好的。"他说着话，指了黄小姐向区老太爷微笑着。青萍倒是两手按了衣襟，向老太爷深深地一鞠躬。老先生看到人家这样执礼甚恭，自也微笑着一点头。

青萍对车站上看看，又对汽车上看看，见车站上固然是挤，就是那汽车里面，也是黑压压的没有一点儿空隙。因皱了眉向区老先生道："这个样子，你老人家如何能挤得上车？便是挤上了车，也太不舒服了。"老太爷笑道："能挤上车已是万幸了，怎么还能说舒服不舒服的话。"青萍道："老伯，你一定要在今天下乡去吗？"老太爷觉得她这称呼太客气了些，便不能不向她说出一点儿缘由，因道："亚英有好几个月出外，内人一直惦记着，特意让我进城把他带回去。若是今天不回去，让内人在家又惦记一天。"青萍笑道："若是这样，老伯可以在附近茶馆里坐会子，我去替你想个法子试试看。"亚英道："黄小姐在车站上有熟人吗？"她笑道："我不敢说一定可以想到办法，但假如想得到的话，保证老伯和二先生一定很舒服地到家。若是办不到的话，可别见怪，今晚上就请老伯也看话剧去。"

亚英听她这话音，分明有意留着看话剧。虽然她说是去想办法，料着不过是句转圜的话由罢了。心里一高兴，就笑着向父亲道："那我们就在对过小茶馆坐一会儿吧。万一没办法，再打主意。"老太爷估计着，今日至少还有一次班车可开，这位黄小姐既是自告奋勇来想办法，大概没有问题，就随了亚英向到车站对过小茶馆里来。二小姐看到这小茶馆里乱七八糟，什么人全有，站在门外没有进来。青萍倒送了他父子两人落了座，却向亚英点点头，笑道："务必请你陪令尊坐一会儿，我不来，可别走开。"亚英笑道："那自然，多多费神了。"青萍笑着，和二小姐一同走了。

这里父子二人守着两杯茶，不住地看那对门车站。先前的那辆班车，自然是走了。这里又酝酿着开下一班车，车站外成堆人在拥挤。老太爷皱了眉头："这位黄小姐去了相当的时间，还不见回来，恐怕没有多大的办法吧？为了周全起见，你还是到那里去挤上一挤。她若想着办法来了，我会去叫你。"亚英对父亲这个提议十分不赞成，可是又不便违背，便慢慢地站起身来，慢慢地走出茶馆去，总怕黄小姐来了看不到自己，让她怪自己失信。

恰好走出店门，就遇到一个旧日同学毕竟成。他穿了一身青布短衣服，身上背了一只小小的竹背篓，他先叫了："这不是老区！"亚英笑道："是我啊！多年不见，怎么这样一身行装？"竟成指了旁边站的一位老者，穿一件灰布棉袍儿，一大把半白胡子，光着头，也是满头苍然，笑道："这是家父，我送他老人家下乡去。"亚英向那老人鞠个躬，然后向竟成道："车票实在是不好买。"他笑道："我根本没有打算买车票。"说着指了脚下一只新草鞋道："我们决定走下乡去。约莫四十多里路，又有五分之四是公路，我们慢慢地走吧。便是走一截黑路也不要紧，买个灯笼，总还可以混到家。"

亚英道："老伯走得动吗？"他在那边手摸了摸胡子，笑道："走得动，走得动。"竟成道："我也顾虑到这一点，特意到站上来看看有没有机会买到票子。我一看这拥挤的情形，只好赶快走了。老区，你住在什么地方？我想到乡下去找你。"亚英把住址告诉了他，他点着头，和他父亲笑嘻嘻地走了。

区老先生坐在茶座上已听到了他们说话，这就起身迎出来，问道："他们也是爷儿两个，这位老先生干什么的？"亚英道："我这位同学是个中学教员。他的老太爷，现在干什么不知道，但在南京的时候，听到他也是在教会学校教书的。他们家全是基督教徒。"老先生道："看这位老先生须发苍白，大概比我年纪大得多，人家能走，我们为什么不能走？我们一同走下乡去，好吗？"亚英微笑着，没有敢答复。老太爷道："你以为我不能

350

走，假如买不到票子的话，我决计试上一试。"

正说着呢，一辆乌亮流线型的小座车，已悄悄地开到面前停下，车门开了，却是青萍笑嘻嘻地走下来。她笑道："老伯，幸不辱命，把事情办到了。请上车。"老太爷呀了一声道："用小车子送我们下乡吗？"青萍笑道："我许久没有到郊外去，想到郊外去玩玩。我听说……"说着左右望了一望，低声道："温公馆今天下午在打梭哈，一定有不少的汽车停在他们公馆大门口。所以我就到他公馆里去，要求温五爷介绍我到赌博场上去，和那些客人见一见，温五爷说：'你也有意思要加入吗？'我说：'那不是开玩笑，输赢几百万，我有什么资格参加？门口有的是汽车白放着，打算借任何一位的汽车坐两三小时，到郊外去看一位乡亲。温五爷就说了，这样的事情何必问别人，把他的车子坐去好了。'"区老先生是知道温五爷的，便把手摸摸嘴上短短的胡子道："那不太好吧！"说时，望了望车上的汽车夫。青萍笑道："老伯，你客气什么？"说时，伸着手向老太爷身边拦着，笑道："老伯请上车吧。"老太爷看到车停在面前，自不能再加拒绝，只得笑道："这太劳神了。亚英，你去把茶账会了吧。"于是弯腰就坐进车子去。亚英进店去会茶账，青萍却还静立在屋檐外等着。亚英提着旅行袋上了车，青萍随着上车。于是老太爷坐在一边，亚英坐在中间，青萍紧傍了亚英坐着。亚英就立刻觉得有一种极浓厚的香味送入鼻端。同时看到黄小姐的大衣襟压在自己身上，也觉得有一种说不出来的愉快。似乎青萍已告诉了车夫车子是应当开向哪里了，车子一掉头，已顺着市区干路向北郊直跑了去。

老太爷是个长辈，未便向黄小姐多问。亚英虽极愿和她谈谈，可是怕引起父亲的误会，又不敢说话。大家沉默了一会儿。还是黄小姐先开口道："老伯，交通这样困难，不常进城吧？"老太爷道："这是第二次进城。我是个落伍的老年人了，城市对我没有多大的兴趣。这次不是为了来会敝亲和找亚英回家去，我也不会来的。"青萍笑道："二先生由哪里来，是安南还是香港呢？"这是亚英说话的机会了，因笑道："我哪里也没有远去，实不相瞒，我只是在附近乡下做点儿小生意而已。"青萍瞧了他一眼，笑道："有二先生这样做小生意的？"亚英道："我原是学医未成的一个人，但自信比江湖医生还好些。可是我在卫生机关里当个医药助手，饭都吃不饱，只有改行了。我想穿了，不去和什么发横财的人求教，自己努力，自己奋斗，要说我们不如人，却不服这口气。"青萍笑道："人是不能比人的。消极点儿来个君子安贫，达人知命，也就心平气和了。不过'命运'二字，是贫贱者消极地安慰自己而已。富贵人家，却不说一切享受是命运，他们

351

以为是靠本领挣来的。其实富人贵人，我看得多了，并没有什么了不起。他想得到的，我们也想得到，我向来不认为我不如有钱的人。"

区老先生在一边听着，没有作声，只是微微地点了点头。亚英笑道："这个也不尽然。譬如我们现在沾了黄小姐的光，坐着这小汽车下乡，我们也只有相信运气好，碰到了黄小姐，绝不敢说是我们比那两位步行下乡的父子教育家有本领。"青萍笑道："这样说，二先生也就很相信命运了。"亚英道："这是黄小姐说的话，我站在贫贱的那一方面，理应该是相信命运的。"青萍笑道："二先生虽不富贵，也不能算是贫贱吧！"亚英笑道："我的朋友中间，有的是莫名其妙地发了财，有的是流尽了血汗，吃不了一碗饱饭。把我和那些朋友来比，我总是站在这中间的。只是这样鬼混，实非所愿，将来如有一点儿办法，我还想读一点儿书。"青萍听到读书这两个字，有点儿不对劲，头不曾侧过来，眼风斜瞟了他一下，微微地笑着。亚英不知道她这一笑含着什么用意，可是见她点漆似的眼珠一转，又见她那鲜红的嘴唇里露出一排雪白的牙齿，只觉得实在是美极了。正想回答她一句什么话，区老先生却轻轻地咳了两声，他立刻感到心里所要说的这句话，有老父在前，或会引起什么问题，便也莫名其妙地向她笑了一笑。在两人咯咯一笑之后，彼此就默然了。

这时，汽车已驰上了郊外的大道。青萍隔了玻璃窗向外看着，无话找话地笑着做了一个赞美的样子道："四川真是天府之国，一年到头，郊外都是绿的。"亚英正想找一句话来附和，忽然这车子向路边一闪，戛然一声停住。老先生也吃了一惊，以为这车子撞上什么了。那时很快，只觉一阵风卷起了路上一阵飞沙，大家顺了这飞沙过去向前看着，倒不是什么怪风，照样的也是一辆很漂亮的汽车，从旁边飞也似的跑了过去。汽车上的喇叭鸣啦怪响。老太爷道："咦！好快的车！"司机由前座回转头来，笑道："老先生，你明白了我为什么刹车吧！这条路有这辆怪车，你遇到了它，非让开不可。你碰了它，那自然是不得了，它碰了你，你也不得了。"老太爷道："这是谁家的车？"司机道："是鼎鼎大名的二小姐呀。她就是这样由乡下进城，由城下乡，要跑快车，不快不过瘾。现在更坏了，她不在车上，那车子也开得飞快，好像这快跑是那车子的商标，撞了人屁事没有。"说着，他又开车。亚英道："一位小姐就这样横行，这国家的前途还说什么？凭你怎么说，一滴汽油一滴血，还是有人把汽油当长江里的水使。说到这里，我们也就该惭愧，我们凭着什么功绩，可以坐这小车子下乡呢。"

青萍竟忘了区老先生在座，将手轻轻地在亚英腿上拍了一下，笑着把嘴向前面司机座上一努。亚英会意，也就不说了。可是在两三秒钟之后，他回忆到黄小姐在自己腿上拍着的时候，却让人有一番舒适，一种微妙不可言喻的感觉，便低声笑道："我明白。"他觉得这"明白"两字，含有双关的意思，说着的时候，很快地向黄小姐看了一眼。她倒没有说什么，只是微微地一笑。亚英觉得今天的遭遇真是意外的幸运，既有这样好的小汽车可坐，而且还有漂亮的黄小姐同车，心里头那番不可言喻的愉快，时时地在脸上呈现出来。而且也因为这过分的愉快，闹得不知说什么是好。

车子在他们高兴的当中向前飞跑，二十分钟后，缓了下来。这里正是一个"之"字路形，弯弯曲曲地围着一个山坡绕。老远地看到隔一道路环的路途中间，站了一大群人。老太爷呀了一声道："有车子出险了。"大家随了向前看去，自己的车子也就停在路边。这位司机是一个好热闹的青年，他已开了车门，跳下车去看热闹。大家看时，这路边靠山坡有两部车子，一部是大客车，车头撞了个粉碎，车身半倒着，压在山坡的斜石壁上，另一部是流线型的米色小座车，车头碰烂了半边，一只车轮子落进了公路边的流水沟，车尾高高举起，满地都是碎玻璃片。一个穿黄皮外套的人，头上戴了青呢鸭舌帽，左手臂流着血，将白绸手帕子包了。他斜靠了山坡，坐在深草上，横瞪了眼睛，望着那群人道："赔我们一百万也不行，我们这车子如今在仰光都买不到，是我们主人在美国定做的。我身上受的明伤不算，暗伤不知道碰在哪里。我是一个独子，家里有七十岁的老娘，若要丧了我的性命，我们这本账不好算。"他这样地说着，没有人敢回他的话。看那样子，是开小座车的司机了。

这一大群人中有的穿长衣，有的穿西服，都相当地漂亮。那大车上有公司公用车字样，想必这班人都是公司里的高级职员。有两个受着重伤的人，周身是血渍，头面上包扎了布片，躺在路边深草里。这时就有一位穿西装的走向车边来，对老太爷道："我们撞车了，还有两个同事，一个司机受着重伤，可不可以请你带我一截路，让我到前面车站上去打个电话？"老太爷便开了车门让他进来，挤坐在一角里，这车上的司机，看到这是惹是非之地，没有敢说一字，上车就开走了。

老太爷等车子走了一截路，问道："你们这两部车子，都是车头上碰坏了，是顶头相撞吗？"那人叹了一口气道："可不就是。我们车子下坡，又是大车不容易让路，恰好又在一个急转弯上，要让也不可能。这部小车子可像动物园里出来的野兽一般，横冲直撞地奔上山来，向我们撞个正着。所幸我们这车子靠里，若是靠外的话，车子撞下坡去，我们这一车子人全完了。"老太爷道："那么，不是你们的错误。"他苦笑了一笑道："怎敢说不是我们的错误？我们看到这部小车子，照理应当停在路边，让它过去的。"青萍插嘴道："怪不得我们这车子在路边停了一停，让一部飞快的车子跑过去，大概就是这部小车子了。"那人又苦笑了一笑。老太爷道："刚才那位司机碰伤了，在那里骂人，要你们赔一百万，你们的司机怎样呢？"那人道："他晕过去了，恐怕有性命之忧。他哪里能说话，就是能说话，他也不敢说。司机不一样，有的就是司机而已，有的可无法去比他的身份。"

青萍笑着回过头来向亚英道："这就是人不能比人的明证了。"老太爷没有理会他们，继续问道："这事的善后很棘手吧？"那人道："但愿赔车子、出医药费能够了事，也就算菩萨保佑。今天不幸中还算大幸，这小车子上并没有主人，否则吃不了兜着走，我们想不到这事是怎样的结果。"老太爷见他不说出车主，就连他们是什么公司的人，也不便问。大家默然地坐着，车子就很快地到了一个车站。那人就下车去了。

车子继续向前，老太爷叹了一口气道："黄小姐，你说的话不错，这个世界人不能比人。"青萍被老先生赞了一句，自是高兴，而亚英听了比她还高兴，向她笑道："黄小姐，你比我家亚男还要小两岁吧？而她对于社会的见解，就没有你看得这样透彻，今天可以到舍下去宽住一晚吗？亚男对你会竭诚招待的。"青萍微笑道："你忘了，我们坐的这辆车子并不是我的。"亚英道："有什么要紧？让车子先回去就是了，明天我送黄小姐坐公共汽车回来。"青萍没有说什么，只是微笑。老太爷道："孩子话，人家看了我们挤不上公共汽车，想法子亲自把小车子送我们下乡。我们叫人不坐现成的小车子，让人家由公共汽车挤回来，你家那个茅草屋，有什么可留嘉宾的，值得叫人家明天在公共汽车里挤？"

亚英被父亲说红了脸，强笑着无可说的。青萍笑道："照说到了乡下，我实在该到府上去拜访伯母。只是我向温五爷借了车子，应该回去给他一个交代，下次有工夫，我愿意到府上去打搅几天。在城市住久了，实在也需要到乡下去住几天的，让在城里住得昏咚咚的脑子清醒一下。"说着将她那染着蔻丹指甲的细嫩白手，在额头上轻轻捶了两下。亚英道："黄小姐的公馆在哪里？是在很热闹的街市上吗？"青萍微笑着，叹了一口气道："我哪里有公馆，我也是流浪者呀！"亚英道："客气客气！"青萍道："我的身世我也不愿谈。亚男她知道我，林太太也知道我，可是……"她又笑着摇摇头道："不必说了。"老太爷坐在一边，脸上却透着一点儿微笑。亚英不知道父亲这微笑含有什么意思，不敢接着说什么。大家又默然了一会儿，车子便停在一个乡镇口上。

老太爷说声"到了"，开了车门，引亚英下车。青萍却也跟着走下车来。老太爷向她连连道谢。她向老太爷鞠了个躬，又伸手和亚英握了一握，笑道："二先生再会了。我们在城里可以会到的。"老太爷对汽车上看了一看，见那司机正划着火柴吸烟，便低声问道："黄小姐，我可以奉送这位司机几个酒钱吗？"青萍笑道："不必了，我们常常给他钱花的。"老太爷笑道："正是如此。我想我们尽力奉送他一点儿款子，也许他却认为那是一种侮辱。"她点着头微笑了一笑。又道："那倒不，只是不必破费。"老太爷就取下头上的帽子，向那司机点头连道："劳驾！"然后催着亚英取下车上的旅行袋和篮子，向黄青萍告别后由公路走下小路。亚英原走在老太爷前面，站在路边一犹豫，却落在后面了。他走了一截路，便回头向公路上看来。这黄小姐正不慌不忙，还站在那里呆望着。亚英一回头，她却举起一只手来在空中挥着一条花绸手绢。虽然隔着那么远，还看到她脸上带着很招人乐的笑容。

亚英点着头将口张了一张，虽然也想把手招上两招，无如左手提篮，右手提袋，无法举起，只得弯着身子鞠了半边躬。他只看远处的黄小姐，却忘了近处小路的缺口，一脚插下去，身子歪着向路边一斜。幸是自己将脚撑住了地，手又带着袋子撑住了脚，总算不曾倒下去。老太爷听到后面一声响，回头问道："怎么了？"亚英伸腰站起来笑道："一条花蛇在路边一溜，吓我一跳。"老太爷道："现在的日子会有蛇？"亚英悄悄地道："四川的天气，大概终年会有蛇的。"老太爷不知道听到这话没有，板着脸自在前面走了。亚英又走了一截路，再回头看看，见那小车子在公路上滚起一阵尘烟，这才算安下了这条心，随着老父回家去。

第二十五章

爱情之路

　　区家父子回到家里，区老太太高兴非凡。她在窗户里，老远地看到老伴后面随着一位西装少年，正是自己所盼望着的儿子，于是迎出大门来，笑向老太爷道："终于把亚英带回来了。"老太爷笑道："确是亏我在城里等着，才把他拉了回来。若由着他，今天还要在城里看话剧呢。"

　　亚英抢上前几步，向母亲半鞠着躬，叫了一声"妈"。老太太赶紧笑着，把他手上的旅行袋接了过去，向他脸上望着笑道："你们兄弟都是劳碌命，出外去就长胖了。"亚英走进屋门，见是一间堂屋，四壁土墙粉刷得雪白。左面放了三张半旧的藤矮椅，放了一张小茶桌，右面也排有四张乌木椅。正中一张长条桌，居然也陈设着一只大瓷盘子，盛了佛手、广柑、红橘。一只瓦瓶子，插了梅花水仙。一只大绿盆子，栽了一盆蒲草，墙壁上贴了一些未曾裱糊的字画。这些有的是老太爷亲笔，有的也是朋友赠送的。地面上扫得一点儿浮尘也没有。三合土的地面，极其整洁。他不觉点了两点头，心里就暗想着，刚才打算要黄小姐到家里来，就暗暗有点儿踌躇，自己家被炸了以后，东西光了，搬到疏建区的国难房子里来，简陋是可想的。就怕无法让那位摩登女郎安身，如今看起来，却大可来得。尤其是门口一片草地上，栽着两棵蟠曲的丈来高松树，配上一丛苍翠的竹子，点缀着这个整齐的茅屋颇为幽雅。

　　老太太见他向屋子四周看着，便知道他的用意，因笑道："这几个月得了亲友的帮助，亚杰又带了些款子回来，你爸爸已经把这家安顿得井井有条，你就是在家里不出去，也没有什么困难。"说话时，大少奶也抱着孩子出来了，看到小叔子这一身新，也就觉得他在外颇有办法，不免夸赞了一阵。这时，区家已雇用了一个女佣，忙着送茶送水。

亚英在举家欢笑声中，独不见亚男。正待要问，却听她在门外笑道："二哥回来了，回来得真有面子，还是一位摩登小姐用小汽车送回来的。"说时，见她也身穿灰呢大衣，胁下夹了一个扁皮包进来。亚英道："听到爸爸说，你在这小学里代一点儿课，刚下课吗？"亚男道："可不是？我觉得大学没念完，自己本领有限得很。可是我这种教员，竟是让人家看成香饽饽似的，抓住就不放。论资格我还算是第一流人物呢！"老太太笑道："你又夸嘴！你怎么知道他们是坐小车子回来的？"亚男道："我顺着公路走回来。青萍在车上看到我，特意停了车子下来和我说话。她说是用小车子送爸爸和二哥回来的。"老太太望了亚英道："真的吗？"亚英道："若不是坐小车子，我们怎么回得来？根本买不着公共汽车票。"老太太道："如今的汽油贵得吓人，把小车子送你们这样几十里，这人情可大极了。"亚男笑道："有什么了不得，她也不过是慷他人之慨，又不是消耗她自己的汽油。这辆车子我认得，是温公馆的。她和温五爷夫妇联络得很好，要借什么东西都可以借得到。现在温二奶奶对她很有点儿不谅解。"亚英道："那为什么？是他们在闹三角恋爱吗？"老太爷正坐在旁边吸烟，听到这里，就皱了眉道："你一回来，怎么就和妹妹说这些话，有失兄长之道。"

亚英正有许多关于黄小姐的话要问一问亚男，被父亲这样一拦，就不便多问了，只是笑着。亚男见父亲怪二哥，倒臊得她脸红红的，只好走开了。好在区老太爷有许多话要问儿子，三言两语，把这个问题就岔过去了。老太爷又告诉家中，林宏业夫妇明天要来，大家也就赶着预备菜蔬，招待远客。

亚英心里却始终憋着一个问题：这黄小姐对于自己为什么这样客气？这样的交际花，当然不会对我这个无所成就的青年一见钟情。如果她不是一见钟情，她那种过分的亲热，是一个少年女子对平常的朋友不应当有的。这个无意的遇合，把这位血气未定的区亚英难住了。好在他做了大半年生意，渐渐也和巨商有了往来，经济问题已难不倒他，这次回家来，看到家里一切妥当，也不必代父母兄妹发什么愁了。心里一舒适，觉得到了这个日子，也可以谈谈爱情。尽管这位黄小姐是见过大局面的，反正追求女性，也并没有什么最大的危险。追求不到，至多不过是枉费一番心力而已。无论如何，这位黄小姐给予自己这个进攻的机会，不可轻易放过。他有了这一番奢望，就把当日负气出走，要挣口气回家来负担赡养的志愿，放到了一边了。而且亚杰跑国际路线做生意，比自己所挣的钱要多出若干倍，自

357

己这点儿小成就也没有什么了不起，因之他在举家欢叙之时，并没有夸说自己什么。倒是向亚男竭力进劝了一番，劝她去进大学，这小学的书可以不必教了。学费及杂费，丝毫没有问题。亚男本有这个志愿，自是听得进。这晚上，一家人在灯下叙话，到十一点方睡。这在乡下已是十分的夜深了。

次日早上，亚英却是全家起来得最早一个，等亚男起来了，草草地梳洗一番，便约她到附近小镇上去喝豆浆、吃油条。亚男在路上走着，一面看手表一面道："上街去要多绕一两里路到学校，现在已经七点了，我八点钟上课，不要误了时间。"亚英："爸爸和亚杰都丢了粉笔生涯不干了，你又钻进这个圈子里面去，辞职算了吧。如今是学经济最时髦，其次是学工业，你赶快预备功课准备投考大学吧。"亚男道："我们天天骂人家发国难财，自己还学银行学商业不成？我决计去学电机工程。只要自己拿得出学费来，我想有两个私立大学是不难考进去的。"亚英道："钱大概没有问题，我可以先付一笔给你。不过怕你经济不成问题后，又不想读书了。像昨天把汽车送我回来的黄小姐，我想她就是要到外国去留学也不成问题，可是看她那样子绝不会有这样企图的。"

亚男是和兄长并排走着的，回转脸来紧紧地皱了眉头道："你怎么把她这个人比我？"亚英两手插在大衣袋里，将肩膀耸了两下笑道："她这个人怎么样？不也是你的好朋友吗？"亚男将嘴撇了一下道："我会和她做好朋友？我最痛恨的就是她。这种女人！过着那种糜烂的生活，都是出卖人格换来的。平常的日子这样胡闹已经是不可以，何况在这个抗战时期。"亚英不由得在袋里伸出两只手来，抱着拳头连连拱了两拱，笑道："得了，得了！这又不是在什么妇女会里开会，你说这一套干什么？"亚男道："并非我口头轻薄，要这样损她。实在她的行为太不好，你是不知道她的。"亚英走着，随手摘了一截路旁的枯树枝，举起皮鞋尖，一脚把枯树枝踢得远远的。好像对这样的谈话，并不怎样留心的样子。然后笑道："是吗？我觉得她这个人很不错，态度很大方，说话也很有分寸，对于一件事情的批评，也很有正义感。"亚男道："二哥！你以前认识她吗？"亚英道："昨天下午在过江码头上遇到她，二姐给我介绍，这样才认识的。我所说的，是根据我们同车和她谈话时得来的印象。"亚男撇着嘴笑了一笑，又点点头。他问道："你笑什么？"亚男笑道："你是看她长得很美吧？为了她很美，她就一切都好。其实她也不见得美，只是行头多，上等的化妆品尽量在头上脸上使用着。"亚英随了她这话也向她脸上望着，带一点儿微微的笑。

亚男也望了望亚英，笑道："你以为我也用着化妆品呢，怎好说人？你

358

要知道，我们用的是普通化妆品，也没有弄得奇装异服。"亚英笑道："我不过和你谈谈黄小姐而已。"亚男道："关于黄青萍，你最好今天等二姐来了去问她。我有一点儿偏见，我对于她不会有好评的。"亚英笑道："那是什么道理？我看她对你的态度倒是很友好的。"亚男道："二哥，我不能用什么话来劝你，你久后自知，可是希望你别在我面前提到她。你就是提到她，我也不愿意把话告诉你。"她说着话，态度很坚决，绷了面孔在亚英面前走着。亚英倒不见怪，嘻嘻地笑着，跟着她到了小镇市上。他尊重妹妹的意见，并未再提到青萍。

到了这日下半天，林宏业夫妻双双地来了。他们十足地表现着是香港来的，带来一只小箱子，又有一个小提包，里面全是些外国的洋货，由哔叽衣料到烟斗、派克自来水笔，全家人所要用，而又在重庆买不到的舶来品，每人都各有几份。全家都忙着招待，还没有亚英向二小姐问话的机会。

等到黄昏时候，亚英陪了林宏业夫妻在门外平坝上散步，二小姐问道："你还要在家里休息几天吧？"亚英道："我有一桩生意急于接洽，明天非进城去不可。"林宏业笑道："你现在也是满脑子生意经了。"亚英道："大家都走这一条路，我有什么法子可以例外呢？例如我说的这笔生意，出钱的人根本是不必做生意的。可是他不愿钱存在银行里，让钞票贬值，把现款提出来变成货物，又把货物变成现款。一个做大事的体面人物，自然不能公开地做生意，于是自己变成幕后人，托他的亲信出面来经营一切。这代替体面人经营生意的，正是我当年在中学念书时的一个教员，他在这几年，一向玩政治，无非做做县长，当当主任干事，又何尝懂得生意？在一个交易场中，他遇到了我，非常高兴，约我去替他设一个分公司。"二小姐笑道："你对商业又有什么经验，人家会看中了你？这是什么公司？"亚英笑着摇摇头道："暂时不能公开。"二小姐道："又有什么秘密，拆穿西洋镜，无非大家发国难财而已！你还没有走上这发国难财的一个阶段，就学得这鬼鬼祟祟的样子！"亚英道："并非要瞒着你，我怕将来弄不成功，徒然引得大家笑话。说起来这公司规模很大，人家会不相信的。"林宏业摇着手道："我不问你这个，你不用解释。我倒有件事托你。"说着他将两手插在大衣袋里，站住了脚，向这平坝周围看了一看：对面是一排小山，树木森森的，山脚是一片水田，身后也是一片小山，山麓便是公路。

亚英回转脸来向二小姐笑道："宏业打量这地方干什么？想在这里建一所别墅吗？"林宏业道："在香港的一些朋友，觉得在那里漂浮的地位上生活，经济基础总是不健全的。大家都有计划，将钱变成货物，运到内地来。

货物运到内地之后，少不得又变成钱。但不愿把这钱再去贩卖货品，就在内地另起经济基础，办小工厂也好，办农业也好，甚至住家也好，总以不把钱再带出去为原则。我原来是没有这种远大计划的，自到内地以后，由桂林到贵阳，一路之上人家总是说香港地位危险，趁早向内地搬。到了重庆，这种说法更切实。于是我起了一个新念头，打算在重庆买点儿地皮，能另建经济基础更好。就是不行，这地皮到战后再卖出去，也比把钱再运回香港去强。我颇有这意思，想和伯父商量，可是他老人家就不大爱听这些钻钱眼的话。你可不可以先容一下？"亚英点点头道："这是对的呀！把海外的钱向内地搬，不是政府所提倡的吗？虽然爸爸是不谈功利主义的，无如晚辈都走向了这条路，他也没有法子了。"二小姐点头笑道："老人家现在随便多了。比如像黄青萍小姐把小汽车送你们下乡的事，在以前他决计是不接受的。"亚英笑道："那倒不见得，老太爷对她的印象就很好。"二小姐道："老太爷以前在什么地方见过她吗？"亚英道："昨天在车子上，她和老太爷说了很多的话，爸爸很夸赞了她几句呢。"二小姐笑道："就凭这一点，你能说他老人家对她的印象很好吗？你想青萍借了小汽车送你爷儿俩回来，还是亲送一阵，伯父那样和蔼的人，岂有不向人家说好话之理？——你是当局者迷。"亚英笑道："二姐说得也过分一点儿，这何至于闹个当局者迷！"

二小姐肋下是带着一只小皮包的，说到这里，她就把它打开，取出了一张二寸小相片，向亚英照了一照，笑道："我本来是打算把这张相片送给你的，以为你没有法子接近黄小姐，把这相片送给你，也可以解解馋。现在你既自认不曾被她迷惑，我这张相片就不必送你了。"说着，把相片向皮包里一扔。亚英笑道："你冤我干什么？"二小姐笑道："你说我冤你，就算我冤你，反正是一个摩登女郎的照片总没有错。你那样好的眼睛，难道还没有看清楚吗？"亚英笑道："你再给我看看，行不行？"林宏业笑道："你就再给他看看吧。"她笑道："何必给他看，反正他也无意于黄小姐，他不承认他当局者迷。"说时，她把皮包在肋下夹紧了一点儿，向前走了两步。亚英笑道："我就承认当局者迷得了。你若不给我看，那我今天连饭都吃不下去。"二小姐就打开皮包来，将那张相片取出，向他怀里一丢，笑道："拿去细细瞧吧。"

亚英拿着相片看时，可不就是青萍小姐的相片吗？而且这还是最近照的，就是那天在广东馆子里所遇见的那种装束。眼珠微偏着，脸上露着笑容。他一面走一面笑道："这张相片你怎么会拿到的呢？"二小姐笑道："你猜呢？是我拿来的，还是黄小姐要我转交给你的呢？"亚英笑道："我还没有那资格，可以使她把相片送给我。"二小姐正走着路，却又停止了，回转身来向他望着道："你要知道，黄青萍是个不平凡的摩登小姐。她要是高兴的话，立刻就和人家要好。她如果不高兴的话，你就是把金珠宝贝将她包起来，她也是不将正眼看你一看的。"亚英耸着肩膀笑了一笑，摇了摇头道："据你这样说，你以为黄小姐是很高兴我的吗？"二小姐道："我想至少是你自己认为黄小姐对你是用意不坏的。要不然，你也不会立刻就迷惑起来。"

亚英没有说什么，只管拿了那相片看着。林宏业笑道："我是香港来的人，什么样子的女人都看过，可是像黄青萍这样漂亮的人物，实在还不多见。亚英之着迷，那是大可原谅的。"亚英笑道："你不要相信这是真话，我不这样说，二姐怎肯把相片交给我呢？"林宏业道："我也相信你不是真话，但是你又何必要为这张相片撒上一阵谎呢？"亚英道："这也没有什么难解之处，不过是青年人的好奇心罢了。"他说着这话时，把那张相片随手塞进大衣袋子里去，从从容容地走着。林宏业夫妇还在继续往下说，亚英只是微微地笑着，默然无言地向前走。这黄昏时候极是短暂，他们散步一番，也就过去了。当三人走进屋子，桌子上已亮着灯火。老太爷正背了手，在屋子里徘徊，像是有许多话要和林宏业说。见他们全是笑嘻嘻的样子，因问道："你们对于这疏建区，有什么好的印象吗？"二小姐回手向亚英一指笑道："我们笑他先一道变化，是受着金钱的引诱，人情都是如此，一到有了钱了，就会另接受其他一种引诱。"

亚英本在他们身后走着的，这就抢着向前，两手一同地摇着，笑道："别开玩笑，别开玩笑。"二小姐向他瞅了一眼道："这怕什么的，反正我说的是一种普通青年应有的现象。"林宏业知道区家父子之间，多少还守着一点儿旧礼数，这话最好是不必说穿，于是找了一个新的大题目。林宏业答道："我们刚才在这平原上散步了一番，大致可以。只是这里有个严重问题，饮水太不卫生。"老太爷笑道："你不愧是现代都市上来的人，一到就把这里的毛病找出来了。我们大部邻居是喝田里的水，真不高明。可是这有什么法子呢？川东这一带缺少塘堰、缺少河渠。地质的关系，又没法子掘井，除了泉水，就只有喝那关在田里的蓄水了。"林宏业笑道："只要不惜工本，这个问题倒也不是什么难于解决的事。"亚英自坐在一旁椅子上听他说话，听到这里，他就站起来笑道："宏业，你这个大题目，慢慢向爸爸谈吧。我去休息一下。"他说着，自向旁边一间屋子走去。这间屋子，就是预备城里人回来休息的。他横躺在床上，把眼望了天花板想心事，在一想之后，就不知不觉地把那张相片拿出来，对了脸上高举着看。他正看得入神，却听到房门咯咯地敲着响，正是二小姐站在房门口，门虽然是开着的，她却不进来，故意这样敲着门来惊动人。

亚英立即坐了起来，却把相片向大衣袋里一塞。二小姐笑道："你这不是掩耳盗铃吗？那相片根本是我交给你的，你还瞒着我干什么？"亚英笑道："我一下没有看清楚是你。"二小姐走进屋子里来道："大家正谈得热闹，你一个人溜进屋子来，我就知道你是在偷看这张相片。"亚英将两手插在大衣袋里，肩膀向上耸了两耸，笑道："我倒真有点儿不明白，这位黄小姐她为什么送我一张相片呢？"二小姐笑道："你们这些男人，不是以玩弄女人为能事吗？这黄小姐是反其道而行之，她就专门玩弄男子。她将这张相片托我送你，我本来不愿交给你的，可是迟两天，你和她见面，她一定要问你的，如何隐瞒得来？所以相片我是交给你了，话我也要向你告诉明白。这位黄青萍小姐是和你开玩笑的，最好不要惹她。你说有一笔大生意要做，明天要和我们一路进城去，如实有其事，我们就一路走也好。因为我们虽找不到小车子接送，倒有一部回城的卡车明天在公路上等我们。你和我们一路走，不是免了抢买公共汽车票吗？"亚英道："哪里来的一辆卡车？是你们的货车吗？"二小姐笑道："我们坐着专用卡车过江，到娘家来摆阔吗？这是人家运货的下乡货车，卸货回城，顺路带我们一趟。"亚英道："宏业是初到重庆的人，怎么就会找着这样一条坐便车的路子呢？"

二小姐耳朵下悬了一副翡翠耳环的，这就笑得两只耳环像打秋千一样地在脸腮旁摇摆着，于是指了鼻子尖道："何必林先生，就是林太太，还不能够找一辆卡车坐吗？坐大车子，根本不是什么漂亮事，也值不得打什么主意。我告诉你，宏业带来的这批货，三停有两停是重庆缺乏的东西。那些拥有游资，急于进货的商家，正在想尽方法和我们接近。重庆最不容易找着的房屋都有人愿分半个楼面给我们住，不用说是坐卡车了。这个世界，掌握物资是比做任何事业都有味道的。小弟弟，你现在刚刚是有点儿商业出路，就想走那劳民伤财的恋爱途径，真是错误。不，我还说错了，根本不能说恋爱，不过是被人玩弄而已。你最好是收拾起你那糊涂心事。黄青萍是不易对付的一个女孩子。"亚英笑道："别嚷吧。"二小姐道："岂但是嚷，她如果真的玩弄你，我还要出面干涉她呢。我和她相处一个多月，知道她非常挥霍，三五万元，随便一伸手就用光了。你供得起她吗？"亚英道："我只说她一句，你们就要毁坏她几十句，那何苦？"他说这句话时，

362

脸上带一点儿笑容。二小姐站定了脚，向他周身上下看了一看，又淡淡地笑了一声。她就不再说话，唉了一声，摇摇头走了。

这林宏业与区家一家人在堂屋里谈着他个人的实业计划，谈起法币来，总是几万万上千万。区家举家都坐在土墙草房顶的堂屋里，被他那个庞大实业计划所陶醉，竟没有人理会到这位区三先生在另一种陶醉中。

到了次日下午，果然有个司机找到区家来相请，用卡车送他们入城。亚英先就向父母声明了，至多进城住两宿就回来。大奶奶还在旁边凑趣着道："家里的事，你不用烦心，我们希望你下次回来，就是一个经理了。"亚英觉得嫂子这句话很好，又补上了一句道："真的，我若不是为了这件事，也不忙着就进城。"他说时，看看父母并无留难之色，自是很高兴地就随着林宏业进城了。林宏业得着温五爷的介绍，住在银行招待所里。据说，这里是有卫生设备与电气设备最好的房屋，除了白住不给钱而外，还有很丰富精美的伙食。亚英心里想着，在战前上海南京一些大码头，银行家拉拢主顾，这样的招待也不算稀奇。可是现在战时，随便办一餐饭招待客人，也不是轻易的事，这种浪费，岂不是对社会某个角落的一种暴露吗？

亚英看看招待所的情形，卡车停在招待所门口，林氏夫妇下车，亚英也随了进去。这是并排着的两幢洋楼门口，安装着足球大的白瓷罩子电灯，照着玻璃窗户，可以看到几层楼的窗户里面，都垂着翠蓝色的窗帷。便是只凭这一点，也显着这所房子的华丽了。走了进去，踏着楼梯上寸来厚的线毯，上了二层楼。亚英进房之后，看到里面很宽大，墙是粉漆着阴白色，屋梁上垂下来罩着花绸罩子的电灯，家具是全新而摩登的。亚英笑道："这招待是相当的周到，你们总不破费一文吗？"二小姐道："要破费什么？人家银行招待得起，也不在乎这个。你若有一笔生意和他做好，多则千万，少则几百万，你受他的招待，耗费得他多少？"

宏业燃了一支纸烟，伸长了两脚，坐在沙发椅子上，喷出一口烟来，笑道："你们真也所见不广。人家银行招待所是一种人事应酬，根本不着重生意眼。"说着把声音低了一低，笑道："我这一层楼面前后好几间屋子里，都住的是代表之流。他们是干政治的，只有花钱嫌不够，哪有多少钱向银行里存款？招待所里对这种客人，却是相当客气，你能说他是图谋着这些人存款吗？"

亚英道："那么，他们为什么要招待这些代表？"宏业道："你在重庆住着，难道这一点儿事情你都不知道？银行里主脑人物，摆开银行本身需要政治上有人帮忙而外，就是大老板二老板之流，反正也离不开政治。他在政治上多拉拢几个朋友，还有什么吃亏之处吗？"亚英笑道："我们有钱向银行里存，透着有点儿冤，让人家拿了我们的钱，去招待不相干的客人。"

林宏业将纸烟点了他笑道："今日才算你明白。你以为银行里盖着七层大厦、十层大厦，都是老板掏腰包来盖的吗？就是招待我这种客人，银行里也不见得有什么便宜。我是所谓游击商人一流，有钱在手，或有货在手，都很少向银行去活动款子。"二小姐斜躺在床上，微笑道："我还不愿意受人家这份招待呢。一时找不到好旅馆，太蹩脚的房子宏业又是住不惯的，只好在这里住两天。这里是不带家眷住的，我来来往往受着拘束，可没有旅馆自由。"这句话把亚英提醒，人家夫妻在此，也许有什么事情要商量，不必夹杂在这里了，便起身要走。二小姐道："你一直送了我们到这里来，没有什么话要向我说吗？要说就干脆说出来，别吞吞吐吐的。"亚英笑道："你怎么知道我有话要和你说？"二小姐道："那我怎样又会不知道呢？你跟着我到城里来，是干什么的？"

亚英见林宏业的纸烟放在桌上，便取了一根纸烟在手上，慢慢地擦了火柴，架起腿来坐着，将烟点了吸起，脸上带了微笑，却是不说话。二小姐笑道："你不说，我就答复你心里问的那句话吧。黄小姐住在温公馆，大概早上十一点钟以前，她总在那里的。你有胆量可以和她通个电话。"亚英接着便道："这也谈不上什么胆量不胆量呀。"二小姐笑道："你别忙呀！等我把话说完，到了午后呢，那她的行踪就不定了。也许她在咖啡馆里坐一下午，什么地方不去，也许在城区里，也许在郊外，而且是什么时候回温公馆，还不能定。漫说你想寻找她不容易，就是我同住在温公馆里的人，要找她也是不易的。"亚英笑道："我还没有那资格可以随便找她。"二小姐笑道："你还是别忙，我的话依然是没有完。她一双眼睛是雪亮的，她自然知道你的钱不够她挥霍，她也不会靠你的钱挥霍。她也知道我和亚男必然把她的为人告诉你，你会预防着她的。她不会在你面前耍什么手段的。"林宏业两手乱摇着道："得了得了，别再向下说了。你的意思还是善意地要劝告他呢。这样说起来，黄小姐既不是图他的钱，也不是拿他开玩笑，那简直就是爱上他了。亚英已经是觉得受宠若惊了，若凭你这番介绍，那他只有鞠躬尽瘁，死而后已。"

二小姐笑道："你也是没有等我把话说完。我就是这样地想着，黄青萍为什么要向老二表示着好感呢？我就猜着她一定有一种要紧的事，需要老二帮助。等这种帮助完了，她自然会一脚把你踢开。我若是老住在重庆的话，我自不怕她弄这些玄虚，我自有法子将她控制住。所怕者就是我离开这里，没有人随时将老二提醒，那结果就难说了。"亚英喷出一口烟来笑道："说得这样严重。"二小姐道："你自然不会相信，你不妨先走一截路看看。"亚英笑道："走一截什么路呢？"二小姐笑道："走爱情之路呀！你应当相信做姐姐的绝没有不愿意你得一个好老婆之理。"亚英笑着站起来道："也谈不到。"说着，将身上穿的衣服抖了两抖，脚还颤动了两下，表示着他一种轻飘飘的高兴。二小姐道："人生谈爱情，最后一点不就为着结婚吗，我这有什么说着过分的？我们就向成功的一方面说，你和她所谈的爱情，直达到最后的那一个目标，你想你可能供养这样一个摩登少妇？再说到我们家里，她可能容下身去？反过来，你并不能达到最后的目标，你不过是劳民伤财一番而已。好了，话说完了，你再有什么话问我，我也没有可以奉告的了。"说着她将手挥了一挥，那意思自是请他走出去。

　　亚英站在屋子中间看看姐姐，又看看姐夫，却只是微笑了一笑。宏业站起来笑道："你不要信她，她既递了相片给你，又劝你不要和她接近，这是什么意思？你去办你的事，晚上你高兴吃广东菜的话，八点钟可以到珠江大酒家去找我。"亚英道："你由香港来，怎么也不换换口味？到重庆来，还要吃广东菜？"宏业笑道："这的确是可商议之处。只是我在香港这多年，无意中把广东当成了第二故乡。有许多事情和广东人发生深切的关系，不知不觉地就离不开广东人的范围。就像吃广东馆子吧，我并非对此有特别嗜好，只是人事上有种种的便利，也可以由此有种种新发展。话归到本题，假如你愿意会黄小姐的话，也许你就可以在珠江酒家会到她。"二小姐点头笑道："说了许多话，只有最后这两句话是老二爱听的。老二，这话是真的，晚上你到珠江酒家来找我吧，这路不会白跑的。"说着走向前来，在亚英肩头上连连拍了两下，她说时脸上自带了一分俏皮的笑。亚英望了宏业夫妇两个很久，微微地笑着，约莫有两三分钟的工夫，突然说了一句道："我也懒得说了。"说毕，扭转身就走了，二小姐觉得他这话里有点儿不满似的。可是想起这是招待所，不便大声叫人，只是看了亚英大步走了，自己呆站了一会儿。

　　其实亚英并不是真有什么不满之意，而且他觉着有不少的事需要二小姐帮忙，更不能得罪她，只是被她说得很难为情。除了这样表示一点儿不满意的样子，遮了面子下台而外，却是只有受窘。及至走出了那招待所的大门，他就开始玩味着二小姐的言语。他心里想着："她的话十分之八九是可相信的。就以黄小姐住在温公馆而论，最能接近她的男人，当然是那个借汽车给她坐的主人温五爷。再若说她爱青年，不重金钱，她每日在外游玩，什么青年她没有遇到过？她怎会对我这样一个平常的青年一见倾心？二姐的话是有理由的，她必是有什么事要利用我，特意给我一点儿意外的恩惠让我去迷恋。若不是这种情形，那就是我变成全中国第一个美男子，叫她不得不向我开特别快车。自己是刚刚经济上有点儿办法，大概不致饿饭，却立刻就和那家产几千万的人开始争夺女人，也太可笑了，饱暖思淫欲，果然这句话有道理，自己不过是故事中所说的，仅仅得了一只生蛋的母鸡，不要做那鸡蛋换小鸡、小鸡换小牛的梦吧。

一想开了，在走路的当儿，就不免顿了两顿脚，表示悔悟的决心。于是两手插入大衣袋里，微微挺起了胸脯，放大了步子走。那双新买的皮鞋，这时也现出了它的威风，鞋跟走在人行道上，响亮得很。这样走了一条街，快要到原住的旅馆了，事情是那样巧，迎面就碰到了黄小姐。

她没有坐车子，也没有人同伴，也是两手插在大衣袋里面，挽了手皮包的带子，皮包拖在袖子外面，态度是极其从容。两个人一同咦了一声，相对面地站定了脚。青萍眼风很快地向他周身上下看了一遍，因笑道："二先生，怎么进城了？家里也不多玩两天？"亚英道："乡下没有什么可玩的，而且我城里还有一点儿要紧的事要接洽。"青萍咬了下嘴唇皮，低了头，撩起眼皮向他瞅了一眼，因道："就耽误二三十分钟不要紧吗？"亚英一听这话，就知道她有什么事委托着办，因点了头笑道："也不至于那样忙，二三十分钟工夫都没有。"青萍笑道："有就很好，我请你去喝杯柠檬茶，赏光不赏光？"亚英笑道："言重言重，我来请吧。"青萍笑道："你觉得男女交朋友，总应该是男子会东的吗？来吧。"她说着向前走两步，半回转身来又招了两招手。亚英真觉得她豪爽热烈，而且又是那样妩媚，不知不觉两只脚就跟了她走。

走不多远，便是一所咖啡馆，她引着他到大厅旁边靠窗户的一个火车间的座位上，隔了一条窄窄的桌面，对面坐下。茶房送了柠檬茶和西点来时，青萍将那白铜小茶匙，轻轻地点着玻璃杯上浮着的那片柠檬，却向他瞧了一眼道："你不觉得热吗？"亚英这才觉得身上热烘烘的，望了桌上花瓶子里的水仙花，鼻子嗅到一阵清香，笑道："果然，这屋子里是很暖和，把花都烘出了香来。"青萍道："那么，你为什么不脱大衣？"亚英笑道："我看到黄小姐没有脱，我也就……"青萍低头看了一下衣服，扑哧一声抢着笑道："你看，我也是这样地神魂颠倒的。"说着站起来，把身上海勃绒的大衣脱下，里面是一件枣红哗叽的夹袍子，罩着长仅一尺的宝蓝细毛绳小背心，把胸前两个乳峰高高地突起。这夹袍子的领子，她偏是不曾扣住，露出雪塑的一截脖子。脖颈子上一串细致的金表链子，拴了一个一寸多长的小十字架，垂在蓝背心面上。

亚英一面脱大衣，一面向她打量。两人同坐下时，她将那小茶匙舀了一点儿茶，送到嘴里呷着，忽然低头一笑，向他瞟了一眼道："你尽管看我干什么？看得我怪不好意思的。"亚英总觉这位黄小姐的态度是极其开展的，忽然她说出这句难为情的话来，倒叫自己不知道用什么话去回答，只好嘻嘻地望着她笑。青萍连连呷了几茶匙甜茶，笑道："我问你的话，你为什么不答复呢？"亚英道："这是用不着答复的，你应该知道。而且我直率地说了出来，也怕是过于孟浪。"青萍将两手臂环起来伏在桌上，然后把胸脯俯靠了手臂，像很注意地望了他，问道："有什么孟浪呢？你只管说，不要紧，我相信你不会疑心到我的人格上去。"亚英道："那何至于？我是觉得你太美了，越看越想看。"青萍咻的一声笑了，因道："就是这样一句话，你有什么怕说的呢！现在是什么年头，你当面恭维女人长得漂亮，人家有个不愿意的吗？我那张照片，收到了没有？"亚英点头道："收到了，谢谢。"

青萍将面前的玻璃杯子推到一边，身子更向前俯就了一点儿，向他低声微笑道："你觉得我送你一张相片，过于突然一点儿吧？"亚英笑道："我真有点儿受宠若惊呢。"青萍又咻的一声笑着道："你大概还很少走到男女的交际场上，这算什么，见一次面的人，我也可以送一张相片给他。"说完，她又摇摇头道："当然，送相片的动机也不一样，一见面我就送他一张相片，那完全是一种应酬，哪有什么意思？而且这种事情究竟很少。我送你的相片，当然不是属于这种应酬的。"亚英笑道："这一点我十分明白，所以我说受宠若惊了。"

青萍说到这紧要关头，又不把话向下说了，将玻璃杯子移过来，慢慢地喝着柠檬茶。约莫有五分钟之久，才笑道："林太太把那相片交给你的时候，她说了些什么？"亚英道："她没说什么。"她摇摇头笑道："那不能够。我这个举动，无论什么人看来那都是很奇怪的。难道她能认为是当然，一个字都不交代？你看我为人多么爽快，有话就说，你何必隐瞒着。"亚英笑道："纵然有什么话，不过开玩笑罢了。那我对于新交的友人，怎好说出来？"青萍点点头道："这倒是实在的。林太太是个崭新的女性，对于女界结交的看法，也不能洗除旧眼光。无论一个男子，或一个女子，只要交上了异性的朋友，就以为有着恋爱关系，那实在把恋爱看得太滥了。也唯其大家有这样的看法，闹得大家不敢交异性朋友了。我为人个性很强，我就偏不受这种拘束。你觉得我有点儿反常吗？"亚英笑道："哦！不！我简直没有这个念头。"青萍笑了一笑，又呷了两匙茶，因道："我们暂且丢下这个问题不谈，我们谈点儿别的吧。我来问你，你这回进城有什么重要的事？"

亚英倒没想到她话锋一转，转到了这句话上，很不容易猜到她这句话是什么意思，因踌躇了一下道："最大的原因，是回家看看。听到林宏业要来，想会面谈谈，也是原因之一。"青萍摇摇头道："上句话是的，下句话不确。我知道你根本没有料到林宏业会在这个日子到重庆来。你是不是想到重庆来兜揽什么生意呢？你和我实说，也许我还能帮你一点儿忙？你或者不信我这话。你要知道，如今商业狂的大后方社会，太太小姐们谈生意经也是很平常的。"亚英笑道："当然黄小姐很认识一些金融家和企业家，不说自己谈生意经，就是在一旁听的也不少。"

青萍道："对的，大概什么东西快要涨价，什么东西快有货到，我比平常的人要灵通些。三斗坪、津市、张渚、界首，这些极小的内地码头，我都知道有些什么情形。至于通海口子的地方，那更不用说了，你说吧，你有意哪一条路的商业？"亚英笑道："我不能瞒你，你知道我，我是一个外表漂亮些的小贩子，我哪有那样远大的企图？我只是想在这山城里找点儿办法。"青萍道："那更简单了，这两天纸烟、匹头、纸张、西药是很热闹的，有人在囤积了。就是人家所不大注意的货物，你假如说得出名字来，我都有法子和你找得到出路。"亚英见她说得十分简单，对她这话多少有点儿怀疑，因道："那好极了，我将来要多多地请教，但是我现在还不忙着游击，有两个朋友约我筹备一家分号，不知道能否成功，假如有希望的话，那我也有我自己一个小摊子……"

青萍不等他说完，就抢着笑道："你是说以后就有个约会谈话的地方，而且可以随便地打电话。"说着她瞟了一眼，又笑道："你觉得我这个人交朋友，太容易熟了。"亚英在身上掏出纸烟盒子，取一支纸烟吸了。她笑着伸了一伸手，亚英看她那五个指头细嫩雪白，陪衬着一只红润的手心。心里就这样想着，黄小姐可以说全身上下，小至一根眉毛，没有不具备着美术条件的。青萍看他将一支烟只管在桌上顿着，眼光射在自己的手心上，便在桌子下伸过一只皮鞋尖来，轻轻地踢了他两下，他才回过头来向她望着。她笑道："你又是什么事出神了？我请你给我一支烟抽呢。"亚英将手上的一只烟盒子举了一举，笑道："这样蹩脚的烟，你也吸吗？"黄小姐道："你不要看我是一位豪华小姐，我把旗袍一脱，一样地可以洗衣服煮饭。一个人生在天地间，真像我这样昏天黑地过下去，无非是人类的寄生虫。物质上再过得舒服，精神上是痛苦的。我说这话你会不相信，其实全社会上的人也都不会相信，觉得一个人吃好的、穿好的、用好的，一切都是好的，为什么精神上还会感到痛苦？可是你应当想想，这一些好的，我是怎样得来的？为了这一切，我要向那极讨厌的人赔着笑脸，要向那极痛恨着的人摇尾乞怜，简直地说把自己变成一条小猫小狗，去受人家的玩弄。我每每深更半夜，一个人睡在枕上想，想到在人家面前那样无聊与无耻，我会哭到天亮，把枕头都哭湿了半边。可是到了次日早上，我遇到那极讨厌着的人、极痛恨着的人，我还是摇尾乞怜。你觉得一个人陷在这种境遇里，不是很痛苦的吗？"她红着脸一面说话，一面从亚英手上把纸烟盒子拿过去。

亚英不想她这样一个豪华场中的女子，竟有这样的见解，听过之后，好像有一股热气触动了自己的心，而脸色也变动了好几回，不免瞪了两只眼只管向她望着。直等她的话一口气说完，不免将两只手在怀里重重地敲了两下道："我没想到你有这样的见解，说得这样沉痛！我、我、我简直没法子说你怎样好，又没法怎样说你不好。"

青萍在桌上烟碟的火柴盒夹上取出一根火柴，连续地在火柴盒上划着。把火柴擦着了，慢慢送到嘴边纸烟头上，将烟点上，吸了一口烟，将烟喷出来，这烟像一股散丝似的，直喷到亚英面上来。她笑着唉了一声道："你以为我是一个傻子呢？师友们在当面叫我一声黄小姐，相当地敷衍，可是背转身去，就把我骂得不堪了。可是这骂也是应当的，本来我所做的事也该骂。我并不是一个没有知识的女子，为了一点儿享受，出卖我的几分姿色，出卖我的青春，未免太不值得。然而我已经走错了路，我要突然地走回来，我是丧失了家庭的人，也没有一个知己朋友救救我这个迷途的羔羊，我把精神寄托在哪里？我需要一个能共肝胆的青年来拯救我，让我把精神有所寄托。然后遗忘了那一切物质享受，挽救出我清洁的灵魂。可是我遇到的人，钱也有钱，势也有势，但都要玩弄我而不能拯救我。人海茫茫，我去找谁呢？"

她说完这一篇话，眼圈儿一红，右手托着脸腮，左手夹了一支纸烟放在嘴角上，只管吸着。亚英听了这话，眼圈儿虽不曾红，可是两行眼泪却要由眼眶里挤出来，口里恨不得喊出来："我愿拯救你，我愿来做你一个共肝胆的青年！"但又觉得和她初次共话，交情浅得很，怎能说出这句话来呢？于是默然地望着，情不自已地再去取了一支烟抽。

第二十六章

怅

　　亚英在这样兴奋之下，他脸上的颜色已经告诉了青萍一切。她默然地吸完了那一支纸烟，将指头在烟缸里掐熄了纸烟头，叹了一口气道："我这个希望是不容易完成的。有人给予我一种同情，我就十分满意了，我看你是个奋斗着的现代青年，对我一定是同情的。"

　　亚英见她亮晶晶的眼睛射着自己，料着她是不会怪自己说话冒昧的，因道："我们是初交，有些话我还不配说。不过我向来是喜欢打抱不平的，假如我对于一件事认为是当做的，我就不问自己力量如何，毅然去做。黄小姐虽然精神受着痛苦，自不是发生带时间性的什么问题。你不妨稍等一等，让我们更熟识了，你有什么事叫我去做，我要是不尽力……"说到这里，他端起桌上那杯柠檬茶来，咕嘟一声，一饮而尽，然后放下那只空玻璃杯子，将手盖在上面，还作势按了一按，做一个下了决心的样子。

　　青萍抿嘴微笑着，向他点了几点头道："好的，你的态度很是正当。把话说到这个程度为止，最是恰当，将来我们再熟一点儿，我可以把我的计划告诉你。总算我的眼力不差，没有看错了人。也就在这一点上，你可以知道我急于要和你做一个朋友，和送一张相片给你，那并不是不可理解的冒失举动，你在重庆还有几天耽搁吗？"亚英道："还很有几天，假使你有事需要我代办，我多住几天那也无所谓。我现在是个自由小商人，没有什么时间空间限制我。"她摇摇头微笑道："那也不尽然吧。"他将两手环抱在怀里，把胸脯伏在手臂上，向她深深地点了个头道："真的，我绝不说谎。"她笑道："像你这样说法，可以为我多勾留些时，不是受了我的限制了吗？"亚英道："这是我自愿的，你并没有限制我。"

370

她笑着想说什么，可是她看了他一眼，又把话忍回去了。手上端着玻璃杯子要喝一杯茶，看到杯子是空的，又放下了。亚英道："你还要喝点儿什么？"她看了看手表，摇着头道："不必了，今天我们谈得很痛快，我本当约你去吃一顿小馆子，只是我还有一点儿要紧的事。你那旅馆我知道，明天我若有时间，写张字条来约你吧。"亚英道："什么时候呢？我在旅馆里等着你。"青萍笑道："不用等。我若约你，一定会提前几小时通知你的。"她说着，就站起身来取挂钩上的大衣。

　　亚英以为她把话说得这样热烈，总要畅谈一阵，不想她就在这个热闹的节骨眼上要走，只好掏出钱来会了东。她穿起了大衣，一路走出咖啡馆来，伸手和他握了，低声笑道："你不应当把我当一个平常的女朋友看，觉得花钱是男朋友义不容辞的事。老实告诉你，我比你有钱得多，我要敲竹杠也不敲你的。"亚英听了这话，本够难为情的，但她握着自己的手始终不放，这样让自己失去了一切对外来的反应，只有含笑站着。她摇撼了两下手，才转身去了。可是只走了两步，她又立刻回转身来，向他对立着站了问道："今天你见不见到林太太？"亚英道："我想请他夫妇吃顿川菜，可是……"她并不要知道二小姐吃不吃川菜，立刻拦着笑道："我并不问他们的行动，你看到她，你不要说和我见过面，懂吗？"说完她瞟了一眼微笑着。亚英笑着点头说"知道了"。然后她笑着去了。

　　亚英站在马路边，看了她走去，却呆呆地出了一会儿神。觉得她刚才在咖啡馆座上说的话，实在够人兴奋的。看那样子，她分明是对自己表示有很大的希望，可是突然地把话止住，好像大人故意给小孩子一块糖吃，等着他把糖放在舌头上，却又把糖夺回去了。她是和自己开玩笑吗？不是不是！她临别不是还给了一个很有意的暗示吗？正如此想着，两部人力车子在面前经过，有人连叫着亚英。抬头看时，正是林宏业夫妻坐了车子经过。二小姐叫车停了对亚英道："你站在这里等人吗？老远就看到你了。"亚英道："谁也不等，我没事闲着在街上逛逛。"二小姐笑道："不能吧！你忘了你是站在咖啡馆的门口吗？"林宏业笑道："我们又理他等谁呢，我们现在去吃饭，你可能来的话，请到珠江酒家。我们可以等你半小时。"亚英道："等什么？我这就和你们同去。"二小姐道："我们在街那边，看到青萍过去的。你的成绩，总算不错。"亚英这就没说什么，跟着他们到珠江酒家。

　　一进门，茶房就把他们引到楼上的单间雅座，茶房送来三只细瓷盖碗茶，又是一听三五牌纸烟。亚英原坐在沙发上，呀了一声，挺起身来。二小姐笑道："你是看到三五牌的香烟，有些惊讶吧。"说着她就在听子里面取出一支，送到他手上，笑道："你过过瘾吧，这是不用花钱买的。"亚英擦着火柴，点了烟吸着，道："那么这又是店里经理先生请客?"宏业道："是我由香港带来的，把烟交给这里经理替我收着。我来请客，他就给拿出来。他是看到我来了，就以为是请客。"亚杰摇摇头笑道："你瞧，你这一份排场!"这句赞叹还不曾说完，一个穿青呢学生服的人走进来。他是介乎茶房经理之间的店员，也是大馆子里的排场，他手上拿了一张横开的纸单子，弯着腰送到林宏业面前。林宏业接过单子去看了，笑着向那人操着广州话说道："我们只有三个人，哪里吃得了这些个菜? 鱼是可以要的，虫草炖鸡可以，墨鱼……"亚英也懂得一点儿广东话，便摇手道："你们在香港的那种吃法，在重庆实在不能实行，我们既是吃便饭，炒两个菜，来一碗原盅汤就很好。"林宏业道："说不定还有一个客人来，我不浪费，可也不能太省。"于是点了六七样菜，吩咐那店员去做。不一会儿，菜端来了，第二道就是一盘鱼，长可一尺。

亚英想着现在的确也是商人世界，随便吃顿便饭，还是这样的做作。他架着腿坐着不住地微笑。二小姐以为他是心里在惦记着青萍，却也不曾问他。一会子工夫菜端上了桌，果然是陈列了三副杯筷，坐下来吃时，第一样是一盘腊味拼盘，亚英还没有什么奇异。第二盘是只椭圆形的大瓷盘子，里面放了一只长可一尺的整鱼。宏业举起筷子来，将筷子尖连连向盘子里点着。

亚英道："二姐应该知道，在重庆吃这样一条大鱼，比在广州吃一只烤猪还要贵。"二小姐道："这个我明白，这是我想吃鱼，不关宏业的浪费。说也奇怪，无论在香港，在上海，什么鱼都可以吃得到，可是什么鱼也不想吃，一到了四川，鱼就越吃越有味，越吃越想吃，这与其说是嗜好，不如说是心理作用了。"亚英道："与其说是心理作用，又莫如说是法币多得作崇了。"

二小姐听了这话，眉毛扬着，脸上颇有得色，偏转头来向雅座外看了一看，然后低声笑道："我告诉你一点儿消息，你不必和伯父说。我今天高兴有两层原因，第一点，是宏业带来的一批电气材料，原来只想卖八十万，今天温五爷特地打我一个招呼，干脆出一百万。我们这已觉得白捞二十万元了。可是做生意人的消息，真也灵通，就在过去半小时，就有两位五金行的老板找到招待所，把我们货单子一看，关于电气材料，问要多少钱，宏业究竟是个书生，他笑说，人家出一百万，我还没有卖呢。这两位老板就自动地加了十万，而且随身带了支票簿子，就要签写三十万元定金，一转眼又加了十万。"亚英道："我要说一句了，你们也不可以太看重了钱。二姐住在温公馆，姐夫又受着人家这样的招待，怎好把货让给别人？"二小姐笑道："这个我当然知道，那支票我并没有收下，不过这话是要对五爷说的。因为数目字大了，就是送礼也要送在明处。"亚英将筷子挑起大块的鱼肉，放到自己面前酱油碟子里，笑道："这样说来，我们还是大吃特吃吧。你一日之间，一部分货物就看涨几十万，把全部货物算起来，你可以照美国资本主义的煤油大王钢铁大王的算法，应该是一秒钟挣多少钱了。"二小姐倒不反对这话，笑道："只可惜人家是天天如此，而我们是平生只有这样一次。"亚英道："平生大概不止，也许是一年一次吧？然而一年有一次，也就很够了。"

大家正说得高兴，茶房拿进一张名片来，鞠躬递了过来。林宏业接着看了一看，笑道："来了，来了。"说时向太太一笑，又向茶房道："你请高先生进来吧，你说我这里没有外人。"茶房走了，亚英接过名片来看，上面是"高汉材"三个字。右上边倒挂了一行头衔，乃是某省第五区专员。但这一行小字，已将铅笔涂了两条线，表示取消的意思。他倒想不到林宏业初到重庆却会和这类人往来。正揣想着，一个中年人已进来，身穿青呢大衣，取下头上的帽子却露出了是个光头，倒还保存了几分内地公务员的模样。宏业向前和他握着手，又替他介绍着亚英，立刻添了一副筷碟，请他上坐。高汉材脱了那件呢大衣，里面穿着是一套橙黄的中山服，左边小口袋沿上插着自来水笔，右边小口袋沿上露着一小截名片头子，下面两个大口袋，包鼓鼓地突起。凡这一类，都还带有职业的气氛。他谦逊着两句话，在上面坐了，笑道："饭我是已经吃过了，我坐下来陪您谈几句话吧。"亚英看他四十上下，嘴唇上微露胡桩子，长方的脸，却是尖下巴上顶出鹰钩鼻子，两只眼睛光灿灿的。在这里透着他二分精明，又三分刁滑。心想：宏业和这种人有什么事可商量的？

高汉材似乎看到亚英有些注意他，便笑问道："区先生在哪里服务？"亚英笑道："初学做生意，跑跑小码头，做个小贩子。"高汉材笑道："客气客气。现在这种生活程度，逼得人不能不向商业上走。以兄弟而论，对于此道可说一窍不通，现在朋友都把我向这条路上引，我也只好试试了。"亚英这才明白，他也是一个新下水做生意的。宏业代他介绍着道："高先生做过多年的公务员，最近才把一个专员职务辞掉了，回到大后方来。他们现在有一个伟大的组织，要办两家银行、五家公司，高先生就是这事业里面的主持人。"亚英点着头道:"将来必有伟大的贡献。"高汉材笑道:"兄弟也不过在这个组织里面跑跑腿而已。你想,我们一个当公务员出身的人,还拿得出多少钱来做资本吗?"说着哈哈一笑。

高汉材就很自在的样子,扶起了筷子随便夹了一些菜,放在面前小碟子里,然后将筷子头随便夹些菜送到嘴里咀嚼着。约莫有两三分钟之久,这才偏转头来向林宏业道:"林先生对我所拟的那个单子,意思如何?"宏业道:"我已经和高先生说过了,这三辆车子,只有两吨半货是我的;其余却是别人的。那一批电气材料,我不能做主。"这时茶房送了一盖碗茶,放到高汉材面前,他拿起茶碗来吸了一口茶,然后放下来,还用手按了两按,笑道:"我们把这些东西买下来,绝不是囤积居奇,是要分配到各个应用的地方去。与其出让到那些囤积商人手上去,就不如分让给我们。"林宏业笑道:"我是真话,绝非推诿之辞。兄弟在重庆不打算多耽搁,在一个星期上下就想再到广州湾去跑一趟。请问,在这种情形下,我的货还有个不急于脱手的吗?"高汉材又端起茶碗来呷了一口茶,笑道:"我还有一点儿外汇存在仰光和加尔各答,这对于出去的人可是一种便利。"林宏业笑道:"我们倒不一定要外汇。我们在重庆要办一点儿实业,这就感到现在有点儿周转不灵。"

那位高先生听到这个要求,面有得色,脸腮上泛起了两团浅薄的红晕,眉毛向上扬着,两手扶了桌沿,挺起胸来,笑道:"那更好办了。无论林先生要多少头寸,绝不虞缺乏。"亚英想着,这家伙说话有点儿得意忘形,无论要多少头寸也有,若是要一千亿也有吗?他如此想时,脸上自必然发现一点儿表情,而眼光也不免向高汉材射了两阵。林宏业已知他的意思,便故意在谈话中来和他解释,因向高先生笑道:"高先生这个伟大的组织里,资本雄厚,那我是知道的。无论在政治和经济上,都有充分的力量。"高汉材对于"政治"这两个字,似乎感到有点儿刺耳,脸上的表情,随着他的眉眼,齐齐地闪动了一下,摇着头笑道:"我们既做生意,那就完全放弃政治,政治上的力量,那可是……"说着,他又端起茶碗来喝了一口,放下来将手按了一按,笑道:"当然要说一点儿联系没有,那也太矫情,但我们绝对是规规矩矩地做生意。"

二小姐听了,脸上泛出了一阵微笑。林先生却怕他们笑得高先生受窘,便插嘴道:"兄弟并非要现款在内地收货,我们虽是一般的商人,究竟是读过几年书,多少解得一点儿爱国。我们既把货好容易地带进来了,不应当把货变了钱,又弄出去。"高汉材透着他对资金内移有相当的办法,便将手指轻轻地敲着桌沿道："那必是在内地办工厂了。是纺织厂还是酒精厂呢？现在许多回国的华侨，利用内江制糖的原料，开办了很多酒精厂。"宏业笑道："靠我们这点儿些微的资本，哪里就能说到办工厂？我现在的意思，只想找一个相当的位置，找好一块地皮，有了这点儿根基，再去找朋友合伙做点儿事业，多少有些根据。"高汉材昂头想了一想，笑问道："林先生总有点儿准备，打算经营哪项工业呢？"林宏业答道："我对此道完全外行，还得请教专家呢。倒是对于办农场感到兴趣，因为那有点儿接近自然。谈到这件事，我听说有一件奇怪的新闻。据说郊外有所农场，出产倒不上十万元，可是他们的地皮，一年之间倒获利二三百万元。"

高汉材摇摇头笑道："这还不算新闻。一个大规模的农场，一年可以获利千万以上。这千万元，正也无须从地里长出什么来，把地皮放在那里就行了。"亚英点头道："这和工厂增资的情形一样。"高汉材道："不，那不一样。这地皮涨价，和机器工具开价是个反比例。后者有消耗，有损坏，前者并没有，譬如一部机器，一万元买进，用了三年，它的价值翻了货价增长，可以变为十万、二十万，甚至百万。可是用一年，机器老一年，只是向锈蚀的路上走，其实是消耗。前者呢，可是没有消耗，也没损坏。第一，是原质不变；第二呢，地方若因交通发达，环境变迁，它还可以继续增加它的价值，而且这种涨增是跃进的。"二小姐笑道："高先生真是练达人情。"高汉材将两手掌互相搓着，表示他的踌躇满志，笑道："我们终日在这经济圈子里走动，当然也听得不少。我有一个朋友，他就为了一个农场，颇占了不少便宜。"亚英道："这横财只好由四川朋友去发了。"他倒没有加以考虑，笑答道："不，下江人也一样可以发这笔财。有个朋友是我的同乡，他就是走这条路的。"

他说到这里，忽然醒悟过来了，改口笑道："问题不要谈得太远了，我们还是说我们自己的生意经吧。"说着，他在身上小口袋里掏出了一个小日记本子，先翻了一翻，然后在本子里摸出一张纸条，起身走到林宏业座位边，将纸塞到他手上，于是弯下腰去，将右手掩了半边嘴，对了他的耳朵，叽咕了几句。亚英本来是不必注意林先生的生意经的，及至高先生有了这份神秘的举动，颇引动他好奇心，便不免偷看了几眼。见宏业耳朵听着话，脸上不住地泛出了微笑，手里托了那张纸条，将眼睛望着鼻子，哼哼地答应，只是点头。

高先生说完了，走回原来的座位，又向主人深深地点了一下头，笑道："这个办法，我想林先生当可予以同意。"说着，又把茶碗拿起来喝了一口茶，眼光在茶碗盖上向对方瞟了一眼。林宏业两手把那张字条折了几折，塞到口袋里去，还用手按了一按，似乎对这个单子很慎重保存似的。高汉材看到了，便站起来道："三位请用饭，我要先走一步了。"二小姐笑道："我们知道高先生一定会来的，还预先叫了两样比较可口的菜，怎么高先生筷子也不动就走了！"高汉材已把衣架钩上那件大衣拿起来穿上，向主人握着手，笑道："我心领了，我还有个地方要去。"说着向女主人一点头，笑道："我的确有个地方要去，林先生知道的。"说着分别地向大家点头，匆匆地就走，好像有什么要紧的事似的。林宏业跟着后面，也送了出去。亚英料着他们是有话要谈，也就坐下来吃饭。

二小姐低声笑道："你看这位高先生为人如何？"亚英道："小政客气息很重，市侩气息也不少。"二小姐笑道："你是以为他行动有些鬼鬼祟祟。你不要把他看小了，他是一个极有办法的人。你看他拿出那张名片上的头衔，不过是一位专员，而他实际上的身份，却不止比专员超过若干倍。"亚英道："我倒看不出他有什么了不得。"二小姐道："他若让人家看出来把他看作了不得，便又失去他的作用了。重庆有一批大老官，有的是游资，为了政治身份，却不能亲自出来经商，不经商法币贬值，他的游资怎么办呢？于是就各各找了自己最亲信的人，抛去一切官衔，和他们经营商业。他们有钱，又有政治背景帮助商业上的便利，业务自然容易进行。这类亲信之辈，也就乐于接受。大老官交出的资本，几千万是平常的事，房屋车辆，也一切会以政治力量替你解决。有钱有工具，公司或银号，自然都很容易组织起来。组织之后，有这些资本在手上，可以做总经理、经理，也可以做常务董事，或董事长，大老官并不干涉的。而且彼此都有默契，将来抗战结束了，依然可以给他找官做。一个人自得了地位，又有钱花，对于暗底下投资的这位东家，岂可没有什么报答？而且不报答也不行，人家暗中拿出大批资本来，势必定个条件来拘束着这人的行动，这人也必然无孔不入地替东家囤积居奇，买空卖空。一句话，就像那为虎作伥的那个'伥'字一样，必然引着……"

说到这里，林宏业摇着头笑嘻嘻地进来了，坐下来问道："咦！在外面听到你们说得很热闹，怎么我进来就突然把话停止了？"二小姐道："亚英问我这位高先生是什么身份，我详细地解释给他听了。"亚英已吃完了饭，坐到一边椅子上，两手提了西服裤脚管，人向后靠着椅子背，很舒适的样子，随手在茶几上纸烟听子里取出一支三五牌纸烟，衔在口里，摸起火柴盒擦了火柴将烟点着吸了，喷出一口长烟，火柴盒向茶几上一扔，啪的一声响。二小姐将筷子点了他道："看你这一份排场！"亚英笑道："这种年月不舒服舒服，太老实了。你看那个做行政专员的人，也不免在商业上为虎作伥，做老百姓的人太苦了，是省出脂膏来给这些人加油。"林宏业笑道："你这话骂得太刻毒些，他究竟是我的一个朋友呢，而且我还有一件事托重你去和他接洽。"说着很快地吃完了饭，和亚英坐到一处来，笑着又敬了他一支烟。

亚英笑道："你说什么事吧。只要我办得到的，我就和你跑一回腿。"林宏业也取了一支烟吸着，伸直了腿，靠了椅子背，喷出一口烟来。然后两手指取了烟卷，用中指向茶几上的烟缸子里弹着灰，他很踌躇了一会子，笑道："真是奇怪，做官的羡慕商家，经商的人又羡慕做官。"亚英望了坐在对面的二小姐道："你看这是什么意思？有点儿所答非所问吧？"林宏业又吸了两口烟，然后低声笑道："我有点儿私事要请高先生转请他的后台老板，给我写一封八行。昨天曾和他露过一点儿口气，你猜怎么着，他给我推个一干二净。他说我所求的人他不认识，这样我自不便向他说什么了。刚才他看我不愿和他做成交易，当我送他到外面的时候，他又问我，我要求取一封怎样的公事信。我说，那事极小，有个朋友的老太爷要做八十岁，想得到一块某公写的匾额。这朋友在香港，因我来重庆之便，托我代为设法。因为时间太急促了，本月内就要到手，我没有这种能力，想高先生可以。他不料是这样一件事，一口答应好办。他又说了实话，若是生意路上的人请求，他也不便开口，有些人是不愿意接近商家的。我就说敝亲区老先生是个老教育家，他出面如何？他就说那很好。为了让前途完全相信，他说让伯父亲自登门求见一趟。我想这是不可能的事，就推荐你去。他考虑一下，也就答应了。请你明天上午，到他公司里去见他一趟，由他引你去。"

亚英道："我替你跑一趟，这无所谓。可是你为什么把这件事看得这样重大？"林宏业笑道："你是没有和买办阶级来往过，你不知道买办阶级心理。我和你二姐在上海拜访过一家小买办公馆，他客厅里有两样宝物。一件是一本册页，那上面不是画，也不是题字，是把政界上略微有名之人的应酬信裱糊在里面。另一件是个镜框子，挂在壁上。你们做梦也想不到是什么东西，原来是一张顾问聘书。"亚英听了，不觉昂头哈哈大笑。二小姐点头笑道："的确有这件事。其实买办阶级的官迷，比这奇怪得多，无足为奇。"亚英道："既经你们这样解释了，在商言商，那果然不是一件小事。明天上午，我就按照时候和你跑上一趟吧。"林宏业又笑着叮嘱了一声，若是看见什么少见的事，不要大惊小怪。亚英也不觉得有什么大惊小怪之处。

次日早上，亚英吃过了早点，就到公司里来拜访高汉材。这家公司占着一所精美的洋式楼房，楼房下面有个小小花圃，有条水泥面的车道通到走廊旁边。那花圃里花开得深红浅紫，在小冬青树的绿篱笆里，鲜艳欲滴。然而在这小花圃两边，左面是几堵残墙，支着板壁小店，右面一块废基，堆了许多烂砖。且看这精美楼房的后面去，一带土坡，残砖断瓦层层地散列着，其间有许多鸽子笼式的房子七歪八倒，将黄色木板中的裂缝，不沾石灰黄泥的竹片，全露出来。而且还配上两个土坑，这把空袭后的惨状还留了不少痕迹。而这公司楼房的完美状态，就表现了这是灾后的建筑，也可以想到这片花圃是由不少灾民之家变成的。灾民的血，由地里伸到花枝上，变了无数的花，泛出娇艳而媚人的红色，对着这大公司的楼房，向总经理与董事长送着悦人的谄笑。

亚英站在楼房远处，出了一会儿神，直待一辆油亮的流线型小座车由花圃出来，挨身开着走了，他才省悟出他是来干什么的。于是走到走廊下甬道口上，向里面探望了一下。这里果然有一间很有排场的传达室，油光的地板屋子，写字桌前坐着一个五十上下年纪的人，穿了青呢制服，坐在那里吸烟。亚英进去，向他点了个头，递给他一张名片，而且先声明一句，是高先生约来的。那人看了客人一眼，虽然在他这一身漂亮西服上，可以判断他不是穷人，可是向来没见过，而且凭名片上这个"区"字，就知道本公司没有这样一个人来往过。名片上又没有职业身份注出，也很难断定他是哪一路角色。

他起身接过了名片，向亚英脸上望了望道："你先生是哪里来的？"亚英对于他这一味地盘问自是不高兴，可是想到宏业那样重托着，不能把这事弄糟了，便含笑答道："我们是教育界的人，但不是来募捐，也不是借款，是高先生约了来谈话的，请你到里面去看看高先生来了没有。若是没有来的话，把我这张名片留下就是了。"他如此一说，那人觉得没有什么为难之处，便点着头说："我进去给你看看。"说着，他由甬道的扶梯上楼去了。约莫有五分钟，他下了楼来点着头道："高经理说请区先生楼上坐吧。"亚英随着他上楼，却被直接引到经理室来。这竟是未曾以疏客看待，颇是幸运。

那高汉材先生在一张加大的写字台前，坐着一把有橡皮靠子的转椅。宽大的屋子，有六把沙发，靠了三面摆着。颇想到坐在经理位子上，对四周来人谈话的方便。他左手拿了一叠漂亮纸张上写的表格在看着，右手握着了电话桌机的耳机说话，看到客人进来，来不及说话，只微笑着点了点头，又把那拿住表格的手，向旁边沙发上指了两指，意思是请他坐下。高先生打完了电话，将表格折叠了塞在衣服袋里，然后走过来笑道："对不住，兄弟就是乱七八糟的事情太多。"说着，并排隔了茶几坐下，就在这个时候接连地进来三个人，一个送茶烟的茶房，一个又是送一叠表格进来的职员，他让放在桌上，一个是回话的，他吩咐等下再谈。亚英不便开口就谈来意，说了一句"高先生公务忙"，他笑着说了一声"无所谓"。茶房又进来了，说是会计室的电话机来了电话。他道："为什么不打经理室里这个电话呢？"于是又向亚英说了一句"对不住，请坐坐"，就走出屋子去了。

约莫有十来分钟，他才匆匆地走回来，又向客人说了一遍对不起。亚英看这番情形，已用不着再客气了，便把来意告诉了他。高先生坐下来，很客气地点了个头，又把茶几上的茶杯向后移了一移，然后将身子靠了茶几，向他低声笑道："令亲托我的事，本来是个难题目。他托我所求的这位杨先生，我们根本没有什么交情。只是我和令亲一见如故，在他看来，这仅仅一纸人情的事，我若是也不肯做的话，那实在不重交情。请你稍等几分钟，让我去通个电话。"亚英说声请便，他又出门去了。

放着这经理室现成的座机他不去打电话，却要到外面去打电话，显然他是有意避开自己，这也不去管他，一会子，他带了满面的笑容走将进来，点着头道："机会很好，杨先生正在家，我们这就去吧。到杨先生公馆是很远的，杨先生答应派小车子来接我们，再等一会儿吧。"亚英笑道："这面子大了，不是高先生如何办得到？"他笑道："本来呢，他也是我的老上司。"他猛可地说出了这句话，想到以先说了和杨先生不大熟，有点儿前后矛盾，便又笑道："原来我们是很熟的，自从我混到商业上来了，和他老先生的脾气不大相投，我们就生疏得多了。"他说着话，自己走回经理的座位上，两只手掌互相搓了几下，笑道："我还有点儿文件要看看，请坐请坐。"他把话锋扯开了，就真个把桌上积放的文件清理着，看了几分钟。

茶房便进来报告，说车子在外面等着。高汉材在抽屉内取出了皮包，将许多份表格信件，匆忙地塞进了皮包，然后左手夹了皮包，右手在衣架上取下帽子，向亚英点着头道："我们这就走吧。"亚英说了声"有劳"，便同着他一路走出公司来。那花圃的车道上，果然有一辆小汽车在那里停着，车头对着门口。司机坐在那里吸纸烟。看这情形，这车子不会是刚到的。两人坐上小车子，约莫走二十多分钟，才到了那半城半乡所在的杨公馆。高汉材先下了车，引着亚英向大门里面走。亚英想着，是应该到传达室先去递上一张名片的，然而高先生却径直地带了他走将进去，并不向传达打个招呼，就把亚英引到一间精致的客厅里来了。一个听差迎着他点头道："高先生，今天早！"他笑道："今天引着一位客人来了，特意早一点儿，请你进去回一声。"亚英看这情形，立刻就在身上掏出了一张名片交给听差。听差去了回来，却请高汉材先生前去。高先生夹了那只皮包就立刻向里面走去。

所说的这位杨先生只五十来岁，厚德载福的长圆脸，一点儿皱纹也没有，嘴上蓄了撮小胡子，两只溜圆的眼珠向外微凸，亮晶晶的，现出他一分精明。他身穿古铜色呢袍子，手握了烟斗，架着腿坐在沙发上。这是离客厅只有两间屋子的精致小书房，屋子里有张乌木写字台，围绕了四五只乌木书架，但架上的书摆得整整齐齐，好像未曾动过。杨先生只是每日上午偶然在这里看看报，但报也不见得都看。这由写字台边，一只报纸架上悬夹了七八份报，也很整齐，未曾拿下过可以证明。

高汉材推着洋式门进来了，皮鞋踏在地板上，他那种高妙纯熟的技巧，竟不发出一些声音来。杨先生看见高汉材进来，只笑着点了一点下巴，不但没有起身，连手握的烟斗塞在嘴角里，也不曾抽出。高先生先将皮包放在写字台上，然后抽出两叠文件表格，双手捧着送到杨先生面前来，他随手接了，放在手边的茶几上。左手仍提了烟斗，右手却一件件地拿起来先看一下。他看到一份五十磅白纸填的精细表格，感到了兴趣，口衔烟斗，两手接着，仔细地看了一看。这还觉得不够，又在袋里取出眼镜盒子来，架上老花眼镜，很沉着的样子向下看着。

高先生见他是这样地注意，便站在身边微笑道："这表上的数目字，都经几位专家仔细审核过的，大概不会有什么浪费的。"杨先生鼻子里唔了一声，右手握了烟斗，指着表上一行数目字道："共是五百六十八万余元，这是照现在物价情形估计的呢，还是照半年后物价估计的呢？"高汉材道："当然是照现在物价估计的。因为采办砖瓦木料以及地价，我们都是现在付出现款去，趸买回来用。那批五金玻璃材料，找得着一个机会，上两个星期买的，无非是怕迟了会涨价而已。真没想到涨得这样快，这一个星期竟涨了三分之一。由此看来，我们这工厂有赶快建筑起来的必要。假如半年内能成功的话，不用开工，那价值就不难超过两千万。"这话杨先生听得入耳，手摸了嘴唇上的一撮小胡子，微微地笑着，点点头道："好，你就这样子去办吧。你到昆明去，什么时候动身？"高汉材道："把这建筑合同订了我就走。好在我们有人在那里，随时有消息来，货价涨落，我们知道得

380

不会比别人慢。"杨先生皱了眉道："我觉得在昆明的张君，手段不够开展。一天多打几个急电，能花多少钱？有些事在航空信里商量，实在误事。凡是惜小费的人，不能做大事，你最好赶快去。那边头寸够不够？"高汉材道："张君手边大概有二百万，打算今天再寄一百万过去。"

杨先生道："哦！我想起了一件事，那一票美金公债，不是说今日发出来吗？我们可以尽量地收下来。"高先生笑道："先生哪里知道，这竟是一个玩笑！他们还没有领下来之先，几个主脑人物就私下开了一个会，觉得这分明是赚钱的东西，与其拿出去让别人发财，不如全数包办下来，一点儿也不拿出去。有的说，总要拿出一点儿来遮掩遮掩。有的说，何必呢？肥水不落外人田，把分配给别人的，分配给小同事们吧。因之这东西，前天到他们手上就分了个干干净净。其实就是到他们手上的，也不十分多，在发源的源头上，已很少泉水流出来。所以他们昨天还说是今天分配，那简直是骗人的话了。"杨先生脸红了，左手握了烟斗，举右手拍一拍大腿道："真是岂有此理！"高汉材笑道："天下事就是这样，先生也不必生气。"杨先生口衔了烟斗，又把其余的文件都看了一看，约莫沉吟了五六分钟。高汉材料着这又是他在计算什么，也就静悄悄地站在一边。

杨先生放下了文件，手握着烟斗，吸过了一口烟，因道："我们那两笔新收下的款子，详细数目是多少？"高汉材道："共是三百六十二万，现时存在银行里，这两天物价没有什么波动，还没有想得好法子怎样来利用。有位姓林的从香港带来了一批货，正和他接洽中。"杨先生又吸了一口烟，微皱了眉道："你可别把这些钱冻结了。"高汉材笑道："若是那样办事，如何对得住先生这番付托呢？大概一两天内，就可以把这批货完全倒过来。这两天几乎一天找姓林的两三趟。不过这家伙也很机警，既不可以把他这批货放走了，又不可以催得他厉害。别让他奇货可居。"杨先生吸着一下烟斗，点了点头。高汉材道："还有一件事刚才和先生通电话说的……"杨先生呵呵一笑，站起来道："你看，我们只管谈生意经，你带着一个人我都忘了，我出去看看他吧。"说着，起身把文件放在书桌抽屉里，就向外走。他走出了房门，忽然又转身走回来，望了高汉材问道："这人绝不是在生意经上认识的吗？"高汉材笑道："若是生意经上的人，我怎能引来见您？"他这才含笑向客厅里走来。

高汉材本是随在他身后走着的，到了客厅里却斜着向前抢走了两步，走到区亚英面前，笑着点头道："这是杨先生。"亚英一看这位主人，面团团，嘴上蓄着小胡子，身上穿的古铜色呢袍子，没有一点儿皱纹，自现出了他的心旷体胖。早是站起来向前一步，微微一鞠躬。

　　杨先生见他穿着称合身材的西服，白面书生的样子，自是一个莘莘学子，就伸出手来和他握了一握，让他在椅子上坐下。亚英看他究是一位老前辈，斜了身子向着主人，很郑重地说道："家父本当亲自来拜谒的，也是老人家上了一点儿年纪，每到冬季总是身体不大好，特意命晚生前来恭谒，并表示歉意。"杨先生道："这两年教育界的老先生是辛苦了，也就为了如此，格外令人可敬。"高汉材老远地坐在入门附近一张沙发上，就插嘴道："杨先生向来关切教育界的情形，对于教育界诸先生清苦，他老人家十分清楚的。"亚英便微起了身子，连说了两声"是"。

　　杨先生又吸了两口烟，点头说道："这也是我们极力注意的。每个月关于教育事业的捐款，我已是穷于应付了。"说时眉毛微皱了一皱。亚英心想糟了，他竟疑心我是来募捐的，这话得加以说明，否则误会下去，会把所要求的事弄毁了，望着主人正想说明来意。然而高汉材恰是比他更会揣摩，就正了颜色，柔和着声音道："这位区先生的来意，就是汉材昨天向先生所说的。"主人点着头道："好！好！可以，我一定照办，这一类庆祝的事，当然乐于成人之美。今天我一定着人把信写好，就交给高先生。区先生可以在高先生手上拿。"亚英又起身道谢。主人又吸了两下烟斗，很随意地向客人问了几项教育情形。亚英本不在教育界，做了小半年生意，对在教育界的人也少接触，根本也不懂，也只好随答了几句。看看主人的意思，已有点儿倦意，便站起来告辞。主人也只站起来向屋子中间走两步，做出一种送客的姿势。倒是高先生殷勤，直把客人送到大门外去。

　　高汉材送客后，又到杨先生那看数目字的小书房里来。杨先生坐在书桌上翻看两封信，嘴角上微微地上翘，露出笑容，自言自语地道："这样子做，岂不是越弄越下三烂？"他说着，一抬头看到高汉材站在桌子角边，便笑道："最近你又在一家餐馆子加了股，上次你将二百万加入那家小绸缎店，一百万加入一家餐馆，我认为那就无聊，怎么这次这家小菜馆子五十万元的数目你也投资？"高汉材听他的口气，虽是不满意，可是他脸上的颜色是表示着欢喜的，便笑道："汉材有汉材的算法，我觉得与其借款给他们这三四路商人，得那几个些微的子金，不如加股进去，把他的业务全盘控制住。汉材受先生这样重的付托将几千万交在手上，全盘主持，岂能当作儿戏。便是一文钱，汉材都当想一下让它怎样生利。我们的目的，只希望资金不要冻结，似乎不必考虑事业之大小。"

　　杨先生见他笔直垂了两手，呆定了目光，"祭神如神在"地说着这一番话，就笑道："我不过随便说说，并不是要你把那些股本取回来。我也知道现在的资本家眼明手快，只要是有利可图的事业，什么地方不投资？不过我的意思，是想把资本集中一点。"高汉材道："先生的见解自然是对的，不过多方面的做法，也有可取的地方。"杨先生哈哈笑道："这就合了那句古典，叫作'狡兔三窟'了，不想到了现在做生意，我们还混了个狡兔的故智。"高先生道："汉材不是那样想，圣人告诉我们，'云从龙，风从虎'，到了商业上，我们就得跟着生意经走。"杨先生笑道："孔夫子岂能教我们做生意？"说着，他又点了两点头道："自然孔夫子也教出来一个会做生意的端木赐。可是我们究竟比不上圣人，也无非学学陶朱公而已。"说着他又打了一个哈哈。高汉材一看这情形，料着这位主人并未曾真的骂他下三烂，心里算是落下了一块石头，因静站了约两三分钟，等候主人的问话。

杨先生看他的样子，知道等着新命令，便道："我没有什么话说了，就在我这里午饭后再去好吗？厨子今天买得一条大鱼。"高汉材笑道："那真是可以扰一下，不过还有两笔款子，今天上午应该结束一下，分不开身来。"杨先生听他说商业大忙，换句话说就是为杨家找钱忙，他之拒绝午餐，不但不应当怪他，而且还当予以感谢，便握着烟斗两手抱了一下拳，笑道："那我就偏劳了。"

高汉材被主人这拱手一谢，便点着一个四十五度的头，等于一鞠躬，笑道："只要事情办得顺手，对得住先生，那就很好了。至于吃苦耐劳，我一向是如此。"说着告辞就向外走，表示着办公事格外地忙。杨先生口衔了烟斗，望着他匆匆出去，心里自表现着无限的欣慰。在他这种欣慰的高潮之下，不觉地叫了一声："汉材。"高汉材立刻转身走进来，站在面前问道："先生是说姓林的那批货的话吗？今天下午，我再去接洽一下吧。"杨先生笑道："这个我不挂心，自有你全权处理，我想……汉材你手边差钱用吧？"他道："不差钱用，家眷不在这里，我也没什么嗜好。"主人将烟斗吸了一下，其实一烟斗烟还是会客前燃着的，久已熄灭了，并没有烟缕可以吸得出来，他微笑道："你若缺乏着什么，需要帮忙的话，只管说出来。"高先生又行了个四十五度的礼，很快慰地笑道："没有什么缺乏，谢谢。"

杨先生真感到无以慰之，便道："那部车子你觉得怎么样，不大出毛病吗？要不，调换一下，把家里车子调去坐。你是昼夜在外面忙着的人。"高汉材道："那车子很好，始终没有出毛病，而且在外面常跑，总是坐着汽车也让人疑心，有一大半的时候，总是不坐车子的。"杨先生笑着点了两点头："对于公司里的事，你真是劳苦功高。"

高先生没想到主人翁今天一直地给着高帽子戴，真是喜欢得由心腔子里笑将出来，于是也就装着分外地事忙，在衣袋里掏出挂表来看了一看。杨先生笑道："你既不能在这里吃饭，那我就不留你了。"高先生第三次行了个四十五度的礼，方才退出。而主人翁也特别客气，还送到了客厅门口，打破了已往的纪录呢。

第二十七章

无　题

　　区亚英去后，高先生又和主人漫谈了一番，颇受主人夸奖，实在感到兴奋。他回到了公司里，嘴角上兀自挂着微笑。心里就不断地想着，杨先生这样地另眼相看，自是看到自己努力的结果，若再进一步地替他找些财喜，他必然相信到每两日查账一次的手续，可以改为每个星期一次。这样对于钱在自己手上活动的机会，那就便利多了。有了这个盘算，自己第一步计划，便决定把林宏业那笔香港货盘弄到手，于是立刻写了一封信派专人送到招待所，约着宏业夫妇，六点钟在最大的一家川菜馆子晚餐。

　　这封信送到招待所，正好二小姐也在那里。宏业将信交给她看，笑道："这位高先生蓄意要买去我们这批货，天天来包围，我想分卖一点儿给他也罢。而况他出的价钱也不算少，这顿晚饭扰不扰他呢?"二小姐道："黄青萍今天晚上请客也是六点钟。我和她天天见面的人，若是不去，她会见怪的。"宏业笑道："她请了亚英吗?"二小姐道："他是主客。"宏业道："那她就不该请你我，专请亚英一个人，岂不方便得多?"二小姐道："这就是她手段厉害之处。她要和亚英谈恋爱，知道隐瞒不了我们，就索性不瞒。"林宏业道："既然如此，我回高汉材的信，改为七点钟，我们可以先赴青萍的约会，坐一会儿，我们也可以先走。"说着，就回了一封信，差人送去了。

　　信送出不到十分钟，亚英来了。一进门就引起人的注意，新换了一件青色海勃绒的大衣，头上那顶盆式呢帽，刷得一点儿灰迹没有，微歪地戴着。大衣的带子紧束在腰间，他左手插在衣袋里，右手拿了一根紫漆的手杖，大步走将进来。林宏业本是坐着的，立刻站了起来，偏着头对他周身上下打量了一番，笑着点头道："这个姿势很好，百分之百的美国电影明星派。"亚英笑道："这也犯不上大惊小怪。在拍卖行里买了这样八成新的大衣，就算逾格了吗？"宏业笑道："我也不开估衣铺，并不问你这衣服新旧的程度，我只说你这个姿势不错。"说着，还牵了一牵他的衣襟。二小姐指着亚英笑道："也难怪宏业说你，好好的常礼帽，为什么要歪戴在头上？"

亚英取下帽子，放下手杖，坐在旁边沙发上，且不答复他们这问题，却问道："你们收到一份请客帖子吗？"宏业道："你说的是你的好朋友吗？比请客帖还要恭敬十倍，她是亲自来请的。但不巧得很，高汉材也请的是六点钟，你知道他是和我们讲生意经，我们到重庆干什么来了，这个约会不能不去。"亚英摇摇头道："你们误会了，以为你们不去是给予我一种方便呢。我看黄小姐那样子，仿佛是有所求于二位。"二小姐坐在对面，望了他道："这样子，你们今天已会过面了。统共这一上午，你随高汉材到杨公馆去了一趟，又上了一趟拍卖行，再和黄小姐会面，你不是忙得很吗？"亚英笑道："我是偶然碰到她。"二小姐道："你是先到拍卖行，还是先碰到她？"

亚英举起两手来伸了一个懒腰，坐正了又牵了一牵衣襟，挺着胸道："干脆告诉你，这是她和我一路到拍卖行去买的，而且是她送给我的。我原来觉得受她这样的重礼，实在不敢当。我就说现在天气渐渐暖和了，用不着这个。她就说下半年这衣服一定要涨价的。她又悄悄地对我说，昨晚上在温公馆赌小钱，赢了一二十万，若是今天晚上再赌的话，这钱也许要送还人家。这就乐得吃一点儿，穿一点儿。你看在拍卖行里，一个小姐买衣服送男人，已经是令人注意的事，若是一个只管要送，一个偏偏不受，那岂不是叫人看戏？所以我只好勉强收下了，反正我另想办法谢她就是了。"宏业坐在椅子上，右腿架在左腿上，将身子连连摇撼了一阵，笑道："那么，我愿意研究一下你用什么谢她，最好的办法，莫过于和她结婚吧？"二小姐鼻子一耸，笑道："哼！那不是谢她，那是她谢区二爷了。"宏业道："可是黄小姐比亚英有钱，也更有办法，亚英有什么法子谢她呢？"亚英笑道："交朋友若必须先讲到怎样报酬，那就太难了。老实说，二姐虽和她相处得很久，并不曾了解她。"二小姐笑道："你看你自负还了得，你是自以为很了解她了，你向后看吧！"

宏业笑道："我就常这样想，英雄难逃美人关，无论什么有办法的人，必受制于女人。老二赤手空拳由家庭里跑出来奋斗，这一番精神颇值得佩服。这次重回到重庆来，应该百尺竿头更进一步，就是我们也多少愿意出点儿力，在旁边帮助他一把。然而他一到了城里，就做上了粉红色的梦。我看他这几天全副精神都寄托在黄小姐身上，什么都没有去办，这不大好。老弟台，你得把头脑清醒清醒才好。"说着在纸烟筒子里取了一支纸烟，又拿了一盒火柴，弯着腰送到亚英手上，笑道："别抬杠，吸支纸烟。到晚上六点钟的约会还早，你趁此去找一找董事长之流好不好？"亚英接着火柴吸了烟，问道："哪个董事长？"宏业笑着，又斟了一杯茶送到他手边茶几上，笑道："你不是有一家公司的老板，要你到外县去开设分公司吗？别忙，定一定神，你看应当是怎样办。"亚英看他这样要开玩笑不开玩笑的样子，倒弄得自己不好怎样对付，只有默然地微笑着。二小姐点头笑道："真的，你应当去办一办正事。住在城里每天花费几个钱倒是小事，所怕的是意志消沉下去。"亚英两手指夹着纸烟，放在嘴里很深地吸了一口，然后微笑道："说到意志消沉的话，我们既然做了打算发国难财的商人，根本就是醉生梦死那一块料。"二小姐正色道："老二，你不要说气话，我们对于你交女朋友，并不故意拦阻，就说发国难财吧，也怕你为了交女朋友耽误发国难财。"

亚英见她脸上微红着，一点儿笑容也没有，便放下纸烟，突然站起来拍了两拍身上的烟灰，笑道："你这话我诚恳地接受，我马上就去找朋友。"于是把挂在衣架上的帽子取来，不敢歪戴着了，正正端端地放在头上，将靠着桌子的手杖取过，挂在手臂上，向宏业笑道："这不像美国电影明星了吧？"宏业站起来拍着他的肩膀道："老弟，不必介意，我是说着好玩的。六点钟的约会，我两口子准到。"亚英没得话说了，笑嘻嘻地走了出来。

他右手插在大衣袋顺手掏出来三张电影票，自己本来是打算约着宏业夫妻去看电影的，这时拿在手上看了一看，捏成一个纸团团，便丢在路旁垃圾桶里。一面缓步地走着，一面想心思。走过一家茶铺，忽然有人在身后叫道："区先生吃茶。"回头看时，一个是杨老幺，他还穿的是一件青呢大衣，坐在茶馆傍街的栏杆里一副座头上。同座是位穿滩羊皮袍子的外罩崭新阴丹大褂，天气渐暖，在重庆已用不着穿皮袍子，这正和自己一般，穿上这件海勃绒大衣有点儿多余。他一站住了脚，那杨老幺就站起来连连地招了几下手，笑道："请来吃碗茶，正有话和区先生商量。"亚英只好走进去，杨老幺就介绍着那个穿羊皮袍子的道："这位是吴保长，我和他常谈起老太爷为人很好，他就想见见，总是没有机会。"说着，一回头大声叫了一声泡碗茶来。亚英道："不必客气，我有点儿事，就要走的。"那位吴保长立刻就在身上掏出一盒大前门牌的纸烟来，弯腰敬上一支，笑道："请坐请坐，中央委员都有坐茶馆的，没有关系。"

亚英想着这日子在重庆吸小大英已是奢侈品，一个当保长的身上，揣着比大小英更高贵的纸烟，自不能不予以注意。于是且不擦火柴燃烟，两指夹了纸烟横看着。与保长道："是真烟，是真烟。"说时，幺师已经泡了一碗茶来，放在桌上，亚英只得在左手一方空位子坐了。杨老幺笑道："这位吴保长，为人很慷慨的，也很爱交朋友，他出川走过好几省，早年还到过江西安徽。"亚英向他点了点头道："吴保长是经商出川的吗？"杨老幺代答道："不是，他是因公出川的。"吴保长立刻接着道："过去的事还有什么说的，区先生来川多年了？"他这样地话锋转了过去。亚英随便和他应酬了几句话，把茶碗捧起来喝了一喝，有个打算要走的样子。杨老幺向吴保长微笑道："这事情难得碰到区先生，就托他了。"吴保长道："要得，二天请区先生吃饭。"亚英听到他二人这样说，也不知道有什么重要的事相托，望了他们微笑着，没有作声。杨老幺笑道："吴保长新有一家字号要开张，想写一块洋文招牌。本来打算要去请教小学堂里老师，我怕他们对生意不在行，我就想起区先生懂洋文，又出过国，一定晓得写。"亚英笑道："跑安南缅甸，那是我的舍弟。"吴保长道："不出国，懂得洋文也是一样嘛。"亚英笑道："要说写一块招牌的稿子呢，那倒没有什么困难。可是洋文我只懂一种英文。你们是要写英文、法文或者是俄文呢？"吴保长笑道："我们也是闹不清，区先生你看别个用什么文，我们就用什么文。"杨老幺已是福至心灵了，他又常和高等商人来往，总多知道一点儿，便向亚英点着头道："自然是英文了。"亚英笑道："你们出了一个没有题目的文章叫我做，真让我为难。———吴保长开的是什么字号？"杨老幺道："他的字号很多，旅馆、冷酒店，啰！这家茶馆也是。"说着，用手轻轻拍了两下桌子，接着道："他现在要新开一家糖果店，打算把店面子弄得摩登一点儿，所以打算用一块洋文招牌。"

亚英是吸过保长两支大前门了，觉得人家盛意不可却，便两手臂挽了靠住桌沿向他问道："贵字号的中国招牌是哪几个字呢？"吴保长笑道："摩登得很，叫菲律宾。原来有人打算叫华盛顿，因为这样的招牌重庆有几家，不稀奇。又有人打算叫巴西，据说那地方出糖。但是叫到口里巴西巴西，不大好听，就改了菲律宾。据说那地方也出糖。"亚英笑道："内江也出糖呀！为什么不叫内江呢？"吴保长一摇头道："还不是因为不摩登？我们这家店就是这样的来历。区先生一听就明白了，请替我设计一下用啥子英文招牌。"亚英想不到这位保长先生居然懂得"设计"这一个名词，不由得嘻嘻地笑了，因道："两位说了这样多，还是没有题目，这篇文章我实交不出卷来。这样吧，我索性代劳一下，找两家糖果店看看他们用什么英文招牌，看好了，我照样拟一个送来就是。"吴保长道："很好，迟一两天不妨事。我每天上午总在这茶馆里的，区先生赏光交给兄弟就是。"

亚英喝了一口茶，又待起身要走，吴保长还是坚持留着他。就在这时，一个二十上下的小伙子，穿了一身干净的灰布衣服，手里提了一幅大花布毛巾包的东西，老远地举了一举笑道："那坏家伙，给的都是小票子，点了我个多钟头，硬是恼火。"说着话，直奔到桌子面前来。吴保长似乎没想到这件事的发生，很快地看了亚英一眼，面上透着红着，立刻迎着那人道："不要吵！"那小伙子还不了解他的意思，以为是不愿茶座上茶客听到，又低声补了一句道："一万三千块钱，只有三千元是大票子。"亚英倒不愿增加吴保长的困难，说声再会。吴保长只是点了个头。

杨老幺倒跟在后面把他送出茶馆来，站在路边低声向他笑道："我和区先生介绍吴保长，那是另有点儿意思的。我听到大先生说你在渔洞溪场上做生意，他有一个哥哥在那里，我可以介绍一下。"亚英摇摇头道："我不在渔洞溪场上做生意。我那家小店，离场有些路。这个我明白，当地保甲长和我都相处得很好。"杨老幺见他表示拒绝，便笑道："区先生不大愿意吗？你和我一样，但是他们也看人说话，就是从前那个宗保长，如今和我也很好了。吴保长哥子也不是保长，是××公会一个常务委员。"亚英想了一想笑道："多谢杨经理的好意。原来我是有意进城来经营商业了。假如我还回到渔洞溪去的话，倒是愿意和这位吴先生认识的。"杨老幺笑道："你若是和他交朋友，你不要叫他啥子先生、啥子经理，他最喜欢人家叫他一声吴委员。现在就是这样，做官的人想做生意，做生意的人又想做官。二先生若是有空的话，确是可以和他写块英文招牌，算帮我一个忙，我有一件事托他。"亚英道："若是这样说，我一定办到。不过，难道到了现在，杨经理还有求于他的地方吗？"杨老幺道："怎么没有？我们是土生土长的人，我们的根底，他啥子不知道。我也有两个铺面在他管下，和他有交情，要少好多罗联（麻烦），吴保长为人倒是不坏。"随了这吴保长这三个字，有个人插言道："杨经理他在不在？"

亚英看时，一个三十上下的人，将一件带了许多油渍的蓝长衫罩在一件短袄上，因之下半身更显着虚飘飘的。下面穿条灰布裤子，油渍之外还有泥点，更是肮脏。再下面赤脚拖上旧草鞋，正与他的衣服相称。因为如此，头发像毛栗篷似的撑着，瘦削的脸挺出了他的高鼻子，那颜色是红种黄种等等以外的有色人种，像是庙里的佛像镀了金，又脱落了，更蒙上一层烟尘。记得当年在北平，看到那些扎吗啡针的活死人，颇是这种形象，这倒吃了一惊！这人有了黄疸病与肝癌吗？或者有其他的传染病？可是杨老幺倒不怕会传染，让他站在身边，瞪了眼问道："什么事，买盐巴？"那人将手拿的一张四方油纸连折了几折，揣到衣袋里去，只答应了两个字："笑话。"杨老幺道："你去找他吗？他在茶馆里。"那人笑着去了。杨老幺望了他后身，叹了口气道："这个龟儿子，便是不成器，怎样得了哟！"亚英在他这一声叹骂中，便猜着了若干事情，问道："这是杨经理的熟人吗？"杨老幺又叹了一口气道："是我远房一个侄儿子，好大的家财，败个干净，弄成这副样子，年纪不到三十，硬是一个活鬼。送去当壮丁也没有人收。中国人都是这样，硬是要亡国。"亚英道："他去找吴保长买盐巴吗？"杨老幺叹了一口气，又笑道："买啥子盐巴哟！拿一张油纸子在手上，吴保长就是这一点不好；硬是容得下这些不成器的家私。他是看到二先生在这里，要不然的话，怕不问我借钱？"说着又叹着气走了。

亚英看了这事情，虽有些莫名其妙，可是这位吴保长就是个莫名其妙的人，大概也不会有什么好事。这茶馆里小小的勾留，增加了自己无限的怅惘。为什么要怅惘？自己不解所以然，好像在这个世界里不经商，就是违反了适者生存的定律。今天上午坐汽车去看的那位上层人物，和适才茶馆里的下层人物，都在讲做生意，自己已是跳进这个圈子里来的人了，若不挣他个百万几十万，岂不是吃不着羊肉沾一身腥？只看杨老幺这样一个抬轿的出身，也拥资数百万，那岂不惭愧？而且发国难财，也绝不妨碍个人在社会上的地位，大概还可以提高。就以黄青萍小姐而论，她在自己面前说着实话，就为了要钱用，不能不敷衍财主，明知出卖灵魂是极凄惨而又极卑鄙的事，但是不能不出卖。假如自己有钱，立刻就可以拯救她出天罗地网。这钱由哪里来呢？那就还是做生意的一条大路了。做小生意已经试验了半年，虽然混得有吃有穿，可是走进大重庆里人海里来，一看自己所引为满足的挣来的那点儿钱，和人家做大生意的人比起来，那真是九牛之一毛。由名流到市井无赖，由学者到文盲，都在尽其力之所能，在生意上去弄一笔钱，弄来了也不放手。第二次，要弄得比第一次对倍。第三次更多，要用十位以上的字数，乘第一、二两次所得的总和。就是这样演变下去，南京拉包月车的，开熟水店的，重庆抬滑竿的，都升为了经理。不管经理有大有小，反正当一名经理，总比当小伙计强吧？

想到这里，亚英有点儿兴奋，猛可地抬起头来，才发觉自己走了一大截不必走的路。这里是新市区的一带高岗上，站着看岗子那边山谷上下的新建筑，高一层的大厦，低一层的洋楼，象征着社会上生活毫不困难。其中有一带红漆楼窗的房子，正就是朋友介绍着去投奔的公司董事长之家。虽然那是自己所愿走的一条路，曾经在人家口里听到说，这位经理胡天民先生，有不可一世之概，骄气凌人，没有敢去拜访，也不愿去拜访。每次经过这里，都对这闻名已久的胡公馆要注目一下。这时不觉又注目望着了，自己心里想着，便是他胡天民，也不见得刚跳进商界就做着董事长与总经理。假如他是一个小职员或小商人起家的话，他也必定伺候过别的董事长与总经理。若不肯俯就人，只凭几根傲骨处世，他至多像自己父亲一样，做个教育界穷文人，怎可以当大公司董事长？自己若想混到他那个地位，现在不去逢迎他这类人，如何能入公司之门？不能入公司之门，怎样做商业巨子？

亚英由那茶馆里出来，想着那吴保长拥有许多家店面，吸着三斗坪来的纸烟，接受大布包袱提来的钞票，他就无限地感慨。他不断地想着，无论怎么比，自己也比吴保长的知识高若干倍，他可以发财，我就不可以发财吗？想着，抬起手表来看看，正是一点半钟。据人说过，这位胡先生，每日下午一点以后，两点以前，一定在家里见客，这又恰是去拜谒的时候了。不管他，且去试试，于是伸手扶了一扶大衣的领子，将头上新呢帽取下来看了看，再向头上戴着，将手杖打着地面，自己挺起了胸脯子，顺着到胡公馆的这条路走去。

这胡公馆上下三层楼房，建立在半山坡上，楼前三层梯式的花圃，有一条水泥面汽车路，做一个九十度的转弯，在两行不怎么高大的槐柳树下，通到一道短砖墙的大门口。自然，无论是先有这洋楼，或是先有门外的马路，这外面的马路，必能与门里的水泥路面连接起来。不然，董事长的汽车不能直接开到楼下，不仅是不便利，也有损董事长的威严了。

亚英想顺了路直走到胡公馆门口。这是一个大半圆形的铁栅门，双门洞开，那正因为门里这条水泥路面，一条线停下了三部流线型小座车，车头都对着大门，像要出去的样子。亚英低头看了看身上这件海勃绒大衣，绝没有什么寒酸之相，就径直走进了大门，向传达处走来。这里的传达先生，却是一位门房世家，穿件大袖蓝布大褂，头戴青布瓜皮小帽，尖长的脸上略有点儿小胡子，说口极流利的北平话。果然的他见着亚英那件漂亮大衣，两只大袖子垂了下来，站在面前，含笑问道："您找哪位？"亚英没有料到这位传达竟是这样客气，和那些大公馆的传达大人完全两样，便在身上取一张名片递给他道："我是董事长约来谈话的。因为并没有约定日子，先来看看。若是董事长在家的话，请你上去回一声。"传达倒猜不出他是怎么一路人物，便点点头道："董事长在家的，只是现在正会着几位客在谈重要的事，恐怕……让我进去看看。"他拿着名片进去了，点个头表示歉然的样子。亚英只得在门内小花圃边，看着几丛大花出神。

这位传达到了上房去，见着他的主人时，主人和三位客人在楼上小客室里围着一张桌子，八只手在那里抚弄一百多张麻雀牌。一位客人正笑着向主人道："胡老，大概有好久不打麻雀了，哈哈，真觉这斯斯文文的赌法，对数目大了，就不过瘾！"胡天民是个精悍的中等个子，长圆的脸上养了一撮小胡子，再配上他那一双闪闪有光的眼睛，极可以看出是一位精明人。他身穿深灰哔叽袍子，反卷了一寸袖口，露出里面白绸汗衫，他正在理着牌笑道："赌牌有赌牌的滋味，打麻将有打麻将的滋味，若把赌博当一种游戏，倒也无所谓……"他说着，回过头来，向茶几上取纸烟，看到传达手拿名片站在旁边，便道："什么人？"传达微鞠着躬，将那名片递上。主人将名片看着，很沉吟了一会子，因道："我不认得这个人呀？他说他是干什么的？"传达将亚英所说的话，照直地回禀了。胡天民便将名片随便放在桌子角上道："约他到公司里去见何经理先谈谈吧。"

传达正待转身走出去，他下手一位牌友，一开眼看到名片上这个区字，便捡起来看看笑道："胡老，你好健忘呀！上次在梁老二家里吃饭，他说起他认识一个青年，非常有办法，凭了一双空手，就在乡场上撑起一片事业来。这种人的创业精神，实在可以佩服。假使交他一批资本，让他去创造一个有规模的场面，那还了得！说起来这个人姓区，这是很容易记着的一个姓，这就是那个姓区的了。"这样一说，胡天民哦了一声，点着头道："不错，是有这样一个人。那么，让他来和我见见吧。"传达两手垂了两只袖子，站在茶几边，沉着脸色，并没有说一个什么字。主人翁想起来笑道："是的，这麻雀牌场上怎么好见人？请他到隔壁屋子里坐着吧。"传达含了微笑走将出去，五分钟后，亚英被引着到这牌场的隔壁小客室里来了。

这里似乎是专门预备着给人谈心之处，推拉的小门外，悬着双幅的花呢门帘，窗户上也张挂了两方蓝绸窗帷，屋子里光线极弱。传达进来，已亮着屋正中垂下来的那盏电灯。在电灯光下面，沙发围着一张茶几，微微听到那边客厅里，传出哗啦哗啦麻雀牌的声音。客人到了这里，说不出一种什么滋味，随身且坐在沙发上，但这样有了十五分钟之久，主人还不见来。这屋子既闷又热，亚英身上的这件海勃绒大衣，虽然质量很轻，可是两只肩膀和脊梁上，倒像是背了个大袋压在身上一样，额头和手心里只管出着汗珠。但是要脱大衣，在这种地方，又没有个地方放搁，穿大衣见上等人物，自然是没有礼貌，脱了大衣抱在怀里，也是没有礼貌，所以只好忍耐着端坐在沙发上只管去擦额头上的汗。可是听到隔壁屋子里的麻将牌声，还是噼一下啪一下地打着，明知主人翁必是在牌桌上有心和客人开玩笑。但既到这里，只有忍耐下去，若是这样地走了，那就和这位胡董事长要决裂了。他胡董事长不会一生下地就是住洋楼坐汽车的。胡董事长在未当董事长之先，少不得也要伺候别人，一步步地爬到今日这个地位，若是自己首先就不能忍耐下去，将来还有什么希望？大丈夫能屈能伸，就忍耐下去吧。

他自己给自己转了一个弯，又在沙发上闷热了一会儿。他这样等着，也不知道过了多少时候，伸手到怀里掏出手表来看时，恰是表又停了，站起来在屋子里徘徊了几个来回。忽然又转上一个念头，我不伺候他胡天民也有饭吃，受这乌龟气干什么？自己整了一整大衣领子，正打算走出去。就在这时，胡天民口里衔了一只翡翠烟嘴子，带着笑容走进来了。他取下了烟嘴子，微弯了腰，老远看到亚英，就伸出手来和他握了一握，笑道："对不起，有劳久等了。请坐，请坐。"亚英见主人很是和蔼，把心里头十分的不痛快就去了四五分，随口便说了一句"没关系"。

宾主坐定。胡天民很快地扫射了客人一眼，觉得他衣服漂亮，少年英俊，没有一点儿小家子气，相信他是个有用之才，也就在脸上增加了两分笑容，因道："事情是有这样巧，我的上手一连展了四个庄，简直下不了桌子。"亚英笑着，又说了一句"没关系"。胡天民吸上了一口烟，然后向他点着头道："我是久仰的了。梁先生早已提到区先生是干练之才，将来兄弟有许多事情要请教的。"亚英已觉得这位胡董事长很可满意的了，他这样地客气，更是予人以满意，便欠了一欠身笑道："不敢当，做晚辈的也只是刚刚投身社会，本来早就要拜访胡董事长的，因为恰好有一位敝亲由香港运了几车子子货来。他人地生疏，有几处交易非要我去接洽不可，替他跑了几天，就把时期耽误了。所以迟到今天才来请安，这实在是应当抱歉的。"

胡天民一听到"香港"这两个字，立刻引起了很大的兴趣，便将烟嘴子在茶几烟灰缸上轻轻地敲了几下灰，做出很从容的样子，微笑道："令亲运了些什么货来呢？西药、五金、匹头、化妆品？"说完了，他将烟嘴又塞到嘴角里吸了两口烟。亚英道："大概各样东西都有一点儿吧。"胡天民笑道："这正是雪中送炭了，这几天物价正在波动。"亚英道："唯其是物价都在波动，所有那些货很少肯脱手。我本应当早几天来奉看先生了，就为了这件事耽搁了，望先生多多指示。"

他这最后一句话颇是架空，也无意请胡先生指示他什么。但胡天民对于这句话，却是听得入耳，便微笑着，又吸了两下烟，问道："区先生以前是学经济的吗？"亚英道："惭愧！学医不成，改就商业，未免离开岗位了。"胡天民将腰伸了一伸，望着客人的脸子，现出了很注意的样子，因道："以前区先生是学医的，那么，对于西药是内行了。"亚英道："不敢说是内行，总晓得一点儿。"胡天民笑道："我们公司里也有点儿西药的往来……"他把这句话拖长了没有接下去，沉吟着吸了两口烟，因笑道："我们在城里，也有一点儿西药事业，九州药房，知道这个地方吗？"亚英笑道："那是重庆最大的一家药房呀！许多买不到的德国货，那里都有，那里一位经理，记得也姓胡。"胡天民笑道："那好极了，他是我的舍侄，区先生可以去和他谈一谈。"说着，他在身上取出了自来水笔，问道："区先生可带的有名片？"亚英立刻呈上，他就在上面写了六个字："望与区先生一谈"，下面注了似篆似草的一个"天"字，交给亚英笑道："舍侄叫胡孔元，他一定欢迎的。"他说时，已站起身来，看那样子像是催客。

亚英既不明白叫他去九州药房是什么用意，也不明白要和胡孔元当谈些什么。待想追着问上两句，而他脸朝外，已有要走的样子。明知人家是坐牌桌子的人，自不便只管向人家噜苏下去，深深地点着一个头，也就只好告辞走开。他心里想着："这倒是哑谜，毫无目的地，让我去和药房经理谈话。这又是一篇没有题目的文章了。既是胡董事长叫人这样去，那也总有他的用意，就去撞撞看吧。"

这样决定着，三十分钟之后，他见着这位胡孔元经理了。在药房柜台后面，有一间玻璃门的屋子，上写三个金字"经理室"。亚英被店友引进这间屋子时，经理穿了笔挺的深灰呢西服，拥着特大的写字台坐了，他正如他令叔一样，口里衔了翡翠烟嘴子，两手环抱在怀里，面前摆着一册白报纸印的电影杂志，正在消遣。他鼻上架了一副无框眼镜，眼珠滴溜溜地在里面看人。他也是为亚英身上这件海勃绒大衣所吸引，觉得他不是一个平常混饭吃的青年，隔着桌子，伸出手来和他握了一握，请他在桌横头椅子上坐下，笑道："适才接到家叔的电话，已知道区先生要来，有两个朋友的约会我都没有出去。"亚英笑着道了谢。这位胡经理和他说了几句闲话，问些籍贯住址，和入川多少时候等等，亚英都答复了。但是心里很纳闷，特地约到这里和他谈些什么呢？未到之前，胡天民还有一个电话通知他，似乎对于自己之来，表示着很关切，绝不是到什么机关里去登记报告一遍姓名籍贯就了事，为什么他这样毫不介意地闲谈？便道："胡董事长叫兄弟前来请教，胡经理有什么指示吗？"胡孔元笑道："客气，据说有位令亲从香港来，带有不少的西药，我们想打听打听行市。"亚英笑道："胡经理正经营着西药呢，关于行市，恐怕比兄弟所知道的还多吧？"胡孔元笑道："兄弟虽然经营着西药，那可是重庆的行市。香港和海防的行市，虽然电报或信札上可以得着一点儿消息，那究竟差得很远。未知令亲带来的药品，有重庆最缺少的东西没有？"亚英笑道："兄弟离开医药界也很久了，重庆市现在最缺少些什么药品，我倒不知道。"

这位胡经理就在玻璃板下取出一张纸单，交给亚英，笑道："上面这些药，就是最缺少的了。"亚英接过来看时，中英文字倒开了二三十样药品。其中十之八九都是德国药。第一行就开的是治脑膜炎与治白喉的血清，他点点头道："这上面的药品，的确是不多的药。敝亲带来的，大概也只有其中的一小部分罢了。"胡孔元听了这话，表示着很得意，将头摆成了半个圈圈，笑道："我们都保存了一部分。"说着将手边一架玻璃橱子的门打开，向里面指着道："这实在不多。我们乡下堆栈里，还预备的有一部分，你看如何？"亚英看橱里面红红绿绿装潢的药瓶、药盒子，层层叠叠，堆了不知多少，就笑着点了几点头。胡孔元就在里面取出了一个蓝色扁纸盒子，晃了一晃，笑道："这是白喉血清，我们就有好几盒。在重庆西药业中，许多人是办不到的。"亚英看他那得意的样子，正也不知怎样去答复是好。

就在这时，那玻璃房门砰砰地有人敲了两下。胡经理还不曾答复出一句话，那门一推，闪进一个年轻女人来；她穿了红花绸袍子，搽了满脸的胭脂粉，蓬松的头发顶上堆得很高，又长长地披了下来，将根大红丝辫束了。看那情形不像是个正经人。她并不理会这里面有客，站在桌子横头，向胡经理笑道："到了钟点了，去不去？"她将染红了的指甲的手按在桌沿上，脚在地下连连地点头，脚后跟点得地皮嘚嘚作响。胡经理笑道："有客在这里，你也应当让我办办正经事，看电影你一个人去就是了。"他虽然是拒绝这女人的请求，却还嘻嘻地笑着。亚英看了她这种样子，本想站起来打招呼，可是胡经理并不介绍，究竟不知道她什么身份，只好望望她不作声。她也并不管亚英是生人是熟客，只瞧了他一眼，依然向胡孔元笑道："你不陪我去看电影就拉倒，你把款子交给我吧。"那胡孔元犹疑了一会子，看到亚英正带着面孔相对地坐着，脸色沉了一下，便在身上掏出一张支票，向她手上一塞。她拿着看了一看，唤的一声笑着，扭转身子就走了。她去后，胡经理并不介意，向亚英笑道："我虽然存有这样多的货，但是有货新到，还愿意陆续地收买。"亚英道："好的，让我回去和敝亲商量看是怎样的供给。"

胡经理微笑了一笑，嘴张动着，正有一句话要想说出来，却听到门外边有人发出很沉着的声音道："说没有就没有，尽管追问着干什么？"胡经理便拉开玻璃门走到柜房里来问话。亚英不便呆坐在经理室里，也跟了出来。看时，柜台外站立着一位苍白头发的人，嘴上蓄有八字须，身上穿了件灰布袍子，胸襟上挂了一块证章，似乎是个年老的公务员。他将两只枯瘦的手扶了柜台沿，皱了眉道："这是大夫开的药单子，他说贵药房里有这样的针药，那绝不会假。先生，这是性命交关的事情，你们慈悲为本，救救我的孩子吧！"说着把两只手拱了拳头，连连地作了几个揖。胡经理先不答复他的话，拿起那药单子看了一看，便淡笑了一声道："好药的价钱都开在上面了。我们这里没有这样便宜的药。"那苍白头发的老头子，在身上掏出一卷大大小小、篇幅不同的钞票，完全放在柜上，又抱着拳头作了几个揖，皱了眉道："我就是这多钱，都奉上了，请你帮帮忙吧。"胡孔元笑道："老人家你错了。我们这里并不是救济机关，我们做的是生意。有货就卖，没有货，你和我拼命，我也没有法子呀。"

亚英站在柜台里面，虽不便说什么，可是当他看到那老头子那样作揖打拱的时候，良心上实在有些不忍，便向胡孔元道："我来看他这单子。"说时已伸出手来。这在胡经理自不便拒绝，笑着将单子交给他道："你看，做大夫的兼做社会局长，把药价都限定了。"亚英看那药单时，乃是白喉血清，单子下层，大夫批了几个中国字，乃是约值一千元。在这个时候白喉血清每针药约值两千元，亚英是知道的。大夫所开的单子，不但没有让药房多挣钱，而且替他打了个对折。胡经理对这个病家，并没有丝毫的交情，那也就怪不得他说没有货了。他沉吟了一会子，便向那老人道："老人家，你出来买药，也没有打听打听行市吗？"老人道："医生也告诉过我的，说是这种药不多，让我多打听两家。我也走访过几家，他们一句话不问，摇着头就说是没有。我到这里是第五家了。因为医生说九州药房大概有，所以抱着一线希望到这里来，现在这里也没有，我这孩子大概是没有什么希望了。"他说到最后，嗓音简直地僵硬了，有话再说不出来。

亚英问道："你的孩子多大？"老人道："十岁了，我唯一的一个儿子。先生，我五十六岁了，我是个又穷又老的公务员，唯一的希望就是这个孩子，假如他出了什么事，我这条老命留不住，我内人那条老命也留不住。

换一句话说，我是一家全完！"他说到"全完"两个字，将两只手分开来扬着，抖个不住，同时两行眼泪也都随着挂在脸上了。那位胡经理瞪了眼道："这个老头子真是胡闹，我说没有就没有，尽管在人家这里纠缠，怪丧气的。"说着一扭转身子走进他的经理室里去了。亚英怔怔地站在柜台里，心里很觉难过，回想到胡孔元拿出整盒的药针给人看，一转眼，他又说没有，那是如何说得出口？再看那个买药的老头子时，他的手抖颤得像弹琵琶一样，把柜台里的钞票连抓了十几下，方才一把抓住，然后塞到衣袋里去，抬起另只手，将袖头子擦着眼角，就垂着头走了。

　　亚英看了他那后影还有些颠倒不定的样子，也顾不得向胡经理告辞了，立刻追着出店去，大声叫道："那位老先生，来来来，我有话和你说！"口里说着，也就径直地追向前去。那老人回转身来，立住脚问道："先生，我没有拿你们宝号里什么呀。"亚英本来想笑，看到他那种凄惨苦恼的样子，那要涌上脸来的笑意立刻又收了回去，便道："我也不是这药房的人，我看你这份着急的样子很感同情，假如你可以等一小时的话，我可以奉送你一点儿药，不，这时间关系很大，半小时吧。"老人想不到有这种意外的收获，睁了眼向他望着道："先生，你这话是真的？"亚英道："你现在是什么情绪，我还能和你开玩笑吗？"老人听了这话，立刻取下头上的那顶帽子，垂直了两手，深深地向亚英鞠了一个躬，接着又两手捧了帽子，乱作了几个揖。亚英更是受到感动。林宏业托他经售的一批西药，正是刚拿了来，放在旅馆里。老人跟了前去，于是不到半小时，就把这事情办妥了。

　　这时亚英的心情简直比赚了十万元还要轻松愉快。拿出表来一看，已到黄小姐请客的时候，林氏夫妻已有不赴约的表示，自己若是去晚了，倒会叫黄小姐久等，于是整整衣冠，便向酒馆子里来。刚到那门首，恰好看到黄小姐由一辆漂亮的小座车上下来。她反身转来，带拢了车门，含笑向车子上点了两点头。亚英是很谅解黄小姐有这种交际的，若是立刻抢向前去，是会给黄小姐一种难堪的，因之站在路上呆了一呆。青萍却是老远地看到了他，连连招了两下手，手抬着比头顶还高。亚英含着笑跑了过去，笑道："巧了巧了，早来一步都不行。"青萍将两三个雪白的牙齿咬着下面的红嘴唇，将那滴溜溜的乌眼珠向他周身上下很快地扫射一眼，微笑着点了两点头。亚英问道："你觉得这件大衣我穿着完全合适吗？"青萍笑道："我是很能处理自己的，同时我也能代别人处理一切。"亚英听了这话，却不解所谓，望了她微笑着。青萍伸过一只手来，挽了他的手臂笑道："你还有什么不了解的？你真不了解，我们吃着喝着再谈。"于是被她挽进了一间精致的雅座。她将手上拿的皮包向茶几上一抛，大衣也来不及脱，一歪身子坐在沙发上，将右手捏了个小拳头在额角上轻轻地捶着。亚英坐在她对面椅子上看了这情形，就问道："怎么了，头有点儿发晕吗？"

青萍原是含着微笑向他望着的，经他一问之后，她反是微闭了眼睛，簇拥了一道长睫毛，似乎是很软弱的神气。那一只捏拳头的手已不再移动，只是放在额角上。亚英对了她看着出神，很有心走向前去握着她的手慰问两句话，但刚有这个意思，茶房将茶盘托着两盖碗茶送了进来，茶碗送到她面前茶几上放着，她只是微睁开眼来看了一看，依然闭着。茶房去了。亚英两手捧起茶碗来喝两口茶，眼光依然是向她身上射着。这样地约莫有五分钟，亚英慢慢地喝完了茶，慢慢地抚摸了自己的头发，而黄小姐始终是那样地坐着，好像是睡着了，亚英心里想着，勇敢一点儿吧，向前握着她的手好好地问候问候她。于是站起身来，轻轻地移步走向那沙发椅边，正待一弯腰，而她又微微地睁开眼了。她那边上的茶几上，正放着一个纸烟灰瓷缸，上面插了一盒火柴。亚英立刻改变了计划，将那火柴拿过来。她倒并不理会这个，向他微笑道："我睡着了吗？我真是倦得很。"说着眼珠向他一转，微微地一笑。

亚英拿了火柴回来坐着，望了她笑道："你今天下午打了牌了，有什么要紧的应酬？"他说着，就取出纸烟来吸。青萍并不答复他这一问，却伸出右手的食指和中指，互相搓挪了两下，表示着向他要纸烟。亚英立刻伸手到怀里去取出烟盒子来，她又摇了两摇头。亚英会意，就把嘴里吸残的纸烟取下来，交给了她，她猛可吸了两口，向外喷着烟，箭似的向前直射，她又不吸了，依然把三个指头钳着残烟向亚英一伸，什么话也不说。亚英站在她面前接过了烟，看那支烟的尾端，深深地印了个红圈圈。那自是唇膏的香印了，他送到口里吸了，仿佛这里面含有一种说不出来的神秘香味，自然随着也笑了。

青萍道："你笑什么？"亚英道："你也开口了，我看你疲倦得话都懒说，既是这样，你为什么还要请客？不会好好地回温公馆去休息吗？"青萍看了他一眼道："你还不了解我，以为我很愿意到温公馆去休息吗？而且我也不能事先料到今天下午有这样子疲倦，这是在你当面我可以随便，若是在别人面前，我就是要倒下地去，我也会勉强支持起来，像好人一样。"亚英道："我了解你，你是不得已的。但是你不这样做也可以的，你为什么这样子作践自己的身体？"青萍向他瞅了一眼道："你难道忘记了我上次对你说的话？我在一天没有跳出火坑以前，我就不得不出卖我的灵魂。"亚英摇了两摇头道："我始终以为你这话不对，'火坑'两个字，用的固然普通，可是通常对于女子环境的形容，那都是十分不高明的。"青萍突然地坐起来，望了他道："你觉得我环境高明吗？最近我读到一本《茶花女遗事》，我很可怜这个女子，我觉得我有走上这条路的可能，唉！我不明白，我为什么要这样意志薄弱，尽管追求物质的享受，以致成了这样一个人！"她说着，身子又向后一仰，头枕在椅子靠背上，在身上取出一块花手帕蒙住了自己的脸。

亚英坐在她对面，倒是呆了。可以疑心她在哭，也可以疑心她在笑，或者是她难为情。这一些虽都可以去揣测，而究竟她是属于哪一种态度，却还不可知，于是沉默了几分钟。向她笑道："我且不问你这话是拟不于伦，我倒要问你，假如现在真有这么一位马克，谁是年老的公爵？谁是讨厌的伯爵？谁是那……那……"青萍将手一拉遮脸的手帕坐起来，问道："你说是多情的亚猛？"他点了头道："我是要这样问，可是我想公爵可能有的，伯爵这路人物重庆自是更多。"一面取出纸烟盒子来，又慢慢地擦火柴吸纸烟，只管望了她，心想看你怎样回答。

她笑道："难道你不自居是个亚猛？正好你的名字也有那么一个亚字，你说是不是？"亚英笑着，略略地偏了头，将眼珠斜向她溜着。亚英道："我是实话，我心里绝没有把你比马克。你既不是马克，我若自比亚猛，那就是充分的侮辱了。"青萍笑道："你不是实话，我也不必追究你的话实在不实在，假如说……"她端起盖碗来呷了一口茶，慢慢地放下了碗，正色道："亚英，我实说，我还没有和你发生爱情。可是我认为你可以做我一个极好的朋友。我现在终日和一群魔鬼混在一处，也实在需要你这样一个朋友。"亚英笑道："你这话有点儿兜圈子。你要我这样一个朋友，这个朋友是存在着的，你还说什么？"青萍笑道："傻孩子！"说着两手又端起茶碗来喝茶。她两只乌眼珠由茶碗盖上射过来。亚英虽然不看见她的笑容，在她两道微弯的眉毛向旁边伸着，而两片粉腮又印下去两个酒窝的时候，是可以看到她心中很高兴的。只是她这话很不容易了解，仿佛说自己是她的好朋友，又仿佛说，还不够做她一个好朋友。自己在无可措辞的时候，掏出挂表来看了一看，因沉吟着道："宏业他夫妻两个还没有来。"青萍这时又斜靠在椅子背上了，淡淡地道："他们不来也不要紧，我们慢慢地可以谈谈。"

说到这里，她突然扑哧一声地笑了起来。亚英道："你笑什么，笑我吗？"她笑道："那天我们下乡，遇到一个被车子撞下来的人，搭着我们的小座车同了一截路，你记得这件事吗？"亚英道："记得，你为什么突然提到这个人？"青萍笑道："我笑的就是这件事。在某一个场合，遇到这位先生了。他约略知道我一点儿身份，竟追求起我来了。"亚英道："那他也太鲁莽一点儿。"青萍瞅了他一眼笑道："你外行不是，求恋有时是需要鲁莽的。然而看什么人，至于像我这样在人海里翻过筋斗的人，什么手段都不能向我进攻，除非我愿意。"亚英笑道："好一个倒装文法的辞令。在没有听到最后一句话的时候，我心里冷了大半截。"青萍伸出右手，将食指叠在中指上，压住大拇指，猛可地一弹，啪的一声响，望了他笑道："这孩子学坏了。"亚英坐着伸出两腿，两手提起西服裤脚管来，又把两手互相搓挪了两下，笑道："你不是说需要鲁莽一点儿吗？"

青萍道："现在且把你自己放到一边，你和我参谋一下，我怎样对付这个家伙？"亚英道："你还用得着我来做参谋吗？你已说过了，什么人也不能向你进攻。"青萍道："然而你要知道，他是一个发了财的投机商人。他发财是发财了，还在公司里充当平凡的职员，遮掩别人的耳目。"亚英道："这是他为人，与他对你的那份企图，以及你如何应付他的手段，有什么关系？"青萍笑道："当然是有。他若不是一个发国难财的人，他会晓得黄小姐不是一个穷小子所能接近的人。"亚英皱眉道："青萍，你何苦这样损自己。你把这话对我说不要紧，我已十分地了解你。若是让别人听到，以为你是一个唯利是图的女子，那成什么话？穷小子真不能接近你吗？我就是一个穷小子。"青萍笑道："你是个例外呀，你爱惜我的名誉，比我自己还要恳切些。然而我却不能争这口气。"亚英两手同摇着道："又来了。"

青萍站了起来，掀开门帘子一角，向外面探望了一下，依然回到沙发上，掏出怀里的一条绸手绢，在大腿上折叠着，眼睛皮垂了下来，直射在自己大腿上，不向旁边斜溜一下，她把手绢折叠得成了一小块，却把右手巴掌伸直了，只管在上面当熨斗抚摸着。亚英料着她有什么话要说，可是在她未开口之先，不便问她的话，只得取出纸烟盒子又来吸烟。青萍不抬头，只撩着眼皮，看了他一下，笑道："他们不来，我们继续把话谈下去吧，这种人我打算教训教训他，你觉得我这个办法对吗？"亚英道："我看着都是有点儿'那个'的。"青萍抬起头来，向他嫣然一笑道："'那个'这一名词，怎样地解释？"亚英道："随便你怎样解释都可以，你不说我接近你是一个例外吗？凭这个例外，我就有点儿那个。"青萍将手里折叠的手绢捏成个团团，向他怀里一扔笑道："好孩子！说话越来越乖巧。"亚英笑道："虽然如此，但是你又说，我们终于不过是一个朋友。"说时，他把那手绢拿在手上拨弄了几下，送到鼻子尖上嗅着。

青萍笑道："这个问题，我们作为悬案吧。四川人说的话，惩他一下子。"亚英道："你怎么样子惩他呢？"亚英是毫不加以思索地把这话说出来了。可是他说出来了之后，脑子里立刻转了一个念头，惩他一下子，是把他弄得丢丢面子呢，还是敲他几文？关于前者，那无所谓。关于后者，那或者有些不便之处。他的面色随着他心里这一分沉吟，有点儿变动。青萍笑道："你有什么考虑吗？"亚英道："我考虑什么？这个人又不和我沾亲带故。"青萍笑道："好的，你听候我的锦囊妙计吧。不过有一层，这件事，你无论如何不能告诉宏业夫妻。你听，他们来了。"随着这话，果然是这对夫妻来了。

黄小姐这一顿饭，专门是为这三位客人请的，并没有另请别个，办了一桌很丰盛的菜，款待得客人不便全走。宏业只好留下二小姐，自己单独去赴另一个约会。这里散的时候，大家同散。青萍说的那个锦囊妙计，也依然没有宣布，亚英只好闷在心里。当晚亚英回到旅馆，就没有再向别处去，一人在屋子里静静地想着，黄小姐对自己的态度渐渐地公开起来，到了什么话都可说的程度。然而同时她又坦率地说，彼此谈不到爱情，其实男女之间相处得这样好，不算爱情，也算是爱情了。她那三分带真，七分带玩笑的样子，颇像是玩弄男子，莫非她有意玩弄自己？不然的话，以她那样什么社会都混过，什么男子都接近过的人，何以会像外国电影故事似的，一见倾心呢？他放了一盒纸烟在手边，坐在陈旧的沙发上，只管吸烟出神。他继续想着黄小姐不是不玩弄男子的人，她不是有个计划，要开始玩弄一个发国难财的商人吗？听她的话，好像是要让那人蒙着一笔巨大的损失，一个有身份的小姐肯做这样的事吗？想到这里，他抬起头来做进一步的想法。他看到一样东西，使他有些警觉了。

第二十八章

她们与战争

区亚英抬头所看到的，是本地风光旅馆这间屋子的每日房价条子。原来他只打算在城里勾留两三天，企图捞一点儿意外财喜。自从遇到黄青萍小姐，就有在城里久留之意。既不能像林宏业一样，住着那样好的招待所，自然必在这旅馆里继续住下去，单是这笔用费，那就可观了。加上每日的饮食，应酬费、车费、茶烟费，恐怕在城里住上一月，就要把卖苦力赶场积攒下来的钱完全用光。用光之后，还是继续经营乡下那爿小店呢，还是另谋出路呢？最稳当的办法，自然还是下乡去，现成的局面，只要把得稳，每月都有盈余，可以把握一笔钱，在抗战结束后去做一点儿事情，比如去向分公司当小头目，是两鸟在林，不如一鸟在手的可靠。要走，立刻就走，早走一天，早节省一天在城里的浪费。但是这样做，就要把这位漂亮而摩登的黄小姐抛弃了，光是漂亮而摩登的小姐，把她抛弃了那也不足惜。可是人家在曾经沧海的眼光里，是把自己引为好朋友的。人生难得者知己，尤其是个异性知己。

他想到这里，自己给自己出了一个很大的难题，不能耐心着坐下去了。插了两手在大衣袋里，就绕着房子踱方步。他在这屋子里总兜有二三十个圈子，思想和走动的两只脚一样，也只管在脑子里兜圈子。他想着：黄青萍是个思想行为都很复杂的人，也必须从多方面去看她，才可以知道她为人的态度。她也许像二姐说的，想利用我，也许是她在朋友里面，觉得我是比较合条件的。也许是她和我家有点儿认识，因之联想到我也不错。也许她原是想玩弄我的，自从和我接近之后，觉得我这人还忠厚，于是就爱上我了。

想来想去，还是最后这个想法比较对，只看她每一次讲话，都比上一次要谈得坦白，那就是一个明证，她带玩笑地说和我谈不到爱情，那正是可以谈到爱情。否则的话，她是不肯说的。试看她那顽皮的样子，又透着几分难为情。处女的难为情，就是一种允许。尽管她不是处女，少女的难为情，也是极其可贵的。试想：她那种交际明朗化的人，肯向一个青年男子表示难为情，那也就是说她有点儿允许了。

亚英自己这样想着，便感觉到一种莫名其妙的愉快。这愉快由心头涌上了脸，且是单独的一个人在屋子里，也自然而然地嘴角上会发出微笑来。心里一高兴，脚下倒觉得累了，这就倒在沙发坐着，微昂了头，再去幻想着黄小姐谈心时的姿态，也不知是何缘故，突然感觉到应当写一封信给她。好在皮包里带有信纸信封与自来水笔，坐在电灯光下就写起信来。这封信措辞和用意，都是细加考虑，才写上白纸，因之颇费相当的时间。而原来感觉到在重庆久住，经济将有所不支的这一点，也就完全置之脑后了。

信写好了，开始写信封，这倒猛可地就让自己想起了一件事：这封信怎样地交到黄小姐手上去呢？邮寄到温公馆，那当然是靠不住，万一被别人偷拆了，要引出很大的问题。若是托二小姐转交呢？一定交得到，那又太把问题公开了。那么，最好是当面直接交给她。她必定说，有话为什么不当面说，要转着弯子写上这样一封信呢？除了上述这三种办法，正还想不出第四种，真有叫人为难之处。于是把信纸插进信封套里，对雪白的纸上呆望着出了一阵神，不觉打了两个呵欠。自己转了一个念头，好在只有信封面上这几个字，等着有什么机会，就给它填上几个什么字好了。只是今天和她分别时，不曾定着明日在哪里会面，这却有点儿找不着头绪。随了这份无头绪，又在屋子里兜起圈子来。这回却是容易得着主意。他想到二小姐住在温公馆，是自己的姐姐，总可以到那里去随便探望她。在上午十点钟左右，这类以晏起为习惯的摩登妇女总还在温公馆。看到二小姐，就不难把黄小姐请出来，然后悄悄地把这封信塞到她手上，和她使一个眼色，她必然明白。信收到了，她不会不答复的，看她的答复再决定自己的行止，就各方面顾到了。这样自己出难题，由于自己解答过了，方才去安心睡眠。

第二天一觉醒来，竟是将近上午十点钟。赶快漱口、洗脸、梳头发、整理衣服，即刻就向温公馆去。到了那里时，两扇大门敞开着，远远地站着出了一会儿神，正想到怎样进去向传达处打听。就在这时，大门里呜呜地一阵汽车喇叭响，立刻闪到路边靠墙站定，看那汽车里面，共是三位女性，其中两个就是黄小姐与二小姐，另外一个不认得。她们都带了笑容，彼此在说着话，并没有注意到车子外面。小汽车走得又快，一转眼就过去了，想和她们打一个招呼也不可能。呆站了一会儿，心里想着，这真是自己的大意，早来五分钟，也把她们会到了。想了一想，也只有无精打采依然走回去。自己正还没有决定今日上午的日程，现在有了工夫，不如找找那位梁经理去，应当继续这次进城来所要办的那件事。他有了这个意思，便来那家公司拜访前梁司长，现任的经理先生。但到了那里，恰好是他不在家。

离这公司不远，却是李狗子任职的那家公司，依着他父亲区老先生的见解，虽不必以出身论人，然而知道李狗子出身最详细的，还是区家父子，去得多了，万一露出了人家的真出身，不是区家父子透露的，他也会疑心是他们透露的，总以避嫌为妙。有了这个想法，曾警戒着大家少去。而区氏弟兄心里，总还有个难题。他是个在南京拉包月车的，以前当包车夫的时候，并不曾和他做朋友来往，自己也会觉得这有些趋炎附势。一直地这样想着，就把李狗子的盛意隆情丢在一边，未曾去拜访他。

这时，访不着梁经理，就另有一个感想，觉得由做官出身经商的人，依然丢不下他的官僚排场，不如李狗子这下层社会出身的人，还可以讲些江湖信义。想到这里，已经走到李狗子公司的门口，既来之，就和他谈一谈吧。这就走向传达处告诉要会李经理，传达照例要一张名片。亚英伸手到衣袋里去掏摸时，不料这次出门来得匆忙，竟未曾带得，便道："你去和经理说，是个姓区的来会他，他就知道了。"传达对他身上看看，便问道："你先生是由哪里来的？"亚英还不曾答话，忽听得里面有人大声说道："二先生，你不要理他。他这样办事，也不知道给我得罪多少客了。"说话的正是李狗子，他身穿大衣，头顶帽子，手上拿了斯的克，正是要出门的样子。亚英迎上前去，李狗子握住了亚英的手，紧紧地摇撼了一阵，笑道："欢迎，欢迎！我们一路吃早茶去。"说着，挽了他的手就向外走。亚英道："你请我吃早点，我倒是并不推辞。不过我看你这衣冠整齐的样子，分明是出去有事，若是陪我去吃早点，岂不耽误你的事？"李狗子张开大嘴笑道："我的事说起来，提得起，放得下。马上办可以，再过两三天办也可以。满重庆那些拉纤的掮客、投机的商人，差不多都是这样的。"亚英道："这话虽然是事实，可是你是公司经理，不是这一类的人呀。"

李狗子将他一扯，扯着靠近了自己，然后把右手的手杖挂在左手手臂，将右巴掌掩住了半边嘴，对着亚英的耳朵轻轻地叽咕着道："我这个经理有名无实，事情都由别人办，你有什么不知道的！而且我也根本坐不住办公室，你叫我像别的经理先生一样，一本正经，坐在写字台边看些白纸写黑字的东西，那犹如叫我坐牢。发财有命，坐牢去发财干什么！"亚英笑道："经理坐办公室是坐牢，我还是第一次听到。当经理的人都有你这样一个想法，那就完了。"李狗子笑道："可是我不坐办公室，我这经理也没有白当。我每天出来东钻西跑，总要和公司里多少找一点儿钱。我常是这样想，我若是做了真龙天子，也不能天天去坐金銮殿，只有请正宫娘娘代办。我还是干一个兵马大元帅东征西荡。"说着话，两人早已出了公司门，在马路上走。亚英正要笑他这话，身后却有人代说了："死砍脑壳的，害了神经病，在马路上乱说，不怕警察抓你！"

这声音很尖厉。亚英回头看时，却是个摩登少妇。李狗子回过身来，拍着她的肩膀道："在马路上我不能乱说话，你倒可以乱骂人。"他拍着她的肩膀，那正是顺手牵羊的事。她矮小的个子，和李狗子魁梧的身体一比，正好是长齐他的肩膀。不过她的烫发顶上，盘了一卷螺纹，却是高过他的肩膀。她脸上红红地涂了两片胭脂晕，正和她的嘴唇皮一样，涂得过浓，像是染着一片血。皮肤似乎不怎样细白，胭脂下面抹的粉层，有未能均匀之处，好似米派山水画的云雾，深浅分着圈圈，大有痕迹可寻。她穿的深灰色海勃绒大衣，亚英觉得比自己穿的还要深细。只是她小个儿，穿着这毛茸茸的东西，像只猴子了。她自然也知道她个子小，不然就不会穿了一只跟高两寸的皮鞋，走起来前仰后合。把这女人从头至脚看看，并不见得美。除非她两只浓眉毛之下，一双大眼睛是一个特点。但这都罢了，只是她照着三十年前的下江时髦，嘴里安了一颗黄澄澄的金牙，颇觉得俗而落伍，有点儿与全身装束不相称。自然，像李狗子这路角色，按着什么人玩什么鸟，武大郎玩夜猫子的成例说起来，那是正合适的。

亚英正想着，李狗子笑嘻嘻地向亚英道："这是我女人。喂！这是区先生，是我老师的二少爷，是师兄。"李太太向亚英笑着点了个头。李狗子道："你在路上追着我干什么？"李太太道："我要你同我到南岸下乡去一趟。我表哥有二十石谷子要出卖，卖了请大律师打官司。我们买下来好不好？"李狗子道："我哪里有工夫下乡？再说买了谷子，我们又放到哪里？"李太太道："买了还放在我表哥那里，也不要紧。过了两个月，再在乡下卖出去，盘都不用盘，包你攒钱。"亚英笑道："真是强将手下无弱兵，李太太也是这样的生意经。"李狗子听了他夸奖太太，眉飞色舞笑道："总算还不错吧。"说着向太太道："我陪二先生吃早点去，你也去一个吧。生意经回头再谈。"她向亚英看看，见他少年英俊，是李狗子朋友当中最难得的了，便笑道："为什么不去？我请客吗，二先生吃下江馆子，好不好？"亚英笑着说："听便。"

三人到了馆子里，找好了座位。这李太太表示着内行，首先向茶房道："给我们先来一笼包饺、半笼千层糕、一盘肴肉、中碗煮干丝。"亚英笑道："扬州馆子里的吃法，李太太全知道。"李狗子笑道："她不是跟我老李吗？你不相信，她还很会做扬州菜。二先生哪天没事，到我家里去吃顿便饭，让她亲自下厨房里做两样可口的菜你吃。"亚英道："那不敢当，怎好让经理太太做菜我吃！"这一声"经理太太"的称呼，使她两道浓眉八字伸张，望着亚英又露出金牙了。这经理太太一个名词，她自然不是今日首次听到，只是像亚英这样年轻而又漂亮的人物称呼她，她感觉得特别受用。

这时茶房先送茶壶、茶杯、筷子来，随后又送一大盘菜肴来。李太太低声向他笑道："有没有白开水？"茶房且不答话，先回头向周围看了看，然后低声笑道："李经理来了，我们总要去弄一点儿来。"他去不多时，就将茶杯端了"白开水"放在李狗子手边，紧靠了茶壶。李狗子皱了眉道："鬼头鬼脑做什么？大不了罚一笔钱，这钱由我担任就是了。"说着将那杯"白开水"举了一举，送到亚英面前笑道："就是这样不够味，只好用茶杯子来喝，分你半杯吧？"亚英道："早上我不喝酒。"李狗子笑道："现在都快正午了，还怕喝什么空心酒。我现在就是这点儿嗜好，每天三顿酒。晚上……"他说到这里，把伸出的酒杯子收了回来，喝了一大口酒。

李太太笑道："酒还没有喝，现在就说醉话了。"说着站起来，揭开大衣上的围带，脱下大衣。就在这时，她里面红绸大袖袍子里面，溜出两只金手镯。为了这金手镯，亚英也就连带地看到了她左手中指上，戴了一只嵌珍珠的金戒指，无名指上戴了一只加大的扁福字戒指。左手没有戴镯子，戴的是手表。而右手虽是戴了两只金镯，她还怕手指头单调，又在无名指上戴了嵌宝石的金戒指。她的十个指头，正是满涂着蔻丹，远远地看去，好像手指上贴了十块红膏药。于是这两只手上，颜色配得很鲜艳，有红黄绿白四色。

亚英当她背过身去，在墙壁衣架上挂大衣的时候，就不由得笑了一笑。在他笑的时候，李太太正是回转头来，她瞅了一眼，笑道："你笑什么？"亚英怎好说出笑什么来，就把话题扯了开来道："李太太的国语说得很好，我们李大哥那一口扬州话，始终是一字不改。李太太强得多了。"李太太听了这番话，又露出金牙笑了点着头道："是吗？许多下江人和我在一处，他都不知道我是哪里人。"

亚英到这时突然发生了一个感想，因向李狗子笑道："老兄，你说打仗对我们老百姓有没有好处？"李狗子左手端了那茶杯白酒，右手的筷子夹了一块肴肉。听他们说话，这就举杯子喝了一口道："打仗和我们有好处呀！譬如我李仙松，在打仗以前是个穷小子，现在呢？不是夸下海口，几十万块钱还难不倒。若不打仗我还不是京城里一个穷小子吗？"说着，他把那块肴肉送到嘴里，接连几下咀嚼，一伸脖子咽下去了。于是他放下筷子，向他太太的手臂上轻轻拍了两下，笑道："若不是打仗，她不会嫁我李经理。不嫁李经理，是不是穿金戴银，像现在一样呢？"亚英觉得他这话对于她的身份有点儿看不起，恐怕会引起什么反响。可是她的态度很好，她依然操着普通话道："什么都是个缘分。区先生，你有没有太太？我替你做介绍人好不好？"

亚英听她的话时，不免对她的容颜很快地扫了一眼，心里连道着谢谢，但是口里却道："好哇！可是谁要嫁我，可不能穿金戴银。"李狗子笑道："她要替你做媒。你的女朋友是重庆市上头等女明星，这话且不谈。嘿！二先生你怎么问起打仗有好处没有好处的话？"亚英笑道："我另有个想法，以前我们在北方或长江下游的人，说到去四川，好像比登天还难。到云南呢，可以骂人充军了。可是自从全面抗战以后，不但长江下游的人，就是吉林黑龙江的人，都有大批来到云南贵州，更不必提四川了。于是就把全国人情风俗语言，带到了四川。将来战事结束，四川的言语，以至人情风俗，自然又会带到全国。"

李狗子笑道："这话果然，我早有这个想头，不过说不出来罢了。我就有这个想法，将来回到了南京，我要开一家川货公司，不像从前的川货店只卖些白木耳和泡菜。"亚英笑道："你要卖些什么呢？我对这件事颇感兴趣。"李狗子将那茶杯举了一举，笑道："啰，泸州大曲，从前在下江能喝到几回？就算有人喝过大曲，又有几个人知道泸州大桂圆？这就让我想到广柑。我初来四川的日子，看到满街地摊上摆着这东西，一块钱买两三百个，骇我一跳，哪里来的这多美国橘子，上海不是一块钱一个吗？后来知道是四川土产，我恨不得立刻装一船到下江去卖，要发一笔大财，又像四川的花夏布，我初见了以为是花洋纱，不也是一件新鲜玩意儿吗？这一类东西，我简直越想越多，你说开一家公司，摆不出两三百样川货来吗？"亚英笑道："不过这些川产用不着你我介绍，将来自然一样样地带了出去。

你李经理也不必开着小小百货公司了，铜铁、煤炭、药材、猪鬃，你可以做许多大本钱的事。或者铁路航业，你也可以大量投资。"李狗子笑道："二先生，我说话你不会相信，我倒不爱做这些大生意、大买卖，而且生意越做得大，我还越觉得讨厌。"

说到这里，这时茶房已把干丝和小笼包饺陆续地送上桌来。李太太伸出筷子先夹了个包子，送到亚英面前。亚英正要谦逊着，她却把面前的酱油碟子里斟上半碟子醋，然后夹了大碟子里一撮姜丝，在醋里一拌，笑嘻嘻地也送了过来。他啊呀了一声，站起身子，连说不敢当。李狗子笑道："我们这位太太，待人最是热心不过。凭了我这点儿身份，她是你一个老嫂子，她一定可以招待得你很好。你在城里不是还要住些时候吗？住在旅馆里未免用钱太多了。你暂时搬到我家里去住，好不好？"李太太立刻笑着点头道："是呀！到我们那里去住，我包你比在旅馆里安逸得多。"亚英笑道："多谢二位盛意，这事让我先考量考量。我是急于有一句话要问你，你刚才所说大生意做得有些讨厌，这还是我一百零一回听到的话。做生意的人，还有嫌生意做大了的吗？你可不可以把这理由解释给我听听？"

李狗子把酒喝够，口滑了，已经忘记了敬客，左手捏住了茶杯不放，于是举起杯子来喝了一大口酒，脖子伸长，笑道："这有什么不懂的呢？开公司要什么股东，要什么董事会，还有常务董事和董事长。这下面才是总经理和经理。经理之下，这个主任，那个主任。办一件事，你扯来，我扯去，这个签字，那样盖章。做经理的人要钱用，还得下条子签字，一点儿小事都有这样麻烦。到了办公时间，有事无事，都要坐在办公桌上，一点儿也不自由。自己若开一家小店，自己是老板，自己是账房，我爱坐在柜台就坐柜台，不爱坐柜台，睡午觉也好，在外面茶馆进酒店出也好，谁也管不着。钱柜子里的钱，一把钥匙在我身上，我爱什么时候拿钱，就在什么时候拿。我爱用多少就用多少，那多么方便。我真后悔，拿出许多股本开公司，自己用自己的钱，不能随意还罢了，一天要被拘留好几个小时。如今要不干，股子又退不出来，真是糟糕。"

亚英笑道："妙论妙论，重庆千千万万的经理人物，像你这样见解的，我还不曾遇到第二个。李太太的意思怎么样呢？"他望着她，以为她和李狗子这一对人物，是些什么思想会在脸上表现出来。李太太见他端详自己的面孔，高兴极了，故意笑着把头一低，然后答道："他的话我也不大懂，做大公司经理有什么不好，比老板的名声也好听些吧？"李狗子笑道："你外行，做生意买卖要什么好听，怎么样子挣钱，怎么样子办就好。"亚英道："那不尽然，在这个社会上，名利是有连带关系的。你不见许多发了财的人都想弄一个官做？他的意思，并非是想在这个时候当一名穷公务员，想捞吃饭不饱、喝酒不醉的那几个薪金。有时一张印了官衔的名片，比你们在公司有多少股权的那张股票，确实有价值些。说到这里，我就要驳你老兄两句，你不也很是想和政界上来往来往吗？"

李狗子又端起茶杯来喝了一口酒，脸色开始有点儿红起来，虽不知道他这一阵红晕的原因是酒呢，还是难为情呢？然而他的面孔上，确有那种带了春意的红色，他笑道："果然是这样，现在我就想弄个挂名的官做做，可是，我不是为了公司里买卖上能弄几个，我李仙松辛苦了半辈子了，如今……"他说到这里，左手按住了桌沿，右手放下酒杯，伸出五个指头，将巴掌心对了亚英照着，睁着双眼，嗓子里吞下一口津沫，笑道："我大概有这个数目。"

亚英望着微笑了一笑，料着他这一比，绝不会说是五十万，不是五百万，就是五千万。李狗子倒不管人家这一笑意义何在，仍旧接着道："只要我不狂嫖浪赌……"李太太一扭身子，嘴一撇，抢着道："喝了多少酒，乱吹！你还打算狂嫖呢，你也不知道你有多大年纪！"李狗子笑道："这不过譬方说，你急什么？你等我说完，不要打岔。二先生，你想我能把几个钱用光吗？只要好好经营，饭是饿不到的。不过人生一世，草生一秋，有道是人死留名，豹死留皮，我总要弄个头衔，将来回家乡拜访乡长族长呀，上坟祭祖呀，那就体面得多。就说我女人，人家都叫她太太，其实这是人家客气称呼罢了。我没有做老爷，她怎么会是太太？若是我弄了一个官衔，她这个太太的称呼，才是货真价实。我也不想做好大的官，到了自己家乡，可以和县长你兄我弟称呼着，我就心满意足了。"说着仰起头来哈哈一笑。亚英笑道："这有什么难办呢？你多做点儿社会事业，人民一恭敬，政府一嘉奖，你在社会上有了很好的名誉，县长对你就要另眼相看了。"李狗子伸手抓抓耳朵，笑问他道："什么叫社会事业？这社会事业又怎样地办？"

亚英被他这一问，也觉得一部廿四史，一时无从说起，偏头想了一想，笑道："社会事业很多，就以你能办的来说吧。你到家乡去捐出一笔款子来办几所学校，平民学校可以，小学可以，中学也可以。或者你向医院里捐笔款子，让他们设备完全些。或者开一家平民工厂，救济失业的人。或者……"李狗子将手连连地拍了桌沿，笑道："我懂了，我懂了，这是做好事。做好事是可以传名的，但那究竟是在家乡当大绅士，大绅士果然是和县长并起并坐，但究竟不是官。说到一个人荣宗耀祖，死了在坟上石碑上刻上大字一行，究竟要有一官半职才行。你说我这个指望究竟办得到办不到？"李太太笑道："二先生，你不要信他乱说。左一个究竟，右一个究竟，究竟要不得。他实在要一个好朋友指点指点他，才有希望。听说他要请你大哥教他读书，也没有办到，我硬是欢迎你搬到我们家去住。你看要不要得？"李狗子鼓了掌道："要得要得！"亚英见他夫妻二人竭诚欢迎，除了谦逊几句，却不能坚决拒绝他们的邀请。

这一顿早点，为了李狗子高兴话多，足足吃到下午一点钟方才散去。临别的时候，李太太又再三地叮嘱着，务必把旅馆房间退了。亚英也就含着笑容随便地答应了两句，匆匆地告别。他这个匆匆之势，倒不是有什么了不得的事，他觉得李狗子虽为人慷慨，可是彼此知识水准相差太远，初听他的话天真得可笑。久听了他的话，却又无知识得可厌。至于他那位夫人，除了穿得摩登，全身没有一根骨头是赶得上时代，而有些地方知识还不如李经理。在这种情形下，怎样可以搬到他家里去住？自不如早早离开，避免了他们的邀请为妙。

他在街上走着，心里也陆续地想着心事，他感到自己并不是在忙着找饭吃，但为了要找更多的钱花，又不能不在这无一定目的的情形下，随时随地想办法。怪不得那些商场掮客和做投机生意的人，总是在马路上跑。自己还不曾走上做掮客的路，已是在马路上跑了。一个年轻有为的小伙子，什么事不能干，却也要这样钱迷脑瓜，满街满市地乱钻。由这里可以想到黄青萍小姐，表面上周旋阔人富商之间，内心上所感到的痛苦，那是不难想见的。想到了黄小姐，就不免伸手到衣袋里去掏摸那封写好未交出去的信，掏出来看看。信面上虽是自己写的青萍小姐几个字样，也觉得这"青萍"两个字上，就带有一种浓厚的情韵。一面走着，一面看情书，不自禁地，却会在脸上涌出一番傻笑。

事是那样凑巧，就听到黄小姐的声音叫了一身亚英，她果然坐在一辆自用的人力车上，车子就靠了街边的人行路。车子停住，她笑道："你手上拿了什么东西？自己看着发呆。"亚英道："这太巧了，就是要寄给你的一封信。那你就自己拿了去吧。"说着便递了过去。她拿到信且不看，瞅了他道："天天见面的人，什么事不能谈，还要你巴巴地写一封信给我，有什么要紧的事？"她说着向他抿嘴一笑。亚英道："你看了信便知道了。"青萍笑道："那自然，看了信还不知道，我不成了白痴吗？"

亚英还想说什么时，已经打量着这辆人力车漆得乌亮，白铜包了车把。

那个扶着车把的车夫穿了全套新的蓝布褂裤，年富力壮，额头上虽然也出着汗珠，而面色红润，不像平常人力车夫那样面带菜色。料着这又是哪处的小富家主人翁把车子让给黄小姐坐了，她的车夫在一旁注视着黄小姐的态度。亚英因把话扯开来道："我曾去温公馆，看到你和我二姐同坐汽车出来的。"青萍道："那我失迎了。二小姐和二奶奶到郊外看一所住宅房子去了。我中午有个约会，去不了，再谈吧。"她说时，将交过去的信封，含笑举了一举。车夫听到她说了再谈吧这三个字，也不用她再打招呼，就拉着车子跑了。

亚英便想，这辆人力包车必是接她去赴约会的。虽然她接过信去，那态度是很好的，然而人家有办法知道她在哪里，能够派车子去接，而自己就不会得着她的允许可以到哪里去会她，还是不能不归于物质条件不够。尽管她对我表示不坏，她可不能下车来，丢了别人的约会和自己同走。心里这就有了点儿牢骚，就不愿意遛马路了，便径直回旅馆睡午觉去。

亚英回到旅馆，桌上却见林宏业写了一张字条放在那里。上写："顷得老伯来信，亚杰有电回家，不日即乘飞机回渝，老伯嘱你在城稍候几日。"他坐着想了一想，照说老三和人照料货车，应当是不会坐飞机回来的。不过他现在是和西门德博士合作，也许为了西门德的缘故要回来一趟，这就很好。自己正狐疑着还是下乡呢，还是在城里再混几天？现在可以借这个缘故，定下决心了。今天下午，自然是见不着青萍，晚上或者可以在咖啡座上会到她。

有了这个计划，五点钟以后，就开始忙起来。先到林宏业住的招待所去打听了一趟，他出去了。接着到温公馆去一趟，问问区家二小姐回来了没有，也是没有回来。他是向温公馆传达问话的，问过这话之后，特地表示一下自己的身份道："我也姓区，我是二小姐兄弟。"于是慢吞吞地问道："和她一路出去的黄小姐回来了没有？"他觉着这样问不会发生什么漏洞。可是提到黄小姐，似乎人家就感到惊异，那传达对他身上看过一遍之后，才答复了五个字："都没有回来。"

亚英不能再有什么办法可以打听黄小姐，自己单独在馆子里吃过晚饭，便再到招待所。以为碰见二小姐的话，可以请她带一个口信给青萍。二小姐来是来了，却又和宏业一路出去吃饭去了。亚英踌躇了一会子，慢慢地走出招待所，站在马路边的人行路上，向两面张望了一下，他感受到心中有一种说不出来的烦闷。可又不知道烦闷从何而来？对马路上来往的少女，免不了都看上一眼，尤其是孤独着走路的女性，更觉得可以注意。他也知道，黄青萍绝不会一人在马路上闲遛，可是在这野鹤闲云，毫无捉处的时候，他情不自禁地要到人群中去寻觅。

他掏出挂表来看看，已是八点半钟，以上咖啡馆的时间而论，也许这是黄小姐吃完了晚饭，她应酬疲倦，是该轻松一阵了。有个这个念头，自己也就直奔咖啡馆来。当然，这时咖啡馆内电光雪亮，由座上的玻璃杯碟上反映出灯光来，西装男子和烫头发抹口红的女郎，在笑语喁喁的情况下，围绕了各副座头。这就是重庆咖啡馆的趣味。少年人到了这种场合，自会引起一种兴奋。这就不寻觅什么黄小姐白小姐，也须找个位子坐坐。于是挤到最后一座卡位，靠了对外一张椅子上坐下。他向四周看了一看，并没有黄小姐在内，自己还怕看得不确实，借着脱大衣，又站起向大茶厅周围极注意地看了一看。当最后并不看到黄小姐的时候，在失意的情态中坐下。

这咖啡座的茶房，对于这些事最是能观风色的。他已老远地迎上来，笑嘻嘻地低声道："你先生一位吗？找哪一位？"亚英道："那位黄青萍小姐，今天来过了吗？"茶房笑道："你等一会儿吧，她还没有来呢。她每天是必会到这里来一趟，我们极熟。"他说这话时，脸上带了一种会心的微笑，向亚英很快地看了一下。亚英也就带着笑容坐下。茶房送过来一杯柠檬茶之后，让他消磨了十五分钟，他又向茶房要了第二杯茶来喝着。可是把第二杯茶喝过之后，黄小姐依然还不曾来。他觉得这样一直等下去有点儿近乎无聊，就叫茶房来会过了茶账，缓缓地穿起大衣，缓缓地走出咖啡馆。他以为这样动作可以延长一些时候，也许等着了黄小姐的。然而他终于是失望，站在咖啡馆门口，出了一会儿神，便向旅馆里走去。

但只走了十来步路，一辆汽车开到咖啡馆门口停住。他情不自禁地注目看时，一个男子先下来，接着一个摩登女郎下来。这女子的身材一眼就认得出来，那正是等候已久，未曾等着的黄青萍小姐。且不问她的行为如何，早上坐着汽车，正午坐着人力包车，晚上又坐着汽车，这岂不是随时受着更换主人的招待？一个青年女子，变成了这种流动型的交际，实在不妥。远远地看那男子，是一个高大的个儿，微弯了一只手，扶着青萍越过马路，向咖啡馆里走去。

亚英很觉得自己没有权利去干涉青萍的行动，自也不必走上前去和她打招呼，徒然引起人家的不快，于是微微地叹口气，低着头走了去。其实他这顾忌是多余的，假使他再站下去两分钟，他这一下午的等候就不会徒劳了。那位陪送黄小姐的男子，他有他的身份，他绝不能走进咖啡馆，陪黄小姐坐咖啡桌子。他走到这馆子门口的时候，他就停住了脚笑道："恕我不奉陪，明天的约会，请你约同魏小姐一同赏光。"青萍道："我无所谓，以魏小姐的行为转移。魏小姐若是不来，那我也就不必多此一行。"那男子却再三地叮嘱要来。青萍并没有怎样切实地答应，她只微笑了一笑。她也不愿那男子再啰唆，说句再会，她竟自走进咖啡馆里面去了。

他们所说的那个魏小姐，这时正和两个男朋友围住了三杯红茶和一碟西点，坐在圆桌子周围。她看到青萍，连连招着。青萍含笑走向前来。两个头发梳得乌亮油光，穿了西服的青年，虽是向她起身等着，而且微微地弯了腰，像个鞠躬的样子，但她并不怎样地介意，只是将下巴颏儿略略点了两点。可是她两只手握了魏小姐的两只手，连连地摇撼着两下道："你这个小鬼，找你一天没有找着。"她大概是很高兴了，忘了胁下还夹着一个皮包，一声落在地板上。那两位男子全感到义不容辞，而也就不约而同地全弯腰下去拾那钱包。两个人头碰头地，各撞了个老僧打坐。青萍看见，倒是哎呀一声，表示着不过意。然而他们并没有这种感觉，早有其中的一个拾着了皮包，一个二十二度五的小鞠躬，两手将皮包呈送到黄小姐手上，黄小姐只好含着笑说声劳驾。这男子更得意了，便请她入座。青萍笑道："对不住，我和魏小姐有几句话讲。"便拉着魏小姐的手，走到一座隔离稍远的卡座上相对地坐下。青萍先向四周看了一看，然后低声向魏小姐道："璧人！你这孩子有点儿傻吧？今天晚上你为什么不赴老张的约会？"璧人笑道："这还不是今天晚上吗？你怎么知道我不赴约呢？只要不在天亮以前，都是今晚，我并不会误的。"

说到这里，茶房走过来，青萍告诉他要两杯橘子水。静了一静，等茶房走了，黄青萍脸上带着一种俏皮的笑容，因道："你这是生气的话呀，你说这负气的话给我听干什么，你以为我要抢你这老张，那你错了。我不是对你说过，我现在开始在找一个归宿之所吗？我已无须再去找户头，只要有一纸巨款给我做一个生活基础，我就离开这些我所不愿意接近的人了。"魏小姐笑道："老张是你所不愿接近的人吗？他的名气比银行经理公司董事长要大得多呀。"青萍道："那自然，可是我个人并不愿跟随他，做他一位出色当行的夫人。他的名气再大，也加不到我头上。我羡慕他名声大干什么？他今天这个晚餐的约会，虽是特意约的我，那不过是要我找几个漂亮小姐开心罢了。闻惯了火药味的人，多闻些胭脂粉香调剂调剂，那也是人情。他并不因约了我，请你当陪客。"

魏璧人冷笑着哼了一声，茶房端着橘子水来了，两人又默然了一阵。茶房去了，青萍望了她笑道："我并不是生气，你冷笑什么？笑我的话不真实吗？"璧人道："你没有和他上一趟拍卖行？"青萍点头道："去的，什么也没有买，他要送我一件大衣。我穿大衣，也不要拍卖行人家穿过的。我看他出手不大，根本没有开口。"璧人笑道："你没有敲到他的竹杠，你就退下来了，是不是？"青萍道："是，有这样一点，他之不受敲，那也是当然。我们才见两回面呀。你和他熟得多，在汉口他就认识你了，那时你不到二十岁吧，那时你太年轻了，把握不住他。"璧人道："那谈不上，在汉口我也是仅仅见过他两面。"青萍笑道："这话不用提了，他脑筋里留下你的印象很深，绝不会忘记你。纵然他想转着我的念头，不过想多玩一个女人罢了。"璧人低声道："你今晚喝醉了，在这地方说醉话。"青萍这才把一大串话中止了，口衔了麦秆吸橘子水，而同时却把眼光瞟射了璧人两次。璧人笑："你看我干什么？我对朋友是对得住的。"青萍笑道："好孩子，你是说我对不住朋友了。这些闲话少说，我有个朋友新近从香港来，送了我一点儿化妆品，你需要什么，我分你一点儿。"璧人道："我用不着，你留着自己用吧。"

青萍听了这话，脸色就有点儿变动了，她将面前摆的这只杯子向前推了一推，撩起眼皮看了魏小姐，把两只腮帮子鼓着。魏小姐扑哧一声笑了道："生了气吗？我说实话呀！我正托人买飞机票子，有了票子，我就到香港去，我何必在重庆分你得的香港货？"青萍道："你到香港去，我听到你说过大半年了。"璧人回转头去，将眼珠转着，向原来的座位上一溜，又把嘴向那边一努，低声道："那个小柳他要回香港去。他说和我弄张飞机票子。"青萍道："报上天天登着，日本要发动南洋战事呢。香港四面是水，是块死地，将来你逃不出来怎么办？"

璧人道："报上登着这样的消息有一年了，香港还不是一座天堂。就有战事我也不怕，我想在香港住一两个月就回上海去。香港有事，上海也绝不会有事，打仗和我们有什么相干？"青萍笑道："你倒看得透彻，打仗尽管和你不发生关系，飞机大炮来了，你想不发生关系也不可能。比如说，重庆来了警报，你还能够不躲吗？"璧人道："重庆有警报，香港上海有什么警报？"青萍笑道："我没有工夫和你抬这些闲杠，老张托我转个口信给你：明天中午的约会，请你务必要到。他大概后天就要向东走，他究竟是个有力量的人，你不应当把他放弃了。看他那意思，好像说假如你肯跟了他走，他也有办法带你走。"说着就伸出手来摸摸魏小姐放在桌上的手背。

璧人微微地淡笑着，嘴一撇道："我跟了他走，我活得不耐烦了吗？漫说我嫁不着他当一名夫人，我鸟不在天空里飞，特意地钻进笼子里去吗？"青萍出着神，望了玻璃杯子上之橘汁留下的淡痕，然后将杯子送到口边，有意无意地喝了一口，正了颜色道："璧人，你是知道我的个性的，向来不肯在言语上，或者颜色上让人。我今天对你一再容忍，是不愿引起人家的误会，说是我们彼此吃起醋来了。我愿意你明天中午十二点，去赴老张的约会。过了明天，你可以证明我是什么态度，祝你晚安。"说着，她举起玻璃杯子做了干杯的姿势。

魏小姐是风尘中久经训练的人物，看黄小姐的态度，再听她所说的话，每句都透着强有力，也可以猜到她的话必有理由，便也举杯回敬她的晚安。黄小姐向那边桌上微微地努一努嘴，低声道："我的茶账，我会了。你叫他们不必多事。那小柳大概在银行里亏空不少的公款吧？你别以为他年终可以分几个月红，假如他攀交不到两个高级职员，做一点儿投机生意，七月里决算以后，透支个干净。穿上等西服，吃馆子，应酬女朋友，星期六晚上还要赌一场，他们拿几个钱薪水？这样猖狂，尽管他们把头发和皮鞋擦得油亮，西服烫着没有一点儿皱纹，他家里有老太爷老太太的话，照样今天下午还没有买到平价米，他们是可怜的混事虫，我不忍心他们请客。"魏小姐回头看了一看，笑道："你损得他们可以。"

青萍正想说什么时，另副座头上那两位西服少年，正不知这两位小姐什么意思，只管向他们望着说话。其中那个在银行里当低级职员的小柳，就笑盈盈地走向这边火车间来。青萍首先笑道："对不起，我们这里不便要你加入，话是不能让第三者听的。"这两位西装朋友碰了这么一个橡皮钉子，虽然感到有些难为情，可是她首先说了一句对不起，这让他两人什么话也不好说，红着脸笑了一笑，自悄悄地走开了。

魏璧人倒觉得有点儿过意不去，回头点了两点，做个打招呼的样子，笑道："我就来。"青萍且不说什么，只等那两个人走尽了，这才道："密斯魏，这就是你的弱点之一。凭你怎样精明，你对于这些小白脸还是毫无办法。他们把你包围了，你就强硬不起来了。你要知道，那些有钱的主儿把我们当玩物。这些脸子长得好看的主儿，又何尝不是把我们当玩物？我们对于那些有钱的主儿，有时候低声下气，有时也搭点儿架子，对这班不知死活的小伙子，图他一些什么，值得客气吗？他们不理会我就算了，难道这种毛头小子，我们还找不着吗？"魏璧人笑道："得了得了，不说了。"黄青萍笑着哼了一声道："你没出息，明天见。"叫着茶房来过了茶账，她竟自走了。

魏璧人对于她这样大马关刀，来去自如的态度，倒是深受感动。回到那边茶座上，敷衍了这两位少年两句，便道："我要先走一步了，我明天有事得起早。"说着穿起大衣，夹了皮包便走。两位少年也不知道她和刚才这位小姐商量了什么，只好由她走去。

魏小姐出了咖啡馆，坐了一截人力车，到了一条有坡度的小巷口，便下车走路。小巷子屈曲着，一高一低，上几回坡子，又下几回坡子，因着巷子屈曲的关系，路灯也就亮一截，暗一截，夜深了，巷子里一个人没有。她的半高跟皮鞋，走着石坡嗵嗵地响，黑暗的地方，摸着人家墙壁走，亮的地方，电线柱上路灯照着自己孤独的影子倒在地上。她由繁华场走到这里，非常地感到空虚。

她住在人家三层楼上，大门是叫不开了，这巷子是后门所在，由后门进去反倒方便。因为重庆房子的建筑非常特殊，他们是靠山建屋，往往第一、二层在悬崖下面，面临着大街，而第三、四层，却与悬崖上另一条街巷平行。后门开在四层楼上，可以由另一条人行路上出去，不用下楼。魏小姐住在三层楼上，她住的正屋后面通过一条夹道，后面是晒台，也可以说是小院子，在后面有间木屋，半间是门洞，半间是隔壁人家的厨房。因此魏小姐回家，不必在大街上的大门进去，爬这三层楼梯。可以由人行小巷的崖边，踏上一架三尺长的天桥，就到了厨房木板门边。

这厨房里就住着两个厨子，为了常得这位小姐好处，就很愿意地替她开门。无论是晚间十二点，或者上午的三四点钟，她都可以很便利地进去。这晚上正是隔壁文具店打牙祭之后，厨子除了留下一大碗肥的回锅肉，还有一只猪蹄脚，都放在小方凳子上。两个厨子，用一只菜碗打了大半碗大曲酒，蹲在地上，对了小方凳子传递着喝，享受这两样佳肴。最后用回锅肉煮萝卜片的清汤，泡了饭吃。二人又醉又饱，在灶门口用板凳搭起铺板，在墙角落取出了铺盖卷铺上，放头大睡。虽不曾念那句"帝力于我何有哉"，却也是"无怀氏之民"，心里毫无挂虑。

魏小姐走到门边外，轻轻地先敲上了两下，里面回答仅是呼呼的鼾声。她又接着叫了几声，那里面还是寂然。她回头看看这小巷的四周，人家都已各各关闭了门窗，除了一条野狗挨着人家的墙阴，悄悄地走过去之后，什么动静都没有，分明是四周人家都睡着了。若更大声些，必会引起邻居的反感。因之只是将手摇撼着那门板，又用皮鞋尖踢了几脚。可是里面的醉汉，还是睡得很香。魏璧人连连骂了几句该死的东西，依然没有其他的办法。

她这就想着，温公馆的人是非到深夜不睡的。以前也和青萍在那里住过一夜，十分舒适，好在相去路不远，就到那里去吧。她气愤愤地穿出了深巷，向大街走去。这时街上的行人更稀少了，一时找不到人力车子，只好顺着店铺的屋檐缓缓地走了去。这街道是冷静了，电力却是个反比例，充分地把街灯亮了起来。她一个苗条的影子，高跟鞋踏着路面，一路咯咯有声。她心里有点儿感觉到没有归宿的少女，这生活究竟是不宜长此拖延下去的。

就在这时，身后有辆汽车开过来，偶然回转头来对那汽车看了看，不想发生了效力。那车子跑过去约莫有十几步路，却吱呀一声停住。立刻车门开了，有个穿黄呢中山服的健壮男子迎着她走过来。街灯下已仿佛可以看清楚那人的样子，正是青萍再三叮嘱着，必须去应酬的那个老张。

她于是顿了一顿，站着向那人看了看。那人放快了步子，直走到她面前。他把健壮的手腕直伸到魏小姐面前来。她自也不便拒绝，很快地握了一握，就把手缩回去了。老张笑道："魏小姐怎么这样深夜单独地在街上行走？"璧人并没有加以考量，在懊丧的情绪下，叹了一口气道："真是糟糕，回家去要经过邻居家里，叫不开门。"老张笑道："那么，你到哪里去呢？"魏璧人笑道："到你的好朋友那里去。"老张澳："哪个是我的好朋友？站在我面前的就是呀。"魏小姐道："将军！我不敢当，我资格也不够。"老张笑道："你要和我客气，我也没有办法。不过这样夜深，你一个人孤孤单单在街上走，实在不大妥当。我以老大哥的资格，愿意把车子送你一程。"魏璧人道："多谢你的好意，要下一百三十二层坡子，你这汽车怎样能送我去？"

老张倒不管她是否感着什么嫌疑，伸着手轻轻拍了她的肩膀道："你一开口，我就知道你是随便说的。你会把下去的坡子数得那样清楚，共是一百三十二层？"说着，再进前一步，逼住她的后路，将手带推带送着，让她向汽车方面走去，魏小姐看到了老张，就已想到黄青萍劝她的那些话，无论自己是否愿意，这位老张的身份，实在是值得人借重的。便也借了这势子，走向他的汽车上了。

上了车，老张的态度就变了，笑道："魏小姐，我请你去喝杯咖啡。"两人自是并排坐在车座上的，他说着又伸出手来拍了她两下肩膀，笑道："谅你是无可推诿的了。"璧人到："咖啡馆早关门了。这时候到哪里去喝咖啡？"老张笑道："你知道下江一句俗话吗？'河里无鱼市上有'，我住的招待所里有咖啡，而且绝对是真的。"魏小姐道："吓！这可使不得，你不把我送到……哦！是我大意，我也没有告诉你要送我到哪里去，就坐上了你的车子。"老张头靠了车座，仰起来哈哈大笑，将手乱拍了她的腿道："不要紧，不要紧，我这车子不但会跑，而且会爬山越岭，一百三十二层坡子不成问题，我一下就跳过去了。我告诉你在前方……"魏璧人将身子一扭，拦住着道："我不爱听高调，我也不懂战争。老张，我告诉过你，不要和我谈在前方。"老张笑道："好！我不谈在前方，我忘了你是与战争无关的。"魏璧人道："别废话，快送我回去。"

老张笑着不说话，魏小姐把车座上一张纸撕成一小块一块，揉成了小团团，一颗一颗地向车子后面抛了去。约莫有两三分钟的沉寂，老张点了两点头道："魏小姐，你讥讽我是对的。可是你可知道三W主义？"璧人道："什么叫三W主义？我不知道呀。"老张笑道："第一次欧战的时候有这个说法，那就是战争、酒、女人。"魏璧人看他一眼，心里想着他也懂这些，便微笑道："战争、酒、女人，怎么叫三W主义呢？"老张抬起手来搔了两搔耳朵，笑道："你是明知故问，我没有学过英文，反正我听到人家说过，这三个字里的头一个字母都是W，你说对不对？你的英文很好，和英美人可以直接谈话，将来我请你做英文秘书，你干不干？"璧人道："我们现在都谈不到说什么将来，你把车子送我到哪里去？"老张笑道："再说一遍，送你到我住的那招待所去。不要紧，那里也有女眷，反正不是什么连环套、恶虎村。你是香港上海什么场合都去过的人，怕什么？"说着，又拍了她两下腿。魏小姐正想答复他一句话：并不怕什么，这车子轮子已是咻咻一声，在一盏很亮的门灯下停住。老张下了车，魏小姐也只得随着下了车。

老张站在她前面，大有比煮熟了的鸭子，会飞了去的姿势，伸了手横拦着笑道："请请，请先行。"魏小姐回头看着，抿嘴微笑了一笑，便在前面很快地走着。只听她皮鞋踏着坡子，噔噔作响，而她的身子随了这响声，一声一声地上去，颇也表示着她泰然自若。老张以为强请了这位女宾喝咖啡，必定也是强人喝酒那样困难，现在她竟是很高兴地向招待所里面冲了去，多少有点儿奇怪。魏小姐一口气将坡子爬完，站在大门口电灯下，回转面来，向他露了白牙齿一笑道："把冲锋那点儿勇气拿出来呀！为什么落后呢？"

老张到了这个所在，为着他的身份起见，不能不在大门口表现持重一点儿，便忍住了笑容，一步一步地向上走着，到她面前，向她很隆重而又客气的样子，点着头道："请进请进。"他依然横伸了手，做个拦住她后退的样子。魏小姐心里可就想着：傻瓜！到了这里，我还会跑走吗？我也有我的办法，我也不至于逃跑。她微微地点了点头，带着笑容，就在前面走。

这是中西合参的房子，走到楼下第一进，就觉得不像山城之夜，每个玻璃窗户都露出了惨白的灯光，而且有两处送出了很浓烈的纸烟气味与谈话声，倒见得这里人都没有什么睡意。转过一个甬道，是一道铺了麻线地毯的宽楼梯。老张在前面走，正要扶着栏杆向上走去时，楼上匆匆地走下一个西装汉子，团团的面孔，嘴上蓄了一撮小胡子，倒很神气的。后面跟着一个穿红袍子的女郎，站在楼口上却没有下来，两手扶了栏杆，向下面俯瞰着笑道："老赵，你到了目的地，必定打个电报给我，不要同上次一样，一去无音信，别让我惦记着。"

老张正迎了那个小胡子笑道："老赵，好浓的米汤，你喝醉了没有？"老赵笑道："你真是张飞好大喉咙。"老张道："要什么紧，这是招待所内层，全是我们自己人。"他们在这里开玩笑，楼上那位红袍女郎手扶了栏杆，突然奔向她面前，笑道："我说是谁？原来是小魏，你好哇！"说着握了她的手，连连地摇撼。老张望了璧人道："你也认识韩小姐吗？"魏璧人道："鼎鼎大名的韩紫兰小姐，怎么不认识？"老张便一把将赵小胡子的手挽住，笑道："你不必走了，我们两角，你们两角，大家凑他八圈。"小胡子向他看看，又向魏小姐看看，笑道："你说的我们？"老张点着头道："我说的我们。"

魏小姐虽还不曾经老张向小胡子介绍过，料着这总是他们一个圈子里的人，不必有什么顾忌，将嘴一撇道："我们要什么紧呢，我们就我们吧。"老赵向她笑了一笑，回转头来向老张道："你还没有和我介绍。"韩紫兰笑道："我来介绍，这是魏璧人小姐，你听清楚。我们一群女友里面年纪最轻的一个，璧人，我给你介绍，这是赵先生，本来不应当称赵先生，他有他光荣的头衔。但是他们这群人是喜欢人家称先生的，他是张先生的战友。战友这两个字，随便你怎么解释都可以。"老张笑道："我们就站在这楼梯口上说话吗？上楼上楼。"他口里说着，就两手推了小胡子向前。小胡子拉着韩小姐的手，韩小姐又拉着魏小姐的手，四个人就在楼梯上扭成一团，走上楼去。

老赵一面走着，一面笑道："老张，我明天早上六点钟还有一个会议，你让我熬夜，岂不是有心开玩笑？"老张道："一点儿也不开玩笑。咱们先打个八圈，你再休息一下，天要亮了。那时，你由这里直接去开会正好。"赵胡子道："打完八圈，还要休息一下。"老张碰了他一下手臂，又眨了两下眼皮。魏璧人虽然是看见的，坦然地跟着他们走进了一间精致的小客室。

虽然夜深，屋梁上悬下来的纱罩灯灿烂地亮着，屋角红木架的火盆红彤彤地烧着，炭火气烘烘的。魏小姐情不自禁地放下手上的皮包，来脱自己的大衣。老张立刻走过去，把大衣取过去。身后有个听差随着进来，就把大衣交给了他。说道："送到我屋子里去。"魏璧人看到，也没有说什么，只淡笑了一笑。赵小胡子连说请坐请坐。璧人道："既来之，则安之。坐就坐吧。"说着，一歪身在沙发椅上坐下，将腿架着。韩紫兰看这情形，知道这里面有几分僵局，便和她同坐在一张椅子上，笑道："小魏，今天晚上看话剧去的吗？重庆的话剧是很不错的。"魏璧人道："哼！看什么话剧，我们自己这就演话剧，不过我虽在这里面充个重要角色，我还不知道是谁在导演。"她说时，一张瓜子脸儿红红的，两条长眉毛紧紧地皱着，她长长的睫毛，两只大眼睛，配着一对灵活的乌眼珠，却反是增加了三分妩媚。

　　老张虽然感到她言中带刺，然而看她穿一件绿绒袍子，苗条的身躯衬着那清秀的眉目，觉得她像一棵娇嫩的鲜花，实在不忍给她难堪，也只有一笑。赵小胡子道："你笑什么？你不会伺候小姐。"璧人道："赵将军，别客气，这样说话我们承受不起。我们是个弱女子，一点儿抵抗力没有。而且我们为了生活，少不得伺候大人先生们，要我们怎么样，还敢不怎么样吗？可是我高攀点儿，总算是朋友吧，应该给予我一点儿同情心。把一只鸟关在笼子里，怕它飞了，可是要它叫得好听，还得慢慢来呀。"接着她又解释了一句道："玩笑是玩笑，真话是真话。"

　　老张坐在她们对面椅子上看了一看，脸上透着有点儿尴尬，约莫沉默了五分钟，忽然站起来道："我让他们预备咖啡去吧。"说着，他就走出门去。韩小姐是很知道他们的，恐怕这里面或有什么把戏，先对赵小胡子凝神望了一下，然后站起来，走到他身边低声问道："明天早上六点钟开会，你去不去？"他道："我怎么不去，我到重庆干什么来着？"韩紫兰笑道："你真是个老粗，说话一点儿也不婉转。我也不怪你，老张去不去呢？"他道："这个会没有他，小姐，我学点儿婉转吧。我可以问你吗？你为什么问老张的行动？"韩小姐道："你不要多心，我没有什么事。不过我不愿你熬夜打牌，耽误了你的公事。"小胡子脚上的皮鞋跟扑笃碰了一下响，他挺着腰杆子，立起正来，向她行了个军礼。韩小姐笑道："别开玩笑，我是真话，你别这样辜负了我的好意。"说时，站着又靠近了一点儿，伸出一只雪白的嫩手拍拍他肩上的灰尘，看到有两根短头发，将指头轻轻地弹去，笑道："老赵，你别大意了，我是很关心你的。这话说着你会不肯信，我何以关心你？你要知道，我们虽然见面日子较少，可是我们认识多年了，我虽是一个弱女子，究竟受了相当程度的教育，我不会不明大义，像你这样在前方为国家民族苦干的人，到了后方来，我不能不给你一点儿温暖。"

赵小胡子坐下去了，左手夹着一支燃了的烟卷，不曾送到口里去吸，也不晓得扔下，听了这一番柔软入骨的话，竟是发了呆。倒是在一旁坐着的魏小姐有点儿疑惑，她无缘无故地给他灌上这么些米汤干什么？不由得连连睒了她两眼。韩小姐全副精神都在老赵身上，就没理会到身边有人注意，依然坐在沙发椅子扶手上，将手搭了小胡子的肩膀，继续地向小胡子喁喁情话。

赵小胡子最后笑道："我向你提出过要求，请你到桂林去，你又不干。"韩小姐道："我不去的原因，今天就是一个例子。我不要你熬夜，你偏要熬夜。到了桂林去，你更不会听我的话了。"听到这里，魏璧人觉得这问题慢慢地归到自己身上来了，正待向下听时，又一个穿西装的朋友站在门边，向魏小姐笑嘻嘻地点了个头道："魏小姐，到这边小客室来坐坐，好不好？"魏璧人静坐在一边看韩小姐情话，当然是无聊的事，便起身相迎笑道："吴先生也住在这里。"她口里说着，就随着他走了出来。

所说的那间小客室，在这间客室对面，须绕过一道楼上的回廊。当她走着的时候，吴先生在身后问道："魏小姐，你冷吧？"她唬的一声笑道："你以为我是纸糊的呢？实说吧，我是《水浒传》上的话，水里水里去，火里火里来。"吴先生且不驳她的话，在她身后做了个鬼脸，又伸了一伸舌头。魏小姐说完了，回头来双目向他看看。吴先生急了，低着头乱咳嗽了一阵。魏璧人抿嘴微笑着，并没有说一个字。

她看到那垂着白布门帘子的一扇门里面电灯通明，在门帘子缝里，看到里面一套小沙发，围了一张小茶桌，并不曾设有床榻，料着就是这里了。掀开了门帘自己先进去，就在沙发上架起腿来坐着。吴先生跟着进来，就伸手要去打茶桌上的叫人铃。魏小姐伸手将他拦住了，沉着脸道："吴仁信先生，有什么话咱们就说吧，不要拖泥带水，你若是没有什么秘密交涉，怎会约我到这里来呢？"吴仁信点着头笑道："魏小姐是个绝顶聪明的人……"璧人翻了眼皮，向他望着又淡淡地一笑道："难道你也向我进攻？你向我说这么一个求爱的话帽子。"吴仁信鞠了个躬道："言重言重！不敢不敢！"

吴仁信也扭了两扭身子，笑道："若真不说，我也交不了卷，干脆我不用三弯九转了。"说着在身上摸出了一个小小的蓝锦绸盒子出来，双手捧着，放到茶桌上，笑道："张三爷说，这不成敬意，请你笑纳。"魏璧人对那盒子看了一眼，点点头笑道："不用看，我就知道里面是什么东西，不就是送小黄那一枚绿宝石戒指，小黄不要，他留着带回去送太太做觐见礼的吗？这样的绿宝石戒指我起码有一打，我转送你吧。你送到拍卖行里去，也许可以卖千把元。"说着，把面前那锦绸小盒子向茶桌中间一推。

吴仁信鞠了个躬道："小姐，你的脾气发完了没？"魏璧人到："没有，等你们的三爷把汽车送我回到了家里，我才不发脾气。"吴仁信道："魏小姐，我告诉你一点儿好消息，东线我们快要大反攻了。"璧人将头一扭道："我不要听这些好消息。"吴仁信见任何说法都说她不动，这就把那锦绸盒子打开，露出里面亮晶晶的一颗钻石戒指，那钻石足有小蚕豆大，然后再送到茶桌沿上放着笑道："请你看看，并不是绿宝石的呀。"魏小姐向那钻石戒指睃了一眼，微微地笑了。

第二十九章

天外归来

　　吴仁信看到魏璧人的嫣然一笑知道是大事已定，也向她笑道："张三爷为人就是过分地爽直一点儿，其实这个人胸无渣滓，比那些自弄聪明的人要好得多。在这方面，你能予以谅解，你们就可以合作了。"魏小姐架了两只脚，将皮鞋尖互相颠动着，她垂了眼皮，去看自己的皮鞋，对于吴先生的话没有加以答复，但是桌上放的那枚钻戒，她也没有仔细观察，吴先生悄悄地离开了这间小客室，自让张三爷来招待客人。

　　到了次日上午八时，魏小姐和张先生出现在广东馆子里吃早点。在魏小姐的左手无名指上，已有了一枚亮晶晶的钻戒了。桌上并没有其他的陪客，魏小姐和张三爷隔了一只桌子角坐着，魏小姐在薄施脂粉的晨妆脸上，不住透露一点儿笑意。老张道："你觉得太起早了一点儿呢？然而在我们算是起来得最晚了。我们平常的生活照例是四点半钟起来的。"魏璧人道："我们住在重庆的小姐们那样早起来干什么？打算做小偷吗？"张三爷笑了一笑，还不曾加以答复。魏璧人又问："吴先生怎么没来，你也不请他来吃顿早点吗？"老张端起面前一大杯牛乳，做了个半饮的姿态，咕嘟一阵，喝下去大半杯，然后笑道："我约他，他也不会来的，他应该知趣一点儿。"魏璧人道："其实他就来了也无所谓，我也没有什么话是要瞒着第三者来说的。"张三爷向她脸上看了一看，笑着摇了两摇头道："小姐们真是难于伺候。"

　　魏小姐将筷子头夹了桌上碟子里一只甜酥饼，送到小红嘴唇里，用四个雪白的门牙咬了一小角，却又放下来，抿嘴微笑着。老张道："你这份微笑，大有用意呀。你说我这是假话吗？"她笑道："并非假话，而且很天真。你在小姐下面加上一个'们'字，大概是碰了不少钉子。就以小黄而论，你就被她玩弄得够了。谁都像我这样好说话。"老张道："这是你误会了。我和黄青萍，完全是一种普通友谊。她自己就宣传过了，她爱上了一个姓区的。"魏璧人笑道："你以为她这是真话？"张三爷笑道："我无意于她，她也犯不上向我说假话。"魏璧人将嘴一撇道："你无意她。你就有意于她，也得成哦。你说犯不上对你说假话，这是真的。但是并非对一个人说假话，她需要对每个人说假话。她真正所爱的是她一个小男同学。那孩子姓李，才十八岁。她之爱他，正像你们爱那十六七岁的小姑娘一样。那样年轻的孩子，懂得什么爱情？她不过把他当个玩物，玩弄他。"张三爷道："她爱上姓李的是爱，爱上姓区的也是爱。无论爱的是哪一位，那都操之她自己，她为什么要瞒人？"魏璧人道："她爱虽爱他，却不能嫁他，因为他年纪太小了，什么干不了。就是将来，也不能预料他成为一种什么人物。小黄是个深谋远虑的女孩子，她不肯嫁这样一个小丈夫，让自己的前途陷于渺茫。然而她又爱这么一个实在天真的少年。她就在这个矛盾情形下，促成了一个不公开的局面。"

张三爷不扶茶杯也不拿筷子，静坐着把她的话听下去。她说完了，他点点头道："我相信你这话是真的。但为什么你不老早对我说？"魏小姐将手上筷子倒捏着，将筷子头连连地点着他道："你对于女人实在是外行，这话在今天以前，我肯告诉你吗？就是你相信是真的，你也会疑心这有几分酸素作用。而且你正被她迷住了，你也不会相信。"张三爷这才端起玻璃杯子来喝了口牛乳。笑道："我说的话你也不会相信，我和她在一处谈过两次话。她对于人情世故，看得那样透彻，简直不知怎样对她说话。"魏璧人笑道："这是你说欺辱我们这世故不深的。"张三爷听了这话，放下杯筷，两手按住桌沿，突然笔挺站立起来，向她道："你说这话，不是比打我几下还厉害吗？"她笑着点点头道："我的三爷，这是饭馆，这不是你们招待所，你坐下来说话。"老张这才坐下来笑道："我对你真是鞠躬尽瘁，你说我老粗，你说我不懂得温柔，我都承认。你说我有心欺负，那真是黑天冤枉。"魏璧人笑道："真要说你欺负我呢，那也是我自己示弱。我向来很要强，不愿说甘受人家的欺负。"老张将两只手摇着道："欺负这个名词，在韩小姐面前可别再说了，她不肯到桂林去，就是说怕举目无亲有人欺辱她。"魏小姐笑道："这就是你们不了解女人的地方。韩小姐若肯跟了老赵走，她就干脆嫁了他了。她和我一样离不开重庆。"

老张对这话是充分的不理解。那为什么，这一句问话，由心里直冲到口里，但是只说了个"那"字，以下还有几个字却没有说出来，魏小姐笑道："你问那为什么吗？我干脆告诉你，重庆一切内在的情形像上海。"老张望了她脸上很久，因问道："重庆像上海？"她笑着点点头道："像上海，这由于各人的看法不同。像我们这种小姐，那就觉得这里像上海。上海对我们有什么好处呢？我们要钱花上海有法子可以找到钱。想花钱，上海也有地方可以把钱花了出去。你们老说桂林的风景，让我们到桂林去，真是老实人说的话，风景给予我们什么呢？"老张听下这话，心里有一百二十四个不以为然，可是对于魏小姐这种人物，是不能太违了她的意旨的。便默然吃碟子里的点心，没有把这话向下说。

魏璧人斟了一杯茶，将茶杯送到嘴边，将嘴唇抿着慢慢地呷，可是抬起眼皮望了他微微地笑着。老张见她那瓜子脸儿，皮肤雪梨一样的嫩，红嘴唇里露着雪白的牙齿，黑眼珠在粉红的脸上转动着，真是娇媚。也只有笑了一笑。她笑道："你笑着想说什么。无论什么好看的鸟，只需你在树林底下听它的鸟声，不许你取回来喂着养着，越是可爱的东西，你越不可把它关闭起来。她的美丽，是她们自由培植起来的，她没有自由，她就美丽不起来。"老张真没什么可说了，只好把那杯将喝完的牛乳端起来高高举着，将杯子底朝了天，把那牛乳余滴喝了下去。口里还喷的一声，好像在这上面尽着最大的努力，就可以把魏小姐那扫兴的话给答复了。而她呢，只是看着老张微笑。

老张放下牛乳杯子，手按住了杯口，向她笑道："平常我一张嘴也是呱啦呱啦的，但是一遇到你们小姐们，我就没有了主。你为人是很天真，可是你说起话来，我还是甘拜下风，所以我昨天的事，免不了请老吴出来做介绍人。以后我想……"他说着，伸手来搔搔头发。魏璧人望他微微地笑着，抿了嘴没作声。老张静悄悄地坐了几分钟，伸手在衣袋摸索了一阵，摸出一方手帕，擦擦额头上和脸腮上的汗。魏小姐笑道："你不用踌躇，你要说的话我全晓得，今天晚上，你请我吃顿好晚饭吧。"张三爷听了这话，好像麻姑长爪，已搔着自己背上痒处，心里和身上都感到非常的舒适，立刻精神抖擞。将身子挺起来坐着，向她望了笑道："吃西餐还是中餐呢？一切无不听命，你下午在什么地方？还是我派车子来接你呢？"她端着茶杯凝神了一会儿，笑道："你约好了时间地点，我自然会来。可是你要耐心地等着，也许等一二十分钟，也许等三四十分钟，也许等一两小时，你可有这个耐心？"

老张在衣服袋里掏出了自来水笔本子，很快写了两行字，撕了一页日记交给她看，微笑了一笑地望着她。她将那页日记看过了，立刻将手揉成团团，一回头打算扔到屋角落里痰盂里去，可是她的手还不曾抬起来，打开放在怀里的手皮包，将纸团子扔在里面。老张笑道："你还留着那字条干什么？"魏小姐道："你想，我若把人家当面下的请帖扔到痰盂子里去了，那不是太给人家以难堪吗？"张三爷由心里发出来的笑容刚刚是要从脸上收拾下去，听了这话，那笑意又从脸上浮了出来，将他吊角眼梢画上了几条鱼尾纹。

魏小姐虽然年纪轻，她很知道欲擒故纵的一切手法。见张三爷已十分高兴了，便拿着手皮包站立起来，将皮包按住桌子角笑道："我应该回去看一下了。昨天没有叫开门，被邻居关在外面。今天若再不回去，用人说着主人失踪了，恐怕她会把我的铺盖行李都裹卷走了。"说着，她含笑点了个头，从从容容地走了。她于是走过几步之后回转头来向老张看了一看。她看他又在小日记本子上写什么，也就不再打招呼。心里可就想着，这小子大概生怕把约会的时间地点忘记，又在那里再下一笔注脚。她心里如此想着，脸上带了三分笑意，再向前面走。

就在她没有收住笑容之时，看到黄青萍匆匆走了进来。她抢上前两步，一把将魏璧人抓住，低声笑道："抓住犯夜的了。"她脸上微微带了一点儿红晕回头看了一看，这才低声笑道："老张在里面呢。"青萍道："他在里面就在里面吧，青天白日的，我怕他干什么？"璧人道："不是那样说，这样早来吃早点，我想你也不会是一个人吧？你倒爱一个人先进去，受他那无畏的纠缠。"青萍站着凝了一凝神，笑道："你走了，他一个人也不会久坐在那里的。我在门口站一会子吧。"青萍和她说话，眼光已射到手指上戴的钻石戒指上去，忽然一转口道："那么，我还是进去吧，再会！"她也不再加以考虑，就开快了步子，走到大茶厅里来。

老张会过了茶点账，正站起身来，见有一个摩登女郎响着高跟皮鞋走过，他自不免迎了看去。立刻迎向前道："黄小姐早呀，这边坐。"青萍倒并不避开他，走到他面前笑道："三爷，恭喜呀！"他耸了两耸肩膀道："你遇着小魏了。"青萍笑道："我们的消息是很灵通的。你请便吧，我有个约会。"老张因她以恭喜在先，已不便在这时和她说什么，便笑道："早上难得遇到的，我应当会个小东。"她笑道："岂但会个小东，简直应当会个大东，你要领我天大的人情，昨天分手之后，我很劝了小魏一番。"老张点着头道："感激之至。那么，今天请你吃晚饭。"青萍望了他微笑道："请我吃晚饭？还是顺带公文一角呢，还是专门请我呢？顺带公文一角，那不恭，我也不领情。专门请我，那恐怕也不可能。三爷，改天再会吧。"说着，她已走开，到另一副座位边上去了。

她站在那里缓缓地拖开了面前的椅子，向这边微笑着点了头。张三爷对于她这种态度，虽有点儿感到不快，可是也觉得这是应有的现象，他想着索性客气一点儿吧。走近前来，向她伸出了手，青萍只好和他握了一握。就是这样巧，便是这个时候，区亚英由外面也进来了。她虽知道黄小姐是广结广交的，但对于这种现象，却有点儿看不自然，所以他猛可地在餐厅门口站定，就没有进来。

老张回身向外走去，和他擦身而过。亚英也很快地就近看了他一眼。等张三爷走远了，亚英才走向青萍这座位上来。她抿嘴向他望着，亚英在她侧面坐下，对于刚才的事好像不知道。笑道："我生怕来晚了，赶着跑来的。昨晚上我接着你那张字条，觉得今天早上这个约会实在是好，如其不然，我一个人也会独自来吃早茶的。"青萍把她面前自用的茶杯斟了一杯茶，送到他面前，笑道："年轻轻的人，活泼一点儿，别尽向苦闷的一条路上走呀。凡事总是乐观的好。"亚英哈哈地笑道："你误会了。我告诉你一个笑话，上次我和你谈过的那个李狗子夫妻两个，对我特别客气，硬拉着我要我搬到他们家里去住，我婉转着道谢。他那位夫人竟是要到旅馆里来搬我的行李。我猜着他们今天早上必然会来，所以我就预备溜开来。"青萍道："在经理公馆里住着，不比在旅馆里强得多吗？你搬去好了。"亚英道："第一，是我们约会会感到不便。第二，他们那种识字有限的人，实在气味不相投，终日盘桓，叫我和他们说些什么呢？"青萍笑道："你成了西天路上取经的唐僧了，一路的山妖水怪都要吃你这唐僧肉。我想那位李经理太太年纪很轻吧？"亚英不觉地两只手同时举起，向她摇着笑道："这话可不能开玩笑，李狗子虽没有知识，倒是一个心直口快的朋友。"

这时茶房正陆续地向桌上送着点心碟子。青萍取了一个大包，两手劈了开来，把里面的鸡肉馅子翻了出来，翻落在面前空碟子里。亚英道："你不吃这馅子吗？我曾遇到过这样一位小姐，把大包子的肉馅儿剔了出来，光吃包子皮，这倒是无独有偶了。"青萍也不说什么，放下包子皮，将筷子夹了那鸡肉馅儿送到亚英面前，笑道："别糟蹋了，你替我把这鸡肉馅儿吃了吧。"

亚英当然不能辞谢，立刻端起面前的小碟子将馅儿盛着。青萍便吃了那包子皮，又举起筷子陆续吃桌上那些碟子里的点心。她看到亚英把那鸡肉馅儿吃了，才含笑说道："人的口胃相同，叫我吃下去应该也是好吃的吧？"亚英笑道："这情形就是这样，在我觉得好吃，就有人觉得不好吃，甚至还有人厌恶。不过大家说是好吃的，总可以认为是好吃。"青萍道："这话对了，不问鸡肉是清炖，是红烧，或者剁碎了做大包子馅儿，鸡肉总还是鸡肉，年轻女人会例外吗？"亚英始而还没有理会她的意思。及至她说到最后一句，这就明白了，哈哈笑道："绕了这么一个大弯子，多谢！多谢！"

说到这里，他提起茶壶来慢慢地向杯子里斟着茶，自然眼睛也看在茶杯里，他低了声音道："我正等着一个很大的期待。"青萍看了他笑道："大声点儿说呀！让我听清楚一点儿。"亚英放下茶壶，且不喝茶，两手交叉着，合抱了拳头，将手肘横了靠在桌沿上，很快地看了她一眼，然后又望到点心碟子里去，脸色沉着了，还是用那不大高的声音答道："我绝不是开玩笑，可是我又没有那勇气敢和你说。"青萍将面前一只空茶杯子向桌子中心推了一推，也将手肘横倚靠在桌沿上，向他笑道："你就勇敢一点儿吧！碰了我的钉子，反正当面也没有第三个人。"亚英道："我觉得……"说着他扶起筷子来，夹了一块马拉糕，但他并不曾吃，将糕又在面前空碟子里放下了，筷子比得齐齐的，手扶了筷子头，因道："抗战已经几个年头了，我们青年……"青萍将手摇了两下，笑道："我们两个人谈话，哪里还用得着自'七七事变'以来那一套抗战八股？干脆，你自己要怎么样？又打算要我怎么样？"亚英抬着眼皮看她一眼，觉得她颜色很自然，便道："我自己没有什么可说的，我想劝劝你，可不可以把无味的应酬减少一点儿？"青萍先是微微一笑，然后说道："对的，我要避免一切应酬了，不但是无味的应酬，就是有味的应酬我也要避免，只是我有个等待。"

亚英听到这里，忽然省悟，起来将身子挺了一挺，因点着头道："是的，你有一件事托我，我没有替你办。"青萍笑道："你说的是要你对付那个姓曲的，只要他不来麻烦，我也就不睬他了。"亚英道："那么，他现在没有来麻烦你？"青萍道："你给我一支香烟吧。"

亚英在身上摸出烟卷盒子来给了她一支烟，她将两个细嫩的手指夹着纸烟，放在唇里抿着，燃着了，一偏头，喷出一口烟来，烟像一支羽毛箭向前射出去。她然后微笑道："他为什么不来麻烦我？也许一会儿就会来麻烦我，这不去管他。你打听出来，他到底是什么身份吗？"亚英道："打听出来的，他不是你说的叫曲子诚，实在的名字是曲芝生。碰巧李狗子就和他有来往。"青萍对于这个消息觉得很兴奋似的，将身子一挺，望了他道："那么，你一定知道他的实在身份了。"亚英道："据李狗子说，他在公司

428

和银行里，都挂上了一个名，无非办办交际的事情，没有什么了不起。这姓曲的自己却是很有手法，替文化机关办了一个西餐食堂，开了一家五金号，又开了一家百货店，这一切他自己都不出名，所以你打听不出他究竟是哪家的老板。为什么不肯出名呢？据李狗子说，他真正的事业原不在此，他自己有两部车子，西跑昆明，东跑衡阳，而同时还和几个有车子的人合作，他们手上操纵有大量的游资。什么货挣钱，他们就运什么进来。到了重庆，货也不必存放，在市区里郊外有好几处住宅，暗暗地做了堆栈。他们这样做，把一切纳税的义务相当地都避免了。挣一个是一个，所以在城里开几个字号，不过是做吐纳的口子与办货入口的幌子，必不得已，这才把字号拿出来。总而言之，他是一个游击商人。"青萍斟了一杯茶端了慢慢地喝着，微笑道："那么，他不是社会上的一个好人。"亚英道："我现在经商了。商人对于现在的社会，你看有什么贡献吧。他还是游击商人呢，这是商界的一种病菌，没有游击商人，商界上要少发生很多问题。"青萍道："那么，你对于这一个游击商人，是不同情的了。"

亚英对于这个姓曲的，本是无好恶于其间，若谈到做生意，自己何尝不是做生意？自己何尝不是流浪商人？只是青萍所说，他屡次追求她，这很有点儿让自己心里不痛快。在不痛快之中，就情不自禁地拿出正义感来，向姓曲的攻击了。他看到青萍脸上红红的，似乎是生气，又似乎是害羞。她将举起来的茶杯沿轻轻地碰着自己的白牙齿，眼珠在长睫毛里向桌面注视着。亚英道："你不用沉吟，我同意你的办法，惩这小子一下。"青萍眼珠一转，放下了茶杯，向他低声笑道："别嚷呀！傻孩子。"说着她将皮鞋尖在桌子下面踢了两踢亚英的腿。亚英在她这种驱使之下，比她明白地指示去对付曲芝生还要愿意得多，便正了颜色道："不开玩笑，我觉得对于这种人，用不着谈什么恕道，上次你写给我那一张字条，你只指示了我的方针，并没有指示我的方法。"

青萍微笑了一笑，又向周围看了一看，笑道："我怎好指示你什么方法呢？我们的关系不过是朋友而已，我还不能够叫你替我太牺牲了。"亚英道："这是什么话！朋友就不能替朋友牺牲吗？"青萍点着头笑道："我若让你白牺牲，那我太忍心害理了。"亚英也忍不住笑了，望了她，把头靠在肩膀上，做个涎皮赖脸的样子，因道："你能说出这话，你就不会让我白牺牲。"青萍笑道："你很会说话，但是……"她端起茶杯来又喝了一口茶。亚英却也不作声，将筷子夹着碟子里一块杏仁酥，不断地分开，把那杏仁酥夹成了很多块。青萍笑道："诚然，我不会让你白牺牲的。我给你一个很兴奋的消息，我可以……"亚英看她脸上带一点儿笑容，眉毛微微扬着，透着有几分喜意。亚英突然地将筷子放下来，两手按了桌沿，瞪眼向她望着。她笑道："你立刻兴奋了，实在，你也是可以兴奋的。"说着点了两点头道："你镇定一点儿听下去吧，我可以和你订婚。"亚英果然心里震动了一下，把身子向上一挺，但他立刻镇定了，笑嘻嘻地望着她道："你这话不会是开玩笑吗？"她还端了那杯茶，慢慢地抿着，微笑道："你相信这婚姻大事有开玩笑的吗？自然也许有，可是你看我黄青萍为人，是把婚姻大事和人开玩笑的吗？"

亚英只管笑着，手里拿了茶杯，却有点儿抖颤，望了这鲜花一样的少女，却说不出话来。青萍在茶杯沿上瞟过眼光来扫了他一下，将牙齿微微咬了下嘴唇，对茶杯注视了一会儿，因道："这话我早就可以对你说。可是我想到你的家庭未必是欢迎我的，我不能不长期考虑一下。可是我又怕老不和你说明，你会感觉得希望太渺茫了。你以为我是傻子吗？你老是向我表示着前途失望。"亚英哧哧地笑道："我听了这消息，不知道要对你说些什么是好。不过你既宣布了这个好消息，哪一天定规这件事呢？"青萍道："我说了就算定规了，还另要什么手续？"亚英道："我应当奉献你一个戒指吧？"青萍道："我们不需要那些仪式……"她说了这句话，却把尾音拖长了，又忽然笑着点头道："当然，要给我一枚戒指，我也会给你一枚，这随便哪一天都可以。"说着，她回头向茶房招了招手，把他叫过来，低声问道："你认得我？"茶房弯了一弯腰，笑道："我们的老主顾黄小姐！怎么会不认识？"青萍道："认得就好，你给我拿两杯红酒来，不要紧，我们一口就喝干，不会和你招是非。"说着，她打开手皮包，拿了几张钞票，交到那茶房手上，又道："我有个条件，不能当红茶送了来，一定要用小高脚杯子。我就是需要这点儿仪式。"

那茶房手里捏着那卷钞票，已没有任何勇气敢说一个不字，悄悄地走开了。亚英且看她怎么样，只是微笑，过一会儿，那茶房果然将一只瓷盘托着一条雪白的毛织手巾来。他将毛手巾一掀，下面是两只小小的高脚玻璃杯子，里面盛着鲜红的酒，他将酒杯在每人面前放下了一杯。看了两人一下，退下去了。青萍举着杯子笑道："亚英，来呀！拣日不如撞日，撞日不如今日，我们就举行这简单的仪式！"亚英望着她，眯了双眼笑，两手按了桌沿，要站起来。看到她还是坐着，依然又坐了下去。青萍笑道："镇定一点儿，这还是婚姻的初步呢，举起杯子来喝！"亚英心里想着惭愧，我倒没有她那样老练，于是也颤巍巍地举起杯子来。青萍看见红酒在杯子里面荡漾，笑道："你别忙，先喝一半。"说着伸过杯子来和亚英的杯子碰了一碰，然后喝了小半杯。就向他点个头笑道："还有这半杯，我们掺着喝吧。"亚英这才明白了她的意思。自是照着吩咐，将杯子送了出去。青萍就把自己这杯酒斟到亚英杯子里来，然后举着空杯子，让他把酒再倒回去。

就在这个时候，听到有一种尖锐的笑声道："黄小姐好哇！请客没有我！"他们看时，西门太太后面跟着西门德博士，穿了一套笔挺的青哔叽西服，口袋上拖出黄澄澄的金表链，手里夹着一件呢大衣。这不由两人不放下酒杯，前来迎接。西门德握住亚英的手道："好吗！人却是发福了。"亚英笑道："在小码头上劳动了几个月，少吃了一点儿重庆的灰尘。"青萍也挤上前迎着老师。西门德拖开桌边的椅子，一面坐下，一面望了桌上笑道："居然有酒，可是又有酒无肴。"西门太太也坐下，见他两人原是隔了桌子角坐的，又向酒看看，见酒杯里只剩了一半，笑道："我刚才看到你二位把杯子里酒斟来斟去，这是什么意思？"亚英笑道："自然有一点儿意思，不过……"

他说到这里，笑嘻嘻地望了青萍，把话顿住了。她笑道："你就说吧，老师师母也不是外人。"亚英这才笑嘻嘻地道："博士来得正好，请都没有这样凑巧。请西门先生西门太太给我们做个证明人，我们现在订婚。"西门太太拍着手叫起道："好哇，这是二百四十分赞成的事。我们来得太巧了。我说呢，你们为什么斟了两杯酒，互相调换着喝，原来是订婚，贺喜贺喜。"西门德坐在旁边只管皱着眉望了太太，可是他不但不敢拦着太太，而且还在嘴角上故意透出了笑容。青萍了解他那意思，她笑道："师母，请你原谅我。为了亚英家庭的关系，我们举行着极简单的仪式，请师母老师不要声张。"西门太太想了一想摇头道："没有问题，没有问题，万一有问题，我保险和你们疏通。不过你老早为什么不通知我呢？"青萍将嘴向亚英一努，笑道："就是他，我也是十分钟前才通知的。"西门太太看看青萍，又看看亚英，只是不住地笑。

这时，茶房又送来两小壶茶，青萍就问老师师母要吃什么点心。西门德借了桌上酒杯，笑道："我们来得最恰当不过，你两个人都把这酒喝了，把大典举行完毕，我们再谈话。"青萍便将一杯酒递给了亚英，笑道："当老师师母在这里，我们干了杯。"说着，自己也端起杯子来。亚英于是将杯子举起来，靠了鼻尖，由杯子上透过眼光去，向了她笑。她也就一般地举着杯子看看，然后相对着喝了，回过杯子口来照杯。

西门太太看着，只是笑不拢嘴。她一面提壶斟茶，一面向她先生道：

431

"我们恭贺这小两口儿一杯吧。"西门博士和太太做了一回小别，更现着亲热多了，太太的话没有不遵之理，立刻照样地斟着茶，夫妻双双举着茶杯，向区黄二人微笑。他们二人也自是举杯相陪。西门德笑道："恭祝你二位前途幸福无量！"大家喝了一口茶，放下杯子。西门太太道："我们来得真巧，迟不来，早不来，正遇到你们两人喝交杯酒的时候就来了。这一份儿巧，比中储蓄奖券的头奖还要难上万倍。"青萍提起西门太太面前的小茶壶，站起来向她杯子里斟着茶，笑道："师母，我敬你一杯茶，我敬领你的盛意了。"斟完了茶，坐下去，笑道："老师回来，我一句也不曾问候，似乎不大妥当，应该让我问候两句。"西门德点头笑道："你不用问，我已经替你带来了小意思，是百分之百的英国货，绝非冒牌子的。"说着在西服袋里摸出几样东西来，两手捧着交给了她。她看时，是一支自来水笔，两管口红，两瓶蔻丹，两盒胭脂膏。青萍看了看上面的英文，虽不大认得，伦敦制造那点儿意思，却还猜得出来，两手捧了在胸前靠了一靠，表示着欣慰感激的样子，笑嘻嘻地向他道："我谢谢了！可是我是想问问老师在仰光的情形，并非一开口就要向老师讨东西。"西门德道："我是跟我太太学的，还是坐飞机回来的。无论是来自香港，或来自海防，或来自仰光，总得向人家讨点儿化妆品。你还年轻呢，女人都是这样，你会是个例外？"亚英插嘴道："就是我也晓得，何况博士还是心理学家？"

这时茶房端了两个盘子送到桌上，一盘子是腊味拼盘，一盘子是鸭翅膀。西门太太一见，食指大动，也来不及用筷子，就右手两个指头钳了一截翅膀送到嘴里去咀嚼。亚英在桌子下面用脚轻轻踢了踢青萍两下腿，笑着向西门德道："博士是哪天到的？我老三呢？"博士道："我是前两天到昆明的，有点儿事情勾留了两天，昨天下午到了重庆。今天一早就由南岸过来。我正是要来告诉你亚杰的消息。他辛苦一点儿，押了车子回来，还有几天才能到，不过他不会白辛苦，将来车子到了，我们当然要大大地酬劳他一下。黄小姐，他带来的东西多，你要什么舶来品，可以让你挑。"

西门太太一连嚼了三截卤翅膀，又扶起筷子来在腊味拼盘里夹了两块卤肫咀嚼着，笑道："这是新出锅的卤味，好吃得很。黄小姐，你也爱吃这个？"青萍将嘴向亚英一努道："是他趁师母说话的时候，悄悄地叫茶房送来的。他就很知道师母爱吃这个。"西门德伸着手拍了两下亚英的肩膀笑道："小兄弟，你成！你虽没有学过心理学，我给你打上一百分了。"青萍笑道："老师还是谈谈仰光的事吧，我急于要知道。"西门德道："你还是要到仰光去运货呢，还是要到那里去度蜜月？"青萍毫不感到羞涩，点了头笑道："也许两者都有。"西门德道："那很好，不久我也许要再去一趟，可以事先给你们布置布置。"

西门太太两手都被鸭翅膀的卤汁弄脏了，她伸着十个指头合不拢来。博士立刻在西服的小口袋里抽出一条花绸手绢，塞到太太手里。黄小姐自信绝不肯小气的，但像西门老师这样拿了这样贵重的舶来品擦抹油腻，却还是做不到的事。心里这就想着，老师真阔绰了，这次由飞机飞回来，大概挣的钱不少，少是论百万，多也许上了千万。他若果发这样大的洋财，那么，和他同来的亚杰也不会少挣钱。区家那个清寒的境况，大概会有点儿变化了，便笑道："我有点儿事，恐怕要先走一步，今天下午我专程去拜访老师和师母。这一顿早点，请老师不必客气，由亚英会东。"西门太太见她说着话，已拿起桌角上的手提皮包，大有就走之意，便道："你们会东，我受了。可是你们刚刚订了婚，应该在一处多盘桓一会子，为什么你就要走开？"青萍拿了皮包，指着亚英道："我有事要走，他知道的。也就是为了刚才的事，下午我们再谈吧。"亚英倒不用她嘱咐，就点着头说："她真有事。"于是她和大家点个头先走了。亚英眼望到她走出了餐厅，却也追了出去。

西门太太摇着头，连连说了几声"奇怪，奇怪"。博士道："你觉得他们是不应当订婚的吗？"西门太太道："不是不应当，青萍什么有钱有势的人都不肯嫁，怎么会看上了亚英？就是看上了亚英也不稀奇，何以事前一点儿消息都没有透露出来？你只听她说，比我们来的以前早半小时，亚英也不晓得，这不是一件怪事吗？我早知道她的，她常是玩弄男人。她不会玩弄亚英吧？"

博士想再问两句话，亚英已是带了笑容大步子走回座位来。西门太太又将手指钳了一只鸭翅膀吃着，望了他微笑。博士笑道："二世兄，你很得意吧？这样一个美貌多才的小姐，重庆市上有多少呀！"亚英道："这实在是我出乎意料的事。照说，她不会看得起我，不过我有点儿自信的，就是我待人很诚恳。说什么就是什么，不说什么也不会做什么。"西门太太摇了摇头道："你这话有点儿靠不住。比如我并没有听到你说请我吃鸭翅膀，怎么会送了这两盘子东西到桌上来呢？"亚英道："那我是一番敬意。"她笑道："我也没有说你是恶意。这也不管他了。青萍是我学生，你是我老贤侄，我们没有不愿意你们合伙之理。只是你应当知道青萍这孩子调皮得很，你若是和她斗法，你落到她迷魂阵里，你还不知道是怎样落进去的呢。你说用诚恳的态度对付她，那是对的。只是怕你诚恳得不彻底，那就不好办。

依着我的意思，你最好到南岸我家里去，和我们做一次谈话。并非我们多管闲事，你不是请了我们做证明人来着吗？"

她的话是对亚英说的，可是她的眼光就望着了她丈夫。西门博士道："对的对的，我们要设法提早完成你们这件好事。青萍不是今天下午要到我那里去吗？你可以明天上午到我那里去，顺便算是接她回来。也不仅仅关于你的婚事，这一趟仰光，无论赚钱不赚钱，我跑出了许多见识，我们应当商量个在大后方永久生存的办法。据现在看来，抗战一时还不结束，我们知道什么时候能到故乡去吃老米？"亚英道："我正也有这点儿感想，那么，我一定去。"说着，伸出手来搔了两搔头发，呆了眼睛向西门夫妇笑道："最好请两位证明人把话说得婉转一点儿。"西门德伸了巴掌，只管拍他的肩膀笑道："你放一百廿四个心，我们决不耽误你的事。"

亚英大喜过望之后，心里也就想着青萍这次突然地答应订婚，实在有些不能理解。这件事像做个梦一样，未免解决得太容易了。他在喜欢之后，心里发生着疑问，就也很愿意有人从中敦促成功。这就想到天下事这样地巧，由仰光飞来一个博士，就在两人喝交杯酒那一分钟内来到。若是这证明人真可做个有力的证明的话，这不能不说是命里注定了的姻缘了。他在西门夫妇面前坐着，一直在想这段心事，他手上拿了一只空茶杯就只管转弄着。西门太太笑道："仙女都到手了，你还有什么事要出神的？"西门德笑道："这叫作踌躇满志，也叫既得之，患失之。"亚英也就哈哈一笑。

这时，西门夫妇在一个发洋财的阶段中，自然是十分高兴。亚英这份滋味，比发洋财还要高兴，也是在脸上绷不住笑容。他觉得应当到几个极关切的地方去把这喜讯透露一下，但是立刻就想到这喜讯应当先向哪一方透露，最后想到黄小姐是不愿声张的，正不知她葫芦里卖着什么药，若是糊里糊涂把这事公开出来，把事情弄僵了，倒叫自己下不了台。他心里来回想着，倒把自己难住了，不知向哪里去好。西门太太有这碟卤鸭翅膀放在面前，她也是越嚼越有味，简直坐着忘了走，还是博士提议要去买几张后天票友大会中的荣誉券，方才尽欢而散。

亚英会过东，走出餐馆，站在街边人行路上，觉得街面都加宽了几尺，为什么有了这样的感觉，自己也是说不出来。看到路上的车辆行人像流水般来往，心里也就想着在重庆的人全是这样忙，那都为着什么？自己好像是另外一个世界的人，今天特别悠闲。其实说，今天悠闲吗？心里却又像搁住了一件事似的，老忙着，不知道怎样是好。既然是身子闲着，心里忙着，到哪里去也是坐不定，索性去连看日夜两场电影。他把一天的光阴这样消磨着，晚上回到旅馆里去安歇时，人已经疲劳不堪，展开被褥来睡觉，却比任何一次睡得安稳，直睡到次日天色大亮方才醒来。

这天是有事情可做的，西门德先生约了去谈话，尤其是第一次荣任迎接未婚妻的专使，感到特别兴奋。他漱口洗脸之后，早点也不吃就过江来。西门公馆的路线早已打听得很明白，顺了方向走去，远远看到山半腰万绿丛中一幢牙黄色砖墙的洋楼，有人指点就是那里。心里先就想着：原来西门德住在南岸有这样好的地方，怪不得他家老早闹着房屋纠纷，而他并没有搬走的意思了。心里想着，便望了那里，顺着山坡一步一步走去。却听到身后有吆喝着的声音跟了过来，回头看时，有四五个脚夫，挑着盆景的茶花，闪着竹扁担，满头是汗。因为那花本有三四尺高，花盆子也就很大，所以挑着的人非常感到吃力。有个白发老头子，肩上扛了大半口袋米，也杂在挑子缝里走，他似乎有点儿吃力，闪在路边站定，将米口袋放在崖石上，掀起破蓝布衣襟，擦着头上的汗珠。他望了挑花盆的人，叹口气道："这年头儿，别说困难当头，有人苦似黄连，也真有人甜似蜜，真有这大劲头子，把这样整大盆的花向山上挑，我就出不起这份力钱，找个夫子给扛一扛米。"亚英听他说的是一口北方话，倒引起了注意，便也站住了脚，向他看了一眼。这位老人家也许是一肚子苦闷胀得太饱了，简直是一触即发，却手摸了小八字须，向亚英点了个头道："我说的倒是真话，有钱人花的钱还不都是苦人头上榨出来的。譬如说，我这口袋里的米吧，若不是囤粮食的主儿死命地扒着不肯放，哪会涨到这个样儿？我们现在第一项受不了的开支，就是买米吃，为了在米上打主意，什么法儿都想尽了。"

亚英见老人家这样和他说话，又看到他一大把年纪扛了米爬坡，这情形很够同情，便道："老人家，你是北方人吗？"他点着头道："谈起来，路有天高，黑龙江人，亡了省啦。这么大岁数，真不知道有老命回去没有。两个孩子都是公务员，他们来了，扶老携幼的，大家也就全来了四川。一家十几口，分的平价米就不够吃，就是这不够吃的米，还得渡了江又爬山，才能背了回去。"亚英道："府上还很远吗？"老人摇摇头道："谈什么府上？上面山窝里一架小茅棚儿就是。我左右对面的邻居，倒全是财神爷，人比着人真难过。你不看见刚才挑茶花上去吗？这就是一位新财神爷买的。他前儿个才由天上飞回来，一趟仰光，大概挣下好几百万，钱多了没法儿花，把这些不能吃，又不能喝的玩意儿挑回去，有这个钱，帮帮穷人的忙多好！"他说着不住地摇头，手提了口袋梢纽着的布疙疸颠了两颠。亚英道："老先生，我们同路，这小口袋我替你背一肩吧。"老人听着，向他身上穿的海勃绒大衣看了看笑道："那怎么敢当。"亚英道："没关系，年轻的人出点儿力气，只当运动运动。"说着，也不征求老人同意，把那一袋米提了过来，就扛在肩上。

这老人正反也是提不动，既有这样的好人和他帮忙，也就无须过于客气，便跟随在后面道："那我真是感激万分。这世界上到底还是好人不少。"亚英一直把米袋提到山垭口上，要分路向西门德家去，才交还那老人。他走的这条路，也就是那挑茶花人走的路。这才晓得老人说由仰光飞回来的新财神爷，就指的是西门德。心想他前天才回来，怎么招摇得附近邻居都知道他发财了？这事未免与他不利。就这样想时，四个人由后面赶上来，前面两个是挑着食盒，上有字写明了"五湖春餐馆"，其后两个人却抬了一张圆桌面，并不有点儿踌躇，径直地走向西门德住的那楼房里去。他想，这个样子是他们要大请其客了。这倒是自己来得不巧，好在是博士约的，总不会来得唐突。这样想着，也就坦然地走进西门公馆。果然的，楼下院坝子里摆了满地的盆景。西门太太手里抓了一大把纸包糖果，靠在楼栏杆边望了楼下面几个脚夫安排花盆，嘴唇动着，自然在咀嚼糖果。一个女用人提了一只完整的火腿，正向楼下走。西门博士手里夹着半截雪茄，指点她道："你先切一块来，用热水洗干净了，再用盆子盛着蒸，蒸熟了，再细切。"说时一回头看到亚英，招招手笑道："快来吧，我有好咖啡，马上熬了来喝。并且预备下火腿三明治，这样早，你没有吃早点吧？黄小姐昨晚睡在这里，现在还没有起床呢。"

亚英一面上楼，一面就想着，只看他这份儿小享受，由仰光飞回来，比由重庆坐长途汽车出去的时候，大为不同，这怎能不叫人想做进出口商人呢？他一面想着，一面向楼上走。这楼梯今天也开了光，洗刷得干净。由最下一层起，铺着麻索织的地毯，直到楼廊上，因之人走进来，并没有一点儿声音。他们家那个刘嫂，也是喜气迎人地向下走，两手捧了一个咖啡罐子。她把左手的长袖卷起了一截，展出新戴着的一只手表。看见亚英，便抬起手来看了看表，笑道："才八点多钟，来得好早。"亚英心里十分明白她这句话的意思，也只有报之一笑。

第三十章

钱　魔

在这个时候，西门夫妇都有点儿纸醉金迷，他们完全不曾理会别人对他们有所注意。西门德博士正自高兴着，在楼廊上踱来踱去，嘴角上抑止不住那分得意的笑容。看到亚英上来，立刻抢上前握着他的手，紧紧地摇撼了一阵，笑道："恭喜恭喜！我们昨天晚上和青萍谈了两小时，她说她这样归宿是很好的。不过谈完之后，你师母——哦！不，我说错了。她的师母，又拉着打了八圈牌，这显着有点儿矛盾。"西门太太还是靠了栏杆在咀嚼糖果，这就接嘴道："这有什么矛盾？我赞成青萍和亚英订婚，也并不为了这事就劝青萍戒赌，你别以为这一趟仰光是颇有收获，可是大部分的力量，是由我出的。"博士对于夫人无话可说，拉着亚英的手道："我们到屋子里去谈吧。"

亚英随他到屋子里，心里又不免动了一动。原来这里除了有三张崭新的花绒面沙发而外，楼板上铺的地毯也是新的，新得上面没有一点儿灰迹。照这样子看来，也必是昨天购办的新家具。他只管坐下来东张西望的，脑子里却不住地想，博士这一趟生意纵然很好，一来是货在途中，二来带回来的是货而不是钱，究竟是赚是赔，如今还不能确定，何以他到家之后，就这样大肆铺张？如今买一套沙发，非家有百万的人家就当考量。他难道有了几百万，或千万的家财吗？

西门博士根本没有注意亚英在想什么，口里衔了半截雪茄，很高兴地架了腿，坐在新置的沙发上，喷了一口烟，将手指夹了雪茄，指着亚英道："你预备什么时候结婚？"说着，他走过来，同在这张沙发上坐了。将夹着雪茄的手，掩了半边嘴，将头靠近了他的肩膀，对着他的耳朵低声笑

437

道："这种事情类似打铁，趁热订了婚，就当趁热结婚，不可冷了。铁出了炉，被风一吹，就会冷的，冷了的铁，可不好打。"

亚英原是一头高兴地前来，忽然听到了这话，倒是很有些惊异，望了他道："她昨晚另外有什么表示吗？"西门德拍了他的肩膀笑道："那倒没有，你可以放心。古人说得好，女大十八变，由我看来，倒不光是在相貌上而论。小姐的心理，也是时时刻刻有变化的。"亚英见他是以心理学家的资格来说话，这就坦然得多，便笑道："博士这样看法，那自然是对的。不过在我个人，觉得是受了一个闪电战的袭击。"西门德又拍了他的肩膀，笑道："你这是其词若有憾焉，其实乃深喜之。哪一个青年人不希望有这个闪电的袭击呢？就说是我……"说着他伸头向门外面看了看，低声笑道："我就希望有这么一个闪电式的袭击，可是就没有人来袭击我这老牛。喂！老弟台，你快有家眷了，以后当谋所以养家之道。你现在虽然也会经营商业，我看那小凑合究竟不是远大的计划。现在我们经手的这一批车辆和货物，自然可以挣一笔钱，我打算把这一笔钱办点儿货出口，再向仰光跑一趟，你看如何？我们现在应当把握一笔钱，到了战后，经营一点儿实业。抗战把大家抗苦了，战后我们有事业可以好好享受一下，来补偿补偿这个损失。我觉得我这个打算，是应该有的。尤其是世兄有了这样一个如花似玉的夫人，战后不能不有一个完美的家庭来配合。不然的话，将一盆鲜花供养在黄土墙茅草盖的屋子里，那究竟欠妥。"亚英笑道："这样说，我得大大地去努力。可是我哪里去找一笔本钱呢？"西门德夹了雪茄的右手一拍架起来的大腿，笑道："有呀！你根本就有呀！令弟这一次回来，所得的将不下于我所得的。"

正说到这里，西门太太拿了一张发票进来，挥着向先生一照，笑着说了两个字："要钱！"西门德接过发票来看了一看，点头道："付现给他吧。"西门太太道："还付现吗？那三十来万元快花光了。"博士道："那么，我就开张支票。"说着在衣袋里掏出了支票簿，伏在写字台上开了张支票，又在另一个衣袋里掏出图章来盖了，立刻将支票交给太太，好像花这笔钱全不必加以考虑。亚英心里想着，真是发了财回来了，毫不在乎。但是他挣了多少钱回来，这样狂花呢？顺带着这一个问题，便是西门博士坐飞机回来，所带的货有限，纵然是贵重的珍品，也不能一到重庆就换出了钱来。就说他根本带了钱回来，他是做进口生意，又不是做出口生意，只有带了钱出去办货，哪有带钱回来之理？好在和博士是极熟的人，有什么话要说，也不必十分顾忌，便笑问道："这样子看来，博士回家来，两三天用的钱不少了。在昆明就卖脱一批货吗？"

博士衔着雪茄喷出一口烟来，点头笑道："你这话问得很中肯，我当然不能由飞机上带现款回来，可是……"他又吸一口烟，接着道："可是那也没有一定。我告诉你一件奇事，运气来了，也是门板都挡不住。我们上次到宛町的时候，有令弟熟识的一个商人带了一些川货出去，如虫草、白木耳之类。但他接了家里的急电，有极重要的事叫他回家。他就照血本算价，把货让给了我们，而且知道我们没有现款，就写一张字据，由我们在重庆付款。我们自得一批货，在仰光遇到广东商人，卖得很好，而且得了这位广东商人帮忙，我竟是带了一批卢比现钞回来，到了重庆，你想这东西还怕换不到法币吗？"亚英道："在仰光带现钞出境，是不大容易的事吧？"博士笑道："重庆市上卢比现钞也有的是吧？别人有法子运进来，我们自然也有法子运进来。这笔钱，总算是意外财喜。这事情让我这夫人知道了，她哪肯放松？这样也买，那样也置，忙得她一塌糊涂。"亚英道："是一个很大的数目吗？"西门德口里衔着雪茄，微笑了一笑。

偏是西门太太在门外听到了这句话，便插嘴笑道："你先不忙打听数目，等亚杰回来，他自然会告诉你。你若是差着什么结婚费的话，那不成问题，我们可以帮你一点儿小忙。"说着，她走了进来，架腿在对面沙发上坐下，向了亚英笑问道："据人说钻石的价值最稳定，到了战后，别的东西价目或者不免波动，钻石的价格绝不会跌落，这话是吗？我又不便问生人，怕人家笑我外行。"亚英道："那么，西门太太打算收藏一点儿了。是打算要项圈呢，还是打算要戒指呢？"西门太太笑道："钻石项圈，中国找得出几个人佩戴那东西？弄一只戒指玩玩，那就很可以了。等货到了，变出钱来，我是想买一个。"她说这话时，眼睛可望了丈夫，略略带了三分生气的样子，将手点着他道："你又该说什么奢侈了，浪费了，银钱生不带来，死不带去，有钱不花干什么？你总脱不了那股子寒酸气。"西门德笑道："我又没作声，你怎么先说我不赞成呢？"她道："我看你那样子，就有几分不赞成。"西门博士不能怎样辩护，只是微笑。

西门太太向亚英道："现在你订了婚，应该回家去和老太爷老太太报告一声了。你打算几时回去？"亚英没想到她把问题一转，又转到自己身上来，因笑道："我自然应该回去一次，不过什么时候回去还没有决定。"西门太太道："你若是回去的话，我奉托你一件事，我觉得你府上那个环境很不错。我也想在那附近找一块地皮，盖一所自己所愿意住的房子。"亚英道："你们这房子不是很好吗？"她道："我们在这里受尽了房东的冤枉气，自从温家二奶奶到这里来以后，接着又是我们博士出国，我也不知道他有什么事要联络我们，总算态度变了。可是我总觉住得不舒服，我有钱自己盖房子住，永远不会有人来轰我了。"

西门博士衔了雪茄，架了腿坐在沙发上，听她的话，这就情不自禁地两手一拍，叫了一声"好"。那衔的大半截雪茄，却卜突落在地上，但他并不去管它。亚英立刻弯腰下去，把那截雪茄拾了起来。西门德还不等递过来，笑道："算了，不要它了。"亚英看那雪茄落在干净的楼板上，并没有沾上什么灰尘，倒不想到他就嫌脏了。记得当初同住一幢房子的楼上与楼下时，西门博士买那一角钱两三支的土雪茄吸，由楼廊栏杆边落到楼下石阶上，还亲自下楼来捡了去呢。亚英这样想着，脸上有点儿犹疑。心理学博士还有个看不出来的吗？便立刻回转身，走到里面屋子去，捧出一木盒子雪茄来，双手捧着送到亚英面前，笑道："来一根，来一根，倒是真正的外国货。"西门太太道："他吸纸烟，他不吸雪茄。二先生，我也要送你一点儿礼，送你一条纸烟吧。"

亚英看他夫妻这样客气，明知道是为了遮掩那份儿失态。但他两人究竟是长辈一流，纵然有一点儿失态，自也只有忍耐着。于是把手里那半截雪茄扔了，顺手取了一支整雪茄看了看，雪茄中间圈的那个纸套上面，有英文字母，便点头道："大概价钱不小吧？"博士笑道："在加尔各答，那不算什么，反正也花不了一个卢比。"说话时，西门太太已由里面屋子取出一个银套嵌绿心的打火机来，她打着火送到亚英面前来，笑道："连盒子带火，都送给你了。"

亚英道谢后点了烟，因笑道："这东西送给我，得让我多一件事去求人。"西门太太道："我晓得，你是说不容易找到汽油了。这件事不成问题，我打算买一部小座车，有车子就有油，我也不光是要享受，有钱囤交通工具，也是生财之道。老德他在昆明就听了一个奇怪消息，有人囤了大小车子一千多辆，那还了得，就算这消息夸张一点儿，打一对折，这资产的数目也很可惊人了。老德这次由仰光回来，在车子中间，可以留下一两部卡车的话，我主张不卖出去，我们坐着到郊外去玩玩也好，给人运运货也好，几个月下来，怕不是个本钱对倍。"说到这里，却听到有人接嘴道："我师母现在成了个老生意经，眼里所看到的东西，全是货品了。"

说着，黄青萍由外面进来。她身上穿了枣红色丝绒的晨衣，拦腰将绒带子打了个大大的蝴蝶结子，头发将根红辫带子扎了个脑圈。光着白脚，踏了双红绒拖鞋。那雪白的皮肤，被大红色托着，格外娇嫩。亚英是带着几分吃惊的样子，口里有个咦字不曾说出来，笑着欠了欠身。西门太太笑道："人家真是奉命唯谨，早就来了，你洗过脸了吗？"青萍道："谢谢，一切都由刘嫂招待着。"西门太太道："我的化妆品虽不高明，凑合着也可以用，不过你不化妆，这样睡眼惺忪，也就够美的了。我说亚英，你是几生修到有这样一位美丽的小姐做终身伴侣？你看她穿什么行头，就怎样好看，而她也就有这些行头。她到我这里来一趟，还把她的睡衣拖鞋带着，你若不造一所金屋，怎样藏下这位好小姐？"

亚英看到青萍这番装束，本来心里就一动，再听了西门太太的话，简直和博士所说一样，莫非青萍曾有什么表示，说区家太穷了？的确，她怎样能到南岸来住？还把……他还没有想下去，博士已在他脸上看到犹豫之色了，因笑着摇了两摇手道："别听她开玩笑。青萍是怎么一个调皮的孩子，她肯到老师家里来弄这些排场？我和太太买了三套睡衣睡鞋，颇蒙奖赏，昨晚一样一样地拿给青萍看了，她闹了个爱不忍释，我太太就送了这么一套，她还不是孩子喜欢新鲜的脾气？昨晚上就试新了。"青萍听老师解释，只是不住地手理着耳鬓边的乱发，抿了嘴微笑，亚英道："那真该谢谢了。博士千山万水，带来给太太的三套睡衣，我们就分去三分之一。"西门太太笑道："好响的'我们'两字。"亚英和青萍也就都相视而笑。这样一来，才把西门德那个失态的事件牵扯过去。

青萍向亚英道："你就先回去吧，师母今天中午请客，留我在这里陪客，这一桌全是女宾，可容纳不了你。"亚英道："我不吃饭，在这里等着你也不要紧。"西门德笑道："那差使也太苦了，女客来了，我也是坐不住的，我陪你过江去。"西门太太将嘴一撇道："一张纸画了个鼻子，你好大的面子。人家迎接未婚夫人，连饭都可以不吃，你太太请客，你要躲出去。"青萍笑道："留老师在家里干什么呢？给来客斟酒？"西门太太道："我若不怕教坏了你，我就这样办。"博士突然站起来，伸了三个指头，比着额角行了个童子军礼，笑道："太太，你这句话说得我最是舒服。你也承认这是一件坏事了。"西门太太笑着，没说什么，却是指了他的脸，嗤上一声。亚英想着，自从认识西门夫妇以来，没有看过他老两口儿这样耍过滑头，在年轻的晚辈面前，这样打情骂俏，那还是第一次。大概这就为了有了几个钱吧？他心里想着，望了青萍，她也忍不住笑，扭转身向屋里走，说声："我洗脸去。"

等着她梳妆出来，桌上放了一玻璃碟子方块糖。刘嫂提来了一把咖啡壶，向几个白瓷杯子里斟着带了热气的咖啡。另一只大瓷盘子，放着去了面包皮，切成薄片的面包块。相反的一只较小的瓷盘子里面，却堆满了极厚的宣威火腿片。西门太太首先将两个指头钳了一片火腿，送到嘴里咀嚼着，随手又取了两片面包，一片火腿，卷夹好了交给青萍道："黄小姐，你尝尝，火腿是真宣威货。我的手是干净的。"青萍将手伸来接着。西门太太道："你别拿手接，我送到你口里。孩子，我们娘儿俩多亲热亲热。"说着，把火腿面包送到青萍嘴里，青萍也只好笑嘻嘻地吃了。西门太太又钳着糖块，向咖啡杯子里陆续放着，笑道："咖啡是真咖啡，糖也是真太古糖，就是有点儿缺憾……"亚英笑道："缺少好新鲜牛奶。"她摇摇头道："不，我不喜欢在咖啡里面放牛奶，那样把咖啡的香味都改掉了。我觉得我们用的家具不够劲，杯子不像喝咖啡的杯子，糖罐子没有夹糖的银夹子。喂！老德，我想起一件事，前两天我在拍卖行看到几套吃西餐的家具，几时去买了来？"

西门德并不答话，西门太太也不追问。她只是陆续地放糖，陆续地端着咖啡杯子，送到各人面前，也许是西门博士那个童子军礼行得她满意，她也捧了一杯咖啡，送到他面前。他放下手上的雪茄，两手捧住杯碟，弯了腰笑道："谢谢。"说着回过头来向青萍笑道："这一点你得学着我们，这就叫相敬如宾吧。"青萍已坐在桌子边喝咖啡，偏过头来向亚英道："我看老师和师母都十分高兴。"亚英是坐在旁边椅子上，手捧了咖啡杯子的，这就立刻放下杯子，在茶几上起了一起身，垂着两手点着头，道了一个"是"字。青萍正喝了一口咖啡，笑着一偏头，将咖啡喷了满楼板。亚英倒不怎么介意似的，很自然地坐下去喝咖啡。

西门太太站在桌子角边，正将面包夹了一片火腿，于是拿了火腿面包，做个要掷打的样子，笑道："你这小鬼头，还来和老长辈开玩笑，我把面包砸到咖啡里去，溅你一脸的水。"西门德两手捧着茶杯，也是笑着抖颤。青萍在身上掏出了一块手绢，擦抹了嘴唇，笑道："今天大家真是高兴。老师这样地高兴，我虽不是第一次看见，可是老师和师母同样地高兴，我倒是第一次看见。"西门太太嚼着火腿面包，因点头道："我坦白承认，的确是这样。可是我们高兴，还能比你们小两口儿高兴吗？不过你们不说出来就是了。"

亚英坐在一边，心里想着，像这老两口儿一二十年的夫妻，又在这抗战期间共过患难，生活还有什么不能相处得融合的？而他们还必须大大地发了一笔财，才能够有说有笑。以黄青萍的人世阅历而论，她尽管比西门太太年轻得多，可是她所经验过的人生享受，可比西门太太够劲。若是要叫她像西门太太这样高兴得发狂，那真非千百万不可。自己有这个能力

442

吗？他端了咖啡杯碟，将茶匙慢慢舀着喝，脸色呆定着，举动也一下比一下迟钝。

西门太太看了他的样子，却不免发生了误会，因望着他笑道："你放心，我们不会把你的未婚夫人吞吃下去的。老德，你就陪他出去散散步吧。这两天，重庆跑到南岸，南岸跑到重庆，一天来回五六次，紧张得不得了，也可以轻松一下了。"西门德笑笑。亚英点了头道："好的，我奉陪博士出去走一趟，领教领教。"西门太太听了这话，立刻两手撑了桌沿，伏下身子去，将口对了青萍的耳朵叽里咕噜了一阵。说话的时候，可把眼睛望了西门德。青萍听了她说，又是哧的一声笑了。博士看了这个样子，心里也就想着，太太是个中年人了，你看她这样搔首弄姿，简直要和青春少女争上一日短长，这似乎有点儿过分吧？可是他心里虽如此想着，面孔上不敢做丝毫表示，但又立刻想着，这样的举动，让亚英看着究是不妥。于是在用过了早点之后，就约着亚英一路出去散步。

青萍虽是不爱乡居的一位姑娘，她在这两天看到西门德夫妇高兴得有些过分，心里也就想着，老师还有大批的货物没有运来，真不知道还有些什么生意要做。在这地方多看看，与自己总是有好处的。西门太太呢，自己感觉到有些不能掌握自己的神经，青萍在这里可以热闹些。已往是三天不见温二奶奶，心里就不大安帖，总怕会把这个有钱的好朋友失掉了。现在不解是何意思，对于这层已毫不关心。所以自己在家里宽心请客，并不想过江去。就以所请的这些客人而论，也十分捧场。原约的时间是十二点钟，然而十一点钟刚过，这些朋友都来了。这些人里面，十分之七八是牌友，其余也是平常说得很投机的。这里只有一位高等公务员的太太，其余各位太太的先生，不是在银行里办事的，便是在公司里当职务的，她们耳濡目染，对人生另有一种看法。西门博士从仰光回来，他太太大请其客，这也正是各人所羡慕的，所以也都来了。这些人到了之后，牌角齐全，自不能坐着等饭吃。因之主妇就预备了两桌牌请大家消遣。来的客人一共七位，加上青萍一个，正好凑足两桌。外面的堂屋和书房各安顿了一场牌。

西门太太是不断地在两间屋子里进进出出，招待客人。有时自也站在牌友后面看上两牌。她在看到人家和个万子一条清龙的时候，忽然有个感想：从前人家打牌一万号叫财神，九万叫大财神，若是论到九万元就可以称大财神的话，那自己是不知道已赛过这大财神多少倍了。这样想了，她就不能放下心去看牌，悄悄地走回卧室里去，先掩上了房门，然后把箱子打开，将几家银行里的存折都拿着从头到尾将数目字看了一遍，心里一面计算着数字，一面又想着：纵不利用这些钱去做生意，就是拿去存比期，也可以有个相当的子金数目。心里这样想得高兴，这几个银行存折，也越看越有味，便拿了躺在床上，再看着细细地计算一番。想到许多数字是卢比票子换来的，便想到西门先生带回来的几张卢比，颇也有趣。还有那个小金元宝，拿来做个装饰品，也是重庆市上少见的东西。心里这样想着，这就不免再去打开箱子来玩弄赏鉴一番。

刚打开箱子，把卢比票子拿到手上，便听到黄小姐在隔壁屋子里叫道："师母，快来快来，你看我这牌！"西门太太因她叫得太急，便随手盖拢了箱子，立刻跑到外面屋子来看时，青萍还没有取牌，而手上的牌就听了。不过听的是边三筒，比较难和一点儿。她手扶了十三张牌，回转头来笑问道："我报听不报听？"西门太太笑道："为什么不报听？你若是自摸了，加上门前清，不求人，缺一门，你也满了。你趁着这几天的十二分喜气，没有个不能和的。"青萍听了这话，果然按下牌报听，可是牌转了六七个圈子，始终没有三筒出现。西门太太急得了不得，眼望了桌上的牌不肯离开，直等她这牌居然和了个满贯，她才笑嘻嘻地进房去。这才想着，自己太大意，把那些银行存款折子都弄在床上，不曾收起来，若是让别人看了去了，却是犯了"财不露白"这一条款。赶忙爬到床上，要把这些折子收起来。可是向满床一看，并没有一个银行存折。掀开被来，掀开枕头来，依然没有。她想落在床底下了吗？爬在楼板上，伸着头向底下看去，还是没有。

她坐在床沿上，呆呆地想了一下，这就奇怪了，进这屋子，非由外面屋子穿过不可，许多人打牌，并没有看到有一个人进来，莫非有人由楼窗子里爬进来不成？于是爬到窗子边，手扶了窗口探头向窗外的墙角看去。这下面是个小山坡，相距窗口很远，不会有人爬得进来。其他一面的窗子，却是玻璃窗，关得紧紧的，更不会有人进得来。她这就想着，这事真奇怪，难道这几个存折会飞去不成？她坐在床上沉沉地想，究竟想不出来这几个银行存折，是怎样丢去了的。想来想去，觉得还是把这些东西丢在床上，于是二次掀开被褥，重新再找一遍，但依然还是没有。这就想着，这必定是人家拿了去了无疑，虽然所有的存折都是往来账，另有支票拿钱，然而这些东西都落到人家手上去了，那究竟是个麻烦。还是看支票簿子在箱子里没有，若是支票簿也丢了，那才糟糕呢！

这样想着，她才起身去开箱子。她手触着箱子盖的时候，见箱盖虽然合上的，却是不曾锁，她大大地吓了一跳，脊梁上冒出一阵汗，立刻掀开箱盖来，见所有几个存折和几张卢比票子，都放在衣服上面。这不由她自己不扑哧一声地笑了出来。自己忙了半天，原来是自己送到箱里了。记性真坏，一转身的事情就不记得了。于是她把东西重新检点一番，并没有什么遗失，才放下了这颗心，将箱盖关着，把扣在纽扣上的一把钥匙取下将锁锁好。但她立刻想着，不要匆匆忙忙，开得箱子太急，又把什么东西遗落在外面，便将钥匙开了锁，第二次打开箱子再检点一遍，才安心将箱子盖好。

这时，那位也是在得意情景中的黄小姐却又在叫喊了，她道："师母，快来快来，我这手牌起得更要好，快来看！快来看！"西门太太口里虽然答应着，但是她心里可在想着，不要又为了看牌，自己再发一回神经病，还是坐在床上对箱子看着出了一会儿神，方才走出去，站在黄小姐身后看她的牌，并没有神奇之处，因笑道："哪里有什么再好的牌？若是比那牌还好，你一起上手就该和了。"青萍笑道："我不骗你，你怎会出来？外面牌打得这样热闹，你一个人躲在房间里干什么？在那里数钞票吗？"西门太太觉得这话说中了她的心病，红了脸，感到不好怎样子去回答。牌桌上一位张太太就代她答复了，笑道："这个日子数钞票，那是纸烟店小杂货店老板的苦买卖。发了财的人，如今是不看钞票的。至多看看美钞，或卢比，那就了不起了。"这话又说中了西门太太的病。她想着，难道我在屋子里的举动，她们都看到了？以后自己要慎重一点儿，不要一举一动都让她们看见了。她心里这样犹豫着，自然没有把话说下去，只是怔怔地看了桌上的牌。打牌的人，自是不会把闲话当了正题，说完也就算了。

西门太太将牌看了半圈，不知何故兀自站立不住，搬了一把椅子放在青萍后面，也只坐了五分钟，又离开了。她首先是到厨房里去，看看这酒席做得怎样了。可是她在厨房门口站站，见酒馆厨子的上下手正在忙乱着。她想，这是不便再搅乱人家，便远远地站住。但她看到自己家里的用人也在厨房里进出参观，她想着自己倘若走进厨房，有些不成体统。有钱的太太温二奶奶就是个例子，她几时到厨房里去过呢？自今以后，要端出一点儿阔太太的排场来才好。要不然，就不能和自己手上那些钱相配合了。她这一转念，立刻感到不能再站一秒钟，便回身出来。她经过楼下的走廊，看到院子里陈设的那些新运到的花木，猛然间引起了自己的兴趣。她想着，钱实在是好东西。有了钱，一座荒山，不难立刻变成一片森林。我们这位博士，从前就胡扯过一些什么清高淡泊的话，人家也相信了，对他那种扯淡的话，乱恭维一阵。若真是照着他们那种恭维话干下去，我们还能在重庆住这样好的洋房子吗？你看，这位房东钱太太，以前多么厉害，恨不得我们立刻搬出去，如今不但欢迎我们住着，还让我们整个院子都占了。

于是她一面想着，一面走到茶花盆边，就近看那茶花，红是红，白是白，开得那么鲜艳，就随手摘了一朵，送到鼻子边嗅了一嗅。她这又有了一个感想了，从前在花摊子上看到卖茶花，随便买上一枝，拿回来一看却是假的。原来是一朵花插在一枝冬青树的枝上，并非生长在上面的，就想着什么时候，自己也买盆鲜茶花，放在家里摆摆。如今不但可以买一盆，而且买了几十盆放在这里，这不都是有钱的好处吗？以后我们博士再要翻几个身的话，凭现在的资本，那数目就可观了。她想到这里，只管将花在鼻子尖触动着，不住地微微发笑。正好青萍由楼上跑下来，遥远地看到她一人呆站在这里发笑，就走向前来挽住她一只手道："师母，你真是高兴，怎么一个人在这里发笑？"西门太太将这朵茶花塞在她纽扣眼里，笑道："这样就更漂亮了，亚英的魂魄都会被你吸引去了。"青萍笑道："不知怎么着，这两天我看到师母也是格外漂亮了。"西门太太伸了手，轻轻在她脸腮上掏了一下，笑道："你这小鬼头，打趣我。"青萍道："我并非打趣师母，这是真话。有道是人逢喜事精神爽，精神好，自然就显着年轻了。"

西门太太笑道："这句话你又是自己替你自己说了。你才有喜事，我有什么喜事呢？我问你，你也是太高兴了吧？好好地放着牌不打，跑下楼来干什么？"青萍笑道："师母猜猜，我下来做什么？"西门太太道："那必定是钱输光了，那要什么紧，无论输多少，我回头给你付款就是了。"青萍道："这个自不成问题。你看桌上都是些生人，欠账总不大好，昨天我想着，到老师这里来，用不着带钱，所以……"西门太太不等她说完，抢着道："这还成问题吗？"口里说着，手就伸到腰里去掏钱，顺手带出来就是一大叠十元关金票子。她不但不数，而且还是不看，就塞到黄小姐手上道："你先拿去输，输完了，我再上楼拿给你。"青萍接了钱，自不免问是多少。西门太太笑道："你没有听到刚才张太太说过吗？现在数钞票是小纸烟店里老板的苦买卖，你现在就花我几个钱，我也不能去计较，何况你也不会花我的钱。你拿了我的钱，你还会少还了我吗？去吧去吧，别耽误你的好牌。"说着两手扶了她的肩膀，轻轻向前推着。

青萍虽是走去了，心里可就想着，这位太太虽是向来有点儿马虎，但是在银钱上却不肯随便。看她这两天的情形，简直是不知道有了钱怎样去花，不知道究竟发了多大的财？青萍心里想着，在走上楼梯半中间，还回头向西门太太微微地笑了一笑。这一笑，西门太太受着以后，感到有点儿讥讽的意味，便追上两步问道："黄小姐，你要向我说什么？"青萍答道："不说什么，上楼来看牌吧。"说着话，她已走尽楼梯上楼了。

西门太太这就想着，这家伙是个人精，眉毛会笑，眼睛会说话，到了她真向人笑，真正向人说话的时候，那意思就要更深一层，你得在笑和说话以外，细心去揣度她的意思。西门太太跟着青萍走去，扶了栏杆，走一步，慢一步，最后她就站在半楼梯当中，看了院墙外面露出来的一带青山影子，只管出神。在站了十几分钟之后，牌场上的笑声把她惊悟过来了。她忽然想着，我是在这里做什么的？上不上，下不下，站在楼梯正中。今天家里这样多的客，自己不要太不能镇静了。这附近的邻居大概都知道我家发了财，这必须要装着像往常过日子一样，方才免得人家议论。别人对我的看法怎么样我还不知道，若以亚英和青萍的言语看起来，好像是嫌着我有点儿兴奋得过火。那么，自己还是持重点儿的好。

这样想着，她立刻就觉得鞋子上像加了两块铁板，步子固然是移动得慢，而且整个身子也像搬移不动似的。这时内外两间招待客人的屋子，正为麻雀牌的酣战空气所笼罩，却没有人注意她的样子。她在每个人的后面，略站一站，或者参加一点儿发牌的意见。有时也坐在人家身后，燃上一支纸烟，两个指头夹着放在新涂着英国口红的嘴唇里，抿上几秒钟，便喷出一口烟来。那烟还真是像放箭一般地射着，觉得这才可以表示她心里没事，而表面也甚为悠闲。其实她这份悠闲，是她感觉如此。她始终没有在哪一位牌友后面看过两牌。在差不多把两桌牌友的牌都看过以后，她又发生了一个新的感想，平常看牌，只是一个人永久坐定，也不过偶然调换一下位置而已。这时这样走马灯似的走着，不又失了常态吗？她这样一想，便耐心坐在青萍后面看了两牌。但她心里却在计划着，她新得的资金要怎样去运用。她觉得暂留一个整数，交给博士去经营，而可以提出一笔款子来置地造房。这款子应该是二十万呢，还是三十万呢？以当前的物价情形而论，二十万元足够造一幢精致的洋房。但是屋子里面的陈设要阔气一点儿才好，那么还是三十万吧。她心里下了决断，是用去三十万，而口中也就情不自禁地喊出来三十万。正好青萍手上在做筒子条子的缺一门，见万子就打，恰恰打出一张八万，而她又并没有作声。西门太太所说的这句三十万，好像是代她发言了，牌桌子上的人都不免惊讶起来，三十万，哪里有这样的怪麻雀牌？大家全是这样疑问着，不约而同向黄小姐和西门太太两个人望着。

黄小姐始而还不理会，及至大家望了她，这才想起来了是个笑话，因回头望了西门太太道："师母，这是你教我打的牌吗？哪里有三十万的一张呢？"西门太太被她坦率地一问，才知道两件事误打误撞混到了一处，笑道："你打了一张八万、一张七万、一张三万，共合起来……"她一面说着，一面想着，才发觉这个算法不对，七八一十五，加三共是一十八万，二十万还不满，怎么会是三十万呢。便接着笑道："我也不过随便地这样夸张一下，谁还仔细地算着吗？"还是那个喜欢说话的张太太道："黄小姐，你跟着你发财的师母学学吧。银行里存款的数目字越来越大，眼面前一切用数目字计算的东西，都跟着大了起来。就是牌上刻的字，一万二万嫌不过瘾，也得二十万三十万！"满桌的人随了这话都笑起来。女主人自己也奇怪，今天越是矜持，越是出漏洞，真叫人怪难为情的。所幸女用人通知酒席业已办好，这就请牌友停战，忙碌着应酬一番，把这事就混过去了。

女客吃饭，并不闹酒，结束得快，到了下午继续着应战，却把女主人为了难，还是继续地看牌呢，还是另到一个地方去坐着？若到另一个地方去坐着，没有人招待客人。坐在这里看牌呢，又不住地闹笑话。因之坐在牌桌外的另一把椅子上，不住地嘻嘻地笑。而且为了兴致很浓，在席上也喝过两杯酒，这便现得脸腮上热烘烘的，屡次抬手去摸脸。这个动作久了，自也引起人家的注意。牌桌上的人，不便说是她喝醉了，客人只回头去看着她。她心里又慌了，便想着：是我有什么可疑的地方吗？为什么大家全注意着我？这就装着坦然无事的样子，慢慢走到自己卧室里去。

但到了卧室里，一眼看到那口锁着银行存折的箱子，心理上又起了一个变化。坐在椅子上，对那箱子设想一下，洋楼、汽车、精美的家具、钻石、珠宝、华丽的衣料，已往所想象不到的东西，这箱子都可给我一个很确实的答复。不但如此，战后到南京住宅区盖一所新奇的洋楼，比住宅区原来什么立体式的、罗马式的、碉堡式的、中国宫殿式的，都要赛过他们。或者到北平去，在东城去买一所带花园的大住宅，这么一来，后半辈子就不成问题了。这是从哪里说起，不想在抗战之中，倒把自己一辈子生活解决了。博士常常劝失意的人，"塞翁失马，安知非福"。这样看起来，倒不是虚无缥缈的空心丸，人生真是有这个境遇的。想到这里，真觉有一股遏止不住的快活滋味由心窝里直冲顶门心。自己也就嘻嘻地笑了起来，自己沉静着想了一会儿，想不到博士跑一次仰光，就弄得了许多钱。三年以来，跑仰光海防香港的人多了，虽不曾听到说有什么蚀本的，可是赚大钱的人，究竟没有几个，博士短短的日子跑这么一趟，会挣上这样多的钱，这不是做的一个梦吧？

一念是梦，便有些放心不下，于是她打开箱子来，紧紧地靠了箱子站着，把原放下的存折存单一张张地拿起来看看，将单上填的字从头至尾看了一遍，实实在在地铺在白纸上并没有一点儿仿佛。她不觉自言自语道："真的一点儿也不假。"这倒有个人插言道："谁说了什么是假的呢？"她回头看时，是西门博士回来了。这还是她第二个感觉，便是听到有人答言，已很快地两手把箱子盖起来了，回头瞪了他一眼道："冒冒失失地走了来，倒吓了我一跳！"博士笑道："这也要算我第一次听到的事，先生走进太太的卧室，也就是自己的卧室，还必须来个报门而进？"说着，他走近前来，也掀开箱盖来看了看，笑着指了她低声道："你又把这些存折拿出来看，看了，这还能看出什么东西来吗？老看着是什么意思？"西门太太道："我在家里仔细想着，把款子存在银行里，把资金冻结了，那不是个办法。"西门德笑道："你和银行家的夫人在一处混了几天，就晓得了这些行话。这根本谈不到什么资金，也不会冻结，你在家里请客呢，丢了两桌打牌的人，悄悄地在屋子里算存款，我看你有点儿神经。"

往日博士要把这样重的言语说他夫人，夫人是不能接受的。这时，她倒承认了丈夫这句话，低声笑道："我真有点儿让这些款子弄得神魂颠倒，莫非我没有这福享受吗？我看人家二奶奶有那么多钱，天天还在涨大水一样地涨，她也毫不在乎。"博士看看太太那带了七分笑，两分忧愁，一分惊恐的面色，倒有些可怜她，便笑道："别在这里发愁了，等着牌散了，我们和青萍一路过江去，你可以看看电影，逛逛拍卖行，先轻松轻松，也好转转脑筋。"西门太太笑道："你看这是不是怪事？我在街上走，心里就老惦记着家里。可是到了家里，又没有什么事。"西门德哈哈笑道："这是笑话了。难道从今以后，你就永远守在家里不出门了吗？"她坐到桌边椅子上，手按住了桌子，像个出力的样子，要把今天弄的这一大叠笑话都说了出来。她突然一转念，就是让丈夫看轻了，那也不好。男人不能有钱，有了钱就要作怪。做太太的总别让丈夫看轻了，尤其是丈夫得意的时候，应该表示着比丈夫还不在乎。她这样想着，就依了西门德的提议，悄悄地到牌桌上告诉了青萍：亚英也来了，午后同路过江去。青萍输了几个钱，原没有介意，打完了，以大输家的资格表示停战，其余三家自无话说。另一桌也因主人并没有留大家吃晚饭，自也跟着散场。西门太太将女客一个个地应酬着走了，到了屋子里，就向小沙发上斜躺下。西门德看她人既不动，话也不说，显然是累了，心里虽想着：好端端地请什么客，这不是活该吗？可是他也没有直说，向她微微一笑。

亚英和青萍这时对坐在隔壁屋里的椅子上。亚英觉得黄小姐那一份美丽，随时都在增长，真是越看越有味。想找两句话和她说，一时倒不知从何说起，又因主人主妇全不在屋子里，而且隔壁送出博士嘻嘻的笑声，觉得他们今天实在是太高兴了，便笑道："你老师家里，今天有什么喜庆大典吧？我们似乎应当表示一点儿敬意才好。"青萍道："我也摸不着头脑，正要问你呢。你和他们家做了很久的邻居，应该比我还知道。"亚英笑道："让我来想想。"于是他搔着头发低头沉思了一会儿。这时西门德口衔了雪茄，脸上抑压不住心里发出来的笑，踱着缓步走出来。正要偷看这一对未婚夫妇的态度，把两人的话听了一半，因笑道："什么喜庆事也没有，我太太有这么一股子劲，忽然想到要请客才觉过瘾，她就请客。不过这在先生支出的账上，多付出一些款子而已。"

亚英知道博士夫妇的脾气，有时先生站在上风，有时又是太太在上风，但站在上风的人，又很容易地落到下风。今天太太在高兴头上，博士迭次站在上风，截至现在酒阑人散，西门太太已感到疲乏，高兴的高潮业已过去，这就应该烦腻了。博士自己也是在高兴头上，还只管向夫人加以批评，可是在旁观者的眼里，此风也不可长了，于是把话题撇开来，笑道："过江去我还有点儿事，假如博士和太太要过江的话，我们就走吧。"西门太太这就在屋子里隔了门插言道："你二位请便吧。我有点儿不舒服，我不能劳动了。"

青萍听到说师母不能劳动，便跑到里面屋子里来探望，见她斜躺在小沙发上，两手十字交叉地放在胸前，微微地闭了眼睛。看那样子实在也是疲倦得不得了，因握了她的手笑问道："师母还是喝醉了吧？"她是微闭着眼的，这就微睁了眼睛，笑道："吃过饭都两三个钟点了，要醉我早就醉了，还等着现在吗？我四肢无力，也说不上是哪里有病。"说着，打了个无声的呵欠，伸着半个懒腰。可是她坐在椅子上，动还不曾动。青萍道："那么我们就先过江了。明天我们在温公馆会。"西门太太点点头，并没有说什么。青萍告辞出来，向亚英丢了个眼色，这在他，比得着一道紧急命令还要感到有力，立刻起身向主人主妇告辞。

西门德并没有要紧事过江，送着客人走了，就回房来看太太。见她还是那样躺着，就笑道："不要真的累出病了。"她笑道："什么道理，好好儿的会病了，我是北平土话所说，这是钱烧的吧？"西门德笑道："不要让外人听到了笑话，我们这才有几个钱呢，就会把人烧病了？"西门太太笑道："真有那么点。这个地方虽然在江边上，对面就是重庆。可是这里是山上，人家很稀少，晚上治安有问题。依着我的意思，我们搬到城里去住吧。不过城里也不好，我又爱置点儿东西，倘若有了空袭，纵然有好防空洞，也不能把东西搬到洞子里去。最好是找一个治安很好、而对空袭又安全的地方……"西门德不等她说完，靠了她旁边的椅子坐下，拍着她肩膀笑道："最好是进城又便利。"西门太太将他的手一推，撇了嘴道："你想，谁又不做这样的想头？你不要和我说话，让我自己静静地在这里安息一会儿。"博士见她将两手高举，抱着头斜躺在椅子上，又闭了眼睛，便也不再打搅她，悄悄地走了出去。

西门太太虽是闭了眼睛的，心里总还在想着这个地方人家太少，总怕有点儿不安全。她慢慢地想着，慢慢地有点儿模糊不清，忽然看见抢进来几个彪形大汉，拿棍子的举了棍子，拿马刀的举了雪亮的大马刀，不由分说，将自己围了。其中一人像戏台上扮的强盗，穿着红绿衣服，画了个绿中带紫的大花脸，将一支手枪对了她的胸膛，大声喝道："你丈夫发了上千万的国难财了，家里有多少钱，快拿出来！"她吓得周身抖颤，一句话说不出来。那花脸道："快说出来！要不，我就开枪了。"她哭着道："我们没有现钱，只有银行存款的折子。"绿花脸后面又有个黑花脸道："你还有金珠首饰呢？"她呜呜地哭着，还没有答复出来，又有人道："哪有许多工夫问她的东西，无非都在这几只箱子里，我们都扛了去吧。"只这一声，这些彪形大汉哄然一声，乱扛了箱子就跑。其中有两个人却找来了一串麻绳，将她像捆铺盖卷儿似的，连手带脚一齐缚着，周身一丝也动不得。她眼见那些人夺门而去，心里要叫救命，口里却无论如何也叫不出来，急得眼泪和汗一齐涌流出来。

西门太太在又急又怕当中，越是喊叫不出来，越是要喊叫，最后急得她汗泪交流的时候，终于喊出来了："救命呀，快快救命呀！"她喊叫之后，立刻有人喊道："怎么了，怎么了？"她听出了那声音，是博士说话。睁眼看到博士平平常常站在面前，立刻跳向前抓住他的手道："吓死我了。"她一面说着话，一面望着四周，见自己屋子里一切都安好如平常，大概天是昏黑了，电灯正亮着，其次是刚才那几个花脸所抢去的箱子，好端端地还在那里，自己身上没有一点儿伤痕，更也不曾被一根绳索捆绑着。凝神想了一想，原来是一个梦。

西门德将她的手握住，看了她的脸，见她脸上红一阵，白一阵，口里只管喘着气，两道眼光也呆呆的。这倒吓了一跳，莫非她真的疯了？依然

451

握着她的手，连问她怎么样了。她自己已经醒过来四五分钟，才转了眼珠笑道："没事，我做一个噩梦。这梦真怕死人，你摸摸我心里还在怦怦地跳呢。"西门德真个伸手在胸口上挨了一下，隔着好几件衣服，还可以感触到她心房扑突扑突一下下地跳。便笑问道："坐在椅子上你就会做梦了，梦了些什么，可以告诉我吗？"她似乎感到梦里那些红花脸，还有藏在窗户外的可能，便回转头去四面观望着。

西门德拉了她同在床沿上坐下，依然捏了她的手，笑道："现在只六点多钟呢，屋子里外全是人，不必害怕。"西门太太因把梦里所见的事全告诉了他。西门德打了个哈哈道："你以为你梦见的是强盗吗？那有个名堂的。"她问道："这是主吉，还是主凶？"他笑道："我是研究心理学的，我不是算命卜卦的，我可不会圆梦。"她道："我和你说正经话，你又胡扯。"博士笑道："我并非胡扯，根据心理学来说，你梦里所梦到的，乃是钱魔。"她还没有了解这句话的用意何在，因望了他问道："什么叫作钱魔？"博士笑道："你瞧这两天，你就为了有几个钱坐立不安，弄得神魂颠倒，越来越凶，索性闹得白天坐着也做起梦来，总而言之一句话，这是几个钱在那里作祟。所以梦寐里也是那几个钱，名正言顺地，那就该叫作钱魔了。不把这几个钱弄得……"说到这里，他笑了一笑，没有把话说下去。她将博士的手一摔，站了起来道："人家做噩梦，你不安慰安慰我，还要把话打趣我，把几个钱弄光了，是穷了我一个人吗？"西门德等太太摔了手，他还觉得手掌心里湿黏黏的，不用说那是太太手上的汗了。他怔了一怔，觉得太太的行为虽是可笑，究竟还是可怜，也不忍再说什么了。他握了她的手，轻轻抚摸着她的肩膀笑道："你不必害怕，明天我就设法到城里去找房子。"她摇摇头道："那也不好，雾季快过去了，以后免不了常闹警报。"西门德道："我自然会在疏建区去想法子，我不要性命吗？以前对付着过日子，死了拉倒，没有什么想头。如今多少可以混个下半辈子了，我有个不愿活着的吗？"她这才有了笑容，低声道："这个地方房子外面多空阔，你说些大话，让人听了可不是闹着玩的。"

西门德看她这情形，知道她立刻还不容易由魔窟里逃出来，若继续谈钱的事，只是给她一种神经上的刺激，便携着她的手，引她到外面屋子来，笑道："你在椅子上好好休息一会儿，我还有两封信要写，写完了信，大家早点儿睡觉。今天这一天的忙乱，不但是你累了，我也够累了。今天亚英和我出去散步的时候，告诉了我许多对于青萍的事，很有趣味，回头我告诉你。"说着，他就向写字台上去写信。

第三十一章

迷 魂 阵

西门太太在沙发上坐不到十分钟，便又把刚才的梦境重新温上了一遍。她想到那几个大花脸子一跳就走进了屋子，仿佛是由栏杆上爬了进来的，平常不觉得这栏杆是可以爬上人的，梦里何以有这个现象，也许有这么一点儿可能吧？想到了这里，就走出屋子来靠住了栏杆，先向下看看。觉得这里到地下，距离到一丈二三尺路，四根柱子伸空落地，并没有可搭脚的地方。再向楼下院子外的敞地看去，是一片陡坡，也不是可以随便步行上下的地方。向着这些地方出了一会儿神，觉得梦境不可能与事实相符，便转身向屋子里走去。但刚一转身，一眼看到院子右边斜坡下一丛青隐隐的树影子，便又立住了脚，再向那边注意看了去。慢慢地忖度着，觉得那棵树不大，既然在陡坡上伸出半截来，料着这坡度不高，就找了一只手电筒，走出屋子向四周照着。西门德大为惊异，追出来问道："你晾的衣服丢了吗？"她道："没丢什么，我只是看看。"西门德虽是有点儿莫名其妙，觉得她反正是精神失常，心里也就想着，看你干些什么？就不追着问了。西门太太足足照了十来分钟之久，这才搀着先生回屋子里来。西门德也不写信了，坐在椅子上，回转头来向她注视着。

她坐在小沙发上，架了腿，两手抱住膝盖，似乎有点儿吃力，眼望了墙壁上挂的一轴画，也正在出神。西门德道："你刚才出去找什么东西？可是看你那种情形，又不像要找什么东西。"她回头看了看房门，这才笑道："我越看这屋子，越感到不怎么安全，所以我出去观察了一下。我觉得那棵小树的斜坡上，有爬上贼娃子来的可能，所以我又拿手电棒去仔细照了一下。"西门德哈哈大笑，笑得将手轻轻地拍着桌子。西门太太望了他道：

453

"你笑什么？"博士笑道："我笑什么？我笑的还不是我本行？我若还去教心理学，关于心理变态这一层，我就可以举出不少的实例来。"西门太太瞪了眼道："我无非是加一层小心，免得大意了出什么乱子，你以为再过穷日子，是我一个人的不幸吗？"她说着一赌气，到卧室睡觉去了。

西门博士没有去理会她，再写他的两封信。写完了信，看看钟，时间虽早，但经过了一天神经紧张的纷扰，也说不上什么缘故，很觉得疲倦，这就进屋睡觉了。他见太太在床上盖着棉被，蜷缩了身子朝里，一点儿声息没有，总以为她已经睡着了，也就没有去惊动她。不想刚一登床，她就突然地坐起来了，看她的面色很是紧张，并没有什么倦意，因问道："你还没有睡着吗？"她一点儿也不睬，抓了床栏杆上的衣服披在身上，踏着鞋子，就向外面走去。西门德以为她是要喝口热茶，或者是取支烟卷抽，这就昂了头向屋子外面道："纸烟火柴都在里面呢。"但她依然向外走，并不答话，继续地听到她开外面屋子的门，而且脚步也走出去了。这倒让博士吓了一跳，立刻跟着跑了出来，鞋子也没有来得及穿。到外面屋子里时，西门太太却已由走廊回到了屋子里。西门德道："你跑出去干什么？小心着了凉，你还是不放心院子里那块斜坡吗？"她只看了他一眼，并没有什么话说，接着又去关房门，关好了房门，搭上了搭扣。她还怕不稳当，又端了把椅子将房门来顶上。其次，便是将两处窗户审查一下，果然有一处窗户不曾扣上搭钩，总算没有白看。她搭上了钩子，还用手把窗户推了一推，果然扣得很紧，不曾有些移动，这才回到里面屋子里去。

博士也忘了没穿外衣，呆呆地站在一边，看着等她把这些动作做完了，这才明白，原来她还是受到那个噩梦的影响，不能安心，自己来检点门户。心里这就想着，这位太太并不是可笑，简直是可怜，想不到自己跑了一趟仰光，弄了并不算太多的钱回来，一点儿享受没有，却把她闹得神魂颠倒，已成半个疯人了，若不设法加以纠正，家庭一定会演一幕很大的悲剧。要怎样才可以纠正她呢？心病还要心药医，最好是让她不为所有的钱财担忧。博士是个心理学家，书念得不少，他总不至于利令智昏。看到她太太为了钱受罪，心里也不免有点儿悔悟，为了穷而经商，那不过为势所迫，暂时另走一条路线，实在没有想着借这事发财。现在刚刚有点儿发财的路径，太太就是这样精神失常。若是自己运用了这些资金再翻个两翻，不用说太太一定会疯，自己为疯人所骚扰，这日子也谈不到什么享受。亡羊补牢，犹未为晚，从今日起应该把发大财的念头打断才好。可是这话对太太说不得，说了又会给她一种刺激。心里有了这么一点儿转变，说也奇怪，立刻

454

就觉得身心上轻松得多。

次日，西门德早上吃过了早点，架着腿坐在沙发上，很安闲地捧了报纸看。看完了报，又在书架上把久违了的书本整理一番。然后抽出了一本，躺在睡椅上看。除了燃了一支雪茄衔在口里，而且在手边茶几上摆了一壶热茶，这就摆下了一个长久看书的局面。

西门太太在白天里神智就要清楚些，加上这日云雾很轻，略微露出一点儿太阳的黄影子，精神更好了一点儿。在屋子里化了妆出来，看到博士一手高举了书挡着面孔，一手两指夹了雪茄，在椅子扶手档上只管敲着烟灰，看那样子已是看书看出神了，便道："你好自在呀！难道今天一点儿事都没有吗？"西门德把书放在胸前，望了她道："自从回重庆以来，天天都紧张得不得了，今天要尽量轻松一下。"她道："那么，你不打算过江去？"西门德道："没有什么事，过江去干什么呢？除了花钱，上坡下坡也吃力得很呢。"她坐在他对面椅子上咦了一声道："你真是觉得轻松了。亚杰由公路回来也迟不了几天，他来了，又是车子，又是货，你也应当预先筹划脱手的法子。"西门德又闲闲地把书本举起来，笑道："我当然有成竹在胸，根本用不着你忙。难道我们那些货还有滞销的道理吗？至于车辆，那根本不成问题。虞老太爷和我介绍的前途，就怕车子到晚了。现在车价虽不是天天涨，也是每个礼拜涨。他付了定钱，他不会退货。他要退货更好，我的车子到了，可以卖新价钱。"西门太太道："就是你不过江去，我也要去一趟看看，下午再回来。"博士道："昨天劝你过江……也好，我给你看家，你放心去玩半天吧。"这话太合她的意思了，便笑道："你在家里坐得住吗？可不能锁着门溜出去。就是有朋友来约你也不能去，必须等我回家来你才可以走开。还有一层，我不在家，你不能胡乱开我的箱子。"话说到这里，博士觉着她又走入魔道了。疯子和醉人都是不能撩拨的，越撩拨他就越疯、越醉，因之他把书向上一举，又挡住了脸。

西门太太倒也不再来麻烦，进屋去又收拾了一次，把箱子上的锁也点验了一次，方才走出。但她走出房门去以后，却又回转身来望了博士道："你要言而有信，千万不能走开。"博士也极愿耳根下图个清净，站起身来，脸上沉重着，深深地点了头道："你尽管放心闲散半天吧，我会在家里好好地给你看着家的。"她回头看到天气好，四周是光明一片，这就给她壮了不少胆子，也就放心过江，自然第一个目的地乃是温公馆。

二奶奶还是起床未久，蓬了一把头发，披了件羔皮袍子，踏着拖鞋，架着腿坐在沙发上，捧了份报在看电影广告。她仰着黄黄的面孔，望了西门太太道:"好早啊,就过江来了!"西门太太在她对面椅子上坐下,笑道:"两三天没有看见你,怪惦记的,特意来看看你。"二奶奶笑道:"这总算你不错,虽然先生回来了,还记得我,来看我一趟。吃了早点没有?"温二奶奶手边下茶几上放了一杯清茶、一碟西式点心,又是一杯牛奶,另外还有一只小碗,盛着浓浓的一杯牛肉汁。关于这些,完全是原封未动,只有那清茶是浅了三分之一。西门太太笑道:"这许多补品,你可是一项也没有动。"二奶奶道:"都是这些用人浑蛋,糊里糊涂一齐捧了来,你想谁能一睁开眼睛就吃东西?"西门太太笑道:"这个我和你有点儿两样,我简直就是睁开眼睛来就要吃,若不吃点儿东西,心里感觉空得很。"她说了这话,才忽然想起今天匆匆忙忙地渡过江来,慌慌张张,正是不曾吃什么,便笑了一笑。

二奶奶看到她那神气就明白了,笑道:"你这家伙,也是三天离不开城市,在南岸住得久了,一大早就忙着过江来,必是把吃早点都忘记了。你要吃点儿什么?让厨房里下碗面你吃吧,先来点儿这个。"说着,她把那碟西点端着送了过来。西门太太两手捧了点心碟子,笑道:"有这个就成。"二奶奶道:"那么,也来杯牛肉汁吧。厨房照例是给我预备两份,一份是青萍的,这丫头一大早就出去了,也是什么东西都没有吃。"说时,有个女仆进来,二奶奶就叫她端杯牛肉汁来。西门太太吃着点心笑道:"你待青萍真是不错。"二奶奶放下了报,端起茶杯来喝了一口,叹了一口长气道:"我是擒虎容易放虎难。"西门太太不觉放下了点心碟子,怔怔对着望了一下。

二奶奶收住了常有的笑容,点着头道:"这话是真的。"西门太太也就把话因想过来了,说道:"放心吧,她已订婚了。"二奶奶道:"她和人订了婚,你信她胡扯!"西门太太道:"真的,我和老德还是她订婚典礼的见证人呢。"二奶奶道:"你说她的对手是谁?"西门太太就把那日在广东馆所遇见的事详细说了一遍。二奶奶道:"啊!是区亚英。照说,这个人的人品学问,甚至开倒车一点说,论门第,这都可以配得她过。只是这位小姐有点儿拜金主义的思想,区家所有的钱,恐怕不足她的欲望。亚英我还没有见过,若照区家二小姐说,还不是那种极摩登的男子,和她的性情也是不大相合。"西门太太道:"我和老德也是这样想。可是千真万确,他们订婚了。而且据青萍的态度看起来,似乎他们的感情还很好呢。老德说男女之间一切的问题,都是很神秘的,也许他们会结合得很好。"

二奶奶沉思了约莫四五分钟,脸上泛出了一片笑容,点着头道:"不管如何,你这个消息是很好的。稍等一会儿,我就要把这消息告诉五爷,这么一来，我就让她搬出去也就无所谓了。"西门太太道："你以为你以先让她住在你公馆里，你就能监视着她吗？"二奶奶眉毛皱着，翘起嘴角来笑了一笑，点着头道："我觉得生了一点儿效力。不过青萍这丫头手段也不坏，她见了我，那一份小殷勤，真让我拉不下面子来。怪不得这两天一大早就出去，她是和亚英一路混着去了。"西门太太来的本意，原是想请教一点儿生意经，而这女主人一提起黄青萍，就说得滔滔不绝，只好陪着她说下去。

这时忽然温五爷打个电话回来，问有一个应酬她去不去？平常有什么应酬，她是懒得去的，这时她急于要去报告青萍订婚的消息，就答应着去，立刻着手化妆。西门太太问区家二小姐，说她又和林先生下乡看老太爷去了。她一时倒不知找什么女朋友是好。在温家是很熟的了，她可以自由行动。二奶奶去化妆，并没招呼她。她偶然想起青萍的行动有点儿神出鬼没，于是便想到她寄住的屋子里看看。自己一掀那屋子门帘子，伺候青萍的那个老妈子就跟着来了，笑道："黄小姐老早就出去了。"她这倒不好缩身回去，索性走了进来道："她也许就会回来的，我在这里等着她吧。"说着，在写字台面前坐下，见桌上的墨盒盖并没有合拢，玻璃板旁边平放着一支毛笔，已将铜笔套子套住了，因道："咦！这位小姐今天还用上毛笔了。"女仆也进来了，笑道："昨天晚上她就叫我去找毛笔的，晚上写信写到好大夜深，今天早上起来，她还写着的。"

西门太太听说，这倒有些奇怪，这种摩登小姐向来是不大用毛笔的。今天为什么用毛笔用得这样起劲？于是就凝神想了一想，偶然一低头，却看见地面上有两张邮票。弯腰拾起来看时，却又不是邮票，乃是两张一元的印花税票，便拾起来塞在玻璃板底下。女仆笑道："扫地的时候，我拾起来放在桌上的，不想又落到地下去了。留着吧，二天交信，我还可以用用。"西门太太笑道："你枉是在这大公馆里做事，连印花税票都不认得，这个不能用来寄信，是贴在账簿上发票上用的。"女仆道："朗格交不到信？我今天看到黄小姐就巴了好多张在信上。"西门太太道："她是把这种印花贴在信封上的吗？"女仆道："倒不是巴在信封上，是巴在信纸上的，好长一张信纸哟！"西门太太道："那都是用墨笔写的吗？"女仆说了一声"对头"。西门太太这就想着：对了，必是她和亚英订什么条件，写了这么一张契约，订婚还要另立张契约，这婚约就有点儿漏洞，那也难怪二奶奶说她的话靠不住了。

她沉沉地想着，女仆却已走开。她很想了一阵，越信着青萍是和亚英

457

订立契约，而且这种契约，还贴上了印花，也可以想到形势的严重。但为什么有这样严重的形势，那倒是不可解，莫非她还和亚英赞上了一笔银钱的关系？这就引动她的好奇心，于是她把这写字台抽屉陆续地抽开来看。在第一个抽屉里，这就有所发现了，乃是一张小道林纸上面，先用钢笔列着几行数目字，后来又用墨笔涂了。这几行数目还是算式，连加减乘除都有，旁边有五个墨笔字相当地准确，那笔迹就是青萍的字。看那纸片上有装订的痕迹，很像是本子上撕下来的一页。心里想着，这孩子闹什么玩意儿，有工夫练习数学吗？再翻抽屉，这里是几本小说和剧本，是她平常躺在床上找睡魔的，没什么关系。另外是一搭洋式信封信纸，都是干净的。西门太太心里忽然一个转念，这两天我自己有些神魂颠倒，这就疑心别人也是和自己一样了。这样想着，伸手就把抽屉关上了。

就在关抽屉的时候，有一张字纸倒卷了出来，拿起来看时，是一张横格的洋信笺，用钢笔很潦草地横写了许多条款。提行的第一个字都是阿拉伯数字，乃是由第五款起，写着"订合同之后，乙方先付全部货款额百分之二十予甲方，于订约后在两星期内，须将全部货品交齐，逾限一日，须赔偿乙方损失费一万元。一日以上，照此类推。甲方将货交齐时，须于一星期内将全部货款交清。"那张纸上，就是很草率地写了这样几行。西门太太看了，觉得这是做买卖的人订的合同，应该与黄小姐无关。黄小姐虽也喜欢和谈上等生意经的人来往，但是她也不至于和人签订这一类的合同。就算她真起草合同，她哪里又有什么货品交给人家？这大概与她无干了。她这样地想着，就把那张稿纸扔了下来。

可是刚一扔下，她就连续地发生了第二个感想，那格子上的字不也是青萍的笔迹吗？看她写的钢笔字，就比看她写的墨笔字多了。这合同的草稿，若是与她无关，她写这种东西干什么？于是把这字纸拿起，就打算去报告二奶奶。但她刚一站起身来，又有了一个转念，从前常常帮二奶奶忙，监视着青萍，那为什么呢？无非是想得二奶奶的欢心，好让她帮着自己发财。如今并不需要她帮什么忙，又何必去坏青萍的事？坐着凝神了一会儿，就把这字纸随便揣在身上。便在这屋子里坐了一会儿，心里再想着去找位女朋友消遣一下，免得回家去又犯了坐立不安的毛病。这时老妈子却隔了窗户叫道："西门太太，黄小姐来了电话，请你去呢。"她心想，青萍怎样会打电话到这里寻找。一接电话，才知原来是找二奶奶，主人已经走了，老妈子把话告诉她，她就找西门太太了。她在电话里说，现时在一家银行里和两位女职员谈话，请她立刻就去，有要紧的事商量。西门太太问是什么事，她又笑着说："你来就是了，反正是有趣味的事。"

听青萍在电话里的笑声是很高兴的样子，西门太太便照着她的话，坐了车子去找她。在半路上自己省悟了，这有点儿荒唐，既没有问青萍是和哪两位女职员在一处，又没有问她要到银行里什么地方相会，难道到银行柜台上去问黄小姐吗？可是她虽闷着这个难题，到了银行门口，青萍就替她解决了，她正站在银行门口，老远地就笑道："师母你真来了，我倒有点儿荒唐，我在电话里并没有告诉你在哪里找我，我想，这不是和师母开玩笑吗？这么大一所银行，叫你到哪里去找我？我得向师母告罪，所以我就亲自到门口来等着你了。"西门太太笑道："我也不会到处撞木钟，找不着你，我自会回去的。"她一面说着话，一面向里走。青萍道："用不着再进去了。师母，你陪我到拍卖行里去走走吧。"西门太太道："你不是说有要紧的事和我商量吗？"青萍笑道："约你来走走拍卖行，那就是要紧的事。"说着，她将手表抬起来看了一看，又对着街两头张望了一下。西门太太道："你还要找谁？"她笑道："我想找两部比较干净的车子坐。"如此说着，又抬起手腕看了一下表。西门太太道："你若是等人的话，我们就到银行里面去坐坐。"这时，青萍似乎看到了什么稀奇东西，脸上有点儿吃惊的样子，但她立刻又镇定了，却拉了西门太太的手道："我们走吧。"

西门太太也不知道她时而停，时而走，是什么用意，只得沿了街边人行路走着。约莫走了七八步，却有个人由身后快走到前面，摘下了帽子向青萍深深地点了个头。她也微笑着点点头，看那样子是她的熟人了。西门太太就闪后一步，意思是让他们去说话。只见那人约莫三十上下年纪，穿了一套极漂亮的花呢西服，西服小口袋上露出一截金表链子，拿帽子的手指上也还套着一只亮晶晶的钻石戒指。现在西门太太自己也有这东西，自不会像以前看见这东西就十分羡慕。但别人戴了这东西，那就可以证明人家是和自己一样地有钱了。因之很快地打量那人一眼之后，也就想到他会是青萍的好友。青萍也向后半掉转身来，向西门太太道："这是我师母，西门太太。"那人也就很恭敬地鞠了一个躬，自我介绍着说他是曲芝生，青萍就插言道："曲先生是大光公司经理，他也知道我们老师。"西门太太哦了一声，并没说什么。那人好像西门太太也是他师母，脸上放出很沉着的颜色，却没有敢插言，回转脸来向青萍道："黄小姐现在上公司办公去吗？"西门太太想着，她向什么地方去办公？这人竟是不大知道黄青萍的。青萍立刻用那顾左右而言他的神气，向那人回答道："我陪师母去买点儿东西，你不必客气了。请告诉你太太，中午我若没有什么事情，我一定来。"曲芝生又点着头笑道："不算请客，无非谈谈，还是我来请吧。"青萍对他这个说法爱睬不睬的样子，微微点了个头，那人才走了。

西门太太知道她交际广阔，并未问话，她却自己报告道："他的太太是我同学，最近遇着了，一定要招待我吃顿饭，我简直推不了。"西门太太随便应了一声，就和她走着，在附近一家拍卖行看了一看。重庆所谓拍卖行，根本不拍卖，只是寄售旧衣服以及一切零星物件而已。比拍卖行还不受拘束，随时可看，随时可买。她们看了几件衣服，看了点儿装饰品，并未问价就出来了，出来之后，又走访了两家。西门太太根本没有打算买东西，也没有带钱。青萍也只是看货而已。西门太太觉得这近乎无聊，因道："你买不买东西？我想去找二小姐，你也去吗？"青萍道："那我就不能奉陪了，我想找亚英去说两句话。"西门太太这时有点儿莫名其妙，这孩子巴巴地在电话里约了自己出来，就是在银行门口站站，走两家拍卖行，那不是开玩笑吗？不过她还不失小孩子脾气，也许她真是这样，并无其他作用，那也只好由她了。也不说什么，自行雇车走了。

青萍单独地走进一家咖啡馆，喝了一杯代用品，在那里会到几位男女朋友，随便谈了半小时。她看看钟点已过十二点一刻了，这就应了那曲芝生太太的约会，到他们家去吃午饭。但这个地方是欧亚文化协会食堂，而主人曲芝生太太，也变了曲芝生本人。他在正厅上据坐了一副座儿，只管向着门口探望。一看到青萍，立刻站了起来笑嘻嘻地点着头。青萍倒是大大方方地走过来，笑着点头道："对不住，让你久等了，今天下班的时候，正赶上总经理交下一件很要紧的文件给我办，所以又迟了一刻钟。"曲芝生笑道："没关系，反正这吃午饭的时候，我也没有什么事。"青萍脱下大衣，搭在椅子背上，然后坐下，回头看了看没有人，微笑道："刚才在银行门口遇到我，你不该向我打招呼。我师母虽然干涉不到我的行动，可是她和我义母温二奶奶非常要好，我在外面的行动，她是会通知我义母的。我义母自己没有儿女，把我当亲生的女儿一样看待，我得受她一点儿拘束。"说毕，眼珠又很快地一转，向他微微笑着。

曲芝生被她一笑一看所感召，心里就有一种说不出的愉快，同时也就觉得不知要怎样地答复人家的话才对，嘻嘻地笑着，连说了几个"是"字。这时茶房已送上一盏茶来。她端玻璃杯子喝了一口茶笑道："曲先生在商业上的经营，很忙吧？"他自应当谦逊两句，说是不怎么忙，可是他觉得对初认识的小姐，非夸大一点儿不可，而且她是温太太的义女，眼界又是很大的，便笑道："就我个人而论，倒是无所谓，经营着几处商业，我都有负责的人，我只要随时指挥而已，希望黄小姐多指教。"青萍笑道："曲先生以为我对金融事业，也很感到兴趣吗？我平生最喜欢的事情就是艺术。这样脾气的人，叫她来整日弄表格、打算盘，那简直是一桩痛苦！那我为什么又做这样工作呢？那就为了和几个老前辈帮一点儿忙。他们都信任我，有什么法子呢！"说着两道眉毛一扬，红嘴唇里露出两排雪白的牙齿，粉红腮上两个小酒窝儿一掀。

曲芝生也看出了她那种十分得意的样子，但在骄傲的姿态里，却含有几分妩媚的意味，早令人感到一种陶醉。偏是望了她时，她也望了过来，四目相射的，又让人心里荡漾了一下。在这个心魂荡漾中，很怕对这位大家闺秀有什么失仪之处，立刻笑道："黄小姐喜欢哪些艺术？一定是音乐和戏剧了。"她笑着点了两点头道："我是什么艺术都喜欢的。"曲芝生道："黄小姐是最欢喜京戏，或者是话剧呢？"说时，茶房送上菜牌子来，曲芝生站起身两手捧着送到她面前来，笑问道："要不要换一两样？"青萍看了看，将菜牌子放下笑道："到这里来也不为的是吃菜，无非谈谈，就是照样来一份吧。"

曲芝生料着她不是假话，她住在温公馆里，中西厨子都有，可以吃重庆菜馆所吃不到的好菜，在这种小姐面前炫富，那是会失败的，便吩咐茶房照样来两份。黄小姐未曾忘了他的问话，继续答道："在重庆找娱乐，无论是京戏或电影，那正是像这份西餐一样，聊备一格。倒是话剧人才现在都集中重庆，无论什么剧本，都可以演得好。"曲芝生深深地点着头笑道："是的，我就常看话剧，为了京戏不过瘾，我们许多朋友组织了一个票房，每逢星期二、四、六，我们自己唱着玩。"青萍道："曲先生票哪一行呢？"说着，眼睛皮略略抬一下，对他扫了一眼。曲芝生觉得在她这一番打量之中，必是赏鉴着自己长得俊秀，笑道："唱得不好，学青衣，偶然也学两句小生戏。"青萍微微地抬了肩膀两下，笑道："什么时候彩排？我倒要瞻仰瞻仰。"曲芝生笑道："不要说这样客气的话，还是去看看笑话吧。快了，再有三四个星期，我们就要公演一下了。"青萍将一个食指比了嘴唇，低着头沉思了一下，笑道："怪不得那天在汽车上看到曲先生，我想是在哪里见过，可又想不起来，必然是在台上我看过曲先生吧？"曲芝生虽是真的学戏，却没有上过台，对于她这话倒是承认不好，否认也不好。

好在就是这当儿，菜送上来了，青萍是表示出来，每一项菜都不合胃口，只是将刀叉在盘子里拨弄拨弄着，随便切点儿菜吃。吃过了两三道菜，曲芝生捧了拳头略拱了两拱，笑道："这真是不恭得很，没有让黄小姐吃好，改天我找个好厨子补请一次。"青萍笑道："我们虽没有交谈过，自那回同车以后，不想又在街上遇到了。我是个天真的孩子，认为男女交际，倒不必拘什么形迹，所以我就同你谈话，这就让我们谈熟识了。"曲芝生微微欠着腰笑道："是的是的，人生遇合真是难说，我到底认识了黄小姐。"青萍对于他这话，并不做什么答复，搭起手表来看了一看，脸上表现了一点儿沉吟的样子。曲芝生笑道："不要紧，时间还早得很，不会耽误黄小姐办公时间的。"青萍笑道："我是抽空来的，曲先生不看到我还和师母站在一处吗？她还在等着我呢。"说话时，继续地送来一道铁扒鸡。她并没有动刀叉，将盘子推到一边，打开手提包来拿出一条雪白的绸手绢去擦嘴。当她抽那手绢的时候，却把皮包里面一叠道林纸楷书的稿子带了出来，一直被带着由桌子角上落到地下去。虽是如此，她依然没有感觉。曲芝生看到，便是义不容辞地离开座位，弯着腰下去把那稿纸拾了起来。

曲芝生是个经营商业的人，当然对商业契约很内行，他很快地眼睛扫了一下，就知道这是一纸合同，没有敢停留，便两手捧着送到青萍面前来，笑道："这是一张合同吧？落在地下了。"青萍哟了一声笑道："糟糕，把这玩意儿丢了，我赔不起呢。曲先生你是个内行，你把这合同看看，有什么可斟酌的地方没有。"曲芝生原是不便看人家商业上的秘密，只是黄小姐叫看，绝不能拒绝，笑道："我实在也不敢在关夫子面前耍大刀，但长长见识也是好的。"于是两手接着，很郑重地把这纸合同看了下去。

青萍坐在对面，倒不十分介意。茶房送着布丁来了，她从从容容地将小匙一点一点舀着吃。曲芝生看完了，依然折叠好了，送到她面前放着，笑道："这合同订得很完善的，字里行间，简直无懈可击，是黄小姐拟的吗？"青萍摇摇头道："我哪有这项本领？你以为在我皮包里，这就是我的手笔吗？这不过是经理托我经手，送给总经理去看的。"说着，她微微皱了眉头子，又露出雪白的牙齿微笑了一笑道："一个大小姐管这些事，时代真是不同了，其实我真不愿管这一类的事。"曲芝生笑道："现在时代不同了，一切事业，男女都是一样。焉知黄小姐将来不成为一个大金融家、大企业家？"她掏起胁下掖的白绸手绢，轻轻地揩抹了两下红嘴唇，微微地转了一下眼珠，带着几分笑意。

曲芝生每见她一笑，心里就是一动，尤其是她这种要笑不笑的样子，叫人看到会有一种说不出来的醉意。但同时心里也就警戒着，人家是一位眼界高大交际广阔的大小姐，可不能在人家面前失仪，便正了颜色道："我说的是真话。不过经营事业的确是麻烦的事。一个做小姐的人，为了这些

462

货物资金，不分日夜操心，实在也减少人生的趣味。为人在世，也不光为了钱活着的。"青萍又把眼珠向他转着看了一下，微笑道："这在一个生活解决了的女子说来，那是很通的。不过像我这样的人，还不敢夸下那样的海口。"曲芝生道："难道黄小姐还会为了生活问题担心吗？"这时，茶房送上代用品咖啡来了。她端着咖啡杯子，将嘴抿了两下，微笑道："我们是生朋友，我不便详细地说，彼此过往久了，你自然就明白了。"她将胸脯舒了一下，像要叹口气的样子，结果又忍回去了。

曲芝生自在暗地里揣测了她几分出身，不过看到她住在温公馆，又曾自己驾着小座车到郊外去游玩，料着她也不会为生活而烦恼。现在听她的话，好像是很有点儿经济不自由，这也不必研究。不过她说彼此过往久了，自然就会明白，大有引为一个知己的趋势。这种女子大概是不大容易用物质去引诱，只有青年男子是她们所追求的目标。自己说是票青衣的，大概这是她爱听的一句话了，便笑道："是的，自然人生一方面要有生活趣味，一方面为了企图得着这份趣味，也不能不找点儿钱。"青萍就抬了眼皮对着他脸上注意了一下，笑道："那么，曲先生经营了许多事业，难道就为的是票青衣的这一份趣味？"

她这句话说出来，是十分的轻微，只让对方的人听到一些声音。不过曲芝生的全副精神都注意在黄小姐身上，她说着什么话自不会不听到。这正是自己猜着了，她爱一个票青衣的青年男子，这就立刻在心里感受到一种奇痒，便也情不自禁地在西服衣袋里抽出一条花绸手绢，擦摩了两下脸腮，笑着点头道："黄小姐说得对的，我就是注重人生趣味。我若不是为了人生趣味，我还不去经营这些商业呢。"青萍又向他脸上看了一看，笑道："这样说来，曲先生对于玩票，倒是一个中心信仰，什么时候唱戏，我一定要去瞻仰瞻仰。"他笑道："怎么说瞻仰，那简直要请黄小姐指导。"青萍笑道："你们贵票社里，也有女票友吗？"他道："有的，只是不十分高明。尽管上后台，没关系，那里女宾很多。"

青萍微笑着，没有说什么，喝了两口咖啡。曲芝生笑道："我冒昧一点儿，请教一声，不知道你可有这兴趣，也加入我们这票房？你若是肯加入，我想全社的人都会表示欢迎。"青萍笑道："那是什么缘故呢？他们知道我也登过台的吗？我只是玩过两次话剧而已。"曲芝生道："会演话剧的人，若是肯演京剧，那一定演得更好。因为在表情方面，是比演老戏的人好得多。黄小姐有没有这个兴趣？若是不愿公演的话就不必公演，可以每选星期二、四、六，到我们社里去消遣消遣。这是正当娱乐，花钱又很少，比吃酒赌钱，那要好得多。"青萍笑着点点头道："好，再说吧。"

曲芝生听她的话，竟是没有拒绝，今天是初次单独畅谈，也许她不肯表示太随便的缘故，便道："是的，总也要黄小姐抽得出工夫来。不过我要声明一句，我社里的社友，都是知识分子，很整齐的。"青萍笑道："好的，哪天有工夫，我到贵票房去参观一次。"说到这里，她把声音低了一低，眼皮向下垂着，似乎有点儿难为情，笑道："这份事可得守秘密。""秘密"这两个字，曲芝生听了是奇受用的，笑道："那一定。就是黄小姐不叮嘱我，我也晓得的。不过我可不知道黄小姐哪天有工夫，无从约起。"

青萍道："你们不是每逢二、四、六有集会吗？反正我在这个日子找曲先生好了。贵公司电话多少号？"说着，在她红嘴唇里，又露出雪白的牙齿微微一笑。曲芝生没想到她肯打电话来找，只觉满心抓不着痒处，立刻在身上掏出一张名片和自来水笔来，望着她笑道："这名片上的电话号码，那是我普通应酬上用的。我另外开两个电话给黄小姐，你每逢星期二、四、六下午四点起，打这两个电话一定找得到我。至于名片上原有的号码，请你随便打好了。黄小姐只要说是银行里叫来的电话，我就明白了。不过黄小姐不愿说出贵姓来，需要事先给我一个暗号才好。"他说到这里，也就觉得有点儿尴尬意味，脸上也止不住他那份得意的笑。青萍看了他一眼，笑道："其实就说姓黄，也没有关系，不过你要觉得不妥的话，我就说姓张吧，这是一个最普遍的姓。"曲芝生笑道："好的，以后我记着张小姐就是，那么，我在朋友面前也介绍你是张小姐了。"她抿嘴一笑道："那随便。"说时，她垂了眼皮，眼珠在长睫毛里转了一转。

曲芝生没想到一餐饭的时间，对这位小姐进攻有这样大的进步。他看到她那份含情脉脉的样子，原来认为她是一位大家闺秀，或者一朵骄傲的交际之花的观念，就完全消灭了。他感到是自己年轻漂亮，征服了这位小姐。同时自己究竟也有点儿阔绰的形式，在身份上也可以配得过她，所以她心里一动。她就首先地在咖啡座上和我说话了。今天，她在这桌面上，只管眉目传情，那是有意思的，大胆地就再向她说两句进步的话吧。他正这样地打量着，沉默了两三分钟没有说话。黄小姐抬起手表来看了看，笑道："糟了，已过了十分钟了，我还要赶公共汽车呢。"说着她已匆匆地站起来穿大衣，袖子刚穿上，将手皮包向左胁窝里一夹，右手伸出来和他握了握，笑着道两声谢谢，转身向外就走。

曲芝生一半猜着她今日来赴约是秘密行为，她这匆匆地走，也是情理中事。可惜她走得太匆忙，竟没有把她参观票房的时间决定。他站着出了一会儿神，仿佛那衣裳上的香气，还围绕在左右不曾散去。回想刚才这个聚会，却是一生最好的幸运，生平真还没有和这样年轻而又漂亮的小姐交过朋友。于是坐下来喝着那杯已凉的咖啡，对今天的幸遇加以玩味。他这双眼睛，也就不免向黄小姐刚才所坐的地方看去。却见那小白围布，捏了个团团放在桌沿上，布下面露出一块纸角，这纸是洁白坚硬的，不就是刚才所看到的那张合同纸吗？

　　他立刻站起身来取过来一看，正是那纸合同，心想：这样要紧的东西，怎么可以失落了？不但是笔很大资金的损失，而且还免不了一场官司呢，赶快追出去交给她吧。这样想着，也来不及向茶房打招呼了，拿了那张合同，就向门外跑。站在屋檐下两边一看，并没有看到黄小姐的踪影。痴站了一会儿，只好走回餐堂去。茶房以为这位客人忽然不见，是吃白食的，正错愕着，这时看到他从容地走进来，便又斟了杯便茶送上。曲芝生笑道："你以为我溜了吧？刚才这位小姐失落了一样东西，我追着送上去。"茶房笑道："那不要紧，黄小姐常来我们这里的。请你先生留在柜上，转交给她就是了。"曲芝生问道："你认得她吗？"茶房笑道："黄小姐怎么会不认识？从前她常和温五爷来，最近她又常和区先生来。"曲芝生沉吟着道："区先生！哦！这个人我认得，是个穿西服的，约莫二十来岁。"茶房道："对的，二十来岁，也是你先生的朋友吗？"曲芝生对这句话倒不免顿了一下，然后点着头笑道："是的，我们认得的。"茶房自不能久立在这里陪客人摆龙门阵，说完这句话也就走了。

　　曲芝生会过了账，静静地在餐桌上坐着出了一会儿神，心想：温五爷是她的义父，她自然可以和他常来。这个姓区的是个二十来岁的西服少年，也和她常来，这就可玩味了。至少，这个人和自己相比，那是更接近的了。她丢了这张合同，绝不能淡然处之，一定会到这里来，等她来了，就可以借茶房认得她的话，试探她的口气。

　　可是他这个想法竟是全不符合，约莫坐了半小时，也不见黄小姐回来。他想着，大概她还没有发现合同失落了。只管独自在这里坐着，那也不像话，便起身叫茶房来，另外又给了他一百元钱小账，叮嘱黄小姐来了，务必告诉她，她失落的东西，曲先生已经拾着了，当然替她好好保存，请她放心。若要取回这东西，请她给打个电话，立刻可以送去，或者由黄小姐来取也可以。说完，这才出门去忙他的私事。不过曲芝生身上揣着这一纸合同，究是又惊又喜，惊的是这关系太大，喜的是有了这东西在手上，不怕黄小姐不来相就。果然，在下午两点钟的时候，就是一个张小姐打电话来找他。心里明白，黄小姐已实行暗约了。立刻去接着电话，那边娇滴滴的声音先笑道："曲先生，我先谢谢你了，多谢你替我保存那个重要东西。"曲芝生对着电话机鞠着躬道："你那张合同在我身上收着啦。我真替你捏一把汗，你怎么知道在我这里呢？"青萍道："我听到餐厅那个茶房说的，他说，你还在那里等我一点来钟呢。真是不巧，你一离开，我就到了，可是我总得感谢你，你是我一个热情的好朋友。"

曲芝生听了这话，犹如在心上浇了一瓢烘热的香蜜，对了话机的嘴，笑着要咧到耳朵边来，立刻向装话机的墙壁，连连地鞠躬了三四下，笑道："那不成问题。"刚说了这句话，心里就有了个感觉，这话有语病，所谓"不成问题"也者，是代她保存这张合同呢？是她那一个热情的好朋友呢？于是，心里在打算盘，口里就连说了几句这个这个。那边黄小姐倒误会了他的意思，问道："你说的是怎样交付给我吗？东西放在你身上，我是十分放心的，你愿意怎样交给我都可以，大概……今天晚上你有工夫吗？"曲芝生恨不得由电话耳机内，直钻到她面前去站着，以表示有工夫，嘴里自是连连地说了许多"有"字。黄小姐道："那么，晚上九点钟，请你到玫瑰咖啡馆来等着我吧。我一定会到的。"曲芝生又连连说了几声"准到，准到"。那边说了声"再见"，把电话挂上了。

但曲芝生仿佛这句再见，与一切朋友所说的不同，尾音里面带着一分很浓厚的笑意。手里握着话机，对了墙壁，兀自出了一会儿神，方才挂上。为了这个九点钟约会，曲芝生一餐晚饭都没有好生吃着，就呆呆地，又是很焦急地，等那九点钟来到。等到了八点三刻，实在是不能忍耐了，立刻起身就向玫瑰咖啡馆来。这时，正是咖啡馆上座正盛的时候，一拉玻璃门时，就看到电灯雪亮，下面人影摇晃着成为一片。屋角上的炉子炭火也是正旺着，有一阵烘烘的热气，卷了女人身上的胭脂花粉香，向人鼻子里袭了来。

究竟黄小姐坐在哪里呢，他有点儿迷惑了。只好望过之后，在人丛中转了个圈子，在进门不远，令人注目的所在，挑了个空座坐了。这两只眼睛，当然是注视每个进门的女人脸上，同时也不住地看着墙壁上挂的那只挂钟，已经过了九点钟几分了。

正在他又一次看那钟的时候，觉得肩膀上有个东西轻轻接触着，同时闻到一阵香气，回头看时，正是黄小姐笑嘻嘻地站在身后。她手提了手提包，将一只皮包角按点在自己肩上。她把红嘴唇微微地一努，向钟望着道："我超过了预定的时间十分钟了。"曲芝生站起来，代她拖开座旁的椅子。她竟是伸着红指甲的嫩手，和他握了一握，笑道："偏劳偏劳，感谢感谢，你替我解决了一个最大的困难。"曲芝生只有嘻嘻笑着，不住闪动两只肩膀。

黄小姐坐下来，望了他笑道："你来了好久了吧？"曲芝生道："也是刚来，不过我没有敢失约，还是按准了时候来的。——黄小姐喝点儿什么？"她且不说话，把他面前那杯咖啡拿了过去端着抿了一口，笑着点点头道："今天的咖啡还不错，就是咖啡吧。"说着，把那杯咖啡依然送了过来。曲芝生看那雪白的瓷杯子沿上，微微地印着两个红嘴唇小印子，这就情不自禁向她看了一眼。她微微地转了眼珠向他一笑道："你觉得我把合同丢了，有点儿荒唐吗？"说着，就反过手去脱下上身的大衣。这时她又换了一套装束，上身穿着深紫羊毛衫紧身儿，领圈下是黄金拉链。她两手反着，那胸脯子挺起来，拱着两个乳峰。她伏在桌沿上向他笑道："你在想什么心事，你替我叫茶房送咖啡来呀！"他啊了一声，连说"是是"，便叫着茶房要咖啡。他吩咐过了，却见自己面前放了一条花绸手绢，拿起来嗅了一嗅，笑道："好香呀！"她将嘴对他的西服衣领又是一努，因道："落了烟灰在上面了，掸掉它吧。"曲芝生把领子上的烟灰拂去了，点头说声谢谢。黄小姐笑道："你为什么谢谢，以为我这条手绢是送你的吗？"曲芝生笑道："我不敢有这要求。"黄小姐笑道："那算什么，你帮我的忙大了，请你收下吧。"曲芝生立刻站起身来，向她微微地鞠了两个躬。

正好茶房端着杯咖啡送到黄小姐面前。茶房是面对了曲先生的。这样一来，倒好像是曲先生向他鞠躬了。他莫名其妙地，也向曲先生点了一下头。黄小姐看着，又不免露着白齿一笑，茶房去了，她问道："曲先生，今天有什么高兴的事吧？脸上老是不住地发笑。"曲芝生不想她会问出这句话，伸手摸摸头发，又整理了一下衣领，忽然做个省悟的样子，哦了一声道："把正事不要忘了。"于是从衣服口袋里拿出那张合同来，起身双手送到她面前，笑道："请验，没有弄脏。"她还不曾说什么呢，却有人在旁边重声叫了一声"青萍。"那声音似乎含了怒意，两人都吓了一跳。

第三十二章

螳螂捕蝉

曲芝生原知道黄小姐是相当自由的，但经她说过几次，义母师母都可以干涉她的时候，又料着自由也有个相当的限度。这时听到有人猛可叫了一句青萍，她立刻显出惊慌失措的样子，就也不知道怎样是好。手上那张合同刚巧要送过去，还不曾交下，却又拿了回来。这就看见一个穿海勃绒大衣的青年，半斜着戴了一顶呢帽，两手插在大衣袋里，挺了胸脯子走向前来，横了眼珠道："青萍！谁约你到这里来的？"她脸上虽没有发现红晕，却透着很为难的样子，站起来身子向后退了两步，指着曲芝生点了点头道："这……这……这是曲……曲先生。"于是脸上带了苦笑，又向曲芝生道："这是区亚英先生。"曲芝生看亚英那样子，虽不知道他们什么关系，心里先已三分惧怯，便深深地点了一下头道："请坐，请坐。"

亚英只将下巴颏点了一下，拖开旁边椅子，大大方方地坐下，他一眼看到曲芝生面前摆了那张合同，便掉过脸来向青萍道："下午问你这张合同，你说交给经理了，现在倒在人家手上，这是什么道理？"这时青萍已经坐下来了，很恭敬地将那杯咖啡送到他面前，低声笑道："是我丢了，让曲先生捡着了，没有敢告诉你，现在曲先生特意约了我来，把合同交还我呢。"亚英对于她恭敬的样子一点儿也不理会，问道："这样重要的东西，你在什么地方丢的？巧了，就让熟人捡着了。"青萍道："回头我会告诉你详细情形。"亚英突然站了起来，将椅子踢开，扭转身，就走出咖啡馆去了。

曲芝生始终呆坐在座位上，没有法子插一句话。这时见亚英走了，才向着青萍苦笑了一笑。她摇摇头道："真是不巧得很，偏偏就在这个当口遇见了他！"曲芝生道："这位区先生，是公司里同事吗？"她犹豫了一阵子，笑道："若是同事，我才不理他呢。实不相瞒，我和他不久订的婚，他自然可以干涉我的行动，那也没有法子，他知道了就让他知道好了，大概今晚上我们还有一场严重的交涉。"说着，两道眉毛皱得很深。

曲芝生这才知道亚英是她的未婚夫，那有什么话说呢？未婚夫当然有干涉未婚妻和男子上咖啡馆的权利，便耸了两下肩膀道："那我就很抱歉了，可惜刚才黄小姐没有给我介绍清楚，要不然我应当给他解释明白。"到了这时，黄小姐的神色已经镇定了，一扭头笑道："那也没有什么了不得，如今社交公开的时候，任何一个女子都有她交朋友的自由。我和人订了婚，我并不失去交朋友的资格。再说，曲先生特意在这里等着，把合同交还我，那完全是一番好意，一个人也不能那样不懂好歹。"曲芝生听了这一番话，胆子就跟着壮了起来，笑道："黄小姐这话是很透彻的。不过因为了我的缘故，让二位在感情上发生了一道裂痕，那我总是抱歉的。"青萍把那杯咖啡移到自己面前，从容地喝了一口，笑着摇摇头道："那也无所谓。"

这"无所谓"三个字，在曲芝生听来倒是可以玩味的。她是说姓区的不敢因此发生裂痕呢，还是说纵然发生裂痕也是在所不计呢？便向她微笑道："但愿不因此给黄小姐发生什么麻烦，那就更好。这合同黄小姐好好地收着吧，不要再丢了。"说着，双手递了过去。青萍接过这合同，看也不曾看，就打开手提包来收了进去。曲芝生望了她的脸色已是十分自然，便道："那杯咖啡凉了，再换一杯热的吧。"青萍倒也不反对，点点头。他这就想着她倒是很坦然，似乎她很有意思再坐下去。反正自己又没什么违法的把柄落在姓区的手里，根本不必惧怕。倒是他真的和黄小姐发生了裂痕，那正是给自己造成进攻的机会。进一步说，他们因为发生了裂痕之后，跟着废除婚约，那就更好了。于是换过咖啡，继续地和她谈下去，几个问题一周转，又提到了玩票这个问题上去。这件事曲芝生有兴趣，黄青萍竟是更有兴趣，二人越谈越有味，竟谈了一个多钟头，把刚才区亚英气走那幕小喜剧都忘却了。

后来咖啡座上的人慢慢稀少了，倒是曲先生替她担心，笑道："时间不早，黄小姐请回公馆吧，我明日希望得到黄小姐一个电话，能够平安无事，那就好了。"青萍从从容容地起身，穿着大衣笑道："倒蒙你这样为我担心，其实我自己看得很平常。合同在这里，又不少一个字角，至多经理说我一声大意，以后不把这重要文件由我经手而已。至于我个人的私事，那简直没有关系。"说着又伸手和曲芝生握了一握，然后告别。

她走到推动的玻璃门那里，两手插在大衣袋里，还回转头来向他笑了一笑。这一笑比同坐在一处的那种笑意，还要好受一点儿，只可惜这时候很短，她一扭转身就出门去了。曲芝生又犯了中午那个毛病，在咖啡座上很发了一回呆。他觉得黄小姐的态度，一次会面比一次感情要浓厚得多，若说她心里是有了我这么一个曲芝生，那或者有点儿幻想，可是说她丝毫无动于衷，那也不见得。这是什么道理呢？一个男子会莫名其妙地爱上一个女子，那就是所谓情人眼里出西施。可是一个女子也会莫名其妙地爱上一个男子，另外还有一个可信的理由，就是她爱好艺术，对于一个艺人容易另眼相看。对了！必定是这一点打入了她的心坎，对了！就是这一点。他想到这里，自己出了神，也就随着将桌子一拍，口里说出："对了！就是这一点。"这时咖啡座上的客人更稀少了，他这一声说话，已引起隔座几处注意，都向他望着。他自己立刻也省悟了过来，就把桌子连续地敲了几下，茶房过来了，他笑道："我叫了你们好几声都没有听到？"于是就掏出钱来会账。虽然有这点点的失态，他依然是很高兴地走回他的号子去。

　　他也有个家，但在南岸自盖的小洋房子里，每到生意忙碌的时候，也常是不归家。尤其是比期头一晚上，照例不能回去。因为人欠欠人的，在晚上都要把头寸估计一下。这时回到号子，账房里已经坐有好几个人，老远地就看到电灯光下面香烟缭绕，想必同事的候驾多时，纸烟已吸得不耐烦了。看到他时，大家不约而同地喊着："曲经理回来了！"他进屋向大家看了看，其中有位商梓材先生，是一家银号的襄理，虽然很有来往，平常是不大下顾的。这就向商梓材特意点了个头道："失迎，失迎！我没有想到有贵客光临。不然的话，我早就回来了。"商梓材已经站了起来，笑道："曲经理不开玩笑，我是无事不登三宝殿，等候大驾已有两点多钟了。"

　　曲芝生抱住拳连连拱了两下，便脱下大衣，拉着商先生的手，同在长沙发坐下。另外还有三位联号买卖的人，都望了他。曲芝生笑道："我今天下午就仔细盘算了一下，这个比期应该没有什么大问题，所以回来晚一点儿。"本号里的管事唐先生微笑道："多少有点儿问题呢。有两笔五十万的款子，银行已临时通知，不能再转期。还有两张期票，是下月半的日子，原来预备贴现给人家，可是这两家出票人，信用都有问题，贴现也恐怕贴不出去。这样一来，就要差百多万的头寸。"商梓材就掉转头来向曲芝生摇摇手笑道："何必唱什么双簧？我来想点儿办法，当然是有条件的。贵号有时候也有找我们的时候，我们是尽力而为，决不推辞。"曲芝生笑了一笑，这就向唐先生道："我们自己的事先搁一搁，听商先生有什么事见教。我说商兄，彼此的事，彼此都知道。我们是架子扯得大，其实也是外强中干。不过你既然光顾来了，我也尽力而为。"

商先生身上取出纸烟盒敬曲先生一支烟，然后喷出烟来笑道："架子扯得大，这句话我是承认的，而且彼此相同，可是我们那些股东，越干越起劲，还要改立银行。实不相瞒，我们在南岸投资盖房子，又买了不少的货，在上个星期我们有两笔款子可以收回，所以没有把货抛出去。不想到了今日全没有收到，弄得明天比期头寸不够。我想在我们私交上说，望你帮我一点儿忙。"曲芝生喷了一口烟，把头伸过来望着他，微笑道："你们还差多少头寸？"商梓材表示着很自在的样子，笑道："其实我们也只差个五百万。"曲芝生笑道："如今万字说惯了。若在前两年，这个数目，还是吓倒人，照我们交情说，自然是尽力帮忙，可是你这数目，实在不小。"商梓材听他的口气大为松动，显然有法可想，却把两手抱了拳头，拱上一拱笑道："请帮忙吧，一个星期内昆明那笔头寸兜转来了，我们就归还。你若是昆明用钱，划给你更好，日折二元，如何如何？"他口里说着"如何如何"，手还是拱着。

曲芝生且不直接答复他的话，回转头来向着唐管事笑道："我们是泥菩萨过江，自身难保。当然无法调集这么多头寸，假如能调集这么多头寸，我们也不会整个比期去冻结。不过老万那里，听说卖了一批外汇，很多的头寸还没有找着用途，不妨替商襄理打个电话去问问。"

这位唐管事虽是下江人，却是一身的土打扮，光了头顶，满头的短头发桩子。身穿一件毛蓝布大褂，两脚伸出来，下套一双双梁缎子鞋。他把手一摸嘴唇上的短八字黑须，要笑不笑地露出一脸生意经的样子。他也不向商梓材望着，淡淡地说道："老万那个人是好惹的？电话里和他商量，他还不是哭穷？要找他就得亲自去跑一趟。"商梓材道："哪个老万？"曲芝生向他微笑道："你不认得。他是一个没有字号的游击商人。这家伙厉害万分，不大出头，只在熟人里面兜圈子。我们给他起了绰号，叫游击司令。说惯了索性叫他万司令。金融运输两个部门，他都走得通。"商梓材道："这种人是现在最有办法的人了。不纳捐，不纳税，不要开支，不负责任，而且不挨骂。报上总说我们是国难商人发国难财，真是百分之百的冤枉。不过这位先生，还能来个不露面，那更有办法。不过他既不露面，对外又怎样会走得通呢？"曲芝生道："商兄，你疑心我掉你的枪花吗？"商梓材又拱两拱手道："言重言重，是我找你，又不是你找我，怎么会疑心你掉我的枪花呢？就请你替我向这位万司令想想法子看。"唐管事淡笑道："不是

471

我说句扫兴的话，和老万去借钱，等于在老虎口里夺肉。他是弄大花样的，根本看不起几分的子金。大概他一生没有讲过信用，所以他相信别人交情上的信用借款，那简直是白说。"

商梓材看了他一眼，心想这个姓唐的老小子，简直是个老奸巨猾。他们老板已经有点儿松动了，这小子还是一棍子打了个不粘，便笑道："唐先生，我明白，你一定是对敝号那回四十万转期的事没有答应，心里有点儿不大了然吧。其实那回的事，有点儿误会，也正是赶上我们头寸不够。自然我们是很抱歉的。"唐管事笑道："没有的话。那四十万款子，贵号转期了三次，还有什么对不住我们的吗？"说着，他向门外看了一看，低声笑道："商先生究竟把我们当自己人，不然的话，怎么肯老说头寸不够。这样一句话，对于一个银号负责人说出来，那真无异打了他一个耳光。"

商先生脸上真也像受了一个耳光，立刻脸上通红。曲芝生也觉得太让姓商的受窘了，因笑道："过去的事，老说它干什么？老唐就给老万打一个电话，看看他在家没有？他若是在家，我亲自和他说话。"唐管事答应着起身去了。

约莫十分钟，唐管事摇着头走了进来，笑道："这位万司令名不虚传，真是厉害。他一接电话，就说明天是比期。啊！你们又有什么花样玩不过去，连夜打电话找我？你看叫我的话怎样说下去。经理去说话吧。"曲芝生笑道："不要紧，让我去和他说话。"他交代毕，起身说话去了。

商梓材向唐管事笑道："曲先生请到你这样帮忙的朋友，真是三生有幸。"唐管事笑道："你必以为我刚才所说的话，是和曲经理唱双簧，我现在分辩着，商先生自是不肯相信。不过我举一个例，你就明白了。假如商先生不干银号，来管我们这几个字号买卖，你手上若是有个百十万头寸，你是愿意它冻结十天半月呢，还是赶快运用起来？自然是运用这些资金了。谈'运用'两个字，谁也赶不上银行家，可是银行家，也时常一个算盘子打错，有周转不来的时候。那么，我们就怎能说每个比期都头寸很够？你也该知道，我们不会装假，若是装假，上次那四十万款子，何必转了又转？"商梓材哈哈笑道："说来说去，你还是不能忘情四十万转期的那件公案。将来……"

他没有说完，曲芝生走了进来，摇着头道："老万架子搭得十足，要我亲自去跑一趟。好在路不远，我给你就去跑一趟。商兄，我们分途办理吧。我去找老万，你也到别的地方去想点儿办法。若是我有办法，我能和你找多少是多少，万一毫无办法，你也别老押我这一宝，误了你的事。你一个老金融界不见得除了我，就没有第二条路吧？"最后这两句话，却是商先生所不能忍受的，脸上便有点儿红红的，因站起来道："好！我暂时告辞。什么时候可以得着你的回信呢？"曲芝生道："现在是十一点了，事情不能办得太夜深，一点钟以前，必定给你一个回话。"商梓材笑道："好！就是那么说。跑比期，跑到大天亮的有的是人，我们自也不必例外。"说着还伸手和他握着摇撼了几下，连说"拜托拜托"。曲芝生也说了句"尽力而为"，将客人送出了大门。

曲芝生回到客室里时，在座的几个同事不约而同地道："这家伙也有来求我们的时候！"曲芝生燃了一支烟卷，坐下来笑道："我看大家的意思，是不必睬他了，你们也是太意气用事。人家是肥猪拱门，我们为什么不趁此机会捞他一笔？"唐管事道："有什么法子捞他一笔？他自己说了，日折二元。"曲芝生笑道："你们不必多事，我自然会捞他一笔。"唐管事总算是个有心机的人，点了一支烟，斜靠在沙发上凝神想了一想，笑着将手拍大腿道："这样惩他一下子也好。"曲芝生笑道："怎样惩他一下子？我倒不明白。"唐管事道："这有什么不能明白。他把银行里所有的头寸，都买了卢比的现货。他们买进，大概是六块几。现在这两天看疲，哪一天有起色不得而知，反正大跌是不会的。他原是想咬紧牙关，再等些时候。有现货在手，他还怕什么？如今我们说有钱是有钱。人家趁这两天风势好，是收买外汇的。不肯动，除非你有港币、美金、卢比现货，才可以移动。他不是头寸差得紧，今天不会冒夜在外面瞎抓。说是有大批的头寸，怕他不把卢比抛出来？只要我们少刻苦他一点儿，自然他会卖给我们。"

曲芝生也坐下来，两腿一伸，只管摇撼笑道："你这一猜虽猜着了，但是照你这个想法去做，那就只有失败。你想他是干什么的人，能在他手里的卢比上转念头！他看透了你居心不善，一气之下，来个业不卖谋主，妻不嫁奸夫，他就吃一点儿亏，有了卢比哪里抵不了账？而且他也就因为舍不得卢比抛出，才短着头寸。必须设个法子，让他甘心把卢比抛出来。"唐管事道："那有什么法子呢？"曲芝生笑道："你不必问，我自然有办法，我们且办我们的事。"于是就和号里两个负责人在账房里将账目结清。约莫在十二点钟附近，曲芝生就摇了个电话到商梓材家里去，说法子是有，还得当面商量，夜已深了，怎么办呢？那边答应有车子不要紧，再来拜访。挂上电话，不到十分钟，门外汽车喇叭响，曲芝生看看经理室布置已好，便口衔了大半支雪茄，在屋子里踱来踱去。

一掀门帘，商梓材走了进来。见曲芝生也是在想心事的样子，便两手

473

拱了一拱笑道："对不起，深夜还来打搅。"曲芝生装出强为欢笑的样子，摇摇头道："不要紧，我也不是现在能睡觉的，请坐，请坐。"他自己坐在一边，将经理位子那把椅子给客人坐了。商梓材坐下，就见桌上玻璃板板下压住了一张货单子，这种半公开的东西，倒不用怎样避嫌。大略地看了一下，上面写着全是五金材料的名色，什么七号线多少圈，九号线多少圈，五号洋钉多少镑，三号铜钉多少镑，还有许多名色，是自己不知道的，因笑道："曲兄真有办法，又进了许许多多的货。"

曲芝生坐在旁边，昂着头先叹了口气，接着笑道："你老哥真是开玩笑，现在我还有钱进货吗？这都是拿去向老万抵押的。实在的话，我还差几十万。同时我也真想进一点儿货。这家伙把仰光、加尔各答当大路走，明后天就要坐飞机走。我说要钱用，并托他在仰光替我弄一点儿货。他说：'那不成问题，我给你白尽义务，要什么货，开张单子来吧，不过运输你自己料理。我能给你带，我自己就会多带了。'商兄，这就是他的生意经啦。我就许了许多条件，干脆地说，他简直要赚一半，第一步谈好了。第二步，就问我在仰光有多少外汇。我说：'有外汇那还说什么！知道你老兄的作风，一切现实，五金、西药、股票，你要什么抵押，我就把什么抵押给你。'他也毫不客气，指定了要五金，而且说他本来要把这批钱买外汇的。他又说：'但是这两天，那几个熟人，有的不在重庆，有的已做多了外汇，不能再想办法，所以省下这笔买外汇的钱来。你若是有外汇，货倒是可以买，最好是开仰光或加尔各答的支票，若不然，卢比现货也好。'你想，他这不是风凉话吗？我有外汇，我怕换不到钱，还拿货去押款？"

商梓材听他说了一大片话，插不进嘴去，这就忍不住抢着问了一句道："他出什么价钱？"曲芝生道："我根本没有外汇，问价钱做什么？我就乘机问他：'那买不到外汇的钱，自然是暂时留在重庆，可不可以暂时移给我一个朋友度过明天的比期，你不是愿意五金吗？再把五金材料来抵押。'于是他想了一想，答应了可以再移动三百万。"商梓材笑道："你这又是和我开玩笑了，我哪里有五金材料呢？"曲芝生道："我当然知道你没有五金材料。可是你说过，曾移挪着头寸，买了一批货，这一批货我想总不会是过于冷门的东西。你若是肯拿出来押给我同行，我可让我同行再押一批五金给老万，这圈子就兜过来了。"

商梓材吸了烟卷，望着玻璃板下那张货单子，很是出了一会儿神，因沉吟道："以你和他这样交情之厚，还要抵押品，当然是陌生人再无办法。承你的情，叫我把东西押给你同行，你同行再把五金押给老万，这要出个双层子金，万一两个星期内，我还周转不动，我的东西陷住了不要紧，把你同行的五金陷在老万手上，那更是缠夹不清。"曲芝生道："有倒有个办法，可以干脆解决。我一个朋友的太太，手上有一批卢比，约略值三百万出头，你若是把货押给她，她把卢比暂让给你，你就照市价卖给老万。我保证今天晚上两点钟以前，有大批的头寸在你手上，明天你可以太太平平度过这个比期，老万不是买不到卢比的人，就是受了时间的限制，急于在行期前捞一个是一个。将来他兜得转的时候，再给你买一批卢比还那位太太就是了。"

商梓材衔了烟卷望着他，见他脸色很自然，便笑道："这事太冒险了。我现在照市价要了人家的外汇，将来外汇涨了价，我既赔本，又出利钱，那岂不是双蚀？"曲芝生道："我当然知道这一点，可是因为你连夜出来抓头寸，总怕你着急，所以在无办法中想办法。"商梓材且不作声，那支烟卷深深吸了一口，一气把烟吸到根上，把烟头子送到烟灰缸里，还按了两按，笑道："我实说了吧。我就掌握着一票卢比，若是肯把它抛出去，我也不会在外面跑到深夜了。将心比心，谁有卢比在手上，又肯抛出来？"曲芝生倒是站起来和他作了两个揖，笑道："对不起，我真不知道你是钱关在保险箱子里，到外面来忙头寸的。要不然，我就说的这些话，倒好像是打趣你的。这还发什么愁来，我这里熬得有很好的稀饭，有朋友送的宣腿和大头菜，吃点儿半夜餐吧。你若是愿意吃甜的，我有糖莲子，立刻加进去熬上一熬也好。"商梓材道："不必费事，就是白粥好。"

曲芝生好像把所谈找头寸的话丢到九霄云外，马上把店中伙计叫来，叫他预备稀饭。又问道："那一小听可可粉还有吗？给我们先熬两杯来喝。"店伙答应了。曲芝生又忙着开屋角里那个小茶柜，捧出一盒吕宋烟放到写字台上，掀开盖来向客人笑送："真的，来一根，夜深了，先提一提神吧，别太苦了。"商梓材道："你怎么立刻松懈起来了？"曲芝生笑道："我的头寸有了，你根本不发愁，你有卢比，还怕换不到法币吗？来吸根烟提提神。"说着便取了一支雪茄递到他手上，笑道："这两天跳舞来没有？"

商梓材因他只管松懈，也就凑趣说了一句道："在重庆跳舞，那有什么意思？偷偷摸摸且不说了，地板不滑，而且没有音乐，只管用话匣子开音乐片，实是不过瘾。"曲芝生笑道："上个礼拜六，在郊外玩了半夜，相当过瘾。他们用播音筒，接上话匣子音乐，声音响亮，电灯都用紫色的泡子，颇有点儿跳舞厅的意味。"说时，店伙已送着两杯可可来了。曲芝生端着茶杯，很坦然地喝可可。商梓材坐在他经理席上，也很默然地喝可可。约莫有五分钟之久，商梓材笑道："曲兄，你说那位万先生，将来还可以买到卢比，那是真话吗？"曲芝生道："这又何必骗你，自然，你以为他现在就设法买外汇，将来他果真有了外汇，又岂肯让给别人？你要知道，现在他是想带点儿资金出去，不能不收买。而且也是凑巧，和他有联络的两个人，都不在重庆。两三个星期之后，他回来了，那两位也回来了。他暂时不需要外汇的时候，他向朋友买一点儿，又有什么关系？"

商梓材沉吟道："不知道这位万先生能出什么价钱？"曲芝生笑道："你若是想在他面前做点儿人情的话，就不必敲他的竹杠，照今天的黑市卖给他。这样，你至少不吃亏，等于拿这个卖给别人一样。"商梓材喝着可可，紧紧地皱了眉头子笑道："如此做法，我要吃好几十万元的亏。管他呢，我图他下次帮忙，就卖掉它吧。夜深了，我也不再去找别人了，烦你打个电话给他，我们在什么地方交付？"曲芝生道："你也不必再跑，吃过稀饭，你就回府吧。他开给我的三张支票，我先给你。你若是怕有退票的嫌疑，你的卢比可以明天交给我，我替你担上这个担子。请他明天一早补给我三张支票。反正我在明日十二点钟以前有钱，就太平无事。"说着他就在身上摸出三张支票，很痛快地交了过去。

姓商的虽疑心这里面多少有点儿枪花，但接过支票去一看，支票果然是别人出的，也许曲芝生是真肯帮忙。把人家给他的支票，先拿出来垫用一下。或者他可以借此向姓万的卖点儿人情，只要自己不吃亏，也就不必追问了。于是就在这经理桌上开了一张收据，收到若干元支票三张，并注明次日以卢比若干归还，身上带有私章，也盖上了，便向曲芝生拱拱手道："费神费神，明天准按约办理。"曲芝生倒是郑重了脸色道："老兄，这个可开不得玩笑的。"商梓材笑着将手指了自己的鼻子尖道："这个还好玩笑，难道我以后不想在重庆混了吗？"这样说着，于是大家又笑起来了，算是快快活活地吃了那顿稀饭，尽兴而散。

到了次日早上九点钟，比期开始忙碌的时候，曲芝生就来到银行里和商梓材来要卢比，说是那姓万的非见现货不给钱，自己的钱既拿出来了，现在可有点儿周转不动。商梓材比期的难关总算解除了，不能不替承手人担当。那三张支票已在银行对照过了，毫无问题，也没有理由把卢比压着不给人，于是和银号里经理商量之后，就全数交给曲芝生。在钱交出去之后，自然没有什么新的感想。可是在钱交出三小时之后，银行界就盛传着卢比涨价了。商梓材立刻向几处打电话一问，经回电证实，果然是涨价了，而且是跳涨，一涨就涨了百分之三十。他这才恍然曲芝生这小子处心积虑，把这批卢比弄去，原来是他预先知道卢比要涨价的。这只怪自己不好，不在银行界兜圈子，向他去商量头寸。那四十万元不替他转期，总算给他从从容容报了仇去了。卢比是已交给人家了，还有什么话说呢？坐在自己的办公室里，只管气得乱捶桌子。

曲芝生拿了这票卢比在皮包里放好，向胁上一夹，高高兴兴地走上大街，预备拿着这批财宝回南岸去享受，可是只走了一截街，就见黄青萍小姐直接迎上前来。曲芝生还没有打招呼，她已是将一只白嫩的手举起来，向他招了几招，满面春风地带着微笑。他觉得彼此是很熟了，立刻迎上去对她笑道："我一直惦记着你的电话，而你竟没有电话来。"她道："我知道今天是比期呀，你不会有工夫到票房里去。而况现在才上半天呢，也不是娱乐的时候。"曲芝生道："我不是说这件事，昨晚咖啡馆的事你忘记了吗？"青萍笑道："哦！你以为我会把这件事在电话里告诉你吗？这事已过去了，可是总得多谢你惦记。"她口里说着，脚下便开始行走。曲芝生情不自禁地，也就随在她旁边走，因道："黄小姐现在上班去？"她笑了一笑，脸上又表示着踌躇的样子，略点了两下头道："我今天上午没事。"说着，回过头来转着眼珠望了他，又是微微一笑，再问道："你相信不相信？"曲芝生对于她这个动作，觉得妩媚极了，同时也不知道她这话是什么意思，心里一阵慌乱，也就想不到怎样答复，只有笑着，跟在后面走。

青萍并不回过头来，只悄悄地问道："你中午有约会吗？"他笑道："我已经把事情交代过去了。还有些小账目，那用不着我自己跑。我也没事，就请你吃中饭，要吃得舒服一点儿。我找一家熟识的下江馆子，要两个拿手菜，你看如何？"青萍笑道："不，我请你。你忘了我是应当谢谢你吗？不过你要去哪一家馆子，我都可以听便。"曲芝生看了看表笑道："现在快十一点，要吃饭也可以吃了，我们这就去好吗？"青萍又回转头来向他望着笑，眼皮一撩，乌眼球在长睫毛里转动着，似乎在这动作里，就向他说了句什么话。然后用很轻微的声音答道："我也有几句话要和你谈谈，找个最好可以坐着谈谈的地方。"曲芝生听了这话，觉得全身的毫毛孔都松动了一下，连说"那是自然，那是自然"，于是就很高兴地把她引到一家江苏馆子里来。茶房立刻把他二人引到单间里去。青萍先站在窗子口上向外望了一望，然后隔了桌子角，与曲芝生坐下，将手提包随便一放，就放在他面前。

曲芝生对于这种小事，自不怎么加以注意。他所注意的，倒是黄小姐嘴上涂的口红，和她头发上烫的波纹。黄小姐向他转着眼珠微笑道："你有什么新感想，老是对我脸上望着？"曲芝生真不会想到她有如此一问，觉得用什么话去答复她都不怎样妥当，只好依然微笑着。青萍倒是很坦然的样子，淡淡笑道："现在虽然说是社会上交际文明得多了，可是男子和女子交朋友，总不能十分自然。"曲芝生道："这话怎样解释呢？"青萍笑道："比如你我之间吧，你总觉得有点儿新奇的滋味在里面，不免老向我看着。"曲芝生看她面色很自然，便道："黄小姐假如你不嫌我说话冒昧一点儿的话，我就直率地说出来了。平常一位小姐，若是装饰得很好的话，猛然看着那总是很美的，可是看得稍久了，慢慢地就要把缺点完全暴露出来。黄小姐呢，却是不然，越看越好看。因之，我只要有机会，总得向你多看看。我还得声明一句，我这全是仰慕的意思，你不以为我这种举动有点儿冒昧吗？"青萍笑道："这就是我说的，你有点儿不自然了。假如你交女朋友，和交男朋友一样地看待，你就不会说看我就是冒昧，更也不会老看着我。我这个人的性情，你还不能摸着。我一切举动都是坦白与自然，这样的作风，不免有人看着近于放荡。但是我也随他们去揣测，反正我觉得怎样自由，我就怎样地去做。男人对于不认识的女子，倒还是赞成她自由的，若是成了朋友，那就不这么想了。"曲芝生听她这话，不待仔细考虑，就可以玩味到她言外之意，是说自己对她有了占有欲。女人到了承认对手方占有了，这交情已不是一个平常的朋友了。心里一高兴，就觉得手足失措起来，不住地将手摸了脸又摸了头发。

这时正好是茶房泡着一壶好茶来了。他算有了一个搭讪的机会，立刻将两只茶杯，用茶先洗净了，然后斟了一杯热茶，两手捧着，恭恭敬敬地送到她面前放着。青萍起身，略略点了两点头，又坐下来笑道："我说曲先生，以后我们相处不必客气，好不好？我希望你把我当一个男朋友看待，一切平常。"他笑道："这也不见得有什么特别呀？我是主人，我斟一杯茶送过来，这有什么过分的吗？"青萍端起杯子来微微地呷了口茶，向他抿了嘴笑着，很久没有作声。曲芝生笑道："黄小姐怎么不说话了？你觉得我的话不是出于至诚吗？"她右手扶了杯子，左手微弯着，手臂靠住了桌沿，昂起头做个出神的样子，然后微笑道："我正想着一个问题呢。实不相瞒，我在交际场上，自觉是大刀阔斧地行动，独来独往，没有什么人在很短的时间就可以和我交成朋友。可是对于你，竟是一个例外，现在我们好像是很熟了，这一点原因何在，我简直想不出来，你能告诉我吗？"

曲芝生又是一阵奇痒由心窝里发了出来，抬出手来轻轻地搔了几下头发，笑道："我还不是一样吗？这两年，我成天地忙着事业，漫说异性的朋友没有结交过一个，就是男朋友也很少新交。你不提起，我也不敢开口，我真觉有千言万语，想和你说一说。我也不知道什么缘故，见着你就像很熟似的，可是这话我不敢说出来。"青萍瞥了他一眼笑道："尽管说呀，话闷在肚子里会烂了的。"曲芝生有了她这样一句话，自不能把这好机会失掉，于是放出郑重又亲密的样子，一连串地和她谈了半小时的知心语。并说到有一批卢比，正想向银行里送，现在只好下午送去了。青萍只是微笑地听着，并不答话。她忽然将手表抬起来，看了一看笑道："只管和你谈话，我把一件很重要的事忘记交代，你等我一等，我出去一趟，十五分钟以内准回来。"说毕，她也不待曲芝生同意，立刻就走了。

曲芝生见她匆匆而去，不但没有拿手皮包，便是大衣也未曾穿，料着她出去不远，自是安心等着。果然不到十五分钟，她红着面孔笑嘻嘻地走回来了。曲芝生起身相迎，笑道："事情办完了吗，没有误事？"她坐下来自斟一杯茶喝，笑道："总算没有误事，现在可以吃饭了，下午我恐怕要到郊外去一趟。"曲芝生料着她有什么重要事情发生，而女人的秘密，又不是随便可以问的，便遵命立刻叫茶房预备上菜。五分钟后，她又恢复了平常的态度，俩人自也从容地吃饭。约莫吃到半顿饭时，却听见这楼板上一阵杂乱的脚步声，似乎来了不少的顾客。这当然与曲芝生无关，他也不去关心。

又过了五分钟，忽然有一个很沉着的声音叫着青萍。曲芝生回头看时，正是她的未婚夫区亚英又来了。区亚英两手叉了腰，拦了房门站住，横了眼道："你今天还有什么话说？"青萍也把脸红了，站起来道："有什么话说，难道我请客吃饭，还有什么请不得吗！"亚英道："我不和你谈私事，那张合同还在你身上，你带了到处跑，什么意思？"青萍道："合同我交出去了，刘先生已交付了第一批款子五百万。"亚英走着逼近了两步，依然两手叉了腰，问道："款子你交付了吗？"青萍道："是两张支票，我收在皮包里。"亚英道："我现在和一些朋友吃饭，不便和你声张，我俩迟早有账算。这一笔款子，不能放在你这里。"说着，把旁边桌上两只皮包一把抄起向腋下一夹，拿了就走。青萍叫道："吓！那只大皮包是人家的，你不能都拿了走。"亚英遥远地答道："我在楼上，谁的东西，谁到三层楼上来拿，我在这里等着他。"

曲芝生坐在那里发呆，始终不敢交言。当亚英拿着自己皮包去的时候，本想叫出来，因为青萍已喊出来了那是人家的皮包，所以还是没有作声。这时，亚英交代到楼上去拿东西，分明知道他和一般朋友在那里等着，这一般人是什么角色，却猜不出，反正他们来意不善，自己跑去拿东西，寡不敌众，必定遭他们的暗算，好汉不吃眼前亏，实在去不得。可是真不去吧，那皮包里藏着三百多万卢比，好容易用尽了心机在人家手上弄来，岂可轻易地丢了？他心中发急，脸上也变得通红。青萍道："曲先生不要紧，你那皮包我完全负责，请你稍等一等，我去给你拿来。"曲芝生看她那分义形于色的样子，倒怕她为了取这个皮包，又出什么乱子，因和缓着语气道："希望黄小姐一切和平解决。"她自穿起大衣，一面向外走着，一面答道："没关系，公司里几千万的东西由我手上经过，也没有出过一点儿乱子。"说话时，已经走上三层楼去了。

曲先生对了一桌子菜，无精打采地吃着饭，静静地听去，楼上并没有什么争吵声。约莫有十来分钟，一阵脚步响，有人直逼近这房门口，情不自禁地站了起来，向后退两步，靠了窗户口看时，来的人前面是黄小姐，紧跟着的是她的未婚夫，再后面是两个穿制服的人。黄小姐正提着那个大提包，向屋子里桌上一抛道："曲先生，收着你的东西，我们自去办交涉，没有你的什么事。"其中一个穿制服的喊道："姓曲的，看你也是个体面人，为什么干拆白党的勾当，你也脱不了手，我们两张支票不见了，我们一路走。"另一个道："一路走像什么样子，他有名有姓有字号，反正他跑不了，走吧。"说到那个"走"字，簇拥着黄小姐走了。

曲芝生直等听不到脚步响了，赶快取过皮包打开来看，检查里面东西，大小厚薄的，样样俱在，就是刚由老商手上取得的那一批卢比，却是一张不曾留下。瞪了两眼望着皮包，人都气得瘫软了。他出了一会儿神，心想莫非黄小姐做成一个圈套来害我？不会不会，自我第一次看到她起，我就知道她是位十足的阔小姐，她对于几百万块钱，大可以不放在心上，不见她将那重要的合同丢了，也毫不在乎吗？那么，这笔钱是那个姓区的拿去了，看他那个样子，原来把我的皮包拿去，是出于无心，拿去之后，发现我皮包里有那些卢比，这就见财起意了。钱的数目太多了，这含糊不得，一定要追了回来，不过要用什么法子追回来呢？自己既没有亲手把卢比交在人家手上，也无法找个什么人来证明，皮包确是姓区的拿去过的，又经黄小姐取回来了。和姓区的要钱呢，这交涉不好办。自己曾约着人家的未婚妻单独在这里吃饭，自己先就无理了。还有同伴的那两个家伙，他竟说是丢了两张支票，那样子还打算讹诈我一下子，若去找他，少不了是一番重大交涉，甚至打官司。若说找黄小姐呢，并没有亲手点交给她什么，她怎能承认赔偿这款子？凭良心说，人家始终以好意对待，怎好反去咬她一口？曲芝生就这样自问自答，呆坐在这饭馆的单间里，足足有半小时，无论如何也想不出一个适当的法子来解决。还是那个熟茶房进来了两三次，送茶送水，他感觉得老坐着是不成话，只好会了饭账，夹着那吐出了大批卢比的大皮包，无精打采地走去。他总还有几个可共心腹的朋友，自然要把这件事去分别请教。

却说亚英和那两个朋友，簇拥着黄小姐出了饭馆，自向他的旅馆而去，掩上房门，大家呵呵大笑。青萍脸上倒还镇定，只管抱了膝盖，坐着绷紧了面皮道："我也无非是对这种下流一个惩戒，这姓曲的小子丢了这一笔钱，料着他不能善罢甘休，那不要紧，有什么大不了的事情，都有我姓黄的出来抵挡。"亚英笑道："有什么了不得呢？他要敢出面办交涉，我要他的好看。"那两个男友便不约而同地笑道："揍这小子一顿。"青萍道："打架就下流了，要打架，我也不这样惩他。"说到这里，她忽然注视桌上一个大手绢包，胸脯挺了一挺，脸色也正了一正，她道："这批款子虽然不小，但我姓黄的绝不要一文。我以前就说过了，如今重复声明这一句话，我要用无名氏的名义献给国家，最迟在三天以内，就要在报上宣布这条新闻，这个钱在手上停留不得，停留着就有很大的嫌疑。亚英，你今天可以下乡去避开两天，免得那姓曲的小子找到你，究竟有点儿麻烦，等着这笔款子宣布了用途，那让他有苦说不出。"亚英笑道："怕什么，我料他莫奈我何。"青萍脸上带了俏皮的笑容，将眼睛微微地瞪着他，亚英一见，最是受不了，便笑道："我去就是了。"青萍道："那很好，明天后天。"说着，她将右手比了左手的手指计算着，接着道："后天上午十二点以前，我自己开了小车子来接你。"

亚英见她许了这样优厚一个条件，更是决定下乡。因为和她订婚以后，家庭已经晓得了，自己也只好写一封信回去禀告双亲。只是父亲轻描淡写地回复了几个字，没有什么赞同的恳切表示。自己曾想，约着她下乡同去见见家人，却没有敢开口。如今她自动地要去，那正是合了心计，便答应了马上就走。

青萍倒没有什么不信任，提了那个大手绢包在手，向他和两位男友点个头道："我先去办好这件事，自己站定脚跟。亚英，后天见。"说着提了手绢包走了。两位男友，同时向亚英赞美黄小姐。他笑道："这个女孩子，不但漂亮，聪明绝顶，也厉害绝顶，你看她把这笔款子用无名氏的名义，献给了国家，那姓曲的有什么法子对付她？料他毁谤的话，也不敢说一句。"一个男友道："这倒罢了。她怎么就会知道姓曲的手上有一大笔现款呢？"亚英道："今天不是比期吗？她先和姓曲的五金号里通了个电话，托名某银行的张小姐。正要探出他一点儿口气，碰巧他们那边的管事误会了，说那三百多万卢比，已到银号去拿了。黄小姐知道姓曲的小子有了钱，就打算动手。刚才在银行区碰到了他，姓曲的邀去吃饭，他自己说了三百多万卢比在皮包里还没有换。于是在十分钟之内，用电话遣兵调将。我想着还未必马到成功，直等打开皮包，整叠的卢比，分文不少。我才佩服她料得定，办得快。"说毕，哈哈大笑。

第三十三章

一方之强

在这幕喜剧以后的几小时，区亚英回到了家里。这时区家老太爷在小镇上坐完了小茶馆，打着灯笼回家，一进门看到二儿子穿了一套漂亮的西服，坐着和家人围灯闲话，桌上堆着几个纸包，是糖果饼干五香花生米等类，大家吃得有说有笑。亚英见着爸爸，立刻站起来双手接过手杖灯笼。区老先生见他头发梳得溜光，笑道："现在你们都变了个人，几乎比战前还要自在些。"亚男坐在桌子边吃花生米，将头一扭道："你老人家说这话，我不承认，这'你们'也包括我在内吗？我可没有比战前过得舒服，这花生米很好，来两粒吧？"说着抓了把花生米，送到父亲手上。

区老先生在旁边一张藤椅子上坐了，看看儿子，又看看女儿，笑道："虽然如此，这些时候，你也比以前几个月舒服得多了。香港带来的皮鞋、手表、自来水笔，这不都是你所想的，而居然都有了吗？蜜蜂牌毛绳的短大衣不算，阴丹士林大褂一做便是两件。"区老太太坐在桌子正面吃花生糖呢，便插嘴道："这在战前算得了什么呢，如今都成了奢侈品了。"亚男和亚英坐在一排，顺手将他西服小口袋里的一条花绸手绢抽了出来，在桌上折叠着，笑道："真是奇怪，在战前我真不爱穿阴丹布大褂。入川以后，先看到人家穿，便觉得是这里人的特别嗜好，布越来越贵，大家越是要穿，我也就感觉到经洗不脱色，值得穿了。"亚英笑道："这个道理，有两件事可以为例，在下江便是半年不吃鱼也无所谓，到了四川鱼贵了，就特别想吃。还有大小英牌香烟，那真是普通极了的东西，我就少看到中产阶级的人吸，现在这烟慢慢少了，就越吸越有味。"他这样说着，正是要把父亲将发的一篇议论，赶快拉扯开去。但是看到亚男

483

只管把那块花绸子绢在桌上折叠着，便向着她笑道："桌上脏得很。"

终于是引起了老太爷的话了，问道："这条花绸手绢，值不少的钱吧？这完全是奢侈品，我不曾见哪个穿西服的，把那小口袋里的花绸手绢擦痰抹鼻涕。"亚英笑道："不相干，人家送的。"亚男笑道："说起来，爸爸未必相信，人家送他的东西，比这值钱的那就多了。"她说着很快地跑进屋子里去，把那件海勃绒男大衣拿了出来，提着衣领站在屋子中间抖了几抖，笑道："爸爸，你看这也是人家送二哥的。"老太爷偏着头看了看道："无论是买的，或者是人家送的，都不应该。我们回想前半年吧，日子还过得很艰苦，如今一天比一天奢华，纵然没有发国难财，人家也要说我们发国难财。我总有点儿死心眼，我不愿意背上这个耻辱的称呼。"

亚英没什么说的，拿了一粒糖果，慢慢地撕着上面的包纸，发着微笑。区老太太道："青年人都爱个好看，人家送的东西就让他穿吧。"老太爷道："当然让他穿，我也不能叫他收起来，也不能叫他卖掉。不过我感慨是有的。"亚男笑道："卖掉那可使不得，这是二哥的宝物，爸爸你猜是谁送给他的？"区老太爷冷笑道："还不是李狗子和老褚这一对宝贝？贫儿乍富，如同受罪！他们有了钱，不知怎样是好。"亚男向父亲瞪了一眼，撇了嘴微笑道："送这样重的礼，落不到一声好，还要让人家骂是受罪。二哥若是把这话告诉那个送礼的人，她要气死！"区老太爷道："我倒不是埋没人家的好意，只是胡乱花钱，暴殄天物，何不少花几个，少发几个国难财？大家都存下这个念头，对国家是不无补益的，这话就是告诉送礼的，我也是出于正义感。"

亚男将大衣交给了亚英，回转身来面对了父亲笑道："您老人家越说越远，这是我们那位没过门的二嫂子送的，你看人家手笔好大。"区老太爷听了这个报告，脸色有点儿变动，便望了亚英问道："是黄小姐买的。还是……"亚英立刻答道："是在拍卖行里收的旧货，也是事出偶然，有一天去逛拍卖行，看到这件衣服相当新，而又不怎么贵，她就给我买下了。"说到这个"她"字，他的声音是非常微细的。区老太爷衔着雪茄喷了一口烟，在和平的脸色上，似乎还带了三分严肃的意味，因道："提到你的婚姻，现在做父母的当然不必去多事。不过父子的关系太密切了，你有什么大问题发生，不能说毫无牵涉，就算毫无牵涉，做父母的人总也望儿女的婚姻十分圆满。"

亚英一听父亲这个话帽子并不怎样好戴，以下的话恐怕要趋于严重，可又不敢拦着父亲的话。因伏在桌上剥糖纸，轻轻地咳嗽两声。不但是他，全家人都和他捏着一把汗，生怕老太爷的话，将使他受不了。老太爷继续着道："这位黄小姐，我看到过的，而且也听到过她的谈吐。在学问和人才上，只有你配不过她的，她肯和你订婚，那真是个奇迹。"全家人不想在那严重话帽子下，竟是这几句极好听的话，大家打了个照面，而亚英已是忍不住而露出笑容来。

停了一下，老太爷又道："可是，这个奇迹，是可以相当考虑的。你大哥年纪大些，阅世稍深，他就和我谈过。你和亚杰知识水准，都还不够一个标准大学生呢。不想你们几个月工夫，被那极容易挣来的钱，带上了奢侈生活的路线，将来这容易钱挣不到的时候，那又怎么办呢？自然，真挣不到容易钱的时候，你们的生活，也不许可你不改回来。只是再进一步，组织下一个生活奢侈的家庭，那就难说，甚至演变成一幕悲剧也未可定。我深知道黄小姐是出入富贵人家，物质享受很多的人，不然，在这种一滴汽油一点儿血的日子，上次也不会随便地开一辆小汽车把我送到郊外家里来。谈起那回她用专车送我们下乡的事，到现在我还觉得是盛情可感，但要人家来做我的儿媳妇，那我就受宠若惊了。"

说到这里，除了亚英，大家都不禁微微一笑。那位整日忙于处理家务的大少奶，坐在一边矮椅子上，哄着孩子吃糖，也嘻嘻地笑了。老太爷凭着这点儿表现，又发了他的新感想，手夹了半截雪茄，向大家兜圈儿指着，因道："我们这家庭相当和睦，不管现在每天可以买一斤肉、几个鸡蛋情形之下，和以前吃生泡菜下饭的日子是一样。晚上没事，大家围坐在灯下，可以随便说笑，我们这位大少奶，走出灶房，扑去身上的煤灰，也不失为座谈会里的一角。若是我们家里凭空添上一位坐小汽车的少奶奶，恐怕就不大愿意加入这种座谈会了。自然，我不希望她也进出厨房，但这种围菜油灯的座谈会，纵然每日都有，像今天的糖果花生米助兴，依然不会感到兴趣，何况这是几个月难有一回的事。举此为例，我可以预想到结果是要另组华丽的小家庭了。这'小'字还是指主人的单位而言，并非说家庭形式是小的。那么，你区亚英的负担，可就不十分轻，这些问题，不知道你考虑过没有？虽然我今天说出来已无济于事，但我得告诉你。完了。"

他像演说一样，最后他赘着完了两个字，这倒不是开玩笑，是他表示着不再有什么批评了。亚英本也料父亲有许多严厉的话要说，现在将全篇话听完，觉得还是相当近情理的，他也不能再有什么话说，只是继续剥了糖果吃。区老太太坐在桌边，看看他默然的样子，因道："我很同意你父亲的话。我们究竟是个清寒人家，大概她还不大明了我们家庭是怎么一种情形，就怕她一看我们的家庭，就要大为失望。"亚英这才答道："这种情形，当然我是知道的。不过我也几次和她提到过，她的表示说起来是令人难以相信的。她说她现在没有家庭，和几位有钱的太太小姐来往，不能太寒素，这对于她精神上，不但没有什么安慰，而且觉得很是苦恼。所以她屡次向我表示，愿意冲出这个范围，过着清淡的生活，而且还愿意有个向国家社会服务的机会。"亚男听了这话，只管向他微笑，等他说完，便道："你倒是一个良好的宣传家。"亚英正色道："我不是宣传家，还有个老大的证明，后天她是会亲自到我们家来。"亚男道："真的她会来？这条路上搭公共汽车，是太伤脑筋的事。有人护送她来吗？"亚英道："她原是说后天开小车子来接我进城，我想她或者是不好意思说拜见公婆，所以才这样说的。"

区老太太听了亚男的报告，知道这位小姐已经摩登到了顶点，摩登小姐眼里的公婆，也就是那么一回事。而且许多摩登小姐和男人订婚，唯一的条件就是不和婆婆住在一处。这本来是旧社会恶婆婆留下的印象太深，叫这些有新知识的女子不敢领教，对于这位黄小姐也就不必存下什么奢望。这时听到说黄小姐要来拜见公婆，便感到喜出望外，心里那份不然，先软化了一半。因道："若是真会来的话，我们也不必摆起旧家庭那份规矩了，请她吃顿中饭吧。"说着，她望了老太爷的面色。老太爷点点头淡笑道："时代不同了，做公婆的要开明一点儿，不必像当年大少奶结婚一样，见面深深三鞠躬。大少奶，你觉得委屈吗？"大少奶没想到话题转到她的身上，哟了一声道："爸爸，说这样客气的话，我们是落伍的女子，只觉得尊敬公婆乃是理所当然。"老太爷道："也不是那样讲。家庭制度，不免随了时代变，假使你和亚雄在今日结婚，当然会免除了你见面三鞠躬，而也绝不单劳苦你一个人，总让你一人下厨房的。"亚英听了，觉得这话题的反面，都疑心到青萍不是一种家庭妇女，便笑道："我也不能替她辩护，等到后天她来了，可以看看她的态度。"老太爷总是有点儿姑息儿子的，见亚英面孔红红的，好像是憋着一肚子的气，就笑着把这话扯开。

次日就开始筹办菜肴，预备欢迎这位新少奶奶。亚英对于家庭这个态度，也相当满意，青萍来了相信不会失望的。他希望青萍看得这家庭更为满意一点儿，那热情自又在一般家人之上。他除了将各屋子里的桌椅板凳都代为整理洗刷之外，便是门口空地里的乱草，也给它整理得整齐。家中人虽看到他的行为有点儿过分，但谁都知道黄小姐是极漂亮的人物，亚英有这样一个好老婆，其必竭力使她高兴也是当然。第三天上午十点钟以后，亚英就独自到公路上去等着，免得她下了车子找不着小路。等了两三小时，等得又饿又渴，可是每辆小汽车跑来面前，都紧张地观察一下。不但没有见到黄小姐，就是任何样的女子，也不曾看到。他想着青萍是起身得晚的，九十点钟起床，化妆换衣服，或许要采办礼物，上午就完全过去了。所以她要来的话，应该是下午，家里预备了许多菜，请不着她吃午饭，请她吃晚饭，那还是一样。自己在公路上等，家中人又在家中等，大家都不耐烦，还是让自己一个人不耐烦吧。于是暂抛下等候的心情，走回家去代黄小姐声明，上午大概是不能来的。

家人因他两日来在家里小心布置，已料定黄小姐会来，大家安心地等着，连区老太太也怕这位未过门的摩登儿媳妇见笑，穿了一件干净的蓝布罩衫，罩在棉袍子上。这时亚英单独由公路上回来，大家的兴致就感到冲淡了不少。但全家人并没有哪个强请黄小姐来，她不来也无须先订这个虚约，料着她下午还是会来的。亚英匆匆吃过午饭，二次又到公路上去等，由一点直等到三点钟，还是不见黄小姐来。他这就有点儿奇怪了，那天她说开车到乡下来，说了好几次，那绝不是自己听错，自己根本不敢要求她来拜见父母，何必撒上这么一个谎话？她是没有汽车的，可能是她没有借到小车子，也可能她忽然发生了一点儿小毛病，此外也可能是那曲芝生找着她麻烦。若是最后一个猜法不错，那就还应当赶快进城去替她解决困难。想到这里，不免抄了两手在西服裤袋里，只管在公路上不住地徘徊。

自己也不知道徘徊了多久，偶然一抬头，却看到西边云雾消沉的天际，透出了一层层的橘色光彩，那归巢的鸦雀，三三两两地由头上悠然飞过去，那显然是表现着天色将晚。亚英再抬头看看天色，又向公路的尽头看看公路的最末端，和那附近的小山岗子，都已沉埋到烟云丛中去了。情况很清楚，黄小姐除非决定了就住在未曾过门的夫家，不然她绝不会这个时候来的。她好端端要开这样一张空头支票，让自己在家里丢了个面子，那还事小，而对她黄青萍也留下一个极不好的印象。可是话又说回来了，她并没有叫我向家庭宣布，那实在是自己太乐观了，竟肯定地向家人宣布了她会来。这与其说她拆了自己一个滥污，不如说是自己拆了她一个滥污，那么，这份责任让自己担当起来吧。

他这样想着，忽听得有人大声叫道："二哥回去吧，大概是不会来的了。"看时，亚男老远地由小路插上了大路。原来自己想着心事，脚只管顺了向重庆的方向走，已经走有小半公里了。于是回转身来，迎着妹妹道："真是奇怪，她怎么会不来的呢？她再三向我说着，一定会来。"亚男笑道："你都猜不出她不来的理由，别人怎么猜得出来呢？我倒谢谢她这个约会，全家借了这个机会，大大地打了一个牙祭。"亚英料着全家人都大为扫兴，为了减少家中人一部分不满起见，决定将任何谴责的言辞都一律承受了。因之和妹妹走回家去，一进门就连连说了几句"扫兴"。可是家里人好像有一种默契，对青萍失信并没有说什么，做好了的许多菜肴，全家饱吃了一顿晚饭，这样让亚英心里更是难过，除了向家人解释之外，晚上还故意装出很快活的样子，夜谈了很久的时间。可是到了卧室里去睡觉的时候，心里却喊出了一千遍"岂有此理"！他自己也不明白是什么缘故，简直无法安睡下来。

第二日天不亮就起来了，好容易熬到家里经常起早的大奶奶出了房门了，就要了一盆冷水洗脸，说是城里有事，向她留下两句话就走了。到了重庆，先回旅馆，看看青萍留有什么字条没有。却是猜个正着，茶房送着茶水进来，同时送上了一封洋式淡红信封。虽没下款，只看那自来水笔写着几行纤秀的字，就知道是青萍留下的信。心想：我就猜着，她不下乡一定有个原因，现在看她说的原因吧。于是这就拆开信来，倒是简简单单的几句话，写在一张薄信笺上：

英：

　　请你原谅我，我离开重庆了。也许两三个月内我可以回来。临时匆匆登机，来不及详叙。到达目的地后，我有工夫，会给你写一封详细报告信的。最后我忠告你一句，你还是下乡去苦干吧。

　　　　　　　　　　　　　　　　　　　　　　　青萍留上

亚英看了这张短笺，简直是让电触了一下，由心脏到头皮都震动起来。手里捧了那张信笺，只管颤抖。站在房间当中，人都呆过去了。将信纸信封反复仔细看看，又送在鼻子上嗅嗅，颇也有点儿脂粉香味，心里想着，她说登机匆匆，自是走了。可是由这信封上看去，好像写得很从容，而且这信封上有香气，也和她往常写情书的态度一样，并不是随便拿一个信封来写的。他想到这里，拿了那信，倒在沙发上，详细地看上两三遍，不由将手掌把大腿拍了一下，叫道："这样子有心坑我。对的！她有心去邀我骗人家一票卢比，坐飞机到仰光，过快活生活去了，哪里是用这钱去献给国家？是献给黄小姐了！"想着想着，又把信后两句话看上一遍，她倒忠告我两句："还是下乡去苦干吧。"那意思是说我没出息，不配在城里混啦。

她根本不把我看得怎样地高，像她那样自命不凡的人，肯和我这应该在乡下苦干小贩的人订婚吗？她这样干，不但是骗了曲芝生，还骗了我区亚英。于是把信纸塞在信封里收好，塞到口袋里去，呆坐着，吸了两支烟卷，又斟了半杯茶喝着。心里继续地想着，她利用我去敲姓曲的那一下竹杠，那没关系，我只算做了个粉红色的梦。可是许多人知道我和她订了婚，这不是一场绝大的笑话吗？他坐着想想，又站起来想想，最后就戴上了帽子，连房门也忘了叮嘱茶房去锁着，向外便跑。

他有个想法，青萍是坐飞机走的，在航空公司多少可以找到她一点儿消息，坐飞机要登记的，一查登记簿子，就十分明白了。他觉得这是一条捷径，并没有什么考量，直接就向航空公司走去。半路上有人叫道："亚英，哪里去？向航空公司去？"他不觉吃了一惊，哪里来的神仙，把自己心窝里的事都喊叫出来了！抬头看时，却是二小姐，由人力车上下来。她迎上前来抓住他的衣袖道："亚英，你下乡什么时候回来的？我四处八方找你呀。"亚英被她牵引到行人路旁边，站在小巷子口上，好像是故意避开热闹地方似的，便笑道："郑而重之的，有什么重要的事告诉我吗？"她向他脸色看看，摇摇头道："二弟，你还打算瞒我不成，小黄坐飞机走了啊！我想你也是要去买飞机票，追到仰光去吧？"亚英道："你知道她去仰光了？"二小姐又把他扯进小巷子里一截路，看看无人，因道："这女孩子好厉害，所有她认识的人都被她骗了。事有凑巧，她昨天早上上飞机的时候，温五爷也去飞机场送客，亲眼看见她走的。只是可惜去晚了，仅仅只有五分钟的耽搁，飞机就飞了。大概他也吃了她一点儿小亏。可是五爷是个体面人，不便在飞机场上拦着她。晚上回家谈起，才知道二奶奶被她骗去一只钻戒。我呢，有点儿现款小损失，那也不必提了。今天往各处一通电话，凡是相识的人，都让她借去一点儿珍贵的小件东西，看这样子是存心骗人，一去不回了。你有损失吗？"

亚英听说，脸上青一阵，红一阵，勉强笑道："我有什么损失？我比她穷得多。"二小姐道："你是知道她走了才进城来的吗？"亚英道："我回到旅馆的时候，接着她一封信，才知道的。"二小姐笑道："反正不吃亏，做了一个短时期的未婚夫妻，回头再谈吧，我要去打听一件事情。"亚英道："青萍这一走，走得稀奇，你可不可以多告诉我一点儿消息？"二小姐道："我所知道的，也不过如此罢了。据五爷的司机说，这一个星期来，他在你们原来住家的所在，碰到过她好几回，上坡下坡，都是一个人独自走，并没有坐轿子。那司机有朋友住在那里，打听之下，说是她也住在那里，怪不怪呢。这一条路，她向来没有对人说过，其中必有秘密。那是你们旧地，一定很熟，你何不到那里访问访问呢？"亚英道："她向来也没说过这件事，真有点儿奇怪。"二小姐看看手表，笑道："不必失意，好看的女人多着呢。"她说着匆匆而去，她也是个时代产儿，打游击的女商人，亚英无法追着她问。她既是给了一点儿采访的线索，就不妨探寻试试看。

他这样盘算，十五分钟内，就走到了旧居的所在。那里被炸之后，房屋原是变成了一堆瓦砾，现在来看瓦砾不见了，又盖了好几所小洋房，为了这个缘故，也有点儿改着方向。倒是旧路转弯的所在，那爿茶馆还存在，而茶馆隔壁，又开了所相通的大茶馆，门首还有两方柜台，左面是纸烟糖果店，右面是小百货店，自然是原来的茶馆扩充了。正这样打量着，那茶馆里有人叫出来道："区先生，好久不见，吃茶吗？"看时，那人穿了一套青呢中山服，口袋上也夹着自来水笔，倒像个公务人员。不过虽在家里，他头上还戴着一顶盆式呢帽，却是个特点。亚英笑道："原来是宗保长，你发福了，我都不认识你了，很好吧？"说着，也就随脚走进茶馆来。宗保长连忙叫人泡茶。亚英坐下，宗保长又随便在纸烟柜上取了一盒纸烟来拆开，抽出一支敬客。宗保长坐下相陪，斟开水壶的幺师，倒是不断地伺候着他，给他拿一只五寸长吸纸烟的烟嘴子，又给他送上一只精致的茶碗。亚英笑道："宗保长，这爿茶馆大大地扩充，是你开设的字号之一吗？"他笑着点点头道："不算是我开的，有点儿关系罢了。"亚英笑道："这些时候，宗保长发了点儿小财吧？"宗保长取了纸烟在烟嘴子里吸上一支，然后发言道："真是难说，现在生活高，啥子家私不是一涨价几倍？为了公事忙，生意就照顾不来，不蚀本就很好，寻不到啥子钱。"

亚英看他这一身穿着，又看他满面风光，分明是生活有个相当的办法，自己并非探听保长生活来的，这倒无须去和他深辩，端着茶碗喝了口茶，因笑道："我今天到这里来，有点儿小小的事情请教。"宗保长连称好说好说。亚英道："真的，有一件事向你打听，你这一区里，有一个摩登小姐单独住家吗？"宗保长偏着头想了一想，摇摇头道："没得。你说是姓啥子的吗？"亚英于是把青萍的面貌姿态形容了一番，又说她能说国语，能说川语，又能说苏白。宗保长道："有这样一个人，三天两天改装，有时穿大衣，有时候穿洋装，大衣就有好几件，皮的、呢的，各样的都有。有时候又穿旗袍，是大红绸子的周围滚着白边。"亚英道："我就问的是这个人，她姓黄，也许她说是我本家，就不知道她报户口，报的姓什么？"宗保长笑道："她不住在这里，这里五十二号有家姓张的，她常来她们家做客。她是位小姐吗？有时候她同一个穿洋装的人同去同来。那人好像是她老板，又好像是她兄弟。"亚英心里倒跳了两跳，但强自镇定着，笑问道："你是根据哪一点儿观察出来的呢？"宗保长道："要说是她丈夫吧，那人年纪太轻，还是个小娃。要说是她兄弟，两个人亲热得很。我长这么大岁数，没看到哪个兄弟妹妹会有这样亲热的。"

亚英听到这里，觉得有点儿路数了。正待跟着向下问，只见一个穿旧布大褂，赤着双脚的人，黄黝的脸上，眉眼全带了愁苦的样子，抱着拳头，向宗保长拱了拱，带着惨笑道："宗保长，这件事，无论朗格，都要请你帮帮忙。"说着，他那只满生了鸡皮皱纹的右手，伸到怀里去摸索了一阵，摸出一卷钞票，颤巍巍地送到他面前来。宗保长向亚英看了一眼，脸上似乎带有三分尴尬，却不接那钱，手扶了嘴角上的烟嘴子，斜了眼看那钱道："不忙吗，好歹我把东西替你办来就是。"那人已把钱掏出来了，怎敢收了回去？便走向前半步悄悄地将钞票放在桌角上。宗保长道："就是吗，要一下儿来。"那人鞠着半个躬，然后走了。

宗保长斜靠了桌沿坐着，衔了纸烟嘴子，要吸不吸地看着那人走出茶馆去，然后回转头来向亚英笑道："地面上事真罗连得很，买柴买米都要保甲做证明，吃自己的饭，天天管别个的闲事，这个人就是托我买相因家私的。你看，又是来罗连的。"说着，他扯出嘴角上的烟嘴子，向茶馆外面指了去。

亚英向外看时，共来三个人，一个短装，两个长衣，都像是小生意买卖人的样子。他们走进门来同向宗保长点着头。宗保长站起来相迎，说了句："吃茶吗？"其中一个年纪大些的向他赔着笑道："我们还有事，说两句话就走。还是那件事，我们这三家，打算共出一个人，要不要得？一家出人，一家出钱，一家出衣服……"宗保长不等他说完，把头向后一仰，微翻着眼道："说啥子空话！你们以为是我要人，我要钱，没有把公事给你们看！"那另外两个人已经走到里面去了，其中那个穿短衣的人叫道："宗保长请过来吗，我和你说吗。"宗保长随手将那卷钞票拿起，揣在身上，向亚英点了个头，说句"请坐下"，自向里面去了。

亚英遥看他四个人叽叽咕咕地说了一阵，那宗保长的脸色紧张一阵，含笑一阵，颇有点儿舞台作风。心想：这些来找保长的人，似乎都有点儿尴尬，大概是为了有生人在这里，所以见面说话，老是半吞半吐的。为了给人家方便，还是自己走开吧。正待起身，却见一个半白胡子的生意人，身穿半新阴丹大褂，罩着了旧羊皮袍，头上照例戴一顶入门不脱垂边酱色旧呢帽。而呢帽里面还用一条手绢包着头，这可以说头上是双重保护，而下面呢，却是赤了双脚，踏着一双新草鞋。他手上捧了一叠红纸帖，口里叫着"保长"，径直向里面走来。

亚英想这又是新鲜，且看看是什么玩意儿。立刻听到宗保长笑了出来，连道："王老板，你来得正好，你来得正好，我带你来请教我老师。"说着，把那个老头直引到亚英面前来。亚英站起来让座时，宗保长道："区先生，不要客气，我正要向你请教哩。"那王老板手捧着红纸帖儿连连地拱了几下手道："请教，请教！"亚英笑着望了宗保长道："贵地方上的事情，我可百分之百的外行。"宗保长拉了亚英的手坐下，又递上一支纸烟，然后笑道："不是区先生来了，我硬是不晓得怎样下笔咯。这个月十六日，是我祖老太太一百岁生日，地方上一班朋友，硬要替我热闹一下，我朗格都辞不脱。"

亚英不由把身子向上升了一升，问道："一百岁，那应当热闹一下子呀。这是陪都的人瑞，不但朋友们要热闹一下子，而且还应当呈请政府给奖呢。"宗保长道："不对头，要是我祖老太太还活在世上，那还用说？自然要向政府请奖。他们是替我老太太做阴寿，为啥子要做阴寿呢？我这位祖母二十多岁守寡，守到七十岁，硬是苦了一辈子，朋友说趁她老人家这一百岁的日子，请请菩萨，念一堂经，让她早升天界。我想，我现在混得有一碗饭吃，也是这位过世的祖母保佑的，她在世的日子很喜欢我，等我长大成人，她又去世了。我没得机会尽我的孝心，如今给她做个百岁阴寿也好，我这样一点头，朋友们就驾试起来啰。这位王老板，是前面这条街上的甲长，他就最热心。"

亚英听了他这番解释，已知他和祖母办一百岁阴寿是怎么回事，便笑道："那算我赶到了这场热闹，到那天我一定前来拜贺。"宗保长笑道："我先请教了再说，他们都叫我下请帖，我说那要不得，做阴寿究竟和做阳寿不同。去年年底，我自己就做过一次生日，还不到一年又来一趟，那有点儿招摇。我办这件事是姜太公钓鱼，愿者上钩，我就只下一张知单。知单是预备了，硬是一句也不说明，那又不妥当，别个晓得啥子事请客？所以我想在这知单前面写上几句话，区先生请教请教。"说着又递了一支烟过来。亚英自也不便推却，笑道："这也是酬世锦囊上所找不到的例子，好在宗保长刚才和我所说的那段话，理由就很充足，就把这段话写在知单前面就是。"宗保长听这话，表示着很得意，向王甲长笑道："我就说过，我那个办法要得，果然如此，快拿笔砚来。"他突然昂起头来，在人丛中喊叫了出去。

幺师随声捧着笔砚来。原来那两个长衣人和一个短衣人，也跟着过来。短衣人笑道："宗保长，请不请我们吃酒？"宗保长把口角里衔的短旱烟袋取了出来，指着他道："你们三位吗，只要在公事上少和我扯两回拐，我的私事倒是不敢烦劳大驾咯。"那短衣人抱着拳头就连连拱了几下，笑着说："言重，言重。"

宗保长对于这三个人，似乎有些感到兴趣，虽是和亚英正有要事商量，他还是抽出身子来和他们办交涉，因道："我并不是说笑话，在这地面上为公家服务，公事要大家帮忙，私事也要大家帮忙，大家在私交上尽管对我很好，公事上让我脱不得手……"他说话，一句的声浪比一句高，说到这里，已经是透着一点儿生气的样子。三人中一个年纪大些的拦着笑道："就是就是，都照宗保长办，请过来我和你说。"宗保长绷了脸道："咬啥子耳朵，别个不晓得，说是开包袱（川语，行贿之意）。"他说是说了，可是人依然走了过去。这次不在茶馆里说话，到街上一同转进一条冷巷子里去了。

亚英这就想到，别看他仅仅是做了个保长，在这几条街上施展得开的，那还只有他。为做阴寿而请酒受贺，在中国社会上，虽有这个可笑的习惯，但必须风气极闭塞的地方才会存在，这不过是打秋风。至于繁华开通地面，打秋风的办法有的是，借做阴寿为名的，却渐渐地少了。而宗保长呢，新之旧之，左之右之，尽可随便。他心里这样想着，脸上就不住发出微笑。王甲长看了宗保长已经走远，便低声笑道："区先生，你说这件事笑人吗？"亚英笑了笑。王甲长道："这件事瞒上不瞒下，说明了也不生啥子关系。你想吗，在保甲上做事，这条身子就卖给公家了。由早晨到天黑，没得一下子空，有时天不亮就要起来，这样地忙，你说自己的生活朗格管得过来？为公家做事，就要在公家打点儿主意过生活，这是天公地道的事吗！所以一年之内，我们总要想点儿办法。宗保长自己还年轻，自己刚做生日，他又没得老太爷老太太，我们想来想去，没得相因的法子，只有把他祖老太太请出来做阴寿。好在大家明白就是这么回事，做阴寿做阳寿，那是个名堂，不生关系。"

亚英看这位王老板手不住摸理着胡子说话，分明是他对于他们的地位表示着一份得意，因笑道："当一名保长，在地面上无异当了一个小县官，你说对不对？"王甲长道："朗格不是？你看那三个和宗保长办交涉的人，就不容易得到他一句话。若是得了他一句话，那就要省好多事了。本来他们三家铺子，要推三个人出来，只要保长肯和他担一点儿担子，三家出一个人就要得了。你看，这一句话要值多少钱吗？"亚英点点头道："保长自然有这种权利，但是果然答应少出两个人，又岂不耽误了公事？"王甲长将右手伸在嘴巴上向下一抹，齐根理了一下胡子，表示着他那份得意。这就笑道："公事也不是定价不二的事情。俗言道：保甲长到门，不是要钱，就是要人。要好多，出好多，老百姓朗格担待得起？出钱出人，根本就有个折头，譬如说，要出一百个人，我们保甲上就说要两百个人，根本就可以还价。"亚英笑道："那么，要钱呢？"王甲长笑道："还不是一样？我想这一类的事情，区先生你不会不晓得，你不过故意这样问就是了。"亚英笑道："晓是晓得一点，不过我想这一类的事情，应该出在乡下，不会出在这战时的重庆。"

王甲长只说了句"城里比乡下好得多"，便抬眼看到宗保长笑嘻嘻地走了过来，就把话停止了。和他商量事情的人，已走了两个，只有那个年纪大些的随着走过来。那人向王甲长笑道："十五这天的酒席，我去找人来包做，一定要比别个做的相因。"王甲长冷眼看了他一下，淡淡地道："你把你自己的事办好了再说吧。"那个笑着连连地点了头道："办好了，办好了，都是自己人，有啥子办不好。"王甲长道："你找人来谈谈吗？大概要三十桌到四十桌，没有见过场面的人，你不是驾试。"那人连说"晓得晓得"。宗保长一面坐下，一面望了他道："不用再说了，我给你负责就是。"他看了宗保长的眼色，便不多言，笑着点头而去。

亚英想着，别看宗保长这地位低小得可怜，坐在这茶馆里，真也有颐指气使的乐趣。来打听黄青萍的下落，没有得着什么结果，倒是看到了不少的保甲长老爷派头。于是就取着拿来的笔砚，替他写了一张为"祖姚做百岁阴寿小启"的草稿，并请他别忙填上红纸贴上去，最好还是请教一两位社会上的老前辈再做定妥。

宗保长坐在桌子边，看到亚英拿起笔来，文不加点地，丝毫没犹豫，就把这小启写完。写完了，亚英站起来，握住宗保长的手道："我看这样子，茶钱是付不出去了，我也不必客气。你是忙，我不必打搅了。你可不可以告诉我那个姓张的是住在多少号门牌？"宗保长道："好，我引你去就是。"他将亚英送出茶馆，走进一条冷巷子里，看看前后没人，便站住了脚，因低声问道："区先生，你是要打听这个女人的行动吗？你不用自己去，我可以把她的姓名籍贯，调查个清清楚楚，来告诉你。"说着眯了眼睛一笑。亚英也笑了，因道："宗保长，你误会我的意思了。你以为我不认得这一个女人而来追求她的吗？我告诉你，我和她熟得很，这一阵子差不多天天见面。你就要说了，既是熟得很，为什么她寄住在这里很久，还不知道呢？我就是为了这一点，要来打听她，而且她自今以后，也不会再在这里住，她已经潜逃了。"

宗保长被他这句话提醒，点着头道："不错，这两天没有看见她了。区先生有什么事要我代你调查的，我六小时内替你详细回信。她既是常住在这地面上，她要是不见了，调查她的行动，那也是我的责任。她和区先生是朋友呢，还是同学呢？"亚英踌躇了一下道："她是我朋友的未婚妻，我也是受了朋友之托，说我曾在这地方住过家，请我和他打听打听。要不然我又何必管这闲事呢？"宗保长看了亚英满脸不自在的样子，因道："区先生你听我说，我一定负责给你调查清楚。你若是自己去，倒反是有许多不便。"亚英想着他的话也是对的，便无精打采地走了。

只是这件事，怎么着也觉心里拴了个大疙瘩，分解不开。尤其是被青萍驱使着去讹诈了姓曲的一次，成了从前上海租界上翻戏党的行为，衣冠楚楚的青年，竟会干这样无聊的事！若是让那位教育家父亲知道了，也是极不可饶恕的罪过。因之回到旅馆里去，并非生病而却睡倒在床上，爬不起来。

次日早上，李狗子夫妇双双来拜他，一见他愁眉苦脸的，双腮向下削瘦着，蓬了一头头发，斜支了两脚坐在沙发上，他们一推房门，就同时地呀了声。李狗子道："听说你下乡看老太爷了，猜着你还未必回城了呢，怎么病得不像样子了？"亚英站起来招待一阵，一面笑道："我也不过心里有点儿不痛快，并不觉得有什么毛病，真不像个样子了吗？"李太太坐在他床上，对他整理好了的被褥看看，又对他脸上看看，笑道："莫听他乱说，不过有点儿病容，随便朗格，也比他好看得多。"

李狗子穿了一件丝棉袍子，罩了件蓝布大褂，摘下帽子，露出那颗肥黑的和尚头，越显着当年的土气未除。他伸出粗大的巴掌，由后脑向前一反抹，再由额头上抹向下巴来，笑道："这区先生不是外人，若在别人面前一打比，我除了不好意思，还要吃醋呢。你不要看我长相不好，我良心好就得了。"

李太太笑着站起来，在丈夫身上打了一捶道："龟儿，你乱说！"在她这一笑中，亚英又发现了她有了新的装饰，便是嘴里又新镶了一粒金牙。他心里这就想着，男子们真是贱骨头，口里尽管说生活程度高，日子不得过，只要吃上三顿饱饭，就要找个女人来拘束着自己。这位李太太，不但身无半点儿雅骨，而且也不美，李狗子是把她抬举着入了摩登少妇之林，而她还时刻把丈夫看不入眼，就凭她这一粒黄澄澄的金牙，在猪血似的口

495

红厚嘴唇里露出,就让人感到有点儿那个了。他心里如此想着,倒是脸上愁云尽开,扑哧一笑。李狗子笑道:"你笑我们两口子要滑头吗?你看我们倒是千里姻缘一线牵,感情不坏。她骂我长相不好,彼此相信得过,我倒不怕有什么人会挖我的墙脚。"亚英指着他笑道:"李兄随便说话,也不怕有失经理的身份!"李狗子两手一拍道:"我们自己弟兄,怪要好的,在你面前我还端什么身份。"李太太对于"挖墙脚"这句下江土话并不懂得,却也不来理会。随手将床上被褥翻弄两下,又将枕头移开看看,因笑道:"在旅馆里无论怎么样,也不如在家里安逸。区先生你今天不要推辞了,就搬到我家去住吧。"

亚英正要用话来推辞,李狗子道:"我真想不出你为什么不肯搬到我家去住?除非你说是个年轻小伙子,我又有个漂亮老婆。"亚英笑着哦哟了一声,站起只管摇手。这话李太太可懂了,她正了脸色道:"区先生,你一定要搬到我们那里去住,哪怕住一天都不生关系,你要不肯,那真是见外了,从今以后我们没得脸面见你。"说着她真把那戴了金镯子和宝石戒指的手,摸了两下脸。亚英真觉得他夫妻两人的话,有些令人不忍推辞。同时住在这旅馆里,刺激实在太大,这两位虽然是一对混世虫,心田倒是忠厚的,像黄青萍那样满口甜蜜蜜的人,就绝没这样实心眼子待人,心里这样想着,态度也就软化了。笑道:"并无别故,只是我不愿打搅。"李狗子夫妻同声说谈不上,而李太太尤其热衷,见他有了三分愿意,竟不征求同意,就叫了茶房来结账,一面就替他清理零碎物件。李狗子笑道:"你看这位年轻嫂子多么疼你,你若是不去,你良心上也说不过去。"亚英急得乱摇手笑道:"李兄别开玩笑,我去就是。"李太太听说亚英愿去,很是高兴,立刻帮助着他将行李捆好,雇了人力车子,就把这位嘉宾迎接到家。

主人已经老早替他预备下一间单独房子的,除了床铺不算,还有供给写字漱洗的家具。客人在这里小住,那总算是十分安适的。亚英为了这一点儿安慰,在李家休息了两天,又和李狗子商量了一番生意。觉得上次所遇到的梁经理,总算十分看得起自己,却为了青萍的事完全耽搁了,现在应该打起精神来,再去在事业上努力。像李狗子这样一个在南京拉人力车的,一个大字不识,也就挣起了一番世界,虽然发财是有机会的,不分日夜地把心血放在女人身上消耗,机会怎么会来?他这样想了,就决计再去拜访梁经理一次。

这时他忽然记起,托宗保长打听的消息,应该有了个段落,那是自己大意,那天并没有把住址告诉他。说不得了,还是去拜访他一次。他这样想着，就向那茶馆走来。他直走到茶馆不远，才发现了是宗保长祖母百岁阴寿之期。那茶馆暂时歇了业，里里外外许多副座头，都搬上了酒席。不但是这个茶馆，就是左右隔壁两家小店面，都已被酒席占有了，男女老少占满了每一副座头。在茶馆里面，遥遥看到设了座寿堂，像做阳寿一般，有寿幛寿联，还有系了红桌围的桌子，上面香烟缭绕地供着香烛。并没有什么和尚道士做佛事，这倒让自己踌躇起来，还是向前，还是退后，向前必须参加恭贺，而恭贺这死去几十年的人，又当怎样措辞？

正是这样为难，只见宗保长穿了一件新的青呢中山服，不打赤脚了，穿了一双乌亮的皮鞋，满脸的红光，由茶馆子里跑出来，老远地点着头叫道："区先生来了，硬是不敢当。"亚英没法子，只好连说"恭喜"，随着主人走入寿堂，向寿幛三鞠躬。一进去，早已看到那右角落上列了一桌横案，上面陈设着贴了红纸条的账簿，还有笔砚算盘等项，不用说，那张账桌，也就是今日这个盛举的最大目标。也正有人走到那里递上红纸套。据守那个账桌的人，也就是那位老搭档王甲长，人家虽然一把胡子，今天也换上了青呢中山装和皮鞋。

亚英想着绝不可以装马虎，奔到桌边，向王甲长递上一叠钞票，宗保长这就跟过来了，抢过钞票，向他大衣袋里一塞，笑道："区先生，你今天肯光顾，就给了十二分的面子了，厚礼我绝不敢受。来来来，请里面吃茶。"宗保长一表示这拒礼的坚决态度，就有三个衣冠整齐一点儿的人一拥而上，将亚英包围，都说"请里面坐"，而且邻近这账桌一个席面，全席的人也站了起来。他心想人家真有点儿派头，说话大概不会虚谦的，又只好相随着到里面去坐。好在这个场面，却也值得欣赏，也可以想到《水浒传》上形容晁保正称托塔天王是有些道理呢。

第三十四章

四才子

茶馆后面这间屋子，大概是宗保长的办公室。而在这办阴寿大典的时候，这屋子却是加以整理了的。这里虽有一个窗户，不知道外通何地，却是将棉料纸糊得很严密，并没有光线送进来。送进来的光线，是屋顶上四块明瓦漏下的。因为如此，所以这屋子并没有天花板之类。抬起头来，可以看到白木的椽子，架着灰色的瓦，屋子里虽有亮光，却有点儿幽暗的滋味。加上屋子里人多，喷出来的烟也多，人影幢幢，雾气腾腾。正面白粉壁上贴了一张总理遗像，配上一副"革命尚未成功，同志仍须努力"的对联。遗像上面那"天下为公"的横额，那个"公"字都撕破了。在遗像下，横设一张竹子条桌，铺了白桌布，供了两只瓷器瓶子，里面各插了一束鲜花，摆得倒也整齐。又有一对大烛，正中摆了三只高脚碟子水果，一碟是橘子，一碟是核桃，而另一碟却是红苕。有一张半旧的小写字台，大概原是设在屋子正中的，现在却移到东边那纸糊而不开的窗户下面。此外就没有秩序可言，四处乱摆着椅子凳子，穿长衣穿短衣的，将各张椅子全坐满了。

亚英一走进来，大家知是贵客，都站了起来。宗保长特别恭敬，让他在小写字台边一张竹围椅上坐了。这椅子上面，放有一块蓝布棉垫儿，这大概是平常保长坐了办公的。那小写字台上，就放满了茶碗，这是无限制的供客饮品。纸烟却是对客定量分配。有个小伙子将纸烟与火柴，都在口袋里揣着，每一位新客入门，才将烟火掏出来各敬纸烟一支。亚英看到这屋子加进宾主两个，也就必须挤出客人两个，因为不是如此，这屋子里就必须有两个人站着。亚英心想，这里实在无勾留之必要，便向宗保长抱拳笑道："我是抽出特意来恭贺的，改日我们再约一个时候长谈。"宗保长突然站起来大声笑道："既然来了，绝不能够寡酒也不吃一口就走。虽然没有菜，是个热闹意思。"亚英笑道："我真有点儿事。"旁边就有人插嘴道："寿酒吗，要吃一杯沾沾寿气。"亚英心里想着，你这不是骂人，沾阴间里人的寿，我快要死了。

宗保长看到他没有谈话，因道："朗格的，看不起我们当保甲长的，不肯赏光！"亚英连笑着说"言重，言重"。这时有人插嘴道："酒席已经开下了。"宗保长笑道："我奉陪，就坐这一桌，决不耽误区先生的公干。"说着，他又向屋子里人道："来吗！我们来凑一桌。"大家似乎都也等着要吃，只他这声请，大家全站了起来，亚英料着推托不了，便笑道："一来就要叨扰。"于是大家一窝蜂就拥了出来，在茶馆后面摆好了一席。酒杯碟都已陈设好了，桌子正中放了四只碟子，乃是一碟咸蛋、一碟炒花生、一碟豆腐干丝拌芹菜，一碟不知道是什么东西，似乎是鸡杂，又似乎是猪肝，用酱醋冷拌的，而且量是非常少的。亚英心想，这种陈设，酒席也绝好不了，可是既然受了人家的招待，也只好被推拥着坐了首席。面前放好了茶杯大的酒杯，斟满了白酒，这倒是充量供给的。

宗保长果然十分恭敬，亲自坐在主位上相陪。大家把这酒吃了大半杯，才端上第一碗菜来，吃时，乃是面粉卷着的肉块，将油炸过之后，连汤带水，配些葱花、洋芋、红萝卜，煮上了一大海碗。这碗肉块吃过了。第二碗又是扣肉，下面垫了许多干咸菜，再吃下去仍然是猪身上的，乃是炒肉片。直吃到第六碗，才是一盘炒鸡丁。但鸡的分量很少，百分之六十以上全是荸荠和葱蒜。这样地吃下去，到第十个碗，共只有两碗，是离开了猪身上的，而也就不再有菜了。这样的筵席，亚英自然无法吃饱，只有坐看同席来宾的吃喝态度，聊以消遣。倒是宗保长知趣，说声请后面坐，把他引到里面屋子里来，再敬烟茶。恰是去这里屋门不远，就有一桌后设的席，那桌虽是后吃，可是桌上的菜碗，却每个洗刷得精光。而每方桌子坐着两位客人，都没有下席，纷纷向旁边一只饭桶里盛着饭来吃。下饭的除了十碗佳肴之外，又添了四小碟泡菜。每方一碗，大家吃的就是这个。再看这些人，都是打赤脚穿短衣的，其中夹着两个半老的妇人，也是蓬了一把头发，伸出十个鸡爪的手指，捧着碗筷大嚼。

宗保长在旁边看到他出神，倒没想着他对这个极平常的事情有点儿诧异，笑道："区先生所托我的事，我打听一半出来了，明后天请你再来一趟，我可以清清楚楚告诉你。不过同她来去的那个青年人，我已经晓得了，他叫李大成。"亚英听了这三个字，突然站起来，将手一拍道："我明白了。"他这句话说得非常响亮，倒吓了宗保长一跳。亚英省悟过来，望了宗保长笑道："就这三个字，我大有线索了。你还能供给我一点儿消息吗？"宗保长笑道："旁的不大清楚。据说他们和这家姓张的，也是朋友。这姓张的大概让了一间房子给这位黄小姐住的。"亚英听了这话，好像有一件东西兜胸打了一拳，立刻身子晃荡了两下，脸子红过一阵之后，接上又白了一阵。宗保长倒还不明白他有什么大过不去，至多是替朋友生气而已，因继续说道："现在年月不同，红男绿女在一处乱整，硬是说不得。"亚英定了一定神笑道："你还有什么消息没有？"宗保长笑道："这几天我太忙，没有会到那位张先生，详细情形，还不知道。"亚英沉吟了一会儿笑道："暂时不去打听也好，这对我很够了。二天再来奉访。"他说毕，从容地和宗保长告辞，主人自是很恭敬地送了出来。

亚英慢慢地走到街口，回头不见了宗保长，提起脚来，就跑上了大街，首先就找着人力车坐。他没有其他的考虑，径直到江边，过河来访西门德博士。这几日西门博士已把所挣的钱调整清楚，每日早上渡江，晚上回去，也觉得有点儿精力支持不住。而太太还神经紧张，见神见鬼，就在家里陪着太太闲谈。她爱好的零食和卤肫肝与鸡鸭翅膀，那都是充分准备着的。所以虽是闲谈，也不让她感到过于乏味。两个人坐在书房里一面喝茶闲谈，一面吃预备着的咸甜点心。

西门太太对于博士赚回来的钱，要怎样支配以便利上加利，起着很大的争论。博士对于赚得更多的钱，虽是赞同，可是怎样地去赚，意见却有分歧之处。正叹着一声长气笑道："太太，你发愁什么呀！这世界上很少饿死人的事。纵然饿死人，也只会饿死男子，而不会饿死女人。不然，宇宙间这些为女子服务的男子是干什么的！"这时，亚英正走到楼廊子上，听得这话，便应声道："博士，这句话再中肯也没有了。"西门德迎了出来，握着手引进屋去。西门太太一脑子的卢比换美金，美金换法币，再换卢比，正自纠缠不清，看到亚英进来，总算另给了她一个刺激。她站起来笑道："好哇！现在一天到晚讲恋爱，连我们这样极熟的人都整个星期见不着面了。"亚英点着头笑道："青年人个个都有这样一个时期的，那似乎不足为奇吧。"说着，他挨了博士在沙发上坐下来，见着茶几上三四个碟子，陈设着苏州甜食、五香花生米，另有个大碟子盛着卤鸡鸭翅膀，而这里还有一壶好茶和两套带托子的茶杯。亚英笑道："是有什么客来了？"西门德笑道："我今天决定不过江，也不花钱，陪着太太在家里享受一天。"亚英叹着气赞了一声道："唉，人生幸福！"西门太太笑道："你那幸福还小吗？重庆市上最漂亮……"亚英不等她说完，问道："难道这件事你二位会不晓得？你们的高足弟子飞走了。"

西门德夫妇听说，都同时地惊讶着，说是没有知道这个消息。亚英先把青萍出走的情形告诉了，然后再把在宗保长那里所得的情报说了一遍。在这说话期间，西门太太已是斟了两次热茶，送到亚英面前。他是相当兴奋，像做夹叙夹议的大篇论文，说了个不断，也就随时端着茶喝，把两次茶都喝光了。博士把话听完了，抓了把花生米，送到他面前，笑道："小兄弟，不要放在心上吧。不是我事后有先见之明，当你那回订婚席上，我不期而会地参加了这个典礼以后，我就相当地疑心。但我知道你很深，你既不是大腹贾，又为人很精明，料着她也图谋不着你什么，既不图谋你什么，婚姻反正也不是一件开玩笑的事。因之，我们尽管觉得这是个奇迹，但也不想会有什么意外，所以并没有对你说什么，而且在你极高兴的时候，也不便向你头上浇冷水。"

西门太太又斟了一杯茶，送到亚英面前，笑道："二先生，你不要着急。青萍为人我是知道的，年轻好玩，任性惯了，不愿受什么拘束。若说她愿意这样漂流下去，不找个归宿，那也看上去不对。也许她找着一个什么好玩的机会，到仰光去小住几天。同时也许是在重庆落的亏空太多了，到了圈子兜不过来的时候，不得不一走了之。对于你，我想她是丢不下的。"她说时，态度很自然，架了腿坐着，左手钳了一只鸭翅膀，右手把翅膀上撕下的肉，慢慢地送到嘴里来咀嚼。

亚英见她的态度十分自然，好像很有把握，便突然站了起来，望了她问道："西门太太事先得着她什么消息吗？"她道："我没有得什么消息，你不要多心。我夫妻是你们订婚时候的见证人，假如你们的婚事有什么问题，我还有个不通知你的道理吗？"亚英摇着手笑道："师母，你这样一说，我……"西门德起身拉着他坐下，笑道："我非常地谅解你，你的心绪很乱，你所以要问我太太那一句话，你正是得着一线光明，以为青萍会回来的。这不但是你这样想，她这样想，我也是这样想。不过只是想想罢了，至于事实，我们都没有根据的。"

亚英坐下来向他夫妻二人望着，端了茶杯在手，慢慢地送到嘴边呷着，默然没有作声。西门德道："这个问题，暂且可以不谈，谈也无法挽救。你来得正好，今晚就下榻在我这书房里，我们可以做长夜之谈。我有点儿新的生意经，和你商量商量。"亚英慢慢地喝着茶，喝一口，放下杯子来凝神一会儿，直把那杯茶翻出杯底来朝了天，点滴都喝光了，才将杯子放到茶几上，按了按，向西门德道："那宗保长所说同她来往的人，我疑心是李大成，这个人是博士常看到的，觉得我这个疑心不错吗？"西门德看了太太一下笑道："这个我不敢说，我不是推诿，因为第一，他的确得过青萍的帮助。但他们是同学，这也无足为奇。第二呢，在你现在的心理上，任何可疑的事，都会疑到李大成身上去，那也是应当的。"亚英笑道："博士，这是外交辞令。唉！宁人负我吧，说什么呢。"情不自禁地把那空茶杯子端了起来，直到快送到嘴边上，才发现这是空杯子，便放下来。

西门德笑道："老弟台，不要再谈这个问题了。她回来不回来，谁都难说。除了你自己也追到仰光去，并无什么良法可以把这个问题解决。你空发愁干什么？不如我们把心放在事业上，事业干好了，婚姻问题并非是不可弥补的缺陷。你要知道钱是万能的呀！"西门太太道："二先生，真的，你留在我们这里，谈一晚，老德真有一个新的计划。大概亚杰在这两天快到了，等他来了，把那批货卖了，或者我们在重庆另建一番事业，或者索性大家到南洋去。"

这句话是亚英最听得入耳的话，立刻又站了起来，问道："怎么着？博士还有什么伟大的计划？我们还能全到南洋去吗？"西门太太笑道："那你就可以到仰光去了，好不好？"博士点了头道："不开玩笑，我真有点儿新计划。据我看，我们这抗战的局面是长期的，我们原来打算到四川来躲躲暴风雨的想头，绝不可再有。我们也就应当想着适合这个环境去应付。"

这晚，西门德果然谈出一大篇新事业议论。他以为现在这样跑进出口生意，虽可以找几个钱，也就是鬼混几个钱而已。自己念了一辈子的书，做这种市侩人物，未免太看轻了自己。现在和读书的朋友，就一日比一日疏远。到了战后，那简直就和知识分子绝缘了。战后虽不知道是怎样一个世界，但博士究竟还是可宝贵的头衔。现在尽管找钱，这知识分子的身份，也必须予以保留。不然的话，到了战后，还真正地去与市侩为伍不成？亚英知道了他这意思，便对他说："我原是学医未成的一个人。照着现在大后方缺乏西医的时候，我不难冒充一位医学博士，挂起牌子来行医。但我没有那个杀人不用刀的胆量，家父也不许我那样子。我原打算弄一笔钱，继续学医，现在我更有这份决心，非去学医不可。"博士道："那好极了。我们的路子相同，我也是打算到国外去一趟，而且带了太太同去。回来之后，还是从事文化事业。如办文化事业，也少不得拉上几个资本家做董监事。现在我路上有几位活跃的巨头，都还可以联络得上。第一就是原先要我合作的陆神洲陆先生。我原以这位先生架子太大难于伺候，以后我就打退堂鼓了。现在我已了解了他，其实他是太忙。而且他那架子，已养成了习惯，倒不是对付哪一个。最近在一处宴会上遇到了他，他再三约着我重新合作。而且他声明了合作的事业，一定是与文化有关的。我约了明天一大早去见他，假如说得拢，我们一块儿合作。也就是说，我们一同转变。"亚英道："海阔天空地说句文化事业，到底是哪个部门，从哪里合作起呢？"西门德笑道："请你明日上午在我这里休息半天，我赶回家来吃午饭，一定给你一个圆满的报告。"亚英虽不要听这个报告，但知道李大成的家也就住在附近，自己对于青萍的那些幻想并没有除掉，也就愿意在这里耽误半天，以便着手调查，就答应了博士之约。

次日早上七点钟，西门德就果然渡江去拜访陆先生。"士别三日，刮目相看"，他有一个长时期不来见陆先生，陆先生的排场也就更加大了，第一就是公馆的大门，改了东西辕门式的双门，在门里面坦地上有一条中半形的水泥路联络着，这对于坐汽车来拜访的朋友，非常便利。汽车由东辕门走进来，可以不必掉头，兜半个圈子由西辕门开出去。这坦地的花圃里面，第二重门也加上了通红的朱漆，颇有北平朱门大宅的派头。博士进去一看，连传达先生也神气多了。穿着呢制的中山服，口衔纸烟，坐在一张半边式的小写字台上，审查人名登记簿。博士看到这份气派，也就不能不应付他的排场。于是掏出一张名片，交给他道："我是陆先生亲约着来谈话的。"那传达看博士身穿精致西装，径直就把他引到内客室里来，这里另有个听差向前招待。传达把名片交给他，很放心地出去，他并没有考虑这个客人，是否主人愿意见的。

听差敬过了茶烟，将名片送进了内室，不多一会儿就听到陆先生和人说话出来。听那声音很是高兴，但他并未进客室来，直和人说话说了出去。博士心想糟了，主人必然是出门去了。他这位忙人，出去之后，知道什么时候回来？这种大资本家一直是这样把旁人看得极渺小卑贱，他约了我来谈话，递进名片，倒反是走了。现在的西门德大非昔比，我也有几个钱，也有几个外汇，根本我不用得依靠财阀吃饭，你走我不会走吗？想到这里，也就立刻站起身来，走出客厅的门廊，将架子上的帽子和手杖取过，还不曾转身，只听到身后有人咦了一声道："怎么着，博士要走吗？"

回头看时，正是陆神洲先生，他穿着哔叽袍子，微挽两只袖口，右手两个指头夹了半截雪茄，走将进来。西门德这又重新放下帽子与手杖，和他握着手笑道："不是我又要走，我听到先生陪客说着话，一路说了出去，我以为陆先生已出门了。"陆神洲笑道："我老陆纵然荒唐，也荒唐不到如此。明知道我所约的朋友已经来了，我不打个招呼就走吗？"他说时，不住咯咯地笑着，再把客引进内客室。他今天算是特别客气，竟把放在茶几上的一盒雪茄，捧着送到客人面前敬烟，笑道："这是外国货，不是土产，口味很纯。我是按照'泡我的好茶'例子敬客。"

西门德弯腰取了一支，说声"谢谢"。看主人满脸笑容，撅着那一丛掩不到上嘴唇的小胡子，料着他高兴头上，这雪茄是"我的好茶"，大概不假。于是和主人对坐沙发上笑道："我没有想到还有比我还早的客。"陆先生将两腿分开，微微地伸着，人向后一仰，靠了椅子背，吸了一口雪茄喷出烟来，笑道："这客人是昨天晚上来的呢，足足闹了一晚。"西门德擦了火柴吸烟，装出不大注意的样子，问道："那么，昨天晚上公馆里有个局面了？"陆先生道："谁说不是？我倒不喜欢赌钱，但朋友找到我头上来，我也从不推诿。输个百十万元，也不至于饿饭，又何必戴起假面具来装穷？我觉得一个人做事，最重要的是要有兴致，有了兴致，做事不怕艰苦，也不怕失败，可以继续努力。若是没有兴致，苦命去挣扎，事情就不会做得好。就是成功了，那也不安逸。所以我这个人，终年到头在正经工作，同时终年到头也就在荒唐游戏。哈哈！博士你是心理学家，你觉得我这种说法是心理变态吗？"

西门德虽和他见面机会少，可也认识多年了，向来没有见他这样过分地放肆说话，因笑道："陆先生的处世哲学，那还有什么话说！"他两指夹了雪茄，指了客人笑道："你这话有点儿骂人。'处世'这两个字，仔细研究起来，就有点儿问题。若是处世还有哲学，这个人一定就是老奸巨猾。"说着昂头哈哈大笑一阵。

西门德看他这样子，一定有件极得意的事，若照他昨晚上在家里赌钱来说，应该是赢了钱。可是他这个人输百十万不在乎，赢百十万也不在乎，若说他赢了几个钱，高兴到这样子，那真是骂他了。既然摸不着头脑，暂时也就不去说什么，默然地向主人笑着。陆先生见听差走来换茶，便向他道："预备一些点心吃，将咖啡煎一壶。"然后掉转脸来，向西门德道："没有事吗？我们长谈一下，我有两件事和你商量商量。"博士道："我是奉召而来，把所有的事早已放到一边了。"陆先生笑道："客气，客气。博士，你应当看得出来，我不是个糊涂虫。虽没有博士头衔，好歹是个大学毕业生吧，而且还两次喝过洋水，岂有人家对我态度，我还不知道之理？像教授们当面也许称我一声陆先生，后面还不是骂我大资本家财阀，甚至买办阶级。别的罢了，这'买办阶级'四个字，我绝不承认。我生平就讨厌的是这一路人才。"西门德笑道："陆先生既没有进过外国人办的洋行，又没有和外国人合作经营商业，这'买办'一个名词从何说起。"

陆先生吸了一口烟，喷了出来，然后摇了两摇头笑道："那有什么办法。社会上对于有碗饭吃的人，喜欢眼红。他们提到我们这所谓资本家，打上两拳，踢上两脚，痛骂我们几句也颇可解恨。老实说一句，我们经营一点儿实业，都是与国计民生有莫大关系的。若说应该赤了脚，光着膀子去挑担子，哈哈！博士你能这样去干吗？哈哈！"西门德笑道："一个人在社会上混，要混得方方面面满意，那是难能的事。"陆先生吸着雪茄，昂头微笑了一阵，然后左手夹了雪茄，右手伸出四个指头，向空中一伸，笑道："当今社会是'四才子'的天下，第一等是狗才，第二等是奴才，第三等是蠢才，第四等是人才。你想我们在这'四才子'中，应该是位居第几等吧？"西门德对于这个问题，倒不怎好答复，也只是吸着烟微笑了一笑。陆神洲道："你或者不明白这个说法，让我来解释解释。所谓第一等狗才云者，那就是像狗一样的人，给人家卖力，给人家看家。而所得的，都只是些肉骨，然而他最势利，看着穿得坏一点儿的人，就得疑心他是小偷，是叫花子。这样最能得着主人的欢心，慢慢地也会熬到吃肉汤拌饭，睡舒适的狗窝。若是洋狗，还可以和主人同坐一辆汽车。这种人不能有一点儿人气，见了主人，你爱怎么玩弄就怎么玩弄。可是见了别人，更没有人气，横着眼睛，恨不得把人吃了。这种品格，非天生不可，我们当然学不会。但有了这种品格，倒是人生幸事，谁见哪个主人把喂的狗轰了出去呢？"

主人是说在兴头上，喝过了半杯咖啡之后，钳着碟子里的火腿面包，举了一举，笑道："这个在你看来是火腿面包，可是到了奴才眼里那个说法另是一样，必须主人说了这是火腿面包，奴才才能说这是火腿面包。假如主人说这是花生糖，那就得跟着说是花生糖。不但此也，别人答说这是火腿面包，你也必须予以驳斥，说他错了。抱了这个准则做去，倒也不怕进身无路。但得罪主人之处究也难免，因为他只有奉承人的资格，而没有供玩弄的资格，此其有别于狗才也。博士，我们读圣贤书，所学何事？难道还有这样厚脸去做奴才吗？"他说着，放下了面包，又捧起咖啡杯子来慢慢地喝着。西门德笑了点着头道："妙论妙论，这应谈论到第三等蠢才了。这是哪种人呢？"陆先生捧了杯子一口将咖啡喝完，放下杯子来头摇了几摇，笑着叹气道："所谓蠢才者，我辈是也。没有什么治平之策，也没有什么惊人之笔，更也谈不到立什么非常之业，但有一样好处，就是埋头苦干。

在苦干情形之下，不识炎凉，不计得失，所以常弄得吃力不讨好。其实真正和国家社会尽了一份力量的正是此辈。此辈并非不知弄些花样讨人欢喜，但干得起劲，就干了下去。'介之推不言禄，禄亦弗及'。竟致放一把火，把自己烧死，其蠢不可及也。"说着，又连连摇了几摇头。博士笑道："这我就有点儿不敢当。"陆先生笑道："那么，你就应该列入第四等，是一位人才了。人才更是丢在阴沟里的。"

博士这才明白陆先生是发牢骚，全篇谈话重心，大概就在"禄亦弗及"四个字上。陆先生有钱，也相当有声望，就是政治瘾过得十分不够，小官他自不能做，而大官没有独立门户的职位，他也不屑于做。因此，他就像那自负甚高的老处女一样，高不成，低不就，以致耽误了青春。但他对于青春之耽误，不肯认为是自己挑选人才所致，而是别人对这个倾国倾城的美女不来追求，所以他尽管日子过得很舒服，也可以参与政治，只是没有抓着印把子，有些不服气。他既是可参与政治，面对政治舞台上那班角色也都领教过，觉得自己所知道的实在比他们多，何以大官让他们做，而不让我做？这个理由解答不出来，他就常常要发牢骚了。

西门博士知道他这个境遇，自也知道他是什么心理，便笑道："既然如此，我还是列入第三等吧，可是列入第三等，我又把什么比陆先生呢？"陆神洲对于这一点倒是自负，放下咖啡杯子，又取了支雪茄在手，擦着火柴吸了。然后架起腿来，向沙发椅上靠着，从容地笑道："自然，就是蠢才这里面也分个几等。我大概要算是头等蠢才了。"西门德听到这里，觉得和他也不便过谦，若不承认是蠢才，那就只有去做奴才，于是含笑默然地吃着点心。陆先生道："我今天约博士来，倒是有点儿事商量。刚才这番话，我们可以揭过一边去，管他几才子，我们倒是做点儿事情给人看是最现实。我不能瞒你，我现在的生活，一大半是靠着阿拉伯字码。博士也跑了一趟仰光，对于这项工作是否感到有兴趣？"博士笑道："我无非游历一趟而已。谈不到做什么生意，这也就没有什么数目字可看。"陆先生笑道："这个我不管你，你们究竟是穷书生，就算能挣几个钱，那也十分有限。我觉得数目字，有人看得是越来越有味，也有人看得十分烦恼。我呢，就属于后者。我们应当来弄点儿文化事业，调剂调剂兴趣。现在我有一个计划，要办点儿真正有益于人群的文化事业，你试猜猜是哪一项？"

博士听了这话，就把办学校，办杂志，设什么研究会，提奖学金，各门都猜了一次，而主人翁依然说不是。西门德摇头笑道："那我就猜不到了，也许陆先生有一个极切实极伟大的计划。"陆先生吸着烟笑道："我这是个冷门宝，果然是人家猜不着的。我想自抗战以来，内地的西文书已经很难得来，偶然由飞机飞进几本，得着的人，都把它当为奇货，认得外国字的人，自然已很难吸受西洋的新文化，不认得外国字的人，如今根本无译文可读。因之我想到香港去运一批西书进来，无论是科学的，或文艺的，只要是新鲜书，都给它运了进来。我可以拿出一笔钱来，请几位中西文精通的朋友，分着部门轻重，全给它翻译出版。"西门德拍着手道："妙极了，这实在是一场大功德。不过这件事，要费很大的人力物力，那功效还不是立刻表现出来的。"

陆先生对于这句话，不但表示惋惜，好像还是感到搔着痒处，将手在茶几沿上轻轻地拍了一下道："这话说得正对。这就是蠢才干的事了。世界上若没有这些蠢才，什么礼义廉耻，不都成了废话了吗？我是个蠢才，我也想起了你这个蠢才，我想托你到香港去一趟，把好书分批地搜罗了回来。"西门德沉吟道："这件事我是极端愿意办。不过要译书不专定哪一门，有科学、有文化、有哲学，有一切不胜枚举的部门。一个人知识有限，哪里去选择许多西书？"主人看看客人的颜色倒不像是坚决地推诿，端起咖啡杯子咕嘟喝了一口，便道："在香港的朋友，你还会少吗？你可以请他们去推荐。"西门德想了一想，笑道："好的，假如我目前预定的两件事可以推得开来，我就替陆先生去走一趟，请你给我三天的时间去考量。"

陆神洲吸着雪茄，脸上不住地发着微笑，然后将头点了两点笑道："我虽是蠢才，但我常常蠢进来，却不蠢出去。我陆神洲是人家所谓资本家，在人家看来是钱多得发痒，要做一点儿文化事业来传名。可是博士并非资本家，我能叫你赔下老本来和我干文化事业吗？"说着，身子向前凑了一凑，低声笑道："我不能光请你做精神上的事业，我也要请你做点儿物质上的事业。我有三部到五部车子，可以直放广州湾，大概运十吨货进来，是没有问题的。但不管是五部车子，或三部车子，我准备让出百分之二十的吨位出来，由你运货。你爱运什么就运什么，我不管。不过附带要声明一句，这条路上有点儿危险性，不如航运那样安全，假使运气不好，可能带进来的几车货，要损失一大部分的。"

西门德笑着还没有来得及答复，陆先生又接着道："这个用不着你介怀，我也替你想了。你在香港，可以支用我一笔外汇，把东西带到了重庆，把本钱卖出来了，你就归还我。万一出了危险，这损失是我的，与你无干。要不然，为了我的事，让你蚀了大本，那更是不成话了。"博士哈哈地笑道："这简直是不花钱的买卖了。这样的生意，若还不做，那岂非头等傻瓜？"陆先生道："那么，博士不再有什么考虑了？"西门德听了这句话，想起自己前五分钟的态度，便笑道："考虑当然不能立刻就消除，但是陆先生给予这样优厚的条件，是什么人也不能无动于衷的。明天来不及，后天我亲自来答复。陆先生是不是还要我拟一个计划书？下次我来拜访就可以把这计划书奉呈。"

陆先生眯了眼睛，向他笑着道："你不是说，还要考量三天吗？"西门德看他那样子，颇带有三分讥讽的意味，本来是自己态度转变得太快，却也难怪人家的嘲笑。但是这个姓陆的高兴时，挥霍起来真有几分傻劲。他忽然有这个译书的念头，绝不是偶然，恐怕在政治地位发展上有什么企图，所许的那些条件，绝不会假。这样想了，博士便笑道："我实说了吧。陆先生给予我的条件太优厚了，予心动矣。所说的要考虑的两件事，叫我立刻下了决心把它牺牲。何况我们究竟是'四才子'中的第三才子，多少有点儿蠢意。译书究是一件蠢事，颇合着蠢才的口味，不能不让人舍彼就此。那么，我为什么不一口就答应了呢？这里还有点儿下情，原来曾和太太有约，下次若去仰光，一定带了她同去，现在改为去香港，不知她的意思如何，所以必须问她一句。"陆先生且不答复他的话，伸出手来隔着茶几紧紧地和他握了一握，笑道："博士，你这些话十分痛快。我完全相信，假使太太愿意丢下仰光去香港的话，飞机票子一张，也由我代买，不成问题。倒不为了那几个钱，乃是我去代买票子，比你们买要容易得多。这又是个优厚的条件呀。"

西门德看他始终是高兴的样子，料着必是他说的"禄亦弗及"的情形下，有点儿禄已可及了。便笑道："陆先生既然认为我是很痛快的了，我也无须多说，隔明日一天，后天上午我再来答复。"主人笑道："那听便，好在这并不是一件过分争取时间的事。我今天早上无事，坐着摆摆吧。若要吃点心，家里还现成。"

西门德既是要答应去香港，自是要和主人多谈一阵，在主人的言语中，才晓得主人有做次长的希望，而且这个消息就是昨天晚上肯定了的。可是陆先生的次长资格，已获得有三年之久，几次有实现的机会，他都拒绝了。他以为不干则已，要干就是部长，这副字号的事情，抓不着权，发挥不了他的才情，他不屑于干。不想如此坚持了三年之久，不但没有丝毫进展的象征，而且和政治舞台竟是慢慢地疏远了。这样下去，那是很危险的，可能变为纯粹在野的人物。他既不便向人家表示，我现在愿意干次长了，人家不是他肚子里的蛔虫，也不知道他已软化，所以始终无法打破这个僵局。于是这无可解除的苦闷，只有一味地去发牢骚。到了最近期间，有人征问他可否出山，先试试副字号，他听了甚是高兴。但一来怕消息不十分准确；二来也未便立刻就表示转圜，只许有了机会再考虑。昨天晚上送来的消息就更好了，那是说这个副字号，不是无事可做的，将在他的本职之外，另兼一个独立的机关。若是陆先生不再考虑的话，一星期之内就可发表。他这就觉得于面子上既说得过去，和他的意味也十分相合，就答应不再考虑。这一高兴之下，对任何事情都有兴趣，甚至感到这一天的天气都特别好。

对于西门博士这个译书的约会，本是早有此意的，但原来还不失发牢骚的意味，要另做点儿事，向知识分子取一条联络的路线，以壮壮在野者的身份，现在倒变成了一种业余的举动。凡人业余所干的事，往往是比正当工作还干得有趣的，如学生打球、公私团体职员玩票，就是一个证明。西门德和他谈上两小时话，并未向他做什么刺探消息的企图，主人却是情不自禁地把这个消息陆续地泄漏了。博士知道了他这种情景，用心理学家合理的推测，料定他所许的条件，一点儿也不会假，这日上午，就带了十分的兴致过江。回家去，亚英还是在这里等着，一见他把穿西服的胸脯挺起，满脸都是红光，这就知道消息甚好。站起身来相迎，仅仅是做了一个开口的样子，博士将手杖放下，左手揭了帽，右手搔着头发，笑道："很有趣，很有趣。今天我听到一篇'四才子'的妙论。"

西门太太听了他的声音，自里面屋子迎到客室里来，望了他道："你又是找你那些老同行摆龙门阵去了。你还有工夫去和人家研究小说。"博士且不答复她这话，在沙发椅子上坐下去，两脚伸着笑道："太太，你有意思到香港去一趟吗？"她觉得这话有点儿突然而来，问道："你不是说和人家研究'四才子'吗？"博士笑道："这和'四才子'正是一件事，请坐请坐，我们好好地研究研究。"于是他让着太太和客人坐了，把今日陆先生所谈的话，重述了一遍。西门太太脸上的笑容，随着博士的谈话继续增长，博士说完，她将手连拍着椅靠道："我决定去，我决定去。这几年在重庆，实在住得腻了。我们什么时候动身？"博士笑道："事情也不是那样简单，说去就走。"她道："这还要办什么出境手续吗？既不用得你筹川资，还不用得你买飞机票。"博士道："我们要走，第一，这个家我们也得安顿一下，这还是小事。第二，人家允许让百分之二十的吨位来让我们运货。我们总也要有个计划，运些什么东西进来。我们自不能同货车绕广州湾回来，假如我们后回来……"她摇摇头，拦着道："一切用不着。由香港坐飞机回重

509

庆，几个钟点的事，还怕追不上货车吗？家不用得安顿，一把锁就交代了。人家出钱，你买货，有什么不会？重庆需要什么，你就运什么进来，我就能和你计划。"

亚英坐在旁边原没有插嘴的机会，只是静静地听下去，听到这里，他就不觉哧的一声笑了。西门太太望了他笑道："你笑什么？我这些话不是实情吗？"西门德笑道："人家笑你这颗心，已飞到香港去了。"她道："在重庆的人，谁不愿意去香港？他姓区的也是人，他就愿意在重庆过苦日子逃警报，不愿意到世外桃源里去享福，那除非真是个蠢才。"亚英笑道："师母，我的意思，博士没有猜着。不是那个说法。重庆的雾季，没有太阳，总是让人摸不着什么时候，颇是讨厌。现在该是吃午饭的时候了吧？"她哦哟了一声，站起来笑道："饭大概早就预备好了，我去叫他们开饭。老德你怎么也不提一声？"博士看着亚英将两手互搓一阵，笑道："人同此心，可以白逛一趟香港，还有个不兴奋的吗？兴奋也就忘了吃饭。假使现在黄小姐突然在我家出现，亚英他要记得吃饭，我就把复姓改成单姓。"亚英笑道："这种起誓，不怎么有趣。若照博士的说法，应该说是我就成了'第一才子'。"西门夫妇听了这话不禁大笑，正有一句话要说，只听得楼下有女人的声音叫道："在这里，在这里，你老人家放心吧。"这几句话自是突然，引得大家都走向到楼廊上，向下面看了来。

510

第三十五章

抬 轿 去

这个说话的女人，是亚英堂姐妹林太太区二小姐。后面跟着一位穿长袍子，扶着手杖的老人，却是他父亲。西门太太哟了一声道："老太爷来了，这是稀客呀。"老太爷将头上的呢帽子取下来，和手杖一把抓住，另一只手却拿了手绢，不住地去擦抹头上的汗珠。亚英老远看到父亲还有些气喘喘的，必是过江来上这个坡子有些吃力，便奔下楼来，直跑到院子里来迎着父亲，笑问道："你老人家什么时候进城来的？"老太爷老早地瞪了两只眼睛望着他，总有四五分钟之久，然后微微地摇撼着头道："你这个孩子。哎，你这个孩子。"博士也迎下楼来了，笑道："老太爷也没有雇乘轿子上山来，请上楼休息休息吧。"老太爷和博士握了手，摇着头笑道："可怜天下父母心。"仍断章取义地就只说了这七个字。博士自觉得他感慨良深，但不知这感慨由何而来了，并很恭敬地将客人引到楼上客室里来。

老太爷坐下，只是打量屋子，笑着点头说："这地方很好。"主人主妇忙着招待茶烟，用人们却在隔壁屋子里送上了饭菜。二小姐和老太爷虽是匆匆而来，但他们坐定了，倒并不做什么表示。西门太太却是忍不住，握了二小姐的手问道："你们是找亚英来的吧？"她答道："这事你自然明白的，我们是怕青年人太任性。现在他既在这里，那就不必再说什么了。"西门德听了这一篇话，那就知道他们是为着什么事的了。于是向老太爷点着头笑道："好在是极熟的人，大概说一句遇茶喝茶，遇饭吃饭，是不嫌怠慢的。先请吃便饭吧。"老先生坐着喝了一杯茶，几自没有把爬上山坡的这口气和缓过来，因此也是默然地没说什么。主人一请，他就将手巾擦着汗，缓缓地站了起来，笑道："饭倒是不想吃，请再给我一点儿开水。"

亚英这已料着父亲是追寻自己来了，但为什么这样焦急地追寻有点儿不明白。而老人家这样惊惶未定，透着受了很大的刺激，于是站在一边呆了，说不出话来。主人笑道："不必喝茶，有很热的鸡汤，我看你老人家也是累了。"老太爷微微一笑，随同着主人入席吃饭。在饭桌上，西门太太就问着："为什么老伯不坐轿子上来？"老太爷笑道："我那一会子，也是心不在焉。急于要和博士伉俪晤面一谈，也就忘了坐轿子了。"她偏着头问二小姐道："为什么这样急呢？"她笑答道："说起来是一件笑话，事情过去了，也就不妨说出来。是青萍离开重庆的第二天，我曾写一封信给老伯。同时，这天报上登了一条新闻说有个西服男子投江自杀，原因大概是为了失恋。这两件事，本来不能混为一谈，可是就凭我们这位博古通今的老伯大人竟认为这个投江的西服的男子就是他。"说着，将筷子尖向亚英点了几点。

西门德笑道："可能的，这在心理学上是极可能的。这种错觉在心理上受到新的刺激的人随时都可以发生的。"西门太太笑道："这我就明白了。二先生做人还是要讲一点儿孝道，你看做父母的人，是怎样挂心他的儿女。"亚英只是微笑着吃饭，却没有说什么。西门德因笑道："千不该，万不该，不该在亚英和青萍订婚的那个时候，我们却撞着去吃了一顿，答应和他们做个见证人。到了现在，这个局面已是变得很坏。我们虽没有那个力量，可以让这个局面好转，可也不能让他们再坏。老太爷，你一见面，说句可怜天下父母心，真让我受着很大的感动。我一定劝亚英去创造事业，把这个女子丢开。他也不是那样没出息的人，就为了女人抛弃他而自杀。我正有件事要和他商量，还没有说出来，老太爷就来了。实不相瞒，陆神洲现在有一件文化事业委托我办，我要到香港一趟。在重庆许多不能结束的事，我都想委托他呢。"于是把要运西书到重庆来译的话说了一遍。

这件事自是搔着区老先生的痒处，连声称赞。二小姐也道："我是神经过敏，怕香港有事，匆匆忙忙飞到重庆来。现在看到大家不断地向香港跑，我也想再去一趟。"西门太太吃得很高兴，夹着红烧鸡块送到嘴里去大嚼，眼睛可又望着端上桌来热气腾腾一碗萝卜丝鲜鱼汤。自西门德发了洋财回家，她神经虽然有些失常，而每顿饭菜肴总是很好的。今天得了博士要带她上香港去的消息，这顿饭更是吃得酣畅淋漓。这时她一口将嘴里的饭菜咽了下去，望着二小姐笑道："去呀！最好我们能一路。我也不知道到香港去能遇到一些什么。你若是在那里，我就有个伴了。在重庆大轰炸之下，没有炸死，是白捡着的一条命，应该到香港去足足地玩上一阵。纵然香港有问题，反正捡来……"

西门德皱了眉，望着她拦住了道："得了得了，虽然我们是不讲迷信的，可是凭了你这个思想出发点去香港，那也怪扫兴的吧？"她笑道："怎么怪扫兴，人要是想通了才肯尽情去找娱乐。"老太爷也曾听说自博士弄了一票钱回来，他太太颇有点儿神经失常。北方人形容穷人发财的话，"有点儿招架不住"。现在观察她的言行，果然如此，这就连带想着，博士若是带到香港去，那真说不定会产生什么不幸的事情。立时也没有说什么，很愿开导开导她。

饭后，西门德留着区老先生长谈，没有让父子渡江。他自也乐意留下。到了三四点钟的时候，满天的云雾下面，西边透出一片红霞，落山的太阳，带了七八分病态，将那鸡子黄的阳光，偷偷看着山城的两岸。博士就邀着他父子们趁了晚晴出去散步。

他们这庄屋后面，就是小条石板铺的人行道。因为这里私有别墅多，不断地有着竹和树林。那石板路顺着高山布的岗，在树竹荫里叠着坡子，曲折前进，颇也有趣。区老太爷扶着手杖，走了一二十分钟，远远看到这条路伸入一个山垭里去，便在大黄桷树下，一个小山神庙的石台上坐着，笑道："再向前走，可不可能安步当车了。"西门德道："在没有开公路以前，川东一带恐怕根本就没有车子，当车不当车，那是说不上的。在四川，散步这乐趣，倒是有相当的限制。做个短程旅行，像我们这种腰腿欠缺工夫的人，就要坐轿子，旅行坐轿子，却又减少兴趣，所以我也很少下乡。"老太爷道："不过根据人道说：坐轿子是不应该的事。中国普遍地用人力拉车抬轿，是民族一种耻辱，我们也是见惯不怪。假如在欧美，人抬着轿子，椅子上又坐着人，这样地招摇过市一下，那还了得？这不知道是哪一位大发明家发明的，把人当牛马来用。始作俑者，其无后乎？"西门德道："老先生也没有考证轿子是什么人发明的吗？"他道："是什么人发明的，我还不知道。不过轿子的历史可远，在晋书上就有肩舆这个名称，肩舆就是轿子了。有人说，中国没有农奴制度。我想在井田制度以前，应当是有类似农奴制度存在的。你只看春秋战国时代士大夫之家，还蓄有大批家童，这可能是农奴制度的遗风。主人对于农奴，当然为所欲为，利用牲口代步，如爬山走小街巷之时，有时会感到不方便的，他们就找农奴来抬了上去的车子，普通叫作舆，即是肩舆，最古的肩舆，可能就是把车子用人抬着。因此我疑心最古用轿子，会是在两汉。不过在史书上，东晋之时，士大夫还普遍地坐牛车，轿子不会普通使用的。"西门德抱拳头连拱了两下，笑道："领教良多，你老先生对于轿子，根本就认为是一种对付奴隶的残酷制度，怪不得不肯坐轿子了，大概，人力车也不大坐吧？我很少见你老先生坐着人力车。你老先生自不失是儒家一分子。看你这种行为，又有点儿近乎佛家了。"

老先生一谈到学问，他无论在什么场合，都感到兴趣的。于是手摸了两下嘴唇上的短桩胡子，微笑道："这根本谈不上什么家。由布尔什维克到天主教，谁没有人道主义呀？我们是有知识的人类，就不能不提倡废除这种以人力代替牛马的劳动。有人说，这是一个社会问题，大家不坐轿，不坐车，轿夫车夫会感到失业，这是因噎废食的老生常谈。在五四时代，那些文化运动的先知先觉，就这样说过了：有力气，在什么地方也可以找一碗苦饭吃。我不信大家不坐轿，不坐车，轿夫车夫就会失业。广大的农村，哪会就容纳不下这批人？这自然是消极的说法，若是有一个有用的政府，利用这些人力，垦荒、开渠、筑路，什么大业不能举？尤其现在打仗的时候，大家喊着节省人力，大后方把这大批壮丁，作为伺候有钱人的牛马，这是一个极大的浪费。大后方的轿夫车夫，我想足够组织十个师的。你又说了，这些人拉去当兵，他们的家会失了倚靠。请问，在前方打仗的那几百万士兵，人家都是没有家的吗？浪费人力好像是一个问题，怎样顾全抗属，那好像又是一个问题。其实是一个问题。统而言之，我们没有把人力当人力，也没有把人当人。"

老先生说得高兴，不觉把声调放高了，连过路的人都站住了脚来听，远远地站有六七个人。老先生说着告了一段落，看到面前站了这些人，这就站起身来，笑着一点头道："各位请便，我们是闲聊天，并不是露天演说。回头警察来了，有点儿致干未便。"那些人微笑着，还没有走开，一乘空滑竿由人后面冲过来。这山城的一切力夫，照例是不招呼前面引人让路的，下江人感到了不惯，尤其是北方人走路喊着你啦借光。对于这种不礼貌冒失的行为，不肯饶恕。这行人里面，正有一个北方人被轿杠撞了一下肩膀，便回转脸来，向那轿夫瞪了一眼道："这里一位老先生，正在和你们叫屈呢。看你这个样子，让你抬轿，简直不屈。"轿夫看这人穿一套深灰布短衣，也并非有地位的人；便站住了脚瞪了眼道："你吼啥子？好狗不挡路！"这个北方人急了，红了脸，身子向前一扑，正待发作，滑竿后面挤出一个穿青呢中山服的人，他半鞠着躬，赔了笑道："对不住，他们无知识的人不会说话，请不要见怪。"老太爷正感到这人说话有礼，那人却又打了个哈哈，向前半鞠着躬笑道："原来是老太爷和二先生，今天有工夫过河来耍耍。"老太爷听他说话，才想起了他是杨老幺，便笑道："杨老板，几个

514

月不见，你又发福了，听说你的事业很发达呀！"

杨老幺对眼前所有的人都鞠着躬，看他那套中山服，竟是法兰绒的，穿得却也干净，只是每个袋子里都盛鼓鼓的，胸前上下左右，鼓起了四块，鞠起躬来，四个袋子同时哆嗦，颇不雅观。他的两只手垂下去的时候，齐伸着手指，有个立正姿势似乎也太严肃，而又自然。他行过礼，脸上满是笑容道："托各位的洪福，总算不错，不过现在的生意也是不好做。"他笑脸上眉毛紧皱，带上一些愁容。杨老幺竟也学会了商人应酬的这一套。亚英道："听说你在对岸有一所农场，做得很好。"杨老幺笑道："也没得啥子好，我们外行喀，我后天还要来。老太爷后天还在这里吗？请到我们农场里要要。没得啥子请客，请吃烟肉，要不要得？"老太爷笑道："我明天回去了，再图后会吧。"杨老幺面色正了一正道："老太爷我是诚意哟。你若是肯赏光，我今天就不过河，请今天晚上到我农场里消夜，明天早上下山。房子不大好，老式房子，被盖是干净的。"老太爷拱手道："不必了！我和这里西门先生还有话讲。"杨老幺道："不用爬坡喀，我有轿子接送。我在大先生面前说过多次，老太爷是我杨老幺的恩人，我一辈子不忘记。"老太爷拱着手道："兄台，言重言重，我父子扰过你多次了，我真是无以为报。明天过江，我到贵号里来奉看。"杨老幺对他父子各看了一看道："朗格说，我就不敢当，我明天请老太爷吃中午。"老太爷连说定来奉看。杨老幺回转身来向亚英道："请二先生陪老太爷来，硬是要来，十二点钟以前，我在号里等。"他父子全答应了他才再一一鞠躬而退。

西门德看得呆了，等他走远，问道："这是什么人？请客的态度真是诚恳。"老太爷笑道："这个人你该认得。但是今日你相见之下，面目全非，不说破，你也是不会认识的。"说到这里，他看看谈话的地方，行人都已散开，这就笑道："都是你所猜不出来的，他就是我们刚才所讨论着的人物。"西门德一点儿也不感觉稀奇，因淡淡地笑道："那是我自然知道的。那轿夫惹了祸，他会上前来排解着，当然是一位有轿阶级。"亚英笑道："若果如此，这还值得特地和博士提出来吗？几个月前，他和那抬滑竿的一样，也许他就抬过博士。"西门德向亚英看看，又向老太爷看看。老先生微笑着点点头道："所奇就在此，一点儿不假。"博士摸摸耳朵笑道："这就很神秘了，我愿闻其详。"亚英因把杨老幺的履历，略说了一遍。

西门德道："那么，他由抬轿变成坐轿，不过是承受了一笔巨大的遗产，在欧美，那是十分平常的事情。"老太爷道："但就这位杨老板而论，究竟是战争之赐。原来他所继承的一点儿遗产，不过是一些荒山。他继承

515

之后，第一片荒山，紧邻着新辟的工厂区，人家继续地抢着买。第二片荒山，一边紧靠了疏散区，一边环抱着公路。两片荒山都成了金矿。他不是说从农场上来吗？原来是几间破屋，一片荒地，授产给他的这个叔叔，受了人家的指示，改为农场。始而也不过是个扩大的糟坊，酿几十担米的酒，养几头猪。山上种些树秧子，树没有长上一尺，地皮的价钱，高过了一丈。到了他手上，简直不必出什么东西，这地皮自己就放在那里日新月异了。这若是在战前，一个穷人，承继两片荒山的遗产，至多是可以让他不抬轿。若说就这样养起轿班来，不分昼夜抬着，那未免是个梦想吧？"

　　西门德在这石板路上来回地遛着步子，把老太爷的话听下去。这就突然站住了脚，昂起头来，向天上望着叹了一口气道："战争真是改变宇宙的东西。多少抬轿的变成坐轿，又有多少坐轿的变成抬轿。"亚英笑道："博士慨乎言之。不过坐轿变成抬轿的，怕不多。因为坐惯了轿子的人，必定手无缚鸡之力。他穷得讨饭，对于卖这分牛马力气恐怕有点儿不可能。"博士还是在石板路上来往地闲踱着步子。他笑道："你把这句话太着实地看了。何必要真的去抬轿？而且那样抬轿，不过是让坐轿的人少走两步路而已，贡献也并不大。我所说的抬轿的人，是抬人家成名，抬人家得利，抬人家走上名利之道。"老太爷笑道："这又何必战时，这个世界就是这么回事，被人抬的还不是抬人？"西门德在路上来回地走着，默然了有两三分钟，先点点头接着又摇摇头，随后笑道："老太爷，回到我家去煮一杯咖啡，慢慢谈谈这一问题吧。"老太爷看他的情形，似乎这里面藏着一个问题，因道："博士还有什么感慨吗？我觉着我们这两家老邻居，今昔相比，可以踌躇满志了。我是个很知足的人。"

　　说着话，三个人慢步向原路走回来。博士在前引路，笑道："我又何尝不是一个知足的人？近来我那位夫人有点儿精神失常。我也就感到生活环境变得太快，也并不是一件什么好事，我们教书的人，原来真少和人抬轿，偶然抬一抬校长或院长，自己都有点儿勉强。于今就不行了。"亚英笑道："那么，博士是说这回到香港去，是给陆先生抬轿？"他笑道："同时，也是给太太抬轿呀，太太在重庆住得腻了，要想到世外桃源去玩玩。我得抬她一肩。"老先生笑道："若把和太太服务都列入抬轿之列，那就人生在世，无往而不抬轿了。"西门德笑道："可是这抬轿是个乐子。所有天下的男子，都愿和女人抬轿的，你看许多名女伶与交际花之类，不都是男子抬起来的吗？"他说这话时，还特意回转头来，向走在最后的亚英看了一眼。亚英怕他跟着向下开玩笑，只是偏过头去，不敢向他正视。西门德微笑着会意，也就默然地在前走。

　　大家顺了石板路走，未曾分途走向西门寓所。不大介意地，却踏上了江边一条小街。因为是接近过江渡口所在，店铺相当热闹。巷口一家吊楼茶馆，闹哄哄地坐着茶客。因为这很可引起行人的注意，西门德不免停脚向里张望了一下。他原无意寻找哪一个人，却在这时有人高声喊着老师，随声在茶座丛中站了起来。大家看时，是个穿西装的小伙子。博士向他点了点头，他迎着走到屋檐下来。又向老太爷鞠了半个躬，称声老先生。老先生问他贵姓时，西门德道："他叫李大成，到府上去过的呀。"这李大成三个字，却由亚英耳朵里直打入心坎里去。原来就是他，他不是就在江边卖橘柑的小孩子吗？顺了这个念头，向他再检查一遍。见他身穿淡青带暗条纹的西服，里面是米色的毛织背心，拴了紫色白条领带，手指上还戴了一枚金戒指呢。一个卖橘柑的小贩，哪里来的这一身阔绰？很快地他就想到青萍代自己买衣物这件事上去。他心里一阵难过，把西门德和他谈的话全没有听到。及至自己醒悟过来，前面两个人已走开好几丈远了。李大成呢，也走回了茶座。

　　亚英站着想了一想，也就跟着走进茶馆来。李大成占着的这个茶座恰好并没有他人，他径直地走向这里。李大成见了他，立刻站起来点头，脸可涨得通红，说不出一句话。亚英看他这情形，心里明白了问题的一半，但看他踌躇不安，却又不忍给予他难堪，便微微地点头道："你认得我吗？"他道："你是区二先生。"那声音非常之低微。亚英笑道："没事，我不过和你谈谈。我找你两三天了。坐着，坐着。"于是两人对面坐下。

　　李大成大叫着泡茶来，表示一番敬客的样子。亚英且自由他，笑道："你不要疑心，我找你两三天，并没有什么和你为难之处，只是要向你打听消息！你知道她到哪里去了吗？"李大成道："我也不大清楚。只是在朋友那里得的消息，说她坐飞机走了。"亚英道："难道说，事先没有告诉你一句，临走你也不知道？"李大成道："她临走的那几天，我只在街上碰到她一次，她说是忙得很，并没有工夫和我在一处。叫我回南岸等着她，她会过江来找我，过了两天，我到城里去才知道她走了。"亚英道："奇怪她竟没有给你一封信。"

　　说时，茶房送了茶碗来，李大成叫他拿一包好香烟来。亚英望了他，见他面上的红晕并没有退下，两眼不定神，满带了恐惧的意味。因摇摇头笑道："不要害怕，我也犯不上和你为难，我们都是抬轿的。"李大成默然，挑选面前一堆残剩的葵花子，送到嘴里去咀嚼。茶房送着香烟火柴来了，他抽了一支敬客，并代擦着火柴，起身给客点烟。他自己虽然坐下，并不吸烟。亚英越发就不忍把言语逼他了，因吸着烟沉思了一下，和缓着颜色笑道："你当然知道她和我订了婚。可是我很尊重彼此的人格的。小兄弟，你占我的便宜不小哇！"李大成听到这里，脸越发地红了，红晕直涨到耳朵根下去，他低声道："不，不，我绝没有占二先生的便宜。她和我原是早已订婚了的。"说着，他举起手来，将那金戒指向亚英照了一照。亚英道："什么？你们也已经订了婚的？"说着，睁眼望了他的脸色。他脸色正了一正，似乎觉得理直气壮一点儿，因道："订婚很久了。不过她不许我告诉人。"亚英道："你为什么和她订婚……"他这句话说出口之后，自己立刻也就觉得荒唐。他又为什么不和青萍订婚？姓区的为什么可以问这一句话？男女之间，到了那个程度，自然要订婚，订婚上面，根本没有为什么。有之，就是要结婚了。

他这样一个感想跟着一个感想联想下来，竟是情不自禁地随着一笑。李大成先被他一问，颇有点儿愕然。及至他自己也笑，更是愕然，望了他不知道他意思何在。亚英接着笑道："对不起，我是受了刺激很深，言语有点儿孟浪。你大概知道她和我也已经订婚的了。"李大成和他谈了十来分钟的话，已发觉他并没有什么恶意，因捧起碗来喝了一口茶，接着道："这件事，她一直是瞒着我。这用不着我说，二先生也会明白。她已经和我订婚在先，怎能又去和别人订婚呢？后来我在西门老师那里得了消息，我非常之奇怪。"亚英道："你没有质问她吗？"李大成又捧起碗来喝了口茶，而且把那盒纸烟在手上盘弄了一阵，眼望纸烟盒道："我不能瞒你，我一家人都倚靠她挽救过的，起先我没有那勇气敢问她。不过在我的态度上，她也看出我有什么话要说似的。她倒先问有什么话，到过西门老师那里有没有去过。我告诉她去过，她说：'那我明白了，他们告诉你，我已经和区亚英订婚了吧？那有什么关系，是假的呀！'"

亚英听了这话，脸色变动了一下，但是他依然强自镇定着，微笑了一笑，鼻子也哼了一声。大成道："你莫见怪，这是她说的，不是我说的。"亚英笑道："我知道是她说的，我也不怪你。"说着，很从容地又取了一支纸烟吸着，笑道："你尽管说，以后你怎样说呢？"李大成道："我就问她，怎会是假的呢？而且也有我老师师母做证人。她说的话，更难听了。她说，那有什么关系呢？并没有留下什么证据呀！这不过叫他三个人，抬一顶三个头的轿子我坐坐罢了。我又问，怎么是三个头的轿子呢？她就说，你不用问，事后自知，而且叮嘱我，这话不能对老师师母说，若是说了，彼此的婚约也取消，以后谁不管谁。我不知道什么缘故，非常怕她，她这样叮嘱着，我就没有告诉过第二个人。一直等她离开重庆了，我才知道让她骗了。可是凭良心说一句，只有沾她的好处，她并没有沾我的好处。她也不能算是骗我。不知她可骗了二先生什么没有？"亚英淡笑道："她虽没有骗去我什么，可是她让我精神和名誉上受了莫大的损失。我再问你一句，你相信她是一个处女？"李大成红着脸笑了一笑，亚英笑道："她当然不是一个处女，不过在朋友面前，装着那假面具罢了。我事后打听，你已经和她同居了，这是真的吗？"大成道："没有，不过彼此常常见面。"亚英："我已知道很清楚了，你们不是住一个姓张的家里吗！你们同居了多久？"大成道："二先生当然知道，她是住在温公馆的。"亚英道："但有时她也住在外面，当然那就是住在张家了。"大成道："她的行动，我向来不敢问，她写信叫我到张家去等着，我就去等着。有时候空等一气，她也不来的，她根本也不是一个处女。"亚英道："但有时你是等着她的呀！"

李大成没有答他话，将茶碗盖翻过来放在桌上，将茶倒在茶碗盖里，红着脸低头不作声。亚英脸也红了，将桌子一拍，轻轻喝了一声道："真是岂有此理！"这一下拍得非常之猛，桌面受着震动，将那碗打翻转来，茶都泼在桌上。李大成的脸，又由红色变成苍白，扶起碗盖来，并不说一个字。亚英默然了一会儿，笑道："我也不能怪你。你已是和她订婚了的，你用着她的钱，穿着她置的衣服，你就算她的奴隶，当然听她一切指挥。只是她在面前，不该表示那样纯洁。她简直是骗我抬轿可恶！"李大成只默然地弄着那烟盒子，却不敢说什么。亚英发过脾气之后，也是默然着。大家约莫沉静五分钟，还是亚英道："我并没有什么怪你之处，我不过向你打听打听消息。"李大成道："她不过是玩弄我罢了。她哪里会向我说什么真心话？我想这一层，二先生也是知道的。"亚英对他周身看了一下，因道："那么，你已经不想念她了。"李大成也微笑道："那不是空想她吗？她也不会嫁我这个穷小子。"亚英点了点头，又喝了口茶。

正沉默着。西门德却由外面匆匆地跑了来。他老远地看到两人正坐在茶桌上喝茶，很随便地谈话，便站在门口，先掏出手绢擦了几擦额头上的汗，然后才慢慢地走了过来。这里两人都站起来相迎叫着喝茶。博士向亚英笑道："一路走着，忽然把你丢了。老太爷大为惊异之下，但是我猜着，你一定在这里，所以立刻回转身来找你。"亚英笑道："我和这位李君谈谈。虽然……"他笑着看看李大成，可没有把话继续说下去，西门德道："不用谈了。你要谈的话我知道，无非是越说下去越烦恼。走吧。"说着，他伸出一只手来，拉了他就走。博士一面向李大成挥着手道："茶钱就奉扰了。"亚英当然知道博士是什么意思，老远地抬起手来向大成叫着道："同志，再会了。"西门德将他拉到街上，方放手笑道："你和他还是同志吗？你虽年轻，却是胸襟阔大。"亚英笑道："的确是同志，我们是抬轿的同志。"西门德道："你还继续着我们先前的话？"亚英和他走着并将青萍所说坐三个头轿子的话说了。西门德笑道："这倒巧得很，她预先说的话和我们今天所感不谋而合了，连我是她的老师，她都顺手玩弄了我一下。从此以后，你可以不必以她为念了。你的前程还远大着啦。"

这时，区老太爷也由对面路上，远远地走过来，看他两人有说有笑，料是未生是故，却也和缓了一口气。西门德笑道："并未发生事故，他和李大成坐在一起喝茶，竟是继续着我的论证，在商量抬轿。"区老太爷问道："商量着什么呢？"他脸上有一点儿犹豫的样子，觉得这是一个意外。西门德笑道："老先生，你以为不可能吗？他们就在这不可能之下，给黄小姐抬了个相当日期的轿子。"老太爷听明此一解释，也就笑了。大家回到西门公馆，吃了一顿很好的晚餐。晚上加入西门太太和二小姐围坐夜话，大家都有点儿刺激。

西门德夫妇是觉得陆先生的去香港的条件太优厚。亚英觉得受青萍的玩弄太大，下不了台，应该离开重庆，运动西门老师要求陆先生，允许他到广州湾去一趟，那样他可以把他们运货的车子押解进来。区老先生却受着杨老幺的刺激，他一个大字不识的人，几个月的好运就让他拥有了雄厚的财产，自己枉然念几十年的书，自己有个计划，战后归老田园，那就不如杨老幺有一片农场。西门博士和陆神洲译书的工作，自己也愿加入，这样，也可以弄几个译书费。西门太太是为了能到香港去，赞成先生去和陆先生帮忙。这只有区家二小姐是个事外之人。但是听到大家正很起劲地要到香港去，大概那里是没有问题。就是温二奶奶也在重庆过得腻了，觉得一切不如香港，假使她愿意去的话，一路坐飞机去，也可以得到许多便利。于是就把这意思告诉西门太太。西门太太立刻握着二小姐的手道："那好极了，我十分赞成。我们明天一路去和二奶奶商量。到了香港，我们三个人又在一处，那是多么好呢。"

但好在押运的那批车子还在路上走。就是货到了，要脱手，总也要个相当的日子。陆神洲对于这件事，也没有限定什么时间办理，并不催着博士走。而且他对于这件事，也不过是一时的兴趣问题。一把这股子兴头过去，就完全丢在脑后，他一只脚踏在工商业上，一只脚踏在政治上，其余的工夫，还要找点儿娱乐，哪里还把这毫不干己的文化事业时时记在心上。

这晚谈到夜很深方始安睡。第二天早上，区庄正带了亚英和二小姐，向西门德告别，一同渡江。这里所着急的倒是西门太太，因为她约着区二小姐和温奶奶一商量，二奶奶游兴勃发，慨然答应着同走。那边约好了这个快乐旅行，可是这方面是主体，倒没有了日期，她又是苦恼起来。

是定约后的第四天，西门太太捧着一只茶杯，板着脸子，靠住楼栏杆出神，博士曾有几次和她说话她都没有理会。博士也走过来，向楼下看时一切平常，并没有什么新奇的事发生，因就笑问道："什么事看出了神？"她把手上那杯子里的半杯水，向楼下一泼，沉住了脸道："我不和你说话。"西门德咦了一声道："这就奇怪了，我并没有什么事情得罪你呀。"她道："你好好地和我开一个大玩笑，弄得我下不了台。"西门德道："你是说到香港去的事吗？那我已经完全决定了，怎么会是开玩笑呢？"她道："决定了，你再过三年，等抗战结束了再动身。"西门德还要说什么话时，她已是一扭身子走进屋里去了。博士自她神经紧张以来，好容易让她慢慢地又平复过来了，眼见她开始又走上神经紧张的途径，不能不在心上又拴了个疙瘩。看了她这样子，也只好随着走进了屋子来。她已是取了一支纸烟在手，架着腿在长椅子上坐着。这就笑嘻嘻地挨着她身子坐下来笑道："你就是这样子性急，你等我慢慢和你解释。我们到香港去，无非是和人家抬轿子，并非是自己的什么事业。就是你去，也是去玩一个时期，在香港，我们没有安身立命的地位。我们这以后的若干年生活费，还是靠这次仰光跑的成绩。我所带回来的，不过是这成绩一半，还有一大半在亚杰押运的车子上呢。你打起算盘来，是算得很精细，放在银行里，少一厘利息也不干。于今能丢了一大半的家产不要吗？"

西门太太口里斜衔着纸烟先是偏了头不听博士的话，等到博士说过三五句之后，缓缓地醒悟过来，最后将纸烟放下，回转身来向博士望了笑道："我把这件事忘了，这两三天以来，你怎么也不和我提上一声呢？"博士将手一拍她的大腿笑道："好哇！你把这样大的事都给忘了。我们指望着什么呢？"她笑道："真的，我盘算盘算我们那些钱，和记一笔是五数，顺记一笔是七数，西记那一笔是……"她口里说时，已抛弃纸烟，右手扳着左手的指头，在那里一件件地算着。翻着眼皮向上，在默记着那个银行里户头的存款详细数目字。西门所怕的就是她要用脑筋，于是两只手同摇着道："不必去记那些数目字了。反正存在银行里，一个也跑不了。"她笑道："不是那话。你说亚杰押解回来的货，还比这个钱要多呢。我倒是要算算究竟两笔款合起来，共有多少。"西门德笑道："这很难估计的。若是能在这个星期内赶到，我们所运的东西缺货，也许要赚个三四倍。"她听了这话，抓住博士的手道："真的，你不骗我？"他笑道："我怎能骗呢？将来我兑不了现，我有法子应付你吗？"西门太太立刻把两三天的焦急状态丢到了九霄云外，起身向卧室里去整理化妆去了。博士心想这位太太实在难于应付，过苦日子，她会疯，有了钱她也会疯。虽然到了现在生活有了个小小的解决趋势，一生一世，得不着个美满家庭，究竟也是乏味。

太太的心理还了原状，他却开始在沉思着。约莫有半小时，太太出来了，烫发上油淋淋的，脸上擦满了胭脂粉。可是在染红指甲的手上，却夹了一只卤鸭翅，送到嘴里咀嚼，含了笑容走来，问道："老西，你今天下午有什么事没有？"她这一问，博士就知道了她是什么用意，因道："我还想到陆公馆去走一走"，西门太太倒是疼怜起先生来了，很温和地和他道："你为这件事，到他家跑了十几次了，给人抬轿子也犯不上出这样大的苦力。他就是不和我们合作，我们这些个钱，也有办法到香港去过个三年两载。今天休息了吧。我们一路过江玩玩去。"说着益发挨着西门德坐下。博士笑道："你约着二奶奶去……"她不等他说完，将两道新画的弯眉毛闪动了起来，沉着脸道："你是狗咬吕洞宾，不识好人心。"西门德抓着她的手笑道："别急别急，陪你去就是了。"她一甩手道："不去就拉倒。我说要你陪着呢。"博士也觉得是自找烦恼，和夫人赔上了许多笑脸，自认不知好歹。可是无论怎样，也不理他。后来匆匆吃过午饭，太太自换好了衣服，穿上了皮鞋，完全是个要出门的样子，但她并不向西门德打一个招呼。博士自不须她吩咐，立刻穿上大衣拿了手杖，恭候在走廊上。

就在这个时候，电报局里信差送着一封电报来了。博士一看电报封套上，写着发电的地址是贵阳，便拿电稿向屋子来，自言自语道："贵阳有谁给我来电报呢？"于是去找图章，以便在收电回执上盖了，打发信差，偏是图章放失了方向，十几分钟没有找到。西门太太走到走廊上，瞪了眼道："懒驴上磨屎尿多，我一个人走。"西门德在屋子里找到了图章，将收电手续办完，笑着追出来道："好消息！好消息！亚杰来电，由贵阳动身了，若是车子不抛锚，三四天之内，一定可到。"说着话时，太太已下了楼，不见人影了。追到大门外来，叫了几遍，也不见有人答应。博士觉得太太脾气太大，正经事也不容人说理。反正她平常是不要先生陪着，自己去游玩的，也就不去追她了。亚杰快到了，有些卖货的事，须预为布置，趁着太太不在家，静下心来，写好几封接洽业务的信。混一混天就昏黑了，独自吃晚饭，料着太太又住在温公馆了，自也不必等候。

可是这次出乎预料，只吃了一半碗饭，便听到她在楼下叫着女用人的声音，问道："先生在家吗？"她的问话没有人答应，便快步走进屋子来。看到西门德坐着在吃饭，却站定了，喘过一口气，但两只眼睛依然满屋张望。西门德笑道："又有了什么问题呢？你不住地在找寻什么线索吧？"她慢慢地定了神，放下手皮包，脱下大衣，坐在桌子边，红着脸笑道："因在电影院里看电影，看到那男主角丢了太太私下逃走，我疑心你和那人一样，也逃走了。"西门德放下筷子，打了个哈哈，拍了掌笑道："你真是神经过敏了，怎么会把电影里那个男主角和我联想起来的？"她已见着西门德的脸色，好像他这笑声里，都藏有什么神秘似的，因沉吟着道："我神经过敏吗？那个男主角是和人竞选的，那不和你一样是抬轿子吗？他太太叫他不要和别人抬轿误自己的事，他竟不听太太的话，私下抬轿子去了。"西门德笑道："难道他也是个博士？"她道："我不懂英文，中国字幕没有译出来，我不知道他是不是博士，不过我看那样子像博士，就是相貌也有点儿像。我越琢磨越对，简直猜着你就走了，我等不及看完电影，匆匆忙忙，就跑了回来。"西门德大笑道："怪不得你一进大门，就大声喊问，你是怎样异想天开地就想到这上面来了呢？"她道："异想天开吗？我出门的时候，有封电报来了。我想是亚杰由昆明或者贵阳打来的电报，叫你去接货。你接了货，还怕卖不到钱吗？有了那大批的钱你就好去香港。"西门德笑道："你七猜八猜，居然猜着一点儿线索。那电报果然是亚杰由贵阳打来的。"她抢着道："他约你到贵阳去？拿电报我看。"博士笑道："你这些想头，真让我啼笑皆非。我为什么要丢了你去和人家抬轿。"她道："那不行，你拿电报我看。"说着伸出手来，西门德不敢再逗引她，就在衣袋里掏出电报来给她看。她见电稿译着现成的：货车平安抵筑，即来渝，杰。西门德笑道："这可放心了吧，他并没有约我去。吃饭吧，菜凉了。"她拿电稿迟疑了一会儿道："也许这是密码电报，译出来的全不是这一回事。"西门德笑道："真是笑话了，这电文是电报局里代译的，又不是我译的，难道我串通了电报局来欺骗你。你如再不信，桌子抽斗里有电报本，你自己校对一下。"

她这才算是放下了心，笑道："我见黄青萍不声不响地就飞走了，觉得人心难测。"西门德笑着连说是了，便起身拿了碗筷来和太太盛饭，又让杨嫂将汤拿去热。她吃着饭笑道："老西，你待我总算不错。不过男子们有了钱就会作怪的。你现在可算是有钱了，以后你无论到哪里去，我都得跟着你，你说可以吗？"西门德笑道："岂但是可以，简直非这样办不可。你不放心我，我还不放心你呢。你是越来越年少，而且越漂亮了。"她笑着哼了一声道："反正配你配得过。"说时，将筷子头指点了自己的鼻子尖。博士也就笑了。她道："既然亚杰有电报来，他就快到了。他到了，我们也就有期限到香港去了。"博士道："谁说不是呢？我接着这电报，就追着和你报告好消息，可是你已出了大门了。"她笑道："有什么好消息，无非是给人抬轿。"西门德道："我抬轿，也是为你呀。你可以想想。"于是放下筷子，伸手拍了两拍她的肩膀，她又笑了。

第三十六章

速战速决

西门太太的人生理想，颇得清廷旗人的传统，老三点儿，就是吃一点儿，喝一点儿，乐一点儿。为了这老三点儿，旗人是要找钱来花。她没有找钱的能耐，却同意丈夫不择手段去找钱。现在西门德所说，完全和她意志相符，她怎的不高兴？所以从立刻起，她又高兴起来了。第二日安静地过去。到了第三日，她就有点儿忍耐不住，吃过了早点，就向博士建议道："老西，你到海棠溪去看看吧，也许亚杰今天会到的。"西门德道："哪有那样快？装货的车子，就算一次不抛锚，也要三天半才能到海棠溪，电报发后，车子才能走。电报到了多久呢？太太。"她想着也是，就不催了。

可是到了第四日，她根据博士所说三天半的时间，认为这日下午，车子一定可到，两三次催着他到海棠溪去看看。西门德明知这日下午车子未必能到，可是太太却是实心实意地期望着，若要不去的话，也许会急出太太的病来。吃过午饭，就匆匆地走向海棠溪。到了这里，当然也就在停车地方探视一番。虽是没有车子的踪影，依然不敢回去。在小茶馆里，直坐到四点钟方才回家。还在山坡下老远地就看到太太倚着楼栏杆在张望，自己倒笑了，自言自语地摇着头道："对付这位太太，真是没办法。"还只走到楼下呢，她老远地就向下喊着问道："车子来了吗？"博士走上楼来，才笑道："我说，你又不相信，让我白去候了半天。"太太沉着脸道："你干什么事，都是这样慢条斯理的。"博士笑道："这真是冤枉了。车子不来，我特别加快，也是无用。"她道："我是说你答复得太慢了。你在院子里，我就问你。可是你一定要上了楼才答复我。"西门德耸着肩膀，只是架腿坐着吸雪茄。太太望了他道："你是存心气我。你不知道我是个急性子的人吗？

525

你既然去等车子，你就该多等一会儿，这么一大早的就回来，也许你刚刚一走，车子就到了。"博士看她是真生气，也就不敢再和她开玩笑了。

但今天这关虽已过去，料着她明天一大早又是要催着去的。若是一大早就上海棠溪，到了下午五六点钟方才回家，这一天的工夫怎样经受得了？因之预先撒了个谎道："到了明天，你可别忙呀！他们跑进出口的人，有个不可解的迷信，就是上午不到站，纵然开到了，也要在离站几公里的地方停下车子来，挨到下午方才开到站头。所以我们要去接车子还是下午去。"太太道："那是什么缘故呢？"博士道："就是这样不可解了。我根本不迷信这个原则，我也没有去打听，大概是由昆明的市场习惯传染下来的。昆明照例上午无市。"西门太太自没有料到这是谎话，也就没有追究。

次日上午，她因为知道车子不到站，却也照常过活。到了十一点钟，就催开饭，吃过饭，不到十二点钟，她已化妆换衣服，穿皮鞋，一切办得整齐了，问博士道："今天我们不去接车子吗？"博士笑道："海棠溪可没有什么地方让你去休息，你不嫌去得早一点儿吗？"她已把手皮包拿在手上，看看手表道："已是十二点半了，可算是下午了。假使亚杰上午就到了，停在几公里外的地方，我们到了海棠溪他也就到了。"博士暗叫了一百声"岂有此理"，可是嘴里不敢说出来，只好带了微笑，跟着她一路走。下得山坡，雇了两乘滑竿坐到海棠溪。博士知道这位夫人是不到黄河心不死的脾气，空言劝说不生效力。下得滑竿，就径直带她到海棠溪车站上来。短短的小镇市是几家酒饭馆、杂货店，马路上空荡荡的，倒不见有什么车辆进口。这一带有几爿进出口的联络站，亚杰那爿五金西药店，也有个不悬招牌的联络站。博士带着她到了那里，先问过了一遍，车子并没有到，话是当面问人的，当然她没有什么不信。先让她安下了这颗心，然后带了她在附近一家茶馆里，找一个临街的茶座坐了，而且还请她上座，让她面对了大街。这样过来任何一辆车子，她都可以看见了。

西门太太理想中的海棠溪，以为也是储奇门、都邮街这样的大街，又以为他们的联络站也是个字号。殊不料这个码头上根本没有街，要走一两华里，才有一截市面，而问信的那个联络站，也是黄土墙矮房子，里面并无处可以落脚。这样博士引她来坐小茶馆，那就无可推辞了。小茶馆她是看见多了，也是觉得不堪领教，根本没有坐过。现在靠住一张黑漆漆的桌子，坐在硬邦邦的木板凳上，绝没有在咖啡座上那样舒服。面前放着一盏碗沱茶，喝起来自没有龙井香片那个滋味，也没有红茶那个滋味。她喝一口，根本就感到有一点儿涩嘴。茶兑过一回开水，变成了陈葡萄酒的颜色。

526

这是她自己甘愿来的，不便有所怨尤，却向博士笑道："我在温公馆也喝过沱茶，可不是这个味道。"博士笑道："什么东西能拿温公馆打比呢？狗吃三顿饭，也会比普通人士高上一筹。他们喝的沱茶，自然是精选的。温公馆里的沱茶，小茶馆里也有，那也不成其为温公馆了。"

西门德心里可就想着，我这位太太这两天逼得我也太苦，我应当惩罚她一下。于是出了茶馆，带着她顺了公路走去。罗家坝这一带，恰是穷山恶水，两边毫无树木的黄土山下面，洼下去一道带梯田的深谷。顺流着一条臭水沟，沟两边有些民房，不是夹壁小矮屋，就是草棚，还有些土馒头似的坟墓乱堆着在对面黄土山头。博士道："过去十八公里可以到南温泉去洗个温泉澡。此外是没有什么可游玩的地方了。"

她今天恰穿的是一双半高跟鞋，走着这遍体露出骨头的公路，自不怎样地舒服，慢慢地感到前脚板有点儿挤夹难受，身子也就随着有点儿前仰后合，于是离开路中心，就在路边有干草皮的路边沿上走。博士道："太太，你是不惯抗战生活，在路边草地上坐一会子吧。等着空手回头滑竿，抬了你回去吧。"她倒真是有这点儿意思，但是她最不爱听人家说她无用，便扭着身子望了他道："你就那样小看了我，这两年在重庆住家，你出门不是坐轿就是坐车，走路的能力你就比我差得远。"说着，她拔脚就向罗家坝走去，一口气真走了一公里多路，到了原来的那家小茶馆。她无须博士要求，就在茶座上坐下了。

西门德随后跟了来，左手揭起呢帽，右手掏出衣袋里手绢，擦着额头上的汗，走到茶馆门口站住。看了太太微笑，她两道眉毛一扬，笑道："你看还是谁不行？"博士点着头道："我不行就不行，我绝不勉强充好汉。"说着，在桌子一边坐下，笑道："太太，坐在这种地方等车子，你知道不是生意经了。休息一会子，我们坐滑竿回去吧，你受不了这个罪。"她笑道："你以为我是勉强充好汉吗？"博士笑着没有把话再向下说。她自然也不跟着再向下说。第二次各泡了一碗沱茶。西门太太便觉得不是像初次那样难喝，口渴了喝过半碗茶，再喝半碗，接连就兑上了两次开水。这样地枯坐了半小时，西门德就去买了些瓜子花生糖果之类，放在茶桌上，笑道："枯坐无聊，我们抬抬扛吧。"她道："这是什么话？"说着，一赌气站起来，借了这赌气的一个姿势，就走出了茶馆去。西门德赶快了茶账由后面跟着来，追到向黄桷垭的分路口上，几个抬滑竿的轿夫子，正围了她讲价钱。

西门德看到，脸上透出一点儿得意的微笑。她立刻就很快地挥着手道："过去，过去，我们不坐滑竿。"西门德淡淡地笑道："还是坐了去吧，到家得有几里路呢，而且路也不好走。"她道："我反正拼得你过，笑话，我走不回去？再走两遍我也不在乎。"西门德道："那么，我不送你了，我过江去一趟。"说着，果然立刻转身走去。她始而还不信博士真走了，站着迟疑了一会子，约莫有五分钟，然后出了一笔高价的价钱，坐着一乘滑竿走了。西门德不免在罗家坝兜上半个圈子，也就坐了滑竿回家。到家时屋子里静悄悄的，推开房门一看，太太已是和衣在床上睡着了。博士心里暗喜，觉得不怕这位夫人难于对付，只要稍微肯用一点儿脑筋，那就胜利了。

到了次日早上，她自是醒得最早，而西门德却痛快地多睡了两小时，不像过去两日受到情不能堪的聒噪。醒来之后，自自在在地吸烟喝茶看报，太太不再要他到海棠溪接车子了。午饭以后，太太还是不提什么，西门德口里衔着雪茄，架了腿坐在沙发上，故意地向太太道："家里还有咖啡吧，熬一点儿喝可以吗？今天我的兴致很好，我想看几页书。"她道："熬咖啡你喝可以的，可是你今天下午，总也应当到海棠溪去一趟呀。"西门德还没有答言，门外却有人接嘴道："不用去接我，我自己会来报到的。"随着这话，区亚杰走进了屋子来。他上身穿着一件麂皮夹克，下套长脚青呢裤，不过周身都带了灰尘，脸上的健康颜色，也是浮出一片黄黝的汗光，充分地表示一种风尘之色。他手上拿了一顶灰呢的鸭舌帽，见着主人翁夫妇各鞠了一个躬，很诚恳地执着晚辈晋见的礼节。

西门德立刻迎上前执着他的手道："辛苦辛苦，我们接你三天都没有接到，今天不接你，偏是你又来了。"西门太太正也是有许多话要说，然而在亚杰后面紧随着有一个跑码头的孩子，他将小扁担挑了一担东西进来。前面是两只火腿，另外一个小篮子，篮子里面有许多大小纸包，后面是两篓广柑也附着一个小篮子。这些东西在楼板上放下，亚杰掏钱将小孩子打发走了，才笑道："这和押运的货无关，是我个人沿路买的一些土产，请博士和师母的。"西门太太笑道："我们也要出门坐飞机了，哪里带得了许多东西？"亚杰愕然地望着问道："你们要出门到哪里去呢？"她笑道："我们要到香港去住家了。"西门德皱了眉笑道："这消息虽是你所急于要宣布的，也不要这样太急，人家远道而来，还没有坐下呢。"她道："我哪里是急于宣布这消息，也不过因话答话罢了。"

博士不再和她辩论，一面叫佣工和亚杰送来茶水洗脸喝茶，一面陪他谈话。亚杰告诉他：一路都还顺利，只是过路的特别交际费多用了一点儿，有账可查。也就因为这样，路上没有什么留难，不然可能在最近的一个关口耽误个三五天。找了一点儿机会，昨日下午闯过来，今天上午九点多钟，就到了海棠溪。

西门太太静静地坐在一边听着，这就插嘴道："亚杰，你只管要赶到码头，忌讳都不顾了吗？"亚杰道："什么忌讳？我倒没有想到。"她道："你们的规矩，不是在上午不许到站的吗？我还是昨天才知道这规矩的。"亚杰笑道："没有这话。"博士只管向亚杰以目示意，要拦阻这话，可是已来不及了。她望了博士道："好哇！你又是骗我的！"西门德起身向她欠了一欠腰，然后笑道："虽然是撒谎，也完全是善意的。假如不说这话，也许你上午就要去接他，那你就更要受累了。"亚杰也向她欠着身子笑道："要师母去接我，那真是不敢当。"西门太太笑道："老实告诉你，我是个性子急的人，听说有机会要到香港去，我恨不得立刻就动身。可是你没有回来，我们这一笔账没有了结，怎么走得了呢？我要走，我就盼你来，所以我就来接你。"亚杰道："那真是抱歉得很，师母也不打个电报给我，我怎么会知道你到码头去接我？"西门德道："就是打个电报给你，你也不能不分昼夜地走。她未尝不晓得你自然会来，不去接你也并没有关系，可是她心理作用，能在海棠溪接着你，她心里就可先安慰几小时。"

亚杰笑道："现在师母可以去筹备一切了，车子同货全到了，货也好脱手。只要我们不太贪图多得钱的话，很快就可以脱手。这个年头你还怕有货变不到钱吗？人家只怕是有钱买不到货。"西门太太便回转头来向博士道："我们也不靠这一次发财，就靠了天，我想能挣几个钱，我们就脱手卖了它吧。"西门德笑道："岂但是能挣几个钱我们就脱手，少蚀几个钱的本，我也肯脱手。"亚杰倒吃了一惊，望着他道："怎么回事？时局有什么急遽的变化吗？"博士笑道："时局没有什么急遽变化，难道我们心里也没有什么急遽变化吗？我们现在急于要到香港去，不违背这个原则之下，我们是无论什么都可以牺牲的。"西门太太听了这话，不觉地把眉毛一扬，因道："你老说这些俏皮话干什么？那么，你一个人到香港去，我不去！"她正坐着在喝茶，把茶杯放了下来，扑笃一声碰着茶几响，站起身来就向卧室里去了。

亚杰自知西门太太的个性，就不放在心上，向西门德报告了一番路程的经过，将昆明贵阳的购物价情形，也略说了一说，就在衣袋里掏出一张单子，交给博士。博士看了一看，轻轻拍着他的肩膀笑道："你当年在中学里面当教员，哪里会有这样一番见识？我们走是走定了，我们走了之后，你打算怎么样？你令兄看到我们跑进出口，他也红了眼，要跟着我们学，你看怎么样？"亚杰笑道："那也好。不过我也是青年，觉得大家都沉迷在见钱就挣的主义下不大妥当。亚英他为了生活，在郊外一度做小贩子，这是可以原谅的。现在家庭生活不会像以前困难，最好还是让他去学医，钱的方面，我可以帮助他。兄弟三人牺牲我一个人够了，他何必也要做这种游击商人去？西门老师该劝劝他。"西门德笑道："劝他？能劝他的只一个黄青萍，可是她又走了，失恋的痛苦，让他更急于要去发一笔财，以便挣回这口气。他对于你很羡慕，他说你现在发了财，那朱小姐又时常地打听你的行踪，这一个对比让他……"亚杰摇着手道："老师，我们谈生意经吧。现在我们就到海棠溪去，以便把货运过河来。"西门德道："让它在堆栈里放几天吧。"西门太太却在隔壁房间里高声插嘴道："对了，让它堆在货栈里过上一年吧。囤积居奇，怕不会再涨个十倍。真是报上说的发国难财的人，口胃越吃越大。"西门德听了不作声，向亚杰微微地一笑。两人都知道她急的是为了什么，也没有和她辩驳，只是继续地把生意经谈下去。

约莫有十来分钟，只见西门太太衣服穿得很整齐的，手上拿着皮包走了出来。她站住了脚向博士伸着手道："你刚才收下的货单子，交给我看看。"西门德还不知道她是什么意思，自然把那货单交出来。她接过单子，一句话没有说，打开皮包向里一塞，径自出门向楼下走去了。

博士这倒不能不有点儿诧异，立刻由后面跟着追出来，连连问道："你这是干什么？那单子我要拿着和人去接洽事情哩。"她已走到楼下院子里了，回过头来道："你不会让亚杰再给你抄上一张吗？这是什么了不起的东西！"她说着话，越走越远，竟自出了大门。亚杰也追到楼栏杆边上来了，自觉得西门太太的行动有些出乎常轨，问道："师母为什么突然走了？老师是心理学家，你难道还摸不着师母的脾气？"西门德站着想了一想，笑道："你猜她到哪里去了？她是拿了那货单子，去见她们那一圈子里经济学大师温二奶奶。可是二奶奶拿了这货单，她会有什么办法？至多是告诉我们太太一些道听途说的行市，那是丝毫无补实际的。她想早点儿去香港，还得向我求教，卖掉这批货。别理她这精神病人。"亚杰想着也是并不介意，可是博士只猜着了这趋势的一半。

西门太太过了江，上车子就坐到温公馆，二奶奶正在小饭厅里吃午饭。恰好温五爷今日无事，在家中和二奶奶共餐。西门太太在饭厅外就叫道："好几天没有吃温公馆的饭，赶上了这……"她一脚跨进门，只见是夫妻两人，并无第三人伴食的，笑着哟了一声，缩着脚未曾上前。温五爷立刻站起来笑道："我们也是刚坐下，不嫌欠恭敬，就请上坐。"二奶奶笑道："五爷也是极熟的人，你还避嫌吗？"西门太太笑道："我是说笑话的，二位请用饭吧。五爷在家我正要请教，我在一边等着吧。我是吃过饭来的。"温氏夫妇谦让了一会儿，西门太太笑道："五爷，我是你府上的常客，还会客气吗？我们这几天的中饭特别早，为了是吃过饭，好去海棠溪。"

温二奶奶便不勉强，让她在一旁坐着，笑道："我早知道，你们还有一大批货，连着车子进来，现在是货也好，车子也好，全是畅销的，你们又要发一大笔财了。在重庆你忙着收钱进口袋吧，还是打算到香港去花呢？"西门太太笑道："我忙着到海棠溪接车子，干什么？不就盼着货物来了我好走吗？现在车子货全来了，我抢着卖了，就可以走了。五爷，你说我这话对吗？"她是面对了温五爷远远坐着的，就望了他笑着，希望有个答复。五爷并没有考虑，吃着饭点点头道："那没有问题，你只要一松口，上午放出风去，下午就可以卖光。"西门太太道："真的吗？我很愿意速战速决。只要能挣几个钱，什么我们都卖了它。你看这是我们一张货物单子。"说着就打开皮包，将那张单子递了过去。

温五爷把那张单子放在桌沿上，自捧了碗吃饭，将单子一行行地看下去。看了几行，他脸上似乎有点儿惊异的样子，手捧了碗筷，呆着不曾动作，口里却轻轻地啊了一声。西门太太笑问道："东西都是好销的吗？"温五爷向她点着头道："凡是抢运进来的货，当然都是后方所缺乏的东西，但究竟时间是生意经的第一因素。"他说了这样一句含混的话，西门太太却是不解，望了他还不曾再问呢，他笑道："你让我详细把单子看看。"

西门太太看他那样子，又像有点儿愿承受这些货，这倒心里大喜。她想温五爷是银钱上极有调动手法的人，只要他肯承受下来，马上就可以得着钱坐飞机了，于是很安静地坐着等他们吃饭。饭后温五爷接过女用人送上的热手巾把，一面擦着脸，一面向她点着头道："请到隔壁客厅里坐。"西门太太看他这样子，倒是把事情看得很郑重似的，也许他会提出一个很好的建议，便随着他走过来。温五爷说了声请坐，先在一张沙发上坐下，架起腿来把那张货单由衣袋掏出来，又重新地看着。西门太太倒没有留意是什么时候，在吃饭之间，他已把单子揣到身上来了。穿着青蓝标准布的青年大娘，衣服外罩着白围裙，双手洗得雪白，给男主人送上一只黄色彩花瓷杯，里面是精致的香茶。随后又是一盒雪茄捧到主人面前。温五爷取了一支在手，咬去烟头，那大娘立刻取了火柴盒来擦着火，给主人点烟。

西门太太虽常在温公馆来往，可是很少和他在一处周旋，见他当了太太的面这样享受，却是第一次。这位大娘，皮肤虽不怎样白嫩，倒也五官端正，立刻生了个念头，自己对于丈夫就不能这样地大方。西门德以博士的身份，为了养家，只好去和市侩为伍，那倒是委屈了他了。她只顾暗想，却忘了理会主人，忽然听得他叫了声"西门太太"，坐在对面椅子上看他时，见他左手夹了雪茄，在茶几烟灰碟子里弹着灰，右手捧了货单子沉吟地看着，问道："西门先生把这些东西都定下了价钱吗？"西门太太道："没有，他也是刚刚看见单子，还没有一样一样地去打听行市呢。"温五爷道："那么，西门太太拿这单子来，也是打听行市的了。"她笑道："我没有那本领，可以去满街问行市，我的原意就是托二奶奶转问五爷，这些东西有人要没有？不想来得正巧，就遇到了五爷。五爷刚才说是不成问题，说出话去就有人要，我高兴得不得了。可是现在看五爷的情形，又像是还有点儿问题。"温五爷吸了一口雪茄，喷出一口烟来，笑道："西门太太知道，我一班朋友们里面，也有吸收进口货的。但我自己对这个没有兴趣，我知道有人要，但不晓得人家出什么价钱。要据西门太太说，只要能挣几个钱就脱手，这话就好办，现在做生意的人，都是知己知彼的，岂能不把买货人的利益打出来？你肯少收利益，他们自然乐于接受。"

西门太太听了这话，忘其所以地站了起来，两手抱了拳头，连作了几个揖，笑道："那就好极了，一切拜托五爷。"说到这里，二奶奶也走过来了。她手里端了一杯茶，一面走着一面喝，笑问道："为什么你先生的事，要你这样地努力？"西门太太笑答道："还不是那句话，卖掉这些牵手牵脚的东西，我们好到香港玩玩去呀。"温五爷微笑着点了点头，然后向她道："虽然如此，这事最好能请博士做了数目上的决定，我才好向其他方面接洽。其次，这些货不能恰好有那么一个人愿意完全接受，必得加以挑选。可是为了符合西门太太的要求，我不妨找一个大手笔的人完全承受下来，只是完全承受，人家就把挑选的权利牺牲了。恐怕在价目上要有个折扣……"

西门太太还是站着的，这就继续抱着拳头拱了两下，抢着拦住了道："拜托拜托。这一切都好说。"温五爷看到她站着，也不能不站立起来，笑道："要像西门太太这样速战速决的办法，那只能在利益上看薄一点儿，反正不会蚀本。不过最好能请西门博士过江的时候和我谈谈。"西门太太伸手轻轻地拍了两拍胸脯道："不要紧，我可以全权办理，不信请你问一问二奶奶。我这话是可以负责的。"说着，伸手拍了拍二奶奶的肩膀，笑道："请问你们太太，我的话，我们那位博士，倒是不能怎样反对。"二奶奶笑道："是的，是的，西门先生乃是标准丈夫。谁都像我这位五爷，遇事都别扭，为了叫他怎样做标准丈夫，我倒也希望博士能和他谈谈。"

西门太太听了这话倒不问是玩笑是真话，反正这是做太太的人有面子的事，因笑道："好的，今天我回去，明天一大早让他到公馆里来拜访五爷。"温五爷道："我一定在家里候教，倒不一定要一大早，九十点钟也可以，我会吩咐厨房里做几样可口的菜，请西门先生来吃顿便饭。"西门太太道："不必客气，还是让他一大早来。"说着，偏头想了一想，接着道："再不就让他今天晚上来吧，我马上回去。五爷今天晚上在家吗？"二奶奶笑道："假使博士今天晚上能来的话，我为着让他受点儿良好的教训，一定叫他在家里等着。"温五爷也在这时感到了高兴，向二奶奶鞠了半个躬，深深地说了个"是"字。西门太太道："好的，就是这样办，回去我通知他，让他今晚七点钟来。"她说着，把放在饭厅里的大衣穿起，手里夹着皮包，就有个要走的样子。

二奶奶笑道："也不忙在这一会子，老远地跑了来，你也应当休息休息。要不，下午我们去看场电影，你再回家，还是请你两口子明天到我这里来吃午饭吧。"西门太太道："看电影改为明天吧。"说着，她已向外走去。刚刚跨过大客厅的走廊，又回身向里走，笑道："我还得问五爷一句话。"二奶奶笑道："你放心，我保证他会帮你一个忙的。"西门太太并不理会这个保证，直走到小客厅里来，见五爷正向内室方面走，便笑道："对不起，我还要问一句话。"温五爷见她急步地走回来，倒有点儿愕然，望着她等她问话。她笑道："五爷，你能再帮一点儿忙，可以请买主给我们在香港划款吗？若能够让我们在香港拿钱，我们在价钱上可以再让步一点儿。"

温五爷根本就没有听到她初次让步是个什么数目字，觉得她这个说法有点儿凭空而来，更也没想到她急于回来问的是这样一句话，笑道："那也许可以办到，但我没有把握。"西门太太凝神了一会儿，悬起一只右脚将皮鞋尖在地板上点了一阵，随后笑道："只要五爷说出'也许'两个字，那就是有办法的，好好好，我去把话告诉老德，他一定会来的。"说着话，人已走了出去。

主人夫妇全在后面送她，她都没有加以理会，她的心已完全放在见到博士的面，如何把这个消息告诉他。连坐车坐轿过轮渡，不到一小时她把这旅程抢着过去了。赶到家里，在楼下就笑嘻嘻地叫了一声"老德"。"老德"这个称呼，向来是她对博士一种欣喜的称谓。她今天在温公馆看到五爷的享受，对于博士之未能享受，引起一种同情心，而且要博士依了自己的主张速战速决，也觉得非给他些好感不可。所以她这样地喊着欣喜之词，打算一直地把所见所闻告诉他，更给予他一些温暖。料着博士听到这一声"老德"，一定是会迎到楼梯口上来的。然而不然，喊出去之后，一点儿反响没有。她心想博士一定因为自己早晨当亚杰的面发脾气，使他太难堪了，所以任她怎样喊叫，也不理她。这是自己过分了，也许他还生着气呢，便笑着走上楼来，在楼廊上笑道："老德，你别误会，我出去没有打你的招呼，那是像亚杰一样，不声不响地给你办好一件事，让你惊异一下子。你猜怎么着，这件事……"她说着话，先走进半充客室、半充书房的屋子，没有人，便向外高叫着刘嫂。女用人进来了，西门太太问道："先生不在家吗？房门都没有锁，怎么回事？"刘嫂道："先生和区先生说话，说了很久，大概是到河边去了。他没有吩咐我锁门。"西门太太道："去了好久呢？"刘嫂道："不到一点钟。"她一想，大概是上江边去了，要不然，他也不会不锁门，于是斟了一杯茶坐在书房里等着。

可是由二十分钟到三十分钟，由一小时到两小时，看看天色快黑了，而西门博士还不曾回来。她时而在屋子里坐着发闷，时而站在楼廊上靠了栏杆眺望，可是博士始终没有消息。她口里不住地骂着："岂有此理！"她心想原约着温五爷今晚七时会面，耽误到现在，这个约会是不能实行了。她急了一下午，不免影响到她的胃神经，因之她晚饭也不曾吃，就上床睡觉去了。蒙眬中倒是听到隔壁屋子有博士说话的声音，一个翻身爬了起来，将长衣披在身上，扶了房门就冲将出来。博士看了她披了头发，满脸凶气，不由得吓了一跳。还不曾开口呢，她就瞪了眼道："你是无处不和我捣乱，这样的日子，叫人活不下去了，我们只有拆开各干各的！"博士望了她道："什么事你又大发神经？"她将手一拍桌子，咯地一响，把桌上的茶壶茶杯都震动了，喝道："你才大发神经呢！房门也不锁就走了，让我等你这一下午。"博士道："就是为这个事吗？刘嫂是我们所信任的，有时候不都是叫她给锁门吗？"她一直冲到博士面前来，挺了胸道："我不为的是这个。我为着替你们销货，特意跑过江去，把主顾都接洽好了，约了今天晚上七点钟做最后决定。你看，这时候才回来，把很好的一件事吹了，真是可惜。"说着，把脚连连地在楼板上顿了两下。

博士虽看到她这样着急，可是对她所说的还是莫名其妙，因道："你没头没脑地生我的气，我始终是不知道缘由何在，你别忙，穿好了衣服，慢慢地告诉我。天气凉，别冻着，若是生了病，那会耽误到香港去的行程的。"这两句话倒是她听得进的，就扣起衣服，再加上一件大衣，坐在书房里，把和温五爷所说的话告诉了博士。他笑道："原来如此。就是我们明天早上去，也不算晚呀。这又不是坐公共汽车，抢着买前面几张票。"她道：

"难道我这么大人说话不算话吗？约好了今天七点钟……"博士想到和她辩论是毫无用处的，便赔着笑脸道："我已经误了你的约会，就是你发我一阵子气，那也无补于事，明天早上我陪你去特访温先生就是。再就生意经说，我们今天不去也好，免得他揣测我们除了他就没有法子销货。"西门太太道："你这才是胡说呢！人家为了我去相求，无条件帮忙。他要经营的是几千万几万万的大买卖，你这点儿东西，他根本不看在眼里。你还以为他要贪你的便宜呢。"博士实在也想得着一点儿休息，就忍受了她几句骂，没有多说。而太太还是顾虑到今天失了约，怕明天早上过江，温先生不会等候，一宿都不曾安心。

到了次日七点多钟，就催着博士起来，他虽明知是太早，料到一推诿，就要引起夫人的不快，终于在九点钟就到了温公馆。西门太太向用人一打听，五爷还不曾出门，心里才放下了一块石头。由于她之内外奔走，引着博士在小客厅里和温五爷相见，大家谦虚了几句。主人说佩服客人的学问，客人又多谢太太常在此打搅，随后又谈点时局情形。西门太太坐在一边旁听，倒忍不住了，便插嘴道："五爷，关于昨日所说那批货的事，我们在家里商量过了，为了免除麻烦，若有人承受，我们一齐卖了它。"五爷便向博士笑道："环境逼得你们读书种子也不能不讲生意经，这实在是可叹息的事。自然，你们书生就不愿意像市侩一样颠斤播两，兄弟也曾代问过几个朋友，大概没有什么问题。只要博士给我一个概括的数目字，我就可以在最短期内答复。"西门太太不等丈夫开口，她又在旁边插了一句，"好极了。"博士笑道："那一切有劳温先生帮忙。不过有一句话要声明的，那单子是朋友开给我看的，把车子也开在里面。这车子是替一家机关代办的，车子不在其内。"温五爷听了这话，脸上表示了失望，轻轻地哦了一声。西门太太道："这里面我们自己有三辆车子，可以卖的。"

温五爷听她说着，倒觉得这位太太是过分地将就，成了北方巴结人的话"要星星不敢给月亮"。一个卖主这样地将就主顾，做主顾的再要挑剔，那便有点儿过分苛求，便笑向西门德道："我虽是个中间人，但是必须问得清清楚楚的，方好和对方接洽，当然一般上饭馆子里吃饭的人，不能把人家筷子碗都买了去。"西门德笑了一笑，还没有开口，他太太又抢着接嘴道："我们等于一家饭馆子出倒，不但是筷子碗，连锅灶我们都是愿意倒出去的。"五爷觉得她的发急，真有些情见乎辞，也就随着哈哈大笑。

所幸这个时候，二奶奶也漱洗化妆已毕，出来见客，大家周旋一阵，把这话暂时搁置了。要不然，博士坐在这里，真有点儿啼笑皆非，不知道怎样措辞才好。大家继续商谈，结果温五爷就约着西门夫妇当天晚餐，就在那个时候先做一个答复。西门德无所谓，他太太却十分地满意。临别的时候，还向主人再做一个让步的伏笔，她道："只要是五爷和我们计划的，一切都好商量。"主人把话放在心里，脸上也就只是表示一点儿笑容。

他们约的是六点半钟晚餐，温五爷到六点钟才回家，来到了内室，见着太太，先问请客的菜都预备好了没有。二奶奶道："这个不用你烦心，不过你答应西门夫妇，今天给人家一个答复，我倒疑心你未必就找着那一个适当的主顾。"温五爷见屋子里并没有第三个人，低声笑道："我哪里就那样下三烂，给他夫妻去当跑街？"二奶奶原是坐着的，这就站了起来，望着他的脸，呀了一声道："你可别开玩笑，那西门太太真是求佛求一尊，你若是完全把她所托的事打消，她大大地失望之下，会急出病来的。她虽然有点儿神经，倒是一个心直口快的人，平常和我跑腿很多，可不能闹着玩，我不愿对不起人家。"五爷笑道："你放心，我不能开罪你的好朋友。我已经给她找着主顾了。她倒店就有人顶她这个店开，那还不行吗？"二奶奶道："据你说，你又没有和他们去兜揽，那承受的是谁呢？"五爷笑道："不用得兜揽，现成的一个坐庄客人收下。此人非他，就是区区。"他说着，用右手食指指了自己的鼻子尖。二奶奶笑道："怪不得了，我看你见了她那货单子，见神见鬼地做出各种表情。"五爷笑道："我本来不一定要买她的，我看这位太太要急于跑香港，恨不得把这些货一脚踢出去。我若不要，也不过好了别人发一笔小财。肥水不落外人田，我就收下来吧。反正天公地道，我也让她弄几文。话放在你心里，回头见机行事吧。"二奶奶知道他绝不会吃亏，自也不必多问了。

到了六点半钟，西门德夫妇按着时间双双地到了。温氏夫妇在客厅里见着，先是满面笑容，这第一个印象给西门太太就很好，她今天也是特别地亲热，走向前双手握了二奶奶的手，连连地摇撼了几下，笑道："一直打搅着，今天又要特别打搅了。"二奶奶知道她是个急性的人，不等她开口便笑道："我们总算不负朋友所托一切都接洽好了，款子由我们负责。你在重庆要也好，你在香港要也好，随时可以支用。"西门太太听了这话，向博士笑道："那太好了，真应当谢谢温五爷。不说别的，这省掉我们多少事呢。"西门德听说这事如此容易解决，也有点儿诧异。在温先生还没有宣布价钱多少，先就向人家道谢，似乎也欠着考虑。可是太太已经这样说了，又不便置之不理，便握着温五爷的手道："一切都烦神了。"

大家坐下来，主人夫妇感到发了一笔小财喜，自是高兴。西门太太速战速决的计划成功了，也是满身轻松；博士虽不见得有别人那般高兴，可是也没有什么相反的情绪。因之，大家谈得很融洽。到了向饭厅吃饭的时候，一切饮食品都是特殊而珍贵的，博士也就感到主人这番招待，绝非出于敷衍。关于货物所谈的价钱，连考虑的态度，也不便发表出来，因为凡是主人所说的话，西门太太是满口子地说好，实在不容许他另外还说什么话。饭后，温五爷特别客气，把自己的座车将二人送到江边。

西门夫妇回到家里，博士如释重负，以为可不受太太的逼迫了。可是太太又提出第二个问题出来了，她说现在货脱了手了，还有两件事你得赶快去办，第一件事把车子交给虞先生，不要放久了，车子出什么毛病，会脱不了手。第二件事，应当去见陆先生，把飞机票子把握到手。西门德大为后悔，大不该告诉太太有这个到香港去的机会，被她逼得坐立不安。事已至此，争执也是徒劳唇舌，只有把她送到香港去了再说。因之他没有驳回太太的话，次日一早就过江向虞先生办公处打听，恰好是虞先生下乡探望老太爷去了，他想着这笔买卖，是老太爷介绍得买卖成功了，下乡去看看老太爷，就说现在算是这趟路没有白跑，可以提几万元作为工读学校资金。当然数目太少，还要跑两三趟，这样做法，虽不十分周到，颇也能自圆其说，顺便将车辆的事接洽一下，倒也一功两德。他出了那办公处，看着表还只十点钟，赶上午的班车还来得及，于是就直奔汽车站。

到了下午四点钟，博士回家向太太报告一切进行顺利，收拾行李，准备上香港吧。西门太太所盼望着到世外桃源的机会终于来到，也是喜欢得乐不可支。不过到了第二天，却有点儿小小的扫兴事情发生。

第三十七章

探 险 去

　　到了次日下午，却是亚英、亚杰兄弟两个双双地来到。西门太太一见就笑道："我有好消息告诉你们，连车子带货都有人接受了。现在我们就是等飞机票了。亚杰呢，这样辛苦一趟，我们自然会酬劳你。你那个朱小姐到处打听着你，你们见了面没有？现在你发了财，可以订婚了。亚英呢，假如高兴的话，那陆先生办的货，就请你到广州湾去接运进来。如果我们在香港碰到了青萍，一定想法给你拉拢。"亚英听了微笑道："师母，你不要太乐观了。昨天我听到一个可靠方面的消息，说是日本人就要在太平洋动手。香港那弹丸之地，兵力又少，日本人不费吹灰之力，就可以把香港捞了去。现在香港去不得吧？"西门太太突然听了这话，倒是呆住了，望了他道："你说的不是谣言？"西门德在隔壁屋子里迎了出来问道："你说的这可靠方面，是哪一方面？"亚英道："自然是外交方面。最近两天，有人由太平洋上来，他们都说香港绝不是什么世外桃源。没有要紧的事，最好不要去。现在香港的美国人纷纷地去马尼拉，英国人自己也向新加坡疏散，无论怎么样，他们感觉总要比我们锐敏些。"

　　西门德燃了一支雪茄坐在沙发上，也现出了犹豫的样子道："本来呢，这种趋势谁都知道的，并不是什么秘密。"西门太太道："你又动摇了，香港危险！香港危险！这话差不多说了一年，到现在又没个半点儿风吹草动，这叫庸人自扰。人家陆先生，比你们得来的马路消息总要灵通得多，果然香港有问题，他也不会赞成我们到香港去。我们与他无冤无仇，他会害我们，让我们到炮火堆里去吗？昨天下午，老德到他那里去，他还催着我们快些动身呢。"西门德听了她这话，也是理由充足，便道："陆先生虽是没有催我快走，但是昨日见面，他的确没有提到香港危险。我既要去，如果真有危险，他不能不说。"亚英道："告诉我这消息的人，他的确有点儿把握的。他说可能在十天半月之内，日本就要和英、美宣战。他还说，我们的金融机关和政治人物，已在开始撤退，最大的证据，就是进来的飞机票子，在香港已经难买到手了。"

西门德静静地吸着雪茄，脑筋里在盘算着对于国际问题的估价。他太太却最不爱听这一路消息，便道："香港的中国人不去说他，英国人大概还论千论万，人家不是身家性命吗？"亚英笑道："师母，你不要误会，我不但不拦阻你去香港，就是我自己也想去。不过有了这个新消息，也值得我们考虑考虑。"她道："什么新消息，简直是旧闻。温二奶奶就说，让香港这些谣言把她吓着回来了。丢了许多事情在香港没有解决。回来了这样久，一点儿事情没有，后悔得不得了。"

亚英简直不敢再说什么话了，自己只提出一点儿空洞的消息，西门太太就拿出许多真凭实据的事情来驳得体无完肤。博士自也不愿扫自己的兴，脑筋里尽管转念头，口里也就不说出来。倒是亚杰坐在旁边总不作声，只是微笑。西门太太就问道："亚杰怎么不说话？你难道还另有什么主意？"亚杰笑道："我的见解有点儿不同。若是做生意图利，那就根本谈不到什么危险不危险。若是住家，谣言多的地方，就是没有什么危险，也犯不上去。"西门太太道："你这见解，我不大赞同。做生意和住家有什么分别？做生意的人难道就生命保了险，住家就不保险吗？"

亚杰本想把住家和做生意的意味，分别解释一下。可是她对于在眼前三个人的谈话，完全不能满意，她不愿继续听，一扭身子走进去了。好在区氏兄弟算是晚辈，而又深知西门太太为人，都也不去理会她。博士笑道："你看她这脾气，要是别人，真让人家面子上下不来。其实你两位不都是好意吗？"亚英笑道："我其实也有点儿过虑，去香港的飞机，哪一次也没有空下一个座位，这就是个老大的明证。"西门德笑道："这样说，你是要去香港的了。你不会因有这些谣言，心里有点儿摇动吗？"亚英笑道："就是有这些谣言，那也不去管它了。战时前方去跑封锁线有人，平时到北极去探险的也有人，我们到香港去只当探险去就是了。"亚杰笑道："这样说，我就没有话说了。只是凭着哪一股子兴趣，平白地要到香港去探险呢？"

亚英微笑着，还没有答话，西门太太又带了很高兴的笑容走出来，点着头道："你问他，凭着什么兴趣吗？这个兴趣可就大了。"说着，她眉飞色舞地指了亚英道："你让他自己平心说一句，他到香港去究竟为的是什么？"亚英笑道："这也没有什么秘密，我可以坦白地说出来，无非是为了黄青萍。不过她由重庆飞出去，是到昆明去的。到昆明去之后，还是到仰光去了，还是到香港去了，我也不能知道。就是她到香港去了，碰见了她，她认我不认我，那还是问题。原来在重庆天天见面，她还可以离开我跑了，如今分开了一次，重新见面，各人心里有着这么一层隔膜，是不是能成为一个朋友，也还是问题。"

西门太太现在已把刚才那点儿脾气完全消逝尽了，推着博士一下，让他闪开，挨着他坐了下去，拍着他的肩膀向亚英笑道："你怕什么，你两口子订婚是我两口子的见证人。你们在香港，我们也在香港，纵然香港是香港的法律，可是有我们出来证明，大概她也不能把婚约赖个干净吧。"亚英笑道："若是照这样子说，行啦。"西门德哈哈笑道："若是照你这种看法，你分明是在做重新合作的准备，那还有什么话说呢？你不用到广州湾，径直地到了香港再说吧。"西门太太笑道："若是真到了香港，你会见着青萍的。你想她是个好热闹的人，她若耽搁在仰光，不会有多少朋友，住不久的。香港是她必游之地，那里交通便利，她为什么不去？此外是仰光太热，香港气候温和……"她夸赞香港的好处，仿佛自己就到了香港，说得眉飞色舞。大家看了她这种样子，对于到香港去，也就不会再有什么疑问了。

亚杰却向亚英道："看你这趋势，是要到香港去定了。这件事倒不是小行动，你应当回家去和父亲母亲商量一下。"西门太太笑道："商量一下很好。亚杰这几趟远程车子跑着，不但个人经济问题解决了。就是家庭经济也大大地有了转机，你们用不着那样苦干了，你也何妨到香港去一趟呢？弟兄们合作，再开辟一番世界。香港有了基础，把老太爷老太太也接到香港去，干脆就在香港安下家来，一劳永逸的，等战事结束了，我们坐船到上海，由上海回家，那真是理想中最迅速最安全的办法。"她这个最理想的办法，实在不能不让她随着高兴，于是笑嘻嘻地就拍起手来。博士笑道："你也不要说得太圆满了。难道在中国抗战期中，香港始终是这么一座世外桃源，到了抗战结束，这座世外桃源还完整无缺？预备着海轮邮船，让我们大摇大摆衣锦还乡？"西门太太瞪了他一眼道："老德，你总是这样，在人家最高兴的时候，你就要扫人家的兴致。试问只要日本人不敢和英国宣战，有什么理由说这一座世外桃源，不能维持到抗战结束？二先生、三先生，你二位评评我这个说法，理由充分不充分？"博士笑道："你的话若是有错，我的一切计划，也不会完全照你言语行事了。"

她先是瞪了一下眼，然后淡淡地笑道："你不用和我嘀咕，将来事后自知。等你将来过着舒服的日子，我再堵你的嘴。"说着，望了区氏兄弟笑道："我就是喜欢个热闹，在这一点上不知道受了他多少气。其实人生在世，总要有点儿嗜好，这人生才有趣味。若是都像老德一样，以前是放下书本就写讲义，这两年放下书本子，就是拟计划书、审核账目，拉了他去看场电影，就等于拉上医院，你说这人生有什么意思？简直是牛马。"西门德笑道："太太，你说的话也不尽然吧。我雄心勃勃，还打算成个探险家呢。"她道："你不用废话，到香港去我保你的险。"说着，她很勇敢地将手轻轻地拍了一下胸口。亚杰望了她笑道："师母，这个兵险可不大好保，除非你在香港，有一架最新式不用飞机场的飞机。不然的话，谁也不敢到贵公司去保险。"

她听了这话，脸上有点儿红红的，眼皮也随着垂下来。博士生怕她说出更重的言语，接着笑道："此话大为不然，我和亚英都愿到她贵公司去保险。根据这几年来的经验，该公司实在是信用卓著。"说完，故意哈哈一笑。把这事牵扯过去，然后又很客气地敦请太太下楼，监督着招待客人的午饭。区家兄弟就也不再研究到香港去的事了。

午饭后，亚英兄弟约着博士后日下午在城内见面，并托着他多弄一张飞机票子。博士答应了试试看。万一不成，出大价钱买一张，绝没有问题的。亚英、亚杰自是欢喜。当午回到重庆，亚英亚杰约了亚雄一同吃午饭。当下三位兄弟仔细算了一算，坐飞机到香港的川资，勉强凑算够了。但回来的川资，就要派到西门德私人承担，到海外旅行一趟，依然两手空空，也虚此一行吧？最好找个有钱的主儿让他先付几个钱，做一项生意，将来货物到了重庆，或者四六拆账，或者五五拆账，都好商量。亚雄笑着说："这样的主儿，哪里去寻找呢？若是有，我还愿意去跑一趟呢。"亚英将面前桌子一拍，笑道："有了。前一个月吧，重庆有一位大商家，打算邀我合作，还拿了名片，介绍我和他开的药房的经理会了面，我和他谈得很对劲，他掀开玻璃橱，伸手指给我看那些盒子，都是名贵西药，他说，这是重庆别家所没有的。我对他的话，也没有怎样加以注意，就在这个时候，来了个白发苍苍的老者，指明要买白喉针药。他们药房人见老者手上带有药单子，所开的价钱太少，就回他一个没有。任凭老者怎么哀恳也不行，是我路见不平，跑回旅馆，送了老者一盒白喉针药。所以这位大商家先生对我印象很深，不妨费两小时跑一回试试看。"

亚雄对于这样一位先生，虽没有什么好感，但跑着试试究竟无妨，于是三人同意，让亚英去跑上一次。会过饭账，亚英一人上胡家来。到了胡公馆门口，装出很随便的样子，走到传达室门口向那传达看了一眼，微笑道："我来了好几次，你都不在这里。你大概不认得我。"他说话时，手还插在大衣袋里的，这就抽出手来顺手递了一张名片给他道："请对胡经理说，我是特意来辞行的。"传达拿了名片进去回话。胡先生虽不大记得亚英的名字，可是脑筋里有一个姓区的青年，白手干起一番事业的故事没有忘记，便点了头道："请进来吧。"两分钟后，亚英进来了。胡先生起了一起身，指着旁边的椅子道："请坐请坐，就在这里谈谈吧。听说你又要离开重庆，这回不会是空着两手创造世界吧？"

亚英欠了一欠身子，然后坐下笑道："胡先生太看得起做晚辈的了。年纪轻的人，少不更事，不过是随处冒险。这次出门自己觉得没有多大的把握，一来是向胡先生辞行；二来是请胡先生指教。"他说着，又起了起身子，点着头做个行礼的样子。胡天民笑道："客气客气，不过像区先生这样有魄力的青年，我是非常赞同的。我马齿加长，也就倚老卖老，乐于和你讨论讨论的。我原来是很想借重台端的，现在当然谈不到了，不知道你有什么新计划？"亚英道："谈不上计划，不过是一点儿幻想。我是个学医药的人，觉得大后方西药这样缺乏，我们自然希望有大批的药到后方来，行医的人才感到方便，不然有医无药，医生的本领虽大，也不能施展。能运一点儿药品进来，既可以赚钱，而且还有救人的意味。现在社会上都不免怪商人图利，发国难财，其实那应当看是什么事。假如运药品，那是救人的事，虽然赚几个钱，不但与人无损，而且与人有益。这种商业，似乎可以经营。请示胡先生这路线没有错吗？"

胡天民听了竟是十分高兴，将手一拍坐的沙发扶手道："你这看法正确之至。我手里经营的事业，大概都是这样的。所以近年来，虽有点儿收益，尽管天天在报上看到攻击发国难财的，但是我心里却是坦然。就说西药吧，那些说风凉话的人，只知道说西药业发了国难财，他就不想想，假如没有这些人千辛万苦把药品运了进来，大后方早就没有一家药房存在了，那也不知道要糟蹋多少人命。也有人说西药比战前贵得太多了，其实药无论怎样贵，也不能比性命更值钱。有人要贩运着救命的东西进来，你还要人家赔本赔心血卖给病家，人心真不知足。老实说，不问我是不是经营西药，百物高涨，药品就更应当涨价，社会上有许多人攻击西药商，完全是自私。"他把话说得很兴奋，脸色都有点儿红红的。

亚英心里头有一个穷人吃不起药的问题，可是他绝不敢提出来，便随着笑道："既是胡先生认为这是可办的，我想那就毫无问题的了。很愿进一步地请教，以现在的情势而论，应当向内地供应一些什么药品？"胡经理笑道："只要你买得进来，什么药品都是好的。不过我们有个大前提还没有谈到，我还不知道你是要到什么地方去？"亚英发觉究竟是自己大意了，便欠着身子笑道："这是晚辈荒唐，还没有告诉胡先生到哪里去。现在一批熟人到香港去的，约我同走。回来的时候，却是坐船到广州湾，有几辆车子要由我押解了回来。趁着这点儿便利，打算带一点儿进口货。"胡天民笑道："这是最理想的旅程，可是你没有考虑到香港的安全问题吗？"亚英道："这一层我想用不着考虑。因为现在经商的人，依然不断地向香港走，那就证明了经商是和时局变化无关的。退一步说，就算香港有问题，也不能是那样碰巧，恰好就是我在香港的那几天，有不好的消息。何况我们果然要做一点儿出奇制胜的事，也就不怕冒险。我觉得带点儿探险精神到香港去一趟，倒也是相当有趣的事。"

胡天民口衔了雪茄，斜偏了头听他说话，听完了，又用手一拍沙发道："老弟台，对的。你果然是个能做事的青年，怪不得你上次有那些成就！你什么时候走？"亚英听了他这一问，便立刻觉得自己这次来得不错，居然几句合乎他口胃的话，就把他引上了钩，因道："至多不出一星期。若是胡先生有什么事要晚辈尽力的话，尽管指示，当再来请教一次。"胡先生约莫沉思了两三分钟，然后喷了一口烟笑道："上次我就想借重你的，我是很愿意和这种有勇气的青年合作。现在你说要离开重庆，我原来的计划自然要取消，不过也许我有点儿小事托你。"

亚英听他的话，就想了个透，他会有什么重要的事，要托一个没有多大交情的青年？经香港这条路的人，无非是托人带货。略带一点儿，不合胡天民的口味；多带呢，钱多了他又不放心。他说这话，莫非是探听自己和什么人同行？便笑道："我做晚辈的很愿意和胡先生效劳。好在这次出门，有西门博士同路，有不到之处都可以请他指点。"胡天民恍然大悟，问道："哦！你是和西门德合伙，此公大有办法。现在不是受陆神洲之托，到香港收买西书吗？"亚英道："正是这样，在别的事情上，他就有些照顾不来。关于办货运货，就交给了我。而且他回来的日子，还不能预定。我到香港以后，有个十天八天，把事情都办完了就先回来。"

胡天民听了他这番报告，就把心里所认为应该考虑的，自然而然地解释过来了。但是也不便立刻转弯，只道："这样吧，区兄若有工夫的话，请你明天再来一趟。我倒不妨明白相告，我也想托区兄和我带些西药回来。

只是顷刻之间，能调用到多少外汇，我并没有把握，所以还要你再跑一趟路。老弟，我知道你是个能干人，一定可以办得很圆满。将来合作的机会还很多，这不过是小小的一个开端罢了。"亚英欠了一欠身子道："一切愿听胡先生指挥。不过关于银钱方面，青年人信用是要紧的，我打算请西门先生出来担保。他是晚生的老师。"胡天民哈哈笑道："你办事果然精细，可是我对你的观察，却也用不到办如此手续。"亚英又正色道："胡先生越看得起我，越当弄清手续。我有个舍弟，现时在安华五金行帮忙，宾东却也相得。胡先生若是有银钱交来代办什么，也可以请安华出来担保。"胡先生又吸了两口烟，笑道："老弟台，你的话的确是面面俱到。不过我对于你的那份信任心，你却没有知道。我现在虽是个四不像的金融家和企业家，可是爱才若渴这一点，我倒有点儿政治家的作风。我虽够不上大手笔，几百万的款子在今日我还可以自由调动。"他说到这里，又想起先说的"能调多少外汇"一句话来，觉得有点儿前后矛盾，便又哈哈一笑道："你觉得我语言狂妄吗？"

亚英连说"不敢"。可是他心里已有一个数目，知道胡天民要托做生意，还不会是很少的款子，因站起身来道："胡先生公事忙，我也不敢多打搅，今天大概要下乡去和家父母告辞，后天再出来，胡先生有什么指示，请打电话到安华五金行，通知舍弟区亚杰。他无论在不在家，那里总有人可以把话传给我的。"胡天民一味地不要保证，亚英就一味地向他提保证，他很满意这一个作风，起身送客到楼梯口，还握了握手。

亚英很高兴地走出胡公馆，会着了亚杰，把经过对他说了，掏出表来看，竟还没有超过两小时。亚杰笑道："事情自然算是成功了一半，只是钱还没有拿到手，总还不能过分地乐观。"亚英道："我不会乐观的，回家里我提也不提。黄青萍害苦了我，我在家里算是信用尽失，再也不能开空头支票了。"兄弟二人商量着，在街上买了些家庭食用东西，提了三个大旅行袋，赶着晚班车到家。

老太爷现在虽已经没有生活的压迫，但他还是照着平常的水准过下去。上午在家里看书，下午带几个零钱，拿着手杖就到乡镇街上去坐小茶馆。那一碗沱茶，一张布吊椅，虽没有乐观可言，可是除了虞老先生外，他又认识几个年老的闲人。有的是挂名的高级委员，有的是阔人的长亲，都是嗜好不深，而又无事可做的人。这些人成了朋友，各又不愿到人家去相访，每日到茶馆里坐上一次，大家碰了头，由回忆南京北平青岛的舒适生活，说到人心不古，更由人心不古，谈些线装书，可谈的问题倒也层出不穷，使他们乐而忘倦。

这日也是坐得茶馆里已经点灯，方才拿了手杖走了出来。半路上遇到亚男，她老远站住便道："爸爸，你怎么这时候才回来？"她是老先生的最小偏怜之女，老先生笑着道："我今天也不比哪一天回来得晚一点儿，为什么先就发急？"亚男道："二哥、三哥都回来了，有紧要的大事。二哥他有一个新奇的举动要实行，回来向你请示，其实请示也不过是手续，他是决定了要走的。你若是能够拦阻他的话，还是拦阻他一下吧。"说着话，她引着父亲往家里走。区老太爷道："你这话前后颠倒，他要到哪里去？"亚男道："他要去探险。"老太爷一听说亚英要去探险，这却是个新闻，便冷笑道："这孩子简直有点儿神经病，无论他那点儿皮毛学问，不够做一个探险家，就算他那学问够了，现在抗战到了紧要关头，交通困难到极点，哪是个探险的时候？"亚男笑着，并没有作声。

老先生到了家里，见两个儿子齐齐地站起相迎。亚英脸色很自然，并不带一点儿什么兴奋的样子。看看亚杰呢，却也笑嘻嘻地站在一边。老先生便问道："你们有很要紧的事要和我商量吗？"亚英道："也没有什么要紧的事，回头慢慢地向你老人家请示。"这样老太爷就有点儿疑惑，回头望了他的女儿。亚男笑道："是的，我给爸爸报告没有错，他实在是要去探险。"老太爷放下了手杖，在藤椅子上架腿坐下，点了一支土雪茄吸着，便道："你们都是足以自立的人，而且混得都比我好，都能在抗战的大后方，抓着大把的钱，我还有什么话说？"亚英兄弟坐在一边，对看了一眼，觉得父亲所要说的又是痛骂发国难财的人，这和两个人的行为，就是一个当头棒。两个人默然着没有作声。

老太爷吸了一口烟道："我们这一代是最不幸的，对父母，是百分之百地在封建制度下做儿子。可是到了自己做老子呢，就越来越民主。我倒不是说我做过封建制度的儿子，现在要做个封建制度的老子，在你们头上来报复一下。但有一点儿和我父亲对我相同，总是望你们一切都干得好。所以不问你们把什么和我商量，我一定很客观地让你们随着正路走。据说亚英要去探险，这确是新闻，探险是科学家的事，应当是限于航海家、地理学家、天文学家、生物学家，你对这些科学，是擅长哪一门呢？一门也不擅长。在探险的时候，又能得着什么？"他这样说着，是彻底地误会了，亚英兄妹全是嘻嘻地笑着。老太爷看到他们的笑容不同，便道："怎么回事！我的话错了吗？"亚英道："这一定是亚男说俏皮话，爸爸当了真了。"亚男道："怎么是俏皮话呢？不是你自己说的这是去探险吗？"亚英只得赔笑向父亲道："亚男的话，乃是断章取义。"当下就把自己和西门德商量着要到香港去的话，说了一遍。老太爷听了一番叙述，点了一下头道："好在你有自知之明，这是去探险。既是去探险，如何进行、如何避免危险，你应该自己有个打算了。"说着，掉过脸来向亚杰问道："你也有什么事，特地回来商量的吗？"

亚杰却不料父亲话锋一转，就转到自己身上，因赔着笑又起了一起身子，答道："我没有什么事，不过陪着二哥回来看看。这次带一万元回来。西门博士把货卖了钱，还没分，下次再预备一点儿。我想家用一层，应该不再让父亲操心了。亚男呢，长此失学不是办法，若是能在重庆找着大学更好，不然的话，多花几个钱，让她到成都去念书吧。"区老先生笑道："你这简直是拿大老板的身份说话了。考不上大学就拿钱来拼。这样，不但我不赞成，也与亚男个性不合。我不愿她做个摩登小姐。"说着，他对眼前的儿女，都看了一眼。兄妹三人就都默然。老太爷道："既然打开了我的话匣子，你们不说，我还要说。你们何足怪，连西门德博士都成了唯利是图的现实主义者了。你们愿意跑国际路线，就跑国际路线吧。但家用一层，你们倒不必为我担心。我绝不是那种养儿防老、积谷防饥的糊涂虫。我们这种年纪的过渡人物，尽管做儿子时候，是十分封建的，但到了做老子，绝对民主。我不是那话，堂前椅子轮轮转，媳妇也有做婆时，把老子管我的一套，再来管你们。你们一切可以自由，什么都可以自由。"他说着，语气十分沉重，家人听了面面相觑，作声不得。

老太爷笑了笑，吸了两口烟，又望了望他们道："现在我没想到成了个废物了。吃完了饭，坐坐茶馆，下下围棋，谈谈古今上下，这样，不由你们不担心家用。走到人前，人家客客气气叫我一声'老太爷'，在别人以为是幸福。在我呢，却是不然，我决定下个学期，再去教几点钟书。你们不必以家中费用为虑。'老太爷'这个名称，也许现在还有人引以为荣，但是在我听来，乃是可耻的称呼。"他说完了，态度有点儿激昂，用力地吸了两口雪茄。

亚英知道父亲这话是为自己而起，不能不搭腔了，因道："爸爸这种看法，自是十分正确的。但是大学里的专任教授，那是不容易当到的，教几点钟散课，所得又太微薄了。若到高中去当一个专任教员，或者并不怎样难，可是薪水米贴全部在内，拿回家来，依然维持不了家里的清苦生活。过去的经验是可以证明的。"老先生向他摆了摆手道："你说这话，丝毫没有搔着痒处。我并不那样过分地做作，说是你们给我钱，我都不要。但我绝不能行所无事，在家中坐吃。我顶着一颗人头，至少要像任何动物一样，自己挣，自己吃，这样我吃肉，心里坦然。吃泡菜开水泡饭，心里也坦然。你们送来家用固然是好，不送也没关系。再说，教书是我人生观的趣味中心，我也以此为乐。自然，自己的儿女都教育不好，怎能去教人家子弟？但这是技术问题，至于我这颗良心，倒是不坏的。"他把半截雪茄举在手上，只管滔滔地向下说，吓得亚英兄妹不敢搭腔。

老太太早是知道这件事了，便含笑走出来道："大概今天的棋运不好，人家让你几个子呢？"说着，将泡好了的一玻璃杯茶，双手捧着送到他面前茶几上。老先生起了一起身子，笑道："我成了什么人，输了棋，回家和儿女们啰唆吗？你总是护着他们的短。"老太太笑道："老太爷，你不是常说，'将在外，君命有所不受'吗？反正是管不了，随他们去吧。好在宏业夫妻也要去，他们是老香港，彼此当有一个照应。"她说着话，可就站在老先生面前，大有先行道歉之意。他看着老伙伴这种委屈样子，也觉得老大不忍，笑着叹口气道："随他去吧，可是宏业夫妻怎么也要走呢？"

老太太见问题轻松了，这才在对面椅子上坐下了道："什么缘故，那不用问，无非是重庆一切都没有在香港舒服。原来人家银行招待所里面是不住家眷的。二小姐住温公馆，宏业住在招待所，怪不方便。找了两月的房子，不是嫌出路不好要爬坡，就是嫌没有卫生设备。出路平坦了，卫生设备也有了，又嫌着少一个院子，或者没有私人防空洞。除了自己盖房子，哪里能够样样都称心？近来看到大家要去香港，而他们自己接到香港的来信，也是说谣言虽多，一切都像从前一样，所以就动了心，还是回香港去。他们说还有个退步，万一香港有问题，他们可以退到澳门去。"

老太爷听了，扑哧地笑了一声。大家看这情形，老头子是一百个不以为然。话说下去，也只是各人找钉子碰。因之就把香港问题抛开，只说些别的事。亚英是此志已决，这事也不能大过婚姻问题，和黄青萍订婚也是先斩后奏，向香港跑一趟，这根本与家庭没多大关系，报告既毕，自也就不再提了。倒是老母亲悄悄地向他道："你还是多多考虑，进城去向你大哥问问消息。"又嘱咐亚杰也多多地打听。他们虽没说什么，也只觉得母亲太不知道世事。香港局面的变化，中国官场哪里会知道呢？他们这样把问题放在心里。次日早起，兄弟二人好像无事，还在田野里散步一番，到了午饭以后，父亲上茶馆找朋友去的时候，他们就偷着搭了公共汽车回城去了。

亚英虽是搬到李狗子公馆里去住了，却感到许多不便，依然瞒着他夫妻，在旅馆里开了一个房间。这时行期在即，不能不向人家告辞，就便和他商量作保的事，便邀着亚杰一路到李公馆来。这是下午四点多钟，正是电影院第二场电影将开的前半小时。李太太打扮得花枝招展，大红的旗袍，罩着条子花呢大衣，而且里子还是墨绿的，这颜色的配合是极其强烈。她一见亚英，就抢步向前，一把抓住他的衣袖道："朗格两天不见，啥子事这样忙？"她伸出来的手，除了指头上戴了个钻石戒指，还在手腕上套了一只油条粗细的黄金镯子。亚杰在旁看到，立刻觉着这是一位周身富贵的太太，脸上未免泛出三分欣赏的笑容。李太太看了，还没有得着亚英的答复呢，便回转头来向亚杰笑道："这位先生跟二先生长得好像，哦！兄弟吗？"亚英笑道："这是我舍弟亚杰。"李太太才放了亚英的袖子，向亚杰点着头道："请到家里坐，李经理上公司去了。"说着，把客人引到客厅里坐着。

用人敬过了茶烟，李太太坐在对面椅子上，对亚英脸上看看，又对亚杰脸上看看，然后笑道："真是像得很。"亚杰倒让她看得难为情，不由得红了脸。亚英笑道："兄弟还有不像的吗！"李太太身子一扭道："那不一定，我和我妹妹一路走，人家就看不出来是姐妹。就是说明了，别个也会说不像。二天她来了，我引你见见，你看我这话真不真。"亚英笑道："这个约会只好稍缓一步了。三五天之内，大概我要到香港去。"李太太就起了一起身子，瞪了眼睛望着他，问道："这话是真的？"亚英道："我何必骗你呢？李太太有什么东西要带的没有？"她道："听说那个地方也要打国战，你到那里去不害怕吗？"亚英道："那个地方，也许不会打仗。"李太太道："听说香港比重庆好得多，啥子外国东西都有。"又道："今天晚上你弟兄两个一定在我公馆里消夜。我叫厨子给你们做几样成都菜吃，你们不许推辞。"说着，望了亚英一笑，还把戴着钻石戒指的手指，向他指着。

亚英道："我一定叨扰。我还等着李经理回来谈话呢。"李太太听了十分高兴，她也不想出去了，把她的手皮包夹着，带进内室去。亚杰向亚英笑道："这位夫人，就是这样留客？"亚英低声道："你不要看她过于率直，对人倒是真有一番热忱。你就在这里等着仙松回来，将来还有事托他呢。"亚杰道："哪个仙松？"亚英低声笑道："就是李狗子，终不成人家这样待我们，我们还径直地叫人家小名。"亚杰笑道："人有了钱，就是怕死。看他新取的这个名字，完全是在长生不老上着想。"说着，李太太换了一件紫色底蓝白套花的绸旗袍出来，一面走，一面还在扣着胁下的纽扣，站着笑问道："哪个学长生不老？"亚英怕她知道了弟兄们的谈论，立刻应声道："我学长生不老。"李太太因他坐在长沙发角上，就在隔着茶几的小沙发上坐了，笑道："你真有这个意思？你不要到香港去，有个峨眉山的道人，他会传授仙法，过两个月我要去朝峨眉，我们一路去吗？花钱没得问题，我听人家都说只要年年去朝峨眉，就可以长寿，我们上山敬菩萨多多许愿吗，总有好处。有个老太爷年年朝峨眉，活到一百多岁。"

亚杰坐在对面椅子上，听了她的话，又看了她这份殷勤，也就明白亚英有这样好的公馆可以下榻，为什么还不愿受招待的缘故了。幸喜李狗子在二十分钟之内就回来了。也是呢帽，呢大衣，脚下踏着乌亮的皮鞋，手里拿了手杖，挺着大肚子走进院落。李太太一见就叫道："今天朗格回来得这样快？你知道家里有客吗？"李狗子走进来，看到区氏兄弟，连帽子和手杖一齐丢到椅子上，抢向前两步，和亚杰握着手道："老朋友，老朋友！我老早就想见你，总是没有机会，这次由仰光回来，一定很不错吧？挣了多少外汇？"说时，他那脸笑着拥起了几道皱纹。

亚杰听到了他那种口音，就想到他当年在南京拉车的生活，也就想到那个时候，肯和他聊天，正因为他是一个卖力气人，给予他一份浓厚的同情。现在看来那情形大为不同了，一开口就是外汇。便笑道："我们有什么错不错，四川人说话，给人当丘二，发财是属于经理先生方面的。"

这时，有个男工进来和他拿去了帽子和手杖，他一脱大衣，也交给了男工，然后向亚英笑道："昨天家里请客，老等你不来，又是三天不见，什么事这样忙？"李太太道："别个要出国，要到香港去了。二天，我们也坐飞机去耍一趟。"李狗子一手扶了亚英的肩膀，一手握了他的手摇撼着，笑道："你越来越有办法了。"亚英笑道："有什么办法，我是去冒险，我正有话向你请教呢。"

李狗子钱是足用了，第一缺的是身份；第二缺的是知识。有人向他请教，他是最得意的事，就握着亚英的手，同在一张沙发上坐下来，笑道："老弟台，只要能够帮忙的，请你说出来，我一定尽我的力量去办。老实说，你一家人都是我所佩服的人，你们肯叫我帮忙，就是看得起我了。你说要我办点儿什么事？"亚英道："我倒并没有什么事要你帮忙，规规矩矩地要请你指教。"因把胡天民想托自己在香港代办西药的话说了一遍，最后便道："你看我和他的交情这样浅，他能把大批的款子交给我，让我去替他办货吗？他是不是要我在重庆找个保人，又是不是还有别的作用？你李经理哪天也免不了经过这样一件事，请你告诉我一些经验。"

李狗子头一仰，脸上表示得意的样子笑道："这个我完全明白。我告诉你，现重庆有大钱的人，那是另外一种性情，和平常的人大为不同，凡事都全看他的高兴。他要是在高兴头上，百十万块钱拿出来，他身上痒都不会痒一下。他若是不高兴，多买一盒香烟送人也是不愿的。你和他没有共过事，不问他要不要保人，你应当自动地找出个保来。这没有问题，我就可以替你作保。"说到这里，他似乎有一点儿感慨，将手摸了几下脸腮，然后长叹了一声道："做生意的人，真要什么事都办得通的话，那就上八洞神仙，下八洞神仙，都应该说得通，拉得拢。老弟台，这里面真是一言难尽。"

他们说话时，李太太坐在旁边实在无插言之余地，等李狗子的话停了，她有了说话的机会了，便把手一挥笑道："啥子事说得么不到台，就是一言难尽。"李狗子把头一晃，又是得意的样子，笑道："所以我常对你说，不要每日东跑西跑，还是找个家庭教师来教你认识几个字。我们说话随便用书上的话，不识字的人怎样会懂得呢？"亚杰觉得李狗子这一份儿自负，是给予李太太一种难堪。可是她对此并未加以注意，笑道："读书我有啥子不赞成？认得字是我自己的好处。你替我请人来教吗？"李狗子向亚英笑道："我原来真有意思请二先生教她读书的。"李太太道："别个要出洋发财去了，还有啥子说头，硬是不赏光。"她说着，眼斜看了亚英，微微一笑。

李狗子指着亚杰笑道："现在更好办了，三先生根本就是一位教书先生。三先生怎么样，你肯收这样一个学生吗？"亚杰和李太太还是初见，不便开玩笑，因道："那怎样敢当！"李狗子笑道："你一个当教员的人，教一个不识字的太太，有什么不敢当！老实说你是没有工夫。"说着，回转头来向太太笑道："不要紧，我早已想得了一个法子。他们大先生是一个公务员，有钟点办公的，下了班就没有事，我一定请他来教你。我们公司里要请他当顾问的，以后他也免不了常来。"李太太却不隐讳自己的心事，指着亚英道："我实在愿意他教我，他既是不肯教，三先生教我也欢迎。大家随随便便，我还可以耐住性子坐下去。若要真请一个老先生来，让别个当小学生，那我就一点钟也坐不下去。"

亚英生怕这个问题讨论得太露骨了，便拦着道："这事好说。我是要走的人了，李经理还是和我出点儿主意吧。"李狗子道："你那事好办，无论那胡经理交多少钱给你，我都愿意担保。若是你自己差钱用，也没有什么问题，多少我替你想法子就是。"说着，又连连地拍了他的肩膀道："只要你看得起我，肯把我当一个实心朋友，我们自己弟兄，还有什么话说？割了头也要替你帮忙。"李太太向丈夫摇着手，把手腕上那只金镯子摇得金光闪动，微微地撇了嘴道："那我有个条件，你转来了，我是要你在我这里教书的。只要你答应我这句话，我都可以借你十万八万，不要利钱，你在香港给我带些东西来就要得。"李狗子抓住亚英的手紧紧握着摇撼着道："人家投师是多么诚心，你真不好意思拒绝人家了。"说着，昂起头来哈哈大笑。他笑，亚英也哈哈大笑，连说要得要得，这才把这问题牵扯过去。

亚英也不愿失去机会，跟着还是谈到香港去的事。李狗子笑道："我虽不大懂得时局消息，可是听到人家谈起，总是说香港怕有战事。上个月我本来要到香港去一趟的，也就因为这种谣言说得太厉害，我不敢去。"亚英道："李兄，你也有意到香港去一趟吗？随便弄一点儿东西进来，都是三四倍的利息呀。"李狗子听了他这话，抬起右巴掌在和尚头上乱摸了一顿，摸得短桩头发唆罗唆罗作响，脸上泛出感到兴味的笑意，点着头道："我本来是想去的，你一走就更引起我的趣味来了。不过马上我走不了，等你到了香港之后，给我来个电报，我一定去。"亚杰笑道："他光棍儿一个去探险，没有什么关系。你身为经理，主持了这样好的一个公司，家里是这样好的公馆，又有这样漂亮的年轻太太，你也去探险吗？"李狗子听了他的话，倒有点儿愕然，望了亚英道："老弟，你是不是去做生意？当侦探可不是闹着玩的事呀！"

亚英知道他把这探险一个名词误会了，这就对他细细地解说了一番，李狗子笑道："哦！探险就是冒险，这个我明白了，做生意就是冒险。做一次生意就是冒一次险，做生意若是十拿九稳地挣钱，哪个不会做生意？"亚英笑道："你这话是非常之中肯，做生意根本就是探险。太平年间，投机蚀本的人，还不是服毒自杀。"李狗子笑道："你这个譬喻可不大高明，发财自然是要紧，长寿更加是要紧，我现在倒不怎样地图谋利息，就只是想多活两岁。不然的话，那就太对不住这个花花世界了。"说着，用两只肥大的巴掌互相搓着。

亚英生怕为了这段谈话，扫了他的兴致，于是还跟着谈香港货物行市情形，并笼统地估计一下道："大概在香港的货物运到了重庆，普通都可以挣到三倍或四倍的钱。那就是除了一切的费用，到重庆还可以弄个对本对利。你假如花五十万在香港买货，就是由陆地运进来的话，一个月之后你就变成一百万了。现时四川内地'洗澡'的人，有的果然比这生意做得大，可是我们下江人很难走通。这条路之外，在重庆这地方，哪里能找到这样对本对利的生意？"李狗子将手一拍大腿叫道："你这话说得对，我也去探险一下子。你先去，等着你的来信，我随后就到。听说香港有一批人，专门收买外国人不穿的西服，便宜的几块港纸就可以买一套。重庆摩登人，只要有西服就是好的，根本不讲究样子和质料。若是香港真有这种收荒的洋装能买到，不必做别的生意，就是这玩意儿，也可以发一笔横财。"

亚杰是始终旁听的，这就点头笑道："这事是有的，不但是西服，反正是细软可以装箱子的旧东西，都有人在香港收买。收买到了之后，用箱子装着由海道运到广州湾，再由广州湾顺公路内运，过关过卡，只说是疏散回内地的侨民，还可以免税。现在由这条路上去想办法的人，虽不能算多，但是的确有人在做。有人说香港谣言越大，拣便宜货就越是时候。香港人普通都是穿西服的，他们若是要疏散离开的话，所有的旧衣服、旧用物，那还不是二分送一分卖。我们就是到荒货店里整批地买，也会落他一个半送半卖。"

李狗子听了，又一拍大腿道："好，就是这么办，我陪你们探这么一回险。二先生到了香港，望你和我打听，就是要预备多少钱，等你的信到了，我想法子买外汇。胡经理那里的资本，我不但是全负担，我还要托你带一笔款子走。你挪用一部分钱也不要紧，你若是不用，就请替我收货。"

亚英真没想到自己所要说的话，一字没提，都让主人一股脑儿代说了，心里自是十分高兴，便笑道："只要你放心得过我，我就依你的话行事，代你在香港先收买一批货。但不知道你预备多少钱？"李狗子道："现在我不能确定，明天到公司里去和同事先商量商量，看看能调动多少港汇，我就让你先带多少去。假使能得到一点儿盈利，我决计照成分给你一股。"他还怕亚英不相信，伸出肥厚的巴掌来，将亚英的手紧紧地握着，笑道："一言为定，一言为定！"亚英看亚杰时，他也不住地点着头，暗暗地庆祝成功。也就因为一切合他的来意，主客谈的是格外投机。李太太看到他们如此情形，也是十分地高兴。虽然这里是厨子做饭，但自己还到厨房里去看了好几次。因之到了开出晚饭来的时候，满桌都是丰盛鲜美的菜。李太太亲自在屋子里拿出藏着的半瓶白兰地放在桌上，又拿出四只高脚玻璃杯子来，掏出身上香气勃勃的花绸手绢，将杯子擦抹干净，首先斟了一杯酒，两手捧着放到亚英面前来，笑道："请你喝杯外国酒。二天你发外国财回来！"

亚英自是觉得她客气过分，笑着向她鞠了半个躬，然后笑道："李太太这样客气，我是没有什么答谢，将来李经理到了香港，我一定要他多多给李太太买些好衣料、好化妆品回来。"李太太一手将酒瓶按住在桌上，一手按了桌沿，周身都带了劲的样子，瞪了眼望着李狗子道："你也打算到香港去了？"李狗子指着亚英笑道："我的老师教给我发财的法子了，我为什么不去呢？"李太太很干脆地昂着头道："我也去。"李狗子笑道："你没听说，是要冒险吗？"她道："我也去冒险。"说着，放下了酒瓶，扯着李狗子的衣袖，要他答应，好像到香港去就是明天的事。

第三十八章

黄　鹤

这顿饭，主客都吃得很高兴。饭后，李太太又特地煎了一壶咖啡来请客，大家围坐夜话，亚杰在十点钟打过，告辞走了。亚英因李狗子夫妇盛情，只好留下，到了一点钟方才到客室里就寝。谈话结论是亚英到香港以后，立刻就来航空信，不论谣言如何，李狗子买到飞机票就动身。自然，李太太也跟着去。

次日，亚英又上下城跑了一天。朋友之间虽是还有说太平洋难免有战事的，可是他们的论断根据，也无非是因为看到报上的新闻，这当然不足介意。晚上，林宏业夫妇约着吃晚饭，在广东馆子里辟了一间雅座。彼此见面，宏业第一句话就笑道："你这几天忙得席不暇暖，凑了多少外汇？"亚英笑道："我们是阳沟里蚯蚓发蛟，把全身力量用尽，那浪头也有限。"

二小姐是把堂房姐姐的身份放到一边，在宏业衣袋里掏出那只扁平的银烟盒子来，掀开盒子盖，托着送到亚英面前来，笑道："这是舶来品，请尝一支。"宏业笑道："不足为奇，人家马上到香港去享受天堂生活了。"亚英取过了一支烟，二小姐立刻又把打火机打着了火，送到他面前，含着笑给他点上了那支烟。亚英笑道："二姐这样客气，直把我当了一位客人来招待了。"二小姐笑道："你看出来了，我就老实地告诉你，在银钱上我需要你帮一点儿忙。"亚英本是架着腿坐在沙发上的，听了这话，很惊讶地站了起来，笑道："你这句话我就有点儿不相信了。难道你还会差着钱用？"林宏业笑道："虽然我们手头比你松一点儿，也松不了多少。我要你在银钱上帮点儿忙，那也是事实。我听说，你这两天跑港汇，跑得很有办法，我希望你尽量跑，跑到多少是多少，你自己用不了的都让给我。"亚英笑道："这不能不说是一件新闻。你们原来在香港赚的是港纸，用的也是港纸，如今跑到重庆来，反是要找港纸拿出去。"二小姐脸上立刻现出了一种忧郁的样子，连连地摇头道："不用提，失败失败，我们是整个地失败。在香港的时候，这个也说资金内运，那个也说资金内运，弄得我们大大地干上一下，把所有的钱都运进来了。原来什么办农场办工厂的幻想，一样也没有成功。就是想弄一块地皮盖屋子，也没有办到，鬼混了这样久，不知道都弄了些什么？"

这时，茶房进来照例送给老主顾一张配菜的单子。二小姐接着看了一看，皱眉道："总是这几样老菜，今天应该配两样新鲜一点儿的菜给我们才好。"亚英笑道："随便吧，你难道真把我当客招待不成？"宏业笑道："还有博士夫妇要来呢，我也应当给他饯行。"说着，把单子递给茶房，说道："不必再送来看，调换着新鲜的就行。"茶房去了。二小姐笑道："要说我们为了运动你给我们多弄点儿外汇，也未尝不可。兄弟之间，照样是免不了什么条件问题的。我再说清楚一点儿，我们自比你手头宽裕些，可是手头宽裕，也不一定就可以买到外汇。"林宏业坐在一边衔了一支烟卷，微笑道："我觉得天下最聪明的人是我们，而最浑蛋的人也是我们。在香港住得很好，突然神经过敏向重庆一跑，所有留在香港的最后一张港币，也赶着换成法币送进来了。可是到了重庆，又觉得样样都不好，还是回香港去好。打算把最后的一张法币，又也要换回港币。所以要这样做的缘故，原来怕是日本会进占香港，我们要变成俘虏，搬到这重山叠嶂的四川来，觉得是十分安全的。可是到了四川以后，倒是三五天就听着一回警报，虽然防空洞是安全的，可是每三五天就闹这么一回虚惊，实在不舒服。回头看看香港，不但一点儿事没有，而且在重庆的人还是不断地向香港跑。早知如此，真觉当初神经过敏得无聊。你们不纷纷地到香港去也就罢了，偏是你们都去香港，而且西门夫人还有在香港安居乐业的计划，你这位令姊……"他说到这里，向二小姐指着时，二小姐立刻接了嘴道："我怎么样呢，我以前只说自己进来看一看，然后再做打算。可是你就好像敌人在后追着来了一样，连钱带货稀里哗啦，装上那么多车子，就向重庆一跑。我可以不回香港，只是……"林宏业连连摇着手笑道："不用下什么转语了，我百分之百地服从，只要搭得上飞机，哪天我都可以走。"

这句话刚是发表完毕，就听到外面有人笑着接嘴道："有了飞机就走，不要忘了我呀！"随了这声音走进来的，正是西门太太。后面跟着博士，身披大衣，口衔雪茄，拿了手杖和帽子，走进门就连连地拱着手笑道："对不住，有劳久候。"西门太太脱着海勃绒的大衣，将手握住了二小姐的手，连连地摇撼着笑道："我听你的话，好像是马上就要走定了。哪一天的飞机呢？"二小姐笑道："我不过是这样说，哪里就定好了飞机，我还打算等你有了飞机，向你揩油呢。"说时，她看西门太太的手，左手戴着钻石戒指，右手戴着翡翠戒指，不必多看，就是她这两只手，已经充分带着富贵气象。西门太太很敏感，知道二小姐是在赏鉴她两枚戒指，便笑道："你看这翡翠怎么样，不大绿吧？这两天我很走了几家拍卖行，像这样的东西，倒还是不多有呢。"说着，就把手抬起来送给二小姐看。

西门德已脱下大衣和亚英同坐在一张长椅上，手拍了亚英的大腿，轻轻笑道："赶快准备吧，也许下个星期一我们可以走得了。"西门太太听到这话，突然回转身来面向着博士说道："你这话是真的吗？怎么没有和我提过呢？"亚英笑道："老师和我开玩笑的，他以为我急着要走呢。"西门太太不住地悬了一只脚颠动着皮鞋尖，却向了博士做个沉吟的样子，问道："你是真话，还是开玩笑？"博士怕她在大庭广众之下生了气，立刻站起来笑道："当然是真的。不过现在坐飞机，不把票子拿到手是不敢决定的。甚至就是把票子拿到了手，到了飞机场很可能还是给挤了下来。我怕人家给我约定的有点儿靠不住，回头到了限期又不能兑现，那却不是我自找……"他当了许多人，不便把自己怕太太的实情说了出来，只好哈哈一笑。西门太太道："就是这样，你也该对我说明，我才好事先预备预备。"博士说："至迟明天，我得了实信会告诉你的。现在你知道了，在准备上绝不会晚的。向林太太请教请教吧，看我们出去，应当带些什么东西送人？明天我们开始要去买了。"

这句话她的确听着感到了兴趣，又回转身来握了二小姐的手到一边椅子上去座谈。二小姐在西门太太的言行上，很知道她手头宽裕，便笑着问道："买东西送人，那是小事，因为飞机上自己应用的东西带着也有限制，礼物的多少就没有问题了。不过你打算在香港久住的话，在香港用的港币必须在重庆买足，等着你到了香港，托人在重庆把法币慢慢换了港币送出去，那可是个麻烦。而且这一类的事，还总是自己亲自办理的好。"

西门太太听说，把胸脯一挺，很兴奋地向她笑道："这事我完全明白，大概手续也办完了。你对这件事怎么样？"二小姐笑道："我们也没有多少钱可以买外汇呀！不过多少总是要办一点儿的。"西门太太道："这事你可托二奶奶去找温五爷，他们金融界的人，那总是可以想到法子的。难道你没有和她说过吗？"二小姐笑道："当然我不会忘了眼前这尊观世音，可是为了她是观世音，求的人就太多了。她就是这样一尊佛，岂能八方普照？

加之她自己也要预备大批的外汇，分给别人的，事实上不能太多。我是对她有这样一个要求，至于给我多少，那就听她的便。你想，在听便情形之下，能得多少外汇？所以我又昼夜地四处想办法，就是我们这位老弟，我也想到了。"说着，笑嘻嘻地向亚英一指。西门太太道："他是有办法的人，什么张经理、李经理、胡经理都在替他帮忙，难道人家和他说的也是空话不成？"亚英站起来走到她面前，笑道："师母，别和我开玩笑了，将来到香港去仰仗你的地方还很多呢。今天晚餐给你预备了很可口的菜，还有葡萄酒，就请入座吧。"

说时，茶房先送进来两只大碟子，一碟子是腊味拼盘，一碟子是卤鸡鸭翅膀。亚英把两个碟子向上座的方面移了一移笑道："你看如何？请坐！"于是他立刻在旁边桌上取过一瓶葡萄酒，向上座的高脚杯子里把酒斟下去。二小姐觉得亚英的态度是有一点儿打趣人家，不住把眼向他看着，可是西门太太倒没有什么感觉，向前把那酒杯移到圆桌侧面，然后接着坐下去举起酒杯来，向大家点着头道："请坐吧，饭后我们还是要过江的。"西门德笑道："宏业兄，我们是太不客气了。"说着，举起酒杯来道："恭祝我们合作胜利！"二小姐也举了杯子，在杯子下面，将眼望了他笑问道："这'合作'两个字是由重庆算起的吗？"西门德道："没有问题，从吃这顿饭就算起。"

于是大家笑嘻嘻地同喝了一口酒，吃了几样菜。茶房却引着一个穿短衣的人进来，向林宏业问道："有一位西门先生在这里吗？陆公馆有人送信来。"西门太太听了这话，立刻抢着答应道："陆公馆来的信？对的，我们就是。"那人在身上掏出一封信来双手呈上，西门德接过来才将信封拆开，他太太眼明手快，已是在他身侧伸出一只手来将信抽了过去。博士当了送信人的面，看看眼前的人，就点着头笑道："好的，请秘书长替我代拆代行吧。"

西门太太也不理他，只顾看信，只见上面写着：

德兄左右：

飞机票已购得三张，除贤伉俪外，兄所称必须同往之友人亦有座位矣，机定于星期一晚十二时前后夜航。望明早九时过我一谈，即候刻安。

陆神洲

557

西门太太看完，两眉一扬，双手把信举了起来笑道："好了好了，飞机票子有了，还多一张票子呢，在座哪位和我们同行呢？这真费着我们考量呀。你看这信，这不是说得很明白吗？"说着，把信送到二小姐面前。

西门太太高兴得将高跟皮鞋跳了两跳。西门德看她这样子，虽觉着是有点儿失态，可是当了许多人的面，又不便拦阻她，只好旁顾左右而言他地向送信人道："信我已经收到了，我明早准到。"说着，由身上掏出一张名片交给那人，连连说道："多承你劳步了！"口里说着，人也向前走了两步，大有催着走的样子。那人倒也明白博士的意思，鞠着一个躬走了。博士回转身来见太太和二小姐挤在一处，放下筷子不吃饭，商量着怎样地分配飞机座位。便笑道："我的夫人，你觉着这事还有可商量的必要吗？当然是你我两个位置，其余一个是久已约定了的区二先生的。就算亚英让出来，是林先生坐了先走呢，还是林太太坐了先走呢？"二小姐笑道："那倒不然，难道我们两人还是什么拆不开的一对吗？譬如这回到重庆来，我们就是一个坐飞机来，一个坐汽车来，根本就不是一时一路。"博士坐下来端了酒杯喝酒，向亚英笑道："听见没有？你这个位子可以让给林太太吗？"亚英笑道："有什么不可让的？只是他们也不能空了手到香港去，总要带了些外汇走呀。今天是星期五，只有明天一个星期六可以买外汇，就是让她走，她也是不能走呀。"二小姐道："你若是走了，我所希望的外汇，不又是落了空吗？"亚英笑道："难道说我答应了你找外汇，我也不是财政部或中央银行里管外汇的人，我能这样随便一句话就算是外汇吗？"

西门太太正夹了一块腊味送到嘴里咀嚼，听了这话却把筷子乱摇，一面咀嚼一面答道："不要左一句外汇，右一句港币，谈得这样讨厌，什么大不了的事，看得这样重！"林宏业不觉呀然一声，把筷子放了下来，望了她笑道："西门太太，你说得这样容易，觉得不应该看得这样重吗？你没见在重庆那些忙外汇的人，今天托人，明天请客，都是有神经病自找麻烦吗？"不料西门太太对于这个问话，倒不觉得怎样了不起，一面吃着东西，一面笑道："这话，我也不承认。请问重庆不断到香港去的人，他们没有买外汇，都是空着两只手去的吗？人家有办法弄外汇去，我们也就有办法去。林先生，你别忙。飞机座位我没法子让给你，外汇上面，我一定替你想一点儿法子。"

二小姐听说，就不肯失去这个机会，立刻将面前杯子里斟满了酒，向西门太太举了一举，笑道："先干杯，我谢谢你的盛意。可是……"西门太太老早端起面前那杯酒一口喝干了，然后微笑着道："不用下转语了，既

558

是我答应了你，我就有办法，喝吧！"说着，向二小姐照了一照杯。二小姐自然是很高兴地喝了。林宏业也跟着喝了。这不但全席人奇怪，就是西门博士也奇怪，就凭她这大而化之的一位太太，在一日之间哪里去弄一笔外汇？若说去找二奶奶，二小姐不会找二奶奶吗？他心里这样想着，不免对太太连连看了几眼，可是她饮食自若，并没有对先生的注视加以注意。这时桌上的各位食客，不是为了飞机票，就是为了外汇发愁，现在飞机票和外汇，都有个相当的解决，大家自是十分欢喜。这餐饭实可以说个尽欢而散。

博士因为第二天还要过江来见陆先生，饭后，便同太太回家，这位太太这时心旷神怡，脸上止不住的笑容，由江北岸到江南岸，在车上、在船上，或者在路上走，她却是不住地向各处张望着，有时还不住地回头看一处地方。博士到了家里，就向她问："我看你要走了，对重庆好像又有一点儿恋恋不舍的样子。"她道："胡扯，我有什么恋恋不舍，我不是重庆人，重庆也没有我什么亲戚故旧。"博士道："那为什么你老是四处张望着？"西门太太道："我为什么老张望着呢？我想这次离开了重庆，那就不知道哪天会再来，也许一辈子都不来，为什么不多看看呢？"博士听她这话，有点儿断头语气，心里有些不高兴，可是又不敢去点破。他进房之后，赶快脱下了皮鞋，踏着拖鞋，架起脚来斜靠在沙发上缓缓地吸着雪茄。

西门太太卸装已毕，也在博士对面椅子上坐着，不觉望了他问道："你为什么这样出神？"博士喷出一口烟来，微笑道："我有一件事想了两三个钟头，却始终没有猜得明白。你一口答应了林太太，可以在明天和她弄一笔港汇，你凭着什么有这大的把握？"她笑道："你真是连自己家里有多少下锅米，你都会忙着不明白了。温五爷给我们的那些外汇，我们不会分一部分给她吗？"博士不觉身子一起，瞪了眼望着她道："你让给她，她到香港是有外汇用了，可是她给你的法币，你还是由飞机上带去香港入库，还是存在重庆冻结起来？"她笑道："你知道什么，我自然有我的打算，这房东有两家亲戚，他们住在香港一年多了，马上就要进来，他们除了有一所房子而外，还有许多家具。他们计划好了，在两个礼拜之内，就要搬进重庆来。已经间接由房东那里和我通了两回信。他们愿意连房子带家具，都作价让给我们，叫我们把款子留在重庆。他在香港卖了房子，到重庆来用这笔钱，至于作价多少，等我们到香港看了房子再说。我们可以在香港开支票，让他到重庆来拿钱。房东太太已经和我向他亲戚担保，支票绝对可以兑现，我对这事倒十分愿意。现在林太太要港币，把她的款子留在重庆好了，乐得一口气答应了做个人情。"西门德点着头道："原来如此，有人要在香港卖房子到重庆来，就有人由重庆去要在香港买房子，有人……"她跳起来，跑过去，坐到博士那张沙发上，两手按在他的肩膀上，乱摇了一阵道："你说，你答应不答应？"摇得博士前仰后合，连口角上的雪茄都落到楼板上。

博士站起来避开了她，皱着眉道："我真不解什么缘故，你对于到香港去这样感到兴趣。一提到香港，不但是眉飞色舞，而且喜欢得又蹦又跳。"她笑道："你不知道我的脾气吗？我心里想要做到的事，若是做到了，我就会喜欢得睡不着觉。"博士道："若是做不到呢？"她道："那也会忧愁得睡不着觉。"博士道："你这话倒是很坦白。不过照我的看法，我倒情愿你忧愁得睡不着觉，不愿你喜欢得睡不着觉。你忧愁得睡不着觉，那是你自己造成的，你不能怪人。你若是喜欢得睡不着觉，那就难说了。"

西门太太一弯腰把楼板上那支雪茄捡了起来，送到嘴边吹了几口灰，然后又把手指揩擦了一会儿，塞到他嘴里。笑嘻嘻地拿起桌上一盒火柴，擦了一支给他点上，笑道："老德，我的确知道我有点儿精神失常，可是你得可怜可怜我。我在重庆度过了两三个轰炸季，实在吓得身体瘦弱多了。说是能到香港去，不必挂念警报，也不必挂念害了病买不到药吃，在那里舒舒服服过下去，那为什么不高兴呢？"说着话，她身子贴了博士站着，拖住他一只手，让他摸自己的心口，接着道："你看一提到警报，我心里就在跳。"西门博士笑道："好吧，好吧，一切依了你了。既然到香港去，还怕在那里买不到房子吗？我真没有想到在重庆吃榨菜开水泡饭的人，如今居然在香港买房子了。总算我们熬出头来了。"西门太太两手握着博士的手，连连地跳了几下，笑道："老德，皇天不负苦心人哪！"博士随了太太这番高兴，只有嘻嘻地笑了。关于到香港去的事情，虽然还有许多技术问题有待讨论，可是在重庆最难得的外汇，也轻轻易易地让给了他人，其余的小节目，更不难一律答应了夫人。夫人也是过于兴奋，到很深夜方才睡稳。

次日早晨她就起不来，睡意蒙眬中，听到有人在外面屋子里笑着叫道："放警报了，还不起来！"她一个翻身坐了起来，首先向窗子上看了一看，见那玻璃颜色混混沌沌的，并没有一点儿阳光，还是大雾天气，心里首先安慰了一点儿，一面赶紧找了衣服在身上披着，一面伸脚在床下找拖鞋，问道："别开玩笑，是真的是假的？这不是闹着玩的。"区二小姐在外面笑道："别害怕，是我闹着玩的。大雾的天气，哪来的警报！起来吧。我都在重庆遇到西门先生了。"西门太太还是不放心，扒到窗子口向外看看，觉得一切平常，这才穿着衣服迎到外面屋子来。二小姐笑道："我向来喜欢用警报来了这句话和人开玩笑，没想到你是最怕这玩意儿的，对不起，对不起。"西门太太道："我实在有这点儿坏毛病，警报器一响，我就丧魂失魄死去半个人。也就为了这个，我急于要到香港去。我猜着你是为什么来的，性子也是很急呀。"说着，望了二小姐嘻嘻地一笑。二小姐道："倒不是我性子急，日子没有了，这笔外汇从何处去抓？"西门太太笑道："你要多少港币，你说吧。"二小姐道："当然，不能由我的想法，最好我是把重庆的法币都变成港币，可是哪能抓到许多。只要能够调换一部分，免得把钱全冻结在重庆，那就很可满意了。"西门太太望了她笑着，然后将手一拍胸道："全交给我吧。"二小姐知道她这几天神经有点儿失常，对她脸上注意着看了一遍，笑着摇摇头道："不是玩笑？"她道："这笔外汇若在人家手上，只要没交到我手上，那都算是玩笑。老实告诉你，外汇已由我拿到，存在银行里了，多了不行，我分二三十万港币给你还不成问题。现在我去洗脸吧，换好衣服立刻和你过去拿钱，你还有什么不放心的？"二小姐道："那么，是你的钱了？"她耸着鼻子哼了一声，表示十分地得意，扬着眼皮微笑，然后点头道："宽坐一会儿吧。"说着她进卧室里洗脸去了。

二小姐对于她的话，倒是将信将疑，坐在椅子上，看到写字台上玻璃板下压了一张自来水笔写的稿子，一行一行列着好像是账单。于是顺手抽出来先看了看，那个笔迹容易认出是西门太太的字，上面这样写着：弹簧钢床一张，绒面沙发一套，细瓷碗碟全份，电器冰箱一只，玻璃衣橱两只，大号电烙铁一只。她看到这里，西门太太伸头出来张望了一下笑道："这是写得闹着玩的。"二小姐一看这单子上的东西，由头到尾横列了三行大概总在二百样以上，便笑道："你这张单子写得有点儿不伦不类，上自弹簧钢床，下到电烙铁，都列在一处。现在还是冷天呢，你就要买下电器冰箱了。"西门太太道："这有我的原因的。我是在重庆这几年，用着不凑手的东西憋得够了。到香港，我都得去买齐来。"二小姐道："像电器冰箱这类东西，你根本用不着买新的。你可以住在香港等机会，等着那回国的英国人或美国人，他们有整堂家具拍卖，你可花便宜钱买到好货。"

西门太太一手拿着手镜，一手拿着胭脂粉扑子，笑着跑出房门来道："我就是这个办法呀。我为什么有外汇让给你呢？也就是要在香港买房子的钱。"二小姐道："你算错了账吧？预备在香港买房子，为什么把外汇让出来？"西门太太道："我一点儿不错，那房主要到重庆来，他们正想资金内移。我这钱是预备留在重庆交给他的。去的去，来的还是来呀。"二小姐听了这话，心里倒不无影响，分明是香港消息依然不好，不然人家也不会卖了香港房子到重庆来拿钱，因道："你怎么和香港这户人家接洽的？"西门太太道："那方面是房东的亲戚，也许突然搬了来找不到房子，就住的是我这几间房子，我们正好是换球门。"二小姐道："你没有问他们为什么要搬了进来吗？"西门太太不觉地把脸沉着，答道："那有什么可问的，还不是一些杞人忧天之流。"她对于这问题显然是不愿意追究的，交代了这句话，又进房化妆去了。

二小姐自也觉得求人家的外汇之时，太得着人家的帮忙了，总不便再扫人家的兴，因此也就默然地坐着等候，不再提什么问题。西门太太化妆完毕，出来见她静静地坐在这里，便笑道："你在想着什么？你可以放心，吃过午饭我陪你过江，跑到银行里去把港币移交到你手上。"二小姐笑道："我在这里静坐，是为着让你从从容容去化妆，并不是为着我。"

这时，西门太太总算将现代妇女的新武装完全配备妥当，便叹口气笑道："二小姐，我在你面前不必说什么假话，我现在实在是老了，不能不倚靠这点儿化妆的手术。你一定会说，难道多年的夫妻，还要用这样的打扮去讨好丈夫吗？可是男人的心是难测的，在他没有钱的时候那无所谓，等到他有了办法了，他就会讨厌家里的黄脸婆子的。当然一个女人自己有办法的话，不在丈夫的态度如何，他不喜欢我，我还不喜欢他呢。不过，我有点儿封建头脑，觉得女人的丈夫，最好是不要换，在这个原则之下，我对老德就不能不采取屈服的态度，你见笑吗？"二小姐道："谁又不是一样呢？那么，你主张到香港去，有没有这一点儿因素在内？"她笑道："那倒是没有。相反的，香港、上海都是男女开放的地方，我倒多少有点儿不放心，因此我要加紧地控制老德。"二小姐觉得她真是在高兴头上，竟是什么话都肯和人说了，便笑道："你真是个直心眼子的人，二奶奶就常对我说，你这点实在可取，我们应当多跟着你学学。"西门太太笑道："不用跟我学了，到了香港，你们多多教给我一点儿，那就很好了。"

这时，楼廊上有人接嘴道："现在是时时刻刻都听到讨论香港。"二小姐笑道："亚英也是这么一大早就过江来了，难道不是为了香港来的？"亚英笑嘻嘻地站在门口，取了帽子在手，向主人一点头道："老师走了？"西门太太笑道："这可了不得，二先生现在正式叫老德作老师了。那是不敢当的！"亚英道："除非博士不屑于收我这么一个学生，怎么可以说不敢当！"他一面说着，一面进屋来，且不坐下，向她又点了个头笑道："不管怎么样，我今天是来服务的，有什么事尽管交给我做。"说着，又向屋子四周看了一看，因道："东西完全没有开始收拾，来得及吗？"西门太太笑道："坐飞机就是这样讨厌，什么东西都不能带，都留下了。这不能不托林先生，他的车子将来直放广州湾的时候，请他给我带到广州湾。二先生既是有这番好意来服务，我也非常之欢迎。我把钥匙交给你，你开着箱子，把我的衣物给我开张单子，我好带到香港去。"

　　说时，她直走到屋子里去提出一把钥匙叮当地响着，向亚英怀里一抛。亚英接着钥匙笑道："这个任务太重大了，我知道你箱子里橱子里收着些什么东西？你们的珍珠宝贝、重要文件……"西门太太道："那不是笑话吗？有珍珠宝贝我们还不带走，留在重庆吗？"亚英道："我又知道哪样带走，哪样不带走呢？"西门太太道："实不相瞒，要带走的东西前四五天我们已经收起来，归并着在两只手提箱里了。这箱子的钥匙我在身上藏着呢，明白了吗？这件开单子的事，我本打算今晚上连夜和老德合办的。"二小姐道："开下了单子，东西都交给谁？"西门太太道："都交给亚杰吧，他若是和朱小姐定在明春结婚，由卧室到厨房里的粗细用具全不用买。将来林先生上广州湾，随他的便，愿意给我们带什么，就带什么。"

　　亚英和二小姐都觉得她这话是过于慷慨，甚至于认为她这话是有点儿反常，两人看着相对一笑。亚英对着书架子上看了看，见上下三格西装书线装书，约莫也有三四百本，便问这书怎么办呢？西门太太笑道："老德无条件地送给他一个朋友了。我们走了，让他连书架子搬了去。"亚英对屋子周围看了一遍，笑道："说实在的，假如我的生活得到解决，我就在这里住了下去，也未尝不好。战时大后方，找这么一个地方落脚，也是不容易的。"西门太太一听这话，就先有三分不愿意，便道："你这是违心之论，你的生活有什么不能解决？你一个人吃饱了，就是一家人吃饱了，你既喜欢这屋子，我立刻就全盘相让。"

　　亚英知道这句无心的话又触动了她的怒，便笑道："话虽如此，可是这抗战是慢性肺病，知道哪一天结束？只管在这里住着，哪一天是出头之日？能走的话自然是走的好。譬如一只鸟，它愿意住在大树林子里，自己慢慢地去寻觅食物，绝不愿意关在金镶玉嵌的笼子里，坐享那一份食粮。"西门太太笑着叹了一口气道："什么话，都是你一个人包办地说了。"二小姐笑道："老二，你还是和师母少抬杠吧，将来在香港遇到了黄青萍，还得多多地请你师母帮忙呢。"亚英道："难道说你就不帮忙吗？"二小姐笑道："我怎能不帮忙，我都和你们想好了，我在香港的那一所房子，虽然比不了重庆温公馆那样宽大，可是有许多舶来品的建备，重庆也是找不到的，我那里楼上开着窗户，可以看到屋子外半亩地的花园，可说终年不脱青色。那走廊下设有两把细藤长椅，把黄青萍找了来，让她和你在那里做个三天三夜的谈判，必须让她和你把问题解决。也许她喜欢我那地方，就让她在我那里住下去吧。我能负责一切招待，以六十分以上为标准。"她把话说到这里，仿佛自己就神游香港故居了。坐在沙发上两手十指交叉着抱着左大腿，微昂头，也微闭了眼睛，脸上不断地发出微笑来。亚英心想这位太太也是这样眷恋香港的，自己也就笑笑不说话。西门太太却笑道："你看，这也就谈到你心眼里去了吧？只要一说到姓黄的小姐，你就心痒难挠。"二小姐这才把回味香港的梦醒了过来，笑道："实在地说，黄青萍是太美了，不是，太媚了。假如我是个男子，我也不能不追求她。"说着，大家都笑了。

大家在欢笑中计议，饭后，亚英是照着师母的吩咐在家里和她登记衣物，二小姐陪了西门太太过江去领取外汇。亚英原以为登记这件事简单，没有考虑地承受下来，殊不料一人将检箱子、清理衣物、开单子三件事双手包办，却是相当的累人。到了下午四点多钟，博士在门外就叫着"偏劳偏劳"，走进屋子来时，两手抱着帽子，手杖连连地拱了几下。亚英正对了桌子面前一只敞开来的箱子，这就摇摇头站起来道："老师，这差事我真有点儿吃不消！"西门德笑道："这事自然琐碎，可是你也可以想到，我们依赖之深和信任之诚了。现在我的事已经大致办妥，你的事情怎么样了？"亚英笑道："仰仗老师的携带，朋友们都一致地信任，得着李仙松的担保，那位胡经理已经交给我三张香港的支票，而且这位李先生本人也交了我一批款子，事情办得相当顺手。要不然，我也不会安心在这里当账房先生了。"

两人谈得高兴，他家里的老用人刘嫂却呆呆地站在门外听。亚英一回头看到她，笑问道："你们主人要走了，你有点儿舍不得吧？"刘嫂道："现在你们好了，不逃警报了。"亚英笑道："你的意思，觉得在重庆除了逃警报，就没有什么苦处吗？"刘嫂道："下江有没有重庆好耍？"西门德笑向亚英道："我们这位管家，和我们太太最说得来的一点，就是什么地方好耍，什么时候好耍。"亚英笑道："刘嫂，你和我们一路到下江去吧，我保险比重庆好耍。"刘嫂道："我们帮人的，也赶不到飞机。"西门德听到这里，忽然哈哈大笑。亚英道："老师和师母一样，遇事都高兴。"西门德对他道："我想起了北平一句俗话：'老妈儿坐飞机，抖起来了。'如今这时

564

代，似乎已进行到这一阶段，不过我们这个家还达不到这地步罢了。你看我们刘嫂大有愿意和我们一起走的意思。其实就让她搭坐到广州湾的货车，由海道到香港，倒也未尝不可。"亚英道："我倒向来不知道她的家世。她的老板出征去了吗？"刘嫂道："破脑壳的保长，为了和我们借三担谷子没有借到，半夜里跳进屋来，一索子把他捆起走了，硬说他中了签。啥子叫签吗，不用说抽签，看都没有看见过这个签，也不晓得朗格中的。拉去之后，在啥子昌哟，来过一封信，两年多了没得消息。晓得有没人啰！算了，我也不想了。——先生，饭好了，要不要消夜？"她随说着，随就把问题抛开。看那样子，倒并不怎样介意似的。

亚英低声道："我倒有点儿替她黯然。"西门德摇摇头笑道："你替她黯然做什么？我太太除了给她大批的钱而外，还有木器家具、锅盆碗盏铺盖行李，给了她一个全，她可以去组织小家庭了。"亚英道："那么，是她另有良图了？"西门德道："这是抗战中不平事件之一罢了。所以我们男子，对于女子过于忠实，也是不好的。"亚英笑道："你能相信我，不会专为了找黄青萍到香港去吧？而且不见得她就在香港。"西门德笑道："中国人总还要靠中国人吃饭。纵然她暂时跑出国境去，也不会离开飞机能到重庆，轮船能到上海的范围。为什么呢？这两处是她这种人最有办法的所在。她是功利社会上的一种典型，那么，她不在香港在哪里？你觉得我的话不对吗？"亚英笑道："老师的话太对了。倘若她竟是我们所料想的，那她的前途是太黑暗了。这个人似乎也就值不得怎样地去怜惜她。我有点儿废然思返了。"说着，微微地摇了两摇头。西门德笑道："你不是说着你并非为她到香港去吗？"亚英笑道："香港我自然是要去的。"西门德笑道："好了，有这句话就够了，你不要下转语。假如我太太在当面，一下转语，她又不高兴了。"亚英听了想说句什么，可是他微微地笑了一笑，把话又忍回去了。西门德自知道他是要说着什么，就打着岔道："过江去吃晚饭吧。大家把要走前的杂事处决一下，明天和朋友辞辞行，下午就可以预备走。现在的飞机是没有一定的时间的，我们是要在重庆等着的。"

亚英匆匆地将博士的衣箱收拾了，就和他一路过江。不过博士最后一句话，让他心里有点儿荡漾，虽然辞行这种俗套是不必要的，可是这次走得很勉强，家庭并没有完全同意，乘星期一的班机走，也并没有告诉家庭，那似乎也不妥。当然是要下乡去见父母一面，时间确又来不及。今天夜深了，明天还得向李狗子、胡天民两处分别商洽一次，后日至多有半天工夫空出来，那也就什么事不能办。他这样地打着主意，过江以后就打算给亚

565

杰一个电话，让他代向家里去报告一声。可是他们到了约会的饭馆里，温五爷派了一个人在等候，说是有重要事情商量，改在温公馆晚饭。亚英原不想去，西门德一定拉着，只好同行到了温公馆。老远就看到电灯通明的窗户里，有着西门太太的笑声。温五爷也就接了出来，笑嘻嘻地一一握着手，博士一介绍亚英，他就赞了一声："果然是一位英俊人物！"亚英颇觉有点儿言中带刺，无法用什么话来谦逊，只是笑笑。

到了客厅，见宏业夫妇、西门太太、二奶奶全在座。西门太太很高兴地向他笑道："我们走得热闹得很，所有在座的人都坐了这架飞机走，这实在是难得的事。"西门德倒有些茫然，看看林氏夫妇，脸上带了几分笑容，彼此相望着，看那情形倒像是真的，宏业起身让他同坐了，因笑道："这完全是五爷的力量。事情有这样凑巧，定了这架飞机走的人，有三个人退票，改为下班飞机走。这三个座位，就让给我们了。二奶奶觉得这件事十分合意，高兴之余，特意在家里请客。"温五爷笑道："不能算是她请客，应该算是我饯行吧。另外呢，我有点儿小事相求。"

他坐在西门德和亚英斜对面，很快地将眼光对两人扫射了一下。亚英心里立刻就跳动了一下，心想他不要当面提到黄青萍吧。温五爷笑道："也并不是十分困难的事，就是我太太到了香港，容易忘了重庆，假如一个月内我不能去的话，希望各位催她早点回来。"西门太太笑道："一个月的限期太短了，我希望留着二奶奶过了轰炸季再回来。五爷若是离不开太太的话，那就应该自向香港去伴驾。你要知道，太太在香港看报，看到重庆天天有空袭的时候，她也是很不放心的。"温五爷笑道："在重庆的人，难道就不挂念香港的人吗？"西门太太笑道："五爷就是这样爱替别人发愁，为什么我们家在重庆的人，这样放不下心去！万一有点儿风声，几个钟点的航程，不会坐了飞机走吗？五爷若是为了怕香港有事，不敢去陪太太，那就……那就……"她说到这里，不肯下结语，嘻嘻地笑了一笑。

二奶奶手上端了一只茶杯，脸上带着微笑只是喝茶。她穿着一件墨绿色的呢袍子，周围滚着大红缎子沿边，头发长长的，黑黑的，挽了个如意髻，耳边微微的两个薄蝉翼，斜插了一枝水红梅花，脸上薄施着脂粉，极端地带着徐娘美。亚英这就连带地想着，这样漂亮的太太，温五爷放着她单独地到香港去，这有点儿不近情理。二奶奶也就这样坦然地走着，这也未免太任性一点儿。可是看看二奶奶的态度毫无顾忌，架起一只右腿在左腿上，将一只平底白缎子绣花便鞋，轻轻儿地颤动着。温五爷看看二奶奶就笑道："不必是我，我看天下的男子全是一样吧？谁肯和太太分开来住着？人生自然是太太至上，可是没有事业，就无法养得起太太，事业把我捆住在重庆，我也就没有法子不住下去。"二奶奶放下杯子站了起来笑道："虽然舆论在制裁着你，可是我并没有说你什么。你是为了事业要留在重庆，我也不是为了好玩去香港。"温五爷点了点头笑道："对对对，大家都饿了，去吃饭吧。"于是大家鱼贯地走入餐厅。西门太太特别高兴，和满桌的人闹酒。这顿饭吃下来，又熬了一壶普洱茶，品茗闲谈，到了晚上十一点钟方才散席。

亚英原来想今晚上去找老三谈话，带了三分酒意，就不能再去了。他回李家一宿好睡，次晨九点钟去会着亚杰，把自己的意思对他说了。亚杰道："我倒不知道你们这样快，这几天美日谈判的形势很紧张，我倒主张你看两天风色。"亚英一摆头道："到了现在，根本无考量之余地了，就是香港大炮在响，我也要去。"亚杰道："你告诉了大哥没有？"亚英笑道："他那种脾气，比父亲还要固执一些，以不告诉他为妙，可以省了许多口舌。我想临行的时候，和他通一个电话吧。"

亚杰望了二哥，叹着一口无声的气，看看表已十点多钟，也不能和他多辩，立刻奔上汽车站，到了乡下已是下午三点钟。他知道老太爷照例是坐茶馆下棋的，且不回家，先走向茶馆来。区老太爷躺在布睡椅上，架上老花眼镜，正捧了一本英文杂志在看。他一回头看到亚杰，问道："你今天怎么有工夫回来？我听说，这些时候有汽车的人，正在抢运东西。"亚杰道："这种情形差不多过去了。原来大家猜着怕是太平洋会发生战事，向里面抢运货物，现在大家麻木下来了，又恢复了正常的状态。"老太爷将眼镜取下，揣入衣袋里，却把这本杂志伸到他面前道："这就是香港来的一本美国杂志，人家都说，日本人已把炸药的引线拿在手上了。那就是说日本人爱什么时候把战争爆发，就是什么时候爆发。"亚杰接过杂志来一看，因道："这是上个月的杂志呢。"老太爷道："坐下来喝碗茶吧，为什么这样匆忙，临时起意下乡的吗？"

亚杰听听父亲的口气，正是和亚英的趣味相反，觉得这消息还是慢慢说出来的好，幺师泡了一碗茶送在茶几上，他端起来喝了一口道："各人的观察不同，有些人认为日本人外强中干，他不敢和英美真打起来的，所以有些人愿意到香港、上海去的，还是继续地去。"老先生淡笑了一声道："自然是有，苍蝇还不是照常到刀口上去舔血吃吗？"亚杰心想这话音严重得很，在茶馆里把父亲说僵了不大好，于是默然地坐了一会儿才道："爸爸，我们回去谈吧，有几句话回去和母亲一同商量。"说时，他脸上带了一

567

点儿微微的笑意。老先生道："哦，这两天你看到朱小姐吗？这孩子大体说得过去。"亚杰道："看到的，但并没有说什么。"老太爷微笑道："我和你回去再说，家庭就是这样一个半新不旧的家庭。"亚杰听父亲这话，一直是误会着，也不好立刻给予他一个更正。

老太爷会了茶账，起身向家里走。亚杰跟在后面经过平原上一条人行路的时候，父子说着闲话，老先生问道："你二哥到香港去的那个计划，已经取消了吗？"亚杰道："我正为此事而来。"老先生道："怎么样，他不肯接受劝告？"亚杰道："他们男女一行六个人，定好了明天的飞机走。"老太爷突然地回转身来，站着望了他道："什么！他们明天就要走了？亚英怕回来我会拦着，他所以让你回来代为通知。"亚杰道："那倒不是，他这两天忙着在各处凑齐款子，分不开身来。"老先生道："现在几点钟了？大概进城的班车没有了吧？"亚杰道："爸爸要和亚英谈谈的话，明天一早进城也来得及，到香港的飞机，照例是晚上起飞的。"老先生叹了口气，并不再说什么，缓缓地走回家去。

到了家里，亚杰一谈这事，全家人都不赞成，觉得这样走实在是太突然。亚杰虽不同意亚英的举动，可是这已不能挽回的，说多了也是徒然，因此只是默然。次日早起，同着亚男和老太爷一路进城，预备和亚英面谈，可是碰巧了这天公路局贴出布告来：今天因酒精没有运到，暂不售票，等酒精运到再临时决定。于是三人商量一遍，只好赶上前面大站，坐马车走。殊不知马车也为了没有汽车，拥挤得了不得，等了两小时之久还挨不到他们。于是又改了走一截路，坐一截路的人力车，耽误再耽误，到了重庆市区已经是下午三点钟了。

亚杰陪着父亲先在小茶馆里休息休息，却让亚男到温公馆里去打听，看走的人是否在那里齐集。不到半小时亚男匆匆地来了，她首先道："我们径直到飞机场去吧，他们已经走了。我们早到十分钟就看见了他们，他们原是在温公馆集齐的。"老太爷道："飞机不是晚上起飞的吗？"亚杰道："到香港的飞机要经过一大截沦陷区，航空公司看情形，随时有变化的。"老先生只说了一声"走吧"，就由茶座上站起身来，大家奔向珊瑚坝飞机场。连坐车带走路到了飞机场时，又是一小时以后了。大家先到那席篷候机室，却是空洞洞的没有人。一个茶房由旁边迎了出来道："飞机快要起飞了，客人都上了飞机了。"老先生向亚杰苦笑道："你看，到哪里都赶不上。"亚杰道："大概起飞还有一下，你不看送客的人都还在飞机旁边环绕着。"他说着，就是首先一个向飞机跑道上走去，大家自也不能停住。那一架民航机，这时正打开了舱门，在一旁架着梯子，送客的人都围了飞机站着。区老太爷走向前时，亚雄由人丛中走了出来道："爸爸还由乡下赶了来，他们都已上飞机了。我和亚英也只说了几句话。"

西门德这时由机舱门里伸出半截身子来点着头，第二个窗户里露着亚英的面孔，他正是一起身做个敬礼的样子，看他那面色似乎有点儿感动，分明是感到老父亲自己由乡下来送别，实在是老人家的慈爱可感，脸上就透出了几分尴尬的情形。可是区老先生只一转眼，见飞机舱门已经合上了，围着飞机的送客者纷纷向后退走。老先生和他三个儿女，也只好向后退。飞机前的螺旋桨向大家开始摇着手，好像是说"别了别了"。本来由重庆去香港算不得什么离别，只是这次老先生对于第二个儿子的走，有一百个勉强在内；偏是老远地赶来飞机场，又没有说到半句话，实在是心里留下了个大疙瘩，眼望着飞机在螺旋桨的响声里向前奔跑，离地飞上了空中，全场送客的人都昂起头来向空中看。

亚男却牵了牵老先生的衣襟，低声道："温先生和你打招呼呢。"老先生一回头见个穿灰鼠皮袍的人，揭起了头上的呢帽，料着这是鼎鼎大名的温五爷了，便迎向前拱拱手道："一向久仰，孩子们又常在府上打搅，只是无缘拜会。"温五爷笑道："我曾屡次托二小姐向老先生致意的。老先生的清高品格，我是敬仰的，不是都来送人，还不知道何日会面。令郎都是干才。"老先生微微叹了口气道："他们这些作风，也全非兄弟的本意。"温五爷笑道："香港也无所谓，你老先生可以放心。"

机场上自也不便多说什么，大家微微一笑，再抬头看那飞机时，已经飞向很远的长空上成了个小黑点了。温五爷笑道："该回去了，我坡上有车子，老先生到哪里？兄弟可以恭送一程。"区老太爷到了这个时候，倒有点儿怅怅不知所之，便笑着道："我上坡就到了，改天再来奉看。"五爷自也不勉强，上了坡各自分手。亚男问道："爸爸说上坡就到了，不知道到哪里去？"老太爷笑道："这是我顺口推托之辞罢了，实在的，我还不知道今天在哪里落脚，干脆我爷儿俩去住旅馆，我也不打算去打搅哪一个。我在城里打算住两三天，看看许多好久没有见面的朋友。"亚雄兄弟们都知道父亲有一种不可言宣的情绪，留着他在城里玩几天，让他心里舒适一下也好。亚杰是跑五金生意的人，这些消费的地方绝对有办法，于是在高等旅馆里找好两间房间，大房间安顿父亲，小房间安顿妹妹。晚上留亚雄在一处吃了一顿小馆子，又看了一场话剧。

老太爷在城里混了两天要下乡了，带着亚男在街上闲溜，打算买点儿应用东西。才出旅馆大门，忽然看到背朝旅舍两个报童，夹了一小卷报纸在肋下，手里高举一张，口里狂喊着："号外，号外！美国、英国和日本宣战！"街上的人，成群地跟着那报童叫买号外。

亚男奔了过去，买了一张，忙着看。老太爷迎着她问道"什么消息？"亚男道："日本四面八方都在动手，一边在偷袭珍珠港，一面在进攻新加坡。"老太爷道："香港怎么样？我看我看。"说着，在她手上，把号外扯了过来。可是等着号外拿到手上的时候，他才想起没有戴眼镜，便把号外依然交到她手上道："你念给我听吧，香港怎么样？"亚男道："这上面的消息，说得很简单，只是说日本飞机已在香港开始轰炸了。我们分途去打听消息吧。我到温公馆去看看，五爷有一位太太在香港，他总不能不想点儿法子。只是博士夫妇，恐怕要沦陷在香港了。"老太爷听到这里，突然重声道："西门太太，真祸水也！"亚男看到父亲有生气的样子，笑道："这回大家上香港，还是我家二姐和温家二奶奶的罪过，她们总是说香港好，把这位神经病勾引动了。"区老太爷道："这一班只讲享解放权利，而不尽解放义务的女人，反正都是祸水，发牢骚也是无用，我赞成你到温家去打听打听。"

亚男走了，老太爷也不想再回屋子里去休息，就分头去看朋友。当然大家见面都是谈到日本和英美开火这件事。谈起香港上海，都说活该，我们在后方这样受苦，在香港、上海的人还过着快活日子，不到后方来，这次应该让他们受一点儿罪了。这样老太爷倒不好逢人告诉苦衷，晚间回到旅馆，亚雄、亚杰、亚男同开着一个家庭谈话会，都认为亚英为人很机警，应该有办法保护自己的安全。亚男的报告却相当乐观，据温五爷表示，二奶奶在香港人地很熟，航空公司也有熟人，也许可以挤上飞机飞了出来。他估计着今晚上可以得一个电报。

次日早上，区老太爷就到温公馆去探访温五爷，那时不过八点半钟，他竟是在书房里看报了。可见他是老早就起来了的，也许一宿都没睡。他听说区老先生来访，迎到院子里来，抢上前两步握着他的手道："欢迎，欢迎！"老太爷道："我来得太早了，不打搅五爷吗？"温五爷将客引到客厅里，笑道："实不相瞒，彼此都有同感。老先生你当然知道我所谓有同感的是哪一件事了。"说着，主客相对各苦笑了一下。老太爷道："论说呢，这事也并非意外。"温五爷将雪茄在烟灰碟上轻轻敲着灰道："这算什么意外，简直是在意中。不过我这位太太个性甚强，她既要走，我也没有法子。"老太爷道："现在渝港电讯还通吗？"他沉吟着道："电讯虽说是通，可是我并没有收到一个字的电报。至于发出去的呢，是否收到也就不得而知了。我想她或者会自行设法坐了飞机回来。据我所知，我们内地有飞机去抢运人出来。她当然不够被抢运的资格，可是中国一切，都是人事问题，她也许和被抢运的人熟识，连带地被抢运了出来。今天我四处打着朋友的电话，去探听飞机到重庆的消息。只要飞机有确实消息，我就到飞机场上去等着，接不着自己的人，香港来的人总是接得着的。在这些人口里我看可以得着一些准确的情形。"老太爷道："那很好，我就敬候着五爷的消息吧。不过五爷是公忙的人，我在什么地方打听为宜呢？"五爷笑道："什么地方都可以，家里、银行里、公司里，你随便向哪处打电话都可以。"他说着话时，把雪茄烟深深地吸了两口，似乎又已引起他满腹的愁绪。老太爷自己也是坐立不安，既向五爷问不着什么消息，也不愿多坐，告别了温五爷，复回到旅馆里来。

亚男老远地就迎接着，抢了问道："爸爸，消息怎么样？香港打得不算厉害吗？"老太爷也没作声，坐到椅子上摇了两摇头，吟着两句诗："'黄鹤一去不复返，白云千载空悠悠。'悠悠者，我心也。"亚男道："我知道爸爸是放心不下的，妈在乡下得着这消息，更会急得了不得。我想我先回去吧。"老太爷拿出衣袋里的雪茄和火柴，擦了火默然地吸着烟，又站起身来，背着手在屋子里来回地踱着步子，最后坐下来叹口气道："'自作孽，不可活'，随他去。我们明天下午回乡。温五爷既约着和我通消息，我应当在明早上给他一个电话。"

父女二人默然相对地坐了半小时，亚杰却匆匆地走了进来，脸上红红地出着汗，他肋下夹着一个大皮包，里面是盛着包鼓鼓的。老太爷问道："看你这样子，你又是在外面忙着和老板做生意吧？"亚杰放下皮包两手掌搓了两搓，似乎有点儿踌躇的样子，然后带了笑容道："我给爸爸一个报告，爸爸一定不赞成的，可是我又不能不说。我们那经理十分地敏感，他说太平洋战事一起，五金西药的来源要完全仰赖缅甸了。在这种情形下，仰光的东西一定要涨价，我打算立刻动身到仰光去抢运一些东西进来。"老太爷淡笑一声。亚杰道："他走得还是真急，打算明天和我一路走，到仰光去总还是平安的一条路，爸爸可以放心。"老太爷且不答复这话，反向他问道："大概你们贵经理有这种意思，你们第一天把货办好了，第二天开车回国，第三天日本人就向仰光进攻，然后你们这一车货，是断绝路线前的最后一车，这货运到中国大后方来，就利市十倍了。"亚杰靠了屋子正中桌子站着，两手插在西服裤袋里默然地站着，将他的皮鞋尖不住地打着地板。

老太爷昂起头来叹了口气道："我很遗憾我所见之不广。从前我说，一个人不能弄政治，这玩意儿到了利害冲突点是六亲不认的。现在看起来，经商的人也未尝不是这样。在可以赚钱的时候，也是六亲不认。你想，在亚英失陷香港的时候，我且不说你为了手足之情，就是一个普通朋友吧，也不该这样漠不关心。"亚杰道："我当然为了他着急。但是我既不能驾飞机把他接出来，一切着急也是徒然。行里的经理要我和他一路走，我的职务是开车跑路，我没有法子可以说不去。至于说仰光会出问题，那或者不会是最短期内的事。"老太爷点点头道："我不过白说一声，你要走尽管走，留你在重庆你也不能替我分忧。"

亚男将茶几上的茶壶斟了两杯茶，将一杯茶交给父亲，又将一杯茶交给哥哥，因笑道："新泡的好茶，喝一杯慢慢地谈吧。"亚杰端了一杯茶坐在旁边椅子上沉吟着道："我不去也可以的，不过要把五金行里的事辞了。"老太爷喝完了那杯茶，又擦着火继续地吸烟，摇了头道："那不必，我说的是一个道德问题，事实上，留你在重庆并无用处。今天哪家影院的片子好？亚男找一份报来，看看影院广告。"亚男觉得父亲这是个反常，但也只得找了日报来，挑了两家好一点儿的电影。午饭前，去看一场。午饭后，又看一场。这大半天，亚杰都是陪着的。

电影院里下午散场出来，老太爷微笑道："你不必跟着我了，你明天动身，今天应该去料理料理你的事了。"亚杰道："爸爸晚上什么时候回旅馆呢？"老太爷道："晚上我还想去看一场京戏，再乐上几小时，明天就下乡了。"亚杰跟随着走了一截路，才悄悄地说了一句道："我明天一大早来吧。"老太爷道："你忙呢，就不必来了。"亚杰在父亲身后向妹妹丢了一个眼色，然后走去。老太爷听到他脚步走远了，却又转身招招手把他叫了回来道："你明天早上能来一趟也好，我今晚上一定要给温五爷打个电话，把香港情形探问个究竟。你能得着一点儿准确消息，在路上不便放心一点儿吗？"说时，他把蒙眬的老眼，对挺立在面前的这位青年从头到脚都看了一下。亚杰答应着一定来。老太爷道："你去吧，路上应用的东西预备得充足一点儿，我今晚上不到哪里去了。"说毕，他把那苍老的声音连连地咳嗽了几声，然后手摸了两下短胡桩子，微微摆了几下头向旅馆而去。

走不到几步路，身后有辆汽车悠然地走过来，在人行道边停住，车开了门，却是温五爷走出车来。他道："老先生我告诉你一个好消息，明天一早有飞机自韶关来，应该有人可接了，说不定内人就坐那飞机来。"老太爷问道："有电报来了吗？"温五爷道："直接电报并没有，间接地得着一个电讯，让我明天一大早去飞机场接人。我所得的这个间接的消息，是比较可靠的，或者就是我们那位刚飞去的太太又飞回来了。如其不然，人家也就不必打我这个招呼了。这样，我相信就可以给老先生一点儿好消息了。"老太爷笑道："我那个孩子，他也没有那样大造化，可以坐接人的飞机回来！能得着他一点儿消息就很满意了。明天降落的地方，是不是珊瑚坝呢？"温五爷点头道："准是珊瑚坝，谁能回来，谁不能回来，那很难说。今天就有人由香港带两只狗来呢。人的造化还不如狗吗？老先生等消息吧。"因为这是大街头上说话，到这里为止，温五爷上车去了。

老太爷没有得着他一个结论，是到飞机场去接二奶奶呢，还是在旅馆里等消息呢？和亚男一商量，她道："还是到飞机场去接一接吧。我们在旅馆里，人家怎好和我们通消息呢？"这一晚父女两人在旅馆里都不曾好睡。

次日老太爷起来，恰好是云稀雾散，黄黄的太阳照到屋脊上，他匆匆地漱洗着，亚男已走进房来了，笑道："我们去飞机场吧，人事是不可料的，也许二哥他有法子坐了飞机回来的。"老太爷笑道："孩子话，重庆缺少他这么一个人，要用飞机把他由香港抢回来？不过飞机场我是愿意去的，接不着熟人，站在一边听听飞机上下来的人说话，也有准确的消息。"亚男是比父亲还急，他把老人的帽子、手杖都拿在手上，站在房门口等着。老太爷擦干了脸，接过手杖、帽子，就一道出门到南纪门外江岸。俯看江心珊瑚坝上，正停有一架银色的民航机，由飞机上下来的和欢迎的人，步行的，坐着轿子的，正牵着一条长线，由两三百级的江岸上来。

于是二人没有下去，就在江岸石栏杆边等着，亚男眼睛明亮，扯了父亲一下低声道："爸爸，躲开吧，躲开吧。"老太爷见她说得这样急，就和她避到侧面一家豆浆店里去，低声问道："你看到谁了？"亚男没作声，把嘴向外一努。老太爷看时，江岸停着十几辆接人的小轿车，温五爷正扶着一位摩登女郎，走上一辆流线型的浅蓝色汽车。那女郎穿着海勃绒大衣，夹着银色皮包，一张鹅蛋脸，她抬起一只戴钻石戒指的嫩手抚摸鬓发，她年纪很轻，并不是二奶奶，而正是自己未婚的第二儿媳黄青萍小姐。儿子没回来，这个已失的儿媳却回来了，他不免怔了一怔。但是这时间很短，青萍上车了，温五爷也上车了，立刻喇叭鸣一响，很快地在店面前街上掠过。就在这一掠时，还可以看到她那张粉红色的面孔，转动着灵活的眼珠，向迎接的温五爷笑嘻嘻地说话。

接人的车子都去了，老太爷并不喝豆浆，站在江岸石栏杆边，望望南岸高山外的青天，又望望滚滚不息的一江冬水。亚男走过来道："用些早点，我们回去吧。爸爸，还等什么？"老太爷道："我不等什么，人这样地来，人又那样地去，这就是重庆这一群牛马，白玷辱了这抗战司令台畔一片江山。"说毕，长长地叹了口气。

图书在版编目（CIP）数据

魍魉世界：全2册／张恨水著. —北京：中国文史
出版社，2018.3
（民国通俗小说典藏文库·张恨水卷）
ISBN 978 – 7 – 5034 – 9893 – 0

Ⅰ.①魍… Ⅱ.①张… Ⅲ.①长篇小说 – 中国 – 现代
Ⅳ.①I246.5

中国版本图书馆 CIP 数据核字（2017）第 316221 号

责任编辑：卢祥秋
点　　校：清寒树

出版发行：**中国文史出版社**
网　　址：http：//www.chinawenshi.net
社　　址：北京市西城区太平桥大街 23 号　邮编：100811
电　　话：010-66173572　66168268　66192736（发行部）
传　　真：010-66192703
印　　装：廊坊市海涛印刷有限公司
经　　销：全国新华书店
开　　本：720×1020　1/16
印　　张：37.25　　　　字数：644 千字
版　　次：2018 年 3 月第 1 版
印　　次：2018 年 3 月第 1 次印刷
定　　价：99.00 元（上下册）